In *Flush* erzählt Virginia Woolf vom Spaniel des Dichterpaares Elizabeth Barrett und Robert Browning, und nie ist die uralte Beziehung zwischen Mensch und Hund, die Gemeinsamkeit und Getrenntheit der Kreatur sensibler geschildert worden als in dieser graziös unterhaltsamen, das Gegenständliche, das Sinnhafte, das Bewußte und das Unbewußte zart und fest greifenden Prosa.

Orlando, 1928 erschienen, beschrieb Virginia Woolf als »eine Biographie, die im Jahr 1500 beginnt & bis zum heutigen Tag führt«. Es ist eine Huldigung an ihre Freundin, die Schriftstellerin Victoria Sackville-West, von Virginia Woolf zärtlich Vita genannt. Im September 1927 schrieb Virginia in ihr Tagebuch: »Eines Tages jedoch werde ich hier die Umrisse all meiner Freunde skizzieren wie ein großes historisches Gemälde. (...) Vita sollte Orlando sein, ein junger Adeliger.«

Virginia Woolf wurde am 25. Januar 1882 als Tochter des Biographen und Literaten Sir Leslie Stephen in London geboren. Bereits mit 22 Jahren bildete sie gemeinsam mit ihrem Bruder den Mittelpunkt der intellektuellen ›Bloomsbury Group‹. Zusammen mit ihrem Mann, dem Kritiker Leonard Woolf, gründete sie 1917 den Verlag ›The Hogarth Press‹. Ihre Romane, die zur Weltliteratur gehören, stellen sie als Schriftstellerin neben James Joyce und Marcel Proust. Am 28. März 1941 schied sie freiwillig aus dem Leben.

Der Herausgeber *Klaus Reichert* ist Professor für Anglistik an der Universität Frankfurt am Main. Er hat zahlreiche Arbeiten zur Literatur der Moderne und der Renaissance veröffentlicht und ist Übersetzer u. a. von Shakespeare, Lewis Carroll und James Joyce.

Angaben zu den lieferbaren Titeln von Virginia Woolf im Fischer Taschenbuch Verlag und im S. Fischer Verlag finden sich am Schluß dieses Bandes.

Virginia Woolf

Flush

Deutsch von Karin Kersten

Orlando

Deutsch von Brigitte Walitzek

Zwei Biographien

Herausgegeben und kommentiert
von Klaus Reichert

Fischer Taschenbuch Verlag

Limitierte Sonderausgabe
Veröffentlicht im Fischer Taschenbuch Verlag GmbH,
Frankfurt am Main, November 1998

Lizenzausgabe mit Genehmigung des
S. Fischer Verlages GmbH, Frankfurt am Main
Die englische Originalausgabe von ›Flush‹ erschien 1933
unter dem Titel ›Flush. A Biography‹ und von ›Orlando‹
1928 unter dem Titel ›Orlando. A Biography‹ im Verlag
The Hogarth Press, London

Druck und Bindung: Clausen & Bosse, Leck
Printed in Germany
ISBN 3-596-50145-8

Flush

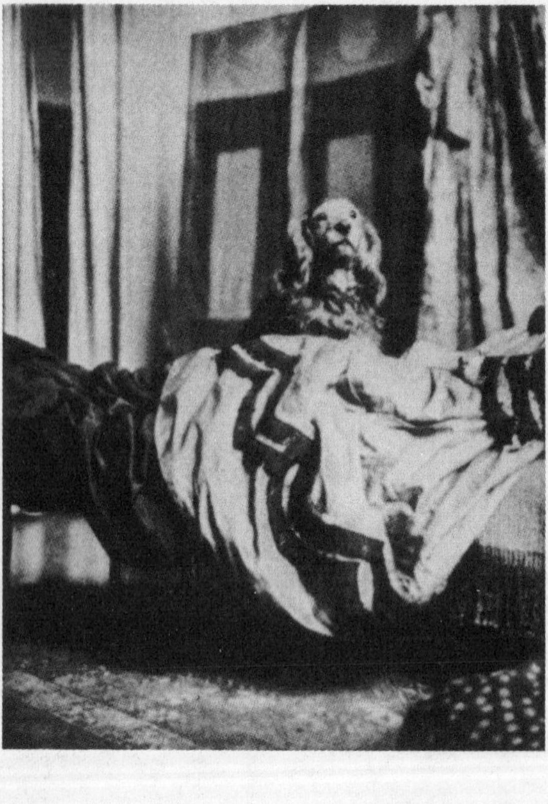

1. Kapitel

Three Mile Cross

Es herrscht allgemeines Einverständnis darüber, daß die Familie, von der der Gegenstand dieser Erinnerungen abzustammen beansprucht, bis in uralte Zeiten zurückreicht. So ist es denn auch nicht weiter seltsam, daß der Ursprung des Namens selbst sich in dunkle Fernen verliert. Vor vielen Millionen Jahren gärte das Land, das heute Spanien genannt wird, im ungemütlichen Prozeß seiner Schöpfung. Unendliche Zeiten vergingen; Vegetation stellte sich ein; wo es Vegetation gibt, so dekretiert das Naturgesetz, da sollen Kaninchen sein; wo es Kaninchen gibt, so bestimmt es die Vorsehung, da sollen Hunde sein. Daran ist nichts Fragliches oder Bemerkenswertes. Wenn wir jedoch fragen, weshalb denn der Hund, der das Kaninchen fing, Spaniel genannt wurde, dann fangen Zweifel und Schwierigkeiten an. Manche Historiker behaupten, als die Karthager in Spanien landeten, hätten die Soldaten wie aus einem Munde »Span! Span!« gerufen – denn Kaninchen seien aus jedem Strunk und Strauch hervorgeschossen. Das Land wimmele von Kaninchen. Und *Span* bedeute in der karthagenischen Sprache Kaninchen. So sei das Land denn Hispania oder Kaninchenland genannt worden, und die Hunde, die man fast augenblicklich dabei erblickte, wie sie aus Leibeskräften Jagd auf die Kaninchen machten, habe man Spaniels oder Kaninchenhunde genannt.

Viele von uns wären es nun zufrieden, die Sache auf sich beruhen zu lassen; wir sehen uns um der Wahrheit willen jedoch genötigt hinzuzusetzen, daß es noch eine andere Schule des Denkens gibt, die eine andere Meinung vertritt. Das Wort Hispania, behaupten diese Gelehrten, habe nicht das allermindeste mit dem karthagenischen Wort *span* zu tun. Hispania komme von dem baskischen Wort *españa*, das Saum oder Grenze bedeutet. Wenn das der Fall ist, müssen Kaninchen, Gesträuch, Hunde, Soldaten – überhaupt das ganze romantische, ergötzliche Bild aus der Vorstellung gestrichen werden; und wir müssen einfach annehmen, daß der Spaniel Spaniel genannt wird, weil Spanien España heißt. Was nun die dritte Schule der Altertumsforscher angeht, die behauptet, gerade wie ein Liebhaber seine Geliebte Ungeheuer oder Äffchen nenne, so würden die Spanier ihre Lieblingshunde abgefeimt oder auch ruppig nennen (das Wort *españa* läßt sich dazu bewegen, diese Bedeutungen anzunehmen), weil der Spaniel notorisch das Gegenteil davon sei – so ist das denn doch eine allzu phantastische Mutmaßung, als daß man sie im Ernst zu vertreten vermöchte.

Wenn wir diese Theorien, und noch viele andere, die uns hier nicht aufzuhalten brauchen, beiseite lassen, gelangen wir in das Wales um die Mitte des zehnten Jahrhunderts. Der Spaniel ist bereits dort, ist schon vor vielen Jahrhunderten, so heißt es jedenfalls, von dem spanischen Klan der Ebhor oder Ivor dorthin gebracht worden; und mit Sicherheit um die Mitte des zehnten Jahrhunderts ein Hund von hohem Wert und Ansehen. »Der Spaniel des Königs ist ein Pfund wert«, so legte Howel Dha den Preis in seinem Book of Laws fest. Und wenn wir uns ins Gedächtnis rufen, was man im Jahr des Herrn 948 mit einem Pfund alles kaufen konnte – wie viele Ehefrauen, Sklaven, Pferde, Ochsen, Truthähne und Gänse –, dann wird offenkundig, daß der Spaniel bereits ein Hund von Wert und Ansehen war. Er hatte seinen Platz bereits an der Seite des Königs. Früher als die Familien vieler berühmter Monarchen wurde die seine schon in Ehren gehalten. Er ließ es sich in Palästen wohl sein, während die Platagenets und die Tudors und die Stuarts hinter anderer Leute Pflügen durch anderer Leute Schlamm stapften. Lange bevor sich die Howards, die Cavendishs oder die Russells über das gemeine Volk der Smiths, Jones' und Tomkins erhoben hatten, war die Spanielfamilie bereits eine vornehme und besondere Familie. Und mit dem Verstreichen der Jahrhunderte brachen Seitentriebe aus dem Hauptstamm hervor. Nach und nach entstanden, während die englische Geschichte ihren Lauf nahm, wenigstens sieben berühmte Spanielfamilien – die Clumber, die Sussex, die Norfolk, die Black Field, die Cocker, die Irish Water und die English Water, die zwar alle von dem Urspaniel prähistorischer Zeiten abstammten, dabei jedoch unterschiedliche Eigenschaften aufwiesen und infolgedessen zweifellos ebenso unterschiedliche Privilegien beanspruchten. Daß es, während Königin Elizabeth den Thron innehatte, eine Hundearistokratie gab, bezeugt Sir Philip Sidney: »... Greyhounds, Spaniels und Hounds«, bemerkt er, »wobei erstere als Lords gelten können, die zweiten als Gentlemen und letztere als Freisassen«, schreibt er in seiner *Arcadia*.[1]

Doch wenn uns das auch vermuten läßt, daß die Spaniels dem menschlichen Beispiel folgten und zu den Greyhounds als über ihnen stehend aufblickten und die Hounds als tieferstehend betrachteten, so müssen wir doch zugeben, daß ihre Aristokratie besser begründet war als die unsere. Zu der Schlußfolgerung muß jedenfalls ein jeder gelangen, der die Satzung des Spaniel Clubs studiert. Durch jenes erlauchte Regelwerk wird klipp und klar festgelegt, was die Untugenden eines Spaniels ausmacht und was seine Tugenden. Helle Augen, beispielsweise, sind unerwünscht; gelockte Ohren sind noch schlimmer; gar mit einer hellen Nase oder einem Schopf geboren worden zu sein, ist nichts weniger als verhängnisvoll. Die Vorzüge des Spaniels sind gleichermaßen klar umrissen. Sein Kopf muß glatt sein und sich ohne allzu ausgeprägte Wölbung von der Schnauze erheben, der Schädel muß entsprechend gerundet sein und gut ausgebildet, so daß darin hinlänglich Platz für ein tüchtiges Gehirn ist; die Augen müssen rund, ohne jedoch vorzuspringen, seine Ausstrahlung muß insgesamt die einer sanftmütigen Intelligenz sein. Der Spaniel, der diese Merkmale an den Tag legt, wird gefördert und zur Zucht verwendet; der Spaniel hingegen, der darauf besteht, Haarschöpfe und helle Nasen fortzupflanzen, wird von den Privilegien und Erträgnissen seiner Rasse abgeschnitten. So legen die Richter das Gesetz fest und schreiben, indem sie das Gesetz festlegen, die Bestrafungen und Privilegien vor, die gewährleisten, daß dem Gesetz auch Folge geleistet werden wird.

Wenn wir uns jetzt jedoch der menschlichen Gesellschaft zuwenden, welchem Chaos und welchem Wirrwarr begegnen wir da! Kein Club hat eine vergleichbare Rechtsprechung im Hinblick auf die Zucht des Menschengeschlechts! Am nächsten kommt dem Spaniel Club noch das Wappenamt. Es unternimmt immerhin gewisse Anstrengungen zur Reinerhaltung der menschlichen Familie. Wenn wir jedoch fragen, was denn die adlige Abkunft ausmache – ob unsere Augen hell sein sollen oder dunkel, unser Ohrbehang gelockt oder glatt, ob ein Schopf verhängnisvoll ist, dann verweisen unsere Richter uns lediglich auf unsere Wappenzeichen. Vielleicht haben Sie keins. Dann sind Sie niemand. Doch erheben Sie einmal berechtigten Anspruch auf sechzehn Teilungsfelder, belegen Sie Ihr Anrecht auf eine Krone, dann heißt es, Sie seien nicht nur geboren, sondern obendrein noch hochwohlgeboren. Daher kommt es denn, daß in ganz Mayfair nicht ein einziger Muffinbäcker ohne seinen kauernden Löwen oder seine sich aufrichtende Meerjungfrau auskommt. Selbst noch unsere Weißzeughändler montieren sich das Königliche Wappen über die Türen, als beweise das, daß sich in ihrem Bettzeug sicher schlafen ließe. Allseits wird Rang beansprucht, und dessen Tugenden werden geltend gemacht. Doch wenn wir dann die Königshäuser derer von Bourbon, Habsburg und Hohenzollern einmal näher betrachten, die mit wer weiß wie vielen Kronen und Teilungsfeldern dekoriert sind, die von wer weiß wie vielen kauernden oder sich aufrichtenden Löwen und Leoparden strotzen, und wir sie sämtlich im Exil finden, ihrer Autorität entkleidet, jeglichen Respekts für unwürdig befunden, können wir nur kopfschüttelnd zugeben, daß die Richter des Spaniel Clubs besser gerichtet haben. So lautet die Lektion, die unmittelbare Bekräftigung findet, sowie wir von derlei hochgestochenen Themen zur Betrachtung der Anfänge Flushs in der Familie der Mitfords[2] übergehen.

Um das Ende des 18. Jahrhunderts herum lebte ein Zweig der berühmten Rasse der Spaniels bei Reading im Haus eines gewissen Dr. Midford oder Mitford. Jener Herr zog es, in Übereinstimmung mit den geheiligten Grundsätzen des Wappenamts, vor, seinen Namen mit *t* zu schreiben, und behauptete auf diese Weise seine Abstammung von der Familie der Mitfords von Bertram Castle in Northumberland. Seine Frau war eine Miss Russell und stammte, entfernt zwar, aber doch eindeutig, aus dem herzoglichen Haus Bedford. Nun war aber das Eheschließungsgebaren der Vorfahren Dr. Mitfords von einer derart zügellosen Mißachtung aller Grundsätze gekennzeichnet gewesen, daß keine Richterbank seinem Antrag, von guter Abstammung zu sein, hätte stattgeben oder ihm die Fortzucht seiner Sippschaft genehmigen können. Seine Augen waren hell; seine Ohren gelockt; sein Kopf wies den verhängnisvollen Schopf auf. Mit anderen

Worten, er war äußerst eigensüchtig, von rücksichtsloser Extravaganz, weltlich, unaufrichtig und dem Glücksspiel verfallen. Er brachte sein eigenes Vermögen durch, das Vermögen seiner Frau und den Erwerb seiner Tochter. Er ließ sie im Stich, als es ihm gutging, und schmarotzte bei ihnen, als er schwach war. Zwei Gesichtspunkte sprachen allerdings zu seinen Gunsten: beträchtliche Schönheit – er war ein Apoll, bis Völlerei und Trunksucht Apoll in einen Bacchus verwandelten – und er war ein echter Hundeliebhaber. Es kann jedoch kein Zweifel daran bestehen, hätte es einen dem Spaniel Club entsprechenden Man Club gegeben, kein *t* in Mitford statt des *d*, keine Verschwägerung mit den Mitfords von Bertram Castle hätten ausgereicht, um ihn vor Schmach und Schande zu bewahren, vor all den Strafen der Vogelfreiheit und der Ächtung, davor, als Promenadenmischung abgestempelt zu werden, untauglich, seine Art fortzupflanzen. Er war jedoch ein Mensch. Nichts hinderte ihn folglich daran, eine Dame von Rang und Abstammung zu ehelichen, über achtzig Jahre lang zu leben, etliche Generationen von Greyhounds und Spaniels zu halten und eine Tochter zu zeugen.

Alle Recherchen, die dazu dienen sollten, mit einiger Sicherheit das exakte Geburtsjahr von Flush zu bestimmen, ganz zu schweigen von Monat oder Tag, sind fehlgeschlagen; es ist jedoch wahrscheinlich, daß er irgendwann zu Anfang des Jahres 1842 geboren wurde. Es ist außerdem wahrscheinlich, daß er direkt von Tray (*c.* 1816) abstammt, dessen hervorstechende Merkmale, die leider nur im unzuverlässigen Medium der Poesie erhalten sind, ihn als roten Cocker Spaniel von Rang ausweisen. Alles spricht für die Annahme, Flush sei der Sohn jenes »echten alten Cocking Spaniels« gewesen, für den Dr. Mitford »im Hinblick auf seine hervorragenden Eigenschaften bei der Jagd auf dem Feld« zwanzig Guineen ausschlug. Leider, leider müssen wir uns, was die ausführlichste Beschreibung von Flush selbst als jungem Hund betrifft, an die Poesie halten. Er hatte jene spezielle dunkle Brauntönung, die bei Sonnenlicht »ganz und gar in funkelndem Gold« blitzt. Seine Augen waren »verblüffte Augen von haselnußbrauner Sanftmut«. Seine Ohren waren »quastenbehangen«; seine »schmalen Füße« »fransengesäumt wie Baldachine«, und sein Schwanz war breit. Wenn man einmal absieht von den Erfordernissen des Reims und der Ungenauigkeit der poetischen Diktion, finden wir hier nichts, das sich der Billigung des Spaniel Clubs nicht erfreuen würde. Wir können nicht bezweifeln, daß Flush ein reinrassiger Cokker der roten Variante und mit allen charakteristischen Vorzügen seiner Art ausgezeichnet war.

Die ersten Monate seines Lebens verbrachte er in Three Mile Cross, in einem Landarbeiter-Cottage bei Reading. Seit die Mitfords schlechte Zeiten kennengelernt hatten – Kerenhappock war der einzige Dienstbote –, wurden die Kissenbezüge von Miss Mitford selbst angefertigt und zwar aus billigstem Stoff; das wichtigste Möbelstück scheint ein großer Tisch gewesen zu sein; der wichtigste Raum ein großes Gewächshaus – es ist unwahrscheinlich, daß Flush von irgendwelchen Luxusgütern umgeben war wie regensicheren Zwingern, zementiertem Auslauf, einem Dienstmädchen oder Burschen, die seiner Person zugeteilt waren, wie man sie einem Hund seines Ranges heute zugestünde. Doch er gedieh; er erfreute sich mit der ganzen Lebhaftigkeit seines Temperaments der meisten Vergnügungen und einiger der Freizügigkeiten, wie sie seiner Jugend und seinem Geschlecht natürlich waren. Miss Mitford war zwar sehr ans Cottage gebunden. Sie mußte ihrem Vater Stunde um Stunde vorlesen; dann Cribbage spielen; dann, wenn er endlich schlummerte, am Tisch im Gewächshaus schreiben und schreiben und schreiben, im Zuge ihres Versuchs, ihre Rechnungen zu bezahlen und ihre Schulden zu begleichen. Doch dann kam endlich der langersehnte Augenblick. Sie schob ihre Papiere beiseite, setzte sich einen Hut auf den Kopf, nahm ihren Schirm und brach mit ihren Hunden zu einem Spaziergang über die Felder auf. Spaniels sind von Natur einfühlsam; Flush legte, wie seine Geschichte beweist, ein geradezu exzessives Verständnis für die menschlichen Gefühle an den Tag. Der Anblick seiner lieben Herrin, wenn sie endlich tief die frische Luft einatmete, die ihr das weiße Haar zerzauste und die von Natur aus frische Gesichtsfarbe rötete, während die Falten ihrer ungeheuer hohen Stirn sich glätteten, erregte ihn bis zu Luftsprüngen, deren Ungestüm zur Hälfte dem Mitempfinden ihrer eigenen Freude entsprang. Während sie durchs hohe Gras schritt, sprang er hin und her und teilte dessen grünen Vorhang. Die kühlen Tau- oder Regenkügelchen zerplatzten um seine Nase als schillernde Schauer von

Flushs Geburtshaus

Wasserstaub; die Erde, hier hart, dort weich, hier heiß, dort kalt, stach, kitzelte und piekte die weichen Ballen seiner Pfoten. Und dann, welch eine Vielfalt von Gerüchen, die in vertracktesten Kombinationen miteinander verwoben waren, versetzte seine Nase in Aufregung; starke Erdgerüche, süße Blumendüfte; namenlose Düfte von Blättern und Dornensträuchern; saure Gerüche, als sie die Landstraße überquerten; stechende Gerüche, als sie Bohnenfelder betraten. Doch plötzlich drang durch den Wind ein Geruch, der schärfer war, stärker, durchdringender als alle anderen – ein Geruch, der ihm durchs Hirn schoß und tausend Instinkte aufstörte, eine Million Erinnerungen freisetzte – der Hasengeruch, Fuchsgeruch. Davon schoß er wie ein Fisch, der in rasender Geschwindigkeit weiter und weiter durchs Wasser gerissen wird. Er vergaß seine Herrin; er vergaß die ganze menschliche Rasse. Er hörte dunkelhäutige Männer »Span! Span!« schreien. Er hörte Peitschen knallen. Er hetzte; er raste dahin. Schließlich blieb er verwirrt stehen; der Zauber war verflogen; sehr langsam, einfältig mit dem Schwanz wedelnd, trottete er über die Felder dahin zurück, wo Miss Mitford stand und »Flush! Flush! Flush!« rief und ihren Schirm schwenkte. Und einmal wenigstens war der Ruf sogar noch gebieterischer; weckte das Jagdhorn tiefere Instinkte, rief es stärkere und wildere Empfindungen wach, die über das Erinnerungsvermögen hinausgingen und Gras, Bäume, Hasen, Kaninchen, Füchse auslöschten in einem einzigen wilden Schrei der Ekstase. Die Fackel der Liebe loderte ihm ins Auge; er hörte das Jagdhorn der Venus. Noch ehe er seiner Welpenzeit recht entwachsen war, war Flush bereits Vater.

Ein derartiges Betragen im Jahre 1842 hätte selbst dem Biographen eines Mannes einige entschuldigende Worte abgenötigt, bei einer Frau wäre es ganz und gar unentschuldbar gewesen; ihr Name hätte als schändlich von der Seite gelöscht werden müssen. Doch der Moralkodex der Hunde, sei er nun besser oder schlechter, ist mit Gewißheit anders als unserer, und an Flushs Betragen war in dieser Hinsicht nichts, das jetzt der Verschleierung bedürfte oder ihn als ungeeignet aus der Gesellschaft der Reinsten und Keuschesten im Lande ausgeschlossen hätte. Dafür gibt es Beweise, das heißt, der ältere Bruder Dr. Puseys[3] hätte ihn zu gern gekauft. Wenn man vom

Miss Mitford geht mit Flush spazieren

sattsam bekannten Charakter Dr. Puseys auf den wahrscheinlichen Charakter seines Bruders schließen will, dann muß etwas Ernsthaftes, Gesetztes, künftige Vortrefflichkeit Verheißendes an Flush gewesen sein, was immer es an Leichtfertigkeit im Leben des Welpen gegeben haben mag. Doch ein noch weit bedeutsameres Zeugnis für die Anziehungskraft seiner Talente ist darin zu sehen, daß Miss Mitford, obwohl Mr Pusey ihn zu kaufen wünschte, sich weigerte, ihn zu verkaufen. Als sie vor Geldsorgen nicht mehr ein noch aus wußte, in der Tat kaum mehr wußte, welche Tragödie sie denn noch ersinnen, welches Jahrbuch sie denn noch herausgeben sollte, und sich auf den garstigen Ausweg verwiesen sah, ihre Freunde um Hilfe bitten zu müssen, muß es sie hart angekommen sein, die Summe auszuschlagen, die Dr. Puseys älterer Bruder ihr bot. Zwanzig Pfund waren für Flushs Vater geboten worden. Miss Mitford hätte gut und gern zehn oder fünfzehn für Flush verlangen können. Zehn oder fünfzehn Pfund waren eine fürstliche Summe, eine prächtige Summe, die ihr damit zur Verfügung gestanden hätte. Mit zehn oder fünfzehn Pfund hätte sie ihre Stühle neu beziehen lassen können, hätte sie ihr Gewächshaus mit Nachschub versehen können, hätte sie ihre gesamte Garderobe erneuern können, und »ich habe mir seit vier Jahren keine Haube, kein Cape, kein Kleid, kaum einmal ein Paar Handschuh gekauft«, schrieb sie 1842.

Doch Flush zu verkaufen, war unvorstellbar. Er gehörte zu der seltenen Kategorie von Objekten, die sich nicht mit Geld in Verbindung bringen lassen. Ja, gehörte er nicht zur noch selteneren Spezies derer, die, weil sie verkörpern, was geistiger Natur, was jenseits eines Kaufpreises ist, zu einem angemessenen Zeichen für die Selbstlosigkeit der Freundschaft werden; in ebendiesem Geiste einer Freundin angeboten werden mögen, falls man so glücklich ist, eine solche zu besitzen, die eher Tochter ist als Freundin; eine Freundin, die die ganzen Sommermonate hindurch in einem Hinterzimmer der Wimpole Street liegt, einer Freundin, die niemand anderes ist als Englands erste Dichterin, die glänzende, die vom Schicksal heimgesuchte, die angebetete Elizabeth Barrett[4] selbst? Derart waren die Gedanken, die Miss Mitford immer häufiger durch den Sinn gingen, während sie Flush dabei beobachtete, wie er sich im Sonnenschein wälzte und umhertollte; während sie auf der Couch bei Miss Barrett in deren dunklem, efeuschattigem Londoner Schlafzimmer saß. Ja; Flush war Miss Barretts wert; Miss Barrett war Flushs wert. Das Opfer war groß, doch es mußte gebracht werden. So mochte man eines Tages, wahrscheinlich im Frühsommer des Jahres 1842 gesehen haben, wie ein bemerkenswertes Paar die Wimpole Street hinabging – eine sehr kleine, füllige, schäbig gekleidete ältere Dame mit einem leuchtend roten Gesicht und leuchtend weißem Haar, die einen sehr lebhaften, sehr neugierigen, sehr hochgezüchteten goldenen jungen Cocker Spaniel an der Leine führte. Sie gingen fast die ganze Straße hinab, bis sie schließlich bei Nummer 50 stehenblieben. Nicht ohne Zaudern läutete Miss Mitford.

Vielleicht läutet noch heute niemand ohne Zaudern an einer Haustür der Wimpole Street. Es ist die erlauchteste der Londoner Straßen, die unpersönlichste. Tatsächlich muß man, wenn die Welt in Scherben zu gehen scheint und die Zivilisation in den Grundfesten wankt, nur zur Wimpole Straße gehen; diese Allee abschreiten; diese Häuser eingehend betrachten; über ihre Gleichförmigkeit nachdenken; über die Vorhänge vor den Fenstern und deren Schwere staunen; die Messingklopfer und ihre gleichförmige Gestalt bewundern; die Fleischer dabei beobachten, wie sie die Braten liefern, und die Köchinnen, wie sie sie in Empfang nehmen; die Einkünfte der Bewohner überschlagen und auf deren daraus folgende Unterwerfung unter die Gesetze Gottes und der Menschen schließen – man muß nur zur Wimpole Street gehen und tief den Frieden einsaugen, den Macht und Ansehen atmen, um einen Seufzer der Dankbarkeit auszustoßen, daß, während Korinth fiel und Messina strauchelte, während Kronen vom Winde verweht wurden und alte Reiche in Flammen aufgingen, die Wimpole Street unverrückbar dieselbe geblieben ist, und während man aus der Wimpole Street in die Oxford Street einbiegt, steigt einem ein Stoßgebet aus dem Herzen auf und bricht von den Lippen, daß nicht ein Ziegelstein der Wimpole Street verrückt, nicht ein Vorhang gewaschen werden, nicht ein Fleischer die Lieferung oder eine Köchin den Empfang des Sirloin Steaks versäumen möge, der Keule, der Brust, der Rippen von Hammel und Rind, auf ewig und immerdar, denn solange die Wimpole Street steht, ist die Zivilisation gesichert.

Die Butler der Wimpole Street bewegen sich selbst heute noch gewichtig; im Sommer 1842 waren sie noch bedachtsamer. Die Gesetze der Livrierung waren damals zwingender; das Ritual der grünen Boischürze zum Silberputzen; der gestreiften Weste und des schwarzen Schwalbenschwanzes beim Öffnen der Haustür wurde strenger befolgt. Es ist folglich wahrscheinlich, daß Miss Mitford und Flush wenigstens dreieinhalb Minuten auf der Schwelle stehengelassen wurden. Schließlich jedoch wurde die Haustür von Nummer fünfzig weit aufgerissen; Miss Mitford und Flush wurden hereingebeten. Miss Mitford war ein häufiger Gast; der Anblick des Barrettschen herrschaftlichen Hauses hatte für sie nichts Überraschendes, wenn auch etwas Dämpfendes. Für Flush hingegen muß es eine ganz überwältigende Wirkung gehabt haben. Bis zu diesem Augenblick hatte er noch in kein Haus den Fuß gesetzt, außer in das Landarbeiter-Cottage in Three Mile Cross. Dort waren die Dielen nackt; die Läufer waren ausgefranst; die Stühle waren billig. Hier gab es nichts Nacktes, nichts Ausgefranstes, nichts Billiges – das erkannte Flush auf einen Blick. Mr Barrett, der Besitzer, war ein reicher Kaufmann; er hatte eine große Familie von erwachsenen Söhnen und Töchtern und ein entsprechend großes Gefolge von Bediensteten. Sein Haus war im Stil der späten Dreißigerjahre möbliert, zweifellos mit einem Schuß jener östlichen Phantasie, die ihn, als er ein Haus in Shropshire baute, dazu verleitet hatte, es mit den Kuppeln und Halbmonden maurischer Architektur zu zieren. Hier in der Wimpole Street wäre derlei Extravaganz nicht zulässig gewesen; doch wir dürfen annehmen, daß die hohen dunklen Räume voller Ottomanen und geschnitztem Mahagoni waren; die Tische gedrechselte Beine hatten; filigraner Zierrat auf ihnen stand; Dolche und Schwerter an weindunklen Wänden hingen; in Nischen kuriose Gegenstände standen, die von seinem ostindischen Besitz[5] mitgebracht worden waren, und dicke üppige Teppiche die Böden bedeckten.

Doch während Flush hinter Miss Mitford nach oben trabte, die hinter dem Butler herging, erstaunte ihn mehr, was er roch, als was er sah. Das Treppengewölbe hinauf drangen warme Schwaden von brutzelndem Braten, von schmorendem Geflügel, von siedenden Suppen – hinreißend fast wie das Essen selbst für Nüstern, die an den kargen

Miss Mitford

Duft von Kerenhappocks ärmlichen Bratkartoffeln und Haschees gewohnt waren. In diesen Essensduft mischten sich noch weitere Düfte – Düfte von Zedernholz und Sandelholz und Mahagoni; Düfte von männlichen Körpern und weiblichen Körpern; von männlichen und weiblichen Dienstboten; von Jacken und Hosen; von Krinolinen und Pelerinen; von Gobelinvorhängen, von Plüschvorhängen; von Kohlenstaub und Rauch; von Wein und Zigarren. Jeder Raum, den er durchquerte – Speisezimmer, Salon, Bibliothek, Schlafzimmer –, dünstete seinen speziellen Beitrag zum allgemeinen Gebräu aus; während seine Pfoten, wenn er eine vor die andere setzte, gestreichelt und von der Sinnlichkeit üppiger Brücken festgehalten wurden, deren Flor sich verliebt um sie schloß. Nach geraumer Weile erreichten sie eine geschlossene Tür im hinteren Teil des Hauses. Ein leichtes Klopfen erfolgte, sacht wurde die Tür geöffnet.

Miss Barretts Schlafzimmer – denn darum handelte es sich – muß, nach allem, was man weiß, dunkel gewesen sein. Das Licht, das gewöhnlich durch einen grünen Damastvorhang verdüstert war, wurde im Sommer darüber hinaus noch durch den Efeu gedämpft, die Feuerbohnen, die Trichterwinden und die Kapuzinerkresse, die im Blumenkasten am Fenster wuchsen. Anfangs konnte Flush in dem blaßgrünlichen Dämmer nichts erkennen als fünf weiße Kugeln, die geheimnisvoll mitten in der Luft schimmerten. Doch wieder war es der Geruch des Raumes, der ihn überwältigte. Nur ein Gelehrter, der Stufe um Stufe in ein Mausoleum hinabgestiegen ist und sich dort in einer Krypta wiederfindet, die von Schwamm überzogen, glitschig vom Schimmel ist und die sauren Gerüche des Verfalls und ehrwürdigen Alters ausströmt, während halb verwischte Marmorbüsten auf halber Höhe flimmern und alles nur schwach erkennbar ist im Licht der kleinen, hin und her schwingenden Lampe, die er in der Hand hält und niedertauchen und sich hier- und dorthin richten läßt, um sich umzuschauen – nur das Gemüt eines solchen Erforschers der begrabenen Gewölbe einer zerfallenen Stadt befindet sich in einem vergleichbaren Aufruhr der Gefühle, die Flushs Nerven überfluteten, als er zum erstenmal im Schlafzimmer einer Kranken, in der Wimpole Street, stand und Kölnisch Wasser roch.

Sehr langsam, sehr verschwommen begann Flush unter viel Geschnüffel und Getapse, nach und nach die Umrisse mehrerer Möbelstücke zu erkennen. Der große Gegenstand dort am Fenster war vielleicht ein Kleiderschrank. Daneben stand vermutlich eine Kommode. Inmitten des Zimmers schwamm an der Oberfläche, was ein Tisch mit einem Ring drum herum zu sein schien; und dann tauchten die vagen, formlosen Umrisse eines Lehnstuhls und eines Tisches auf. Doch alles war verkleidet. Oben auf dem Kleiderschrank standen drei weiße Büsten; auf der Kommode erhob sich ein Bücherschrank; der Bücherschrank war mit einem scharlachroten Merinostoff verhängt; auf dem Waschtisch stand ein Kranz von Regalfächern; oben auf den Fächern, die oben auf dem Waschtisch standen, standen noch zwei Büsten. Nichts in dem Zimmer war, was es war; alles war etwas anderes. Sogar noch der Vorhang am Fenster war kein einfacher Musselinvorhang; er war ein bemalter Stoff* mit einem Muster aus Schlössern und Burgtoren und Wäldchen, und Bauern waren darauf zu sehen, die einen Spaziergang machten. Spiegel verzerrten außerdem diese bereits verzerrten Gegenstände, so daß dort zehn Dichterbüsten zu stehen schienen statt der fünf; vier Tische statt der zwei. Und plötzlich entstand dort eine noch beängstigendere Verwirrung. Plötzlich erblickte Flush einen anderen Hund mit blitzenden hellen Augen und heraushängender Zunge, der aus einem Loch in der Wand zu ihm zurückstarrte! Er blieb verwundert stehen. In Ehrfurcht trat er einen Schritt näher.

Während er so näherging, dann wieder zurückwich, hörte Flush, außer als fernes Brausen des Windes in den Wipfeln, kaum das murmelnde Geplätscher plaudernder Stimmen. Er setzte seine Erkundungen fort, vorsichtig, nervös, wie ein Forschungsreisender in einem Wald leise seinen Schritt setzt, ungewiß, ob dieser Schatten da ein Löwe ist oder diese Wurzel da eine Kobra. Endlich gewahrte er jedoch riesige Gegenstände über sich in Bewegung; und da er nach den Erlebnissen der letzten Stunde mit seinen Nerven am Ende war, versteckte er sich zitternd hinter einem Wandschirm. Die Stimmen verstummten. Eine Tür schloß sich. Einen Augenblick stand er reglos, verwirrt, nahe daran, die Nerven zu verlieren. Dann fiel wie der

* Sternchen verweisen auf die Anmerkungen VWs, S. 111 ff.

Sprung prankenbewehrter Tiger die Erinnerung über ihn her. Er fühlte sich allein – verlassen. Er schoß zur Tür. Sie war geschlossen. Er scharrte, er lauschte. Er hörte Schritte hinabgehen. Er erkannte darin die vertrauten Schritte seiner Herrin. Sie hielten inne. Doch nein – weiter gingen sie, weiter hinab. Miss Mitford stieg langsam, stieg schwerfällig, stieg zögernd die Treppe hinab. Und als sie fortging, als er die Schritte verklingen hörte, ergriff ihn panische Angst. Tür um Tür schloß sich vor seiner Nase, als Miss Mitford die Treppe hinabstieg; sie schlossen sich vor der Freiheit: vor den Feldern; vor den Hasen; vor dem Gras; vor seiner angebeteten, seiner verehrten Herrin – vor der lieben alten Frau, die ihn gewaschen und geschlagen und ihn von ihrem eigenen Teller gefüttert hatte, wo sie selbst nicht allzuviel zu essen hatte – vor allem, was er an Glück und Liebe und menschlicher Güte kennengelernt hatte! Da! Die Haustür schlug zu. Er war allein. Sie hatte ihn verlassen.

Daraufhin überkam ihn eine solche Welle der Verzweiflung und der Angst, die Unwiderruflichkeit und Unerbittlichkeit des Schicksals schmetterten ihn derart nieder, daß er den Kopf hob und laut heulte. Eine Stimme sagte: »Flush.« Er hörte sie nicht. »Flush«, sagte sie zum zweitenmal. Er fuhr zusammen. Er hatte sich allein geglaubt. Er wandte sich um. War hier mit ihm noch ein Lebewesen im Zimmer? War da etwas auf dem Sofa? In der wilden Hoffnung, daß dies Wesen, was immer es sein mochte, die Tür öffnen könnte, daß er immer noch hinter Miss Mitford herjagen und sie wiederfinden könnte – daß dies eine Art Versteckspiel war, wie sie es daheim im Gewächshaus zu spielen pflegten –, schoß Flush zum Sofa.

»Ach Flush!« sagte Miss Barrett. Zum erstenmal schaute sie ihm ins Gesicht. Zum erstenmal schaute Flush die Dame an, die auf dem Sofa lag.

Beide waren überrascht. Schwere Locken hingen zu beiden Seiten an Miss Barretts Gesicht herab; große helle Augen leuchteten daraus hervor; ein großer Mund lächelte. Schwere Ohren hingen zu beiden Seiten von Flushs Gesicht herab; auch seine Augen waren groß und hell; sein Mund war breit. Es bestand eine gewisse Ähnlichkeit zwischen ihnen. Während sie einander anstarrten, fanden beide: Das bin ja ich! – und dann fanden beide: Doch wie anders! Ihrs war das bleiche, abgezehrte Gesicht einer Kranken, die von Luft, Licht, Freiheit abgeschnitten war. Seins war das warme frische Gesicht eines jungen Tieres; Instinkt gepaart mit Gesundheit und Lebenskraft. Entzweigebrochen, doch im selben Model gemacht, konnte es sein, daß der eine ergänzte, was im anderen schlummerte? Sie hätte es sein können – all das; und er – doch nein. Zwischen ihnen lag die breiteste Kluft, die zwei Wesen voneinander trennen kann. Sie konnte sprechen. Er war stumm. Sie war Frau; er war Hund. So eng verbunden, so unendlich weit getrennt, starrten sie einander an. Dann sprang Flush mit einem Satz aufs Sofa und legte sich, wo er fortan für alle Zeiten liegen sollte – auf die Decke zu Miss Barretts Füßen.

2. Kapitel

Das Schlafzimmer nach hinten

Der Sommer 1842 war, den Historikern zufolge, nicht viel anders als andere Sommer, doch für Flush war er dermaßen anders, daß er bezweifelt haben muß, ob die Welt noch dieselbe war. Es war ein in einem Schlafzimmer verbrachter Sommer; ein mit Miss Barrett verbrachter Sommer. Es war ein in London verbrachter Sommer, ein im Herzen der Zivilisation verbrachter. Zunächst sah er nichts als das Schlafzimmer und seine Möbel, doch das allein war erstaunlich genug. All die verschiedenartigen Gegenstände, die er dort erblickte, zu identifizieren, zu unterscheiden und beim richtigen Namen zu nennen, war verwirrend. Und er hatte sich noch kaum an die Tische, die Büsten, den Waschtisch gewöhnt – der Duft von Kölnisch Wasser berührte seine Nase immer noch unangenehm –, als einer jener seltenen Tage kam, die schön doch nicht windig, warm doch nicht drükkend, trocken doch nicht staubig sind und an denen eine Kranke sich an die Luft begeben kann. Der Tag kam, da Miss Barrett getrost das gewaltige Abenteuer riskieren und mit ihrer Schwester einkaufen fahren konnte.

Die Kutsche wurde bestellt; Miss Barrett erhob sich von ihrem Sofa; verschleiert und vermummt, stieg sie die Treppe hinab. Flush begleitete sie selbstverständlich. Er sprang in die Kutsche neben sie. Auf ihren Schoß gelagert, erlebte er, wie ihm die Pracht Londons in seinem ganzen Prunk in die erstaunten Augen sprang. Sie fuhren die Oxford Street entlang. Er sah Häuser, die fast ganz aus Glas waren. Er sah Fenster, quer mit glitzernden Bändern verziert; strotzend von schimmernden Hügeln in Rosa, Purpur, Gelb, Rosenrot. Die Kutsche hielt. Er betrat geheimnisvolle Arkaden, die von Wolken und Gespinsten farbiger Gaze verschleiert waren. Eine Million Düfte aus China, aus Arabien wehte ihren schwachen Weihrauch in die entlegensten Verästelungen seiner Sinne. Hurtig blitzten über Ladentische ellenweis schimmernde Seiden; dunkler, geruhsamer wogte der schwerere Bombasin. Scheren schnippelten; Münzen blinkten. Papier wurde gefaltet; Bindfaden geknüpft. Und bei den wippenden Federn, wehenden Bändern, ruckenden Pferden, gelben Livreen, vorbeiziehenden Gesichtern, hüpfenden, auf und ab tanzenden, schlief Flush, gesättigt von der Vielfalt seiner Sinneseindrücke, ein, döste, träumte und bekam gar nichts mehr mit, bis er aus der Kutsche gehoben wurde und die Tür der Wimpole Street sich wieder hinter ihm schloß.

Und am nächsten Tag, da das schöne Wetter anhielt, wagte Miss Barrett sich sogar zu einer noch kühneren Unternehmung hinaus – sie ließ sich in einem Krankenstuhl die Wimpole Street entlangfahren. Wieder begleitete Flush sie. Zum erstenmal hörte er seine Krallen auf den harten Pflastersteinen von London klicken. Zum erstenmal fiel das ganze Trommelfeuer einer Londoner Straße an einem heißen Sommertag über seine Nüstern her. Er roch die hinreißenden Gerüche, die aus dem Rinnstein aufsteigen; die bitteren Gerüche, die Eisengeländer zersetzen; die rauchigen, berauschenden Gerüche, die aus Kellergeschossen aufsteigen – Gerüche, die vielfältiger, verderbter, von heftigerer Gegensätzlichkeit und Zusammensetzung waren als alles, was er auf den Feldern bei Reading gerochen hatte; Gerüche, die weit jenseits der Reichweite der menschlichen Nase lagen; so daß er, während der Stuhl weiterfuhr, erstaunt stehenblieb; schnuppernd zu erkennen suchte, bis ihn ein Ruck an seinem Halsband weiterzerrte. Und zudem verwirrten ihn, als er so hinter Miss Barretts Stuhl die Wimpole Street entlangtrabte, die vorübergehenden menschlichen Körper. Unterröcke wischten an seinem Kopf entlang; Hosenbeine streiften seine Flanken; zuweilen sauste ein Rad einen Zoll von seiner Nase entfernt vorbei; der Wind des Verderbens heulte in seinen Ohren und fächelte die Fransen seiner Pfoten empor, als ein Lieferwagen vorbeifuhr. In seinem Entsetzen machte er einen Satz. Segensreicherweise zerrte die Leine an seinem Halsband; Miss Barrett hielt ihn kurz, sonst wäre er in sein Verderben gerast.

Endlich, jeder Nerv war aufs äußerste gespannt und jeder seiner Sinne sirrte, erreichte er Regent's Park. Und als er, nach jahrelanger Abwesenheit, wie ihm schien, dort wieder Gras, Blumen und Bäume erblickte, ertönte der alte Jagdruf der Felder in seinen Ohren, und er schoß los, um zu rennen, wie er auf den Feldern zu Hause gerannt war. Doch jetzt riß ein schweres Gewicht an seiner Kehle; er wurde

Das Schlafzimmer nach hinten

auf die Schenkel zurückgeworfen. Waren denn das nicht Bäume und Gras? fragte er. Waren die denn nicht Signale der Freiheit? War er denn nicht jedesmal, wenn Miss Mitford sich zu ihrem Spaziergang aufmachte, so losgesprungen? Warum war er hier ein Gefangener? Er blieb stehen. Hier, so stellte er fest, drängten die Blumen sich weitaus dichter als zu Hause; sie standen, Pflanze bei Pflanze, steif auf kleinen Fleckchen Erde. Die Erdflecken waren durchschnitten von harten schwarzen Wegen. Männer mit schimmernden Zylindern marschierten ominös auf diesen Wegen auf und ab. Bei ihrem Anblick drängte er sich schaudernd dichter an den Krankenstuhl. Dankbar akzeptierte er den Schutz der Leine. So hatte sich in seinem Hirn, schon ehe viele solcher Spaziergänge stattgefunden hatten, eine neue Vorstellung eingestellt. Indem er eins zum anderen fügte, war er zu einer Schlußfolgerung gelangt. Wo Blumenbeete sind, sind auch asphaltierte Wege; wo Blumenbeete und asphaltierte Wege sind, da sind auch Männer mit schimmernden Zylindern; wo Blumenbeete sind und asphaltierte Wege und Männer mit schimmernden Zylindern, da müssen Hunde an der Leine geführt werden. Obwohl er auch nicht ein einziges Wort des Schildes am Tor zu lesen vermochte, hatte er seine Lektion gelernt – im Regent's Park sind Hunde an der Leine zu führen.

Und zu dieser Grunderkenntnis, die aus den seltsamen Erfahrungen des Sommers 1842 entstanden war, trat alsbald eine andere; Hunde sind nicht gleich, sondern verschieden. In Three Mile Cross hatte sich Flush unterschiedslos unter die Wirtshausköter und die Greyhounds des Squire gemischt; er hatte keinen Unterschied zwischen dem Hund des Kesselflickers und sich selber gekannt. Tatsächlich spricht einiges dafür, daß die Mutter seines Kindes, wiewohl aus Höflichkeit als Spaniel bezeichnet, lediglich ein Mischling war, dessen Ohren mit seinem Schwanz nichts zu tun hatten. Die Hunde von London hingegen, so entdeckte Flush alsbald, sind streng in unterschiedliche Klassen unterteilt. Manche sind Leinenhunde; andere laufen frei herum. Manche fahren zum Luftschnappen in der Kutsche und trinken aus Purpurgefäßen; andere sind zerzaust und ohne Halsband und finden ihren Unterhalt in der Gosse. Hunde, so begann Flush folglich zu mutmaßen, sind unterschiedlich; manche sind hochgestellt, andere niedrig; und er wurde in seinen Mutmaßungen durch dies oder jenes Wort noch bestärkt, das er im Vorbeigehen mit den Hunden der Wimpole Street wechselte. »Hast du den Lumpenhund da gesehen? Nur ein Mischling! ... Donnerwetter, das ist mal ein feiner Spaniel. Einer aus der besten Züchtung von ganz Britannien ... Schade, daß seine Ohren nicht noch eine Spur lockiger sind ... Sieh dir mal den Schopf an!«

Aus solchen Äußerungen, aus dem beifälligen oder verächtlichen Unterton, mit dem sie gemacht wurden, am Briefkasten oder vor den Wirtshäusern, wo die Diener Wettips austauschten, erfuhr Flush, noch ehe der Sommer vorbei war, daß es unter Hunden keine Gleichheit gibt: manche Hunde sind hochgestellte Hunde; manche niedriggestellte. Was war er denn dann? Flush war kaum zu Hause angelangt, als er sich eingehend im Spiegel musterte. Dem Himmel sei Dank, er war ein Hund von Herkunft und Geburt! Sein Kopf war glatt; seine Augen standen zwar vor, traten jedoch nicht aus dem Kopf; seine Füße hatten Fransen; er war dem Cocker bester Abstammung in der Wimpole Street ebenbürtig. Er nahm wohlgefällig das Purpurgefäß zur Kenntnis, aus dem er trank – solcherart sind die Privilegien der Geburt; ruhig senkte er den Kopf, um sich die Leine am Halsband festmachen zu lassen – solcherart sind die Strafen. Als Miss Barrett ihn etwa zu dieser Zeit dabei beobachtete, wie er in den Spiegel starrte, gelangte sie zu einer falschen Schlußfolgerung. Er sei ein Philosoph, fand sie, der über den Unterschied zwischen Schein und Sein nachdachte. Im Gegenteil, er war ein Aristokrat, der seine Merkmale taxierte.

Die schönen Sommertage waren jedoch bald vorbei; die Herbstwinde begannen zu wehen; und Miss Barrett richtete sich auf ein Leben völliger Zurückgezogenheit in ihrem Schlafzimmer ein. Flushs Leben änderte sich ebenfalls. Seine Freilufterziehung wurde um die des Schlafzimmers ergänzt, und dies war, für einen Hund von Flushs Temperament, das Drastischste, das man sich nur denken konnte. Seine einzigen Ausgänge, und die waren kurz und eilig, fanden in Begleitung von Wilson, Miss Barretts Zofe, statt. Für den Rest des Tages behielt er seinen Platz auf dem Sofa zu Miss Barretts Füßen. Seinen natürlichen Regungen wurde ständig Gewalt angetan.

Als im letzten Jahr in Berkshire die Herbstwinde geweht hatten, war er in wilden Luftsprüngen über die Stoppeln gerannt; als jetzt der Efeu gegen die Fensterscheibe klopfte, bat Miss Barrett Wilson, dafür zu sorgen, daß das Fenster gut geschlossen war. Als die Blätter der Feuerbohnen und der Kapuzinerkresse im Blumenkasten gelb wurden und abfielen, zog sie sich die Kaschmirstola enger um die Schultern. Als der Oktoberregen das Fenster peitschte, machte Wilson das Feuer an und häufte Kohlen auf. Der Herbst vertiefte sich zum Winter, und die ersten Nebel färbten die Luft gelb. Wilson und Flush vermochten sich kaum ihren Weg zum Briefkasten oder zur Apotheke zu ertasten. Wenn sie zurückkamen, war im Zimmer nichts zu erkennen als die bleichen Büsten, die matt auf den Kleiderschränken schimmerten; die Bauern und das Schloß auf dem Vorhang waren verschwunden; ausdrucksloses Gelb füllte die Scheibe. Flush hatte das Gefühl, daß er und Miss Barrett allein in einer mit Kissen ausgepolsterten und von Feuer erleuchteten Höhle lebten. Der Verkehr draußen dröhnte in gedämpftem Widerhall unablässig fort; ab und zu rief eine Stimme rauh, »Der Korbwarenflicker ist da«, die Straße hinunter; manchmal hörte man den leiernden Ton der Drehorgel, der näher kam und lauter wurde; sich entfernte und verklang. Doch keins dieser Geräusche bedeutete Freiheit oder Tätigkeit oder Bewegung. Der Wind und der Regen, die wilden Herbsttage und die kalten des Mittwinters bedeuteten für Flush alle gleichermaßen nichts als Wärme und Stille; das Anzünden der Lampen; das Zuziehen der Vorhänge und das Schüren des Feuers.

Anfangs war die Anspannung unerträglich. An einem windigen Herbsttag, wenn die Rebhühner sich wohl über die Stoppeln verteilten, konnte er nicht anders, als einfach im Zimmer herumzutanzen. Er meinte, das Geräusch von Gewehren herbeiwehen zu hören. Er mußte einfach mit gesträubtem Nackenhaar zur Tür rennen, wenn draußen ein Hund bellte. Und doch, wenn Miss Barrett ihn zurückrief, wenn sie ihm die Hand ans Halsband legte, konnte er nicht leugnen, daß ein anderes Gefühl, das dringlich war, widersprüchlich, unangenehm – er wußte nicht, wie er es nennen sollte oder weshalb er ihm gehorchte –, ihn zurückhielt. Er lag reglos zu ihren Füßen. Zu verzichten, die heftigsten Regungen seiner Natur zu beherrschen und zu unterdrücken – das war die wichtigste Lektion der Schlafzimmerschule, und sie war von einer so ungeheuerlichen Schwierigkeit, daß viele Schüler verglichen damit ihr Griechisch müheloser gelernt haben – viele Siege auf dem Schlachtfeld haben ihre Generale halb soviel Pein gekostet. Doch schließlich war die Lehrerin Miss Barrett. Zwischen ihnen, das empfand Flush im Lauf der Wochen in immer stärkerem Maße, bestand ein Band, eine unbequeme, doch aufregende enge Verbindung; wenn also seine Freude ihre Pein war, dann war seine Freude nicht länger Freude, sondern zu drei Vierteln Pein. Dies erwies sich jeden Tag aufs neue als wahr. Jemand öffnete die Tür und pfiff, daß er kommen solle. Warum sollte er nicht ausgehen? Er sehnte sich nach frischer Luft und Bewegung; seine Glieder waren vom Liegen auf dem Sofa verkrampft. Er hatte sich niemals gänzlich an den Duft von Kölnisch Wasser gewöhnen können. Doch nein – obwohl die Tür offenstand, wollte er Miss Barrett nicht verlassen. Er zögerte auf halbem Wege zur Tür und kehrte dann zum Sofa zurück. »Flushie«, schrieb Miss Barrett, »ist mein Freund – mein Gefährte – und liebt mich mehr als den Sonnenschein draußen.« Sie konnte nicht ausgehen. Sie war ans Sofa gekettet. »Ein Vogel im Käfig hätte eine ebenso ergiebige Geschichte«, schrieb sie, wie sie. Und Flush, dem die ganze Welt offenstand, zog es vor, sämtlichen Düften der Wimpole Street zu entsagen, um an ihrer Seite zu liegen.

Und doch riß das Band zuweilen beinah; es gab große Lücken in ihrem wechselseitigen Verständnis. Manchmal lagen sie da und starrten einander in nackter Fassungslosigkeit an. Warum, so fragte Miss Barrett sich, zitterte Flush denn auf einmal und wimmerte und fuhr auf und spitzte die Ohren? Sie konnte nichts hören; sie konnte nichts sehen; es war niemand mit ihnen im Zimmer. Sie konnte nicht ahnen, daß Folly, der kleine King Charles ihrer Schwester, an der Tür vorbeigekommen war; oder daß Catiline, der kubanische Bluthund, von einem Diener im Untergeschoß einen Hammelknochen bekommen hatte. Flush wußte es jedoch; er hörte es; er war zwischen wechselnden Aufwallungen von Lust und Gier hin- und hergerissen. Außerdem vermochte Miss Barrett bei all ihrer Dichterphantasie nicht zu ahnen, was Wilsons nasser Regenschirm für Flush bedeutete; welche Erinnerungen er heraufbeschwor, an Wälder und Papageien und wild trom-

Mrs Browning

petende Elefanten; noch wußte sie, daß Flush, als Mr Kenyon[6] über den Klingelzug stolperte, dunkle Männer in den Bergen fluchen hörte; der Schrei: »Span! Span!« klang in seinen Ohren, und die, freilich gebändigte, Raserei seiner Vorfahren war schuld, daß er ihn biß.

Flush stand Miss Barretts Gefühlen nicht minder ratlos gegenüber. Da lag sie nun Stunde um Stunde und fuhr mit einem schwarzen Stab über ein weißes Blatt; und ihre Augen füllten sich plötzlich mit Tränen; doch warum? »Ach, mein lieber Mr Horne«[7], schrieb sie. »Und dann kam der gesundheitliche Zusammenbruch ... und dann das erzwungene Exil in Torquay ... das auf alle Zeiten als Alptraum in meinem Leben fortbestehen wird und es um mehr beraubte, als ich hier sagen kann; sprechen Sie niemandem gegenüber davon. *Sprechen Sie nicht davon*, mein lieber Mr Horne.« Doch es gab keinen Laut im Zimmer, keinen Geruch, der Miss Barrett hätte zum Weinen bringen können. Dann wieder brach Miss Barrett, die immer noch ihren Stab betätigte, in Gelächter aus. Sie hatte ein »sehr treffendes, charakteristisches Porträt von Flush gezeichnet, das komischerweise mir selbst recht ähnlich geraten ist«, und sie hatte darunter geschrieben, es sei nur insoweit kein »vorzüglicher Ersatz für mein eigenes, als es würdiger ist, als ich selbst mich einschätzen darf«. Was war an dem schwarzen Geschmier nur zum Lachen, das sie Flush zur Betrachtung hinhielt? Er roch nichts; er hörte nichts. Es war niemand bei ihnen im Zimmer. Tatsache war, daß sie sich nicht mit Worten verständigen konnten, und das war eine Tatsache, die unzweifelhaft zu erheblichen Mißverständnissen führte. Doch führte sie nicht auch zu einer eigentümlichen Vertrautheit? »Schreiben«, rief Miss Barrett einmal nach der Plackerei eines Morgens, »Schreiben, Schreiben ...« Sagen denn Worte, so mag sie gedacht haben, am Ende wirklich alles? Können Worte überhaupt etwas sagen? Zerstören Worte nicht das Symbol, das jenseits der Reichweite von Worten liegt? Einmal zumindest scheint Miss Barrett das so gesehen zu haben. Sie lag und dachte nach; sie hatte Flush völlig vergessen, und ihre Gedanken waren so traurig, daß Tränen aufs Kissen fielen. Da preßte sich auf einmal ein haariger Kopf an sie; große helle Augen leuchteten in die ihren, und sie fuhr auf. War das Flush, oder war es Pan? War sie nicht mehr Bettlägerige in der Wimpole Street, sondern eine griechische Nymphe in einem dämmerigen Hain Arkadiens? Und preßte der bärtige Gott selbst etwa seine Lippen auf die ihren? Für einen Augenblick war sie verwandelt; sie war eine Nymphe, und Flush war Pan.[8] Die Sonne brannte, und die Liebe loderte. Doch angenommen, Flush hätte zu sprechen vermocht – hätte er dann nicht etwas Vernünftiges über die Kartoffelpest in Irland[9] geäußert?

So spürte auch Flush, wie seltsame Regungen in ihm am Werke waren. Wenn er Miss Barretts magere Hände behutsam ein Silberkästchen oder einen perlenbesetzten Zierat von dem beringten Tisch hochheben sah, schienen seine eigenen pelzigen Pfoten sich zusammenzuziehen, und er wünschte sich sehnlich, daß sie sich zu zehn einzelnen Fingern trennen möchten. Wenn er ihre leise Stimme ungezählte Töne silbenweise hersagen hörte, dann sehnte er sich nach dem Tag, wo sein eigenes rauhes Gebell ebenfalls in schlichten kleinen Tönen herauskäme, die soviel geheimnisvolle Bedeutung hatten. Und wenn er beobachtete, wie dieselben Finger unaufhörlich eine weiße Seite mit einem geraden Stab kreuzten, dann sehnte er sich nach der Zeit, wo auch er Papier schwärzen würde, wie sie es tat.

Und doch, hätte er denn schreiben können, wie sie es tat? – Die Frage ist Gott sei Dank überflüssig, denn die Wahrheit nötigt uns zu sagen, daß Miss Barrett im Jahr 1842–43 keine Nymphe, sondern eine Kranke war; Flush war kein Dichter, sondern ein roter Cocker Spaniel; und Wimpole Street war nicht Arkadien, sondern Wimpole Street.

So vergingen die langen Stunden im nach hinten gelegenen Schlafzimmer, von nichts markiert als dem Geräusch von Schritten auf der Treppe und dem fernen Geräusch der sich schließenden Haustür und dem Geräusch eines tappenden Besens und dem Geräusch des klopfenden Briefträgers. Im Zimmer knackten die Kohlen; Licht und Schatten wechselten über den Stirnen der fünf bleichen Büsten, über dem Bücherregal und seinem roten Kaschmirschal. Manchmal jedoch ging der Schritt auf der Treppe nicht an der Tür vorbei; er blieb davor stehen. Man sah, wie der Türknauf sich drehte; die Tür ging wirklich auf; jemand kam herein. Wie sehr veränderte sich dadurch seltsamerweise der Anblick der Möbel! Was für ungeheuerliche Wirbel von

Klang und Duft wurden schlagartig dadurch ins Kreisen gebracht! Wie sie um die Tischbeine spülten und sich an den scharfen Kanten des Kleiderschranks fingen! Wahrscheinlich war es Wilson mit einem Tablett mit Essen oder einem Glas Medizin; oder es mochte auch eine von Miss Barretts beiden Schwestern sein – Arabel oder Henrietta; oder vielleicht war es einer von Miss Barretts sieben Brüdern – Charles, Samuel, George, Henry, Alfred, Septimus oder Octavius. Doch ein-, zweimal die Woche ging Flush auf, daß gleich etwas Wichtigeres passieren würde. Das Bett wurde sorgfältig als Sofa verkleidet. Der Lehnstuhl wurde an seine Seite herangeschoben; Miss Barrett wurde kleidsam in Kaschmirstolen gehüllt; die Toilettengegenstände wurden peinlichst unter den Büsten von Chaucer und Homer versteckt; Flush selbst wurde gekämmt und gebürstet. Um etwa zwei oder drei Uhr nachmittags war ein unverwechselbares, deutliches und von den anderen unterschiedenes Klopfen an der Tür zu hören. Miss Barrett errötete, lächelte und streckte die Hand aus. Und herein kam dann – vielleicht die liebe Miss Mitford, rosigglänzend, plappernd, mit einem Strauß Storchschnabel. Oder es mochte Mr Kenyon sein, ein rundlicher, gepflegter älterer Herr, Wohlwollen ausströmend, mit einem Buch versehen. Oder vielleicht war es Mrs Jameson[10]; eine Dame, die, rein äußerlich betrachtet, das ganze Gegenteil von Mr Kenyon war – »eine Dame mit einem sehr hellen Teint – blassen, durchscheinenden Augen; dünnen, farblosen Lippen . . . Nase und Kinn vorspringend, spitz«. Jeder hatte seine Eigenart, seinen Geruch, Tonfall und Akzent. Miss Mitford sprudelte und schwatzte drauflos, war sprunghaft, dabei jedoch aufs Wesentliche gerichtet; Mr Kenyon war urban und gebildet und nuschelte leicht, weil er zwei Vorderzähne verloren hatte*; Mrs Jameson hatte keinen ihrer Zähne verloren und bewegte sich ebenso abgehackt und präzise, wie sie sprach.

Flush lag zu Miss Barretts Füßen hingekauert und ließ die Stimmen über sich hinwegrieseln, Stunde um Stunde. Sie sprachen und sprachen. Miss Barrett lachte, rügte, stieß Ausrufe aus, seufzte auch und lachte erneut. Endlich traten, sehr zu Flushs Erleichterung, kleine Pausen ein – selbst in Miss Mitfords Gesprächsstrom. Konnte es wirklich schon sieben sein? Sie war seit Mittag hier! Sie mußte sich wirklich sputen, um ihren Zug zu erwischen. Mr Kenyon schloß sein Buch – er hatte vorgelesen – und stand mit dem Rücken vor dem Feuer; Mrs Jameson drückte mit einer abgehackten, eckigen Bewegung jeden Finger ihres Handschuhs nieder. Und Flush wurde von einem getätschelt und von einem anderen am Ohr gezogen. Die Routine des Abschiednehmens zog sich unerträglich in die Länge; doch endlich waren Mrs James, Mr Kenyon und selbst Miss Mitford aufgestanden, hatten auf Wiedersehen gesagt, war ihnen etwas wieder eingefallen, hatten sie etwas verloren, hatten sie etwas gefunden, hatten sie die Tür erreicht, hatten sie sie geöffnet und waren – der Himmel sei gepriesen! – endlich gegangen.

Miss Barrett sank sehr weiß, sehr müde in ihre Kissen zurück. Flush kroch näher an sie heran. Welch ein Segen, daß sie wieder allein waren. Doch der Besuch war so lange geblieben, daß es schon fast Zeit zum Dinner war. Wohlgerüche begannen vom Souterrain heraufzusteigen. Wilson stand mit Miss Barretts Dinner auf einem Tablett in der Tür. Es wurde auf einem Tisch neben ihr abgesetzt, und die Deckel wurden gelüftet. Doch nach all dem Sichankleiden und Reden, all der Hitze im Zimmer und dem Hin und Her der Verabschiedung war Miss Barrett zu müde, um zu essen. Sie ließ einen kleinen Seufzer hören, als sie das dicke Hammelkotelett oder den Rebhuhn- oder Hühnerflügel erblickte, die man ihr zum Dinner heraufgeschickt hatte. Solange Wilson im Zimmer war, säbelte sie mit Messer und Gabel herum. Doch sobald die Tür geschlossen war und sie allein waren, machte sie ein Zeichen. Sie hielt die Gabel empor. Ein ganzer Hühnerflügel war darauf aufgespießt. Flush rückte näher. Miss Barrett nickte. Sehr sacht, sehr geschickt, ohne auch nur einen Krümel fallenzulassen, nahm Flush den Flügel herunter; schluckte ihn hinunter und hinterließ keine Spur. Ein halber Reispudding, von dicker Sahne übergossen, nahm denselben Weg. Nichts hätte reinlicher, effektiver sein können als Flushs Kooperation. Er lag wie gewöhnlich zu Miss Barretts Füßen ausgestreckt, allem Anschein nach schlafend, Miss Barrett lag ausgeruht da und wieder bei Kräften, allem Anschein nach hatte sie vortrefflich gespeist, als wieder ein Schritt, der jedoch schwerer, zielstrebiger und entschlossener war als alle anderen, auf der Treppe verharrte; von förmlicher Düsterkeit war das Klopfen, das kein fragendes Anpochen war, sondern Einlaß heischte; die Tür ging auf, und herein kam der schwärzeste, der furchteinflößendste aller älteren Männer – Mr Barrett höchstselbst. Sein Blick suchte sofort das Tablett ab. War die Mahlzeit verspeist worden? War seinen Befehlen Folge geleistet worden? Ja, die Teller waren leer. Er bedeutete seiner Tochter seine Genugtuung über ihren Gehorsam und ließ sich schwer in den Lehnstuhl an ihrer Seite nieder. Als der dunkle Leib sich ihm näherte, lief es Flush vor Furcht und Entsetzen eiskalt den Rücken hinunter. Genauso erschauert ein in die Blumen gekauerter Wilder, wenn der Donner grollt und er die Stimme Gottes vernimmt. Dann pfiff Wilson; und Flush, der schuldbewußt zusammenzuckte, als könnte Mr Barrett seine Gedanken lesen und seine Gedanken waren böse, stahl sich aus dem Zimmer und jagte die Treppe hinab. Eine Macht hatte das Schlafzimmer betreten, vor der ihm graute; eine Macht, der zu widerstehen er nicht die Kraft hatte. Einmal platzte er unerwartet herein. Mr Barrett betete auf den Knien an der Seite seiner Tochter.

3. Kapitel

Der Kapuzenmann

Eine derartige Erziehung in diesem nach hinten gelegenen Schlafzimmer der Wimpole Street geht schon an einem gewöhnlichen Hund nicht spurlos vorüber. Und Flush war kein gewöhnlicher Hund. Er war temperamentvoll, dabei nachdenklich; mit allen Empfindungen eines Hundes ausgestattet, doch zugleich mit einem feinen Gespür für menschliche Regungen. Auf einen solchen Hund hatte die Atmosphäre des Schlafzimmers besonders heftige Auswirkungen. Wir können ihn nicht dafür tadeln, wenn seine Empfindsamkeit sich eher zum Nachteil seiner rauheren Eigenschaften entwickelte. Natürlicherweise faßte er, mit dem Kopf auf ein griechisches Lexikon gebettet, nach und nach eine Abneigung gegen Bellen und Beißen; er begann, die Stille der Katze dem Ungestüm des Hundes vorzuziehen; und menschliche Einfühlsamkeit allen beiden. Miss Barrett setzte außerdem alles daran, um seine seelischen Kräfte noch weiter zu verfeinern und auszubilden. Einmal nahm sie eine Harfe vom Fenster und fragte ihn, während sie sie neben ihn legte, ob er glaube, daß die Harfe, die Musik mache, selbst lebendig sei? Er schaute und lauschte, sann, so schien es, einen Augenblick unschlüssig nach und kam dann zu dem Schluß, sie sei es nicht. Dann wieder ließ sie ihn neben sich vor den Spiegel treten und fragte ihn, warum er denn belle und zittere. Sei der kleine braune Hund ihm gegenüber denn nicht er selbst? Doch was ist »man selbst«? Ist es das, was die Menschen sehen? Oder ist es das, was man ist? So sann Flush auch über diese Frage nach, und außerstande, das Problem der Wirklichkeit zu lösen, drängte er sich dichter an Miss Barrett und küßte sie »ausdrucksvoll«. *Das* war auf jeden Fall wirklich.

Noch ganz erfüllt von derlei Problemen, bewegt von derlei Zwickmühlen, die sein Nervensystem aufwühlten, lief er nach unten, und wir dürfen nicht überrascht sein, wenn da etwas war – ein Hauch von Herablassung, von Überlegenheit – in seinem Auftreten, das den Zorn Catilines, des grimmigen kubanischen Bluthundes, erregte, so daß der auf ihn losging und ihn biß und bewirkte, daß er jaulend zu Miss Barrett hinauflief und ihr Mitleid suchte. Flush »ist kein Held«, schloß sie; doch warum war er kein Held? War es nicht teilweise ihre Schuld? Sie war zu gerecht, um nicht zu erkennen, daß er seinen Mut ihr zuliebe geopfert hatte, wie er ihr zuliebe auch die Sonne und die Luft geopfert hatte. Diese nervöse Feinfühligkeit hatte ihre Tücken, zweifellos – sie wartete mit allen möglichen Entschuldigungen auf, als er sich auf Mr Kenyon stürzte und ihn biß, weil er über den Klingelzug gestolpert war; es war ärgerlich, wenn er die ganze Nacht erbärmlich winselte, weil er nicht auf ihrem Bett schlafen durfte – wenn er sich zu fressen weigerte, sowie sie ihn nicht selbst fütterte; doch sie nahm die Schuld auf sich und ertrug die Unannehmlichkeiten, weil Flush sie schließlich liebte. Er hatte Luft und Sonne um ihretwillen ausgeschlagen. »Er ist es wert, geliebt zu werden, nicht wahr?« wollte sie von Mr Horne wissen. Und welche Antwort auch immer Mr Horne darauf geben mochte, sie war sich ihrer eigenen gewiß. Sie liebte Flush, und Flush war ihrer Liebe würdig.

Es schien, als würde nichts dies Band je zerreißen können – als dienten die Jahre nur dazu, es zu festigen und zu verstärken; und als sollten aus jenen Jahren überhaupt sämtliche Jahre ihrer natürlichen Lebenszeit werden. Aus achtzehnzweiundvierzig wurde achtzehndreiundvierzig; aus achtzehndreiundvierzig achtzehnvierundvierzig; aus achtzehnvierundvierzig achtzehnfünfundvierzig. Flush war kein junger Hund mehr; er war ein Hund von vier oder fünf Jahren; er war ein Hund in der Blüte seines Lebens – und noch immer lag Miss Barrett auf ihrem Sofa in der Wimpole Street, und noch immer lag Flush auf dem Sofa zu ihren Füßen. Miss Barretts Leben war das »eines Vogels im Käfig«. Manchmal hütete sie wochenlang das Haus, und wenn sie es verließ, dann nur für ein, zwei Stunden, um in einer Kutsche zu einem Laden zu fahren oder in einem Krankenstuhl zum Regent's Park geschoben zu werden. Die Barretts verließen London nie. Mr Barrett, die sieben Brüder, die zwei Schwestern, der Butler, Wilson und die Dienstmädchen, Catiline, Folly, Miss Barrett und Flush lebten ihr Leben in der Wimpole Street 50, aßen im Speisezimmer, schliefen in den Schlafzimmern, rauchten im Arbeitszimmer, kochten in der Küche, trugen Heißwasserkrüge und leerten das Schmutzwasser aus, von Januar bis Dezember. Die Sesselbezüge wurden leicht schmuddelig; die Teppiche ein wenig abgetreten; Kohlenstaub, (Straßen-)Schmutz, Ruß, Nebel, Schwaden von Zigarrenrauch und Wein und Braten sammelten sich in Ritzen, in Spalten, in Stoffen, oben auf den Bilderrahmen, in den Kerben von Schnitzereien. Und der Efeu, der über Miss Barretts Schlafzimmerfenster hing, gedieh; sein grüner Vorhang wurde dichter und dichter, und im Sommer wucherten die Kapuzinerkresse und die Feuerbohnen im Blumenkasten um die Wette.

Doch eines Abends Anfang Januar 1845 klopfte der Briefträger. Briefe fielen wie gewöhnlich in den Kasten. Wilson ging hinunter, um die Briefe wie gewöhnlich heraufzuholen. Alles war wie gewöhnlich – jeden Abend klopfte der Briefträger, jeden Abend holte Wilson die Briefe herauf, jeden Abend war ein Brief für Miss Barrett dabei. Doch heute abend war der Brief nicht derselbe Brief; es war ein anderer Brief. Flush erkannte das, noch ehe der Umschlag geöffnet war. Er erkannte es an der Art, wie Miss Barrett ihn entgegennahm; ihn umwandte; auf die kraftvolle, zerklüftete Schrift ihres Namens schaute. Er erkannte es an dem unbeschreiblichen Zittern ihrer Finger, an dem Ungestüm, mit dem sie den Umschlag aufrissen, an der Versunkenheit, mit der sie las. Er beobachtete sie beim Lesen. Und während sie las, vernahm er, wie wenn wir halb im Schlaf durch den Straßenlärm hindurch eine Glocke läuten hören und wissen, daß sie uns gilt, beunruhigend, wenn auch schwach, so als wollte weit weg jemand uns aufstören mit seiner Warnung vor Feuer oder Einbruch oder sonst einer Bedrohung unseres Friedens, und wir hochschrecken, bevor wir erwachen – so hörte Flush, während Miss Barrett das kleine, bekleckste Blatt las, eine Glocke, die ihn aus dem Schlaf aufstörte; ihn vor einer Gefahr warnte; seine Sicherheit bedrohte und ihn beschwor, nicht mehr zu schlafen.[11] Miss Barrett las den Brief rasch; sie las den Brief langsam; sie steckte ihn sorgfältig in seinen Umschlag zurück. Auch sie schlief nicht mehr.[12]

Wieder lag ein paar Abende später der gleiche Brief auf Wilsons Tablett. Wieder wurde er rasch gelesen, langsam gelesen, wieder und wieder gelesen. Dann wurde er sorgfältig weggelegt, nicht in die

Schublade mit den umfangreichen Briefblättern Miss Mitfords, sondern für sich. Jetzt bezahlte Flush den vollen Preis für die Einfühlungsgabe, die sich in den langen Jahren, während er zu Miss Barretts Füßen auf Kissen gebettet lag, angesammelt hatte. Er konnte Zeichen lesen, die niemand sonst auch nur zu sehen vermochte. Er konnte an der Berührung von Miss Barretts Fingern erkennen, daß sie nur auf eines wartete – auf das Klopfen des Briefträgers, auf den Brief auf dem Tablett. Sie streichelte ihn vielleicht gerade mit einer leichten, gleichmäßigen Bewegung; plötzlich – da war das Klopfen – krümmten sich ihre Finger; er wurde von einem Schraubstock gehalten, während Wilson die Treppe heraufkam. Dann nahm sie den Brief, und er wurde losgelassen und vergessen.

Doch, so argumentierte er, was gab es denn für einen Anlaß, sich zu ängstigen, solange es keine Veränderung in Miss Barretts Leben gab? Und es gab keine Veränderung. Keine neuen Besucher kamen. Mr Kenyan kam wie gewöhnlich; Miss Mitford kam wie gewöhnlich. Die Brüder und Schwestern kamen; und am Abend kam Mr Barrett. Sie merkten nichts; sie argwöhnten nichts. So beruhigte er sich denn und versuchte, als ein paar Abende ohne den Umschlag vergingen, zu glauben, daß der Feind verschwunden sei. Ein Mann in einem Umhang, so stellte er sich vor, eine Gestalt in Kutte und Kapuze, war vorbeigegangen, wie ein Einbrecher, hatte an der Tür gerüttelt und hatte sich, da er sie bewacht fand, geschlagen wieder davongestohlen. Die Gefahr, so versuchte Flush sich einzureden, war vorüber. Der Mann war verschwunden. Und dann kam der Brief wieder.

Als die Umschläge immer regelmäßiger kamen, Abend für Abend, begann Flush, an Miss Barrett selbst Veränderungen zu bemerken. Zum erstenmal, seit Flush sie kannte, erlebte er sie reizbar und ruhelos. Sie konnte nicht lesen, und sie konnte nicht schreiben. Sie stand am Fenster und schaute hinaus. Sie fragte Wilson besorgt nach dem Wetter – kam der Wind immer noch von Osten? Gab es im Park schon irgendwelche Anzeichen für den Frühling? O nein, antwortete Wilson; der Wind sei immer noch ein grausamer Ostwind. Und Miss Barrett, das spürte Flush, war zugleich erleichtert und verstimmt. Sie hustete. Sie klagte, sie fühlte sich krank – nicht aber so krank, wie sie sich gewöhnlich fühlte, wenn der Wind von Osten kam. Und dann, wenn sie allein war, las sie den Brief vom Vorabend noch einmal. Es war der längste, den sie bis dahin erhalten hatte. Er bestand aus vielen Seiten, eng beschrieben, dunkelfleckig, von kleinen, seltsamen, abgehackten Hieroglyphen übersät. Soviel konnte Flush von seinem Lager zu ihren Füßen erkennen. Er konnte sich jedoch keinen Vers auf die Worte machen, die Miss Barrett vor sich hin murmelte. Er spürte lediglich ihre Erregung, als sie ans Ende der Seite kam und laut (wenn auch unverständlich) die Worte las: »Glauben Sie denn, daß ich Sie in zwei, drei Monaten sehen werde?«

Dann nahm sie die Feder und fuhr eilig und nervös damit über Seiten und Seiten. Doch was bedeuteten sie – die kleinen Wörter, die Miss Barrett schrieb? »Der April naht. Es wird einen Mai und einen Juni geben, wenn wir das noch erleben, und, vielleicht, können wir ja schließlich doch ... Ich werde Sie gewiß sehen, wenn das warme Wetter mich ein wenig wiederbelebt hat ... Ich werde mich allerdings anfangs vor Ihnen fürchten – obwohl das nicht stimmt, jetzt, wo ich dies schreibe. Sie sind Paracelsus, und ich bin eine Einsiedlerin, deren Nerven auf der Streckbank zerrissen sind und die jetzt lose herabhängen und bei jedem Schritt und Atemhauch erzittern.«

Flush konnte nicht lesen, was sie da ein, zwei Fingerbreit über seinem Kopf schrieb. Er wußte jedoch ebensogut, als hätte er jedes Wort lesen können, wie seltsam beunruhigt seine Herrin war, während sie schrieb; welch widersprüchliche Wünsche sie erschütterten – daß der April kommen möge; daß der April nicht kommen möge; daß sie diesen unbekannten Mann sofort sehen müßte, daß sie ihn überhaupt niemals sehen müßte. Flush erbebte wie sie bei jedem Schritt, bei jedem Atemzug. Und unerbittlich schritten die Tage voran. Der Wind blähte den Vorhang. Die Sonne tauchte die Büsten in weißes Licht. Ein Vogel sang in den Gassen. Männer gingen die Wimpole Street hinab und boten lauthals frische Blumen feil. All diese Geräusche bedeuteten, das wußte er, daß der April nahte und der Mai und der Juni – nichts konnte das Herannahen jenes gräßlichen Frühlings aufhalten. Denn was näherte sich mit dem Frühling? Irgendein Schrecken – ein Greuel –, etwas, vor dem Miss Barrett graute und vor dem Flush ebenfalls graute. Er fuhr jetzt bei einem Schritt zusammen. Es war jedoch nur Henrietta. Dann ein Klopfen. Es war nur

Mr Kenyon. So gingen der April vorüber und die ersten zwanzig Tage des Mai. Und dann, am 21. Mai, wußte Flush, daß der Tag gekommen war. Denn am Dienstag, dem 21. Mai, schaute Miss Barrett forschend in den Spiegel; drapierte sich auf erlesene Weise in ihre Kaschmirstolen; hieß Wilson, den Lehnstuhl nah heranzurücken, doch auch wieder nicht zu nah; berührte dies und das und jenes; und saß dann aufrecht in ihren Kissen. Flush kauerte sich angespannt zu ihren Füßen nieder. Sie warteten, miteinander allein. Endlich schlug Marylebone Church zwei; sie warteten. Dann schlug Marylebone Church ein einziges Mal – es war halb drei;[13] und als der einzelne Glockenschlag erstarb, ertönte an der Haustür ein kühnes Pochen. Miss Barrett erbleichte; sie lag ganz still. Auch Flush lag still. Hinauf kam der gefürchtete, der unerbittliche Schritt; hinauf, wußte Flush, kam die kuttengewandete, finstere Mitternachtsgestalt – der Kapuzenmann. Jetzt lag seine Hand an der Tür. Der Knauf drehte sich. Da stand er.

»Mr Browning«, sagte Wilson.

Flush, der Miss Barrett beobachtete, sah die Farbe in ihr Gesicht schießen; sah ihre Augen hell werden und ihre Lippen sich öffnen.

»Mr Browning!« rief sie aus.

Seine gelben Handschuhe* in den Händen drehend, blinzelnd, wohlgepflegt, herrscherlich, abrupt, durchschritt Mr Browning das Zimmer. Er griff nach Miss Barretts Hand und sank in den Lehnstuhl neben ihrem Sofa. Sie begannen sofort zu reden.

Was für Flush gräßlich war, während sie sprachen, war seine Einsamkeit. Früher einmal hatte er das Gefühl gehabt, daß er und Miss Barrett zusammen in einer feuererhellten Höhle wären. Jetzt war die Höhle nicht mehr feuererhellt; sie war dunkel und klamm; Miss Barrett war draußen. Er blickte sich um. Alles war verändert. Das Bücherregal, die fünf Büsten – sie waren keine wohlgesonnenen Gottheiten mehr, die beifällig über allem thronten – sie waren feindselig, streng. Er veränderte seine Lage zu Miss Barretts Füßen. Sie beachtete es nicht. Er winselte. Sie hörten ihn nicht. Schließlich lag er still in gespannter, stummer Qual. Das Gespräch hielt an; floß und rieselte jedoch nicht, wie Gespräche gewöhnlich flossen und rieselten. Es sprang und ruckte. Es hörte auf und setzte wieder ein. Flush hatte nie

Robert Browning

zuvor diesen Ton in Miss Barretts Stimme gehört – diese Kraft, diese Erregung. Ihre Wangen leuchteten, wie er sie noch niemals leuchten gesehen hatte; ihre großen Augen glühten, wie er sie nie zuvor glühen sah. Die Uhr schlug vier; und sie redeten immer noch. Dann schlug sie halb fünf. Daraufhin sprang Mr Browning auf. Eine gräßliche Entschlossenheit, eine fürchterliche Kühnheit kennzeichneten jede seiner Bewegungen. Einen Augenblick später hatte er schon Miss Barretts Hand zusammengepreßt; hatte er seinen Hut und seine Handschuhe ergriffen; hatte er auf Wiedersehen gesagt. Sie hörten ihn die Treppe hinabrennen. Heftig schlug die Tür hinter ihm zu. Er war weg.

Miss Barrett sank jedoch nicht in ihre Kissen zurück, wie sie zurückgesunken war, wenn Mr Kenyon oder Miss Mitford sie verließen. Jetzt saß sie immer noch aufrecht; ihre Augen loderten immer noch; ihre Wangen glühten immer noch; sie schien immer noch das Gefühl zu haben, Mr Browning sei bei ihr. Flush berührte sie. Sie zuckte bei der Erinnerung an ihn zusammen. Sie tätschelte ihm leicht, fröhlich den Kopf. Und lächelnd schaute sie ihn auf höchst seltsame Weise an – als wünschte sie, er könnte sprechen –, als erwartete sie von ihm, daß er dasselbe fühlte wie sie. Und dann lachte sie mitleidig, als sei das absurd – Flush, der arme Flush, konnte doch nichts von dem fühlen, was sie fühlte. Er konnte doch nichts von dem wissen, was sie wußte. Nie zuvor hatten solche Wüsten erdrückender Entfernung sie getrennt. Er lag unbeachtet da; er hatte das Gefühl, daß er ebensogut auch nicht hätte dasein können. Miss Barrett erinnerte sich nicht mehr an seine Existenz.

Und an diesem Abend aß sie ihr Huhn bis auf die Knochen auf. Nicht ein Bröckchen Kartoffel oder ein Fetzchen Haut wurde Flush zugeworfen. Als Mr Barrett wie gewöhnlich kam, wunderte Flush sich über dessen Stumpfsinnigkeit. Er setzte sich in denselben Lehnstuhl, in dem der Mann gesessen hatte. Sein Kopf drückte sich in dieselben Kissen, in die der des Mannes sich gedrückt hatte, und doch merkte er nichts. »Weißt du denn nicht«, verwunderte sich Flush, »wer in diesem Lehnstuhl gesessen hat? Kannst du den denn nicht riechen?« Denn für Flush roch das ganze Zimmer immer noch stark nach Mr Brownings Anwesenheit. Die Luft schoß am Bücherschrank vorbei und umschloß wirbelnd und sich ringelnd die Köpfe der fünf bleichen Büsten. Doch der schwere Mann saß gänzlich in sich versunken neben seiner Tochter. Er merkte nichts. Er argwöhnte nichts. Entsetzt über seine Stumpfsinnigkeit, schlich Flush sich hinter ihm aus dem Zimmer.

Doch trotz ihrer erstaunlichen Blindheit begann selbst Miss Barretts Familie, als die Wochen vergingen, eine Veränderung an ihr zu bemerken. Sie verließ ihr Zimmer und ging hinunter, um im Salon zu sitzen. Dann tat sie, was sie seit Urzeiten nicht mehr getan hatte – sie ging tatsächlich mit ihrer Schwester auf ihren eigenen Füßen bis zum Tor von Devonshire Place. Ihre Freunde, ihre Familie staunten über die Besserung ihres Zustands. Doch nur Flush wußte, woher sie ihre Stärke bezog – sie kam von dem dunklen Mann im Lehnstuhl. Er kam wieder und wieder und wieder. Erst war es einmal die Woche; dann war es zweimal die Woche. Er kam immer am Nachmittag und ging am Nachmittag. Miss Barrett sah ihn stets allein. Und an den Tagen, an denen er nicht kam, kamen seine Briefe. Und wenn er selbst gegangen war, waren seine Blumen da. Und am Morgen, wenn sie allein war, schrieb Miss Barrett ihm. Dieser dunkle, straffe, schroffe, energische Mann mit den schwarzen Haaren, den roten Wangen und den gelben Handschuhen war überall. Natürlich ging es Miss Barrett besser; selbstverständlich konnte sie spazierengehen. Selbst Flush hatte das Gefühl, unmöglich stilliegen zu können. Alte Sehnsüchte wurden wieder wach; eine neue Ruhelosigkeit bemächtigte sich seiner. Selbst sein Schlaf war voller Träume. Er träumte, wie er seit jenen alten Tagen in Three Mile Cross nicht geträumt hatte – von Hasen, die aus dem hohen Gras aufsprangen; von Fasanen, die steil aufflogen mit lang herabfließenden Schwänzen, von Rebhühnern, die sich mit einem Schwirren aus den Stoppeln erhoben. Er träumte, daß er jagte, daß er einen gefleckten Spaniel hetzte, der floh, der ihm entkam. Er war in Spanien; er war in Wales; er war in Berkshire; er floh vor den Schlagstöcken der Parkwächter im Regent's Park. Dann öffnete er die Augen. Da waren keine Hasen und keine Rebhühner; keine knallenden Peitschen und keine schwarzen Männer, die schrien: »Span! Span!« Da war nur Mr Browning im Lehnstuhl, der mit Miss Barrett auf dem Sofa sprach.

An Schlaf war nicht zu denken, solange dieser Mann da war. Flush lag mit weitgeöffneten Augen und lauschte. Wenn er sich auf die Wörtchen, die von halb drei bis halb fünf bisweilen dreimal wöchentlich über seinen Kopf hinweghuschten, auch keinen Vers machen konnte, so konnte er doch mit schrecklicher Genauigkeit heraushören, daß der Ton der Wörter sich veränderte. Miss Barretts Stimme war anfangs gezwungen und unnatürlich lebhaft gewesen. Jetzt hatte sie eine Wärme und eine Ungezwungenheit angenommen, die er nie zuvor an ihr bemerkt hatte. Und jedesmal, wenn der Mann kam, kam ein neuer Klang in ihre Stimme – eben jetzt ließen sie ein groteskes Geschnatter hören; jetzt schossen sie über ihn hinweg wie weit auseinander fliegende Vögel; jetzt gurrten und gluckten sie, als wären sie zwei im Nest hockende Vögel; und dann wieder stieg Miss Barretts Stimme, als sie sich abermals hob, gleitend und kreisend in die Luft empor; und dann bellte Mr Brownings Stimme sein scharfes, harsches klapperndes Gelächter hervor; und dann war wieder nur ein Gemurmel zu hören, ein ruhiges Summen, wenn beide Stimmen sich miteinander vereinten. Als der Sommer jedoch zum Herbst wurde, kam, so merkte Flush mit entsetzlicher Bestürzung, ein neuer Ton hinzu. Da gab es eine neue Dringlichkeit, einen neuen Nachdruck und eine neue Energie in der Stimme des Mannes, die, so empfand Flush es, Miss Barrett ängstigte. Ihre Stimme flatterte; zögerte; schien zu zaudern und zu verebben und zu bitten und zu keuchen, als bitte sie um Schonung, eine Pause, als hätte sie Angst. Dann schwieg der Mann.

Von ihm nahmen sie nur wenig Notiz. Er hätte ein Holzklotz sein können, der da zu Miss Barretts Füßen lag, soviel Aufmerksamkeit widmete ihm Mr Browning. Manchmal versetzte er seinem Kopf auf brüske, krampfhafte Weise einen Stüber, energisch, ohne Gefühl, wenn er an ihm vorüberging. Was immer dieser Stüber bedeuten mochte, Flush empfand nichts als eine intensive Abneigung gegen Mr Browning. Schon sein bloßer Anblick, wie er so tadellos gekleidet, so straff, so muskulös, seine gelben Handschuhe in der Hand drehte, bewirkte, daß er mit den Zähnen knirschte. Oh! hätten sie sich doch mit scharfem Zubiß tief in den Stoff seiner Hose versenken können! Und doch wagte er es nicht. Alles in allem war jener Winter – 1845/6 – der trostloseste, den Flush je erlebt hatte.

Der Winter ging vorüber, und das Frühjahr nahte wieder. Flush sah kein Ende der Angelegenheit voraus; und doch gerade wie ein Fluß, wenn er auch immerfort stille Bäume widerspiegelt und weidende Kühe und auf die Wipfel zurückkehrende Krähen, sich doch unaufhaltsam auf einen Wasserfall zubewegt, so bewegten sich diese Tage, das wußte Flush, auf die Katastrophe zu. Gerüchte von Veränderungen hingen in der Luft. Manchmal hatte er das Gefühl, daß ein riesiger Exodus bevorstand. Da herrschte im Haus jene undefinierbare Unruhe, die – war das denn möglich? – einer Reise vorangeht. Schachteln wurden doch tatsächlich abgestaubt, wurden, so unglaublich das erscheinen mochte, geöffnet. Dann wurden sie wieder geschlossen. Nein, es war nicht die Familie, die umziehen würde. Die Brüder und Schwestern gingen immer noch wie gewöhnlich ein und aus. Mr Barrett stattete, nachdem der Mann gegangen war, immer noch seinen abendlichen Besuch ab, zu seiner gewohnten Stunde. Was war das denn dann, was passieren würde? Denn mit dem Fortschreiten des Sommers 1846 gelangte Flush endgültig zur Gewißheit, daß eine Veränderung bevorstand. Er konnte das abermals aus dem veränderten Klang der ewigen Stimmen heraushören. Miss Barretts Stimme, die flehend und ängstlich gewesen war, verlor ihren schwankenden Ton. Sie erklang mit einer Entschlossenheit und Kühnheit, die Flush nie zuvor an ihr bemerkt hatte. Wenn Mr Barrett nur hätte hören können, in welchem Ton sie den Usurpator willkommen hieß, mit welchem Lachen sie ihn begrüßte, den Ausruf, mit dem er ihre Hand in seine nahm! Doch es war ja außer Flush niemand bei ihnen im Zimmer. Für ihn war die Veränderung außerordentlich bitter. Es war nicht nur, daß Miss Barrett sich gegenüber Mr Browning veränderte – sie veränderte sich in jeder Beziehung – selbst in ihrem Empfinden Flush gegenüber. Sie nahm seine Avancen brüsker auf; sie schnitt seine Schmeicheleien lachend ab; sie gab ihm das Gefühl, daß an seinem altgewohnten liebevollen Gehabe etwas Ärmliches, Albernes, Affektiertes sei. Seine Eitelkeit wurde verletzt. Seine Eifersucht wurde entflammt. Endlich, als es Juli wurde, beschloß er, einen gewaltsamen Versuch zu unternehmen, ihre Gunst zurückzugewinnen und den Neuen womöglich hinauszudrängen. Wie er dies doppelte Ziel verwirklichen sollte, wußte er allerdings nicht und vermochte keinen Plan zu fassen. Doch plötzlich am 8. Juli übermannten ihn seine Gefühle. Er stürzte sich auf Mr Browning und biß ihn wild.[14] Endlich schloß sich sein Fang im makellosen Tuch der Hose Mr Brownings! Doch das Bein darin war eisenhart – Mr Kenyons Bein war, verglichen damit, butterweich gewesen. Mr Browning schüttelte ihn mit einer raschen Handbewegung ab und fuhr im Gespräch fort. Weder er noch Miss Barrett schienen den Angriff irgendwelcher Aufmerksamkeit für würdig zu erachten. Gänzlich besiegt, vernichtet, ohne einen Pfeil mehr im Köcher, sank Flush hechelnd vor Wut und Enttäuschung in seine Kissen zurück. Er hatte jedoch Miss Barretts Scharfblick unterschätzt. Als Mr Browning gegangen war, rief sie ihn zu sich und erlegte ihm die schlimmste Strafe auf, die er je erfahren hatte. Zuerst gab sie ihm eins hinter die Ohren – das machte ihm nichts aus; seltsamerweise gefiel ihm der Klaps; ein weiterer hätte ihn gefreut. Doch dann sagte sie in nüchternem, bestimmtem Ton, sie werde ihn niemals wieder lieben. Der Pfeil drang ihm ins Herz. All diese Jahre hatten sie zusammengelebt, alles miteinander geteilt, und jetzt, wegen eines einzigen Augenblicks des Versagens, würde sie ihn niemals wieder lieben. Dann, wie um ihre Nichtachtung komplett zu machen, nahm sie die Blumen, die Mr Browning ihr gebracht hatte, und begann, sie in eine Vase mit Wasser zu stellen. Das war, so befand Flush, ein Akt kalkulierter, wohlüberlegter Bosheit; ein Akt, der darauf angelegt war, ihn mit ganzer Wucht seine eigene Bedeutungslosigkeit spüren zu lassen. »Diese Rose ist von ihm«, schien sie zu sagen, »und diese Nelke. Bringen wir das Rot durch das Gelb erst richtig zum Leuchten und das Gelb durch das Rot. Und das grüne Blatt, das soll hierhin –« Und eine Blume neben die andere steckend, trat sie zurück, um den Blick auf ihnen ruhen zu lassen, als stünde er vor ihr – der Mann mit den gelben Handschuhen – eine Fülle leuchtender Blumen. Doch dem allen zum Trotz, selbst während sie die Blätter und Blumen zusammenschob, konnte sie die Unverwandtheit des Blicks, mit dem Flush sie anstarrte, nicht gänzlich ignorieren. Sie konnte sich über jenen »Ausdruck stiller Verzweiflung in seinem Gesicht« nicht hinwegsetzen. Sie mußte einfach nachgeben. »Schließlich sagte ich, ›Wenn du brav bist, Flush, darfst du kommen und sagen, daß es dir leid tut‹, woraufhin er durchs Zimmer geschossen kam und mir, am ganzen Leibe zitternd, erst die eine Hand küßte und dann die andere und die Pfoten hob, damit ich sie schüttelte, und mir mit einem derart flehentlichen Blick ins Gesicht sah, daß Du ihm gewiß genauso verziehen hättest wie ich.« So berichtete sie Mr Browning von der Angelegenheit, und er antwortete natürlich: »Ach, armer Flush, meinst Du etwa, ich liebte und respektierte ihn nicht für seine eifersüchtige Wacht – seine zögernde Bereitschaft, einen anderen Menschen zu kennen, nachdem er Dich kannte?«[15] Es war für Mr Browning ja nicht weiter schwierig, großherzig zu sein, doch jene mühelose Großherzigkeit war vielleicht der schärfste Stachel, der sich in Flushs Flanke bohrte.

Ein anderer Vorfall ein paar Tage später zeigte, wie weit sie nun voneinander getrennt waren, die sie einander zuvor so nahe gestanden hatten, wie wenig Flush jetzt auf das Mitgefühl Miss Barretts bauen konnte. Nachdem Mr Browning eines Nachmittags gegangen war, beschloß Miss Barrett, mit ihrer Schwester zum Regent's Park zu fahren. Als sie am Tor des Parks ausstiegen, wurde Flushs Pfote in der Tür des vierrädrigen Wagens eingeklemmt. Er »schrie jämmerlich«[16] und hielt sie Miss Barrett mitgefühlheischend hin. Zu anderen Zeiten hätte sie für Geringeres verschwenderisch ihr Mitgefühl über ihm ausgeschüttet. Jetzt trat jedoch ein distanzierter, ein spöttischer, ein prüfender Ausdruck in ihre Augen. Sie lachte ihn aus. Sie glaubte, daß er Theater machte: ». . . kaum hatte er das Gras berührt, fing er zu rennen an und dachte nicht mehr daran«, schrieb sie. Und sie kommentierte sarkastisch: »Flush macht immer viel Aufhebens um seine Mißgeschicke – er gehört zur Byron-Schule – *il se pose en victime.*« Hierin tat ihm Miss Barrett jedoch, gefangengenommen, wie sie von ihren eigenen Gefühlen war, gründlich Unrecht. Selbst wenn seine Pfote gebrochen gewesen wäre, er wäre noch davongesprungen. Diese blitzartige Bewegung war seine Antwort auf ihren Spott; mit dir bin ich fertig – das war die Botschaft, die er ihr im Rennen zuschleuderte. Die Blumen hatten für ihn einen bitteren Duft; das Gras brannte ihm unter den Pfoten; der Staub füllte seine Nüstern mit Enttäuschung. Doch er jagte dahin – er tobte fort. »Hunde sind an der Leine zu führen« – da stand das Schild wie gewohnt; da waren die Parkwächter mit ihren Zylindern und ihren Schlagstöcken, um ihm

Nachdruck zu verleihen. Doch dies »sind an der Leine zu führen« hatte keine Bedeutung mehr für ihn. Die Leine der Liebe war zerrissen. Er würde hinlaufen, wo es ihm gefiel; Rebhühner jagen; Spaniels jagen; mit voller Wucht mitten in die Dahlienbeete stürzen; strahlend schöne, blühende rote und gelbe Rosen knicken. Sollten die Parkwächter doch ihre Schlagstöcke werfen, wenn sie wollten. Sollten sie ihm damit doch das Hirn zerschmettern. Sollte er doch tot, mit aufgeschlitztem Bauch zu Miss Barretts Füßen niedersinken. Was kümmerte es ihn. Doch natürlich geschah nichts dergleichen. Niemand verfolgte ihn; niemand nahm Notiz von ihm. Der einzige Parkwächter sprach mit einem Kindermädchen. Schließlich kehrte er zu Miss Barrett zurück, und sie ließ ihm geistesabwesend das Halsband über den Kopf gleiten und führte ihn nach Hause.

Nach zwei solchen Demütigungen hätte der Lebensmut eines gewöhnlichen Hundes, ja selbst eines gewöhnlichen Menschen durchaus gebrochen sein können. Doch Flush besaß, bei aller seidenweichen Anschmiegsamkeit, Augen, die flammten; kannte Leidenschaften, die nicht nur in hellen Flammen emporzulodern, sondern auch in sich zusammenzusinken und zu schwelen vermochten. Er beschloß, sich seinem Feind von Angesicht zu Angesicht zu stellen, und zwar allein. Kein Dritter sollte dieser entscheidenden Auseinandersetzung in die Quere kommen. Der Kampf sollte zwischen den Hauptkontrahenten selber ausgefochten werden. Am Dienstag, dem 21. Juli[17], schlich er sich folglich am Nachmittag hinunter und wartete in der Diele. Er brauchte nicht lange zu warten. Bald schon hörte er den Hall des vertrauten Schritts auf der Straße; er hörte das vertraute Pochen an der Tür. Mr Browning wurde eingelassen. In einem vagen Vorgefühl des drohenden Angriffs und entschlossen, ihm im allerversöhnlichsten Geiste zu begegnen, war Mr Browning mit einem Kuchenpaket bewaffnet gekommen. Da wartete nun Flush in der Diele. Mr Browning machte einen, offenkundig gutgemeinten, Versuch, ihn zu streicheln; vielleicht ging er gar so weit, ihm ein Stück Kuchen anzubieten. Die Geste genügte. Flush sprang mit niegekannter Heftigkeit auf seinen Feind los. Einmal mehr trafen seine Zähne in Mr Brownings Hose aufeinander. Doch leider vergaß er in der Aufregung des Augenblicks, was das Entscheidende war – Schweigen. Er bellte; er stürzte sich laut bellend auf Mr Browning. Der Lärm reichte aus, um den Haushalt zu alarmieren. Wilson kam die Treppe herabgeeilt. Wilson verhaute ihn gehörig. Wilson überwältigte ihn vollständig. Wilson führte ihn schmählich davon. Eine Schmach war es – Mr Browning angegriffen zu haben, von Wilson geschlagen worden zu sein. Mr Browning selbst hatte keinen Finger gerührt. Mitsamt seinem Kuchenpaket setzte Mr Browning unversehrt, ungerührt, gänzlich gefaßt, allein seinen Weg nach oben, zum Schlafzimmer, fort. Flush wurde weggeführt.

Nach zweieinhalb Stunden elenden Arrests mit Papageien und Schaben, Farnwedeln und Kasserollen, in der Küche, wurde Flush aufgefordert, vor Miss Barrett hinzutreten. Sie lag auf dem Sofa, und ihre Schwester Arabella saß neben ihr. Im Bewußtsein seiner gerechten Sache ging Flush schnurstracks zu ihr. Sie weigerte sich jedoch, ihn anzusehen. Er wandte sich an Arabella. Sie sagte bloß, »Böser Flush, geh weg.« Wilson war da – die furchteinflößende, die unerbittliche Wilson. An sie wandte sich Miss Barrett um weitere Auskünfte. Sie habe ihn geschlagen, sagte Wilson, »weil das nur recht war«. Und, so setzte sie hinzu, sie habe ihn nur mit der Hand geschlagen. Ihre Aussage bewirkte, daß Flush verurteilt wurde. Der Angriff, so folgerte Miss Barrett, war nicht provoziert worden; sie sprach Mr Browning sämtliche guten Eigenschaften, jede Großmut zu; Flush war von einer Dienstbotin verdroschen worden, ohne Peitsche, »weil das nur recht war«. Mehr war dazu nicht zu sagen. Miss Barrett entschied gegen ihn. »So legte er sich zu meinen Füßen auf den Boden«, schrieb sie, »und blickte unter den Brauen zu mir auf.« Doch Flush mochte ruhig zu ihr aufblicken, Miss Barrett weigerte sich, seinem Blick auch nur zu begegnen. Dort lag sie auf dem Sofa; dort lag Flush auf dem Boden.

Und während er dort, verstoßen, auf dem Teppich lag, durchlebte er einen jener strudelartigen Gefühlsstürme, bei denen die Seele entweder auf den Fels geschleudert wird und zerschellt oder aber Halt an irgendeinem Büschel findet und sich langsam und mühevoll emporzieht, wieder trockenes Land gewinnt und schließlich auf dem Gipfel eines zerstörten Universums landet, um von dort zu betrachten, wie die Welt nach einem neuen Plan noch einmal erschaffen wird. Was würde es werden – Vernichtung oder Wiederaufbau? Das war die Frage. Wir können sein Dilemma hier nur in Umrissen verfolgen, denn seine Auseinandersetzung war stumm. Zweimal hatte Flush sein Äußerstes getan, den Feind zu töten; zweimal war er gescheitert. Und warum war er gescheitert? fragte er sich. Weil er Miss Barrett liebte. Als er unter seinen Brauen zu ihr emporblickte, die sie, streng und schweigend, auf dem Sofa lag, wußte er, daß er sie für immer lieben mußte. Die Dinge sind eben nicht einfach, sondern komplex. Wenn er Mr Browning biß, biß er auch sie. Haß ist nicht nur Haß; Haß ist auch Liebe. An diesem Punkt schüttelte Flush seine Ohren in quälender Ratlosigkeit. Unbehaglich legte er sich am Boden auf die andere Seite. Mr Browning war Miss Barrett – Miss Barrett war Mr Browning; Liebe ist Haß, und Haß ist Liebe. Er streckte sich, winselte und hob den Kopf vom Boden. Die Uhr schlug acht. Drei Stunden und länger lag er nun schon hier, vom Horn des einen Dilemmas ins nächste gestoßen.

Sogar Miss Barrett, streng, kalt, unversöhnlich, wie sie war, legte die Feder nieder. »Böser Flush!« hatte sie gerade an Mr Browning geschrieben, ». . . wenn Menschen es wie Flush vorziehen, sich wie Hunde so wild zu benehmen, dann müssen sie in der Tat auch die Konsequenzen tragen, wie das bei Hunden der Fall ist! Und dann *Du*, so gut und sanft zu ihm! Jeder andere als *Du* hätte wenigstens ein paar ›unüberlegte Worte‹ gesagt.« Es wäre tatsächlich eine gute Idee, überlegte sie, einen Maulkorb zu kaufen. Und dann blickte sie auf und sah Flush. Irgend etwas Ungewöhnliches in seinem Blick mußte ihr aufgefallen sein. Sie hielt inne. Sie legte die Feder nieder. Einmal hatte er sie mit einem Kuß geweckt, und sie hatte geglaubt, er sei Pan. Er hatte Huhn und sahnegetränkten Reispudding gegessen. Er hatte um ihretwillen dem Sonnenschein entsagt. Sie rief ihn zu sich und sagte, sie verzeihe ihm.

Daß man ihm verzieh, wie bei einer vorübergehenden Mißstimmung, und ihn wieder aufs Sofa ließ, als hätte er in seiner Pein am Boden nichts gelernt, als wäre er noch derselbe Hund, wo er tatsächlich ein völlig anderer war, war gänzlich ausgeschlossen. Für den Augenblick gab Flush, erschöpft wie er war, zwar nach. Ein paar Tage später spielte sich zwischen ihm und Miss Barrett jedoch eine bemerkenswerte Szene ab, die die Tiefe seiner Empfindungen unter Beweis stellte. Mr Browning war dagewesen und gegangen; Flush war mit Miss Barrett allein. Normalerweise wäre er jetzt zu ihren Füßen aufs Sofa gesprungen. Doch nun, statt wie üblich hinaufzuspringen und ihre Liebkosungen zu erheischen, ging Flush zu dem, was mittlerweile »Mr Brownings Lehnstuhl« hieß. Gewöhnlich war dieser Lehnstuhl ihm ein Greuel, barg er doch immer noch die Gestalt seines Feindes. Doch jetzt, so groß war die Schlacht, die er geschlagen, die Nächstenliebe, die ihn durchwallte, daß er nicht nur den Stuhl anschaute, sondern, während er schaute, »auf einmal in den Zustand der Verzückung« verfiel.[18] Miss Barrett, die ihn aufmerksam beobachtete, bemerkte dieses außergewöhnliche ominöse Zeichen. Als nächstes sah sie, wie er den Blick einem Tisch zuwandte. Auf diesem Tisch lag noch immer das Paket mit Mr Brownings Kuchen. Er »erinnerte mich daran, daß die Kuchenstücke, die Du dagelassen hattest, noch immer auf dem Tisch lagen«. Es waren jetzt alte Kuchenstücke, muffige Kuchenstücke, Kuchenstücke, von denen keinerlei fleischliche Verlockung ausging. Flushs Aussage war unmißverständlich. Er hatte sich geweigert, davon zu essen, als sie frisch waren, weil sie von einem Feind angeboten worden waren. Er wollte sie jetzt essen, wo sie muffig waren, weil sie von einem Feind angeboten wurden, der zum Freund geworden war, weil sie Symbole einer Verwandlung von Haß in Liebe waren. Ja, so gab er zu verstehen, er wollte sie jetzt essen. Also stand Miss Barrett auf und nahm die Kuchenstücke in die Hand. Und während sie sie ihm gab, mahnte sie ihn; »Also erklärte ich ihm, daß *Du* sie ihm gebracht hättest und daß er sich ordentlich dafür schämen sollte, wie schlimm er vorher gewesen war, und sich entschließen, Dich zu lieben und Dich künftig nicht mehr zu beißen – und er durfte aus Deiner Güte ihm gegenüber den Nutzen ziehen.« Und während er die bleich gewordenen Krumen dieses unschmackhaften Gebäcks – es war angeschimmelt, es war voller Fliegeneier, es war sauer – herunterschluckte, wiederholte Flush feierlich in seiner eigenen Sprache die Worte, die sie gebraucht hatte – er schwor, Mr Browning zu lieben und künftig nicht mehr zu beißen.

Er wurde umgehend belohnt – nicht durch muffige Kuchen, nicht durch Hühnerflügel, nicht durch die Liebkosungen, die ihm nun gewährt wurden, auch nicht durch die Erlaubnis, wieder auf dem Sofa zu Miss Barretts Füßen zu liegen. Er wurde geistig-seelisch belohnt; die Auswirkungen waren jedoch seltsamerweise physisch. Wie eine Eisenstange, die rostete und verätzte und alles natürliche Leben unter sich tötete, so hatte der Haß all diese Monate auf seiner Seele gelegen. Jetzt, mit Hilfe der Schnitte scharfer Messer und einer schmerzhaften Chirurgie, war das Eisen herausgeschnitten worden. Jetzt strömte wieder das Blut; die Nerven zuckten und kitzelten; Fleisch bildete sich; die Natur frohlockte wie im Frühling. Flush hörte die Vögel wieder singen; er spürte, wie die Blätter an den Bäumen wuchsen; während er zu Miss Barretts Füßen auf dem Sofa lag, strömten Freude und Entzücken durch seine Adern. Er war jetzt mit ihnen, nicht gegen sie; ihre Hoffnungen, ihre Wünsche, ihre Sehnsüchte waren die seinen. Flush hätte vor lauter Übereinstimmung mit Mr Browning bellen mögen. Die kurzen, scharfen Worte bewirkten, daß sich ihm wohlig das Nackenhaar sträubte. »Ich brauche eine Woche voller Dienstage«, rief Mr Browning, »dann einen Monat – ein Jahr – ein Leben!« Ich, so echote Flush, brauche einen Monat – ein Jahr – ein Leben! Ich brauche alles, was ihr beiden auch braucht. Wir sind alle drei Verschwörer in der glorreichsten aller Verschwörungen. Wir sind im Mitgefühl vereint. Wir sind im Haß vereint. Wir sind im Trotz gegen die allerfinsterste Tyrannei vereint. Wir sind in Liebe vereint. – Kurz, Flushs Hoffnungen waren sämtlich auf irgendeinen dunkel erahnten, aber doch mit Sicherheit zu erwartenden bevorstehenden Triumph gerichtet, auf einen glorreichen Sieg, den sie gemeinsam erringen würden, als er plötzlich, ohne jede Vorwarnung, inmitten von Zivilisation, Geborgenheit und Freundschaft – er befand sich mit Miss Barrett und ihrer Schwester in einem Geschäft in der Vere Street: es war morgens, am Dienstag, dem 1. September – halsüberkopf in die Finsternis gestoßen wurde. Die Türen eines Kerkers schlossen sich hinter ihm. Er war gestohlen worden.*[19]

4. Kapitel

Whitechapel

»Heute morgen fuhren Arabel und ich und er mit uns in einer Droschke zur Vere Street, wo wir eine Kleinigkeit zu besorgen hatten, und er folgte uns wie gewöhnlich in einen Laden und wieder hinaus und war ganz dicht hinter mir, als ich in den Wagen stieg. Als ich mich umgewandt hatte, sagte ich ›Flush‹, und Arabel schaute sich nach Flush um – da war kein Flush! Man hatte ihn gerade in dem Augenblick weggefangen, von *unter* den Rädern weg, verstehst Du?« Mr Browning verstand durchaus; Miss Barrett hatte die Leine vergessen; folglich war Flush gestohlen worden. So sah im Jahr 1846 das Gesetz der Wimpole Street und ihrer Nachbarschaft aus.

Nun war die äußere Solidarität und Sicherheit der Wimpole Street freilich durch nichts zu übertreffen. Soweit eine Kranke zu laufen oder einen Krankenstuhl zu rollen vermochte, traf der Blick nichts anderes als den angenehmen Anblick von vierstöckigen Häusern, Tafelglasfenstern und Mahagonitüren. Selbst ein Zweispänner mußte, wenn der Kutscher umsichtig war, im Verlauf des nachmittäglichen Luftschnappens die Grenzen von Schicklichkeit und Anstand nicht unbedingt überschreiten. Wenn man jedoch keine Kranke war, wenn man keinen Zweispänner besaß, wenn man – und viele Menschen waren das – tätig und bewegungstauglich und gehfreudig war, dann konnte man keinen Steinwurf von der Wimpole Street entfernt Dinge sehen und eine Sprache hören und Gerüche riechen, die Zweifel noch an der Solidität der Wimpole Street selbst aufkommen ließen. Das fand jedenfalls Mr Thomas Beames[20], als es ihm etwa um diese Zeit in den Sinn kam, durch London zu spazieren. Er war überrascht; genauer gesagt, er war entsetzt. Prächtige Gebäude erhoben sich in Westminster, doch unmittelbar hinter ihnen lagen zerfallene Ställe, in denen Menschen über Kuhherden zusammengepfercht lebten – »zwei auf je sieben Fuß Raum«. Er fühlte sich gehalten, den Menschen zu erzählen, was er gesehen hatte. Wie konnte man aber mit höflichen Worten ein Schlafzimmer beschreiben, worin zwei oder drei Familien über einem Kuhstall lebten, wenn dieser Kuhstall keine Entlüftung besaß, wenn die Kühe unter dem Schlafzimmer gemolken und geschlachtet und gegessen wurden? Das war eine Aufgabe, befand Mr Beames, als er sich an dieselbe begab, die sämtliche Ressourcen der englischen Sprache in Anspruch nahm. Und doch hatte er den Eindruck, schildern zu sollen, was er im Verlauf eines Nachmittagsspaziergangs durch eine der aristokratischsten Pfarrsprengel Londons gesehen hatte. Die Typhusgefahr war sehr groß. Die Reichen konnten nicht wissen, in welchen Gefahren sie schwebten. Er konnte nicht einfach stumm bleiben, als er dort vorfand, was er schon in Westminster und Paddington und Marylebone vorgefunden hatte. Beispielsweise gab es hier ein altes Herrenhaus, das früher einem Adligen von Rang gehört hatte. Marmorne Kaminsimse waren übriggeblieben. Die Zimmer waren getäfelt und die Geländer geschnitzt, und dabei faulten die Böden, die Wände strotzten vor Schmutz; Horden halbnackter Männer und Frauen hatten sich in den einstigen Bankettsälen eingerichtet. Dann ging er weiter. Hier hatte ein spekulierender Bauunternehmer den alten Familiensitz abgerissen. Er hatte an seiner Stelle in minderwertiger Bauweise ein Mietshaus errichtet. Der Regen tropfte durchs Dach, und der Wind blies durch die Wände. Er sah ein Kind eine Blechkanne in ein hellgrünes Rinnsal tauchen und fragte es, ob sie das Wasser tränken. Ja, und sie wüschen sich auch darin, denn der Hauswirt dulde nicht öfter als zweimal in der Woche, daß das Wasser angestellt wurde. Derlei Anblicke waren um so überraschender, als man ihnen in den beschaulichsten und zivilisiertesten Vierteln Londons begegnen konnte – »noch die aristokratischsten Pfarrsprengel sind davon betroffen«. Hinter Miss Barretts Schlafzimmer beispielsweise befand sich einer der übelsten Slums von ganz London. Vermischt mit jener Wohlanständigkeit fand sich solche Verwahrlosung. Doch gab es natürlich bestimmte Viertel, die längst schon an die Armen übergegangen und seitdem sich selbst überlassen waren. In Whitechapel oder auf einem dreieckigen Stück Grund ganz unten an der Tottenham Court Road hatten Armut und Laster und Elend jahrhundertelang unbehelligt ihresgleichen gebrütet und zusammengebraut und fortgezeugt. Eine dichtgedrängte Masse betagter Gebäude in St. Giles war »nachgerade eine Strafkolonie, eine Metropole des Pauperismus.« Passenderweise wurden die Wohnviertel dort, wo die Armen in dieser Weise zusammengepfercht waren, als Krähenhorst[21] bezeichnet. Denn dort drängten die Menschen sich in derselben Weise übereinander, wie die Krähen die Baumwipfel in Schwärmen besetzen und schwarz färben. Nur daß die Gebäude hier keine Bäume waren; sie waren kaum mehr Gebäude zu nennen. Sie waren Ziegelsteinzellen, die von schmutzstarrenden Gassen durchschnitten wurden. Alle Gassen summten von halbbekleideten Menschen; des Nachts strömten in die Gosse dann die Diebe, Bettler und Prostituierten zurück, die den ganzen Tag lang im Westend ihrem mühevollen Gewerbe nachgegangen waren. Die Polizei konnte nichts tun. Kein einzelner Wanderer konnte etwas anderes tun, als so rasch er konnte hindurchzueilen und vielleicht, wie Mr Beames es, unter vielen Zitaten, Umschreibungen und Beschönigungen, tat, in einer Nebenbemerkung darauf hinzuweisen, daß dort nicht alles war, wie es hätte sein sollen. Die Cholera würde kommen, und vielleicht wäre ja der Hinweis, den die Cholera geben würde, durchaus nicht derart umschreibender Natur.

Im Sommer 1846 war dieser Hinweis jedoch noch nicht erfolgt; und das einzig sichere Verfahren für diejenigen, die in der Wimpole Street und ihrer Nachbarschaft wohnten, bestand darin, sich strikt innerhalb der respektierlichen Zone zu halten und den Hund an die Leine zu nehmen. Wenn man das vergaß, wie Miss Barrett es vergessen hatte, dann mußte man dafür die Strafe zahlen, wie Miss Barrett sie jetzt zahlen sollte. Die Bedingungen, unter denen die Wimpole Street auf Tuchfühlung mit St. Giles lebte, waren durchaus bekannt. St. Giles stahl, was St. Giles konnte; Wimpole Street bezahlte, was Wimpole Street mußte. So »begann denn Arabel sofort, mich damit zu trösten, wie sicher ich doch sein könne, daß ich ihn für zehn Pfund zurückbekäme«. Zehn Pfund, so mutmaßte man, war so etwa der Preis, den Mr Taylor für einen Cocker Spaniel verlangen würde. Mr Taylor war der Kopf der Bande. Sowie eine Dame aus der Wimpole Street ihren Hund verlor, ging sie zu Mr Taylor; er nannte seinen Preis, und er wurde bezahlt; und wenn nicht, dann wurde ein paar Tage später ein Packpapierpaket in die Wimpole Street geliefert, das den Kopf und die Pfoten des Hundes enthielt. Dies war jedenfalls die Erfahrung einer Dame in der Nachbarschaft gewesen, die mit Mr Taylor zu feilschen versucht hatte. Miss Barrett hingegen hatte selbstverständlich die Absicht zu zahlen. So sagte sie, als sie nach Haus kam, ihrem Bruder Henry Bescheid, und Henry suchte an jenem Nachmittag Mr Taylor auf. Er traf ihn »zigarrenrauchend in einem Zimmer voller Gemälde an« – Mr Taylor verdiente angeblich zwei-, dreitausend im Jahr an den Hunden der Wimpole Street –, und Mr Taylor versprach, daß er sich mit seiner »Sozietät« in Verbindung setzen und der Hund am nächsten Tag zurückgegeben werden würde. Lästig, wie es war, und besonders ärgerlich in einem Augenblick, da Miss Barrett ihr ganzes Geld benötigte, waren dies die unausweichlichen Konsequenzen, wenn man im Jahr 1846 seinen Hund an die Leine zu nehmen vergaß.

Für Flush stellten sich die Dinge jedoch ganz anders dar. Flush, so überlegte Miss Barrett, »weiß ja nicht, daß wir ihn wiederholen können«; Flush hatte die Grundsätze der menschlichen Gesellschaft niemals zu überschauen gelernt. »Die ganze Nacht lang wird er heulen und klagen, das weiß ich ganz genau«, schrieb Miss Barrett am Nachmittag des 1. September, einem Dienstag, an Mr Browning. Doch während Miss Barrett an Mr Browning schrieb, machte Flush die schrecklichste Erfahrung seines ganzen Lebens. Er war völlig fassungslos. Eben noch war er in der Vere Street, zwischen Bändern und Spitzen; gleich darauf wurde er kopfüber in einen Sack gesteckt; eilends durch die Straßen gezerrt und nach langem endlich herausgekippt – hier. Er fand sich in völliger Dunkelheit. Er fand sich in Kälte und Feuchtigkeit. Nachdem seine Benommenheit sich gelegt hatte, erkannte er ein paar Umrisse in einem niedrigen dunklen Raum – zerbrochene Stühle, eine zerwühlte Matratze. Dann wurde er gepackt und mit dem Bein eng an irgendein Hindernis gebunden. Irgend etwas lag am Boden hingestreckt – ob Tier oder Mensch, vermochte er nicht zu sagen. Gewaltige Stiefel und zerlumpte Röcke torkelten unablässig ein und aus. Fliegen summten über Fetzen von altem Fleisch, das am Boden verweste. Kinder krochen aus dunklen Ecken hervor und kniffen ihn in die Ohren. Er winselte, und eine schwere Hand hieb ihm über den Kopf. Er kauerte sich auf die paar Zoll feuchter Ziegelsteine gegen die Wand. Jetzt konnte er sehen, daß der Boden von Tieren aller möglichen Arten wimmelte. Hunde zerrten wütend an einem verfaulenden Knochen, den sie zwischen sich hatten. Die Rippen stachen aus ihrem Fell hervor – sie waren halb verhungert, schmutzig, krank, ungekämmt, ungebürstet; doch waren sie alle, das konnte Flush sehen, Hunde von allerbester Abstammung, Leinenhunde, Hunde, von Dienstboten umsorgt wie er selbst.

Er lag und wagte nicht einmal zu winseln, Stunde um Stunde. Am schlimmsten litt er unter dem Durst; doch der eine Schluck von dem schlammigen grünlichen Wasser, das in seiner Nähe in einem Eimer stand, hatte ihm Übelkeit verursacht; lieber wollte er sterben als noch einen einzigen Schluck trinken. Doch ein majestätischer Greyhound trank gerade gierig. Wann immer die Tür aufgestoßen wurde, blickte er auf. Miss Barrett – war es Miss Barrett? War sie endlich gekommen? Es war jedoch nur ein struppiger Grobian, der sie alle aus dem Weg scheuchte und zu einem zerbrochenen Stuhl torkelte, auf den er sich fallen ließ. Dann verdichtete sich die Dunkelheit allmählich. Er vermochte kaum zu erkennen, was für Gestalten das waren, auf dem Boden, auf der Matratze, auf den zerbrochenen Stühlen. Ein Kerzenstumpf wurde auf den Kaminsims geklebt. Ein offenes Feuer brannte im Rinnstein draußen. In seinem groben Flackern konnte Flush schreckliche Gesichter draußen vorbeigehen sehen, die tückisch durchs Fenster blickten. Dann kamen sie auch schon herein, bis der kleine übervolle Raum so überfüllt war, daß er zurückweichen und sich noch dichter an die Wand legen mußte. Diese schrecklichen Ungeheuer – manche waren zerlumpt, andere schreiend in Farben und Federn – hockten sich auf den Boden, lümmelten sich über den Tisch. Sie begannen zu trinken; sie fluchten und schlugen einander. Aus den Säcken, die zu Boden geworfen wurden, purzelten noch mehr Hunde – Schoßhunde, Setter, Pointer, die noch die Halsbänder umhatten; und ein riesiger Kakadu flatterte und plusterte von Ecke zu Ecke und schrie dazu »Pretty Poll«, »Pretty Poll«, mit einem Akzent, der seine Herrin, eine Witwe in Maida Vale, entsetzt hätte. Dann wurden die Handtaschen der Frauen aufgemacht, und da schüttelte man auf den Tisch Armbänder und Ringe und Broschen, wie Flush sie Miss Barrett und Miss Henrietta tragen gesehen hatte. Die Unholde betasteten und betatschten sie, fluchten und stritten ihretwegen. Die Hunde bellten. Die Kinder kreischten, und der prächtige Kakadu – solch einen Vogel hatte Flush oft in einem Fenster der Wimpole Street hängen sehen – kreischte »Pretty Poll! Pretty Poll!«, schneller und schneller, bis jemand einen Pantoffel nach ihm warf und er wie rasend mit seinen großen gelbgefleckten taubengrauen Flügeln schlug. Dann kippte die Kerze um und fiel herunter. Der Raum war dunkel. Er wurde ständig heißer und heißer; der Gestank, die Hitze waren unerträglich, Flush brannte die Nase; sein Fell zuckte. Und noch immer kam Miss Barrett nicht.

Miss Barrett lag auf ihrem Sofa in der Wimpole Street. Sie war verdrossen; sie war zwar besorgt, aber ernsthaft beunruhigt war sie nicht. Natürlich würde Flush leiden; er würde die ganze Nacht winseln und bellen; doch es war nur eine Frage weniger Stunden. Mr Taylor würde seine Summe nennen; sie würde sie zahlen; Flush würde zurückgegeben werden.

Der Morgen des 2. September, eines Mittwochs, dämmerte in den Krähenhorsten von Whitechapel. Die zerbrochenen Fenster waren bald graubeschmiert. Licht fiel auf die haarigen Gesichter der Strolche, die auf dem Fußboden ausgestreckt lagen. Flush erwachte aus der Trance, die seinen Blick verschleiert hatte, und erkannte einmal mehr die Wahrheit. Dies war jetzt die Wahrheit – dieser Raum, diese Strolche, diese winselnden, schnappenden, kurzangebundenen Hunde, diese Düsterkeit, diese Feuchtigkeit. Konnte es wahr sein, daß er gestern noch mit Damen zwischen Bändern in einem Laden gewesen war? Gab es überhaupt einen solchen Ort wie die Wimpole Street? Gab es ein Zimmer, wo in einem Purpurnapf frisches Wasser glitzerte; hatte er auf Kissen gelegen; hatte er einen schön gebratenen Hühnerflügel bekommen; und war er vor Wut und Eifersucht zerfressen gewesen und hatte einen Mann mit gelben Handschuhen gebissen? Jenes ganze Leben und die dazugehörigen Empfindungen schwammen davon, lösten sich auf, wurden unwirklich.

Hier erhob sich, als das stumpfe Licht hereinsickerte, schwerfällig eine Frau von einem Sack und torkelte hinaus, um Bier zu holen. Das Trinken und Fluchen begann erneut. Ein dickes Weib hielt ihn an den Ohren empor und knuffte ihn in die Rippen, und irgendein widerwärtiger Witz wurde über ihn gerissen – brüllendes Gelächter ertönte, als sie ihn wieder auf den Boden warf. Die Tür wurde aufgestoßen und wieder zugeknallt. Jedesmal, wenn das geschah, schaute er auf. War das Wilson? Konnte das eventuell Mr Browning sein? Oder Miss Barrett? Doch nein – es war wieder nur noch ein Dieb, noch ein Mörder; er duckte sich beim bloßen Anblick dieser zerlumpten Röcke, dieser harten, klobigen Stiefel. Einmal versuchte er, einen Knochen zu benagen, der in seine Richtung geschleudert wurde. Doch seine Zähne vermochten das steinharte Fleisch nicht zu durchdringen, und der üble Geruch widerte ihn an. Sein Durst wurde immer größer, und er war genötigt, ein wenig von dem grünen Wasser zu schlappen, das aus dem Eimer verschüttet worden war. Doch in dem Maße, wie der Mittwoch verging und ihm heißer wurde und er immer mehr ausdörrte und seine Knochen spürte, während er auf den zerbrochenen Dielen lag, flossen die Dinge ineinander. Er nahm kaum mehr wahr, was vor sich ging. Nur wenn die Tür aufging, hob er den Kopf und sah hin. Nein, es war nicht Miss Barrett.

Miss Barrett, die auf dem Sofa in der Wimpole Street lag, bekam es mit der Angst zu tun. Irgendwo war da ein Haken an der Sache. Taylor hatte versprochen, er würde am Mittwochnachmittag nach Whitechapel gehen und mit »der Sozietät« sprechen. Doch der Mittwochnachmittag, der Mittwochabend vergingen, und immer noch kam Taylor nicht. Das konnte nur bedeuten, vermutete sie, daß der Preis erhöht werden sollte – was zum gegenwärtigen Zeitpunkt ziemlich ungelegen kam. Dennoch würde sie ihn selbstverständlich bezahlen müssen. »Ich muß meinen Flush wiederhaben, verstehst Du«, schrieb sie an Mr Browning. »Ich kann das Risiko nicht eingehen und handeln und feilschen.«[22] So lag sie denn auf dem Sofa und schrieb an Mr Browning und lauschte auf ein Klopfen an der Tür. Doch Wilson kam mit den Briefen herauf; Wilson kam mit dem heißen Wasser herauf. Es war Schlafenszeit, und Flush war nicht gekommen.

Donnerstag, der 3. September, dämmerte in Whitechapel. Die Tür ging auf und schloß sich. Der rote Setter, der die ganze Nacht neben Flush auf dem Fußboden gewinselt hatte, wurde von einem Strolch in einer Maulwurffellweste hochgezerrt – welchem Schicksal entgegen? War es nicht besser, getötet zu werden, statt hierzubleiben? Was war schlimmer – dies Leben oder ein solcher Tod? Der Lärm, der Hunger und der Durst, die üblen Gerüche im Raum – und früher, so erinnerte Flush sich, hatte er einmal den Duft von Kölnisch Wasser verabscheut – löschten rasch jede deutliche Vorstellung, jeden einzelnen Wunsch aus. Bruchstücke alter Erinnerungen begannen, sich in seinem Kopf zu drehen. War das die Stimme des alten Dr. Mitford, der auf dem Feld stand und rief? War das Kerenhappoch, die mit dem Bäcker an der Tür schwatzte? Es raschelte irgendwo im Raum, und er glaubte, Miss Mitford zu hören, die gerade einen Strauß Geranien band. Es war jedoch nur der Wind – denn heute war es stürmisch –, der am Packpapier der zerbrochenen Fensterscheibe rupfte. Es war nur irgendeine betrunkene Stimme, die in der Gosse irre redete. Es war nur die alte Schlampe in der Ecke, die murmelte und murmelte, während sie sich in einer Pfanne über dem Feuer einen Hering briet. Er war vergessen und verlassen worden. Es kam keine Hilfe. Keine Stimme sprach zu ihm – die Papageien schrien »Pretty Poll, Pretty Poll«, und die Kanarienvögel setzten ihr sinnloses Gezwitscher und Gezirpe fort.

Dann dunkelte abermals der Abend im Raum; die Kerze wurde auf ihre Untertasse geklebt; das grobflackernde Licht brannte draußen; Horden finsterer Männer mit Säcken auf dem Rücken und aufgedonnerter Frauen mit bemalten Gesichtern begannen, durch die Tür hereinzuschlurfen und sich über die wackligen Betten und Tische zu werfen. Wieder hatte eine Nacht ihre Schwärze über Whitechapel ausgebreitet. Und der Regen tropfte unablässig durch ein Loch im Dach und trommelte in einen Eimer, der dort hingestellt worden war, um ihn aufzufangen. Miss Barrett war nicht gekommen.

Der Donnerstag dämmerte in der Wimpole Street. Von Flush keine Spur – keine Botschaft von Taylor. Miss Barrett war ungeheuer beunruhigt. Sie stellte Nachforschungen an. Sie rief ihren Bruder Henry zu sich und nahm ihn ins Kreuzverhör. Sie bekam heraus, daß er ihr etwas vorgemacht hatte. »Der Erzfeind« Taylor war, wie versprochen, am Abend zuvor gekommen. Er hatte seine Bedingungen genannt – sechs Guineen für die Sozietät und eine halbe Guinee für ihn selbst. Henry hatte das jedoch, statt es Miss Barrett zu erzählen, Mr Barrett erzählt, mit dem Resultat selbstverständlich, daß Mr Barrett ihm befohlen hatte, nicht zu zahlen und seiner Schwester den

Besuch zu verheimlichen. Miss Barrett war »sehr verärgert und zornig«. Sie forderte ihren Bruder auf, sofort zu Mr Taylor zu gehen und das Geld zu bezahlen. Henry weigerte sich und »sprach von Papa«. Es sei doch sinnlos, von Papa zu sprechen, protestierte sie. Während sie von Papa sprachen, würde Flush getötet werden. Sie faßte ihren Entschluß. Wenn Henry nicht ginge, würde sie selbst gehen: ». . . wenn man nicht tut, was ich will, werde ich morgen früh selbst hingehen und Flush nach Hause holen«, schrieb sie an Mr Browning.

Miss Barrett stellte jetzt jedoch fest, daß das leichter gesagt war als getan. Es war für sie fast so schwierig, zu Flush zu gehen, wie für Flush, zu ihr zu kommen. Die ganze Wimpole Street war gegen sie. Die Neuigkeit, daß Flush gestohlen worden war und Taylor Lösegeld verlangte, war mittlerweile Gemeingut. Die Wimpole Street war entschlossen, Whitechapel Trotz zu bieten. Der blinde Mr Boyd sandte die Mitteilung, seiner Meinung nach wäre es »eine schreckliche Sünde«, das Lösegeld zu zahlen. Ihr Vater und ihr Bruder hatten sich gegen sie verbündet und waren, wo es um ihre Standesinteressen ging, zu jedem Verrat fähig. Das Allerschlimmste jedoch – weit schlimmer als alles andere –, Mr Browning selbst schlug sich mit seinem ganzen Gewicht, seiner ganzen Beredsamkeit, seiner ganzen Gelehrsamkeit, seiner ganzen Logik zuungunsten Flushs auf die Seite der Wimpole Street. Falls Miss Barrett Taylor weiche, schrieb er, weiche sie der Tyrannei; weiche sie Erpressern; stärke sie die Macht des Bösen gegenüber dem, was das Recht war, die der Schlechtigkeit gegenüber der Unschuld. Wenn sie Taylors Forderung erfülle, was denn dann aus den armen Hundebesitzern werden solle, die nicht genug Geld hätten, um ihren Hund auszulösen? Seine Phantasie entzündete sich; er stellte sich vor, was er wohl sagen würde, wenn Taylor auch nur fünf Shilling von ihm verlangte; er würde sagen; »*Sie* sind verantwortlich für das Tun und Lassen Ihrer Bande, und *Sie* habe ich auf dem Korn – kommen Sie mir nicht mit dem Unsinn vom Kopf- oder Pfotenabschneiden. So wahr ich hier stehe, seien Sie versichert, daß ich mein ganzes Leben darauf verwenden werde, Sie zur Strecke zu bringen, den Schädling, als der Sie sich gebärden – und mit allen nur vorstellbaren Mitteln werde ich Sie und so viele ihrer Komplizen zur

Strecke bringen, wie ich nur entdecken kann – *Sie* aber habe ich bereits entdeckt und werde Sie niemals aus den Augen verlieren . . .«[23] So hätte Mr Browning Taylor geantwortet, wenn er das Glück gehabt hätte, jenem Herrn zu begegnen. Denn in der Tat, so fuhr er in einem zweiten Brief fort, den er noch am selben Donnerstagnachmittag mit einer späteren Post abschickte, »es ist gräßlich, sich vorzustellen, wie sämtliche Unterdrücker je nach ihrer jeweiligen Stellung nach Belieben auf ganz verschiedene Weise auf der Gefühlsklaviatur jener Schwachen und Stummen zu spielen vermöchten, hinter deren Geheimnis sie gekommen sind«. Er tadele Miss Barrett jedoch nicht – nichts, was sie tue, könne für ihn je etwas anderes sein als völlig richtig, völlig akzeptabel. Dennoch, so fuhr er am Freitagmorgen fort, »ich halte es für eine beklagenswerte Schwäche . . .« Wenn sie Taylor ermutige, der Hunde stahl, dann ermutige sie auch Mr Barnard Gregory[24], der den Leumund stahl. Indirekt sei sie verantwortlich für all die Elenden, die sich die Kehle durchschnitten oder aus dem Land flohen, weil irgendein Erpresser wie Barnard Gregory sich das Adreßbuch vornehme und den Leumund anständiger Menschen in den Dreck ziehe. »Doch warum all diese Binsenwahrheiten bemühen, wo es doch um die eindeutigste Sache von der Welt geht?« So wetterte und eiferte Mr Browning zweimal täglich von New Cross.

Miss Barrett lag auf ihrem Sofa und las die Briefe. Wie einfach wäre es gewesen, ihnen nachzugeben – wie einfach wäre es gewesen zu sagen, »Deine gute Meinung ist mir mehr wert als hundert Cocker Spaniels«. Wie leicht wäre es für sie gewesen, in die Kissen zurücksinken und zu seufzen, »Ich bin ein schwaches Weib; ich weiß nichts von Recht und Ordnung und Gerechtigkeit; entscheide Du für mich«. Sie brauchte sich nur zu weigern, das Lösegeld zu zahlen; sie mußte Taylor und seiner Sozietät einfach nur Trotz bieten. Und wenn Flush getötet würde, wenn das gräßliche Paket käme, und sie öffnete es, und heraus fielen sein Kopf und seine Pfoten, dann wäre da Robert Browning an ihrer Seite, um ihr zu versichern, daß sie recht gehandelt habe und seinen Respekt verdiene. Doch Miss Barrett ließ sich nicht einschüchtern. Miss Barrett nahm die Feder zur Hand und widersprach Robert Browning. Daß man Donne zitierte[25], sagte sie, sei ja gut und schön; den Fall Gregory anzuführen; sich beherzte

Antworten für Mr Taylor auszudenken – sie hätte dasselbe getan, wenn Taylor sie mißhandelt hätte; wenn Gregory sie verleumdet hätte – hätten sie doch nur! Doch was hätte Mr Browning denn getan, wenn die banditti sie geraubt hätten; *sie* in ihrer Gewalt hätten; *ihr* die Ohren abzuschneiden und sie per Post nach New Cross zu senden drohten? Was immer er getan hätte, ihr Beschluß stehe fest. Flush war hilflos. Sie war für ihn zuständig. »Doch Flush, der arme Flush, der mich so treu geliebt hat; habe ich ein Recht, *ihn* in seiner Unschuld um der Schuld irgendeines Mr Taylor in der Welt zu opfern?« Was immer Mr Browning sagen werde, sie werde Flush erretten, selbst wenn sie sich in den Rachen von Whitechapel hinabbegeben müßte, um ihn zu holen, selbst wenn Robert Browning sie dafür verachtete, daß sie das tat.[26]

Am Samstag also, Mr Brownings Brief lag offen auf dem Tisch vor ihr, begann sie, sich anzukleiden. Sie las sein »ein Wort noch – bei all dem kämpfe ich doch gegen die abscheuliche Taktik der Ehemänner, Väter, Brüder und der Despoten der Welt im allgemeinen«. Wenn sie also nach Whitechapel ging, dann nahm sie Partei gegen Robert Browning und zugunsten der Väter, Brüder und Despoten im allgemeinen. Dennoch fuhr sie fort, sich anzukleiden. Ein Hund heulte in den Gassen. Er war angebunden, hilflos der Gewalt grausamer Männer ausgeliefert. Er schien ihr zu zurufen, indem er heulte: »Denk an Flush.« Sie zog die Schuhe an, das Cape, setzte den Hut auf. Sie warf noch einmal einen flüchtigen Blick auf Mr Brownings Brief. »Bald werde ich Dich heiraten«, las sie. Immer noch heulte der Hund. Sie verließ ihr Zimmer und ging nach unten.

Henry Barrett trat ihr in den Weg und erklärte ihr, seiner Meinung nach sei es durchaus möglich, daß sie überfallen und ermordet werden würde, wenn sie wahrmachte, was sie androhte. Sie wies Wilson an, eine Droschke zu rufen. Am ganzen Leibe zitternd, doch folgsam, gehorchte Wilson. Die Droschke kam. Miss Barrett forderte Wilson auf einzusteigen. Wilson, überzeugt, daß der Tod auf sie wartete, stieg ein. Miss Barrett hieß den Droschkenkutscher zur Manning Street in Shoreditch zu fahren. Miss Barrett stieg selbst ein, und los fuhren sie. Bald schon waren sie jenseits der Tafelfenster, der Mahagonitüren und Vorhofzäune. Sie waren in einer Welt, die Miss

Barrett nie gesehen hatte, von der sie nie etwas geahnt hatte. Sie waren in einer Welt, wo Kühe unter Schlafzimmerböden zusammengepfercht stehen, wo ganze Familien in Zimmern mit zerbrochenen Fenstern schlafen; in einer Welt, wo das Wasser nur zweimal in der Woche angestellt wird; in einer Welt, wo das Laster und die Armut Laster und Armut ausbrüten. Sie waren in eine Gegend gekommen, die achtbaren Droschkenkutschern unbekannt war. Die Droschke hielt; der Kutscher fragte in einer Schänke nach dem Weg.[27] »Und da kamen zwei, drei Männer heraus. ›Ach, Sie suchen wohl Mr Taylor!‹« In dieser geheimnisvollen Welt brauchte eine Droschke mit zwei Damen, die eine Besorgung zu machen hatten, nur herzukommen, und diese Besorgung war im voraus bekannt. Einer der Männer rannte in ein Haus und kam mit den Worten wieder heraus, Mr Taylor »›sei nicht zu Haus! Doch ob ich nicht aussteigen wolle?‹ Wilson beschwor mich in einem entsetzten Gemurmel, an so etwas nicht einmal zu denken.« Eine Rotte Männer und Burschen drängte sich um die Droschke. »›Ob ich dann nicht Mrs Taylor sprechen wolle?‹ fragte der Mann.« Miss Barrett hatte zwar nicht die geringste Lust, mit Mrs Taylor zu sprechen; doch jetzt kam eine ungeheuer dicke Frau aus dem Haus, »dick genug, um ihr Leben lang ein ruhiges Gewissen zu haben«, und informierte Miss Barrett, daß ihr Mann nicht da sei: ». . . vielleicht käme er ja in ein paar Minuten zurück, vielleicht aber auch erst in ebenso vielen Stunden – ob ich nicht aussteigen und warten wolle?« Wilson zupfte sie am Kleid. Man stelle sich das vor – im Haus dieser Frau zu warten ! Es war schlimm genug, umringt von der Rotte Männer und Burschen in der Droschke zu sitzen. Also unterhandelte Miss Barrett mit dem »unförmigen weiblichen Banditen« von der Droschke aus. Mr Taylor habe ihren Hund, sagte sie; Mr Taylor habe versprochen, ihr den Hund zurückzugeben; ob Mr Taylor wohl so freundlich sein wolle, ihr den Hund heute ganz bestimmt in die Wimpole Street zurückzubringen? »Aber ja, ganz bestimmt«, sagte die dicke Frau mit einem anmutigen Lächeln. Sie glaube, daß Taylor just in dieser Angelegenheit weggegangen sei. Und sie »wiegte mit der anmutigsten Leichtigkeit den Kopf nach rechts und links«.

Also wendete die Droschke und verließ die Manning Street in

Shoreditch. Wilson war der Meinung, daß »wir mit dem nackten Leben davongekommen seien«. Miss Barrett war selbst beunruhigt gewesen. »Es war überdeutlich, daß die Bande dort das Sagen hatte. Die Sozietät, die ›Fancy‹ . . . hatte dort ihre Wurzeln«, schrieb sie. Die Gedanken überschlugen sich in ihrem Kopf, ihre Augen waren voller Bilder. Das war es also, was dort auf der anderen Seite der Wimpole Street lag – diese Gesichter, diese Häuser. Sie hatte, während sie vor der Schänke in der Droschke gesessen hatte, mehr gesehen als während der fünf Jahre, die sie in ihrem nach hinten gelegenen Schlafzimmer in der Wimpole Street gelegen hatte. »Die Gesichter dieser Männer!« rief sie aus. Sie waren ihren Augen eingebrannt. Sie reizten ihre Phantasie, wie es die »göttlichen Marmorerscheinungen«, die Büsten auf dem Bücherschrank, nie getan hatten. Hier lebten Frauen wie sie; während sie auf ihrem Sofa lag, lesend, schreibend, lebten sie auf diese Weise. Die Droschke zockelte jetzt jedoch wieder zwischen vierstöckigen Häusern entlang. Hier war die vertraute Allee der Türen und Fenster: die gefügten Ziegelsteine, die Messingtürklopfer, die gleichmäßigen Vorhänge. Hier war die Wimpole Street, hier Nr. 50. Wilson sprang heraus – man kann sich vorstellen, wie erleichtert sie war, in Sicherheit zu sein. Miss Barrett jedoch hielt vielleicht noch einen Augenblick inne. Sie sah immer noch »die Gesichter dieser Männer«.* Sie sollten ihr Jahre später, als sie auf einem sonnigen Balkon in Italien saß und schrieb, wieder vor Augen treten. Sie sollten die lebendigsten Passagen von *Aurora Leigh*[28] inspirieren. Doch jetzt hatte der Butler die Tür geöffnet, und sie kehrte wieder nach oben in ihr Zimmer zurück.

Samstag war der fünfte Tag von Flushs Gefangenschaft. Fast erschöpft, fast hoffnungslos, lag er hechelnd in seiner dunklen Ecke des wimmelnden Fußbodens. Türen schlugen und knallten. Rauhe Stimmen schrien. Frauen kreischten. Papageien schwatzten, wie sie bei den Witwen in Maida Vale nie geschwatzt hatten, doch jetzt ernteten sie dafür nichts als die Flüche bösartiger alter Weiber. Insekten krabbelten ihm durchs Fell, doch er war zu schwach, zu gleichgültig, um sich zu schütteln. Flushs ganzes bisheriges Leben mit seinen vielen Szenerien – Reading, das Gewächshaus, Miss Mitford, Mr Kenyon, die Bücherschränke, die Büsten, die Bauern auf dem Vorhang – waren verblichen, wie Schneeflocken, die in einem Kessel zerschmolzen sind. Wenn er sich noch an irgendeine Hoffnung klammerte, dann war das etwas Namenloses und Gestaltloses; das unausgeprägte Gesicht eines Wesens, das er immer noch »Miss Barrett« nannte. Sie existierte immer noch; die ganze übrige Welt war weg; doch sie existierte immer noch, wenn zwischen ihnen auch solche Kluften lagen, daß es beinah undenkbar war, wie sie noch zu ihm gelangen sollte. Wieder fing die Dunkelheit hereinzubrechen an, eine derartige Dunkelheit, daß es ihr fast gegeben schien, seine letzte Hoffnung zu zermalmen – Miss Barrett.

Um die Wahrheit zu sagen, die Streitkräfte der Wimpole Street fochten selbst in diesem letzten Augenblick noch darum, Flush und Miss Barrett voneinander getrennt zu halten. Am Samstagnachmittag lag sie und wartete, daß Taylor käme, wie die ungeheuer dicke Frau versprochen hatte. Schließlich kam er auch, doch er hatte den Hund nicht mitgebracht. Er ließ Miss Barrett oben etwas ausrichten – sie solle ihm sechs Guineen auf die Hand zahlen, und er werde geradenwegs nach Whitechapel gehen und, darauf gebe er »sein Ehrenwort«, den Hund holen. Was das Ehrenwort des »Erzfeindes« Taylor wert sein mochte, wußte Miss Barrett zwar nicht, doch »schien es keinen anderen Weg zu geben«; Flushs Leben stand auf dem Spiel; sie zählte die Guineen ab und schickte sie Taylor in den Flur hinunter. Doch das Unglück wollte es, daß, während Taylor zwischen den Regenschirmen, den Stichen, den Brücken und anderen Wertgegenständen im Flur wartete, Alfred Barrett hereinkam. Beim Anblick des Erzfeindes, der sich in leibhaftiger Gestalt in seinem Haus aufhielt, verlor er die Beherrschung. Er bekam einen Wutanfall. Er nannte ihn einen »Betrüger und einen Lügner und einen Dieb«. Daraufhin bedachte Mr Taylor seinerseits ihn mit Flüchen. Was jedoch weitaus schlimmer war, er schwor, »so wahr Gott ihm helfen möge, wir würden unseren Hund nie wieder zu sehen bekommen«, und stürzte aus dem Haus. Dann würde also am nächsten Morgen das blutbefleckte Paket eintreffen.

Miss Barrett warf sich erneut die Kleider über und eilte hinunter. Wo Wilson sei? Sie solle eine Droschke rufen. Sie werde sofort wieder nach Shoreditch fahren. Ihre Familie kam herbeigeeilt, um sie daran zu hindern. Es werde schon dunkel. Sie sei bereits erschöpft. Das Abenteuer sei für einen Mann bei Gesundheit schon riskant genug. In ihrem Fall sei es Wahnsinn. So erklärten sie ihr. Ihre Brüder, ihre Schwestern, alle umringten sie, drohten ihr, rieten ihr ab und »beschimpften mich, ich sei ›völlig wahnsinnig‹, und störrisch und bockbeinig – ich mußte mir genauso viele Schimpfworte anhören wie Mr Taylor«. Doch sie hielt stand. Schließlich erkannten sie das Ausmaß ihrer Verrücktheit. Wie groß immer das Risiko auch sein mochte, sie mußten ihr ihren Willen lassen. Septimus versprach, wenn Ba jetzt auf ihr Zimmer zurückkehre und »munter und fidel sei«, würde er selbst zu Taylor fahren und das Geld bezahlen und den Hund zurückbringen.

So löste die Abenddämmerung des 5. September sich denn in der Schwärze der Nacht Whitechapels auf. Die Tür des Raumes wurde wieder einmal aufgestoßen. Ein struppiger Mann zerrte Flush bei der Hautfalte im Nacken aus seiner Ecke. Als er in das widerliche Gesicht seines alten Feindes blickte, wußte Flush nicht, ob man ihn wegholte, um ihn umzubringen oder um ihn zu befreien. Von einer geisterhaften Erinnerung abgesehen, kümmerte es ihn auch nicht. Der Mann beugte sich nieder. Wonach tasteten die riesigen Finger an seinem Hals wohl? Nach einem Messer oder nach der Leine? Taumelnd, halb geblendet, auf torkelnden Beinen wurde Flush an die frische Luft hinausgeführt.

Miss Barrett in der Wimpole Street konnte ihr Dinner nicht essen. War Flush tot, oder war Flush am Leben? Sie wußte es nicht. Um acht Uhr pochte es an der Tür; es war der übliche Brief von Mr Browning. Doch als die Tür aufging, um dem Brief Einlaß zu verschaffen, kam zugleich etwas hereingestürzt – Flush. Er steuerte schnurstracks auf seinen Purpurnapf los. Dreimal wurde er frisch gefüllt; und immer noch trank er. Miss Barrett beobachtete den benommenen, verstörten, schmutzigen Hund beim Trinken. »Er war bei meinem Anblick nicht so begeistert, wie ich erwartet hätte«, bemerkte sie. Nein, es gab nur eins auf der Welt, nach dem er verlangte – sauberes Wasser.

Immerhin hatte Miss Barrett nur einen flüchtigen Blick in die Gesichter dieser Männer geworfen und erinnerte sich ihr ganzes Leben an sie. Flush hingegen war ihnen in ihrer Mitte fünf ganze Tage auf Gedeih und Verderb ausgeliefert gewesen. Als er jetzt wieder auf Kissen gebettet lag, war kaltes Wasser das einzige, das irgendwelche Substanz, irgendwelche Wirklichkeit zu besitzen schien. Er trank unaufhörlich. Die alten Götter des Schlafzimmers – der Bücherschrank, der Kleiderschrank, die Büsten – schienen ihre Substanz verloren zu haben. Dies Zimmer war nicht mehr die ganze Welt; es war nur eine Zuflucht. Es war nur eine Grube, überwölbt von einem einzigen zitternden Ampferblatt in einem Wald, wo wilde Tiere nach Beute schlichen und giftige Schlangen sich ringelten; wo hinter jedem Baum ein Mörder lauerte, sprungbereit. Während er benommen und erschöpft zu Miss Barretts Füßen auf dem Sofa lag, klangen ihm das Geheul angebundener Hunde, das Gekreisch angsterfüllter Vögel immer noch in den Ohren. Wenn die Tür sich öffnete, fuhr er empor, denn er erwartete einen struppigen Mann mit einem Messer – es war nur Mr Kenyon mit einem Buch; es war nur Mr Browning mit seinen gelben Handschuhen. Doch er scheute jetzt vor Mr Kenyon und Mr Browning zurück. Er traute ihnen nicht mehr. Hinter diesen lächelnden, freundlichen Gesichtern verbargen sich Verrat und Grausamkeit und Trug. Ihre Liebkosungen waren leer. Ihm grauste selbst davor, mit Wilson zum Briefkasten zu gehen. Ohne seine Leine rührte er sich nicht vom Fleck. Wenn sie sagten, »Armer Flush, haben die bösen Männer dich weggeholt?«, hob er den Kopf und winselte und jaulte. Ein Peitschenknall bewirkte, daß er wie ein Blitz die Vorgartenstufen hinabschoß und sich in Sicherheit brachte. Drinnen kroch er näher an Miss Barrett auf dem Sofa heran. Sie allein hatte ihn nicht im Stich gelassen. Er hatte immer noch ein gewisses Vertrauen zu ihr. Allmählich gewann sie wieder eine gewisse Substanz. Erschöpft, zitternd, schmutzig und sehr mager lag er zu ihren Füßen auf dem Sofa.

Als dann die Tage vergingen und die Erinnerung an Whitechapel schwächer wurde, las Flush, der dicht bei Miss Barrett auf dem Sofa lag, ihre Gefühle deutlicher als je zuvor. Sie waren getrennt gewesen; jetzt waren sie beisammen. Tatsächlich waren sie einander nie so verwandt gewesen. Jedes Zusammenzucken ihrerseits, jede Bewegung, die sie machte, durchlief auch ihn. Und sie schien jetzt unaufhörlich zusammenzuzucken und sich zu bewegen. Beim Eintreffen eines

Päckchens sprang sie gar auf. Sie öffnete das Päckchen; mit zitternden Fingern nahm sie ein Paar dicker Stiefel heraus. Sie verbarg sie sofort in der Ecke hinter dem Schrank. Dann legte sie sich wieder hin, als wäre nichts geschehen; doch irgend etwas war geschehen. Als sie allein waren, stand sie auf und nahm eine Brillantkette aus einer Schublade. Sie holte die Schachtel hervor, die Mr Brownings Briefe enthielt. Sie legte die Stiefel, die Kette und die Briefe zusammen in eine Reisetasche und dann – als hörte sie Schritte auf der Treppe – stieß sie die Tasche unter das Bett, legte sich eilig hin und deckte sich wieder mit ihrer Stola zu. Derartige Anzeichen für Geheimnistuerei und Verstohlenheit mußten, so empfand es Flush, doch irgendeine nahende Krise ankündigen. Ob sie demnächst miteinander fliehen würden? Ob sie bald miteinander dieser gräßlichen Welt der Hundediebe und Tyrannen entrinnen würden? Oh, wenn das möglich wäre! Er zitterte und fiepte vor Aufregung, doch Miss Barrett befahl ihm mit leiser Stimme, still zu sein, und sofort war er still. Sie selbst war auch sehr still. Sie lag, sobald einer ihrer Brüder oder eine ihrer Schwestern hereinkamen, völlig still auf dem Sofa; sie lag da und sprach mit Mr Barrett, wie sie immer dalag und mit Mr Barrett sprach.

Doch am Samstag, dem 12. September, tat Miss Barrett, was Flush sie noch nie hatte tun sehen. Sie zog sich an, als wolle sie gleich nach dem Frühstück ausgehen. Darüber hinaus konnte Flush, während er sie beim Ankleiden beobachtete, an ihrer Miene ganz deutlich erkennen, daß er sie nicht begleiten durfte. Sie hatte irgendeine geheimnisvolle Angelegenheit privater Natur im Sinn. Um zehn betrat Wilson das Zimmer. Sie war ebenfalls gekleidet wie für einen Spaziergang. Sie gingen zusammen aus; und Flush lag auf dem Sofa und wartete auf ihre Rückkehr. Etwa eine Stunde später kehrte Miss Barrett allein zurück. Sie sah ihn nicht an – sie schien überhaupt nichts zu sehen. Sie zog die Handschuhe aus, und einen Augenblick lang sah er an einem ihrer Finger der Linken einen goldenen Reif schimmern. Dann sah er, wie sie den Ring vom Finger zog und in der Dunkelheit einer Schublade verbarg. Dann legte sie sich wie gewöhnlich aufs Sofa. Er lag neben ihr und wagte kaum zu atmen, denn was immer auch geschehen sein mochte, es war etwas, das um jeden Preis geheimgehalten werden mußte.

Um jeden Preis mußte das Schlafzimmerleben so weitergehen wie gewöhnlich. Doch alles war ganz anders. Selbst noch die Bewegung des Vorhangs, wenn er sich nach innen oder außen blähte, schien Flush ein Signal zu sein. Und wenn Lichter und Schatten über die Büsten hinwegglitten, dann schienen auch sie Zeichen zu machen und zu winken. Alles im Zimmer schien die Veränderung zu gewärtigen, auf irgendein Ereignis gefaßt zu sein. Und doch war alles still, blieb alles verborgen. Die Brüder und Schwestern kamen und gingen wie gewöhnlich; Mr Barrett kam am Abend wie gewöhnlich. Er vergewisserte sich gewöhnlich, ob das Kotelett aufgegessen worden war, der Wein ausgetrunken. Miss Barrett sprach und lachte und ließ, wenn jemand im Zimmer war, durch keinerlei Anzeichen erkennen, daß sie irgend etwas verheimlichte. Doch wenn sie allein waren, zog sie die Tasche unter dem Bett hervor und füllte sie hastig, verstohlen, und lauschte, während sie das tat. Und die Zeichen der Spannung waren unverkennbar. Am Sonntag läuteten die Kirchenglocken. »Welche Glocken sind das?« fragte jemand. »Die Glocken von Marylebone Church«, sagte Miss Henrietta. Miss Barrett, das sah Flush, wurde kreideweiß. Doch sonst schien niemand irgend etwas zu bemerken.

So ging der Montag vorüber und der Dienstag und Mittwoch und Donnerstag. Über ihnen allen lag eine Decke des Schweigens, des Essens und Redens und reglosen Liegens auf dem Sofa, wie gewöhnlich. Flush warf sich unruhig im Schlaf hin und her und träumte, sie seien gemeinsam in der Dunkelheit unter Farnen und Blättern gebettet, in einem großen Wald; dann teilten die Blätter sich, und er wachte auf. Es war dunkel; doch sah er Wilson verstohlen ins Zimmer kommen und die Tasche unter dem Bett hervorholen und leise hinaustragen. Dies war in der Nacht des Freitag, am 18. September. Den ganzen Samstagmorgen lag er, wie jemand liegt, der weiß, daß jetzt jeden Augenblick ein Taschentuch fallen, ein leiser Pfiff ertönen kann und damit das Signal gegeben ist, das über Tod oder Leben entscheidet. Er beobachtete, wie Miss Barrett sich ankleidete. Um Viertel vor vier ging die Tür auf, und Wilson kam herein. Dann wurde das Signal gegeben – Miss Barrett hob ihn auf den Arm. Sie stand auf und ging zur Tür. Einen Augenblick standen sie und schauten sich im Zimmer um. Da war das Sofa und daneben Mr Brownings Lehnstuhl. Da waren die Büsten und die Tische. Die Sonne drang durch die Efeublätter herein, und der Vorhang mit den spazierengehenden Bauern blähte sich sanft. Alles war wie gewöhnlich. Alles schien einer weiteren Million solcher Augenblicke entgegenzusehen; doch für Miss Barrett und Flush war dies der letzte. Sehr leise schloß Miss Barrett die Tür.

Sehr leise schlichen sie sich hinunter, am Salon vorbei, der Bibliothek, dem Speisezimmer. Alles sah aus, wie es gewöhnlich aussah; roch, wie es gewöhnlich roch; alles war ruhig, als schlafe es an diesem heißen Septembernachmittag. Auf dem Läufer in der Diele lag der ebenfalls schlafende Catiline. Sie erreichten die Haustür und drehten sehr leise den Türknauf. Draußen wartete eine Droschke.

»Zu Hodgson's«, sagte Miss Barrett. Sie sprach fast im Flüsterton. Flush saß sehr still auf ihrem Knie. Um keinen Preis der Welt hätte er dies ungeheuerliche Schweigen gebrochen.

5. Kapitel

Italien

Stunden, Tage, Wochen, so schien es, der Dunkelheit und des Geratters; der plötzlichen Lichter; und dann lange Tunnel der Finsternis; wo man hin- und hergeworfen wurde; wo man hastig zum Licht gehoben wurde und Miss Barretts Gesicht von Nahem sah, und dann folgten – denn es war in der damaligen Zeit der barbarische Brauch der Eisenbahn, Hunde in Kisten reisen zu lassen – dünne Bäume und Drähte und Gleise und hohe lichtgesprenkelte Häuser. Flush hatte jedoch keine Angst; sie flohen ja; sie ließen Tyrannen und Hundediebe hinter sich. Rattern, Quietschen; quietsche, rattere du nur soviel du willst, murmelte er, wenn der Zug ihn hin- und herschleuderte; wenn wir nur die Wimpole Street und Whitechapel hinter uns lassen. Schließlich dehnte das Licht sich aus; das Geratter hörte auf. Er hörte Vögel singen und das Seufzen der Bäume im Wind. Oder war es das Rauschen von Wasser? Als er endlich die Augen aufmachte, als er endlich sein Fell schüttelte, sah er – es war der erstaunlichste Anblick, der sich vorstellen ließ. Da war Miss Barrett auf einem Felsen inmitten rauschenden Wassers. Bäume neigten sich über sie; der Fluß floß reißend um sie her. Sie mußte in Gefahr sein. Mit einem Sprung setzte Flush spritzend durchs Wasser und war bei ihr. »... er ist getauft im Namen Petrarcas«, sagte Miss Barrett, als er auf den Felsen neben ihr emporkletterte. Denn sie waren in der Vaucluse; sie hatte sich mitten in Petrarcas Quelle auf einen Stein gehockt.

Dann kam noch mehr Geratter und Gequietsche, und dann wurde er abermals auf festem Boden abgesetzt; die Dunkelheit öffnete sich; Licht ergoß sich über ihn; er fand sich lebendig, wach, verwirrt, auf rötlichen Fliesen in einem geräumigen kahlen Zimmer stehend wieder, das von Sonnenlicht durchflutet war. Er lief hin und her, schnüffelte und berührte. Es gab keinen Teppich und keinen Kamin. Es gab keine Sofas, keine Lehnstühle, keine Bücherschränke, keine Büsten. Stechende und vertraute Gerüche kitzelten seine Nüstern und brachten ihn zum Niesen. Das Licht, das ungeheuer schneidend und klar war, blendete seine Augen. Er war noch nie in einem Zimmer gewesen – wenn dies wirklich ein Zimmer war –, das so hart, so hell, so groß, so leer war. Miss Barrett sah kleiner aus denn je, wie sie da in der Mitte auf einem Stuhl am Tisch saß. Dann nahm Wilson ihn mit nach draußen. Er fühlte sich wie geblendet, erst von der Sonne, dann vom Schatten. Die eine Hälfte der Straße war sengend heiß; die andere bitter kalt. Frauen gingen in Pelze gehüllt vorbei, trugen jedoch Sonnenschirme, um ihre Köpfe zu beschatten. Und die Straße war knochentrocken. Obwohl es inzwischen Mitte November war, gab es dort weder Schlamm noch Pfützen, die ihm die Pfoten naßgemacht oder seine Fahnen verklebt hätten. Es gab keine Vorhöfe und keine Gitter. Es gab dort nichts von dem berauschenden Gewirr der Gerüche, das den Spaziergang die Wimpole Street oder die Oxford Street entlang so verwirrend machte. Andererseits waren die seltsamen neuen Gerüche, die von scharfen steinernen Ecken, von trockenen gelben Mauern kamen, ungeheuer beißend und eigenartig. Dann drang hinter einem schwarzen wehenden Vorhang ein erstaunlicher lieblicher Duft hervor, der in Schwaden herauswallte; er blieb stehen, die Pfoten erhoben, um ihn zu schmecken; er schickte sich an, ihm ins Innere nachzugehen; er schob sich unter dem Vorhang hindurch. Er erhaschte gerade nur einen Blick in eine dröhnende, lichtgesprenkelte Halle, die sehr hoch und gewölbt war; und dann riß Wilson ihn mit einem Aufschrei des Entsetzens schmerzhaft zurück. Sie gingen weiter die Straße entlang. Der Straßenlärm war ohrenbetäubend. Alles schien gleichzeitig gellend durcheinanderzuschreien. Anstelle des stetigen, einschläfernden Gesummes von London herrschte ein einziges Geratter und Geschrei, ein Geklingel und ein Gebrüll, ein Peitschengeknalle und Glockengebimmel. Flush sprang ständig hin und her, und Wilson ebenfalls. Sie wurden zwanzigmal vom Gehsteig genötigt, um einem Karren auszuweichen, einem Ochsen, einem Trupp Soldaten, einer Ziegenherde. Er fühlte sich jünger, munterer denn je zuvor in diesen vielen Jahren. Benommen, doch erhobener Stimmung, sank er auf die rötlichen Fliesen und schlief fester, als er es je im nach hinten gelegenen Schlafzimmer in der Wimpole Street auf Kissen getan hatte.

Doch bald schon wurde Flush sich über die tieferreichenden Unterschiede klar, die Pisa – denn Pisa war es, wo sie sich jetzt niedergelassen hatten[29] – von London trennen. Die Hunde waren anders. In London konnte er kaum bis zum Briefkasten trotten, ohne einem Mops, Retriever, einer Bulldogge, einem Mastiff, Collie, Neufundländer, Bernhardiner, Foxterrier oder einer der sieben berühmten Familien vom Stamme der Spaniels zu begegnen. Jedem gab er einen anderen Namen und jedem einen anderen Rang. Hier in Pisa hingegen gab es, obwohl es von Hunden wimmelte, keine Rangstufen; alle – war das denn möglich? – waren Mischlinge. Soweit er sehen konnte, waren sie einfach bloß Hunde – graue Hunde, gelbe Hunde, gesprenkelte Hunde, gefleckte Hunde; es war jedoch unmöglich, auch nur einen einzigen Spaniel, Collie, Retriever oder Mastiff unter ihnen zu entdecken. Hatte die Rechtsprechung des Kennel Clubs denn in Italien keine Geltung? War der Spaniel Club unbekannt? Gab es hier kein Gesetz, das den Schopf zum Tode verurteilte, das das lockige Ohr hochhielt, die Fahnen der Pfoten schützte und uneingeschränkt dafür eintrat, daß die Stirn gewölbt und nicht spitz sein müsse? Offensichtlich nicht. Flush fühlte sich wie ein Fürst im Exil. Er war der einzige Aristokrat inmitten der *canaille*. Er war der einzige reinrassige Cocker Spaniel in ganz Pisa.

Viele Jahre lang war Flush nun schon darin unterwiesen worden, sich als Aristokraten zu betrachten. Das Gesetz des Purpurnapfes und der Leine hatte sich tief in seine Seele eingegraben. So kann es kaum überraschen, daß er aus dem Gleichgewicht geriet. Auch einem Howard oder einem Cavendish, den es unter eine Schar von Eingeborenen in Lehmhütten verschlagen hat, darf man wohl schwerlich verübeln, wenn er sich ab und zu an Chatsworth erinnert und wehmütig über rote Teppiche und Galerien nachsinnt, die von Krönchen betupft werden, wenn der Sonnenuntergang durch bemalte Fenster herablodert. Flush besaß zugegebenermaßen einen snobistischen Zug; Miss Mitford hatte ihn schon vor Jahren entdeckt. Und diese Regung, die unter Gleichen und Höhergestellten in London nicht zum Tragen gekommen war, meldete sich jetzt wieder, da er sich einzigartig vorkam. Er wurde anmaßend und unverschämt. »Flush hat sich zu einem absoluten Herrscher entwickelt und bringt einen mit seinem

Mrs Browning

Gebell aus dem Konzept, wenn er eine Tür aufgemacht haben will«, schrieb Mrs Browning. »Robert«, so fuhr sie fort, »erklärt, besagter Flush sei der Ansicht, mein Mann sei ausschließlich zu dem Zweck erschaffen worden, ihm zu Diensten zu sein, und es sieht tatsächlich auch ganz so aus.«

»Robert«, »mein Mann« – wenn Flush sich verändert hatte, so auch Miss Barrett. Es war nicht nur, daß sie sich jetzt Mrs Browning nannte; daß sie den goldenen Ring an ihrer Hand in der Sonne blitzen ließ; sie war verändert, ebensosehr wie Flush verändert war. Flush hörte sie fünfzigmal am Tag »Robert«, »mein Mann«, sagen und jedesmal mit einem Beiklang von Stolz, der bewirkte, daß sich ihm das Nackenhaar aufrichtete und sein Herz schneller klopfte. Es war jedoch nicht nur ihre Sprache, die sich verändert hatte. Sie war ein ganz und gar anderer Mensch. Statt zum Beispiel an einem Fingerhut Portwein zu nippen und sich über Kopfschmerzen zu beklagen, stürzte sie einen Becher Chianti herunter und schlief nur um so fester. Es lag ein blühender Orangenzweig auf dem Eßtisch statt einer gehäuteten, sauren gelben Frucht. Und statt in einem Landauer zum Regent's Park zu fahren, zog sie ihre dicken Stiefel an und kletterte über Felsen. Statt in einer Kutsche zu sitzen und die Oxford Street hinunterzurumpeln, ratterten sie in einem klapprigen Einspänner zu einem Seeufer und blickten auf Berge; und wenn sie müde war, dann rief sie nicht wieder nur eine Droschke; sie setzte sich auf einen Stein und beobachtete die Eidechsen. Sie genoß die Sonne; sie genoß die Kälte. Sie warf Pinienscheite aus dem herzoglichen Forst ins Feuer, wenn es fror. Sie saßen beieinander im knisternden Geloder und sogen den beißenden, aromatischen Duft ein. Sie wurde niemals müde, Italien auf Kosten Englands zu preisen. »... unseren armen Engländern«, so rief sie aus, »gebricht es an Schulung in Lebensfreude. Es fehlt ihnen an Läuterung, nicht im Feuer, sondern im Sonnenschein.« Hier in Italien herrschten die Freiheit und das Leben und die Freude, die die Sonne hervorbringt. Niemals sah man Männer miteinander kämpfen oder hörte sie fluchen; niemals sah man die Italiener betrunken – »die Gesichter dieser Männer« in Shoreditch traten ihr wieder vor Augen. Sie verglich Pisa unablässig mit London und erklärte, wie sehr sie Pisa vorziehe. In den Straßen von Pisa konnten hübsche

Frauen allein umhergehen; große Damen schütteten eben noch selbst ihr Spülwasser aus und gingen dann in der Pracht ihres »unbestreitbaren Glanzes« zu Hofe. Pisa mit all seinen Glocken, seinen Mischlingen, seinen Kamelen, seinen Pinienwäldern, war der Wimpole Street mit ihren Mahagonitüren und ihren Hammelschultern unendliche Male vorzuziehen. So pries Mrs Browning denn, während sie ihren Chianti herunterstürzte und noch eine Orange von dem Zweig brach, Italien und beklagte das arme, trübselige, feuchte, sonnenlose, freudlose, teure, konventionelle England.

Wilson wahrte allerdings eine Zeitlang noch ihr britisches Gleichgewicht. Die Erinnerung an Butler und Wirtschaftsräume, an Haustüren und Vorhänge ließ sich nicht ohne Mühe aus ihrer Vorstellung tilgen. Sie besaß immer noch das sittliche Empfinden, eine Gemäldegalerie schnurstracks zu verlassen, »weil die Unanständigkeit der Venus sie vor den Kopf stieß«.[30] Und als es ihr später, dank der Gefälligkeit einer Freundin, verstattet war, durch eine Tür einen heimlichen Blick auf die Pracht des Großherzöglichen Palasts zu werfen, behauptete sie immer noch loyal, St. James's sei ihm an Glanz überlegen. »Es . . . war alles sehr schäbig«, berichtete sie, »verglichen mit unserem englischen Hof.« Doch während sie noch hineinschaute, zog die prachtvolle Gestalt eines der Leibwächter des Großherzogs ihren Blick auf sich. Ihre Phantasie entzündete sich; ihre Urteilskraft geriet ins Wanken; ihre Maßstäbe gerieten aus den Fugen. Lily Wilson verliebte sich leidenschaftlich in Signor Righi, den Leibgardisten.*

Und gerade wie Mrs Browning ihre neue Freiheit erforschte und sich an den Entdeckungen ergötzte, die sie machte, so machte auch Flush seine Entdeckungen und erforschte seine Freiheit. Ehe sie Pisa verließen – im Frühling 1847 zogen sie weiter nach Florenz –, hatte Flush sich der merkwürdigen und zunächst beunruhigenden Wahrheit gestellt, daß die Gesetze des Kennel Clubs nicht universal gültig sind. Er hatte es über sich vermocht, der Tatsache ins Auge zu sehen, daß helle Schöpfe nicht unbedingt verhängnisvoll sind. Er hatte seinen Kodex entsprechend revidiert. Er paßte sich, zunächst mit einem gewissen Zögern, in seinem Verhalten seiner neuen Anschauung von der kaninen Gesellschaft an. Er wurde mit jedem Tage demokratischer. Schon in Pisa bemerkte Mrs Browning: ». . . er geht jeden Tag aus und spricht mit den kleinen Hunden italienisch.« Jetzt in Florenz fielen die letzten Fädchen seiner einstigen Fesseln von ihm ab. Der Augenblick der Befreiung kam eines Tages in den Cascine-Gärten. Als er über das »smaragdgrüne Gras« jagte, »von dem allenthalben die Fasane aufflogen«, kam Flush plötzlich der Regent's Park und seine Proklamation, »Hunde sind an der Leine zu führen«, in den Sinn. Wo war jetzt das »sind an der Leine zu führen«? Wo war jetzt die Leine? Wo waren Parkwächter und Schlagstöcke? Dahin, zusammen mit Hundedieben und den Kennel Clubs und Spaniel Clubs einer verderbten Aristokratie. Dahin mit vierrädrigen Kutschen und Einspännern! mit Whitechapel und Shoreditch! Er rannte, er jagte dahin; sein Fell blitzte; seine Augen glühten. Er war jetzt der Freund der ganzen Welt. Alle Hunde waren seine Brüder. Er brauchte keine Leine in dieser neuen Welt; er brauchte keinen Schutz. Wenn Mr Browning nicht rechtzeitig zu seinem Spaziergang bereit war – er und Flush waren jetzt ein Herz und eine Seele –, dann trieb Flush ihn kühn zur Eile an. Er »stellt sich vor ihn hin und bellt auf die herrischste Art und Weise«, bemerkte Mrs Browning mit einer gewissen Gereiztheit – denn ihr Verhältnis zu Flush war jetzt weniger gefühlvoll als in früheren Tagen; sie brauchte sein rotes Fell und seine leuchtenden Augen nicht mehr als Ersatz dessen, was ihrem eigenen Erleben fehlte; sie hatte ihren eigenen Pan zwischen Weinbergen und Olivenbäumen entdeckt; er war des Abends gelegentlich selbst am Pinienholzfeuer dabei. Wenn Mr Browning folglich trödelte, dann stand Flush auf und bellte; wenn Mr Browning es jedoch vorzog, zu Hause zu bleiben und zu schreiben, dann machte das auch nichts. Flush war jetzt unabhängig. Die Glyzinen und der Goldregen überzogen blühend die Mauern; die Judasbäume loderten hell in den Gärten; die wilden Tulpen waren über die Felder verstreut. Warum sollte er warten? Schon war er allein auf und davon. Er war jetzt sein eigener Herr. »... er geht allein aus und bleibt Stunden weg«, schrieb Mrs Browning, »... kennt jede Straße in Florenz – will in allem seinen Kopf durchsetzen. Ich ängstige mich nie wegen seines Ausbleibens«, setzte sie hinzu und erinnerte sich lächelnd jener quälenden Stunden in der Wimpole Street und der Bande, die darauf lauerte, sich ihn zwischen den Pferdehufen wegzuschnappen, wenn sie ihn in der Vere Street an die Leine zu nehmen vergaß. Angst war unbekannt in Florenz; es gab hier keine Hundediebe, und, so mag sie geseufzt haben, es gab keine Väter.

Doch um aufrichtig zu sein, nicht um Bilder anzustarren, in dunkle Kirchen einzudringen und zu schwach erkennbaren Fresken emporzublicken, sprang Flush davon, wenn die Tür der Casa Guidi offengelassen worden war. Er wollte etwas genießen, etwas suchen, das ihm all die Jahre vorenthalten worden war. Einst hatte das Jagdhorn der Venus seine wilde Musik über die Felder von Berkshire geblasen; er hatte die Hündin von Mr Partridge geliebt; sie hatte ihm einen Nachkommen geboren. Jetzt hörte er dieselbe Stimme durch die engen Straßen von Florenz schmettern, doch herrischer, gebieterischer noch nach all den Jahren der Stummheit. Jetzt lernte Flush das kennen, was die Menschen niemals kennenlernen können – reine Liebe, schlichte Liebe, uneingeschränkte Liebe; Liebe, die nicht die Sorge im Kielwasser nach sich schleppt; die keine Scham kennt; keine Reue; die eben noch hier ist und dann auf und davon, wie die Biene auf der Blume eben noch hier und dann auf und davon ist. Heute ist die Blume eine Rose, morgen eine Lilie; jetzt ist sie die wilde Distel auf der Heide, jetzt die gebauschte, hochnäsige Orchidee des Gewächshauses. So wahllos, so sorglos umarmte Flush den gefleckten Spaniel unten am Ende des Gäßchens und die gestreifte Hündin und die gelbe Hündin – ganz gleich, welche es gerade war. Für Flush war das ein und dasselbe. Er folgte dem Horn, wo immer es blies und der Wind den Klang herwehte. Die Liebe war alles; die Liebe war genug. Niemand rügte ihn für seine Eskapaden. Mr Browning lachte bloß – »Eine rechte Schande bei einem ehrbaren Hund wie ihm« –, wenn Flush sehr spät abends oder erst frühmorgens zurückkehrte. Und Mrs Browning lachte ebenfalls, wenn Flush sich auf den Schlafzimmerboden fallen ließ und auf dem in Scagliola eingelegten Wappenzeichen der Familie Guidi in gesunden Schlaf versank.

Denn in der Casa Guidi waren die Räume kahl. All jene drapierten Gegenstände seiner Tage der klösterlichen Abgeschiedenheit waren verschwunden. Das Bett war ein Bett; der Waschtisch war ein Waschtisch. Alles war es selbst und nicht etwas anderes. Der Salon war geräumig, und hier und dort standen ein paar alte geschnitzte

Casa Guidi

Ebenholzstühle. Über dem Kamin hing ein Spiegel mit zwei Cupidos als Kerzenhaltern. Mrs Browning selbst hatte ihre Kaschmirstolen abgelegt. Sie trug eine aus einer dünnen leuchtenden Seide gemachten Haube, die ihrem Mann gefiel. Ihr Haar war auf eine neue Art gebürstet. Und wenn die Sonne untergegangen war und die Fensterläden geöffnet worden waren, dann ging sie in dünnen weißen Musselin gekleidet den Balkon auf und ab. Sie saß dort sehr gern und schaute, horchte, beobachtete die Menschen auf der Straße.

Sie waren noch nicht lange in Florenz gewesen, als eines Nachts auf der Straße ein solches Geschrei und Getrappel entstand, daß sie auf den Balkon liefen, um zu sehen, was dort vorging. Unten wogte eine riesige Menschenmenge. Sie trugen Banner und schrien und sangen. Sämtliche Fenster waren voller Gesichter; sämtliche Balkone waren voller Gestalten. Die Menschen in den Fenstern warfen Blumen und Lorbeerblätter zu den Menschen unten auf der Straße hinunter; und die Menschen auf der Straße – ernsthafte Männer, fröhliche junge Frauen – küßten einander und reckten den Leuten auf den Balkonen ihre Säuglinge entgegen. Mr und Mrs Browning standen über die Balustrade gelehnt und klatschten und klatschten. Banner um Banner zog vorbei. Die Fackeln tauchten sie in ihr zuckendes Licht. »Freiheit« stand auf einem; »Geeintes Italien« auf einem anderen; und »Dem Gedächtnis der Märtyrer« und »Viva Pio Nono« und »Viva Leopoldo Secondo[31]« – dreieinhalb Stunden zogen die Banner vorbei, und die Menschen jubelten, und Mr und Mrs Browning standen mit sechs brennenden Kerzen auf dem Balkon und winkten und winkten. Eine Zeitlang tat auch Flush, der mit den Pfoten auf der Brüstung neben ihnen emporgereckt stand, alles, um sich zu vergnügen. Doch schließlich – er konnte es nicht verhehlen – gähnte er. »Er gestand schließlich, daß er fand, sie zögen es doch reichlich in die Länge«, bemerkte Mrs Browning. Eine gewisse Müdigkeit, ein gewisser Zweifel, der Wunsch zu lästern bemächtigte sich seiner. Wozu war das bloß alles gut? fragte er sich. Wer war denn dieser Großherzog, und was hatte er versprochen? Warum legten denn alle diese absurde Aufgeregtheit an den Tag? – denn der Eifer, mit dem Mrs Browning winkte und winkte, als die Banner vorüberzogen, ärgerte ihn aus irgendeinem Grunde. Eine derartige Begeisterung für einen Großherzog war doch wohl übertrieben, fand er. Und dann, als der Großherzog vorüberzog, bemerkte er, daß eine kleine Hündin an der Tür stehengeblieben war. Er nahm seine Chance wahr, als Mrs Brownings Begeisterung sich noch einmal steigerte, stahl sich vom Balkon herab und verschwand. Durch Banner und Menschenmenge hindurch folgte er ihr. Sie floh immer weiter und weiter ins Herz von Florenz. Weit weg war das Geschrei zu hören; die Hochrufe der Menschen verstummten. Die Lichter der Fackeln wurden gelöscht. Nur der eine oder andere Stern funkelte im Gekräusel des Arno, wo Flush mit der gefleckten Spanielhündin neben sich lag, in die Muschel eines alten Korbs im Schlamm gebettet. So lagen sie dort in der Trance der Liebe, bis die Sonne am Himmel aufging. Flush kehrte erst um neun Uhr am nächsten Morgen zurück, und Mrs Browning begrüßte ihn einigermaßen ironisch – er hätte sich ja wenigstens, so fand sie, erinnern können, daß heute ihr erster Hochzeitstag war. Doch sie vermutete, »er hatte sich glänzend amüsiert«. Das stimmte. Während sie eine unerklärliche Befriedigung am Getrappel von vierzigtausend Menschen, an den Versprechungen von Großherzögen und den windigen Forderungen von Bannern gefunden hatte, hatte Flush die kleine Hündin an der Tür unendlich viel reizvoller gefunden.

Es ist nicht zu bezweifeln, daß Mrs Browning und Flush auf ihren Entdeckungsreisen zu unterschiedlichen Schlüssen gelangten – sie bei einem Großherzog, er bei einer gefleckten Spanielhündin –, und doch hatte das Band, das sie zusammenhielt, unleugbar weiter Bestand. Kaum hatte Flush das »an der Leine zu führen« für sich gestrichen und jagte ungehindert über das smaragdgrüne Gras der Cascine-Gärten, wo die Fasane rot und golden aufflatterten, da fühlte er sich zurückgerissen. Einmal mehr flog er auf seine Hinterläufe zurück. Erst war es nichts – bloß ein Anzeichen –, nur daß Mrs Browning im Frühjahr 1849 zur Nadel griff. Und doch war etwas an ihrem Anblick, das Flush stutzig machte. Sie war es nicht gewohnt zu nähen. Er bemerkte, daß Wilson ein Bett verrückte und daß sie eine Schublade öffnete, um weiße Sachen hineinzulegen. Er hob den Kopf vom Fliesenboden und schaute, horchte aufmerksam. Ob noch einmal etwas passieren würde? Er hielt besorgt nach Anzeichen für Schrankkoffer und Packerei Ausschau. Ob es eine weitere Flucht, ein weiteres

Entrinnen geben würde? Doch ein Entrinnen wohin, wovor? Hier muß man vor nichts Angst haben, versicherte er Mrs Browning. Keiner von ihnen beiden mußte sich in Florenz vor Mr Taylor und in Packpapier gewickelten Hundeköpfen fürchten. Doch er war verdutzt. Die Zeichen einer Veränderung, wie er sie las, deuteten nicht auf Flucht. Sie deuteten, viel geheimnisvoller, auf eine Erwartung. Irgend etwas, das spürte er, als er Mrs Browning beobachtete, die so gefaßt, doch auch so schweigsam und beharrlich in ihrem Sessel saß und nähte, stand bevor, das unausweichlich war und gräßlich zugleich. Wie die Wochen vergingen, verließ Mrs Browning zunehmend seltener das Haus. Sie schien, während sie dort so saß, irgendeinem gewaltigen Ereignis entgegenzusehen. Stand ihr eine Begegnung mit jemandem wie dem Schurken Taylor bevor, die ihr, allein und ohne Beistand, einen Hagel von Schlägen eintragen würde? Flush zitterte bei diesem Gedanken vor Angst. Gewiß hatte sie nicht die Absicht davonzulaufen. Keine Kisten wurden gepackt. Es gab kein Zeichen dafür, daß jemand demnächst das Haus verlassen würde – eher gab es Zeichen dafür, daß jemand kommen würde. In seiner eifersüchtigen Besorgnis musterte Flush jeden neuen Gast eingehend. Es gab jetzt viele – Miss Blagden, Mr Landor, Hattie Hosmer, Mr Lytton[32] –, eine große Zahl von Damen und Herren kamen mittlerweile in die Casa Guidi. Tagaus, tagein saß Mrs Browning in ihrem Sessel und nähte still vor sich hin.

Dann erschien eines Tages Anfang März[33] Mrs Browning überhaupt nicht im Salon. Andere Menschen kamen und gingen; Mr Browning und Wilson kamen und gingen; und sie kamen und gingen derart verstört, daß Flush sich unter dem Sofa versteckte. Menschen stapften treppauf, treppab, rannten und riefen im Flüsterton und mit unvertrauten gedämpften Stimmen. Oben im Schlafzimmer war Bewegung. Er verkroch sich immer tiefer und tiefer in den Schatten des Sofas. Er wußte in jeder Faser seines Körpers, daß irgeneine Veränderung vor sich ging – irgend etwas Schreckliches ereignete sich. So hatte er Jahre zuvor auf den Schritt des Kapuzenmannes im Treppenhaus gewartet. Und endlich hatte die Tür sich geöffnet, und Miss Barrett hatte gerufen, »Mr Browning!« Wer jetzt wohl käme? Was für ein Kapuzenmann?

Den ganzen Tag lang ließ man ihn völlig allein; niemand betrat den Salon. Er lag im Salon ohne irgendwelches Fressen oder Trinken; tausend gefleckte Spanielhündinnen hätten an der Tür schnüffeln können, und er wäre vor ihnen zurückgewichen. Denn während die Stunden vergingen, hatte er das überwältigende Gefühl, daß sich etwas gewaltsam von außen Einlaß ins Haus verschaffte. Er spähte hinter den Falbeln hervor. Die Cupidos, die die Kerzen hielten, die Ebenholztruhen, die französischen Stühle, sie alle wirkten wie auseinandergerückt; ihm selbst war, als würde er gegen die Wand gedrängt, um Platz für etwas zu machen, das er nicht sehen konnte. Einmal sah er Mr Browning, doch es war nicht derselbe Mr Browning; einmal Wilson, doch sie war ebenfalls verändert – als sähen sie beide dieselbe unsichtbare Präsenz, die er spürte. Ihre Augen waren eigenartig glasig.

Endlich nahm ihn Wilson, die sehr rot im Gesicht und aufgelöst war, aber voller Genugtuung, auf den Arm und trug ihn nach oben. Sie betraten das Schlafzimmer. Ein schwaches Blöken war in dem abgedunkelten Zimmer zu hören – etwas winkte auf dem Kissen. Es war ein lebendiges Tier. Unabhängig von ihnen allen, ohne daß die Haustür geöffnet worden wäre, aus sich selbst heraus, hier im Zimmer, allein, war Mrs Browning zu zwei Personen geworden. Das gräßliche Ding winkte und quäkte an ihrer Seite. Von Zorn und Eifersucht und einem tiefen Abscheu zerrissen, den er nicht zu verbergen vermochte, strampelte Flush sich los und hastete die Treppe hinunter. Wilson und Mrs Browning riefen ihn zurück; sie lockten ihn mit Schmeicheleien; sie boten ihm Leckerbissen an; doch es war zwecklos. Er wich vor dem abstoßenden Anblick zurück, der ekelerregenden Präsenz, wo immer ein Sofa oder eine dunkle Ecke ein Versteck boten. ». . . für volle vierzehn Tage verfiel er in eine tiefe Melancholie und war gefeit gegen sämtliche Aufmerksamkeiten, die wir ihm reichlich zuteil werden ließen« – so war Mrs Browning inmitten all ihrer anderen Ablenkungen zu bemerken genötigt. Und wenn wir nun, wie wir es tun müssen, menschliche Minuten und Stunden nehmen und sie ins Gemüt eines Hundes sinken lassen und erleben, wie die Minuten zu Stunden anschwellen und die Stunden zu Tagen, dann ist es wohl nicht übertrieben zu folgern, daß Flushs

»tiefe Melancholie« nach der menschlichen Uhr sechs volle Monate währte. Nicht wenige Männer und Frauen haben ihren Haß und ihre Liebe in kürzerer Zeit vergessen.

Flush war jedoch nicht mehr der ungeschulte, unerfahrene Hund aus Wimpole-Street-Zeiten. Er hatte seine Lektion gelernt. Wilson hatte ihn geschlagen. Er war gezwungen gewesen, altbackene Kuchenstücke herunterzuschlucken, wo er frische hätte fressen können; er hatte geschworen zu lieben und nicht zu beißen. All dies arbeitete in seinem Gemüt, als er unter dem Sofa lag; und schließlich kam er darunter hervor. Wieder wurde er belohnt. Zunächst, das müssen wir einräumen, war die Belohnung unbedeutend, wenn nicht gar entschieden unerfreulich. Das Baby wurde ihm auf den Rücken gesetzt, und Flush mußte mit ihm herumtraben, während es ihn an den Ohren zog. Doch ließ er sich mit solcher Anmut dazu herbei und wandte sich lediglich um, wenn er an den Ohren gezogen wurde, »um die kleinen bloßen Füße mit ihren Grübchen zu küssen«, daß, bevor drei Monate vergangen waren, dieses hilflose, schwache, wimmernde, störrische Bündel ihn »alles in allem« – so behauptete Mrs Browning – allen anderen vorzuziehen gelernt hatte. Und Flush wiederum stellte seltsamerweise fest, daß er die Zuneigung des Babys erwiderte. Hatten sie denn nicht einiges gemeinsam – ähnelte das Baby Flush nicht in vieler Hinsicht? Hatten sie nicht die gleichen Ansichten, den gleichen Geschmack? Beispielsweise im Hinblick auf Landschaften. Für Flush waren Landschaften immer und überall fade. Er hatte es, in all diesen Jahren, nicht gelernt, den Blick auf die Berge zu richten. Als man ihn nach Vallombrosa mitgenommen hatte, hatte die ganze Pracht seiner Wälder ihn bloß gelangweilt. Und jetzt, als das Baby ein paar Monate alt war, gingen sie wieder in einer Reisekutsche auf eine dieser langen Expeditionen. Das Baby lag im Schoß seiner Amme; Flush saß auf dem Knie von Mrs Browning. Die Kutsche fuhr und fuhr und fuhr, und quälte sich mühsam die Anhöhen des Apennin empor. Mrs Browning war vor Entzücken beinah außer sich. Sie konnte sich fast nicht vom Fenster losreißen. Sie fand in der ganzen englischen Sprache nicht genügend Worte, um ihren Empfindungen Ausdruck zu verleihen. ». . . die exquisite, fast schon visionäre Landschaft des Apennin, die wundervolle Vielfalt von Form und Farbe, die jähen Übergänge und die vitale Individualität dieser Berge, die Kastanienwälder, die von ihrem eigenen Gewicht in die tiefen Schluchten niedergezogen werden, die von lebhaften Sturzbächen zerklüfteten und zerfurchten Felsen, und die Hügel, Hügel auf Hügel, wie sie ihre grandiosen Gestalten auftürmen, als täten sie es aus eigener Kraft und wechselten vor Anstrengung dabei die Farbe« – die Schönheit des Apennin gebar Wörter in solcher Zahl, daß sie einander nur das Lebenslicht ausblasen konnten. Doch das Baby und Flush blieben von dieser angeregten Stimmung gänzlich unberührt, unberührt auch von dieser Unzulänglichkeit des Ausdrucks. Beide schwiegen. Flush zog »den Kopf ein und hielt das Ganze der Betrachtung nicht für wert. . . Er empfindet äußerste Verachtung für Bäume und Hügel oder irgend etwas dieser Art«, folgerte Mrs Browning. Die Kutsche rumpelte weiter. Flush schlief, und das Baby schlief. Dann endlich waren Lichter da und Häuser und Männer und Frauen, die an den Fenstern vorbeikamen. Sie waren in ein Dorf gekommen. Sofort war Flush ganz gespitzte Aufmerksamkeit: ». . . die Augen traten ihm vor Eifer aus dem Kopf; er schaute nach Osten, er schaute nach Westen, man hätte meinen mögen, er mache sich Notizen oder bereite sie jedenfalls vor.« Es war das menschliche Treiben, das ihn belebte. Die Schönheit, so hat es denn jedenfalls den Anschein, mußte zu grünem oder violettem Pulver zerstoßen und ihm mit irgendeiner himmlischen Kanüle erst die fransenbesetzten Gänge hinabgepustet werden, die hinter seinen Nüstern lagen, ehe sie Flushs Sinne berührte; und dann gelangte sie nicht in Worten zum Ausdruck, sondern in stummer Verzückung. Wo Mrs Browning sah, da roch er; wo sie schrieb, schnüffelte er.

Hier muß die Biographin wohl oder übel eine Pause einlegen. Wo schon zwei- oder dreitausend Worte nicht ausreichen für das, was wir sehen – und Mrs Browning mußte sich angesichts des Apennin geschlagen geben: »Von diesen Dingen kann ich Ihnen keine Vorstellung vermitteln«, bekannte sie –, da haben wir gleich nur zweieinhalb Wörter für das, was wir riechen. Die menschliche Nase ist praktisch inexistent. Die größten Dichter der Welt haben auf der einen Seite nichts als Rosen und auf der anderen nichts als Mist gerochen. Die unendlichen Abstufungen, die dazwischen liegen, sind unerfaßt geblieben. Doch war die Welt des Geruchs nun einmal die, in der Flush überwiegend lebte. Liebe war in der Hauptsache Geruch; Form und Farbe waren Geruch; Musik und Architektur, Recht, Politik und Wissenschaft waren Geruch. Für ihn war selbst die Religion Geruch. Seine schlichteste Erfahrung im Umgang mit dem täglichen Kotelett oder Keks zu schildern, liegt jenseits unserer Fähigkeiten. Nicht einmal Mr Swinburne[34] hätte zu sagen vermocht, was der Geruch der Wimpole Street an einem heißen Juninachmittag für Flush bedeutete. Was nun erst die Beschreibung des Geruchs einer Spanielhündin angeht, die sich mit dem Geruch von Fackeln, Lorbeerblättern, Weihrauch, Bannern, Wachskerzen und einer Girlande von Rosenblättern vermischt, die ein zuvor in Kampfer aufbewahrter satinbezogener Schuhabsatz zertreten hat, so hätte vielleicht Shakespeare, als er mitten in der Niederschrift von *Antonius und Kleopatra* eine Pause einlegte – Doch Shakespeare legte keine Pausen ein. So können wir denn nur unsere Unfähigkeit eingestehen und lediglich festhalten, daß für Flush Italien, und das heißt die ausgefülltesten, die freiesten, die glücklichsten Jahre seines Lebens, in der Hauptsache eine Folge von Gerüchen bedeutete. Die Liebe, das läßt sich vermuten, verlor allmählich ihren Reiz. Der Geruch aber blieb. Jetzt, da sie es sich wieder in der Casa Guidi bequem gemacht hatten, ging jeder seiner Beschäftigung nach. Mr Browning schrieb regelmäßig in dem einen Zimmer; Mrs Browning schrieb regelmäßig in einem anderen. Das Baby spielte im Kinderzimmer. Flush jedoch durchstreifte die Straßen von Florenz, um sich den Wonnen der Gerüche hinzugeben. Was ihm dabei durch Hauptstraßen und Nebenstraßen, über Plätze und durch Gäßchen den Weg wies, war der Geruch. Er erschnüffelte sich seinen Weg von Geruch zu Geruch; dem rauhen, dem glatten, dem dunklen, dem goldenen. Er ging hinein und hinaus, hinauf und hinab, dorthin, wo sie Messing hämmern, wo sie Brot backen, wo die Frauen sitzen und sich das Haar kämmen, wo die Vogelkäfige sich auf dem Damm emportürmen, wo der Wein in dunkelroten Flecken auf das Pflaster überfließt, wo Leder riecht und Sattelzeug und Knoblauch, wo Tuch gewalkt wird, wo Weinblätter zittern, wo Männer sitzen und trinken und spucken und würfeln – er rannte hinein und wieder hinaus, immer die Nase am Boden, und sog die Essenz des Ganzen ein; oder die Nase in der Luft, von deren Aroma sie vibrierte.

Er schlief auf diesem heißen Sonnenfleck – wie übel die Sonne die Steine riechen ließ! er suchte jenen Schattentunnel auf – wie scharf der Schatten die Steine riechen ließ! Ganze Büschel reifer Trauben verschlang er hauptsächlich wegen ihres purpurnen Geruchs; er kaute und spuckte wieder aus, was immer die italienische Hausfrau an zähen Überresten von Ziegenfleisch oder Makkaroni vom Balkon geworfen haben mochte – Ziege und Makkaroni waren beißende Gerüche, scharlachrote Gerüche. Er folgte der betäubenden Süße des Weihrauchs in die violette Unüberschaubarkeit dunkler Kathedralen; und versuchte, schnüffelnd, das Gold von den vom Licht der Buntglasfenster gesprenkelten Grabplatten zu lecken. Und sein Tastsinn war dabei kaum weniger fein entwickelt. Er kannte Florenz in seiner marmornen Glätte und seiner körnigen und pflastersteinrauhen Unebenheit. Mit feinen Härchen bedeckte Falten von Draperien, glatte Finger und Füße aus Stein empfingen seine leckende Zunge, das Beben seiner zuckenden Schnauze. Auf die unendlich empfindsamen Sohlen seiner Pfoten nahm er die klare Blockschrift stolzer lateinischer Inschriften auf. Kurz, er kannte Florenz, wie kein menschliches Wesen es je gekannt hat; wie weder Ruskin noch auch George Eliot[35] es je gekannt haben. Er kannte es, wie nur die Stummen etwas kennen. Keine einzige seiner Myriaden von Empfindungen unterwarf sich je der Entstellung von Worten.

Doch wenn es der Biographin auch ein Vergnügen wäre, daraus zu schließen, daß Flushs Leben im ausgehenden mittleren Alter eine einzige Orgie von Wonnen gewesen sei, die jeder Beschreibung spotten; zu behaupten, daß Flush, während das Baby Tag um Tag ein neues Wort aufpickte und damit das Empfinden ein wenig weiter in die Unerreichbarkeit hinausschob, vom Schicksal dazu ausersehen gewesen sei, auf ewig im Paradies zu bleiben, wo die Düfte in äußerster Reinheit existieren und die nackte Seele der Dinge sich auf den ebenso nackten Nerv preßt – es wäre nicht wahr. Flush lebte in keinem solchen Paradies. Der Geist, der von Stern zu Stern reicht, der Vogel, dessen weitester Flug über die polaren Schneefernen oder Tropenwälder ihn niemals in Sichtweite menschlicher Behausungen und ihres sich kräuselnden Holzfeuerrauchs führt, mag, soweit uns bekannt ist, eine derartige Unversehrtheit, eine solche Uneingeschränktheit der Seligkeit genießen. Flush hatte jedoch auf menschlichen Knien gelegen und menschliche Stimmen gehört. Sein Fleisch war von menschlichen Leidenschaften geädert; er kannte alle Grade von Eifersucht, Zorn und Verzweiflung. Jetzt im Sommer wurde er von Flöhen heimgesucht.* Es war eine grausame Ironie, daß dieselbe Sonne, die die Trauben reifen ließ, auch die Flöhe brachte. ». . . Savonarolas Martyrium hier in Florenz«, schrieb Mrs Browning, »kann kaum schlimmer gewesen sein als Flushs im Sommer.« Flöhe hüpften aus jedem Winkel der florentinischen Häuser hervor; sie sprangen und hopsten aus jeder Ritze der alten Steine; aus jeder Falte der alten Wandbehänge; aus jedem Umhang, Hut und jeder Decke. Sie nisteten in Flushs Fell. Sie bissen sich durch noch bis in die dichtesten Stellen seines Pelzes. Er kratzte und rupfte. Seine Gesundheit litt; er wurde verdrossen, dünn und fiebrig. Miss Mitford wurde um Rat gebeten. Welches Mittel, so schrieb Mrs Browning besorgt, gebe es denn bloß gegen Flöhe? Miss Mitford, die immer noch in ihrem Gewächshaus von Three Mile Cross saß, immer noch Tragödien schrieb, legte die Feder nieder und schaute in ihren alten Rezepten nach – was Mayflower genommen hatte und was Rosebud. Die Flöhe von Reading sterben jedoch beim bloßen Zukneifen. Die Flöhe von Florenz hingegen sind rot und viril. Für sie waren die Pulver von Miss Mitford so gut wie Schnupftabak. In ihrer Verzweiflung gingen Mr und Mrs Browning neben einem Wassereimer auf die Knie und taten ihr Bestes, um die Pest mit Seife und Scheuerbürste auszutreiben. Es war vergebens. Schließlich merkte Mr Browning eines Tages, als er Flush spazierenführte, daß die Leute auf ihn zeigten; er hörte einen Mann, den Finger an die Nase gelegt, flüstern, »La rogna« (Räude). Da, so Mrs Browning, »Robert Flush mittlerweile ebensogern hat wie ich«, konnte er es nicht hinnehmen, einen Freund, mit dem er seinen Nachmittagsspaziergang unternahm, in dieser Weise geächtet zu hören. Robert, so schrieb seine Frau, »ertrug es nicht länger«. Es blieb nur mehr ein Mittel, doch war das ein Mittel, das fast ebenso drastisch war wie die Krankheit selbst. Wie demokratisch Flush auch geworden sein mochte und wie unbekümmert um irgendwelche Rangabzeichen, er blieb doch, als was Philip Sidney[36] ihn bezeichnet hatte, ein Gentleman von Geburt. Er trug seinen

Stammbaum auf dem Rücken. Sein Fell bedeutete für ihn, was eine goldene Taschenuhr mit eingraviertem Familienwappen für einen verarmten Squire bedeutet, dessen einst weitläufige Ländereien auf diesen einzigen Kreis zusammengeschrumpft sind. Und dies Fell sollte dem Vorschlag von Mr Browning zufolge jetzt geopfert werden. Er rief Flush zu sich, »nahm eine Schere zur Hand und stutzte ihn so zurecht, daß er Ähnlichkeit mit einem Löwen bekam«.

Während Robert Browning so schnippelte, während die Insignien des Cocker Spaniels zu Boden fielen, während er dank der Halspartie zur Karikatur eines völlig anderen Tieres zu werden begann, fühlte Flush sich entmannt, verkleinert, beschämt. Was bin ich denn jetzt? dachte er, während er in den Spiegel starrte. Und der Spiegel antwortete mit der brutalen Ehrlichkeit von Spiegeln, »Du bist nichts«. Er war niemand. Gewiß war er kein Cocker Spaniel mehr. Doch während er so starrte, schienen seine Ohren, nunmehr kahl und ihrer Locken beraubt, zu zucken. Es war, als flüsterten die mächtigen Geister der Wahrhaftigkeit und des Gelächters in ihnen. Nichts zu sein, ist das denn am Ende nicht der befriedigendste Zustand von der Welt? Er schaute wieder hin. Da war seine Halskrause. Die Anmaßung derer zu karikieren, die etwas zu sein beanspruchen – war das auf seine Weise nicht auch eine Laufbahn? Gleichwie, wie immer er sich die Sache schließlich zurechtlegen mochte, es konnte kein Zweifel daran bestehen, daß er frei von Flöhen war. Er schüttelte seine Halskrause. Er tanzte auf seinen nackten, verschlankten Beinen. Seine Stimmung hob sich. So könnte eine große Schönheit, die sich vom Krankenbett erhebt und ihr Gesicht für ewig entstellt findet, einen Scheiterhaufen aus Kosmetika und Kleidern errichten und frohlocken bei dem Gedanken, daß sie nie wieder in den Spiegel schauen oder die Kälte eines Geliebten oder die Schönheit einer Rivalin fürchten muß. So könnte ein Geistlicher, der zwanzig Jahre lang ins gestärkte Habit gezwängt war, seinen Kragen in den Abfalleimer werfen und sich die Werke Voltaires vom Wandbrett greifen. So trollte sich Flush, am ganzen Leibe zur Löwenähnlichkeit geschoren, doch frei von Flöhen. »Flush«, so schrieb Mrs Browning an ihre Schwester, »ist weise.« Sie dachte möglicherweise an die Griechen mit ihrem Ausspruch, die Glückseligkeit sei nur durch Leiden zu erreichen. Der wahre Philosoph ist derjenige, der zwar sein Fell eingebüßt hat, dafür aber frei von Flöhen ist.

Flush brauchte jedoch nicht lange zu warten, bis seine neuerworbene Philosophie einer Belastungsprobe ausgesetzt wurde. Wieder gab es im Sommer 1852 in der Casa Guidi Anzeichen für eine jener Krisen, die, während sie sich lautlos zusammenbrauen, wie eine Schublade sich öffnet oder ein Stück Schnur aus einer Schachtel lose baumelt, für einen Hund so bedrohlich sind wie die Wolken, die dem Schäfer Blitze, oder die Gerüchte, die einem Staatsmann Krieg voraussagen. Wieder bahnte sich eine Veränderung an, eine weitere Reise. Nun, wenn es denn sein mußte! Schrankkoffer wurden heruntergeschleppt und zugezurrt. Das Baby wurde auf dem Arm der Amme hinausgetragen. Mr und Mrs Browning erschienen in Reisekleidung. Vor der Tür stand eine Droschke. Flush wartete philosophisch in der Diele. Wenn sie fertig waren, war er auch fertig. Jetzt, da sie alle in der Kutsche saßen, sprang Flush leichtfüßig mit einem Satz hinterher. Nach Venedig, nach Rom, nach Paris – wohin sie wohl fuhren? Alle Länder waren für ihn jetzt gleich; alle Menschen waren seine Brüder. Diese Lektion hatte er, was ihn betraf, gründlich gelernt. Doch als er schließlich aus dem Dämmerlicht auftauchte, bedurfte er seiner gesamten Philosophie – er war in London.

Häuser erstreckten sich zur Rechten und zur Linken in scharfkantigen Alleen aus gleichförmigem Backstein. Das Pflaster war kalt und hart unter seinen Füßen. Und dort, aus einer Mahagonitür mit Messingklopfer, trat eine Dame, die üppig in fließende Gewänder aus purpurnem Plüschsamt gewandet war. Ein heller, mit Blumen besternter Kranz ruhte auf ihrem Haar. Sie raffte ihre Draperien um sich und blickte verachtungsvoll die Straße auf und ab, während ein Lakai sich niederbeugte, um den Tritt des viersitzigen Landauers herabzulassen. Die gesamte Welbeck Street – denn die Welbeck Street war es – war in prächtiges rotes Licht getaucht – ein Licht, nicht klar und heftig wie das italienische Licht, sondern gelblich und getrübt vom Staub einer Million Räder, dem Getrappel einer Million Hufe. Die Londoner Saison war auf ihrem Höhepunkt. Ein Überwurf aus Geräuschen, eine Wolke in sich verschlungenen Gesumms legte sich, zu einem einzigen Grollen zusammenfließend, über die Stadt. Und da kam auch schon ein majestätischer Jagdhund vorbei, der von einem Pagen an der Leine geführt wurde. Ein Schutzmann, der in flottem rhythmischen Schritt vorbeikam, ließ seine Blendlaterne schlenkern. Gerüche von Eintopf, Gerüche von Rindfleisch, Gerüche von Fleischsaft, Gerüche von Kohlsuppe stiegen aus tausend Souterrains empor. Ein livrierter Laufbursche ließ einen Brief in einen Kasten fallen.

Überwältigt von der Großartigkeit der Metropole, verharrte Flush einen Augenblick, die Pfote auf der Schwelle. Wilson verharrte ebenfalls. Wie jämmerlich das jetzt alles wirkte, die Kultur Italiens, seine Höfe und seine Revolutionen, seine Großherzöge und deren Leibgardisten. Sie dankte Gott, während der Schutzmann vorbeiging, daß sie Signor Righi am Ende doch nicht geheiratet hatte. Und dann trat eine finstere Gestalt aus dem Wirtshaus an der Ecke. Ein Mann stierte lauernd. Mit einem einzigen Satz schoß Flush ins Haus.

Für ein paar Wochen war er jetzt eingesperrt in den Salon eines Gästehauses in der Welbeck Street. Denn die Beschränkung aufs Haus war immer noch notwendig. Die Cholera war gekommen, und es stimmt zwar, daß sie eine gewisse Verbesserung der Krähenhorste bewirkt hatte; doch nicht in genügendem Maße, denn immer noch wurden Hunde gestohlen, und die Hunde der Wimpole Street mußten immer noch an der Leine geführt werden. Aber Flush ging selbstverständlich in Gesellschaft. Er traf Hunde am Briefkasten und vor dem Wirtshaus; sie begrüßten seine Rückkehr mit der herkömmlichen Wohlerzogenheit ihres Schlages. Geradeso wie ein englischer Peer, der ein Lebtag im Fernen Osten gelebt und sich einige der Angewohnheiten der Einheimischen zu eigen gemacht hat – das Gerücht will wissen, daß er Moslem geworden sei und mit einer chinesischen Waschfrau einen Sohn habe –, feststellt, wenn er seinen Platz bei Hofe wieder einnimmt, daß die alten Freunde derlei Verirrungen bereitwillig übersehen und er nach Chatsworth gebeten wird, wenn seine Frau auch unerwähnt bleibt und man mit Selbstverständlichkeit davon ausgeht, daß er an den Familienandachten teilnimmt –, so hießen die Pointer und Setter der Wimpole Street Flush unter sich willkommen und übersahen den Zustand seines Fells. Es herrschte allerdings, so wollte es Flush jetzt erscheinen, eine gewisse Morbidität unter den Hunden von London. Es war allgemein bekannt, daß Mrs Carlyles[37] Hund Nero sich in selbstmörderischer Absicht aus dem Fenster eines Obergeschosses gestürzt hatte.* Er hatte das aufreibende Leben in der Cheyne Row unerträglich gefunden, so hieß es. Und das mochte Flush in der Tat gern glauben, jetzt, da er wieder in der Welbeck Street war. Die Freiheitsberaubung, die Unzahl kleiner Gegenstände, die Schaben des Nachts, die Schmeißfliegen bei Tage, der allenthalben aufsteigende Hammelgeruch, das ständige Vorhandensein von Bananen auf der Anrichte – all dies und dazu die beengte Nähe mehrerer Männer und Frauen, die dick angezogen und nicht oft oder, genau genommen, nicht von Kopf bis Fuß gewaschen waren, taten seinem Temperament Gewalt an und zerrten an seinen Nerven. Er lag stundenlang unter der Chiffonière des Gästehauses. Es war unmöglich, ins Freie zu laufen. Die Haustür war stets verschlossen. Er mußte warten, bis ihn jemand an der Leine ausführte.

Nur zwei Vorkommnisse durchbrachen die Monotonie der Wochen, die er in London verbrachte. Eines Tages gegen Ende jenes Sommers fuhren die Brownings, Reverend Charles Kingsley[38] in Farnham besuchen. In Italien wäre die Erde kahl und steinhart gewesen. Die Flöhe hätten es arg getrieben. Kraftlos hätte man sich von Schatten zu Schatten geschleppt, dankbar noch für das Streifchen Schatten, das der erhobene Arm einer der Statuen Donatellos warf. Hier in Farnham hingegen gab es grüne Wiesen; es gab Teiche mit blauem Wasser; es gab Wälder, die murmelten, und einen Rasen, so fein, daß die Pfoten bei der Berührung federten. Die Brownings und die Kingsleys verbrachten den Tag miteinander. Und einmal mehr ertönten, als Flush hinter ihnen hertrabte, die alten Fanfaren; die alte Ekstase stellte sich wieder ein – war es Hase oder Fuchs? Flush fegte über die Heide von Surrey, wie er seit den alten Tagen von Three Mile Cross nicht gerannt war. Ein Fasan schoß hoch in einem Wirbel von Purpur und Gold. Er hatte fast schon den Fang über den Schwanzfedern geschlossen, als eine Stimme ertönte. Eine Peitsche knallte. War das Reverend Charles Kingsley, der ihn scharf bei Fuß rief? Auf jeden Fall rannte er nicht weiter. In den Wäldern von Farnham herrschte striktes Jagdverbot.

Ein paar Tage später lag er in der Welbeck Street im Salon, als Mrs

Browning zum Ausgehen angekleidet hereinkam und ihn unter der Chiffonière hervorrief. Sie klinkte die Leine an sein Halsband, und zum erstenmal seit September 1846 gingen sie zusammen die Wimpole Street hinauf. Als sie bei Nr. 50 angelangten, blieben sie stehen wie einst. Wie einst warteten sie. Der Butler ließ sich, genau wie einst, sehr viel Zeit. Nach geraumer Weile öffnete sich die Tür. Konnte das Catiline sein, der da auf der Matte ausgestreckt lag? Der alte, zahnlose Hund gähnte und streckte sich und achtete weiter nicht auf sie. Hinauf schlichen sie sich ebenso verstohlen, wie sie damals hinuntergegangen waren. Sehr leise, indem sie die Türen öffnete, als fürchte sie sich vor dem, was sie dort womöglich zu sehen bekäme, ging Mrs Browning von Zimmer zu Zimmer. Trübsinn senkte sich über sie, während sie sich umschaute. »... sie erschienen mir«, schrieb sie, »irgendwie kleiner und dunkler, und den Möbeln mangelte es an Zweckmäßigkeit und Behaglichkeit.« Der Efeu pochte noch immer an die Fensterscheibe des nach hinten gelegenen Schlafzimmers. Der bemalte Vorhang verdüsterte immer noch die Häuser. Nichts war geändert worden. Nichts war in all diesen Jahren geschehen. So ging sie von Zimmer zu Zimmer, von traurigen Erinnerungen begleitet. Doch lange schon, bevor sie mit ihrer Besichtigung am Ende war, war Flush von fieberhafter Unruhe erfüllt. Wie, wenn Mr Barrett jetzt käme und sie fände? Wie, wenn er, nach einem einzigen finsteren Blick, den Schlüssel umdrehte und sie auf alle Zeiten im hinteren Schlafzimmer einsperrte? Endlich schloß Mrs Browning die Türen und ging sehr leise wieder nach unten. Ja, sagte sie, sie habe den Eindruck, daß das Haus der Säuberung bedürfe.

Danach kannte Flush nur noch einen Wunsch – London für immer, England für immer zu verlassen. Er war nicht eher froh, bis er sich an Deck des Kanaldampfers wiederfand, der nach Frankreich hinüberfuhr. Es war eine stürmische Überfahrt. Sie dauerte acht Stunden. Während der Dampfer stampfte und schlingerte, bewegte Flush in seinem Gemüt ein wildes Durcheinander von Erinnerungen – von Damen in Purpurplüsch, von zerlumpten Männern mit Säkken, von Regent's Park und von Königin Victoria, die mit Vorreitern vorbeipreschte; von der Grüne des englischen Grases und dem Gestank der englischen Pflaster – all dies ging ihm durch den Sinn, während er an Deck lag; und als er aufblickte, gewärtigte er einen strengen, hochgewachsenen Mann, der sich über die Reling beugte.

»Mr Carlyle!« hörte er Mrs Browning ausrufen; woraufhin – die Kanalüberquerung, man erinnere sich, war eine schlimme – es Flush heftig schlecht wurde. Matrosen kamen mit Eimern und Aufnehmern herbeigeeilt. »... er wurde ausdrücklich von Deck beordert, der arme Hund«, sagte Mrs Browning. Denn das Deck war immer noch englisch; Hunden durfte an Deck nicht schlecht werden. Darin bestand sein letzter Gruß an die Gestade seiner Heimat.

6. Kapitel

Das Ende

Flush wurde jetzt ein alter Hund. Die Reise nach England und all die Erinnerungen, die sie wachgerufen hatte, hatten ihn zweifellos ermüdet. Es fiel auf, daß er nach der Rückkehr eher den Schatten als die Sonne aufsuchte, obwohl der Schatten von Florenz heißer war als die Sonne der Wimpole Street. Unter einer Statue ausgestreckt, unter dem Rand eines Brunnens ruhend um der wenigen Tropfen willen, die hin und wieder auf sein Fell sprühten, lag er und döste stundenlang vor sich hin. Die jungen Hunde scharten sich um ihn; ihnen erzählte er dann seine Geschichte von Whitechapel und Wimpole Street; er schilderte ihnen den Geruch von Klee und den Geruch der Oxford Street; er ging seine Erinnerungen an diese oder jene Revolution noch einmal durch – wie die Großherzöge gekommen und gegangen waren; doch die gefleckte Spanielhündin unten links am Ende des Gäßchens – die bleibt ewig, sagte er dann gern. Dann kam der aufbrausende Mr Landor vorbeigeeilt und schüttelte in gespieltem Zorn die Faust gegen ihn; die freundliche Miss Isa Blagden blieb stehen und holte einen zuckerbestreuten Keks aus ihrem Retikül. Die Bauersfrauen auf dem Markt bereiteten ihm im Schatten ihrer Körbe ein Bett aus Blättern und schoben ihm hin und wieder ein paar Trauben zu. Ganz Florenz kannte und mochte ihn – Vornehme und Schlichte, Hunde und Menschen.

Aber er wurde jetzt ein alter Hund, und er neigte mehr und mehr dazu, nicht einmal unter dem Brunnen zu liegen – denn die Pflastersteine waren zu hart für seine alten Knochen –, sondern in Mrs Brownings Schlafzimmer, wo das Wappen der Familie Guidi auf dem Boden einen glatten Fleck von Scagliola bildete, oder im Salon im Schatten des Teetischs. Eines Tages, kurz nach seiner Rückkehr aus London, lag er dort fest schlafend ausgestreckt. Der tiefe, traumlose Schlaf des Alters lag schwer auf seinen Lidern. Tatsächlich war sein Schlaf heute sogar noch tiefer als gewöhnlich, denn während er schlief, schien die Dunkelheit um ihn herum dichter zu werden.

Wenn überhaupt, dann träumte er, daß er im Herzen eines Urwaldes schliefe, fern vom Sonnenlicht, fern von den Stimmen der Menschen, wenn er auch hin und wieder, während er so schlief, träumte, er habe das schläfrige Zirpen eines träumenden Vogels gehört, oder, während der Wind an den Zweigen rüttelte, das mürbe Kichern eines grübelnden Affen.

Dann plötzlich teilten sich die Zweige; das Licht brach herein – hier, dort, in blendenden Schäften. Affen schwatzten; Vögel erhoben sich mit warnendem Geschrei. Hellwach sprang er auf. Ein erstaunlicher Aufruhr herrschte ringsumher. Er war zwischen den bloßen Beinen eines gewöhnlichen Teetisches eingeschlafen. Jetzt war er von wogenden Röcken und einem Gewirr von Hosenbeinen umschlossen. Der Tisch selbst schwankte zudem heftig hin und her. Er wußte nicht, in welche Richtung er rennen sollte. Was war um Himmels willen nur los? Was war um Gottes willen nur in den Teetisch gefahren? Er hob die Stimme zu einem langgezogenen, auskunftheischenden Heulen.

Flushs Frage kann hier nicht in zufriedenstellendem Maße beantwortet werden. Wir können lediglich mit ein paar Tatsachen aufwarten, die zudem von der kargsten Sorte sind. Kurz gesagt, es sieht so aus, als hätte im frühen neunzehnten Jahrhundert die Countess of Blessington[39] von einem Magier eine Kristallkugel gekauft. Ihre Ladyship hatte jedoch »deren Zweck nicht zu begreifen vermocht«; genaugenommen hatte sie in der Kugel nie etwas anderes zu sehen vermocht als Kristall. Nach ihrem Tode wurden ihre Besitztümer jedoch verkauft, und die Kugel geriet in den Besitz anderer Menschen, »die tiefer, oder mit reinerem Blick« zu sehen verstanden und in der Kugel noch anderes erblickten als Kristall. Ob Lord Stanhope[40] der Käufer war, ob er es war, der mit »reinerem Blick« zu sehen verstand, ist nicht zu klären. Doch mit Gewißheit war im Jahr 1852 Lord Stanhope im Besitz einer Kristallkugel, und Lord Stanhope brauchte nur hineinzuschauen, um darin unter anderem »die Geister der Sonne« zu erblicken. Dieser Anblick gehörte offensichtlich nicht zu den Dingen, die ein gastfreundlicher Edelmann für sich behalten konnte, und Lord Stanhope hatte sich eine Gewohnheit daraus gemacht, seine Kugel bei Mittagsgesellschaften vorzuführen und seine Freunde einzuladen, gleichfalls die Geister der Sonne zu besichtigen. Das Schauspiel hatte – außer freilich für Mr Chorley[41] – etwas seltsam Ergötzliches; Kugeln wurden der letzte Schrei; und glücklicherweise fand ein Londoner Optiker alsbald heraus, daß er sie herstellen konnte, ohne Ägypter oder Magier zu sein, wobei englisches Kristall natürlich seinen Preis hatte. So wurden in den frühen Fünfzigern viele Menschen fieberhafte Anhänger der Kugel, obwohl »viele Menschen«, so behauptete Lord Stanhope, »die Kugeln benutzen, ohne den moralischen Mut, das auch zuzugeben«. Tatsächlich wurde das gehäufte Vorkommen von Geistern in London derart auffällig, daß sich eine gewisse Beunruhigung einstellte; und Lord Stanley schlug Sir Edward Lytton vor, »die Regierung sollte einen Untersuchungsausschuß einsetzen, um den Tatsachen so weit wie möglich auf den Grund zu gehen«. Ob nun das Gerücht von einem bevorstehenden Untersuchungsausschuß der Regierung die Geister alarmierte, oder ob Geister, wie Leiber, in enger räumlicher Beschränkung die Neigung entwickeln, sich zu vermehren, es steht jedenfalls außer Zweifel, daß die Geister Anzeichen von Unrast an den Tag zu legen begannen, in hellen Haufen die Flucht ergriffen und in Tischbeinen Wohnung nahmen. Was immer das Motiv dafür gewesen sein mag, die Taktik war jedenfalls erfolgreich. Kristallkugeln waren teuer; nahezu jeder aber besitzt einen Tisch. Als Mrs Browning im Winter 1852 nach Italien zurückkehrte, stellte sie folglich fest, daß die Geister ihr vorausgeeilt waren; die Tische von Florenz waren nahezu durchgängig infiziert. »Von der Gesandtschaft bis zu den englischen Apothekern«, so schrieb sie, »›unterhalten‹ die Leute überall Tische . . . Wenn die Leute sich um einen Tisch scharen, dann nicht, um Whist zu spielen.« Nein, es geschah, um Botschaften zu entschlüsseln, die von den Beinen der Tische übermittelt wurden. Wenn man ihn also nach dem Alter eines Kindes fragte, dann »drückt er sich auf verständliche Weise aus, indem er mit den Beinen Antworten klopft, die mit dem Alphabet übereinstimmen«. Und wenn ein Tisch einem schon sagen konnte, daß das eigene Kind vier Jahre alt sei, welche Grenzen waren seinen Fähigkeiten dann überhaupt noch gesetzt? Kreisende Tische wurden in Geschäften angeboten. Die Hauswände waren mit Anschlägen über die Wunder *»scoperte a Livorno«* beklebt. Bis 1854 hatte sich die Bewegung so rasch ausgebreitet, daß »vierhundertausend Familien in Amerika sich namentlich dazu bekannt hatten ..., derzeit spirituellem Verkehr zu frönen«. Und aus England kam die Nachricht, Sir Edward Bulwer Lytton habe »etliche amerikanische Klopfgeister« nach Knebworth importiert, mit dem glücklichen Resultat – so beschied man den kleinen Arthur Russell, als er einen »seltsam aussehenden alten Herrn im abgewetzten Morgenmantel« gewahrte, der ihn beim Frühstück anstarrte –, daß Sir Edward Bulwer Lytton sich für unsichtbar hielt.*

Als Mrs Browning bei einer Mittagsgesellschaft zum erstenmal in Lord Stanhopes Kristallkugel blickte, sah sie darin nichts – außer ein bemerkenswertes Zeichen der Zeit. Der Sonnengeist eröffnete ihr in der Tat, daß sie bald schon nach Rom fahren werde; da sie jedoch nicht vorhatte, nach Rom zu fahren, widersprach sie den Sonnengeistern. »Doch«, so fügte sie aufrichtig hinzu, »ich liebe das Wunderbare.« Man konnte ihr wirklich nicht nachsagen, daß sie nicht abenteuerlustig sei. Sie war unter Einsatz ihres Lebens in die Manning Street gefahren. Sie hatte eine halbe Stunde Kutschfahrt von der Wimpole Street entfernt eine Welt entdeckt, von der sie sich niemals hatte träumen lassen. Warum sollte es nicht, nur einen halben Augenblick im Fluge von Florenz, noch eine andere Welt geben – eine bessere Welt, eine schönere Welt, wo die Toten leben und uns vergeblich zu erreichen suchen? Jedenfalls würde sie es wagen. Und so setzte sie sich ebenfalls an den Tisch. Und Mr Lytton, der glänzend begabte Sohn eines unsichtbaren Vaters, kam; und Mr Frederick Tennyson und Mr Powers und Mr Villari[42] – sie alle setzten sich an den Tisch, und als der Tisch ausgeruckt hatte, saßen sie noch weiter und tranken Tee und aßen Erdbeeren mit Sahne, während »Florenz sich im Purpur der Hügel auflöste und die Sterne dabei zuschauten«, und redeten und redeten: »... was für Geschichten haben wir nicht zu hören bekommen, und welche Wunder haben wir nicht beschworen! Oh, wir sind hier große Gläubige, Isa, außer Robert ...« Dann kam der taube Mr Kirkup[43] mit seinem schlohweißen Bart hereingeplatzt. Er war nur deshalb vorbeigekommen, um auszurufen, »Es gibt eine Geisterwelt – es gibt ein künftiges Dasein. Ich bekenne es. Ich bin endlich davon überzeugt«. Und wenn schon Mr Kirkup, dessen Credo stets »in der Nähe des Atheismus« angesiedelt gewesen war, bloß deshalb konvertiert war, weil er es trotz seiner Taubheit »dreimal mit solcher Lautstärke klopfen gehört hatte, daß er vor Schreck emporgefahren sei«, wie konnte Mrs Browning dann die Hände vom Tisch lassen? »Du weißt doch, ich bin eher eine Visionärin und geneigt, der Reihe nach an sämtliche Pforten der bestehenden Welt zu pochen, um auszubrechen«, schrieb sie. So rief sie denn die Getreuen in der Casa Guidi zusammen; und da saßen sie nun, die Hände auf den Teetisch gelegt, und suchten auszubrechen.

Flush fuhr in wildester Besorgnis empor. Die Röcke und Hosenbeine wogten um ihn her; der Tisch stand auf einem Bein. Doch was immer auch die Damen und Herren um den Tisch herum hören und sehen mochten, Flush konnte nichts hören und sehen. Gewiß, der Tisch stand auf einem Bein, doch das tun Tische nun einmal, wenn man sich mit Nachdruck auf die eine Seite aufstützt. Er hatte selbst schon Tische zum Kippen gebracht und war tüchtig dafür gescholten worden. Doch jetzt saß Mrs Browning da und starrte aus ihren großen weitaufgerissenen Augen, als sähe sie draußen etwas ganz Wunderbares. Flush stürzte zum Balkon und schaute hinab. Ritt da vielleicht gerade wieder ein Großherzog mit Bannern und Fackeln vorbei? Flush konnte jedoch nichts entdecken als eine alte Bettlerin, die an der Straßenecke über ihren Melonenkorb gekauert saß. Doch Mrs Browning sah eindeutig etwas; eindeutig sah sie etwas, das ganz wundervoll war. So hatte sie in den alten Tagen in der Wimpole Street einmal ohne für ihn erkennbaren Grund geweint; und dann wieder hatte sie gelacht und ein verwischtes Gekritzel in der Hand gehalten. Doch dies war anders. Etwas in ihrem Blick ängstigte ihn. Irgend etwas im Zimmer oder im Tisch oder in den Unterröcken und Hosenbeinen war da, das ihm außerordentlich mißfiel.

Mit den Wochen wurde diese Beschäftigung Mrs Brownings mit dem Unsichtbaren immer stärker. Es mochte ein schöner heißer Tag sein, doch statt die Eidechsen zu beobachten, wie sie zwischen den Steinen ein- und ausschlüpften, saß sie bloß am Tisch; es mochte eine dunkle, sternklare Nacht sein, doch statt ihr Buch zu lesen oder die Hand über Papier gleiten zu lassen, rief sie, wenn Mr Browning ausgegangen war, nach Wilson, und Wilson kam gähnend herein. Dann saßen sie zusammen am Tisch, bis dies Möbelstück, dessen hauptsächliche Aufgabe doch darin bestand, für Schatten zu sorgen, auf dem Boden aufschlug, und Mrs Browning rief, er verrate Wilson, daß sie bald erkranken werde. Wilson erwiderte, sie sei lediglich müde. Doch alsbald kreischte selbst Wilson, die Unerbittliche, die Aufrechte, die Britin, und fiel in Ohnmacht, und Mrs Browning lief im Zimmer umher, um »den Franzbranntwein« zu finden. In Flushs Augen war das eine höchst unerfreuliche Art und Weise, einen ruhigen Abend zu verbringen. Da war es doch mit einem Buch in der Hand weitaus besser.

Unleugbar zerrten die Spannung, der ungreifbare, doch unangenehme Geruch, das Gerucke und das Gekreisch und der Franzbranntwein an Flushs Nerven. Daß Penini, der Kleine, betete, »daß Flushs Haar wieder wachsen sollte«, das war ein Flush verständliches Ansinnen. Doch diese Form des Gebets, die die Anwesenheit übelriechender, schäbig aussehender Männer und die Faxen eines scheinbar soliden Stücks Mahagoni erforderte, erboste ihn ebenso, wie es den robusten, vernünftigen, gutgekleideten Mann, seinen Herrn, erboste. Doch weit schlimmer als jeder Geruch, weit schlimmer als sämtliche Faxen, war für Flush der Ausdruck in Mrs Brownings Gesicht, wenn sie aus dem Fenster starrte, als sähe sie dort etwas ganz Wundervolles, wo nichts war. Flush baute sich vor ihr auf. Sie sah durch ihn hindurch, als sei er gar nicht da. Das war der grausamste Blick, mit dem sie ihn je bedacht hatte. Er war schlimmer als ihre kalte Wut, als er Mr Browning ins Bein gebissen hatte; schlimmer als ihr höhnisches Gelächter, als er sich im Regent's Park die Pfote in der Tür geklemmt hatte. Es gab tatsächlich Augenblicke, da vermißte er die Wimpole Street und ihre Tische. Die Tische von Nr. 50 hatten nie auf einem Bein gekippelt. Das Tischchen mit dem Ring drum herum, auf dem der kostbare Zierat gestanden hatte, war immer völlig reglos geblieben. In jenen fernen Tagen hatte er bloß zu ihr aufs Sofa zu springen brauchen, und Miss Barrett war hellwach gewesen und hatte ihn angeschaut. Auch jetzt sprang er wieder zu ihr aufs Sofa. Doch sie achtete nicht auf ihn. Sie schrieb. Sie schenkte ihm keinerlei Beachtung. Sie schrieb weiter – »außerdem nahmen, auf Verlangen des Mediums, die Hände des Geists vom Tisch einen Kranz, der dort lag, und setzten ihn mir auf. Diese besondere Hand, die dies tat, war von größtem Menschenmaß, weiß wie Schnee und sehr schön. Sie war mir so nahe wie die Hand, mit der ich jetzt schreibe, und ich habe sie ebenso deutlich gesehen.« Flush stupste sie nachdrücklich mit der Pfote. Sie sah durch ihn hindurch, als wäre er unsichtbar. Er sprang vom Sofa und lief auf die Straße hinunter.

Es war ein sengend heißer Nachmittag. Die alte Bettlerin an der Ecke war über ihren Melonen eingeschlafen. Die Sonne schien am Himmel zu dröhnen. Flush hielt sich auf seinem wohlvertrauten Weg zum Marktplatz auf der Schattenseite der Straße. Der ganze Platz leuchtete von Sonnensegeln und Ständen und bunten Schirmen. Die Marktfrauen saßen neben Obstkörben; Tauben flatterten, Glocken bimmelten, Peitschen knallten. Die buntscheckigen Mischlinge von Florenz eilten schnüffelnd und scharrend herbei und wieder davon. Alles war lebhaft wie ein Bienenstock und heiß wie ein Backofen. Flush suchte den Schatten. Er warf sich neben seiner Freundin Catterina zu Boden, in den Schatten ihres großen Korbs. Ein brauner Topf mit roten und gelben Blumen warf einen Schatten daneben. Über ihnen vertiefte eine Statue, die den rechten Arm ausgestreckt hielt, die Schatten ins Violette. Flush lag dort im Kühlen und beobachtete die jungen Hunde, die mit ihren eigenen Angelegenheiten beschäftigt waren. Sie knurrten und bissen einander, streckten sich und überkugelten sich, alles in der Selbstvergessenheit jugendlichen Übermuts. Sie jagten einander hinein und hinaus, immer im Kreis herum, so wie er einst die gefleckte Spanielhündin im Gäßchen gejagt hatte. Seine Gedanken kehrten für einen Augenblick nach Reading zurück – zu Mr Partridges Spaniel, seiner ersten Liebe, dem Wonnetaumel, den unschuldigen Freuden der Jugend. Nun ja, er hatte seine gute Zeit gehabt. Er neidete ihnen die ihre nicht. Er hatte die Welt als einen Ort erlebt, worin es sich angenehm leben ließ. Er hegte auch jetzt keinen Groll gegen sie. Die Marktfrau kratzte ihn hinter dem Ohr. Sie hatte ihm oft einen Stüber versetzt, weil er eine Traube gestohlen oder sich sonst schlecht benommen hatte; aber jetzt war er alt, und sie war alt. Er bewachte ihre Melonen, und sie kratzte ihn hinterm Ohr. So strickte sie, und er döste. Die Fliegen summten auf der großen rosa Melone, die aufgeschnitten auslag, damit man ihr Fleisch sehen konnte.

Die Sonne brannte köstlich durch Lilienblätter hindurch und durch die grünweißen Schirme. Die Marmorstatue mäßigte ihre Hitze zur Champagnerfrische. Flush lag und ließ sie sich durchs Fell auf die nackte Haut brennen. Und wenn er auf der einen Seite geröstet war, drehte er sich um und ließ die Sonne die andere rösten. Die ganze Zeit schwatzten und feilschten die Marktleute; Marktfrauen kamen vorbei; sie blieben stehen und betasteten die Gemüse und das Obst. Es herrschte ein unablässiges Gesumm und Gebrumm menschlicher Stimmen, so wie Flush es gern hörte. Nach einer Weile döste er im Schatten der Lilien ein. Er schlief, wie Hunde immer schlafen, wenn sie träumen. Jetzt zuckten seine Beine – ob er davon träumte, wie er in Spanien Kaninchen jagte? Hetzte er einen heißen Abhang hinauf, und dunkle Männer schrien »Span! Span!«, während die Kaninchen aus dem Gestrüpp hervorgeschossen kamen? Dann lag er wieder still. Und jetzt fiepte er, schnell, leise, viele Male hintereinander. Vielleicht hörte er Dr Mitford seine Greyhounds in Reading zur Jagd anfeuern. Dann wedelte er einfältig mit dem Schwanz. Ob er wohl die alte Miss Mitford »Böser Hund! Böser Hund!« rufen hörte, während er sich dorthin zurückschlich, wo sie stand, zwischen den Rüben, und ihren Schirm schwenkte? Und dann lag er eine Weile und schnarchte, tief versunken in den seligen Schlaf eines glücklichen hohen Alters. Auf einmal zuckte jeder Muskel an seinem Leib. Er fuhr mit einem heftigen Ruck aus dem Schlaf hoch. Was glaubte er wohl, wo er war? In Whitechapel unter den Strolchen? Spürte er wieder das Messer an der Kehle?

Was immer es sein mochte, er wachte im Zustand des Entsetzens aus seinem Traum auf. Er rannte auf und davon, als flüchtete er dorthin, wo er sicher wäre, als suchte er Zuflucht. Die Marktfrauen lachten und bewarfen ihn mit faulen Trauben und riefen ihn zurück. Er achtete nicht darauf. Karrenräder überrollten ihn fast, als er durch die Straßen hetzte – die Männer, die oben standen und die Zügel hielten, fluchten und schnippten mit der Peitsche nach ihm. Halbnackte Kinder warfen ihm Kieselsteine nach und riefen, *»Matta, Matta!«*, während er vorbeijagte. Ihre Mütter rannten zur Tür und fingen sie besorgt wieder ein. Ob er verrückt geworden war? Ob er einen Sonnenstich hatte? Oder hatte er nur wieder einmal das Jagd-

»So strickte sie, und er döste.«

horn der Venus vernommen? Oder war endlich einer der amerikanischen Klopfgeister, einer der Geister, die in Tischbeinen wohnen, in ihn gefahren? Was immer es sein mochte, er rannte schnurstracks eine Straße hinauf und eine andere hinab, bis er die Haustür der Casa Guidi erreichte. Er lief geradenwegs nach oben und geradenwegs in den Salon.

Mrs Browning lag lesend auf dem Sofa. Sie blickte erschreckt auf, als er hereinkam. Nein, es war kein Geist – es war nur Flush. Sie lachte. Dann, als er aufs Sofa sprang und sein Gesicht an ihrs drückte, kamen ihr die Worte ihres eigenen Gedichts in den Sinn:

You see this dog. It was but yesterday
I mused forgetful of his presence here
Till thought on thought drew downward tear on tear,
When from the pillow, where wet-cheeked I lay,
A head as hairy as Faunus, thrust its way
Right sudden against my face, – two golden-clear
Great eyes astonished mine, – a drooping ear
Did flap me on either cheek to dry the spray!
I started first, as some Arcadian,
Amazed by goatly god in twilight grove;
But, as the bearded vision closelier ran
My tears off, I knew Flush, and rose above
Surprise and sadness, – thanking the true Pan,
Who, by low creatures, leads to heights of love.[44]

Sie hatte das Gedicht vor Jahren in der Wimpole Street geschrieben, als sie sehr unglücklich war. Jetzt war sie glücklich. Sie wurde jetzt alt und Flush auch. Sie beugte sich einen Augenblick zu ihm nieder. Ihr Gesicht mit dem breiten Mund und den großen Augen und den schweren Locken glich immer noch auf seltsame Weise dem seinen.

Auseinandergerissen zwar, doch in ein und demselben Model gemacht, ergänzte vielleicht ein jeder von beiden, was im andern nur schlummerte. Doch sie war Frau; er war Hund. Mrs Browning las wieder. Dann sah sie Flush erneut an. Doch er sah sie nicht an. Eine auffällige Verwandlung hatte sich an ihm vollzogen. »Flush!« schrie sie. Doch er war stumm. Er war lebendig gewesen; jetzt war er tot.*[45] Das war alles. Der Teetisch stand, seltsam genug, vollkommen reglos.

Quellenangaben

Zugegebenermaßen gibt es nur sehr wenig Quellen für die voranstehende Biographie. Doch der Leser, der die Tatsachen nachprüfen oder sich eingehender mit dem Gegenstand beschäftigen möchte, sei immerhin auf folgende Werke verwiesen:

To Flush, My Dog und *Flush, or Faunus.* Gedichte von Elizabeth Barrett Browning

The Letters of Robert Browning and Elizabeth Barrett Barrett, 2 vols. (London, 1899 u. ö.) [dt. Robert Browning und Elizabeth Barrett Browning, Briefe, Berlin 1907, eine rigorose Auswahl, in der praktisch jeder Bezug zu Flush getilgt ist].

The Letters of Elizabeth Barrett Browning, ed. Frederick Kenyon, 2 vols. (London, 1897).

The Letters of Elizabeth Barrett Browning addressed to Richard Hengist Horne, ed. S. R. Townsend Mayer, 2 vols. (London, 1877).

Elizabeth Barrett Browning: Letters to her Sister 1846–1859, ed. Leonard Huxley, LL. D. (London, 1929).

Elizabeth Barrett Browning in her Letters, by Percy Lubbock (London, 1906).

Hinweise auf Flush finden sich in den *Letters of Mary Russell Mitford*, ed. H. Chorley, 2 vols. (London, 1872).

Eine Schilderung der »Rookeries« (wörtl. Krähenhorste), der Mietskasernen von London, findet sich bei Thomas Beames, *The Rookeries of London*, 1850.

Bildnachweis

Mary Russell Mitford (1787–1855) nach einem Ölgemälde von Th. Lucas, 1852. *Robert Browning* und *Elizabeth Barrett Browning* nach einer Kreidezeichnung von F. Talfourd, 1859. – Die Wiedergabe der drei Bilder erfolgte mit freundlicher Genehmigung der National Portrait Gallery, London.
Der Spaniel Flush nach einer zeitgenössischen Fotografie.
Die vier Zeichnungen stammen von Vanessa Bell.

Virginia Woolfs Anmerkungen

S. 21 »bemalter Stoff« – Miss Barrett sagt: »Ich habe mir an meinem offenen Fenster einen durchsichtigen Vorhang anbringen lassen.« Sie setzt hinzu: »Papa versucht, mich mit der Behauptung zu beleidigen, er ähnele dem Hintergrund im Schaufenster einer Konditorei, ist aber nichtsdestotrotz gerührt, wenn das Sonnenlicht das Schloß erleuchtet.« Manche vertreten die Ansicht, das Schloß etc. seien auf eine dünne metallische Substanz gemalt gewesen; andere meinen, es sei ein reich bestickter Musselinvorhang gewesen. Offenbar läßt sich dieser Punkt nicht mit Sicherheit aufklären.

S. 34 »Mr Kenyon nuschelte leicht, weil er zwei Vorderzähne verloren hatte.« Das ist wohl einigermaßen übertrieben und stützt sich auf bloße Vermutung. Die Gewährsfrau ist Miss Mitford. Sie soll gesprächsweise zu Mr Horne gesagt haben: »Unsere liebe Freundin, das wissen Sie wohl, sieht nie einen Menschen außer ihren Angehörigen und ein oder zwei anderen. Sie hat eine hohe Meinung von der *Vorlese*kunst wie auch dem edlen Geschmack von Mr ––––, und sie läßt sich von ihm ihre neuen Gedichte laut vorlesen ... Also steht Mr –––– auf dem Kaminvorleger und hebt Ms. und Stimme, während unsere liebe Freundin, ganz Aufmerksamkeit, in Kaschmir-Stolen gewickelt, das Haupt mit der wallenden Fülle seiner schwarzen langen Locken geneigt, auf ihrem Sofa liegt. Nun hat der liebe gute Mr –––– einen Vorderzahn verloren – nicht eigentlich einen der ganz vorderen, sondern einen der vorderen seitlichen –, und dies, sehen Sie, bewirkt eine fehlerhafte Aussprache ... eine liebenswerte Undeutlichkeit, ein vages Aufweichen der Silben, so daß ›Schweigen‹ und ›eigen‹ wirklich sehr ähnlich klingen ...« Es kann kaum Zweifel darüber bestehen, daß Mr –––– Mr Kenyon war; die Leerstelle wurde durch die eigenartige Heikelkeit der Viktorianer im Hinblick auf Zähne erforderlich. Hier sind jedoch wichtigere, die englische Literatur betreffende Fragen im Spiel. Miss Barrett ist lange Zeit eines Hörfehlers bezichtigt worden. Miss Mitford behauptet hingegen, eher sei Mr Kenyon eines defekten Zahns zu bezichtigen. Auf der anderen Seite behauptete Miss Barrett selbst, ihre Reime hätten weder mit seinen mangelnden Zähnen noch mit ihrem mangelnden Gehör etwas zu tun. »Sehr viel Aufmerksamkeit«, schrieb sie, »– weitaus mehr, als es erfordert hätte, um mit absoluter Akkuratesse zu reimen –, habe ich auf das Thema Reime verwandt, und ich habe kaltblütig beschlossen, ein paar Experimente zu wagen.« So daß sie denn »angels« auf »candles«, »heaven« auf »unbelieving« und »islands« auf »silence« reimte – kaltblütig. Die Professoren müssen natürlich das letzte Wort haben; doch jeder, der sich näher mit Mrs Brownings Charakter und ihrer Handlungsweise beschäftigt hat, wird der Ansicht zuneigen, daß sie die Regeln der Kunst ebenso mutwillig brach wie die der Liebe und ihr somit eine gewisse Mittäterschaft an der Entwicklung der modernen Dichtung zur Last legen.

S. 42 »gelbe Handschuhe« – In Mrs Orrs Life of Browning heißt es, er habe zitronenfarbene Handschuhe getragen. Mrs Bridell-Fox, die ihn 1835–36 kennenlernte, sagt: »Er war damals schlank und dunkel und sehr gutaussehend und hatte – wenn ich mir den Hinweis erlauben darf – eine Spur von einem Dandy, denn er hatte ein Faible für zitronenfarbene Glacéhandschuhe und derlei Dinge.«

S. 54 »Er war gestohlen worden.« Genaugenommen wurde Flush dreimal gestohlen; doch die Einheit von Ort, Zeit und Handlung scheint es erforderlich zu machen, daß die drei Diebstähle zu einem zusammengezogen werden. Die Summe, die Miss Barrett insgesamt an die Hundediebe zahlte, betrug £ 20.

S. 67 »Die Gesichter dieser Männer sollten ihr auf einem sonnigen Balkon in Italien wieder vor Augen treten.« Leser von *Aurora Leigh* – doch da es solche Menschen nicht gibt, ist dazu erläuternd zu sagen, daß Mrs Browning ein Gedicht dieses Namens geschrieben hat, zu deren lebendigsten Passagen (wiewohl diese an der Verzerrung krankt, wie sie sich bei einem Künstler natürlicherweise einstellt, der seinen Gegenstand nur ein einziges Mal von einem Zweispänner aus sieht, und das mit einer Wilson, die ihr am Rock zupft) die Schilderung eines Londoner Slums gehört. Es geht daraus jedoch eindeutig hervor, daß Mrs Browning dem menschlichen Leben gegenüber eine neugierige Grundeinstellung besaß, die von den Büsten Homers und Chaucers auf dem Waschtisch ihres Schlafzimmers keinesfalls befriedigt wurde.

S. 79 »Lily Wilson verliebte sich in Signor Righi, den Leibgardisten.« Der Lebenslauf Lily Wilsons ist äußerst dunkel und schreit insofern geradezu nach den Diensten eines Biographen. Keine andere Figur der Browningschen Briefe, von den Hauptfiguren einmal abgesehen, erregt in stärkerem Maße unsere Neugier und befriedigt sie weniger. Ihr Vorname war Lily, ihr Familienname Wilson. Das ist alles, was wir von ihrer Geburt und ihrer Erziehung wissen. Ob sie die Tochter eines Bauern in der Nachbarschaft von Hope End war und der Köchin der Barretts wegen ihres schicklichen Betragens und der Reinlichkeit ihrer Schürze vorteilhaft ins Auge stach, und das in einem solchen Maße, daß Mrs Barrett, als jene wegen irgendeines Botengangs ins herrschaftliche Haus kam, unter einem Vorwand gerade in dem Augenblick ins Zimmer trat und ihrerseits einen so guten Eindruck von ihr gewann, daß sie sie zu Miss Elizabeths Zofe ernannte; oder ob sie eine waschechte Londonerin war; oder aus Schottland stammte – das läßt sich unmöglich sagen. Jedenfalls stand sie im Jahr 1846 in Miss Barretts Diensten.[46] Sie war eine »teure Dienstbotin« – ihr Lohn belief sich auf jährlich £ 16. Da sie fast ebenso selten sprach wie Flush, ist über ihre einzelnen Charakterzüge wenig bekannt; und da Miss Barrett niemals ein Gedicht über sie geschrieben hat, ist uns ihr Äußeres weitaus weniger vertraut als seins. Dabei lassen die Andeutungen in den Briefen jedoch eindeutig darauf schließen, daß sie anfänglich eins jener sittsamen, nahezu unmenschlich korrekten britischen Dienstmädchen war, die damals den Ruhm des britischen Souterrains ausmachten. Es ist offenkundig, daß Wilson es mit Rechten und Zeremonien überaus genau nahm. Wilson war unzweifelhaft eine ehrfürchtige Anhängerin der »Gesindestube«; Wilson hätte als allererste darauf bestanden, daß niedere Dienstboten ihren Pudding an ihrem eigens dafür bestimmten Platz essen und höhere an einem anderen. All dies steckt implizit in ihrer Äußerung, sie habe Flush mit der Hand geschlagen, »weil es recht« war. Ein derartiger Respekt vor Konventionen, das bedarf kaum einer Erwähnung, züchtet ein ungeheures Grauen gegenüber jeglichem Verstoß gegen sie; so daß Wilson, als sie mit den unteren Chargen der Manning Street konfrontiert war, weitaus beunruhigter war und weitaus sicherer, daß die Hundediebe zugleich Mörder waren, als Miss Barrett. Gleichzeitig beweist doch die heroische Art und Weise, wie sie ihr Entsetzen überwand und Miss Barrett in der Droschke begleitete, wie tief jene andere Konvention, die der Gefolgstreue gegenüber ihrer Herrin, in ihr verwurzelt war. Wohin Miss Barrett ging, dahin wollte auch Wilson gehen. Ihr Verhalten zur Zeit des Durchbrennens ist eine geradezu triumphale Demonstration dieses Prinzips. Miss Barrett war skeptisch gewesen, was Wilsons Mut anging; ihre Skepsis erwies sich jedoch als unbegründet. »Wilson«, schrieb sie – und dies waren die letzten Worte, die sie als Miss Barrett an Mr Browning schreiben sollte – »hat sich einfach tadellos aufgeführt. Und *ich* ... nenne sie zaghaft und sorge mich wegen ihrer Zaghaftigkeit! Ich fange an zu glauben, daß niemand so kühn ist wie die Zaghaften, wenn sie einmal richtig aufgestachelt sind.«[47] Es lohnt sich wohl, in Parenthese einen Augenblick bei der ungeheuren Unsicherheit zu verweilen, die mit dem Dasein eines Dienstboten einherging. Wenn Wilson nicht mit Miss Barrett weggegangen wäre, dann wäre sie, wie Miss Barrett klar war, »noch vor Ablauf des Tages auf die Straße gesetzt worden«, vermutlich mit nichts versehen als den paar Shilling, die sie sich von ihren sechzehn Pfund jährlich erspart haben mochte. Und welchen Verlauf hätte ihr Schicksal dann genommen? Da die englische Prosa in den Vierzigern kaum je vom Leben einer Zofe handelt und die Biographie ihre Blendlaterne so tief noch nicht gesenkt hatte, muß diese Frage eine Frage bleiben. Wilson wagte jedoch den Sprung. Sie erklärte, sie würde »an jeden Ort der Welt mit mir gehen«. Sie verließ das Souterrain, die Gesindestube, eben jene ganze Welt der Wimpole Street, die für Wilson das Maß aller Zivilisation, aller Rechtschaffenheit und allen Anstands bedeutete, um der wilden Ausschweifung und Gottlosigkeit eines fremden Landes willen. Nichts mutet eigenartiger an als die Beobachtung des Konflikts, der sich in Italien zwischen Wilsons englischer Wohlanständigkeit und ihren naturgegebenen Regungen zutrug. Sie machte sich über den italienischen Hof lustig; die italienischen Gemälde schockierten sie. Doch obwohl »die Unanständigkeit der Venus sie zutiefst entsetzte«, so scheint es Wilson, was doch sehr für sie spricht, zu denken gegeben haben, daß die Frauen nackt sind, wenn sie ihre Kleider ablegen. Selbst ich, so mag sie gedacht haben, bin doch jeden Tag zwei oder drei Sekunden lang nackt. Und so »meint sie denn, es noch einmal versuchen zu wollen, und wer weiß, vielleicht legt sich ja die lästige Schamhaftigkeit?« Daß sie sich rasch gelegt hat, ist offensichtlich. Bald schon war sie nicht nur für Italien eingenommen; sie hatte sich in Signor Righi von der großherzoglichen Leibgarde verliebt – »alles hochachtbare und moralisch untadelige Männer, und manche sechs Fuß groß« – und trug einen Verlobungsring; gab einem Londoner Freier den Laufpaß; und lernte italienisch. Dann senken sich wieder die Wolken; als sie sich wieder heben, sehen wir Wilson verlassen – »der treulose Righi hatte sich aus seinem Verlöbnis mit Wilson davongestohlen«. Der Argwohn fällt auf seinen Bruder, einen Schnittwarengroßhändler in Prato. Als Righi aus der herzoglichen Leibgarde ausschied, wurde er auf Anraten seines Bruders Schnittwareneinzelhändler in Prato. Ob nun seine berufliche Stellung Schnittwarenkenntnisse bei seiner Frau verlangte, ob eins der Mädchen von Prato mit solchen aufwarten konnte, fest steht, daß er Wilson nicht so oft schrieb, wie er es hätte sollen. Doch was nun genau am Verhalten dieses hochachtbaren und moralisch untadeligen Mannes bewirkte, daß Mrs Browning im Jahr 1850 äußern konnte, »[Wilson] ist völlig *darüber hinweg*, was doch der überzeugendste Beweis für ihren gesunden Menschenverstand und ihre Charakterfestigkeit ist. Wie hätte sie einen solchen Menschen noch weiter lieben können?« – warum Righi zu einem »solchen Menschen« in so kurzer Zeit geschrumpft war, läßt sich unmöglich sagen. Von Righi verlassen, schloß Wilson sich der Familie Browning immer enger an. Sie erfüllte nicht nur die Pflichten einer Zofe, sondern backte Hefekuchen, schneiderte und wurde Penini, dem Baby, eine hingebungsvolle Kinderfrau; so daß das Baby wiederum sie mit der Zeit in den Rang eines Familienmitglieds erhob, wohin sie von Rechts wegen gehörte, und sie nur Lily nannte. Im Jahr 1855 heiratete Lily Romagnoli, den Hausdiener der Brownings, »einen guten, weichherzigen Mann«; und eine Zeitlang führten die beiden den Brownings das Haus. Im Jahr 1859 übernahm Robert Browning jedoch »das Amt eines Vormunds für Landor«, ein Amt, das großes Fingerspitzengefühl und Verantwortungsbewußtsein erforderte, denn Landor war ein Mann von schwierigen Gewohnheiten; »von Zurückhaltung besitzt er kein einziges Körnchen«, schrieb Mrs Browning, »und von Argwöhnischkeit viele Körner.« Unter diesen Umständen wurde Wilson mit einem Jahresgehalt von zweiundzwanzig Pfund »zuzüglich dem, was von seinen Rationen übrigbleibt«, zu »seiner Duenna« bestellt. Später wurde ihr Lohn auf dreißig Pfund erhöht, denn die Rolle einer Duenna bei »einem alten Löwen«, der die »Regungen eines Tigers« hat, seinen Teller aus dem Fenster fliegen läßt oder ihn zu Boden knallt, wenn ihm sein Essen nicht schmeckt, und seine Dienstboten verdächtigt, Schreibtischschubladen zu öffnen, barg, wie Mrs Browning bemerkte, »gewisse Risiken, und ich persönlich wäre ihnen ungern ausgesetzt«. Für Wilson jedoch, die schon Mr Barrett und die Klopfgeister kennengelernt hatte, kam es auf ein paar Teller mehr oder weniger, die aus dem Fenster flogen oder auf den Boden knallten, weiß Gott nicht mehr an – derlei Risiken gehörten zum Alltagsgeschäft.

Jener Alltag war, sofern wir heute noch eine Vorstellung davon haben können, gewiß ein seltsamer. Ob er in einem abgelegenen englischen Dorf begann oder nicht, er endete in Venedig im Palazzo Rezzonico. Dort lebte sie wenigstens noch im Jahr 1897, mittlerweile Witwe, im Haus des kleinen Knaben, den sie aufgezogen und geliebt hatte – Mr Barrett Browning. Ein sehr seltsamer Alltag war das gewesen, mag sie gedacht haben, als sie im roten venezianischen Sonnenuntergang saß, eine alte vor sich hin träumende Frau. Ihre Freundinnen, die mit Landarbeitern verheiratet waren, stolperten immer noch die englischen Dorfwege entlang, um eine Pinte Bier zu holen. Und sie war mit Miss Barrett nach Italien durchgebrannt; sie hatte alle möglichen Sonderbarkeiten gesehen – Revolutionen, Leibgardisten, Klopfgeister; Mr Landor, der seinen Teller aus dem Fenster warf. Dann war Mrs Browning gestorben – es kann kein Mangel an Gedanken in Wilsons altem Kopf geherrscht haben, wenn sie am

Abend in der Fensternische des Palazzo Rezzonico saß. Doch wie eitel wäre es nicht, so zu tun, als könnten wir erraten, wie sie aussahen, denn sie war typisch für die große Heerschar ihresgleichen – die unergründlichen, die beinah stummen, die beinah unsichtbaren Dienstmägde der Geschichte. »Ein ehrbareres, treueres und anhänglicheres Herz als das Wilsons läßt sich nicht finden« – die Worte ihrer Herrin mögen ihr als Epitaph dienen.

S. 91 »er wurde von Flöhen heimgesucht«. Es scheint, daß Italien in der Mitte des neunzehnten Jahrhunderts berühmt für seine Flöhe war. In der Tat dienten sie dazu, daß man sich über Konventionen hinwegsetzen konnte, die sonst unübersteigbar waren. Beispielsweise als Nathaniel Hawthorne (1858)[48] bei Miss Bremer in Rom zum Tee war, ». . . sprachen wir von Flöhen – Insekten, die, in Rom, alle Welt mit ihrer Anwesenheit beglücken und so verbreitet und unvermeidlich sind, daß man sich, was die Anspielung auf die Leiden, die sie zufügen, betrifft, keinerlei Zwang auferlegt. Die arme kleine Miss Bremer wurde von einem gepeinigt, während sie uns den Tee einschenkte . . .«

S. 95 »Nero hatte sich aus dem Fenster eines Obergeschosses gestürzt.« Nero (ca. 1849–60) war, Carlyle zufolge, »ein kleines kubanisches Zotteltier (Malteser? und im übrigen ein Mischling), überwiegend weiß – ein höchst anschmiegsames, lebendiges Hündchen, sonst aber wenig brauchbar und kaum oder gar nicht erzogen«. Es gibt Material für eine Lebensgeschichte in Hülle und Fülle, doch dies ist nicht der Ort, um davon Gebrauch zu machen. Es genügt die Mitteilung, daß er gestohlen wurde; daß er Carlyle einen Scheck brachte, den man ihm ans Halsband gebunden hatte und von dem er sich ein Pferd hätte kaufen können; daß »ich ihn zwei-, dreimal ins Meer warf [bei Aberdour], was er überhaupt nicht leiden mochte«; daß er im Jahr 1850 aus dem Fenster der Bibliothek hinuntersprang, und, unter Umgehung der Eisenspitzen des Vorhofzauns, »platsch« auf das Pflaster fiel. »Es war nach dem Frühstück«, erzählt Mrs Carlyle, »und er hatte am offenen Fenster gestanden und die Vögel beobachtet . . . Ich lag im Bett und hörte Elizabeth durch die hölzerne

Trennwand hindurch schreien: O Gott! O Nero! und wie ein Sturmwind die Treppe hinunterfegen und aus der Haustür stürzen ... dann sprang ich ihr im Nachtgewand hinterher ... Mr C. kam, das Kinn voller Seifenschaum, aus seinem Schlafzimmer herab und fragte, ›Ist Nero irgend etwas zugestoßen?‹ – ›Ach Sir, er *muß* sich sämtliche Beine gebrochen haben, er ist aus *Ihrem* Fenster gesprungen!‹ – ›Gott helfe mir!‹ sagte Mr C. und ging wieder, um sich fertig zu rasieren.« Es waren jedoch keine Knochen gebrochen, und er überlebte, um später von einem Metzgerkarren überrollt zu werden und schließlich am 1. Februar 1860 an den Folgen des Unfalls zu sterben. Er liegt am oberen Ende des Gartens in der Cheyne Row unter einer kleinen Steintafel begraben.

Ob er sich umbringen wollte, oder ob er, wie Mrs Carlyle nahelegt, bloß hinter Vögeln hersprang, könnte Anlaß für eine außerordentlich interessante Abhandlung über Hundepsychologie sein. Manche halten dafür, daß Byrons Hund[49] aus Mitgefühl mit Byron verrückt geworden sei; andere, daß Nero in eine ausweglose Melancholie getrieben worden sei, weil er an Mr Carlyle geraten war. Die ganze Frage der Beziehung von Hunden zum Zeitgeist, die Frage, ob man den einen Hund elisabethanisch, den anderen augustäisch und wieder einen anderen viktorianisch nennen kann, verdient, wie auch der Einfluß von Dichtung und Philosophie der Herren auf ihre Hunde, eine umfassendere Diskussion, als sie hier stattfinden kann. Vorläufig müssen Neros Motive im dunkeln bleiben.

S. 101 »Sir Edward Bulwer Lytton hielt sich für unsichtbar.« Mrs Huth Jackson erzählt in *A Victorian Childhood*: »Lord Arthur Russell erzählte mir viele Jahre später, daß er als kleiner Knabe von seiner Mutter nach Knebworth mitgenommen worden sei. Am nächsten Morgen frühstückte er gerade in der großen Halle, als ein seltsam aussehender alter Herr in einem schäbigen Morgenmantel hereinkam und langsam um den Tisch ging, wobei er der Reihe nach jeden Gast anstarrte. Er hörte, wie die Tischnachbarin seiner Mutter ihr zuflüsterte, ›Achten Sie gar nicht darauf, er hält sich für unsichtbar‹. Es war Lord Lytton höchstselbst.« (pp. 17–18)

S. 108 ». . . jetzt war er tot.« Es ist sicher, daß Flush starb; doch Datum und Art und Weise seines Todes sind unbekannt. Der einzige Hinweis besteht in der Behauptung: »Flush erreichte ein ansehnliches Alter und ist in den Kellergewölben der Casa Guidi begraben.« Mrs Browning wurde auf dem englischen Friedhof in Florenz begraben, Robert Browning in der Westminster Abbey. Flush liegt folglich noch immer unter dem Haus, worin, vor langer Zeit, einmal die Brownings lebten.

Ende

Anhang

Anmerkungen

1 Sir Philip Sidney (1554–86), Dichter, Gentleman, Soldat, Begründer der englischen Dichtungstheorie. Seine umfangreiche Prosaromanze, *The Countess of Pembroke's Arcadia*, die in zwei Fassungen existiert (1581 und 1583–4), ist eine Kompilation höfischer und bukolischer Themen nach französischem und italienischem Vorbild.

2 Zu den Mitfords, insbesondere zu der aus Not Schriftstellerin gewordenen Mary Russell Mitford (1787–1855), vgl. VWs Essay »Miss Mitford« in *Der gewöhnliche Leser. Band I*, Frankfurt 1989, 220–226. Mary Russell Mitford war bekannt als Lyrikerin, erfolgreich als Dramatikerin (*Foscari*, 1826, *Rienzi*, 1828), überlebte aber vor allem durch ihre Schilderungen des englischen Landlebens (*Our Village*, 1832), sowie als Verfasserin gescheiter und klatschsüchtiger Briefe (an Lamb, Ruskin, Landor, Elizabeth Barrett Browning etc.).

3 Edward Bouverie Pusey (1800–82), Hebraist, einer der Führer des Oxford Movement, einer Bewegung zur Rückbesinnung auf die Werte der High Church of England, die durch eine größere Nähe zur römischen Kirche als die Richtungen der Low oder Broad Church gekennzeichnet war. Über seinen älteren Bruder ist nichts zu sagen.

4 Elizabeth Barrett (1806–61) hatte sich bereits als Dichterin und Übersetzerin aus dem Griechischen einen Namen gemacht, als sie 1838 auf Grund eines geplatzten Blutgefäßes todkrank wurde. In Torquay an der Westküste, wo sie Heilung suchte, verschlimmerte sich ihr Zustand noch dadurch, daß ihr älterer Bruder, Edward, ertrank, was sie in eine tiefe Depression stürzte und wie ein Schatten über ihrem künftigen Leben lag. Immer noch krank, kehrte sie 1841 nach London zurück.

5 Der tyrannische Edward Moulton Barrett, der seinen erwachsenen Söhnen und Töchtern die Heirat verbot, besaß große Plantagen in Jamaika.

6 John Kenyon (1784–1856), Poet und Philanthrop, Verwandter, Freund und Vertrauter Elizabeth Barretts, der ihr die deutsche Literatur (etwa Schiller) nahebrachte, sie aber auch mit dem Dichter Robert Browning (1812–89) bekannt machte. Seine Freundschaft nimmt einigen Raum im Briefwechsel der beiden dichtenden Liebenden ein. Ihm widmete sie 1844 ihr Gedicht »The Dead Pan« und 1856 ihr berühmtestes Gedicht »Aurora Leigh«. Siehe auch VWs Exzerpte zu Kenyon als Vorleser Barrettscher Gedichte, unten S. 111 f.

7 Richard Henry oder Hengist Horne (1803–84), Autor und Redakteur, korrespondierte seit 1839 mit Elizabeth Barrett. Seine von der Regierung in Auftrag gegebene Untersuchung über Kinderarbeit in Bergwerken und Fabriken war der Auslöser für Elizabeth Barretts berühmtes Gedicht »The Cry of the Children«.

8 Elizabeth Barrett hat die Episode und die Gedanken, die sie in ihr auslösten, in einem Sonett festgehalten: »Flush, or Faunus«. VWs Mrs Browning erinnert sich an dieses Gedicht beim Tode Flushs. Siehe S. 107 und die Übersetzung Anm. 44.

9 Die schlimmste der zahlreichen irischen Hungersnöte im 19. Jahrhundert, »The Great Famine«, herrschte von 1845–7.

10 Anna Brownell Jameson (1794–1860) schrieb vor allem Aufsätze zur bildenden Kunst, reiste in Italien und stand im Briefwechsel mit Elizabeth Barrett.

11 »Sleep no more« – es mag sich dahinter eine Anspielung auf *Macbeth* verbergen: nach der Untat klingt dem Mörder dieses Wort als stetes Memento in den Ohren.

12 Der erste Brief des Dichters Robert Browning an Elizabeth Barrett trägt den Poststempel: 10. Januar 1845. Er beginnt mit den Worten: »Ich liebe Ihre Verse von ganzem Herzen, liebe Miss Barrett«, und fährt fort, diese Liebe zu begründen. In diesem und im folgenden Jahr wechselten sie über 500 Briefe. Der letzte der durchweg undatierten Briefe trägt den Poststempel des 19. September 1846. Zu diesem Zeitpunkt hatten sie bereits heimlich geheiratet und waren dabei, England zu verlassen. Für die bibliographische Angabe vgl. »Quellenangaben« in VWs Anhang, S. 109.

13 Die Forschung hat ermittelt, daß der Besuch um drei Uhr stattfand, nicht um halb drei!

14 Brief von Elizabeth Barrett an Robert Browning, mit Poststempel vom 9. Juli 1846, II, 321. »Ach Flush, Flush! – er hat Dich nicht wirklich verletzt? Du vergibst ihm um meinetwillen? Die Wahrheit ist, daß er alle Menschen ohne Unterröcke haßt und daß er, obwohl er *Dich* nicht haßt, Dir gegenüber einen gewissen Argwohn hegt, der durch irgendein äußeres Zeichen, wie etwa einen Regenschirm, wieder virulent wird. Aber wenn Du gesehen hättest, wie leid es ihm gestern tat und wie beschämt er war! Ich gab ihm eins hinter die Ohren und habe ihm gesagt, ich würde ihn niemals wieder lieben: und er saß auf dem Sofa (er lag nicht, sondern saß) und fixierte mich die ganze Zeit, als ich die Blumen richtete, mit einem Ausdruck stiller Verzweiflung in seinem Gesicht. Schließlich sagte ich, ›Wenn du brav bist, Flush, darfst du kommen und sagen, daß es dir leid tut‹ . . . woraufhin er durchs Zimmer geschossen kam und mir, am ganzen Leibe zitternd, erst die eine Hand küßte und dann die andere und die Pfoten hob, damit ich sie schüttelte, und mir mit einem derart

flehentlichen Blick ins Gesicht sah, daß Du ihm gewiß genauso verziehen hättest wie ich. Es ist keine Blutrunst. Wenn er Dich erst einmal liebte, könntest Du ihn an den Ohren und am Schwanz ziehen und einen Knochen aus seinem Maul nehmen – er würde Dich nicht beißen. Er hat keine blutrünstigen Anwandlungen wie andere Hunde und Menschen, die ich kenne.«

15 Aus Robert Brownings Brief mit Poststempel vom 10. Juli 1846, II, 325.

16 Dies und die beiden folgenden Zitate stammen aus dem Brief mit dem Poststempel vom 13. Juli 1846, II, 329.

17 Flushs Verhalten und Bestrafung ist erzählt im Brief von Elizabeth Barrett mit Poststempel vom 22. Juli 1846, II, 353.

18 Für dies und das folgende siehe Brief von Elizabeth Barrett mit Poststempel vom 27. Juli 1846, II, 363.

19 Brief mit Poststempel vom 2. September 1846, II, 505. Flush wurde insgesamt dreimal gestohlen. Vgl. VWs Anmerkung, S. 112. Beim erstenmal waren 6 Guineen zu zahlen, beim zweitenmal 7 Pfund, beim drittenmal 20 Guineen. (Zum Vergleich: Wilson, die eine »teure Dienstbotin« war, erhielt 16 Pfund Jahreslohn.)

20 Thomas Beames ist der Verfasser des Berichts *The Rookeries of London*, 1850.

21 »Rookery«: der Ausdruck steht seit den zwanziger Jahren des 19. Jahrhunderts für Elendsquartier bzw. »Mietskaserne«.

22 Brief mit Poststempel vom 3. September 1846, II, 510.

23 Brief von Robert Browning mit Poststempel vom 3. September 1846, II, 513.

24 Barnard Gregory (1796–1852), Herausgeber und Besitzer der Londoner Wochenschrift ›*The Satirist, or the Censor of the Times*‹, in der es eine Skandalspalte gab: »Enthüllungsartikel« wurden zunächst an die betreffenden Personen verschickt und mit der Veröffentlichung gedroht, falls sie nicht bereit waren, eine bestimmte Summe zu bezahlen. Die Zeitschrift wurde 1849 verboten. Robert Browning nennt Gregory in einem Brief mit dem Poststempel vom 4. September 1846, II, 518.

25 Robert Browning hatte den Satz des Dichters John Donne (1571/2 bis 1631) zitiert: »Weakness invites, but silence *feasts* oppression« (»Schwäche ermuntert Unterdrückung, doch Schweigen mästet sie.«). Brief mit Poststempel vom 4. September 1846, II, 514.

26 Elizabeth Barretts Brief mit Poststempel vom 5. September 1846, II, 522.

27 Für das folgende vgl. Brief von Elizabeth Barrett mit Poststempel vom 7. September 1846, II, 525 ff.

28 Das ein »Roman in Versen« von Elizabeth Barrett benannte Gedicht, 1857 publiziert, beschreibt die Lebensgeschichte einer Schriftstellerin. Themen wie die Rolle der Frau in der Gesellschaft spielen ebenso eine Rolle wie große Beschreibungen der Londoner Massen und des Elends.

29 Die Brownings wohnten sechs Monate lang in Pisa im Collegio Ferdinando.

30 Brief an die Schwester Henrietta, Florenz, 9. Juli 1847, in: Elizabeth Barrett Browning, *Letters to Her Sister, 1846–1859*, ed. Leonard Huxley, London: John Murray, 1929, 39.

31 Leopold II., der Großherzog der Toskana, hatte seinem Volk eine Verfassung und politische Liberalisierung versprochen, daher der Marsch zum Palazzo Pitti, wo er residierte. Das Ereignis berichtet Elizabeth Barrett Browning in einem Brief an die Schwester vom 13. September 1847, a.a.O., 43 ff.

32 Isabella Blagden, Romanautorin, war der Mittelpunkt der in Florenz lebenden Engländer und wurde eine enge Freundin der Brownings. – Walter Savage Landor (1775–1864), Verfasser imaginärer Gespräche. – Hattie Hosmer, junge amerikanische Bildhauerin, führte ein exzentrisches und »emanzipiertes« (so Elizabeth Barrett Browning über sie) Leben. – Edward Robert Bulwer Lytton (1831–91), Sohn des berühmten Romanautors Edward George Bulwer Lytton und selbst Autor von Gedichten, wurde Vizekönig von Indien.

33 Das einzige Kind der Brownings, Robert Wiedeman Barrett Browning, genannt »Pen« oder »Penini«, wurde am 9. März 1849 geboren.

34 Algernon Charles Swinburne (1837–1909), Virtuose kompliziertester Versformen, sensualistischer Dichter, von großem Einfluß auf den Symbolismus. Auch als Kritiker und Entdecker verlorengegangener Traditionen bedeutend.

35 John Ruskin (1819–1900), Kunstkritiker und Sozialreformer, der einerseits die zeitgenössische englische Kunst verständlich zu machen versuchte, andererseits insbesondere Italien als Kunstlandschaft entdeckte (*The Seven Lamps of Architecture*, 1849, *The Stones of Venice*, 1851–53). – George Eliot (1819–80), große Romanautorin, deren Roman *Romola* (1863) im Florenz des ausgehenden 15. Jahrhunderts spielt. Vgl. VWs Essay ›George Eliot‹ in *Der gewöhnliche Leser. Band 1*, Frankfurt 1989, 196–208.

36 Vgl. Anm. 1.

37 Jane Carlyle (1801–66), die Frau des Historikers und philosophischen Schrifstellers Thomas Carlyle (1795–1881). Auch die Verbindung der beiden Carlyles war eine der großen, wenn auch problematischen, Romanzen des viktorianischen Zeitalters.

38 Charles Kingsley (1819-75), Schriftsteller und Sozialreformer. Am berühmtesten wurde sein Roman *Alton Locke* (1850), der die Leiden der Arbeiterklasse schildert, sowie sein Feenroman *Water Babies* (1863), eine Einführung für Kinder in die Naturgeschichte.

39 Marguerite Power, Countess of Blessington (1789–1849), Romanautorin und Reiseschriftstellerin mit einem Interesse am Spiritismus. Auch Elizabeth Barrett Browning war an parapsychologischen Phänomenen interessiert, die von ihrem Mann eher als Schwindel lächerlich gemacht wurden.

40 Philip Henry, 5th Earl Stanhope (1805–75), Politiker und Historiker, Gründer der National Portrait Gallery.

41 H. Chorley gab 1872 die *Letters of Mary Russell Mitford, 2nd Series* in zwei Bänden heraus.

42 Frederick Tennyson (1807–98), älterer Bruder des Dichters Alfred Lord Tennyson, der ebenfalls Gedichte schrieb. – Hiram Powers, in Italien lebender amerikanischer Bildhauer, mit den Brownings befreundet. – Mr Villari: nicht ermittelt.

43 Mr Kirkup, Kunstenthusiast und Archäologe. Die spiritistische Sitzung ist beschrieben im Brief Elizabeth Barrett Brownings an ihre Schwester vom 12. Februar 1855, a.a.O., 212f.

44 »Du siehst den Hund. Es war erst gestern, / daß ich hier, seine Anwesenheit vergessend, sann, / bis Gedanke um Gedanke Träne um Träne fließen ließ, / als aus dem Kissen, darauf ich mit feuchten Wangen lag, / ein Kopf behaart wie Faun jäh / gegen mein Gesicht stieß – zwei golden-klare / große Augen erstaunten die meinen – ein hängendes Ohr / schlug gegen meine Wangen, das Naß zu trocknen! / Ich schrak erst auf wie eine Arkaderin, / erstaunt vom Ziegengott im Dämmerlicht des Hains; / doch als die bärtige Vision die Tränen / näher tilgte, erkannt' ich Flush und erhob mich über / Erstaunen und Tristesse – dankte dem wahren Pan, / der, durch niedere Kreaturen, zu Liebeshöhen führt.«

45 Flush starb im Juni 1854.

46 Margaret Reynolds, die VWs Anmerkungen ergänzt bzw. korrigiert hat, bemerkt, Elizabeth Wilson sei ab 1844 im Dienst Elizabeth Barretts gewesen, und ihr Leben sei weder so dunkel noch so romantisch gewesen, wie die Autorin es sich vorstellte. Elizabeth Wilson endete in geistiger Umnachtung.

47 Im Postskriptum ihres am 19. September 1846 abgestempelten Briefs, II, 567.

48 Nathaniel Hawthorne (1804–64), der große amerikanische Erzähler (*The Scarlet Letter*, 1850), kannte die Brownings in Rom 1858/9. Sein Roman *The Marble Faun* (1860) spielt in Rom.

49 Byrons Hund hieß Boatswain. Auf seinem Denkmal in Newstead steht, er habe »Schönheit ohne Eitelkeit« besessen, »Stärke ohne Frechheit, Mut ohne Wildheit, und alle Tugenden des Menschen ohne seine Laster«.

Nachbemerkung

In einem Brief an Lady Ottoline Morrell vom 23. Februar 1933 – *Flush* war gerade beendet worden und ging in Satz – schreibt VW: »Flush ist nur so eine Art Witz. Ich war so müde nach den Wellen, daß ich im Garten lag und die Liebesbriefe der Brownings las, und die Figur ihres Hundes brachte mich zum Lachen, so daß ich nicht widerstehen konnte, seine Biographie zu schreiben. Ich wollte mich auch über Lytton lustig machen – es sollte ihn parodieren.«

Die erste Erwähnung von *Flush* findet sich im Tagebuch am 7. August 1931: sie schreibe das neue Buch »halb im Ernst, um mein Gehirn zu lockern, das durch die letzte Anstrengung der Wellen ganz verspannt ist«. Ein paar Tage später heißt es: »Es ist glaube ich eine gute Idee, Biographien zu schreiben; in ihnen kann ich meine Fähigkeiten zur Darstellung Wirklichkeit Genauigkeit einsetzen; und die Romane, um das Allgemeine, das Poetische auszudrücken. Flush dient diesem Zweck.« (16. August 1931) Sie scheint das Buch, nachdem sie es im Spätsommer 1932 ernsthaft in Angriff nimmt, zunächst in rasendem Tempo geschrieben zu haben, »viel schneller als Orlando«, wie sie sagt: ». . . es setzt eine solche Sturzflut an Faktischem frei, von dem ich nie wußte, daß ich es in mir hatte, ich muß die letzten 20 Jahre – jedenfalls seit Jacob's Room – beobachtet und gesammelt haben. Eine solche Fülle von Gesehenem dringt hervor, daß ich nicht einmal auswählen kann . . . Ich muß jetzt nur die Kontrolle behalten; und nicht zu sarkastisch werden; und das rechte Maß an Freiheit und Zurückhaltung finden. Aber oh, wie leicht ist dieses Schreiben verglichen mit den Wellen! Ich frage mich, welchen Karat Gold die 2 Bücher haben. Natürlich ist das äußerlich; aber es steckt viel Gold – mehr als ich gedacht hätte – im Äußerlichen.« (19. Dezember 1932)

Die Ernüchterung kommt wenige Tage später. Am 23. Dezember schreibt sie von »Zeitverschwendung« und »Stumpfsinn«, und: »Vier Monate Arbeit & weiß Gott wieviel Lektüre – nicht einmal besonders inspirierende – & ich sehe nicht, wie ich irgend etwas daraus machen kann. Es ist nicht das richtige Thema für diese Länge: es ist zu dünn & zu ernst. Viel gutes darin, müßte aber viel besser sein ... Ich habe das Gefühl, in Flush nie wieder hineinzukommen.« Eine der Hauptschwierigkeiten ist, daß sie während der Niederschrift und vor allem der Revision von Flush bereits mit einem neuen Romanprojekt beschäftigt ist – woraus später *The Years* wurde –, dessen Figuren sich immer wieder dazwischendrängen und für das sie endlich »frei« sein möchte. Doch *Flush* läßt sie so bald nicht los. Am 21. Januar 1933 heißt es: »Flush kümmert immer noch vor sich hin & ich kann ihn nicht abnabeln. Das ist die traurige Wahrheit. Ich sehe immer wieder etwas, was ich verknappen oder besser zusammenfassen könnte. Mit Worten ist nicht zu spaßen – darf man nicht spaßen: nicht wenn sie ›für immer‹ dastehen sollen.«

VW scheint keine hohe Meinung von diesem Buch gehabt zu haben – Ausdrücke wie »töricht« oder »Zeitverschwendung« tauchen häufig auf. Das hat wohl auch damit zu tun, daß sie den in einem Mißverständnis gründenden Erfolg – auf Kosten ihrer ›ernsthaften‹ Werke – voraussah. Drei Tage vor dem Erscheinen des Buches schreibt sie, am 2. Oktober 1933: »Flush wird Donnerstag erscheinen & ich werde sehr deprimiert sein, denke ich, von der Art des Lobes. Es wird heißen, es sei ›charming‹, delikat, damenhaft. Und es wird populär werden ... Ich darf mir nicht einreden lassen, ich sei bloß eine damenhafte Schwatzbase: einmal weil das nicht stimmt. Aber sie alle werden das sagen. Und der öffentliche Erfolg von Flush wird mir sehr mißfallen. Nein, ich muß mir sagen, es ist eine bloße Grille ...«

Am 5. Oktober 1933 erschien *Flush: A Biography* bei der Hogarth Press, London, in einer Erstauflage von 12 680 Exemplaren. (Zum Vergleich: *The Waves* war genau zwei Jahre zuvor in einer Erstauflage von 7113 Exemplaren gedruckt worden; von *Orlando*, 1928, wurden zunächst 5080 Exemplare gedruckt; von *To the Lighthouse*, 1927, 3000 Exemplare.) Am gleichen Tag erschien die amerikanische Ausgabe bei Harcourt, Brace and Company, New York, in einer Auflage von 7500 Exemplaren. Die Rezensionen waren fast ausnahmslos positiv und enthusiastisch. Eine erste deutsche Übersetzung, von Herberth E. Herlitschka, erschien unter dem Titel *Flush. Die Geschichte eines berühmten Hundes*, mit 6 Zeichnungen von Renée Sintenis, 1934 im S. Fischer Verlag, Berlin, in einer Auflage von 3000 Exemplaren.

VW hat sich bemüht, dem Genre der Biographie gerecht zu werden, indem sie die einschlägigen Quellen zum Leben der Brownings so detailgetreu wie möglich benutzte, sie auflistete, Anmerkungen mit längeren Quellenexzerpten beifügte. Einige Unrichtigkeiten sind von der Forschung inzwischen aufgespießt worden: So wurde der Hund Elizabeth Barrett Anfang 1841 in Torquay übergeben, nicht in London; ihre Zofe im Jahre 1842 hieß Crow – Elizabeth Wilson trat erst 1844 in Miss Barretts Dienste; Flush wurde im Sommer 1840 geboren, nicht Anfang 1842. In einem Detail hat sich VW (in einem Brief an David Garnett vom 8. Oktober 1933) selbst korrigiert: »Im Jahr 1846 gab es noch keine Briefkästen. Die wurden erst um 1852 von Anthony Trollope erfunden.« Zugleich ist die Biographie aber eben auch eine Parodie der Gattung, insbesondere der entmythologisierenden Anti-Biographien eminenter Viktorianer, mit denen der kürzlich verstorbene Freund Lytton Strachey berühmt geworden war.

K. R.

Orlando

Für
V. Sackville-West

Orlando als Knabe

Vorwort

Viele Freunde haben mir geholfen, dieses Buch zu schreiben. Manche sind tot und so berühmt, daß ich sie kaum zu nennen wage, jedoch kann niemand lesen oder schreiben, ohne auf ewig in der Schuld Defoes, Sir Thomas Brownes, Sternes, Sir Walter Scotts, Lord Macaulays, Emily Brontës, De Quinceys und Walter Paters zu stehen – um die ersten zu nennen, die einem in den Sinn kommen. Andere sind noch am Leben und, obwohl vielleicht auf ihre Art ebenso berühmt, aus ebendiesem Grunde weniger ehrfurchtgebietend. Ich bin besonders Mr C. P. Sanger zu Dank verpflichtet, ohne dessen Kenntnis des Grundstücksrechts dieses Buch nicht hätte geschrieben werden können. Mr Sydney-Turners breite und besondere Gelehrsamkeit hat mir, wie ich hoffe, einige beklagenswerte Patzer erspart. Ich konnte Nutzen ziehen – wie sehr, kann nur ich allein ermessen – aus Mr Arthur Waleys Kenntnis des Chinesischen. Madame Lopokowa (Mrs J. M. Keynes) war zur Hand, mein Russisch zu korrigieren. Der unvergleichlichen Sympathie und Vorstellungskraft Mr Roger Frys verdanke ich, was immer ich an Verständnis für die Kunst der Malerei besitzen mag. Ich habe, wie ich hoffe, in einem anderen Bereich von der einzigartig scharfsichtigen, wenn auch strengen Kritik meines Neffen, Mr Julian Bell, profitiert. Miss M. K. Snowdons unermüdliche Forschungsarbeit in den Archiven von Harrogate und Cheltenham war nicht weniger mühselig, nur weil sie vergeblich war. Andere Freunde haben mir auf zu unterschiedliche Weisen geholfen, als daß sie einzeln aufgezählt werden könnten. Ich muß mich damit begnügen, Mr Angus Davidson zu nennen; Mrs Cartwright; Miss Janet Case; Lord Berners (dessen Kenntnis der elisabethanischen Musik sich als unschätzbar erwies); Mr Francis Birrell; meinen Bruder, Dr. Adrian Stephen; Mr F. L. Lucas; Mr und Mrs Desmond Maccarthy; jenen inspirierendsten aller Kritiker, meinen Schwager, Mr Clive Bell; Mr G. H. Rylands; Lady Colefax; Miss Nellie Boxall; Mr J. M. Keynes; Mr Hugh Walpole; Miss Violet Dickinson; the Honourable Edward Sackville West; Mr und Mrs St. John Hutchinson;

Mr Duncan Grant; Mr und Mrs Stephen Tomlin; Mr und Lady Ottoline Morrell; meine Schwiegermutter, Mrs Sidney Woolf; Mr Osbert Sitwell; Madame Jacques Raverat; Colonel Cory Bell; Miss Valerie Taylor; Mr J. T. Sheppard; Mr und Mrs T. S. Eliot; Miss Ethel Sands; Miss Nan Hudson; meinen Neffen, Mr Quentin Bell (ein alter und geschätzter Mitarbeiter auf dem Gebiet der Fiktion); Mr Raymond Mortimer; Lady Gerald Wellesley; Mr Lytton Strachey; die Viscountess Cecil; Miss Hope Mirrlees; Mr E. M. Forster; the Honourable Harold Nicolson; und meine Schwester, Vanessa Bell – aber die Liste droht, zu lang zu werden, und ist jetzt schon viel zu distinguiert. Denn während sie mir Erinnerungen der erfreulichsten Art ins Gedächtnis ruft, muß sie im Leser unweigerlich Erwartungen wecken, die das Buch selbst nur enttäuschen kann. Daher will ich schließen, indem ich den Mitarbeitern des Britischen Museums und des Record Office für ihre gewohnte Liebenswürdigkeit danke; meiner Nichte, Miss Angelica Bell, für einen Dienst, den niemand außer ihr hätte leisten können; und meinem Mann für die Geduld, mit der er mir unermüdlich bei meinen Nachforschungen geholfen hat, und für das umfassende historische Wissen, dem diese Seiten den wie auch immer gearteten Grad an Genauigkeit verdanken, den sie erreichen mögen. Zum Schluß möchte ich, hätte ich seinen Namen und seine Adresse nicht verloren, einem Herrn in Amerika danken, der großmütig und unentgeltlich Interpunktion, Botanik, Entomologie, Geographie und Chronologie meiner früheren Arbeiten korrigiert hat und, wie ich hoffe, auch bei dieser Gelegenheit nicht mit seinen Diensten sparen wird.

Kapitel I

Er – denn es konnte keinen Zweifel an seinem Geschlecht geben, wenn auch die Mode der Zeit einiges tat, es zu verhüllen – war soeben dabei, auf den Kopf eines Mohren einzusäbeln, der von den Dachbalken baumelte. Dieser hatte die Farbe eines alten Fußballs und mehr oder weniger die Form eines solchen, bis auf die eingefallenen Wangen und die ein oder zwei Strähnen strohiger, trockener Haare, wie die Haare einer Kokosnuß. Orlandos Vater, oder vielleicht sein Großvater, hatte ihn von den Schultern eines riesenhaften Heiden geschlagen, der unter dem Mond der barbarischen Felder Afrikas aufgesprungen war; und nun baumelte er, leise, unablässig, in dem Luftzug, der niemals aufhörte, durch die Dachkammern des gigantischen Hauses des Lords zu wehen, der ihn erschlagen hatte.

Orlandos Väter waren durch Felder von Asphodelen geritten, und durch steinige Felder und von fremden Flüssen bewässerte Felder, und sie hatten viele Köpfe von vielen Farben von vielen Schultern geschlagen und sie zurückgebracht, um sie von den Dachbalken hängen zu lassen. Das würde Orlando ebenfalls tun, gelobte er. Doch da er erst sechzehn war und zu jung, um in Afrika oder Frankreich mit ihnen zu reiten, stahl er sich oftmals fort von seiner Mutter und den Pfauen im Garten und ging in seine Dachkammer und hieb und stieß und zersäbelte die Luft mit seiner Klinge. Manchmal durchschnitt er die Schnur, so daß der Schädel auf den Boden plumpste und er ihn wieder aufhängen mußte, wobei er ihn mit einiger Ritterlichkeit fast außerhalb seiner Reichweite befestigte, so daß sein Feind ihn durch geschrumpfte, schwarze Lippen triumphierend angrinste. Der Schädel baumelte hin und her, denn das Haus, in dessen Dach er wohnte, war so riesig, daß der Wind selbst in ihm verfangen schien, hierhin wehte, dorthin wehte, Winter wie Sommer. Der grüne Wandteppich mit den Jägern darauf bewegte sich unablässig. Seine Väter waren von Adel gewesen, seit es sie gab. Sie waren, Kronen auf den Köpfen tragend, aus den nördlichen Nebeln gekommen. Stammten die Balken der Dunkelheit im

Raum und die gelben Lachen, die Karos auf den Boden malten, etwa nicht von der Sonne, die durch das farbige Glas eines riesigen Wappens im Fenster fiel? Orlando stand nun mitten im gelben Leib eines heraldischen Leoparden. Als er die Hand auf das Fenstersims legte, um das Fenster aufzustoßen, färbte sie sich unverzüglich rot, blau und gelb wie ein Schmetterlingsflügel. So mag jenen, die eine Vorliebe für Symbole und eine Neigung, sie zu entziffern, haben, auffallen, daß die wohlgeformten Beine, der schöne Leib und die kräftigen Schultern zwar allesamt mit verschiedenen Tönungen heraldischen Lichts geschmückt waren, Orlandos Gesicht jedoch, als er das Fenster aufstieß, einzig von der Sonne selbst beleuchtet war. Ein aufrichtigeres, widerspenstigeres Gesicht ließe sich unmöglich finden. Glücklich die Mutter, die ein solches Leben austrägt, glücklicher noch der Biograph, der es aufzeichnet! Nie braucht sie sich zu grämen, noch er die Hilfe von Romanschreiber oder Dichter anzurufen. Von Tat zu Tat, von Ruhm zu Ruhm, von Amt zu Amt muß er schreiten, seinen Schreiber im Gefolge, bis sie jenen Punkt erreichen, welcher der Gipfel ihres Sehnens ist. Orlando war allein dem Aussehen nach für eine solche Laufbahn geschaffen. Das Rot der Wangen war von Pfirsichflaum überzogen; der Flaum auf den Lippen nur um ein weniges dichter als der Flaum auf den Wangen. Die Lippen selbst waren kurz und leicht geöffnet über Zähnen von erlesenem, mandelhellem Weiß. Nichts störte die pfeilgerade Nase auf ihrem kurzen, gespannten Flug; die Haare waren dunkel, die Ohren klein und eng am Kopf anliegend. Aber, ach, daß dieser Katalog jugendlicher Schönheit nicht enden kann, ohne Stirn und Augen zu erwähnen. Ach, daß die Menschen nur selten bar dieser drei geboren werden; denn sowie wir Orlando anblicken, der am Fenster steht, müssen wir eingestehen, daß er Augen hatte wie benetzte Veilchen, so groß, daß es schien, das Wasser habe sie bis zum Rand gefüllt und sie geweitet; und eine Stirn wie die Wölbung einer marmornen Kuppel, eingepreßt zwischen die beiden blanken Medaillons, die seine Schläfen waren. Sowie wir Augen und Stirn anblicken, geraten wir derart ins Schwärmen. Sowie wir Augen und Stirn anblicken, müssen wir eintausend Unstimmigkeiten eingestehen, die zu übergehen das Ziel eines jeden guten Biographen ist. Anblicke verstörten ihn, wie der seiner Mutter, einer wunderschönen Dame in Grün, die hinaustrat, um gefolgt von Twitchett, ihrer Zofe, die Pfauen zu füttern;

Anblicke rissen ihn hin – die Vögel und die Bäume; und machten ihn verliebt in den Tod – der Abendhimmel, die heimwärts fliegenden Saatkrähen; und so, die Wendeltreppe zu seinem Gehirn emporsteigend – welches ein geräumiges war –, begannen all diese Anblicke, und auch die Gartengeräusche, die Hammerschläge, das Holzhacken, jenen Aufruhr und jene Verwirrung der Leidenschaften und Gefühle, die jeder gute Biograph verabscheut. Um jedoch fortzufahren – Orlando zog langsam den Kopf zurück, setzte sich an den Tisch, holte mit dem halb bewußten Gebaren eines Menschen, der tut, was er jeden Tag seines Lebens um diese Stunde tut, ein Schreibheft hervor, welches die Aufschrift »Aethelbert: Eine Tragödie in fünf Akten« trug, und tunkte einen alten, fleckigen Gänsekiel in die Tinte.

Bald hatte er zehn und mehr Seiten mit Versen gefüllt. Er schrieb augenscheinlich fließend, aber er schrieb abstrakt. Das Laster, das Verbrechen, das Elend waren die Figuren seines Dramas; es gab Könige und Königinnen unmöglicher Territorien; gräßliche Verschwörungen vernichteten sie; edle Gefühle durchfluteten sie; nie wurde ein Wort gesprochen, wie er selbst es gesprochen hätte, aber alles war mit einer Gewandtheit und Süße in Worte gefaßt, die in Anbetracht seines Alters – er war noch keine siebzehn – und der Tatsache, daß das sechzehnte Jahrhundert noch einige Jahre hinter sich zu bringen hatte, durchaus bemerkenswert waren. Schließlich jedoch hielt er inne. Er beschrieb soeben, wie alle jungen Dichter dies stets tun, die Natur, und um die Schattierung von Grün präzise zu treffen, besah er sich (und hier bezeigte er mehr Kühnheit als die meisten) die Sache selbst, welche zufällig ein Lorbeerstrauch war, der unter dem Fenster wuchs. Danach konnte er, natürlich, nichts mehr schreiben. Grün in der Natur ist eine Sache, Grün in der Literatur eine andere. Natur und Buchstäbliches scheinen eine natürliche Abneigung gegeneinander zu hegen; bringt man sie zusammen, reißen sie sich gegenseitig in Stücke. Die Schattierung von Grün, die Orlando nun sah, verdarb seinen Reim und zerriß sein Versmaß. Überdies besitzt die Natur ihre ganz eigenen Kniffe. Man braucht nur einmal aus einem Fenster zu sehen, auf Bienen zwischen Blumen, auf einen gähnenden Hund, auf die untergehende Sonne, man braucht nur einmal zu denken, »wie viele Sonnen werde ich noch untergehen sehen« etc. etc. (der Gedanke ist zu bekannt, um es wert zu sein, niedergeschrieben zu werden), und man läßt die Feder fallen, nimmt seinen Umhang, stürmt aus dem Zimmer und bleibt dabei mit dem Fuß an einer bemalten Truhe hängen. Denn Orlando war ein wenig ungeschickt.

Er achtete mit Bedacht darauf, jede Begegnung zu vermeiden. Da kam Stubbs, der Gärtner, über den Pfad. Er versteckte sich hinter einem Baum, bis er vorbei war. Er schlüpfte durch ein kleines Tor in der Gartenmauer. Er umging alle Stallungen, Zwinger, Brauereien, Tischlerwerkstätten, Waschhäuser, Stätten, an denen Talglichter gemacht, Ochsen geschlachtet, Hufeisen geschmiedet, Wämser genäht wurden – denn das Haus war eine Stadt, widerhallend von Männern, die ihren verschiedenen Gewerben nachgingen –, und erreichte ungesehen den farnbewachsenen Pfad, der durch den Park bergan führte. Vielleicht gibt es eine Verwandtschaft zwischen Eigenschaften; die eine zieht die andere mit sich; und der Biograph sollte an dieser Stelle auf die Tatsache hinweisen, daß diese Ungeschicklichkeit oftmals mit einer Liebe zur Einsamkeit gepaart ist. Nachdem er über eine Truhe gestolpert war, liebte Orlando selbstverständlich einsame Orte, weite Ausblicke und sich für immer und immer und immer allein zu fühlen.

Und so, nach einem langen Schweigen, hauchte er endlich, »Ich bin allein«, und öffnete damit zum ersten Mal in dieser Niederschrift die Lippen. Er war sehr schnell durch Farne und Weißdornsträucher bergan gegangen, Rehe und wilde Vögel aufscheuchend, zu einer Stelle, die von einer alleinstehenden Eiche gekrönt war. Sie lag sehr hoch, so hoch in der Tat, daß man unten neunzehn englische Grafschaften sehen konnte; und an klaren Tagen dreißig oder vielleicht vierzig, wenn das Wetter sehr schön war. Manchmal konnte man den Ärmelkanal sehen, wo Welle sich auf Welle wiederholte. Flüsse konnte man sehen und Vergnügungsboote, die auf ihnen glitten; und Galeonen, die in See stachen; und Armadas mit Wölkchen von Rauch, von denen das dumpfe Dröhnen feuernder Kanonen kam; und Festungen an der Küste; und Schlösser auf den Wiesen; und hier einen Wachturm; und da eine Feste; und wieder ein weitläufiges Herrenhaus, wie das von Orlandos Vater, zusammengeballt wie eine Stadt im Tal, von Mauern umrundet. Im Osten waren die Türme von London und der Rauch der großen Stadt; und vielleicht zeigten sich ganz hinten an der

Horizontlinie, wenn der Wind aus der richtigen Richtung kam, der schroffe Gipfel und die zerklüfteten Kanten des Snowdon bergig zwischen den Wolken. Einen Augenblick stand Orlando zählend, sehend, erkennend. Das war das Haus seines Vaters; das das Haus seines Onkels. Seiner Tante gehörten die drei hohen Türme zwischen den Bäumen dort hinten. Die Heide gehörte ihnen, und der Wald; der Fasan und der Hirsch, der Fuchs, der Dachs und der Schmetterling.

Er seufzte tief und warf sich – in seinen Bewegungen lag eine Leidenschaft, die dieses Wort verdient – zu Füßen der Eiche auf die Erde. Er liebte es, unter all der Flüchtigkeit des Sommers das Rückgrat der Erde unter sich zu fühlen; denn als solches empfand er die harte Wurzel der Eiche; oder, denn Bild folgte auf Bild, sie war der Rücken eines großen Pferdes, auf dem er ritt; oder das Deck eines schlingernden Schiffs – sie war in der Tat alles, solange es hart war, denn er empfand ein Bedürfnis nach etwas, an das er sein strömendes Herz heften konnte; das Herz, das in seiner Seite zerrte; das Herz, das jeden Abend um diese Zeit, wenn er hinauswanderte, von würzigen und verliebten Stürmen erfüllt schien. An die Eiche band er es, und während er dort lag, wurde das Flattern in ihm und um ihn herum allmählich still; die kleinen Blätter hingen; der Hirsch blieb stehen; die blassen Sommerwolken verharrten; seine Glieder wurden schwer auf der Erde; und er lag so still, daß ganz allmählich der Hirsch näher kam und die Saatkrähen um ihn taumelten und die Schwalben herabschossen und kreisten und die Libellen vorbeizuckten, als sei alle Fruchtbarkeit und alle verliebte Aktivität eines Sommerabends wie ein Netz um seinen Leib gewoben.

Nach ungefähr einer Stunde – die Sonne ging schnell unter, die weißen Wolken waren rot geworden, die Hügel waren violett, die Wälder purpurn, die Täler schwarz – ertönte eine Trompete. Orlando sprang auf. Der schrille Ton kam aus dem Tal. Er kam von einem dunklen Fleck dort unten; einem Fleck, der dicht gedrängt und abgezirkelt war; einem Labyrinth; einer kleinen Stadt, und doch mit Mauern umgürtet; er kam aus dem Herzen seines eigenen großen Hauses im Tal, das, zuvor dunkel, noch während er schaute und die einzelne Trompete sich mit anderen, schrilleren Tönen verdoppelte und wiederum verdoppelte, seine Dunkelheit verlor und von Lichtern durchstochen wurde. Manche waren kleine, eilende

Lichter, als hasteten Diener durch Flure, um Befehlen Folge zu leisten; andere waren hohe und strahlende Lichter, als brennten sie in leeren Bankettsälen, bereit zum Empfang von Gästen, die nicht gekommen waren; und andere kippten und wogten und senkten und hoben sich, als würden sie in den Händen ganzer Scharen von Bediensteten gehalten, die sich neigten, knieten, erhoben, empfingen, wachten, und mit aller Würde eine große Prinzessin ins Haus eskortierten, die aus ihrer Staatskarosse stieg. Kutschen drehten und wendeten im Hof. Pferde schüttelten ihre Federbüsche. Die Königin war gekommen.

Orlando schaute nicht länger. Er stürmte bergab. Er schlüpfte durch eine Seitenpforte ins Haus. Er rannte die Wendeltreppe hinauf. Er erreichte sein Zimmer. Er warf seine Strümpfe auf die eine Seite des Zimmers, sein Wams auf die andere. Er tunkte den Kopf ein. Er schrubbte seine Hände. Er schnitt seine Fingernägel. Mit Hilfe von nicht mehr als sechs Zoll Spiegel und zwei alten Kerzen legte er in weniger als zehn Minuten nach der Stalluhr eine karmesinrote Kniehose, Spitzenkragen, Weste aus Taffet und Schuhe mit Rosetten so groß wie gefüllte Dahlien an. Er war fertig. Er war erhitzt. Er war aufgeregt. Aber er war schrecklich spät.

Über Abkürzungen, die ihm bekannt waren, begab er sich nunmehr durch die weitläufige Ansammlung von Zimmern und Treppenfluchten zum Bankettsaal, der fünf Morgen entfernt auf der anderen Seite des Hauses lag. Aber auf halbem Wege, im hinteren Trakt, in dem die Dienerschaft lebte, blieb er stehen. Die Tür zu Mrs Stewkleys Wohnzimmer stand offen – sie war zweifellos gegangen, mit all ihren Schlüsseln, um ihrer Herrin aufzuwarten. Aber dort, am Gesindetisch, einen Krug neben sich und Papier vor sich, saß ein ziemlich dicker, ziemlich schäbiger Mann, dessen Halskrause eine Idee schmutzig und dessen Kleidung aus grobem, braunem Wollstoff war. Er hielt eine Feder in der Hand, aber er schrieb nicht. Er schien damit beschäftigt, eine Idee im Geiste auf und nieder zu rollen, hin und her, bis sie die Gestalt oder den Schwung annahm, wie es ihm beliebte. Seine Augen, rund und wolkig wie ein grüner Stein von merkwürdiger Textur, waren starr. Er sah Orlando nicht. Trotz all seiner Eile blieb Orlando wie angewurzelt stehen. War dies ein Dichter? Schrieb er ein Gedicht? »Sagt mir«, hätte er am liebsten gesagt, »alles auf der ganzen Welt« – denn er hatte die wildesten, absurdesten, extravagantesten Vorstellungen von Dichtern und Dichtung –, aber wie zu einem Mann sprechen, der einen nicht sieht? der statt dessen Menschenfresser, Satyrn, vielleicht die Tiefen des Meeres sieht? So stand Orlando und starrte, während der Mann die Feder in den Fingern drehte, einmal so und einmal so herum; und starrte und sann; und dann, sehr schnell, ein halbes Dutzend Zeilen schrieb und aufsah. Woraufhin Orlando, von Schüchternheit überwältigt, fortstürzte und den Bankettsaal gerade noch rechtzeitig erreichte, um auf die Knie zu sinken und, vor Verwirrung den Kopf hängen lassend, der großen Königin höchstselbst eine Schale Rosenwasser darzureichen.

So groß war seine Schüchternheit, daß er nicht mehr von ihr sah als ihre beringte Hand im Wasser; aber es war genug. Es war eine denkwürdige Hand; eine hagere Hand mit langen Fingern, die sich immer krümmten, wie um Reichsapfel oder Zepter; eine nervöse, reizbare, kränkliche Hand; auch eine befehlende Hand; eine Hand, die sich nur heben mußte, damit ein Kopf fiel; eine Hand, die, so vermutete er, an einem alten Leib befestigt war, der wie ein Schrank roch, in dem Pelze in Kampfer aufbewahrt werden; welcher Leib dennoch mit allen Arten von Brokat und Juwelen herausgeputzt war; und sich sehr aufrecht hielt, wenn auch vielleicht unter Schmerzen, die vom Hüftweh rührten; und niemals wich und wankte, wenn auch von tausend Ängsten zusammengehalten; und die Augen der Königin waren hellgelb. All dies fühlte er, als die großen Ringe im Wasser blitzten, und dann drückte etwas auf sein Haar – was, vielleicht, der Grund dafür ist, daß er nichts weiter sah, was für den Historiker von Nutzen sein könnte. Und wahrhaftig war sein Geist ein derartig undurchdringliches Gewirr von Widersprüchen – der Nacht und der flammenden Kerzen, des schäbigen Poeten und der großen Königin, der stillen Felder und des Geklappers der Diener –, daß er nichts sehen konnte; oder nur eine Hand.

Gleichermaßen kann die Königin nur einen Kopf gesehen haben. Aber wenn es möglich ist, von einer Hand auf einen Körper zu schließen, ausgestattet mit allen Attributen einer großen Königin, ihrer Reizbarkeit, ihrem Mut, ihrer Schwäche und ihrem Schrecken, kann ein Kopf sicherlich ebenso ergiebig sein, erblickt von den Höhen des Thronsessels einer Dame, deren Augen, wenn man den Wachsarbeiten in der Abbey trauen darf, stets weit geöffnet waren. Die langen, lockigen Haare, der dunkle Kopf, der so ehrerbietig, so unschuldig vor ihr geneigt war, ließen auf das prachtvollste Paar Beine schließen, auf denen ein junger Edelmann je aufrecht stand; und auf violette Augen; und ein Herz aus Gold; und Treue und männlichen Charme – alles Eigenschaften, die die alte Frau um so mehr liebte, je mehr sie sich ihr versagten. Denn sie wurde vor ihrer Zeit alt und verbraucht und krumm. Der Klang der Kanone war stets in ihren Ohren. Stets sah sie den glitzernden Gifttropfen und das lange Stilett. Wenn sie zu Tische saß, lauschte sie; sie hörte die Kanonen im Ärmelkanal; sie fürchtete – war das ein Fluch, war das ein Flüstern? Unschuld, Schlichtheit waren ihr um des dunklen Hintergrundes willen, vor dem sie sie sah, um so teurer. Und es war in ebenjener Nacht, so will es die Überlieferung, als Orlando tief und fest schlief, daß sie, indem sie zum Schluß Unterschrift und Siegel unter das Pergament setzte, das Geschenk des großen, klösterlichen Hauses, das erst dem Erzbischof und dann dem König gehört hatte, in aller Form Orlandos Vater übereignete.

Orlando schlief die ganze Nacht in Ahnungslosigkeit. Er war von einer Königin geküßt worden, ohne es zu wissen. Und vielleicht, denn der Frauen Herzen sind verworren, waren es seine Ahnungslosigkeit und sein Zusammenfahren, als ihre Lippen ihn berührten, die die Erinnerung an ihren jungen Cousin (denn sie hatten gemeinsames Blut) in ihrem Gedächtnis frisch hielten. Wie dem auch sei, es waren noch keine zwei Jahre dieses ruhigen Lebens auf dem Lande vergangen, und Orlando hatte nicht mehr geschrieben als vielleicht zwanzig Tragödien und ein Dutzend historischer Dramen und eine Vielzahl von Sonetten, als eine Nachricht kam, der Königin in Whitehall seine Aufwartung zu machen.

»Hier«, sagte sie, während sie beobachtete, wie er durch die lange Galerie auf sie zukam, »kommt meine Unschuld!« (Es war stets eine heitere Ruhe um ihn, die das Aussehen der Unschuld hatte, auch wenn das Wort, im eigentlichen Sinne, nicht länger anwendbar war.)

»Komm!« sagte sie. Sie saß hoch aufgerichtet am Kamin. Und sie hielt ihn auf Schrittlänge von sich fort und musterte ihn von Kopf bis Fuß. Verglich sie ihre Vermutungen der damaligen Nacht mit der nun sichtbaren Wahrheit? Fand sie ihre Mutmaßungen berechtigt? Augen, Mund, Nase, Brust, Hüften, Hände – sie ließ ihren Blick über sie gleiten; ihre

Lippen zuckten sichtlich, während sie schaute; aber als sie seine Beine sah, lachte sie laut auf. Er war das Inbild des vornehmen Edelmannes. Aber im Inneren? Sie richtete ihre gelben Habichtsaugen auf ihn, als wolle sie seine Seele durchbohren. Der junge Mann hielt ihrem Blick stand und errötete nur wie eine Damaszenerrose, wie es ihm anstand. Kraft, Anmut, Romantik, Torheit, Poesie, Jugend – sie las ihn wie die Seite eines Buches. Auf der Stelle zerrte sie einen Ring von ihrem Finger (der Knöchel war ziemlich geschwollen), und während sie ihn über den seinen streifte, ernannte sie Orlando zu ihrem Schatz- und Haushofmeister; hängte ihm als nächstes Amtsketten um; hieß ihn das Knie beugen und schlang um dessen schmalste Stelle den juwelenbesetzten Orden des Hosenbandes. Nichts wurde ihm hernach versagt. Wenn sie in vollem Staat ausfuhr, ritt er an ihrem Wagenschlag. Sie entsandte ihn in trauriger Mission zur unglücklichen Königin nach Schottland. Er stand im Begriff, zu den polnischen Kriegen zu segeln, als sie ihn zurückrief. Denn wie konnte sie den Gedanken ertragen, daß dieses zarte Fleisch zerfetzt und dieser lockige Kopf in den Staub gerollt werden sollte? Sie behielt ihn bei sich. Auf der Höhe ihres Triumphs, als die Kanonen des Tower dröhnten und die Luft vom Pulverdampf dick genug war, einen niesen zu machen, und die Hurrarufe des Volkes unter den Fenstern schallten, zog sie ihn hinab in die Kissen, auf die ihre Frauen sie gebettet hatten (sie war so verbraucht und alt), und hieß ihn das Gesicht in jener erstaunlichen Mischung vergraben – sie hatte ihr Kleid seit einem Monat nicht gewechselt –, die um alles in der Welt, so dachte er, sich seine jungenhafte Erinnerung ins Gedächtnis zurückrufend, wie ein alter Schrank zuhause roch, in dem die Pelze seiner Mutter aufbewahrt wurden. Er richtete sich, halb erstickt, aus der Umarmung auf. »Das«, hauchte sie, »ist mein Sieg!« – während eine Rakete in die Luft schoß und ihre Wangen scharlachrot tönte.

Denn die alte Frau liebte ihn. Und die Königin, die einen Mann erkannte, wenn sie einen vor sich sah, wenn auch nicht, so heißt es, auf die übliche Weise, schmiedete für ihn eine glänzende, ehrgeizige Karriere. Ländereien wurden ihm geschenkt, Häuser ihm überschrieben. Er sollte der Sohn ihres hohen Alters sein; das Glied ihrer Schwäche; die Eiche, an die sie ihre Gebrechlichkeit lehnen wollte. Sie krächzte diese Versprechungen und merkwürdig despotischen Zärtlichkeiten (sie waren nun in Richmond), während sie kerzengerade in ihrem steifen Brokat am Feuer saß, das sie, gleich wie hoch es aufgeschichtet war, nie wärmte.

Unterdessen zogen sich die langen Wintermonate dahin. Jeder Baum im Park war vom Frost überzogen. Der Fluß floß träge dahin. Eines Tages, als der Schnee auf der Erde lag und die dunklen getäfelten Räume voller Schatten waren und die Hirsche im Park röhrten, sah sie im Spiegel, den sie aus Angst vor Spionen immer bei sich trug, durch die Tür, die sie aus Angst vor Mördern immer offenhielt, einen Knaben – konnte es Orlando sein? –, der ein Mädchen küßte – wer in Dreiteufelsnamen war die freche Dirne? Ihren Degen mit dem goldenen Heft an sich reißend, schlug sie wütend auf den Spiegel ein. Das Glas zerbrach; Leute kamen gelaufen; sie wurde aufgehoben und wieder in ihren Sessel gesetzt; aber sie war danach geschlagen und seufzte, während ihre Tage sich ihrem Ende zuneigten, viel über die Treulosigkeit der Männer.

Es war vielleicht Orlandos Schuld; und dennoch, sollen wir Orlando tadeln? Das Zeitalter war das elisabethanische; seine Moralvorstellungen waren nicht die unseren; noch seine Dichter; noch sein Klima; nicht einmal sein Gemüse. Alles war anders. Das Wetter selbst, die Hitze und die Kälte von Sommer und Winter, war, so dürfen wir glauben, von völlig anderem Temperament. Der strahlend verliebte Tag war so streng von der Nacht geschieden wie Land von Wasser. Sonnenuntergänge waren röter und intensiver; Morgendämmerungen waren weißer und rosiger. Von unseren dämmrigen Halblichtern und verweilenden Zwielichtern wußten sie nichts. Der Regen fiel ungestüm oder gar nicht. Die Sonne glühte, oder es war dunkel. Dies in die geistigen Gefilde übertragend, wie es ihre Gewohnheit ist, sangen die Dichter wunderschön, wie Rosen vergehen und Blüten fallen. Der Augenblick ist kurz, sangen sie; der Augenblick ist vorbei; eine lange Nacht des Schlafs ist dann aller Los. Was nun die Benutzung von künstlichen Gebilden wie Gewächshäusern oder Wintergärten anging, um diese frischen Nelken und Rosen zu bewahren oder zu erhalten, so war das ihre Sache nicht. Die müden Verzweigtheiten und Zweideutigkeiten unseres mählicheren und zweiflerischen Zeitalters waren ihnen unbekannt. Ungestüm war alles. Die Blume blühte und welkte. Die Sonne ging auf und unter. Der Liebhaber liebte und ging.

Und was die Dichter in Reimen sagten, übersetzten die jungen Leute in die Tat. Mädchen waren Rosen, und ihre Blütezeiten waren kurz wie die der Blumen. Gepflückt wollten sie werden, ehe denn die Nacht anbrach; denn der Tag war kurz, und der Tag war alles. Daher können wir es, wenn Orlando der Anleitung des Klimas, der Dichter, des Zeitalters selbst Folge leistete und seine Blume auf dem Fenstersitz pflückte, auch wenn der Schnee auf der Erde lag und die Königin im Korridor wachte, kaum über unser Herz bringen, ihn zu tadeln. Er war jung; er war knabenhaft; er tat nichts, als was die Natur ihn hieß. Was das Mädchen angeht, so wissen wir ebensowenig, wie Königin Elizabeth selbst es wußte, wie sie hieß. Vielleicht Doris, Chloris, Delia oder Diana, denn er verfaßte der Reihe nach Reime auf sie alle; gleichermaßen mochte sie eine Hofdame gewesen sein oder eine Dienstmagd. Denn Orlandos Geschmack war breit; er war nicht nur ein Liebhaber von Gartenblumen; auch die wilden und sogar die Unkräuter hatten stets eine Faszination für ihn.

In der Tat legen wir hier schnöde, wie ein Biograph es darf, einen seltsamen Charakterzug in ihm bloß, der sich vielleicht durch die Tatsache erklären läßt, daß eine seiner Großmütter einen Kittel getragen und Milcheimer geschleppt hatte. Einige Krümel der Erde von Kent oder Sussex waren unter die dünne, edle Flüssigkeit gemischt, die ihm aus der Normandie zukam. Er vertrat die Ansicht, daß die Mischung aus brauner Erde und blauem Blut eine gute sei. Gewiß ist auf jeden Fall, daß er stets einen Hang zu niederer Gesellschaft hatte, vor allem zu der gelehrter Leute, deren Witz sie so oft niederhält, als gäbe es eine Übereinstimmung des Blutes zwischen ihnen. In jenem Abschnitt seines Lebens, da sein Kopf überquoll vor Versen und er nie zu Bette ging, ohne vorher ein Concetto aufs Papier zu werfen, schien ihm die Keßheit einer Wirtstochter frischer und der Witz einer Wildhütersnichte treffender als jene der Damen bei Hof. Also fing er an, des Abends häufig nach Wapping Old Stairs[1] und in die Biergärten zu gehen, eingehüllt in einen grauen Umhang, um den Stern an seinem Hals und das Band an seinem Knie zu verbergen. Und dort, einen Krug vor sich, zwischen den sandbestreuten Wegen und den Rasenbahnen fürs Bowlspiel und all der schlichten Architektur jener Orte, lauschte er den Erzählungen der Seeleute von Härten und Schrecken und Grausamkeit auf den spanischen Meeren; wie manche ihre Zehen verloren hatten, andere ihre Nasen – denn die erzählte Geschichte war nie so abgerundet oder so schön gefärbt wie die geschriebene. Vor allem aber liebte er es, sie ihre Lieder von den Azoren grölen zu hören, während die Papageien, welche sie aus jenen Gegenden mitgebracht hatten, nach den Ringen in ihren Ohren pickten, mit ihren harten, gierigen Schnäbeln nach den Rubinen an ihren Fingern hackten und ebenso unflätig fluchten wie ihre Herren. Die Frauen waren kaum weniger kühn in ihren Reden und weniger frei in ihrem Benehmen als die Vögel. Sie setzten sich auf seine Knie, schlangen die Arme um seinen Hals und waren, da sie errieten, daß etwas Außergewöhnliches unter seinem wollenen Umhang verborgen lag, ebenso versessen darauf, zum Kern der Sache vorzudringen, wie Orlando selbst.

Auch fehlte es nicht an Gelegenheiten. Der Fluß wimmelte von früh bis spät vor Barken, Fährschiffen und Fahrzeugen jeglicher Beschreibung. Jeden Tag ging ein prächtiges Schiff in Richtung der beiden Indien in See; dann und wann kroch ein anderes, schwarz und zerlumpt, mit unbekannten, haarigen Männern an Bord, mühevoll vor Anker. Niemand vermißte einen Knaben oder ein Mädchen, wenn sie nach Sonnenuntergang noch ein wenig auf dem Wasser tändelten; oder zog die Augenbrauen hoch, wenn der Tratsch gesehen haben wollte, wie sie tief und fest und sicher und engumschlungen zwischen den Säcken mit Schätzen schliefen. Solcherart war in der Tat das Abenteuer, das Orlando, Sukey und dem Earl von Cumberland widerfuhr. Der Tag war heiß; ihre Liebe war lebhaft gewesen; sie waren zwischen den Rubinen eingeschlafen. Spät in jener Nacht kam der Earl, dessen Vermögen zum Großteil in die spanischen Unternehmungen eingegangen war, ganz allein mit einer Laterne, um die Beute zu sichten. Er leuchtete mit dem Licht auf eine Tonne. Er fuhr mit einem Fluch zurück. Um das Faß gewunden lagen zwei schlafende Geister. Von Natur aus abergläubisch und mit einem Gewissen, das mit so manchem Verbrechen belastet war, hielt der Earl das Paar – sie waren in einen roten Umhang gehüllt, und Sukeys Busen war fast so weiß wie der ewige Schnee in Orlandos Gedichten – für ein Phantom, das den Gräbern ertrunkener Seeleute entsprungen war, um ihm Vorhaltungen zu machen. Er bekreuzigte sich. Er gelobte Reue. Die

Reihe von Armenhäusern, die noch heute in der Sheen Road stehen, ist die sichtbare Frucht jenes Augenblicks der Panik. Zwölf arme, alte Frauen aus dem Kirchspiel trinken da heute Tee bei Tag und segnen seine Lordschaft bei Nacht für das Dach über ihrem Kopf; so daß verbotene Liebe in einem Schiff voller Schätze – aber wir übergehen die Moral.

Bald indes wurde Orlando müde, nicht nur der Unbequemlichkeit jener Lebensweise und der düsteren Straßen der Umgebung, sondern auch der primitiven Art der Leute. Denn man darf nicht vergessen, daß Verbrechen und Armut für die Elisabethaner nichts von der Anziehungskraft hatten, die sie für uns haben. Sie wußten nichts von unserer modernen Scham über Buchgelehrsamkeit; nichts von unserer Überzeugung, daß es ein Segen ist, als Sohn eines Metzgers geboren zu sein, und eine Tugend, nicht lesen zu können; hatten keine Vorstellung davon, daß das, was wir »Leben« und »Wirklichkeit« nennen, auf irgendeine Weise mit Unwissen und Brutalität verknüpft ist; hatten nicht einmal, es ist wahr, etwas diesen beiden Wörtern Entsprechendes. Es war nicht, um das »Leben« zu suchen, daß Orlando unter sie ging; nicht im Streben nach »Wirklichkeit«, daß er sie verließ. Aber als er Dutzende von Malen gehört hatte, wie Jakes seine Nase und Sukey ihre Ehre verloren hatte – und sie erzählten die Geschichten bewundernswert, das muß zugegeben werden –, fing er an, der Wiederholung ein klein wenig müde zu werden, denn eine Nase kann nur auf eine Art abgeschnitten und Jungfräulichkeit nur auf eine andere verloren werden – oder so schien es ihm zumindest –, während die Künste und die Wissenschaften eine Mannigfaltigkeit besaßen, die seine Neugier in hohem Maße erregte. Und so, sie stets in glücklicher Erinnerung behaltend, hörte er auf, die Biergärten und die Kegelbahnen zu besuchen, hängte seinen grauen Umhang in den Schrank, ließ den Stern an seinem Hals blitzen und das Hosenband an seinem Knie funkeln und trat aufs neue am Hofe von König James in Erscheinung. Er war jung, er war reich, er war gutaussehend. Niemand hätte mit größerem Beifall aufgenommen werden können als er.

Es ist in der Tat gewiß, daß viele Damen bereit waren, ihm ihre Gunst zu bezeigen. Die Namen von wenigstens dreien von ihnen wurden im Zusammenhang einer Vermählung offen mit dem seinen gepaart: Clorinda, Favilla, Euphrosyne – so nannte er sie in seinen Sonetten.

Gehen wir sie der Reihe nach durch; Clorinda war eine Lady von durchaus sanftmütigem, umgänglichem Wesen – tatsächlich war Orlando sechs und einen halben Mond lang sehr von ihr angetan; aber sie hatte weiße Wimpern und konnte kein Blut sehen. Ein Hase, der gebraten auf dem Tisch ihres Vaters aufgetragen wurde, ließ sie in Ohnmacht sinken. Zudem stand sie sehr unter dem Einfluß der Priester und sparte an ihrer Leibwäsche, um den Armen zu geben. Sie setzte es sich zur Aufgabe, Orlando von seinen Sünden zu bekehren, was diesem widerstrebte, so daß er von der Heirat Abstand nahm und es nicht sehr bedauerte, als sie wenig später an den Blattern starb.

Favilla, die als nächste kommt, war von völlig anderer Art. Sie war die Tochter eines armen Landedelmannes aus Somersetshire, die sich durch reine Beharrlichkeit und den Einsatz ihrer Augen bei Hofe emporgearbeitet hatte, wo ihre Haltung im Sattel, ihr hübscher Spann und ihre Anmut beim Tanzen ihr die Bewunderung aller eintrugen. Einmal jedoch war sie so schlecht beraten, einen Spaniel, der einen ihrer Seidenstrümpfe zerrissen hatte (und es muß der Gerechtigkeit halber gesagt werden, daß Favilla nur wenige Strümpfe besaß, und diese zum größten Teil aus Droguet), unter Orlandos Fenster um ein Haar totzuprügeln. Orlando, der eine leidenschaftliche Liebe zu Tieren hegte, bemerkte nun, daß ihre Zähne schief standen und die beiden Schneidezähne nach innen wuchsen, was, wie er sagte, bei Frauen ein sicheres Zeichen für eine widernatürliche und grausame Veranlagung sei, und löste daher die Verlobung noch am selben Abend auf immer.

Die dritte, Euphrosyne, war bei weitem die ernsteste seiner Flammen. Sie war von Geburt eine irische Desmond und hatte von daher einen Familienstammbaum, der ebenso alt und ebenso tief verwurzelt war wie Orlandos eigener. Sie war blond, blühend und eine Spur phlegmatisch. Sie sprach gut Italienisch, hatte im Oberkiefer eine perfekte Reihe von Zähnen, wiewohl die im Unterkiefer ein wenig verfärbt waren. Sie war nie ohne einen Whippet oder einen Spaniel an ihrer Seite; fütterte sie mit weißem Brot von ihrem eigenen Teller; sang mit süßer Stimme zum Spinett; und war dank der extremen Sorgfalt, die sie ihrer eigenen Person angedeihen ließ, nie vor Mittag angekleidet. Kurz gesagt hätte sie eine perfekte Frau für einen Edelmann wie Orlando abgegeben, und die Angelegenheit war so weit gediehen, daß die Anwälte beider Seiten schon beschäftigt waren mit Verträgen, Wittümern, Kontrakten, Leibgedingen, Häusern und Höfen und was immer sonst vonnöten ist, bevor ein großes Vermögen sich mit einem anderen paaren kann, als mit der Plötzlichkeit und Strenge, die das englische Klima der damaligen Zeit charakterisierten, der Große Frost kam.

Der Große Frost war, so erzählen uns die Historiker, der strengste, der diese Inseln je heimsuchte. Vögel erfroren mitten in der Luft und stürzten wie Steine auf die Erde. Zu Norwich wollte eine junge Bauersfrau in ihrer üblichen robusten Gesundheit die Straße überqueren und ward von Zuschauern gesehn, wie sie sich vor aller Augen in Pulver verwandelte und als ein Staubgewölk über die Dächer verwehte, als der eisige Sturm sie an der Straßenecke traf. Die Sterblichkeit unter Schafen und Rindern war enorm. Leichen froren ein und konnten nicht von den Laken gezogen werden. Es war kein ungewöhnlicher Anblick, auf eine ganze Herde von Schweinen zu stoßen, die unbeweglich auf der Straße angefroren waren. Die Felder waren voll von Schafhirten, Pflügern, Pferdegespannen und kleinen, Vögel scheuchenden Jungen, alle erstarrt in dem, was sie gerade getan hatten, der eine mit der Hand an der Nase, ein anderer mit der Flasche an den Lippen, ein dritter mit einem Stein, den er erhoben hatte, um ihn nach dem Raben zu werfen, der wie ausgestopft kaum einen Meter von ihm entfernt auf der Hecke saß. Die Strenge des Frostes war so außerordentlich, daß manchmal eine Art Versteinerung erfolgte; und es wurde allgemein angenommen, daß der große Zuwachs an Steinen in einigen Teilen Derbyshires nicht auf einen Vulkanausbruch zurückzuführen war, denn es gab keinen, sondern auf die Verfestigung unglückseliger Fahrensleute, die im wahrsten Sinne des Wortes dort, wo sie gingen und standen, zu Stein geworden waren. Die Kirche konnte in dieser Angelegenheit nur wenig Hilfe bieten, und obwohl einige Grundherren diese Relikte segnen ließen, zogen die meisten es vor, sie entweder als Grenzsteine, Kratzpfosten für Schafe oder, wenn die Form des Steins es zuließ, als Tränke für das Vieh zu benutzen, welchen Zwecken sie, zum größten Teil vortrefflich, bis zum heutigen Tage dienen.

Aber während das Landvolk die bitterste Not litt und der Handel des

Landes zum Stillstand kam, erfreute sich London eines Karnevals von allergrößter Pracht. Der Hof hielt sich in Greenwich auf, und der neue König nutzte die Gelegenheit, die seine Krönung ihm bot, sich bei den Bürgern einzuschmeicheln. Er gab Anweisung, den Fluß, der in beiden Richtungen sechs oder sieben Meilen weit bis zu einer Tiefe von zwanzig Fuß und mehr gefroren war, auf seine Kosten zu fegen, zu schmücken und mit allem Anschein eines Parks oder Lustgartens zu versehen, mit Lauben, Irrgängen, Wegen und Zechbuden etc. Für sich selbst und die Höflinge reservierte er einen Platz unmittelbar vor den Toren des Palastes; der, vom Volk nur durch eine seidene Kordel abgetrennt, sogleich zum Zentrum der glanzvollsten Gesellschaft Englands wurde. Große Staatsmänner, mit ihren Bärten und Halskrausen, erledigten Staatsangelegenheiten unter dem karmesinroten Sonnensegel der königlichen Pagode. Soldaten übten die Unterwerfung des Mauren und den Sturz des Türken in gestreiften Lauben, überragt von Büschen aus Straußenfedern. Admirale schritten die schmalen Fußwege auf und ab, das Glas in der Hand, suchten den Horizont ab und erzählten Geschichten über die Nord-West-Passage und die spanische Armada. Liebende tändelten auf Diwanen, ausgelegt mit Zobelpelzen. Gefrorene Rosen regneten in Schauern, wenn die Königin und ihre Damen sich im Freien ergingen. Bunte Ballons schwebten reglos in der Luft. Hier und dort brannten riesige Freudenfeuer aus Zedern- und Eichenholz, üppig mit Salz bestreut, so daß die Flammen von grünem, orangem und purpurrotem Feuer waren. Doch so heiß sie auch brannten, die Hitze war nicht groß genug, das Eis zu schmelzen, das, wenn auch von einzigartiger Durchsichtigkeit, dennoch von stählerner Härte war. So klar war es in der Tat, daß man, in einer Tiefe von mehreren Fuß erstarrt, hier einen Tümmler sehen konnte, dort eine Flunder. Schwärme von Aalen lagen reglos in Trance; aber ob ihr Zustand ein Zustand des Todes oder nur einer aufgehobenen Beseelung war, die die Wärme ins Leben zurückrufen würde, gab den Philosophen Rätsel auf. In der Nähe der London Bridge, wo der Fluß bis zu einer Tiefe von rund zwanzig Faden gefroren war, war ein untergegangener Lastkahn deutlich sichtbar, wie er auf dem Grund des Flusses lag, wohin er im letzten Herbst gesunken war, überladen mit Äpfeln. Die alte Bumbootsfrau, die ihre Früchte zum Markt auf der Surreyer

Seite hatte bringen wollen, saß dort in ihren Plaids und Reifröcken, den Schoß voller Äpfel, ganz genauso, als wäre sie im Begriff, einen Kunden zu bedienen, wenn auch eine gewisse Bläue um die Lippen die Wahrheit andeutete. Es war ein Anblick, in den sich König James ganz besonders gern versenkte, und oftmals brachte er eine Schar Höflinge mit, auf daß sie mit ihm schauten. Kurzum, nichts konnte den Glanz und die Fröhlichkeit der Szenerie bei Tage übertreffen. Aber bei Nacht erreichte der Karneval seinen ausgelassensten Höhepunkt. Denn der Frost hielt ungebrochen an; die Nächte waren von vollkommener Stille; der Mond und die Sterne gleißten mit der harten Starre von Diamanten, und zur zarten Musik von Flöte und Trompete tanzten die Höflinge.

Orlando, es ist wahr, war keiner von jenen, die Courante und Lavolta leichtfüßig tanzen; er war ungeschickt und ein wenig zerstreut. Die einfachen Tänze seines eigenen Landes, die er als Kind getanzt hatte, waren ihm viel lieber als diese phantastischen ausländischen Taktarten. Er hatte in der Tat seine Füße eben erst in der Schlußfigur irgendeiner solchen Quadrille oder eines Menuetts gegen sechs Uhr abends am siebenten Januar zusammengebracht, als er aus dem Pavillon der moskowitischen Gesandtschaft eine Gestalt kommen sah, die ihn, gleich ob die eines Knaben oder einer Frau, denn die lose Tunika und die langen Hosen der russischen Mode verschleierten das Geschlecht, mit höchster Neugier erfüllte. Die Person, gleich wie Name oder Geschlecht sein mochten, war von mittlerer Größe, von sehr schmalem Körperbau und von Kopf bis Fuß in austernfarbenen Samt gekleidet, der mit einem unbekannten grünlichen Pelz verbrämt war. Aber diese Einzelheiten wurden überdeckt von etwas außergewöhnlich Verführerischem, das von der ganzen Person ausging. Bilder, Metaphern der extremsten und extravagantesten Art, verwoben und verflochten sich in Orlandos Geist. Er nannte sie eine Melone, eine Ananas, einen Ölbaum, einen Smaragd und einen Fuchs im Schnee, alles im Zeitraum von drei Sekunden; er wußte nicht, ob er sie gehört, geschmeckt, gesehen hatte oder alles auf einmal. (Denn obwohl wir in der Erzählung keinen Augenblick innehalten dürfen, mögen wir an dieser Stelle hastig anmerken, daß all seine Bilder zu dieser Zeit über die Maßen einfach waren, um seinen Sinnesempfindungen zu entsprechen, und zum größten Teil Dingen entnommen waren, deren Geschmack er als

Knabe geliebt hatte. Aber wenn seine Empfindungen auch einfach waren, so waren sie gleichzeitig auch ungewöhnlich stark. Innezuhalten und nach den Ursachen der Dinge zu forschen steht daher außer Frage.) ... Eine Melone, ein Smaragd, ein Fuchs im Schnee, so schwärmte er, so starrte er. Als der Knabe, denn, ach, ein Knabe mußte es sein – keine Frau konnte mit solcher Schnelligkeit und Kraft Schlittschuh laufen –, fast auf Zehenspitzen an ihm vorbeifegte, war Orlando bereit, sich die Haare auszureißen vor Kummer darüber, daß die Person seinem eigenen Geschlecht angehörte und alle Umarmungen daher außer Frage standen. Aber der Schlittschuhläufer kam näher. Beine, Hände, Haltung waren die eines Knaben, aber kein Knabe hatte je einen Mund wie diesen; kein Knabe hatte diese Brüste; kein Knabe hatte Augen, die aussahen, als seien sie vom Grund des Meeres gefischt. Schließlich, innehaltend und mit hinreißender Anmut vor dem König, der am Arm eines königlichen Kammerherrn vorbeischlurfte, in einen tiefen Hofknicks sinkend, kam die unbekannte Schlittschuhläuferin zum Stillstand. Sie war keine Handbreit von ihm entfernt. Sie war eine Frau. Orlando starrte; zitterte; ihm wurde heiß; ihm wurde kalt; er sehnte sich danach, durch die Sommerlüfte sich zu schleudern; Eicheln unter den Füßen zu zertreten; wie die Buchen und Eichen die Arme zu rühren. So jedoch zog er die Lippen über den kleinen, weißen Zähnen etwas hoch; öffnete sie vielleicht einen halben Zoll, wie um zu beißen; schloß sie, als hätte er gebissen. Die Lady Euphrosyne hing an seinem Arm.

Der Name der Fremden, erfuhr er, war Prinzessin Maruscha Stanilowska Dagmar Natascha Iliana Romanowitsch, und sie war im Gefolge des moskowitischen Gesandten gekommen, der vielleicht ihr Onkel war, oder vielleicht ihr Vater, um der Krönung beizuwohnen. Sehr wenig war über die Moskowiter bekannt. Mit ihren großen Bärten und Pelzmützen saßen sie fast stumm; tranken irgendeine schwarze Flüssigkeit, die sie hin und wieder auf das Eis ausspuckten. Keiner von ihnen sprach Englisch, und das Französische, mit dem wenigstens ein paar von ihnen vertraut waren, wurde damals am englischen Hof nur wenig gesprochen.

Durch diesen Zufall wurden Orlando und die Prinzessin miteinander bekannt. Sie saßen sich an der großen Tafel gegenüber, die unter einem großen Sonnensegel zur Unterhaltung der Notabeln gedeckt war. Die

Prinzessin saß zwischen zwei jungen Lords, der eine Lord Francis Vere, der andere der junge Earl of Moray. Es war lachhaft, die mißliche Lage zu sehen, in die sie die beiden wenig später gebracht hatte, denn obschon beide auf ihre Art prachtvolle Burschen waren, besaß das ungeborene Kind ebensoviel Kenntnisse der französischen Sprache wie sie. Als die Prinzessin sich zu Beginn des Mahls an den Earl wandte und mit einer Anmut, die sein Herz entzückte, sagte: »Je crois avoir fait la connaissance d'un gentilhomme qui vous était apparenté en Pologne l'été dernier« oder »La beauté des dames de la cour d'Angleterre me met dans le ravissement. On ne peut voir une dame plus gracieuse que votre reine, ni une coiffure plus belle que la sienne«, gerieten sowohl Lord Francis als auch der Earl in die allergrößte Verlegenheit. Der eine tat ihr reichlich Meerrettichsauce auf, der andere pfiff nach seinem Hund und ließ ihn um einen Markknochen betteln. Daraufhin konnte die Prinzessin das Lachen nicht länger zurückhalten, und Orlando, der ihrem Blick über die Wildschweinköpfe und farcierten Pfauen hinweg begegnete, lachte ebenfalls. Er lachte, aber das Lachen auf seinen Lippen gefror in Verwunderung. Wen hatte er bisher geliebt, was hatte er bisher geliebt, fragte er sich in einem Aufruhr der Gefühle? Eine alte Frau, antwortete er sich selbst, nichts als Haut und Knochen. Rotbäckige Mägde, zu viele, um sie zu nennen. Eine zimperliche Nonne. Eine hartgesottene Abenteurerin mit grausamem Mund. Eine nickende Masse von Spitzen und Zeremonien. Die Liebe hatte ihm nichts als Sägespäne und Asche bedeutet. Die Freuden, die er daran gehabt hatte, schmeckten ihm über die Maßen schal. Er fragte sich verwundert, wie er all das ausgehalten hatte, ohne zu gähnen. Denn während er schaute, schmolz die Dicke seines Blutes; das Eis verwandelte sich in seinen Adern zu Wein; er hörte die Wasser fließen und die Vögel singen; der Frühling brach über die harte, winterliche Landschaft herein; seine Männlichkeit erwachte; er nahm seinen Degen in die Hand; er forderte einen wagemutigeren Feind als Pole oder Maure; er tauchte in tiefes Wasser; er sah die Blume der Gefahr in einer Felsspalte blühen; er streckte die Hand aus – in Wahrheit ratterte er eines seiner leidenschaftlichsten Sonette herunter, als die Prinzessin ihn ansprach: »Hätten Sie die Güte, mir das Salz zu reichen?«

Er wurde über und über rot.

»Mit dem größten Vergnügen von der Welt, Madame«, antwortete er, auf französisch, mit perfekter Aussprache. Denn, dem Himmel sei Dank, er beherrschte diese Sprache wie seine eigene; die Zofe seiner Mutter hatte sie ihn gelehrt. Und doch wäre es vielleicht besser für ihn gewesen, er hätte diese Sprache nie gelernt, dieser Stimme nie geantwortet, wäre dem Licht dieser Augen nie gefolgt...

Die Prinzessin fuhr fort. Wer waren diese Tölpel, fragte sie ihn, die mit den Manieren von Stallknechten neben ihr saßen? Was war das für eine ekelerregende Mixtur, die sie ihr auf den Teller geschüttet hatten? Aßen die Hunde in England vom selben Tisch wie die Menschen? War jene Witzfigur am Ende der Tafel, die die Haare aufgetürmt hatte wie ein Maibaum (comme une grande perche mal fagotée), wirklich die Königin? Und sabberte der König immer so? Und wer von diesen Gecken war George Villiers? Obwohl diese Fragen Orlando zunächst einigermaßen aus der Fassung brachten, wurden sie mit solcher Schalkhaftigkeit und Drolligkeit gestellt, daß er nicht umhinkonnte zu lachen; und da er an den ausdruckslosen Gesichtern der Gesellschaft sah, daß niemand ein Wort verstand, antwortete er ihr so frei, wie sie ihn fragte, genau wie sie untadeliges Französisch sprechend.

So begann eine Vertrautheit zwischen den beiden, die bald zum Skandal des Hofes wurde.

Bald wurde beobachtet, daß Orlando der Moskowiterin weit mehr Aufmerksamkeit zollte, als die reine Höflichkeit gebot. Er fehlte selten an ihrer Seite, und ihre Gespräche, wenn auch für alle anderen unverständlich, wurden mit einer solchen Lebhaftigkeit geführt, riefen ein solches Erröten und Gelächter hervor, daß selbst die Dümmsten sich das Thema denken konnten. Zudem war die Veränderung an Orlando selbst außerordentlich. Niemand hatte ihn je so lebhaft gesehen. In einer einzigen Nacht hatte er seine knabenhafte Ungeschicklichkeit abgelegt; er hatte sich von einem eigensinnigen Grünschnabel, der das Zimmer einer Dame nicht betreten konnte, ohne den halben Zierat vom Tisch zu fegen, in einen Edelmann voller Anmut und männlicher Courtoisie verwandelt. Zu sehen, wie er der Moskowiterin (wie sie genannt wurde) in ihren Schlitten half oder ihr seine Hand zum Tanz reichte oder das getüpfelte Tuch auffing, das sie fallen gelassen hatte, oder irgendeine andere jener mannigfachen Pflichten versah, welche die höchste Dame fordert und welche vorauszuahnen der Liebende sich beeilt, war ein Anblick, der die matten Augen des Alters aufleuchten und den schnellen Puls der Jugend schneller schlagen ließ. Doch hing eine Wolke über alledem. Die alten Männer zuckten die Schultern. Die jungen kicherten hinter vorgehaltener Hand. Lady Margaret O'Brien O'Dare O'Reilly Tyrconnel (denn das war der richtige Name der Euphrosyne aus den Sonetten) trug Orlandos prachtvollen Saphir am zweiten Finger ihrer linken Hand. Sie war es, die das höchste Anrecht auf seine Aufmerksamkeiten besaß. Und doch konnte sie alle Taschentücher aus ihrem Schrank (von denen sie viele Dutzende hatte) auf das Eis fallen lassen, und Orlando bückte sich kein einziges Mal, sie aufzuheben. Sie konnte zwanzig Minuten darauf warten, daß er ihr in ihren Schlitten half, und mußte sich am Ende doch mit den Diensten ihres Mohren begnügen. Wenn sie Schlittschuh lief, was sie eher ungeschickt tat, war niemand an ihrer Seite, sie zu ermutigen, und wenn sie fiel, was sie eher schwerfällig tat, half niemand ihr auf die Füße und klopfte ihr den Schnee von den Röcken. Obwohl sie von Natur aus phlegmatisch war, nicht leicht Anstoß nahm und weniger als die meisten Menschen geneigt war, zu glauben, daß eine, die schließlich nur eine Ausländerin war, sie aus Orlandos Zuneigungen vertreiben könnte, wurde sogar Lady Margaret zum Schluß dahin gebracht, zu argwöhnen, daß sich gegen ihren Seelenfrieden etwas zusammenbraue.

Tatsächlich gab sich Orlando, wie die Tage dahingingen, immer weniger Mühe, seine Gefühle zu verbergen. Mit dieser oder jener Entschuldigung verließ er die Gesellschaft, sobald sie gespeist hatten, oder stahl sich von den Schlittschuhläufern fort, die sich zur Quadrille formierten. Im nächsten Augenblick wurde dann bemerkt, daß auch die Moskowiterin fehlte. Was den Hof jedoch am meisten aufbrachte und ihn an seiner empfindlichsten Stelle traf, welches die Eitelkeit ist, war die Tatsache, daß man das Paar oft dabei beobachten konnte, wie es unter der seidenen Kordel hindurchschlüpfte, welche die königliche Einfriedung vom öffentlichen Teil des Flusses abtrennte, und in der Menge des gemeinen Volkes verschwand. Denn plötzlich stampfte die Prinzessin mit dem Fuße auf und rief: »Bring mich fort. Ich verabscheue diesen englischen Pöbel!«, womit sie den englischen Hof selbst meinte. Sie könnte ihn nicht länger ertragen. Er wäre voll von neugierigen alten Weibern, sagte sie, die einem ins Gesicht starrten, und von aufgeblasenen jungen Männern, die einem auf die Füße trampelten. Sie röchen schlecht. Ihre Hunde liefen einem zwischen die Beine. Es sei, als lebte man in einem Käfig. In Rußland gebe es Flüsse, die zehn Meilen breit seien und auf denen man sechs nebeneinandergespannte Pferde den ganzen Tag galoppieren lassen könne, ohne einer Menschenseele zu begegnen. Außerdem wollte sie den Tower sehen, die Beefeaters, die Köpfe von Temple Bar und die Juweliergeschäfte in der Stadt. Und so kam es, daß Orlando sie in die Stadt brachte, ihr die Beefeaters und die Köpfe der Rebellen zeigte und ihr kaufte, was immer ihr in der Royal Exchange in die Augen stach. Aber dies war nicht genug. Jeder der beiden ersehnte zunehmend die Gesellschaft des anderen in völliger Ungestörtheit den ganzen Tag lang, wo es niemanden gab, zu staunen oder zu starren. Statt den Weg nach London zu nehmen, schlugen sie folglich die andere Richtung ein und waren bald jenseits der Menge auf den gefrorenen Ausläufern der Themse, wo, mit Ausnahme der Seevögel und einer alten Bauersfrau, die auf dem Eis herumhackte in einem vergeblichen Versuch, einen Eimer Wasser zu ziehen, oder die wenigen Äste oder abgefallenen Blätter, die sie finden konnte, zum Feuermachen sammelte, keine lebende Seele je in ihre Nähe kam. Die Armen blieben dicht bei ihren Hütten, und die besseren Leute, die es sich leisten konnten, drängten der Wärme und der Lustbarkeit wegen in die Stadt.

Folglich hatten Orlando und Sascha, wie er sie der Kürze halber nannte, und weil es der Name eines russischen Weißfuchses war, den er als Knabe gehabt hatte – ein Tier so weich wie Schnee, aber mit Zähnen aus Stahl, das ihn so bösartig biß, daß sein Vater es töten ließ –, folglich hatten sie den Fluß für sich allein. Erhitzt vom Schlittschuhlaufen und von der Liebe, warfen sie sich oft in einem einsamen Seitenarm zu Boden, wo die gelben Weiden das Ufer säumten, und in einen weiten Pelzumhang gehüllt, nahm Orlando sie in seine Arme und erkannte, zum ersten Mal, wie er murmelte, die Verzückungen der Liebe. Dann, wenn die Ekstase vorüber war und sie eingelullt in ihre Ermattung auf dem Eise lagen, erzählte er ihr von seinen anderen Lieben und wie sie, im Vergleich zu ihr, aus Holz gewesen seien, aus Sackleinwand und aus Asche. Und über sein Ungestüm lachend, drehte sie sich noch einmal in seinen Armen um und schenkte ihm, um der Liebe willen, noch eine Umarmung. Und dann staunten sie darüber, daß das Eis nicht schmolz unter ihrer Hitze, und bedauerten die arme alte Frau, die kein derart natürliches Mittel besaß, es zu tauen, sondern mit einer Picke aus kaltem Stahl darauf herumhacken mußte.. Und dann, in ihre Zobel gehüllt, redeten sie über alles unter der Sonne; über Sehenswürdigkeiten und Reisen; über Mohren und Heiden; über den Bart dieses Mannes und die Haut jener Frau; über eine Ratte, die ihr bei Tisch aus der Hand fraß; über den Wandteppich, der sich in der Halle zuhause immer bewegte; über ein Gesicht; über eine Feder. Nichts war zu klein für derlei Gespräche, nichts war zu groß.

Und dann, plötzlich, verfiel Orlando in eine seiner Anwandlungen von Melancholie; der Anblick der alten Frau, die über das Eis humpelte, mochte der Anlaß dafür sein, oder nichts; und warf sich mit dem Gesicht nach unten auf das Eis und sah in die gefrorenen Wasser hinein und dachte an den Tod. Denn der Philosoph hat recht, der da sagt, daß nichts Breiteres als eine Messerklinge das Glück von der Melancholie scheide; und er äußert des weiteren die Meinung, daß das eine der Zwilling des anderen sei; und zieht daraus den Schluß, daß alle Extreme des Gefühls dem Wahnsinn verschwistert seien; und heißt uns so, Zuflucht in der wahren Kirche zu suchen (seiner Ansicht nach der der Wiedertäufer), welche der einzige Hafen, Ankerplatz, Zufluchtsort etc., so sagte er, für jene sei, die auf diesem Meer umhergeworfen seien.

»Alles endet im Tod«, sagte Orlando dann wohl, sich aufsetzend, das Gesicht von Schwermut bewölkt. (Denn das war die Weise, in der sein Geist nun arbeitete, in wilden Berg-und-Tal-Fahrten vom Leben zum Tod, sich zwischendurch bei nichts aufhaltend, so daß der Biograph sich auch nicht aufhalten darf, sondern so schnell er nur kann fliegen muß, um so Schritt zu halten mit den gedankenlosen, leidenschaftlichen, närrischen Handlungen und jähen, extravaganten Worten, in denen, es läßt sich unmöglich leugnen, Orlando zu dieser Zeit seines Lebens schwelgte.)

»Alles endet im Tod«, sagte Orlando dann wohl, sich auf dem Eise aufsetzend. Aber Sascha, die schließlich kein englisches Blut in den Adern hatte, sondern aus Rußland kam, wo die Sonnenuntergänge länger sind, die Morgendämmerungen weniger jäh und Sätze oft unvollendet gelassen werden aus Zweifel darüber, wie sie am besten zu beenden wären – Sascha starrte ihn an, lächelte vielleicht spöttisch, denn er mußte ihr wie ein Kind vorgekommen sein, und sagte nichts. Aber schließlich wurde das Eis unter ihnen kalt, was ihr nicht gefiel, und so zog sie ihn wieder auf die Füße und redete so bezaubernd, so geistreich, so klug (aber, leider, immer auf französisch, welches dafür bekannt ist, daß es in der Übersetzung seine Würze verliert), daß er die gefrorenen Wasser oder die kommende Nacht oder die alte Frau oder was immer es war vergaß und ihr zu sagen versuchte – zwischen tausend Bildern herumstolpernd und -patschend, die so schal geworden waren wie die Frauen, die sie inspiriert hatten –, wem sie gleiche. Schnee, Sahne, Marmor, Kirschen, Alabaster, Golddraht? Nichts davon. Sie war wie ein Fuchs, oder ein Ölbaum; wie die Wellen des Meeres, wenn man von einer Höhe auf sie hinabblickt; wie ein Smaragd; wie die Sonne auf einem grünen Hügel, der dennoch bewölkt ist – wie nichts, das er in England je gesehen oder gekannt hatte. Sosehr er die Sprache auch durchforschte, ihm fehlten die Worte. Er wünschte sich eine andere Landschaft, eine andere Sprache. Das Englische war eine zu freimütige, zu offene, treuherzige, zu honigsüße Rede für Sascha. Denn in allem, was sie sagte, ganz gleich wie offen sie schien und wie sinnlich, war etwas Verdecktes; in allem, was sie tat, wie waghalsig auch immer, war etwas Verborgenes. So scheint die grüne Flamme in einem Smaragd verborgen oder die Sonne gefangen in einem Hügel. Die Klarheit war nur äußerlich; innen war eine wandernde Flamme. Sie kam; sie ging; sie leuchtete niemals mit dem steten Glanz einer Engländerin – hier jedoch, in Erinnerung an Lady Margaret und ihre Röcke, geriet Orlando außer sich vor Verzückung und riß sie mit sich über das Eis, schneller, schneller, gelobend, daß er die Flamme jagen, nach dem Juwel tauchen würde, und so weiter und so weiter und so weiter, und die Worte kamen mit dem Keuchen seines Atems mit der Leidenschaft eines Dichters, dessen Verse halb aus ihm herausgepreßt werden vom Schmerz.

Aber Sascha schwieg. Als Orlando ihr zu Ende erzählt hatte, daß sie ein Fuchs sei, ein Ölbaum oder eine grüne Hügelkuppe, und ihr die ganze Geschichte seiner Familie berichtet hatte; daß ihr Haus eines der ältesten in ganz Britannien sei; daß sie mit den Cäsaren aus Rom gekommen seien und das Recht hätten, unter einem quastengeschmückten Baldachin über den

Corso (welcher die Hauptstraße Roms sei) zu schreiten, was, wie er sagte, ein Privileg sei, das nur jenen vorbehalten sei, die kaiserliches Blut in den Adern hätten (denn um ihn war eine hochmütige Leichtgläubigkeit, die überaus wohlgefällig war), hielt er inne und fragte sie, Wo sei ihr eigenes Haus? Was sei ihr Vater? Habe sie Brüder? Wieso sei sie allein mit ihrem Oheim hier? Dann trat, irgendwie, obwohl sie bereitwillig genug antwortete, eine Verlegenheit zwischen sie. Zunächst vermutete er, ihr Rang sei nicht so hoch, wie sie es gerne hätte; oder daß sie sich wegen der wilden Sitten ihrer Landsleute schämte, denn er hatte gehört, daß die moskowitischen Frauen Bärte trugen und die Männer von der Hüfte abwärts mit Fell bedeckt waren; daß beide Geschlechter sich mit Talg einstrichen, um die Kälte fernzuhalten, Fleisch mit den Fingern rissen und in Hütten lebten, in denen ein englischer Edelmann sich scheuen würde sein Vieh unterzubringen; so daß er davon Abstand nahm, sie zu drängen. Aber nach weiterem Nachdenken kam er zu dem Schluß, daß ihr Schweigen nicht diesen Grund haben konnte; sie selbst war völlig frei von Haaren auf dem Kinn; sie kleidete sich in Samt und Perlen, und ihr Benehmen war ganz gewiß nicht das einer Frau, die in einem Viehstall aufgewachsen war.

Was also verheimlichte sie vor ihm? Der Zweifel, der der ungeheuren Stärke seiner Gefühle zugrunde lag, war wie Treibsand unter einem Monument, der plötzlich verrutscht und das ganze Gebilde erzittern läßt. Manchmal erfaßte die Pein ihn ganz plötzlich. Dann brauste er in solchem Zorn auf, daß sie nicht wußte, wie sie ihn beruhigen sollte. Vielleicht wollte sie ihn nicht beruhigen; vielleicht gefielen ihr seine Ausbrüche, und sie provozierte sie mit Absicht – derart ist die seltsame Absonderlichkeit des moskowitischen Temperaments.

Um mit der Geschichte fortzufahren – auf ihren Schlittschuhen an jenem Tag weiter hinauslaufend, als es ihre Gewohnheit war, erreichten sie den Teil des Flusses, wo die Schiffe Anker geworfen hatten und mitten im Strom festgefroren waren. Unter ihnen war das Schiff der moskowitischen Gesandtschaft, von dessen Großmast, an dem vielfarbige Eiszapfen von mehreren Ellen Länge hingen, der doppelköpfige schwarze Adler wehte. Sascha hatte einen Teil ihrer Gewänder an Bord zurückgelassen, und in der Annahme, das Schiff sei leer, kletterten sie an Deck und machten sich auf die Suche danach. Sich an gewisse Passagen seiner eigenen Vergangenheit erinnernd, wäre Orlando nicht verwundert gewesen, hätten andere brave Bürger diesen Zufluchtsort vor ihnen aufgesucht; und so erwies es sich. Sie waren noch nicht weit vorgedrungen, als ein schmucker junger Mann von irgendwelchen privaten Beschäftigungen hinter einer Taurolle auffuhr und, indem er offensichtlich – denn er sprach russisch – sagte, er gehöre zur Besatzung und würde der Prinzessin dabei helfen zu finden, was sie suche, einen Kerzenstummel anzündete und mit ihr im unteren Teil des Schiffes verschwand.

Die Zeit verging, und Orlando, in seine eigenen Träume versunken, dachte nur an die Freuden des Lebens; an Sascha, sein Juwel; an ihre Seltenheit; an Mittel und Wege, sie unwiderruflich und unauflöslich sein eigen zu machen. Hindernisse gab es, und Mühen, die zu überwinden waren. Sie war entschlossen, in Rußland zu leben, wo es gefrorene Flüsse und wilde Pferde und Männer gab, sagte sie, die sich gegenseitig die Kehle aufschlitzten. Es ist wahr, daß Landschaften aus Kiefern und Schnee, Gewohnheiten von Lust und Gemetzel ihn nicht lockten. Noch lag ihm daran, sein angenehm ländliches Leben der Jagd und des Bäumepflanzens aufzugeben; auf sein Amt zu verzichten; seine Laufbahn zu ruinieren; das Rentier anstelle des Kaninchens zu schießen; Wodka anstelle von Kanariensekt zu trinken und ein Messer im Ärmel zu tragen – zu welchem Zweck, wußte er nicht. Doch all dies und mehr als all dies würde er ihr zuliebe tun. Was seine Heirat mit Lady Margaret anbelangte, und wenn sie auch auf den siebenten Tag von heut an festgesetzt war, so war die Sache so offenbar absurd, daß er kaum einen Gedanken daran verwendete. Ihre Sippschaft würde ihn dafür verunglimpfen, eine große Lady schmählich verlassen zu haben; seine Freunde würden ihn dafür verlachen, die großartigste Laufbahn der Welt für ein Kosakenweib und eine Schneewüste aufgegeben zu haben – es wog keinen Strohhalm in der Waagschale, verglichen mit Sascha selbst. In der ersten dunklen Nacht würden sie fliehen. Sie würden ein Schiff nach Rußland nehmen. So sann er; so plante er, während er an Deck auf und ab ging.

Als er sich nach Westen umwandte, wurde er zurückgerufen vom Anblick der Sonne, die wie eine Orange auf dem Kreuz von St. Paul's gehißt war. Sie war blutrot und sank schnell. Es mußte fast Abend sein. Sascha war seit einer Stunde und mehr fort. Auf der Stelle von jenen dunklen

Die russische Prinzessin als Kind

Vorahnungen ergriffen, die selbst seine zuversichtlichsten Gedanken an sie überschatteten, stürzte er in die Richtung, die er sie in den Laderaum des Schiffes hatte einschlagen sehen, und wurde, nachdem er in der Dunkelheit zwischen Truhen und Fässern umhergestolpert war, durch einen schwachen Schimmer in einer Ecke gewahr, daß sie dort Platz genommen hatten. Eine Sekunde lang hatte er sie im Blick; sah Sascha auf dem Knie des Seemannes sitzen; sah, wie sie sich zu ihm neigte; sah, wie sie sich umarmten, bevor das Licht von seinem Zorn in einer roten Wolke ausgelöscht wurde. Er brach in ein derart gepeinigtes Geheul aus, daß das ganze Schiff widerhallte. Sascha warf sich zwischen sie, sonst wäre dem Seemann der Garaus gemacht worden, bevor er sein Entermesser ziehen konnte. Dann kam eine tödliche Übelkeit über Orlando, und sie mußten ihn auf den Boden legen und ihm Branntwein zu trinken geben, bevor er wieder zu sich kam. Und dann, als er sich erholt hatte und an Deck auf einem Stapel Säcke saß, schwebte Sascha über ihm, bewegte sich vor seinen schwindelnden Augen, weich, sinnlich, wie der Fuchs, der ihn gebissen hatte, bald schmeichelnd, bald tadelnd, so daß er an dem, was er gesehen hatte, zu zweifeln begann. Hatte nicht die Kerze geblakt; waren es nicht die Schatten gewesen, die sich bewegt hatten? Die Truhe war schwer, sagte sie; der Mann half ihr, sie zu bewegen. Orlando glaubte ihr den einen Augenblick – denn wer kann sicher sein, daß nicht sein Zorn gemalt hat, was er am meisten zu finden fürchtet? – und war im nächsten um so wutentbrannter über ihren Trug. Dann wurde Sascha selbst weiß; stampfte mit dem Fuß auf Deck; sagte, sie würde in derselben Nacht abreisen, und rief ihre Götter an, sie zu vernichten, falls sie, eine Romanowitsch, in den Armen eines gewöhnlichen Seemanns gelegen hätte. Und wirklich, wenn er sie zusammen ansah (was zu tun er kaum über sich brachte), war Orlando außer sich über die Schändlichkeit seiner Phantasie, die sich ein so gebrechliches Geschöpf in den Klauen jenes haarigen Seeungeheuers hatte ausmalen können. Der Mann war riesig; maß ohne Schuhe sechs Fuß vier Zoll; trug gewöhnliche Drahtringe in den Ohren; und sah aus wie ein Karrengaul, auf dem ein Zaunkönig oder ein Rotkehlchen sich im Fluge niedergelassen hat. So gab er nach; glaubte ihr; und erbat ihre Vergebung. Doch als sie an der Schiffswand hinabstiegen, wieder liebevoll, blieb Sascha, die Hand auf dem Fallreep, stehen und rief diesem lohfarbenen

Ungeheuer mit den breiten Backenknochen eine Flut russischer Grüße, Scherze oder Koseworte zu, von denen Orlando keine Silbe verstehen konnte. Aber es lag etwas in ihrem Ton (vielleicht war es die Schuld der russischen Konsonanten), was Orlando an eine Szene vor ein paar Abenden erinnerte, als er sie dabei ertappt hatte, wie sie heimlich in einer Ecke einen Kerzenstumpf kaute, den sie vom Boden aufgehoben hatte. Sicher, er war rosa; er war vergoldet; und er war von der Tafel des Königs; aber er war aus Talg, und sie kaute ihn. War nicht doch, dachte er, als er sie auf das Eis hinabhob, etwas Niederes in ihr, etwas Grobgeschmacktes, etwas Bauernstämmiges? Und er stellte sie sich mit vierzig vor, unförmig geworden, obschon sie jetzt schlank war wie eine Gerte, und lethargisch, obschon sie jetzt fröhlich und munter war wie eine Lerche. Aber als sie auf ihren Schlittschuhen auf London zuglitten, schmolzen solche Verdächtigungen in seiner Brust, und er hatte das Gefühl, er wäre von einem großen Fisch durch die Nase gehakt und durch die Wasser geschleift worden, gegen seinen Willen, doch mit seinem Einverständnis.

Es war ein Abend von erstaunlicher Schönheit. Als die Sonne sank, hoben sich alle Kuppeln, Türme, Türmchen und Zinnen Londons in tintiger Schwärze gegen die zornig roten Wolken des Sonnenuntergangs ab. Hier war das durchbrochene Kreuz von Charing; dort die Kuppel von St. Paul's; dort das massive Viereck der Tower-Anlagen; dort, wie ein Hain von Bäumen, die all ihrer Blätter beraubt waren, bis auf eine Knospe an der Spitze, waren die Köpfe auf den Staketen von Temple Bar. Nun leuchteten die Fenster der Abbey auf und brannten wie ein himmlischer, vielfarbiger Schild (in Orlandos Phantasie); nun schien der ganze Westen ein goldenes Fenster mit Scharen von Engeln zu sein (wieder in Orlandos Phantasie), die unaufhörlich die himmlischen Stufen hinauf- und hinunterschritten. Die ganze Zeit über schienen sie auf ihren Schlittschuhen über fadenlose Tiefen aus Luft zu gleiten, so blau war das Eis geworden; und so glasig glatt war es, daß sie schneller und immer schneller auf die Stadt zuflogen, während die weißen Möwen sie umkreisten und mit ihren Flügeln die genau gleichen weiten Schwingungen in die Luft schnitten, die sie mit ihren Schlittschuhen ins Eis schnitten.

Sascha war, wie um ihn zu beruhigen, zärtlicher denn gewöhnlich und sogar noch entzückender. Selten sprach sie über ihr bisheriges Leben, aber nun erzählte sie ihm, wie sie, im Winter in Rußland, den Wölfen lauschte, die über die Steppen heulten, und dreimal, um es ihm zu beweisen, bellte sie wie ein Wolf. Woraufhin er ihr von den Hirschen im Schnee bei sich zuhause erzählte und wie sie der Wärme wegen in die große Halle geirrt kamen und von einem alten Mann mit Hafergrütze aus einem Eimer gefüttert wurden. Und dann pries sie ihn; wegen seiner Liebe zu den Tieren; wegen seiner Ritterlichkeit; wegen seiner Beine. Hingerissen von ihren Lobpreisungen und beschämt beim Gedanken daran, wie er sie verleumdet hatte, indem er sie sich auf den Knien eines gemeinen Seemannes vorstellte, und fett und lethargisch geworden mit vierzig, sagte er ihr, er könne keine Worte finden, sie zu preisen; besann sich jedoch unverzüglich darauf, daß sie war wie der Frühling und grünes Gras und dahinrauschende Wasser, und sie fester umfassend denn je, schwang er sie mit sich über den halben Fluß, so daß die Möwen und Kormorane ebenfalls schwangen. Und als sie schließlich außer Atem innehielten, sagte sie, leise keuchend, er sei wie ein millionenkerziger Weihnachtsbaum (wie man sie in Rußland hat), behängt mit gelben Kugeln; weißglühend; hell genug, eine ganze Straße zu beleuchten (so könnte man es übersetzen); denn mit seinen glühenden Wangen, seinen dunklen Locken, seinem schwarz-roten Umhang sah er aus, als brenne er aus seinem eigenen Glanz heraus, von einer in seinem Inneren angezündeten Lampe.

Alle Farbe, bis auf das Rot von Orlandos Wangen, verblaßte bald. Die Nacht kam. Als das orange Licht des Sonnenuntergangs schwand, folgte ihm ein erstaunliches grellweißes Glühen von den Fackeln, Freudenfeuern, flammenden Kohlenbecken und anderen Vorrichtungen, von denen der Fluß erleuchtet wurde, und die seltsamste Verwandlung hatte stattgefunden. Verschiedene Kirchen und Adelspaläste, deren Fassaden aus weißem Stein waren, zeigten sich in Streifen und Flecken, als schwebten sie auf Luft. Insbesondere von St. Paul's war nichts geblieben als ein vergoldetes Kreuz. Die Abbey schien wie das graue Skelett eines Blattes. Alles erlebte Auszehrung und Verwandlung. Als sie sich dem Karneval näherten, hörten sie einen tiefen Ton, wie den, der von einer Stimmgabel angeschlagen wird, der lauter und lauter dröhnte, bis er zum wilden Getöse wurde. Hin und wieder folgte ein lauter Aufschrei einer Rakete in die Luft. Allmählich konnten sie kleine Gestalten ausmachen, die sich aus der riesigen Menschenmenge lösten und hierhin und dorthin wirbelten wie Mücken auf der Oberfläche eines Flusses. Über und um diesen leuchtenden Kreis herum drängte sich, wie eine Schale der Dunkelheit, die tiefe Schwärze einer Winternacht. Und dann stiegen in diese Dunkelheit hinein, von Pausen unterbrochen, die die Erwartung wach und die Münder offen hielten, aufblühende Raketen; Halbmonde; Schlangen; eine Krone. Im einen Augenblick zeigten die Wälder und die fernen Hügel sich grün wie an einem Sommertag; im nächsten war alles wieder Winter und Schwärze.

Unterdessen waren Orlando und die Prinzessin in der Nähe der königlichen Einfriedung angelangt und fanden ihren Weg versperrt von einer großen Menge des gemeinen Volks, das sich so dicht an die seidene Kordel herandrängte, wie es das wagte. Nicht willens, ihr ungestörtes Beisammensein zu beenden und den scharfen Augen zu begegnen, die schon auf sie lauerten, verweilte das Paar dort, geschoben und gedrängt von Lehrjungen; Schneidern; Fischweibern; Pferdehändlern; Spitzbuben; darbenden Scholaren; Dienstmägden in ihren Schleierhauben; Apfelsinenmädchen; Stallburschen; ehrbaren Bürgern; kupplerischen Bierzapfern und einer Schar kleiner, zerlumpter Straßenjungen, wie sie immer am Rand einer Menschenmenge herumspuken und unter lautem Geschrei den Leuten zwischen den Füßen herumwimmeln – das ganze Gesindel der Londoner Straßen war da, witzelnd und drängelnd, hier die Würfel werfend, die Zukunft vorhersagend, schubsend und kitzelnd und zwickend; hier ausgelassen lärmend, dort verdrießlich schweigend; manche von ihnen mit Mündern, die eine Elle weit offen klafften; andere so wenig ehrerbietig wie Dohlen auf einem Hausdach; alle so unterschiedlich ausstaffiert, wie ihre Geldbeutel oder Ämter es erlaubten; hier in Pelz und schwarzem Tuch; dort in Lumpen und mit Füßen, die nur durch einen um sie gewikkelten Scheuerlappen vom Eis getrennt waren. Der größte Andrang der Menschen, so schien es, herrschte vor einer Bude oder Bühne, ähnlich unserem Kasperletheater, auf der eine Art von Theatervorstellung vor sich ging. Ein schwarzer Mann fuchtelte unter lautem Geschrei mit den Armen. Es gab eine Frau in Weiß, die auf einem Bett lag. So roh die Inszenierung auch war, bei der die Schauspieler eine Treppe hinauf- und hinunterliefen und manchmal stolperten und die Zuschauer mit den Füßen stampften und pfiffen oder, wenn sie sich langweilten, ein Stück Apfelsinenschale auf das Eis warfen, dem ein Hund hinterherjagte, rührte dennoch die erstaunliche, geschmeidige Melodie der Worte Orlando an wie Musik. Mit unglaublicher Schnelligkeit und einer gewagten Behendigkeit der Zunge gesprochen, die Orlando an die Seeleute erinnerte, die in den Biergärten von Wapping sangen, waren die Worte auch ohne Bedeutung wie Wein für ihn. Aber hin und wieder drang eine einzelne Wendung über das Eis zu ihm, die wie aus den Tiefen seines Herzens gerissen war. Der Wahn des Mohren schien ihm sein eigener Wahn zu sein, und als der Mohr die Frau in ihrem Bett erdrosselte, war es Sascha, die er mit seinen eigenen Händen tötete.

Schließlich war das Stück zu Ende. Alles war dunkel geworden. Tränen liefen über sein Gesicht. Als er zum Himmel aufsah, war auch dort nichts als Schwärze. Untergang und Tod, dachte er, decken alles zu. Des Menschen Leben endet im Grab. Würmer fressen uns.

> Methinks it should be now a huge eclipse
> Of sun and moon, and that the affrighted globe
> Should yawn –[2]

Während er dies noch sagte, ging in seiner Erinnerung ein Stern von einiger Helle auf. Die Nacht war dunkel; sie war stockdunkel; aber es war solche Nacht wie diese, auf die sie gewartet hatten; es war in solcher Nacht wie dieser, daß sie hatten fliehen wollen. Er erinnerte sich an alles. Die Zeit war gekommen. In einem Ausbruch der Leidenschaft riß er Sascha an sich und zischte ihr ins Ohr: »Jour de ma vie!« Es war ihr Zeichen. Um Mitternacht würden sie sich an einem Gasthof in der Nähe von Blackfriars treffen. Pferde warteten dort. Alles stand für ihre Flucht bereit. So trennten sie sich, sie zu ihrem Zelt, er zu dem seinen. Es fehlte noch eine Stunde an der Zeit.

Lange vor Mitternacht stand Orlando bereit. Die Nacht war von einer so tintigen Schwärze, daß ein Mann bei einem war, bevor man ihn sehen konnte, was nur gut war, aber sie war auch von der feierlichsten Stille, so daß der Hufschlag eines Pferdes oder das Weinen eines Kindes auf eine halbe Meile gehört werden konnte. Viele Male blieb Orlando, während er in dem kleinen Hof auf und ab schritt, das Herz stehen beim Geräusch des steten Tritts einer Mähre auf den Pflastersteinen oder beim Rascheln eines Frauenkleides. Aber der Reisende war nur ein Händler, der sich verspätet auf dem Heimweg befand; oder eine Frau aus dem Viertel, deren Unternehmung nicht gar so unschuldig war. Sie kamen vorbei, und die Straße war stiller denn zuvor. Dann wanderten jene Lichter, die unten in den kleinen, engen Quartieren brannten, in denen die Armen der Stadt lebten, hinauf in die Schlafkammern und wurden dann, eins nach dem anderen, gelöscht. Die Straßenlaternen in diesen Bezirken der Stadt waren im besten Falle rar; und die Nachlässigkeit der Nachtwächter ließ oftmals zu, daß sie lange vor der Morgendämmerung verloschen. Dann wurde die Dunkelheit noch tiefer als zuvor. Orlando sah nach den Dochten seiner Lampe; prüfte die Sattelgurte; lud seine Pistolen; untersuchte seine Halfter; und tat all diese Dinge wenigstens ein Dutzend Mal, bis er nichts mehr finden konnte, was seiner Aufmerksamkeit bedurfte. Obschon immer noch rund zwanzig Minuten an Mitternacht fehlten, brachte er es nicht über sich, hineinzugehen in den Schankraum, wo die Wirtin immer noch spanischen Weißen und die wohlfeilere Sorte Kanariensekts an ein paar seefahrende Männer ausschenkte, die dort sitzen und ihre Lieder grölen und ihre Geschichten von Drake, Hawkins und Grenville[3] erzählen würden, bis sie von den Bänken kippten und schlafend auf den sandbestreuten Boden rollten. Die Dunkelheit war mitfühlender mit seinem schwellenden, ungestümen Herzen. Er lauschte auf jeden Schritt; stellte Vermutungen über jedes Geräusch an. Jeder trunkene Schrei und jedes Jammern eines armen Wesens, das im Stroh lag oder in sonstiger Not war, schnitt bis auf den Grund seines Herzens, als sei es ein böses Omen für sein Vorhaben. Dennoch fürchtete er nicht um Sascha. Ihr Mut machte kein Aufhebens um das Abenteuer. Sie würde allein kommen, in Umhang und Hose, gestiefelt wie ein Mann. So leicht war ihr Schritt, daß er kaum gehört werden würde, selbst in dieser Stille.

So wartete er in der Dunkelheit. Plötzlich wurde er von einem Schlag ins Gesicht getroffen, sanft, trotzdem schwer, auf die Seite seiner Wange. So angespannt war er vor Erwartung, daß er zusammenfuhr und die Hand an seinen Degen legte. Der Schlag wurde ein Dutzend Male auf Stirn und Wangen wiederholt. Der trockene Frost hatte so lange gewährt, daß er eine Minute brauchte, um zu erkennen, daß dies fallende Regentropfen waren;

die Schläge waren die Schläge des Regens. Zuerst fielen sie langsam, mit Bedacht, einer nach dem anderen. Aber bald wurden die sechs Tropfen zu sechzig; dann zu sechshundert; und vereinigten sich dann zu einem steten Wasserguß. Es war, als verströmte sich der harte und verhärtete Himmel in einer einzigen verschwenderischen Fontäne. Innerhalb von fünf Minuten war Orlando naß bis auf die Haut.

In aller Hast stellte er die Pferde unter und suchte selbst Schutz unter dem Sturz der Tür, von wo aus er den Hof immer noch beobachten konnte. Die Luft war nun dicker denn je, und ein derartiges Dampfen und Dröhnen ging von dem Sturzbach aus, daß kein Schritt von Mensch oder Tier darüber hinweg gehört werden konnte. Die Straßen, so zernarbt sie von großen Löchern waren, würden unter Wasser stehen und vielleicht unpassierbar sein. Aber daran, welche Folgen dies für ihre Flucht haben würde, dachte er kaum. All seine Sinne waren darauf gerichtet, den kopfsteingepflasterten Pfad entlang – der im Licht der Laterne glänzte – nach Saschas Kommen Ausschau zu halten. Manchmal, in der Dunkelheit, meinte er, sie eingehüllt in Regenschwaden zu sehen. Aber das Phantom verschwand. Plötzlich, mit einer furchtbaren und unheilvollen Stimme, einer Stimme voller Schrecken und Bestürzung, bei der sich jedes Härchen der Angst in Orlandos Seele sträubte, schlug St. Paul's den ersten Schlag der Mitternacht. Vier weitere Male schlug sie unerbittlich. Mit dem Aberglauben eines Liebenden hatte Orlando bestimmt, daß sie beim sechsten Schlag kommen werde. Aber der sechste Schlag verhallte, und der siebente kam, und der achte, und seinem furchterfüllten Gemüt schienen sie Klänge, die Tod und Verderben erst ankündeten, dann verkündeten. Als der zwölfte Schlag erklang, wußte er, daß sein Untergang besiegelt war. Es war sinnlos, daß der vernünftige Teil in ihm argumentierte; sie hätte sich vielleicht verspätet; sie wäre vielleicht aufgehalten worden; sie hätte den Weg vielleicht verfehlt. Das leidenschaftliche, fühlende Herz Orlandos erkannte die Wahrheit. Andere Uhren schlugen, gellten eine nach der anderen. Die ganze Welt schien erfüllt von der Nachricht ihres Trugs und seiner Schmach. Das alte Mißtrauen, das unterirdisch in ihm am Werke war, hastete offen aus der Verborgenheit hervor. Er wurde von einer Brut von Schlangen gebissen, jede giftiger als die vorherige. Er stand, ohne sich zu bewegen, in dem schrecklichen Regen in der Tür. Wie die Minuten vergingen, gaben seine Knie ein wenig nach. Der Sturzbach rauschte weiter. Auf seinem Höhepunkt schienen große Kanonen zu dröhnen. Ein gewaltiger Lärm, wie vom Splittern und Bersten von Eichen, war zu hören. Auch gab es wilde Schreie und schreckliches unmenschliches Stöhnen. Aber Orlando stand reglos, bis St. Paul's zwei schlug, und dann schrie er laut und mit furchtbarer Ironie und so, daß all seine Zähne zu sehen waren, »Jour de ma vie!«, schleuderte die Laterne zu Boden, sprang auf sein Pferd und galoppierte, wohin wußte er nicht.

Ein blinder Instinkt, denn er war über jedes vernünftige Denken hinaus, mußte ihn getrieben haben, das Flußufer in Richtung Meer einzuschlagen. Denn als die Dämmerung anbrach, was sie mit ungewöhnlicher Plötzlichkeit tat, wobei der Himmel sich zu einem blassen Gelb verfärbte und der Regen fast aufhörte, fand er sich an den Ufern der Themse in der Nähe von Wapping wieder. Nun bot sich seinen Augen ein Anblick der außergewöhnlichsten Art. Wo drei Monate und länger festes Eis von einer solchen Dicke gewesen war, daß es so dauerhaft wirkte wie Stein, und eine ganze fröhliche Stadt auf seinem Pflaster gestanden hatte, herrschte nun ein Wettlauf aufgewühlter gelber Wasser. Der Fluß hatte über Nacht seine Freiheit zurückgewonnen. Es war, als wäre eine schwefelige Quelle (zu welcher Ansicht viele Philosophen neigten) aus den vulkanischen Regionen darunter emporgestiegen und hätte das Eis mit solcher Wucht aufgerissen, daß sie die gewaltigen und massiven Bruchstücke wütend auseinanderfegte. Allein der Anblick des Wassers reichte aus, einen schwindlig zu machen. Alles war Aufruhr und Konfusion. Der Fluß war übersät von Eisbergen. Manche von ihnen waren so breit wie eine Kegelbahn und so hoch wie ein Haus; andere nicht größer als ein Männerhut, aber auf phantastischste Weise verdreht. Nun kam ein ganzer Konvoi von Eisblöcken den Fluß hinunter und versenkte alles, was ihm im Weg stand. Nun schien sich der Fluß, strudelnd und sich windend wie eine gequälte Schlange, zwischen den Bruchstücken hindurchzustürzen und sie von Ufer zu Ufer zu werfen, so daß man hören konnte, wie sie gegen Piers und Pfosten krachten. Was jedoch am furchtbarsten und am meisten schreckeneinflößend war, war der Anblick der Menschenwesen, die in der Nacht überrascht worden waren und nun in allergrößter Seelenagonie auf ihren kreiselnden gefährlichen Inseln auf und ab liefen. Ob sie sich in die Fluten stürzten oder auf dem Eis blieben, ihr Untergang war gewiß. Manchmal kam eine ganze Gruppe dieser armen Wesen zusammen den Fluß hinunter, manche auf den Knien, andere ihre Säuglinge stillend. Ein alter Mann schien laut aus einem heiligen Buch vorzulesen. Andere Male, und sein Schicksal war vielleicht das schrecklichste von allen, lief ein einsamer Elender ganz allein auf seiner engen Behausung hin und her. Während sie aufs Meer hinausgerissen wurden, konnte man manche vergeblich um Hilfe rufen hören, wilde Versprechungen machen, sich zu bessern, ihre Sünden bekennen und Altäre und Reichtümer geloben, sollte Gott ihre Gebete erhören. Andere waren so betäubt vor Entsetzen, daß sie reglos und stumm dasaßen und starr vor sich hinblickten. Eine Besatzung junger Fährmänner oder Postillione, ihrer Livree nach zu urteilen, grölte und brüllte die übelsten Tavernenlieder, wie in prahlerischer Überhebung, und wurde gegen einen Baum geschmettert und ging mit Gotteslästerungen auf den Lippen unter. Ein alter Edelmann – denn als solchen wiesen ihn sein pelzbesetzer Mantel und die goldene Kette aus – versank nicht weit von der Stelle, an der Orlando stand, Racheflüche auf die irischen Rebellen herabrufend, die, wie er mit seinem letzten Atemzug schrie, diese Teufelei ausgeheckt hätten. Manche fanden den Tod, einen silbernen Krug oder sonst einen Schatz an die Brust drückend; und mindestens zwanzig arme Kreaturen wurden von ihrer eigenen Habgier ertränkt, weil sie sich vom Ufer aus in die Fluten stürzten, statt sich einen goldenen Becher entgehen zu lassen oder dem Verschwinden eines pelzbesetzten Mantels vor ihren Augen zuzusehen. Denn Möbel, Kostbarkeiten, Habe aller Art wurden auf den Eisbergen davongetragen. Unter anderen Merkwürdigkeiten war eine Katze zu sehen, die ihre Jungen säugte; eine Tafel, die üppig für ein Mahl für zwanzig Personen gedeckt war; ein Paar im Bett; zusammen mit einer außergewöhnlichen Anzahl von Kochutensilien.

Benommen und verblüfft, konnte Orlando eine ganze Weile nichts anderes tun, als das entsetzliche Wettrennen der Wasser zu beobachten, wie sie an ihm vorbeistürzten. Schließlich schien er seine Fassung wiederzugewinnen, gab seinem Pferd die Sporen und ritt in gestrecktem Galopp am Ufer entlang in Richtung Meer. Als er eine Biegung des Flusses umrundete, befand er sich genau gegenüber der Stelle, an der die Schiffe der Gesandten noch vor zwei Tagen wie für immer festgefroren gewesen waren. Hastig zählte er sie alle; das französische; das spanische; das österreichische; das türkische. Alle schwammen noch, obwohl sich das französische aus seiner Vertäuung losgerissen und das türkische Schiff einen großen Spalt in der Seite abbekommen hatte und sich schnell mit Wasser füllte. Aber das russische Schiff war nirgends zu sehen. Einen Augenblick lang dachte Orlando, es müsse zerschellt sein; aber als er sich in den Steigbügeln aufrichtete und die Hand über die Augen legte, die scharf waren wie die eines Habichts, konnte er gerade noch den Umriß eines Schiffes am Horizont ausmachen. Die schwarzen Adler flatterten von der Mastspitze. Das Schiff der moskowitischen Gesandtschaft stach in See.

Sich von seinem Pferd werfend, machte er in seinem Zorn alle Anstalten, sich den Fluten entgegenzustemmen. Knietief im Wasser stehend, schleuderte er der treulosen Frau all die Schmähungen nach, die von jeher das Schicksal ihres Geschlechts gewesen sind. Treulos, wankelmütig, wetterwendisch nannte er sie; Teuflin, Ehebrecherin, Betrügerin; und die strudelnden Wasser nahmen seine Worte und warfen ihm einen zerbrochenen Topf und ein Büschel Stroh vor die Füße.

Kapitel II

Der Biograph steht nun vor einer Schwierigkeit, die es vielleicht besser ist einzugestehen, als stillschweigend darüber hinwegzugehen. Bis zu diesem Punkt der Erzählung der Lebensgeschichte Orlandos haben Dokumente, private wie auch historische, es möglich gemacht, die erste Pflicht eines Biographen zu erfüllen, welche darin besteht, ohne nach rechts oder links zu sehen, in den unauslöschlichen Fußspuren der Wahrheit zu stapfen; unverlockt von Blumen; ungeachtet der Schatten; methodisch immer weiter und weiter, bis wir plumps ins Grab fallen und *finis* auf den Grabstein über unseren Köpfen schreiben. Aber nun gelangen wir an eine Episode, die mitten auf unserem Weg liegt, so daß wir sie nicht ignorieren können. Und doch ist sie dunkel, geheimnisvoll und undokumentiert; so daß wir sie nicht erklären können. Ganze Bände könnten zu ihrer Interpretation geschrieben; ganze Religionssysteme auf ihrer Bedeutsamkeit begründet werden. Unsere schlichte Pflicht ist es, die Fakten darzulegen, soweit sie bekannt sind, und es dem Leser zu überlassen, daraus zu machen, was er mag.

Im Sommer jenes katastrophalen Winters, der den Frost erlebte, die Flut, den Tod vieler Tausende und das völlige Scheitern von Orlandos Hoffnungen – denn er wurde des Hofs verwiesen; fiel in tiefste Ungnade bei den mächtigsten Adligen seiner Zeit; das irische Haus der Desmonds war mit Recht erzürnt; der König hatte mit den Iren schon genug Probleme, um keinen Gefallen an dieser neuerlichen Zufügung zu finden –, in jenem Sommer zog Orlando sich in sein großes Haus auf dem Lande zurück und lebte dort in völliger Einsamkeit. Eines Junimorgens – es war Samstag, der achtzehnte – verabsäumte er es, zu seiner gewohnten Stunde aufzustehen, und als sein Bursche ihn zu rufen kam, fand er ihn in tiefem Schlaf. Auch konnte er nicht geweckt werden. Er lag wie in Trance, ohne wahrnehmbare Atmung; und obwohl man Hunde unter seinem Fenster bellen ließ; Zimbeln, Trommeln, Klappern unaufhörlich in seinem Zimmer geschlagen wurden; ein Stechginsterstrauch unter sein Kopfkissen gelegt; und Senfpflaster auf seine Füße getan, wachte er dennoch geschlagene sieben Tage nicht auf, nahm kein Essen zu sich und gab kein Lebenszeichen von sich. Am siebenten Tag wurde er zu seiner gewohnten Stunde wach (um Punkt viertel vor acht) und scheuchte das ganze Aufgebot heulender Weiber und dörflicher Wahrsager aus seinem Zimmer; was durchaus natürlich war; was sich jedoch seltsam ausnahm, war die Tatsache, daß er von einer solchen Trance nichts zu wissen schien, sondern sich ankleidete und nach seinem Pferd verlangte, als wäre er aus dem Schlummer einer einzigen Nacht erwacht. Und doch, so wurde vermutet, mußte eine Veränderung in den Kammern seines Hirnes stattgefunden haben, denn obwohl er bei klarem Verstand war und nur in seiner Art ernster und ruhiger wirkte als zuvor, schien er eine nur unvollständige Erinnerung an sein bisheriges Leben zu haben. Er hörte zwar zu, wenn die Menschen vom Großen Frost sprachen oder vom Schlittschuhlaufen oder vom Karneval, aber nie gab er zu erkennen, außer indem er sich mit der Hand über die Stirn strich, wie um eine Wolke fortzuwischen, daß er selbst sie miterlebt hatte. Wenn über die Ereignisse der letzten sechs Monate gesprochen wurde, schien er nicht so sehr verzweifelt als vielmehr ratlos zu sein, als beunruhigten ihn wirre Erinnerungen an eine lange vergangene Zeit oder als versuche er, sich an Geschichten zu erinnern, die jemand anderes ihm erzählt hatte. Man beobachtete, daß er, wenn die Rede auf Rußland kam oder auf Prinzessinnen oder auf Schiffe, in eine unbehagliche Art von Schwermut verfiel und aufstand und aus dem Fenster sah oder einen der Hunde zu sich rief oder ein Messer nahm und ein Stück Zedernholz schnitzte. Aber die Ärzte waren kaum klüger, als sie es heute sind, und nachdem sie Ruhe und Bewegung verordnet hatten, Fastenkuren und Mastkuren, Geselligkeit und Einsamkeit, daß er den ganzen Tag im Bett liegen und zwischen Mittag- und Abendessen vierzig Meilen reiten solle, und dazu die üblichen Beruhigungs- und Anregungsmittel, je nachdem, wie die Laune sie packte, variiert mit Molke aus Wassermolchgeifer vor dem Aufstehen und Aufgüssen von Pfauengalle vor dem Schlafengehen, überließen sie ihn sich selbst und taten als ihre Meinung kund, daß er eine Woche lang geschlafen habe.

Aber wenn es denn Schlaf war, von welcher Natur, können wir uns kaum zu fragen enthalten, ist dann ein Schlaf wie dieser? Ist er eine heilsame Maßnahme – eine Trance, in der die quälendsten Erinnerungen, Ereignisse, die dazu angetan scheinen, ein Leben für immer zu verkrüppeln, von einem dunklen Flügel gestreift werden, der ihre Rauheit glättet und sie, selbst die häßlichsten und niedrigsten, mit einem Glanz, einem hellen Glühen vergoldet? Muß sich der Finger des Todes von Zeit zu Zeit auf den Tumult des Lebens legen, damit es uns nicht zerreißt? Sind wir so geschaffen, daß wir den Tod täglich in kleinen Dosen zu uns nehmen müssen, weil wir sonst mit dem Geschäft des Lebens nicht fortfahren könnten? Und dann, was sind das für seltsame Mächte, die unser geheimstes Wesen durchdringen und unsere liebsten Besitztümer verändern, ohne daß wir es wollen? War Orlando, erschöpft vom Übermaß seines Leids, für eine Woche gestorben und dann wieder ins Leben zurückgekehrt? Und falls ja, von welcher Art ist dann der Tod und von welcher Art das Leben? Nachdem wir gut eine halbe Stunde auf eine Antwort auf diese Fragen gewartet haben, ohne daß eine kam, wollen wir mit der Geschichte fortfahren.

Orlando ergab sich nun einem Leben äußerster Einsamkeit. Daß er am Hof in Ungnade gefallen war und die Intensität seines Kummers waren zum Teil der Grund dafür, aber da er keinen Versuch machte, sich zu verteidigen, und selten jemanden einlud, ihn zu besuchen (obwohl er viele Freunde hatte, die dies mit Vergnügen getan hätten), schien es, als entspreche das Alleinsein im großen Haus seiner Väter seinem Naturell. Die Einsamkeit war seine Wahl. Wie er seine Zeit verbrachte, wußte niemand so recht. Die Dienstboten, von denen er sich ein volles Gefolge hielt, obwohl ein Großteil ihrer Beschäftigung darin bestand, leere Zimmer abzustauben und die Decken auf Betten glattzustreichen, in denen nie jemand schlief, beobachteten im Dunkel des Abends, während sie bei Kuchen und Bier saßen, ein Licht, das durch die Galerien wanderte, durch die Bankettsäle, die Treppen hinauf, in die Schlafzimmer, und wußten, daß ihr Herr das Haus allein durchstreifte. Niemand wagte ihm zu folgen, denn im Haus spukte es von einer großen Vielzahl von Geistern, und seine Weitläufigkeit machte es leicht, sich zu verirren und entweder eine geheime Treppe hinunterzufallen oder eine Tür zu öffnen, die sich, sollte der Wind sie zuschlagen, für immer hinter einem schließen würde – Wechselfälle von nicht unüblichem Vorkommen, wie die häufige Entdeckung von Skeletten von Menschen und Tieren in Haltungen großer Todespein offenkundig machte. Dann verlor sich das Licht gänzlich, und Mrs Grimsditch, die Haushälterin, sagte zu Mr Dupper, dem Kaplan, wie sehr sie hoffe, daß Seiner Lordschaft kein Unheil widerfahren sei. Mr Dupper hielt dann dafür, Seine Lordschaft knie gewißlich bei den Gräbern seiner Vorfahren in der Kapelle, die sich im Billardhof eine halbe Meile weiter südlich befand. Denn er habe Sünden auf dem Gewissen, fürchtete Mr Dupper; woraufhin Mrs Grimsditch, ziemlich scharf, zurückgab, das hätten die meisten von uns; und Mrs Stewkley und Mrs Field und die alte Kinderfrau Carpenter erhoben allesamt die Stimmen zum Lob Seiner Lordschaft; und die Kammerdiener und Haushofmeister schworen, es sei eine tausendfache Schande, einen so feinen Edelmann im Haus Trübsal blasen zu sehen, wo er den Fuchs jagen oder dem Hirsch nachspüren könnte; und selbst die kleinen Wäscherinnen und Küchenmädchen, die Judys und die Faiths, die die Seidel und den Kuchen herumreichten, legten säuselnd Zeugnis ab von der Galanterie Seiner Lordschaft; denn nie hatte es einen gütigeren Herrn gegeben, oder einen, der freigiebiger gewesen wäre mit jenen kleinen Silberstücken, die dazu dienen, eine Docke Band zu kaufen oder sich ein Sträußchen ins Haar zu stecken; bis sogar die Mohrenfrau, die Grace Robinson genannt wurde, als man eine Christin aus ihr machte, verstanden hatte, worum es ging, und ihnen beipflichtete, auf die einzige Weise, die ihr zur Verfügung stand, nämlich indem sie all ihre Zähne auf einmal in einem breiten Grinsen entblößte, daß Seine Lordschaft ein schöner, lieber und guter Gentleman sei. Kurzum, er war bei seiner ganzen Dienerschaft, bei Männern und Frauen, hoch angesehen, und sie verfluchten die ausländische Prinzessin (aber sie gaben ihr einen unfeineren Namen als diesen), die ihn in diese Verfassung gebracht hatte.

Aber obwohl es wahrscheinlich die Feigheit war, oder die Liebe zum heißen Bier, die Mr Dupper dazu veranlaßte, sich Seine Lordschaft bei den Gräbern in Sicherheit zu denken, auf daß er sich nicht auf die Suche nach ihm begeben müßte, ist es gut möglich, daß Mr Dupper recht hatte. Orlando fand nun einen seltsamen Geschmack an Gedanken über Tod und Verfall, und nachdem er mit dem Wachslicht in der Hand durch die langen Galerien und Ballsäle gewandert war und sich Bild um Bild angesehen hatte, wie auf der Suche nach dem Porträt einer bestimmten Person, das er nicht finden konnte, stieg er in das Familiengestühl in der Kapelle und saß dort stundenlang und beobachtete, wie die Banner sich bewegten und das Mondlicht waberte, wobei nur eine Fledermaus oder ein Totenkopfschwärmer ihm Gesellschaft leisteten. Selbst das war nicht genug für ihn, sondern er mußte in die Krypta hinabsteigen, wo seine Ahnen lagen, Sarg auf Sarg gestapelt, zehn Generationen beieinander. Der Ort wurde so selten aufgesucht, daß die Ratten sich ungehindert an den Bleiarbeiten zu schaffen gemacht hatten, und einmal hakte sich ein Hüftknochen im Vorbeigehen an seinen Umhang, ein andermal zertrat er den Schädel eines alten Sir Malise, der ihm unter die Füße rollte. Es war eine gruselige Gruft; tief unter die Grundmauern des Hauses gegraben, als ob der erste Lord der Familie, der mit dem Eroberer aus Frankreich gekommen war, hätte Zeugnis davon ablegen wollen, wie alle Pracht auf Verwesung gebaut ist; wie das Skelett unter dem Fleisch liegt; wie wir, die wir oben tanzen und singen, unten liegen müssen; wie der scharlachrote Samt zu Staub wird; wie der Ring (hier senkte Orlando seine Laterne und hob einen in die Ecke gerollten goldenen Ring auf, dem ein Stein fehlte) seinen Rubin verliert und das Auge, das so voller Glanz war, nicht mehr leuchtet. »Nichts bleibt von all diesen Prinzen«, sagte Orlando dann, sich eine verzeihliche Übertreibung ihres Ranges erlaubend, »bis auf einen einzigen Finger«, und er nahm eine Knochenhand in die seine und bog die Gelenke in diese und jene Richtung. »Wessen Hand war das?« fuhr er fort zu fragen. »Die rechte oder die linke? Die Hand von Mann oder Frau, von Alter oder Jugend? Hat sie das Schlachtroß angespornt oder die Nadel gehandhabt? Hat sie die Rose gepflückt oder den kalten Stahl gepackt? Hat sie –«, hier aber ließ ihn entweder sein Einfallsreichtum im Stich oder lieferte ihm, was wahrscheinlicher ist, so viele Beispiele dessen, was eine Hand tun kann, daß er, wie es seine Gewohnheit war, zurückschreckte vor der Hauptmühe des Komponierens, welche das Weglassen ist, und er legte sie zu den anderen Knochen, wobei er daran dachte, daß es einen Schriftsteller namens Thomas Browne[4] gab, einen Doktor aus Norwich, dessen Schriften über derlei Gegenstände seine Phantasie ganz erstaunlich beschäftigten.

Und so, seine Laterne nehmend und sich vergewissernd, daß die Knochen ordentlich lagen, denn obschon romantisch, war er doch auch einzigartig methodisch und verabscheute nichts sosehr wie ein Knäuel Schnur auf dem Boden, geschweige denn den Schädel eines Ahns, setzte er jene seltsamen, schwermütigen Wanderungen durch die Galerien wieder fort, auf der Suche nach was auch immer unter den Bildern, welche schließlich von einem veritablen Weinkrampf unterbrochen wurden, beim Anblick einer holländischen Schneelandschaft von der Hand eines unbekannten Künstlers. Da schien ihm, daß das Leben nicht mehr wert sei, gelebt zu werden. Die Knochen seiner Ahnen vergessend und daß das Leben auf dem Grab begründet ist, stand er, von Schluchzen geschüttelt, vor lauter Sehnsucht nach einer Frau in russischer Hose, mit schrägen Augen, einem schmollenden Mund und Perlen um den Hals. Sie war fort. Sie hatte ihn verlassen. Er würde sie nie wiedersehen. Und so schluchzte er. Und so fand er den Weg zurück in seine eigenen Gemächer; und Mrs Grimsditch, die das Licht im Fenster sah, nahm den Krug von den Lippen und sagte, dem Himmel sei Dank, Seine Lordschaft sei wieder wohlbehalten in seinem Zimmer; denn sie hatte die ganze Zeit über gedacht, er wäre heimtükkisch gemeuchelt worden.

Orlando zog nun seinen Stuhl an den Tisch; schlug die Werke von Sir Thomas Browne auf und machte sich daran, der feingesponnenen Bauweise einer der längsten und aufs wundersamste gewundenen Betrachtungen des Doktors nachzugehen.

Denn obwohl dies keine Dinge sind, über die ein Biograph sich nutzbringend auslassen kann, ist es offensichtlich genug für jene, die die Pflicht eines Lesers erfüllt haben, welche darin besteht, aus spärlichen, hier und da fallengelassenen Andeutungen die ganze Umgrenzung und Weite eines lebendigen Menschen zu erschließen; in dem, was wir nur flüstern, eine lebendige Stimme hören zu können; oft sehen zu können, auch dann, wenn wir nichts darüber sagen, wie er exakt aussah; zu wissen, ohne ein Wort, das sie leitet, was er genau dachte – und für Leser wie diese schreiben wir, für einen solchen Leser ist es also offensichtlich, daß Orlando seltsam zusammengesetzt war aus vielen Säften – aus Melancholie, aus Trägheit, aus Leidenschaft, aus Liebe zur Einsamkeit, um erst gar nicht von all jenen Verdrehtheiten und Feinheiten des Temperaments zu sprechen, welche auf der ersten Seite angedeutet wurden, als er auf den

Kopf eines toten Niggers einhieb; ihn herunterschnitt; ihn ritterlich außerhalb seiner Reichweite wieder aufhängte und sich dann mit einem Buch zum Fenstersitz begab. Die Liebe zu Büchern war eine frühe. Als Kind wurde er manchmal um Mitternacht von einem Pagen gefunden, wie er immer noch las. Man nahm ihm das Wachslicht fort, und er züchtete Glühwürmchen, seinem Zweck zu dienen. Man nahm ihm die Glühwürmchen fort, und er hätte um ein Haar das Haus mit Zunder abgebrannt. Um es kurz zu fassen und es dem Romanschreiber zu überlassen, die zerknitterte Seide und all ihren tieferen Sinn zu glätten, war er ein Edelmann, der an einer Liebe zur Literatur krankte. Viele Menschen seiner Zeit, und mehr noch seines Standes, entgingen der Ansteckung und waren daher frei, ganz nach ihrem eigenen süßen Willen zu laufen oder zu reiten oder sich der Liebe hinzugeben. Aber andere wurden schon früh von einem Keim infiziert, der angeblich aus dem Blütenstaub der Asphodele geboren und aus Griechenland und Italien herbeigeweht wurde und von so tödlicher Natur war, daß er die Hand erzittern ließ, die sich zum Schlag erhob, das Auge bewölkte, das seine Beute suchte, und die Zunge stammeln machte, die ihre Liebe erklärte. Es war die fatale Natur dieser Krankheit, die Realität durch ein Phantom zu ersetzen, so daß Orlando, dem Fortuna jedes Geschenk gemacht hatte – Geschirr aus Gold und Silber, Linnen, Häuser, Bedienstete, Teppiche, Betten im Überfluß –, nur ein Buch aufzuschlagen brauchte, damit sich die ganze gewaltige Ansammlung in Nebel verwandelte. Die neun Morgen aus Stein, die sein Haus waren, verschwanden; einhundertfünfzig Bediente im Haus lösten sich auf; seine achtzig Reitpferde wurden unsichtbar; es würde zu lange dauern, die Teppiche, Sofas und Behänge, das Porzellan, das Geschirr, die Menagen, die Wärmepfannen und die anderen beweglichen Gegenstände, oft aus gehämmertem Gold, zu zählen, die sich unter dem Miasma verflüchtigten wie Nebel über dem Meer. Aber so war es, und Orlando saß für sich allein, lesend, ein nackter Mensch.

Die Krankheit gewann immer schneller die Oberhand über ihn in seiner Einsamkeit. Oft las er sechs Stunden in die Nacht hinein; und wenn man zu ihm kam, um Anweisungen für das Schlachten des Viehs oder das Einbringen des Weizens einzuholen, schob er seinen Folianten von sich und sah aus, als verstehe er nicht, was zu ihm gesagt wurde. Dies war schlimm genug und drückte Hall, dem Falkner, Giles, dem Kammerdiener, Mrs Grimsditch, der Schaffnerin, und Mr Dupper, dem Kaplan, fast das Herz ab. Ein feiner Herr wie er, sagten sie, brauche keine Bücher. Sollte er die Bücher, sagten sie, denen überlassen, die am Schlagfluß litten oder im Sterben lagen. Aber es sollte noch schlimmer kommen. Denn hat die Krankheit des Lesens das System einmal gepackt, schwächt sie es so, daß es zur leichten Beute jener anderen Geißel wird, die im Tintenfaß haust und im Federkiel schwärt. Der unglückselige Mensch verfällt aufs Schreiben. Und während dies schon schlimm genug ist bei einem armen Mann, dessen einzige Habe ein Stuhl und ein Tisch sind, die unter einem undichten Dach stehen – denn der hat am Ende nicht viel zu verlieren –, ist das Elend eines reichen Mannes, der Häuser und Vieh hat, Mägde, Esel und Linnen, und gleichwohl Bücher schreibt, über die Maßen beklagenswert. Der Geschmack an alldem verläßt ihn; er wird von glühenden Eisen durchbohrt; von Ungeziefer angenagt. Er würde jeden Penny, den er besitzt, dafür hergeben (dergestalt ist die Bösartigkeit des Keims), ein kleines Büchlein zu schreiben und berühmt zu werden; und doch ist alles Gold von Peru nicht in der Lage, ihm den Schatz einer geschliffenen Zeile zu erkaufen. So fällt er Schwindsucht und Krankheit anheim, jagt sich eine Kugel durch den Kopf, dreht das Gesicht zur Wand. Es ist gleich, in welcher Haltung man ihn findet. Er hat die Pforten des Todes durchschritten und die Flammen der Hölle gekannt.

Zum Glück hatte Orlando eine kräftige Natur, und die Krankheit (aus Gründen, die wir alsbald nennen werden) brach ihn nicht so, wie sie viele seinesgleichen gebrochen hat. Aber er war ernsthaft von ihr befallen, wie sich in der Folge zeigen wird. Denn als er eine Stunde etwa in Sir Thomas Browne gelesen hatte und das Röhren des Hirsches und der Ruf des Nachtwächters anzeigte, daß es mitten in der Nacht war und alle fest und sicher schliefen, ging er durch das Zimmer, zog einen silbernen Schlüssel aus seiner Tasche und schloß die Türen eines großen Intarsienschrankes auf, der in der Ecke stand. In ihm befanden sich etwa fünfzig Schubladen aus Zedernholz, und jede von ihnen trug einen Zettel, säuberlich von Orlandos Hand geschrieben. Er hielt inne, als zögere er, welche er öffnen sollte. Eine trug die Aufschrift »Der Tod des Ajax«, eine andere »Die Geburt des Pyramus«, eine andere »Iphigenie in Aulis«, eine andere »Der

Tod des Hippolytus«, eine andere »Meleager«, eine andere »Die Rückkehr des Odysseus« – tatsächlich gab es kaum eine Schublade, auf der der Name irgendeiner mythologischen Persönlichkeit im Augenblick einer Krise ihres Lebens fehlte. In jeder Schublade lag ein Dokument von beträchtlichem Umfang, gänzlich von Orlandos Hand geschrieben. Die Wahrheit war, daß Orlando schon seit vielen Jahren derart infiziert war. Nie hatte ein Knabe um Äpfel so gebettelt, wie Orlando um Papier bettelte; noch so um Zuckerwerk, wie er um Tinte bettelte. Sich von Gesprächen und Spielen fortstehlend, hatte er sich hinter Vorhängen verborgen, in Priesterverstecken oder im Schrank hinter dem Schlafzimmer seiner Mutter, der ein großes Loch im Boden hatte und fürchterlich nach Starenmist stank, das Tintenhorn in der einen Hand, die Feder in der anderen und auf den Knien eine Rolle Papiers. Auf diese Weise waren, bevor er fünfundzwanzig Jahre zählte, an die siebenundvierzig Dramen, Historien, Ritterromanzen, Poeme geschrieben worden; manche in Prosa, manche in Versen; manche auf französisch, manche auf italienisch; alle romantisch und alle lang. Eins davon hatte er von John Ball im Hause zu Feathers and Coronet gegenüber St. Paul's Cross, Cheapside, drucken lassen; aber obwohl der Anblick ihm höchstes Entzücken bereitete, hatte er nie gewagt, es auch nur seiner Mutter zu zeigen, da schreiben, und wie nicht gar an den Tag geben, für einen Edelmann, wie er wußte, eine unverzeihliche Schande war.

Nun jedoch, da es mitten in der Nacht und er allein war, wählte er aus diesem Repositorium ein dickes Dokument, das »Xenophila, eine Tragödie« oder so ähnlich betitelt war, und ein dünnes, das schlicht »Der Eich-Baum« hieß (dies war der einzige Titel aus Einsilbern in der Sammlung), und dann näherte er sich dem Tintenhorn, befingerte den Federkiel und vollführte andere jener Gesten, mit denen die, welche solchem Laster verfallen sind, ihre Riten beginnen. Aber er hielt inne.

Da dieses Innehalten von größter Bedeutung in seiner Geschichte war, von weitaus größerer als viele Taten, welche Männer in die Knie zwingen und Flüsse rot färben von Blut, steht es uns an, zu fragen, wieso er innehielt; und zu antworten, nach gebührender Überlegung, daß es aus einem Grunde wie diesem geschah. Die Natur, die uns so viele seltsame Streiche gespielt hat, uns so ungleich aus Erde und Diamanten schafft, aus Regenbogen und Granit, und sie in eine Hülle stopft, oft von unzulänglichster Art, denn der Dichter hat das Gesicht eines Metzgers und der Metzger das eines Dichters; die Natur, die sich an Verwirrung und Geheimnis entzückt, so daß wir sogar eben jetzt (am 1. November 1927) nicht wissen, warum wir nach oben gehen oder warum wir wieder herunterkommen, unsere allertäglichsten Bewegungen sind wie das Vorbeigleiten eines Schiffes auf unbekanntem Meere, und die Seeleute im Masttop fragen, während sie ihr Glas auf den Horizont richten: Ist da Land oder ist da keins? worauf wir, wenn wir Propheten sind, die Antwort geben »Ja«; wenn wir ehrlich sind, sagen wir »Nein«; die Natur, die sich zusätzlich zur vielleicht ungefügen Länge dieses Satzes für so vieles verantworten muß, hat ihre Aufgabe noch komplizierter und unsere Verwirrung noch größer gemacht, indem sie in unserm Innern nicht nur einen perfekten Flickensack voll von allerlei Krimskrams angelegt hat – ein Fetzen von der Hose eines Schutzmanns liegt dicht an dicht neben dem Hochzeitsschleier von Königin Alexandra –, sondern es auch zuwege gebracht hat, daß das ganze Sammelsurium nur lose von einem einzigen Faden zusammengeheftet sein soll. Die Erinnerung ist die Näherin, und eine kapriziöse noch dazu. Die Erinnerung führt ihre Nadel ein und aus, auf und nieder, hierhin und dorthin. Wir wissen nicht, was als nächstes kommt oder was darauf folgt. Und so kann die allergewöhnlichste Bewegung der Welt, wie etwa sich an einen Tisch setzen und das Tintenfaß zu sich heranziehen, tausend fremdartige, zusammenhanglose Bruchstücke durcheinanderwirbeln, einmal hell, einmal dunkel, hängend und baumelnd und wippend und flatternd wie das Unterzeug einer vierzehnköpfigen Familie auf einer Leine im stürmischen Wind. Statt ein einziges, geradliniges, bündiges Stück Arbeit zu sein, dessen sich kein Mensch zu schämen braucht, werden unsere gewöhnlichsten Taten begonnen mit einem Flattern und Schlagen von Flügeln, einem Steigen und Sinken von Lichtern. So kam es, daß Orlando, als er seine Feder in die Tinte tauchte, das spöttische Gesicht der verlorenen Prinzessin sah und sich sofort eine Million Fragen stellte, die wie in Galle getauchte Pfeile waren. Wo war sie; und warum hatte sie ihn verlassen? War der Botschafter ihr Onkel oder ihr Liebhaber? Hatten sie sich verschworen? War sie gezwungen worden? War sie verheiratet? War sie tot? – welche allesamt ihr Gift derart in ihn hineintrieben, daß er, wie um seiner

Pein irgendwo Luft zu machen, den Federkiel so tief in das Tintenhorn stieß, daß die Tinte über den Tisch spritzte, welche Handlung, man möge sie sich erklären, wie man will (und vielleicht ist keine Erklärung möglich – die Erinnerung ist unerklärlich), unverzüglich das Gesicht der Prinzessin durch ein Gesicht von sehr verschiedener Art ersetzte. Aber wessen Gesicht war es, fragte er sich? Und er mußte warten, vielleicht eine halbe Minute lang, während er das neue Bild betrachtete, das über dem alten lag, so wie ein Glasbild in der Zauberlaterne halb durch das nächste gesehen wird, bevor er zu sich selbst sagen konnte, »Dies ist das Gesicht dieses ziemlich dicken, schäbigen Mannes, der vor so vielen, vielen Jahren in Twitchetts Zimmer saß, als die alte Königin Bess kam, um hier zu speisen; und ich sah ihn«, fuhr Orlando fort, nach einem weiteren dieser kleinen bunten Fetzen haschend, »am Tisch sitzen, als ich auf dem Weg nach unten hineinspähte, und er hatte die erstaunlichsten Augen«, sagte Orlando, »die es je gab, aber wer zum Teufel war er?« fragte Orlando, denn hier fügte die Erinnerung zu Stirn und Augen zunächst eine grobe, fettfleckige Halskrause hinzu, dann ein braunes Wams und zuletzt ein Paar derber Stiefel, so wie die Bürger von Cheapside sie tragen. »Kein Edelmann; keiner von uns«, sagte Orlando (was er niemals laut gesagt hätte, denn er war ein überaus höflicher Gentleman; aber es zeigt, was für eine Wirkung eine edle Geburt auf den Geist hat, und übrigens auch, wie schwierig es für einen Edelmann ist, ein Schriftsteller zu sein), »ein Poet, würde ich sagen.« Allen Gesetzen zufolge hätte die Erinnerung, nachdem sie ihn nun genügend gestört hatte, die ganze Geschichte entweder vollständig auslöschen oder etwas so Törichtes und Unstimmiges hervorkramen müssen – wie einen Hund, der eine Katze jagt, oder eine alte Frau, die sich die Nase in ein rotes Baumwolltaschentuch schneuzt –, daß Orlando, vor lauter Verzweiflung darüber, mit ihren Launen Schritt halten zu müssen, seine Feder ernsthaft aufs Papier gesetzt hätte. (Denn wir können, wenn wir nur die Entschlossenheit besitzen, die Hure Erinnerung und ihr ganzes Gelumpe und Gesindel aus dem Haus weisen.) Aber Orlando hielt inne. Die Erinnerung hielt ihm immer noch das Bild eines schäbigen Mannes mit großen, strahlenden Augen vor. Immer noch schaute er, immer noch hielt er inne. Es ist dieses Innehalten, welches unser Verhängnis ist. Denn es ist in solchen Augenblicken, daß der Aufruhr in die Festung einzieht und unsere Truppen sich erheben. Einmal schon hatte er innegehalten, und die Liebe mit ihrer gräßlichen Rotte, ihren Schalmeien, ihren Zimbeln und ihren von den Schultern gerissenen Köpfen mit blutigen Locken war hereingebrochen. Aus Liebe hatte er die Qualen der Verdammten erlitten. Nun hielt er abermals inne, und in die so geschlagene Bresche sprang die Ehrbegier, die alte Dirne, und die Poesie, die Hexe, und die Ruhmsucht, die Metze; alle reichten sich die Hand und machten sein Herz zu ihrem Tanzboden. Hoch aufgerichtet in der Einsamkeit seines Zimmers stehend, gelobte er, daß er der erste Dichter seines Geschlechtes sein und unsterblichen Glanz auf seinen Namen bringen würde. Er sagte (die Namen und Heldentaten seiner Vorfahren herzählend), daß Sir Boris den Heiden bekämpft und getötet habe; Sir Gawain den Türken; Sir Miles den Polen; Sir Andrew den Franken; Sir Richard den Österreicher; Sir Jordan den Franzosen und Sir Herbert den Spanier. Aber von all diesem Töten und Ins-Feld-Ziehen, dem Trinken und Lieben, dem Prassen und Jagen und Reiten und Schmausen, was blieb? Ein Totenschädel; ein Finger. Wohingegen, sagte er, sich der Seite Sir Thomas Brownes zuwendend, die offen auf dem Tisch lag – und abermals hielt er inne. Wie eine Beschwörungsformel, die aus allen Ecken des Zimmers aufstieg, aus dem Nachtwind und dem Mondlicht, rollte die göttliche Melodie jener Worte, die wir, auf daß sie diese Seite hier nicht nach Strich und Faden übertrumpfen, dort lassen wollen, wo sie eingesargt liegen, nicht tot, eher einbalsamiert, so frisch ist ihre Farbe, so gesund ihr Atem – und Orlando, der jene Leistung mit denen seiner Vorfahren verglich, rief aus, daß sie und ihre Taten Staub und Asche seien, dieser Mann jedoch und seine Worte unsterblich.

Er erkannte jedoch bald, daß die Schlachten, die Sir Miles und der Rest gegen gewappnete Ritter geführt hatten, um ein Königreich zu gewinnen, nicht halb so hitzig waren wie die, die er nun unternahm, um im Kampf mit der englischen Sprache Unsterblichkeit zu erringen. Keiner, der auch nur einigermaßen mit den Härten der Schriftstellerei vertraut ist, muß die Geschichte in Einzelheiten erzählt bekommen; wie er schrieb und es gut schien; es las und es abscheulich schien; korrigierte und zerriß; ausstrich; einfügte; in Ekstase geriet; in Verzweiflung; seine guten Nächte und seine schlechten Vormittage hatte; nach Einfällen haschte und sie verlor; sein

Buch deutlich vor sich sah, und es verschwand; die Rollen seiner Figuren spielte, während er aß; sie herausschrie, während er ging; jetzt weinte; jetzt lachte; zwischen diesem und jenem Stil schwankte; jetzt das Heroische und Pompöse bevorzugte; sodann das Schlichte und Einfache; jetzt die Täler von Tempe; sodann die Felder von Kent oder Cornwall; und nicht entscheiden konnte, ob er das göttlichste Genie oder der größte Narr der Welt sei.

Um diese letzte Frage zu entscheiden, beschloß er nach vielen Monaten derart fieberhafter Arbeit, die Einsamkeit von Jahren zu durchbrechen und Verbindung mit der Außenwelt aufzunehmen. Er hatte einen Freund in London, einen Giles Isham aus Norfolk, der, obwohl von adliger Geburt, mit Schriftstellern Umgang hatte und ihn zweifellos mit einem Vertreter jener gesegneten, ja heiligen Fraternität in Berührung bringen konnte. Denn in der Verfassung, in der Orlando sich jetzt befand, lag für ihn ein Glanz um jenen Mann, der ein Buch geschrieben und es hatte drucken lassen, der jeden Glanz des Blutes und des Standes überstrahlte. Seiner Einbildungskraft wollte es scheinen, als müßten selbst die Körper derer, die von solch göttlichen Gedanken durchdrungen waren, verklärt sein. Sie mußten Aureolen als Haare und Weihrauch als Atem haben, und Rosen mußten zwischen ihren Lippen wachsen – was ganz gewiß weder auf ihn selbst noch auf Mr Dupper zutraf. Er konnte sich kein größeres Glück denken, als hinter einem Vorhang sitzen zu dürfen und sie sprechen zu hören. Allein die Vorstellung jener kühnen, vielseitigen Gespräche ließ die Erinnerung an das, worüber er und seine höfischen Freunde für gewöhnlich gesprochen hatten – einen Hund, ein Pferd, eine Frau, ein Kartenspiel –, über die Maßen roh erscheinen. Er besann sich voller Stolz, daß man ihn immer einen Gelehrten genannt und für seine Liebe zur Einsamkeit und zur Literatur verspottet hatte. Er hatte nie viel Geschick gehabt für hübsche Phrasen. Er stand dann stocksteif, wurde rot und stakste wie ein Grenadier durch den Salon einer Dame. Zweimal war er, aus reiner Zerstreutheit, von seinem Pferd gefallen. Einmal hatte er beim Reimen eines Verses Lady Winchilseas Fächer zerbrochen. Sich diese und andere Beispiele seiner Untauglichkeit für das gesellschaftliche Leben ins Gedächtnis rufend, ergriff eine unbeschreibliche Hoffnung, daß all das Ungestüm seiner Jugend, seine Ungeschicklichkeit, sein Erröten, seine langen Spaziergänge und seine Liebe zum Land bewiesen, daß er selbst mehr dem heiligen Stand als dem adeligen angehöre – von Geburt Schriftsteller sei und nicht Aristokrat –, von ihm Besitz. Zum ersten Mal seit der Nacht der großen Flut war er glücklich.

Er beauftragte jetzt Mr Isham aus Norfolk, Mr Nicholas Greene in der Clifford's Inn ein Schreiben zu übermitteln, das Orlandos Bewunderung für seine Arbeiten zum Ausdruck brachte (denn Nick Greene war zur damaligen Zeit ein sehr berühmter Schriftsteller), und seinen Wunsch, seine Bekanntschaft zu machen; worum er kaum zu bitten wage; denn er habe als Gegenleistung nichts zu bieten; wenn Mr Nicholas Greene sich jedoch dazu herbeilassen könne, ihn zu besuchen, würde eine vierspännige Kutsche zu jeder Stunde, welche Mr Greene festzusetzen wünsche, an der Ecke Fetter Lane bereitstehen und ihn sicher zu Orlandos Anwesen bringen. Man mag sich die Wendungen, die noch folgten, selbst denken und sich Orlandos Entzücken vorstellen, als, nach gar nicht langer Zeit, Mr Greene zu erkennen gab, daß er bereit sei, die Einladung des Edlen Lord anzunehmen; seinen Platz in der Kutsche einnahm und an der Halle im Südflügel des Hauptgebäudes pünktlich um sieben Uhr am Montag, dem einundzwanzigsten April, abgesetzt wurde.

Viele Könige, Königinnen und Botschafter waren hier empfangen worden; Richter hatten hier in ihrem Hermelin gestanden. Die liebreizendsten Damen des ganzen Landes waren hierher gekommen; und die finstersten Krieger. Banner hingen hier, die bei Flodden und Azincourt[5] gewesen waren. Hier waren die gemalten Wappenschilder mit ihren Löwen und ihren Leoparden und ihren Kronen zu sehen. Hier standen die langen Tische, die mit Gold- und Silbergeschirr gedeckt wurden; und hier die riesigen Kamine aus gemeißeltem italienischem Marmor, in denen Nacht für Nacht eine ganze Eiche mit ihren Millionen von Blättern und ihren Nestern von Krähe und Zaunkönig zu Asche verbrannt wurde. Nicholas Greene, der Dichter, stand jetzt hier, einfach gekleidet in Schlapphut und schwarzem Wams, in einer Hand ein kleines Ränzel tragend.

Daß Orlando, als er ihn zu begrüßen eilte, leise enttäuscht war, war unumgänglich. Der Dichter war nicht über mittelgroß; war von gewöhnlicher Gestalt; war dürr und etwas gebeugt, und als er beim Eintreten über die Dogge stolperte, biß ihn der Hund. Überdies wußte Orlando, trotz all seiner Kenntnis der Menschheit, nicht so recht, wo er ihn hintun sollte. Es war etwas an ihm, was weder zu Bedientem, Landjunker noch Edelmann gehörte. Der Kopf mit der gerundeten Stirn und der spitzen Nase war gut geschnitten, aber das Kinn war fliehend. Die Augen leuchteten, aber die Lippen hingen schlaff und sabberten. Es war jedoch der Ausdruck des Gesichts als Ganzem, der beunruhigend war. Nichts war da von der gravitätischen Gelassenheit, derentwegen die Gesichter des Adels so erfreulich anzusehen sind; noch hatte es etwas von der würdevollen Unterwürfigkeit eines gut gezogenen Domestikengesichts; es war ein gefurchtes, gerunzeltes und verkniffenes Gesicht. Obwohl er ein Dichter war, schien es, als sei er mehr gewöhnt, zu schelten als zu schmeicheln; zu streiten als zu gurren; zu kriechen als zu reiten; zu kämpfen als zu ruhen; zu hassen als zu lieben. Dies zeigte sich auch in der Hast seiner Bewegungen und in etwas Hitzigem und Mißtrauischem in seinem Blick. Orlando war einigermaßen vor den Kopf gestoßen. Aber sie gingen zu Tisch.

Hier war Orlando, der diese Dinge für gewöhnlich für selbstverständlich nahm, zum ersten Male unerklärlicherweise beschämt über die Zahl seiner Diener und die Pracht seiner Tafel. Noch merkwürdiger war, daß er sich voller Stolz – denn der Gedanke war im allgemeinen abstoßend – auf jene Urgroßmutter Moll besann, die die Kühe gemolken hatte. Er war im Begriff, die Rede irgendwie auf jene einfache Frau und ihre Milcheimer zu bringen, als der Dichter ihm zuvorkam, indem er sagte, wie seltsam es in Anbetracht der Tatsache der Häufigkeit des Namens Greene sei, daß die Familie mit dem Eroberer ins Land gekommen und in Frankreich von höchstem Adel sei. Leider jedoch sei es in der Welt mit ihnen bergab gegangen, und sie hätten kaum mehr getan, als dem königlichen Marktflecken Greenwich ihren Namen zu hinterlassen. Weitere Bemerkungen derselben Art, über verlorene Schlösser, Familienwappen, Cousins, die im Norden Baronets waren, Einheiraten in adlige Familien im Westen, daß einige Greens sich mit einem »e« am Ende schrieben und andere ohne, dauerten an, bis das Wildbret auf dem Tische stand. Dann brachte Orlando es zuwege, ein paar Worte über Großmutter Moll und ihre Kühe einzuflechten, und hatte sein Herz um ein weniges von seiner Bürde erleichtert, als das Wildgeflügel vor ihnen stand. Aber erst als der Malvasier frei strömte, wagte Orlando zu erwähnen, was er nicht umhinkonnte für wichtiger zu halten als die Greens oder die Kühe; nämlich das heilige Thema der Poesie. Bei der ersten Erwähnung des Wortes sprühten die Augen des Dichters Feuer; er ließ das Benehmen des feinen Herrn fahren, das er bislang an den Tag gelegt hatte; donnerte sein Glas auf den Tisch und erging sich in einer der längsten, verworrensten, leidenschaftlichsten und bittersten Geschichten, die Orlando je gehört hatte, außer aus dem Munde einer sitzengelassenen Frau, über eines seiner Stücke; einen anderen Dichter und einen Kritiker. Was die eigentliche Natur der Poesie anbelangte, so folgerte Orlando einzig, daß sie schwerer zu verkaufen sei als Prosa und die Zeilen, obzwar kürzer, länger brauchten, geschrieben zu werden. So ging die Unterhaltung mit endlosen Verästelungen weiter, bis Orlando anzudeuten wagte, daß er selbst die Unverfrorenheit besessen habe zu schreiben – aber hier sprang der Dichter von seinem Stuhl auf. Eine Maus habe in der Täfelung gequiekt, sagte er. Die Wahrheit sei, erklärte er, daß seine Nerven in einer Verfassung wären, in der das Quieken einer Maus sie zwei Wochen lang in Erregung versetzte. Zweifellos war das Haus voll von Ungeziefer, aber Orlando hatte es nicht gehört. Der Dichter erzählte Orlando nun die ganze vollständige Geschichte seiner Gesundheit während der letzten rund zehn Jahre. Sie war so schlecht gewesen, daß man nur staunen konnte, daß er noch lebte. Er hatte den Schlagfluß gehabt, die Gicht, den Schüttelfrost, die Wassersucht und die drei Fieberarten hintereinander; wozu ein erweitertes Herz, eine geschwollene Milz und eine kranke Leber kamen. Vor allem jedoch, erzählte er Orlando, hätte er Empfindungen in seinem Rückgrat, die sich jeder Beschreibung entzögen. Da wäre ein Wirbel, ungefähr der dritte von oben, der wie Feuer brenne; ein anderer, ungefähr der zweite von unten, sei kalt wie Eis. Manchmal erwache er mit einem Hirn wie aus Blei; andere Male sei es, als brennten in ihm tausend Wachskerzen und als würfen Leute in seinem Inneren mit Feuerwerkskörpern. Er könne ein Rosenblatt durch seine Matratze spüren, sagte er; er finde seinen Weg fast durch ganz London nur nach dem Gefühl der Pflastersteine. Alles in allem sei er eine so feinfühlige und so merkwürdig zusammengesetzte Maschine (hier hob er die Hand wie unbewußt, und in der Tat war sie von der denkbar erlesensten Form), daß er aus der Haut fahren könnte, wenn er daran denke, daß er nur fünfhundert Exemplare seines Poems verkauft habe, aber das liege natürlich zum größten Teil an dem Komplott gegen ihn. Alles, was er sagen könnte, kam er zum Schluß, wobei er mit der Faust auf den Tisch schlug, sei, daß die hohe Kunst der Poesie in England tot sei.

Wie dies möglich sein sollte, wo doch Shakespeare, Marlowe, Ben Jonson, Browne, Donne,[6] alle eben jetzt schrieben oder geschrieben hatten, konnte Orlando, der die Namen seiner liebsten Helden herunterrasselte, sich nicht denken.

Greene lachte höhnisch. Shakespeare, stimmte er zu, habe ein paar Szenen geschrieben, die gar nicht so übel seien; aber er habe sie größtenteils von Marlowe entnommen. Marlowe sei ein vielversprechender Junge gewesen, aber was könne man schon von einem Bürschchen sagen, das gestorben sei, als es noch keine Dreißig war? Was Browne angehe, der halte dafür, Gedichte in Prosa zu schreiben, und die Leute würden solcher Spielereien bald müde. Donne sei ein Gaukler, der seinen Mangel an Sinn in unverständliche Worte verpacke. Die Tölpel fielen darauf herein; aber der Stil würde in spätestens zwölf Monaten aus der Mode sein. Und was Ben Jonson angehe – Ben Jonson sei ein Freund von ihm, und er rede nie schlecht über seine Freunde.

Nein, kam er zum Schluß, das große Zeitalter der Literatur sei vorbei; das große Zeitalter der Literatur sei das griechische; das elisabethanische Zeitalter sei dem griechischen in jeder Hinsicht unterlegen. In derartigen Zeiten hegten die Menschen einen göttlichen Ehrgeiz, den er vielleicht La Gloire nennen dürfe (er sprach es Glor aus, so daß Orlando erst nicht wußte, was er meinte). Jetzt stünden die jungen Schriftsteller allesamt im Sold der Buchhändler und kritzelten jeden Schund herunter, der sich verkaufen lasse. Shakespeare sei in dieser Hinsicht der größte Übeltäter, und Shakespeare zahle auch bereits die Strafe dafür. Ihr eigenes Zeitalter, sagte er, sei gekennzeichnet von preziösen Concetti und wilden Experimenten – wovon die Griechen nichts auch nur einen Augenblick geduldet hätten. So sehr es ihn auch schmerze, dies zu sagen – denn er liebe die Literatur wie sein Leben –, er könne in der Gegenwart nichts Gutes sehen und habe keine Hoffnung für die Zukunft. Hier schenkte er sich noch ein Glas Wein ein.

Orlando war entsetzt über diese Lehren; konnte jedoch nicht umhin zu bemerken, daß der Kritiker selbst keineswegs niedergeschlagen wirkte. Im Gegenteil, je mehr er seine eigene Zeit abkanzelte, desto selbstgefälliger wurde er. Er könne sich, sagte er, an einen Abend in der Cock Tavern in der Fleet Street erinnern, als Kit Marlowe dort gewesen sei, und noch ein paar andere. Kit sei in sehr gehobener Stimmung gewesen, ziemlich betrunken, was bei ihm immer schnell ging, und in der Laune, dummes Zeug zu reden. Er könne ihn jetzt noch vor sich sehen, wie er mit seinem Glas vor der Gesellschaft herumgefuchtelt und, vom Schluckauf unterbrochen, ausgerufen habe: »Tritt mir ins Gemächte, Bill« (dies war an Shakespeare gerichtet), »aber es kommt eine große Welle, und du schwimmst ganz obenauf«, womit er sagen wollte, erklärte Greene, sie stünden noch zagend an der Schwelle eines großen Zeitalters der englischen Literatur und daß Shakespeare ein Dichter von gewisser Bedeutung werden würde. Zum Glück für ihn selbst sei er zwei Abende später bei einer Kneipenschlägerei ums Leben gekommen und habe von daher nicht miterleben müssen, was aus seiner Vorhersage geworden sei. »Armer Narr«, sagte Greene, »hinzugehen und so etwas zu sagen. Ein großes Zeitalter, fürwahr – das elisabethanische ein großes Zeitalter!«

»Und so, mein edler Lord«, fuhr er fort, sich behaglich zurücklehnend und das Weinglas zwischen den Fingern drehend, »müssen wir das Beste daraus machen, die Vergangenheit hochhalten und jene Schriftsteller ehren – es sind ja noch ein paar von ihnen da –, die sich die Antike zum Vorbild nehmen und nicht um Sold schreiben, sondern für Glor.« (Orlando hätte ihm einen besseren Akzent gewünscht.) »Glor«, sagte Greene, »ist der Ansporn edler Geister. Hätte ich eine Rente von dreihundert Pfund pro Jahr, vierteljährlich ausbezahlt, würde ich nur für Glor leben. Ich würde jeden Morgen im Bett liegen und Cicero lesen. Ich würde seinen Stil so nachahmen, daß Ihr keinen Unterschied zwischen uns ausmachen könntet. Das ist es, was ich edles Schreiben nenne«, sagte Greene; »das ist es, was ich Glor nenne. Aber man muß eine Rente haben, um dies tun zu können.«

Inzwischen hatte Orlando alle Hoffnung aufgegeben, sein eigenes Werk mit dem Dichter besprechen zu können; aber dies wurde immer unwichtiger, da die Unterhaltung sich jetzt dem Leben und den Charakteren von Shakespeare, Ben Jonson und den anderen zuwandte, die Greene allesamt nah gekannt hatte und über die er tausenderlei Anekdoten der amüsantesten Art zu erzählen wußte. Orlando hatte in seinem ganzen Leben nicht soviel gelacht. Das also waren seine Götter! Die Hälfte von ihnen war betrunken, und alle waren sie liebestoll. Die meisten von ihnen zankten sich mit ihren Frauen; nicht einer von ihnen war über eine Lüge oder eine Intrige der schäbigsten Art erhaben. Ihre Dichtungen wurden auf die Rückseiten von Wäscherechnungen gekritzelt, die Köpfe von Druckereilaufburschen als Unterlage, in der Haustür. Auf diese Weise ging Hamlet in Druck; auf diese Weise Lear; auf diese Weise Othello. Kein Wunder, wie Greene sagte, daß diese Stücke die Fehler hatten, die sie hatten. Der Rest der Zeit wurde mit Zechgelagen und Schmausereien in Tavernen und Biergärten verbracht, wo Dinge gesagt wurden, die um eines Witzwortes den Glauben hinter sich ließen, und Dinge getan wurden, gegen die die tollsten Possen der Höflinge vergleichsweise fade erschienen. All dies erzählte Greene mit einer Lebhaftigkeit, die Orlando in die höchsten Höhen des Entzückens versetzte. Er besaß ein mimisches Talent, das Tote zum Leben erweckt hätte, und konnte die wunderbarsten Dinge über Bücher sagen, vorausgesetzt, sie waren vor dreihundert Jahren geschrieben worden.

So verging die Zeit, und Orlando empfand für seinen Gast eine seltsame Mischung aus Zuneigung und Verachtung, aus Bewunderung und Mitleid und aus noch etwas anderem, das zu unbestimmt war, als daß man es mit einem einzigen Namen hätte benennen können, aber etwas von Angst an sich hatte und etwas von Faszination. Er sprach unaufhörlich von sich selbst, war aber dennoch ein so guter Gesellschafter, daß man der Geschichte seines Schüttelfrosts ewig zuhören konnte. Dann war er so geistreich; dann war er so respektlos; dann nahm er sich so viele Freiheiten heraus mit dem Namen Gottes und dem der Frauen; dann war er so voll von wundersamen Künsten und hatte so seltsame Lehren im Kopf; konnte Salat auf dreihunderterlei Arten zubereiten; wußte alles, was es über das Mischen von Weinen zu wissen gab; spielte ein halbes Dutzend Musikinstrumente und war der erste, und vielleicht der letzte, der in dem großen italienischen Kamin Käse röstete. Daß er eine Geranie nicht von einer Nelke unterscheiden konnte, eine Eiche nicht von einer Birke, eine Dogge nicht von einem Windspiel, ein zweijähriges Schaf nicht von einem Muttertier, Weizen nicht von Gerste, gepflügtes Land nicht von Brache; keine Ahnung hatte vom Fruchtwechsel; der Meinung war, Orangen wüchsen unter der Erde und weiße Rüben auf Bäumen; jedes Stadtbild jeder Landschaft vorzog – all dies und vieles mehr verwunderte Orlando, der noch nie jemandem von seiner Art begegnet war. Sogar die Mägde, die ihn verachteten, kicherten über seine Witze, und die Bedienten, die ihn verabscheuten, trödelten herum, um seine Geschichten zu hören. In der Tat war es im Hause nie so lebhaft zugegangen wie jetzt, wo er da war – was Orlando viel Stoff zum Nachdenken gab und ihn veranlaßte, diese Lebensweise mit der alten zu vergleichen. Er erinnerte sich an die Sorte von Gesprächen, an die er gewöhnt gewesen war, Gespräche über den Schlagfluß des Königs von Spanien oder das Decken einer Hündin; er besann sich, wie der Tag zwischen den Ställen und dem Ankleidekabinett verging; er erinnerte sich, wie die Lords über ihrem Wein schnarchten und jeden haßten, der sie weckte. Er besann sich, wie energisch und heldenhaft sie körperlich waren; wie träge und furchtsam im Geiste. Beunruhigt von diesen Gedanken und unfähig, ein angemessenes Gleichgewicht zu finden, kam er zu dem Schluß, daß er in sein Haus einen Plagegeist der Unruhe eingelassen hatte, der ihn nie wieder in Frieden schlafen lassen würde.

Im gleichen Augenblick kam Nick Greene zum genau entgegengesetzten Schluß. Eines schönen Morgens auf dem weichesten Pfühl und zwischen dem glattesten Linnen im Bett liegend und aus seinem Erkerfenster auf den Rasen blickend, der drei Jahrhunderte lang weder Löwenzahn noch Ampfer gesehen hatte, dachte er, daß er, wenn es ihm nicht irgendwie gelänge, die Flucht zu ergreifen, bei lebendigem Leibe ersticken würde. Als er aufstand und die Tauben gurren hörte, sich anzog und die Brunnen plätschern hörte, dachte er, daß er, wenn er nicht die Rollwagen auf dem Kopfsteinpflaster der Fleet Street poltern hören könnte, nie wieder auch nur eine einzige Zeile schreiben würde. Wenn dies hier noch lange so weitergeht, dachte er, als er den Lakaien im Nebenzimmer das Feuer schüren und den Tisch mit silbernem Geschirr decken hörte, werde ich einschlafen und (hier gab er ein gewaltiges Gähnen von sich) schlafend sterben.

So suchte er Orlando in seinem Zimmer auf und erklärte, daß er der Stille wegen die ganze Nacht über kein Auge zugetan habe. (In der Tat war das Haus von einem Park vom Umfang von fünfzehn Meilen und einer Mauer von zehn Fuß Höhe umgeben.) Stille, sagte er, sei von allen Dingen am bedrückendsten für seine Nerven. Er würde seinen Besuch, mit

Orlandos Vergunst, noch am selben Vormittag beenden. Orlando empfand eine gewisse Erleichterung darüber, jedoch auch ein großes Widerstreben, ihn gehen zu lassen. Das Haus, dachte er, würde ohne ihn sehr leblos wirken. Beim Abschied (denn er hatte das Thema die ganze Zeit über nicht erwähnen wollen) besaß er die Verwegenheit, dem Dichter sein Stück über den Tod des Herkules in die Hand zu drücken und ihn um seine Meinung dazu zu bitten. Der Dichter nahm es; murmelte etwas über Glor und Cicero, wobei Orlando ihn unterbrach, indem er versprach, die Rente vierteljährlich zu zahlen; woraufhin Greene, unter vielen Beteuerungen der Ergebenheit, in die Kutsche sprang und verschwunden war.

Die große Halle hatte nie so groß gewirkt, so prunkvoll oder so leer wie da, als das Gefährt davonrollte. Orlando wußte, daß er nie wieder das Herz haben würde, im italienischen Kamin Käse zu rösten. Er würde nie die Schlagfertigkeit besitzen, Witze über italienische Gemälde zu machen; nie das Geschick haben, Punsch so zu mischen, wie er gemischt werden müßte; tausend Sticheleien und Wortklaubereien wären für ihn verloren. Doch welche Erleichterung, außer Hörweite jener streitsüchtigen Stimme zu sein, welch ein Luxus, wieder allein zu sein, so konnte er nicht umhin zu denken, als er die Dogge freiließ, die die ganzen sechs Wochen angebunden gewesen war, weil sie den Poeten biß, sobald sie ihn sah.

Nick Greene wurde am selben Nachmittag an der Ecke Fetter Lane abgesetzt und fand alles ziemlich genauso vor, wie er es verlassen hatte. Mrs Greene, soll damit gesagt sein, brachte im einen Zimmer ein Kind zur Welt; Tom Fletcher trank in einem anderen Wacholderschnaps. Bücher lagen überall auf dem Boden herum; das Abendessen – oder was man als solches bezeichnete – wurde auf einem Ankleidetisch aufgetragen, auf dem die Kinder Schlammkuchen gebacken hatten. Aber dies, so fühlte Greene, war die Atmosphäre zum Schreiben; hier konnte er schreiben, und schreiben tat er. Das Thema war für ihn wie geschaffen. Ein edler Lord daheim. Besuch bei einem Edelmann auf dem Lande – sein neues Poem würde so oder so ähnlich heißen. Die Feder ergreifend, mit der sein kleiner Sohn die Katze am Ohr kitzelte, und sie in den Eierbecher tunkend, der als Tintenfaß diente, kritzelte Greene auf der Stelle eine überaus geistvolle Satire herunter. Sie war so treffend, daß niemand daran zweifeln konnte, daß der junge Lord, der hier geröstet wurde, Orlando war; seine intimsten Aussprüche und Handlungen, seine Begeisterungen und Narreteien, bis hin zur exakten Farbe seiner Haare und seiner fremdländischen Art, das R zu rollen, waren vorhanden wie aus dem Leben gegriffen. Und falls es doch einen Zweifel gegeben hätte, pointierte Greene die Sache dadurch, daß er, praktisch ohne jede Verbrämung, Passagen aus jener aristokratischen Tragödie einfließen ließ, dem Tod des Herkules, die er, ganz wie zu erwarten, über die Maßen weitschweifig und bombastisch fand.

Das Pamphlet, das sofort mehrere Auflagen erreichte und die Kosten für Mrs Greenes zehntes Kindbett deckte, wurde bald von Freunden, die sich solche Dinge angelegen sein lassen, an Orlando selbst geschickt. Als er es gelesen hatte, was er mit tödlicher Gefaßtheit von Anfang bis Ende tat, klingelte er nach dem Bedienten; übergab ihm das Dokument am Ende einer Zange; hieß ihn, es in das schmutzigste Herz des stinkendsten Misthaufens auf dem ganzen Anwesen zu werfen. Dann, als der Mann sich zum Gehen anschickte, hielt er ihn zurück, »Nimm das schnellste Pferd im Stall«, sagte er, »reite nach Harwich, als gelte es dein Leben. Geh dort an Bord eines Schiffes, welches du für Norwegen bestimmt findest. Kaufe mir aus des Königs eigenen Zwingern die edelsten Elchhunde der königlichen Zucht, männlich und weiblich. Bring sie ohne Aufenthalt zurück. Denn«, murmelte er kaum hörbar, als er sich seinen Büchern zuwandte, »ich bin fertig mit den Menschen.«

Der Bediente, der in seinen Pflichten vollendet geschult war, verneigte sich und verschwand. Er erfüllte seine Aufgabe so tadellos, daß er auf den Tag drei Wochen später zurück war, an der Hand eine Koppel der edelsten Elchhunde führend, von denen der eine, das Weibchen, noch in derselben Nacht unter dem Eßtisch einen Wurf von acht prachtvollen Welpen zur Welt brachte. Orlando ließ sie in sein Schlafgemach bringen.

»Denn«, sagte er, »ich bin fertig mit den Menschen.«

Nichtsdestoweniger zahlte er die Rente vierteljährlich.

So hatte, im Alter von rund dreißig Jahren, dieser junge Edelmann nicht nur jede Erfahrung gemacht, welche das Leben zu bieten hat, sondern auch die Wertlosigkeit aller gesehen. Liebe und Ehrgeiz, Frauen und Dichter waren alle gleichermaßen eitel. Die Literatur war eine Farce. Am

Abend des Tages, an dem er Greenes ›Besuch bei einem Edelmann auf dem Lande‹ gelesen hatte, verbrannte er in einem großen Feuer siebenundfünfzig poetische Werke und behielt nur den »Eich-Baum« zurück, der sein jungenhafter Traum und sehr kurz war. Einzig zwei Dinge blieben ihm, in die er jetzt noch Vertrauen setzte: die Hunde und die Natur; ein Elchhund und ein Rosenstrauch. Die Welt in all ihrer Verschiedenartigkeit, das Leben in all seiner Komplexität waren darauf zusammengeschrumpft. Hunde und ein Strauch waren alles, was blieb. Sich solchermaßen frei fühlend von einem gewaltigen Berg von Illusionen, und folglich sehr nackt, rief er seine Hunde zu sich und streifte durch den Park.

So lange hatte er, schreibend und lesend, zurückgezogen gelebt, daß er die Annehmlichkeiten der Natur halb vergessen hatte, die im Juni groß sein können. Als er jene hohe Kuppe erreichte, von der aus man an schönen Tagen halb England und dazu noch ein Stück Wales und Schottland sehen kann, warf er sich unter seiner Lieblingseiche auf die Erde und fühlte, daß er, sofern er solange er lebte nie wieder mit einem anderen Mann oder einer anderen Frau sprechen müßte; sofern seine Hunde nicht die Fähigkeit des Sprechens entwickelten; sofern er nie wieder einem Dichter oder einer Prinzessin begegnen mußte, die ihm verbleibenden Jahre in erträglicher Zufriedenheit würde verbringen können.

Hierher kam er also, Tag für Tag, Woche für Woche, Monat für Monat, Jahr für Jahr. Er sah die Buchen golden werden und die jungen Farne sich entrollen; er sah den Mond sichelig und dann rund; er sah – aber wahrscheinlich kann sich der Leser die Passage, die nun folgen sollte, selbst vorstellen, und wie jeder Baum und jede Pflanze der Umgebung erst als grün beschrieben wird, dann als golden; wie die Monde auf- und die Sonnen untergehen; wie der Frühling auf den Winter und der Herbst auf den Sommer folgt; wie die Nacht nach dem Tag und der Tag nach der Nacht kommt; wie es erst ein Gewitter gibt und dann schönes Wetter; wie die Dinge zwei- oder dreihundert Jahre lang mehr oder weniger bleiben, wie sie sind, bis auf ein bißchen Staub und ein paar Spinnweben, die eine einzige alte Frau in einer halben Stunde zusammenfegen kann; eine Schlußfolgerung, die, das kann man nicht umhin zu fühlen, schneller hätte erreicht werden können durch die schlichte Feststellung, daß »Die Zeit verging« (hier könnte die genaue Spanne in Klammern angegeben werden) und nicht das Geringste geschah.

Aber leider hat die Zeit, obwohl sie Tiere und Pflanzen mit erstaunlicher Pünktlichkeit blühen und vergehen läßt, keine derart einfache Wirkung auf den menschlichen Geist. Überdies wirkt der menschliche Geist mit gleicher Seltsamkeit auf den Körper der Zeit ein. Eine Stunde kann, sobald sie sich im wunderlichen Element des menschlichen Geistes eingenistet hat, auf das Fünfzig- oder Hundertfache ihrer Uhrenlänge gedehnt werden; andererseits kann eine Stunde auf dem Zeitmesser des Geistes akkurat durch eine einzige Sekunde wiedergegeben werden. Diese außergewöhnliche Diskrepanz zwischen der Zeit auf der Uhr und der Zeit im Geist ist weniger bekannt, als sie es sein sollte, und verdiente ausführlichere Untersuchung. Aber der Biograph, dessen Interessen, wie wir bereits gesagt haben, in hohem Maße begrenzt sind, muß sich auf eine einfache Feststellung beschränken: Wenn ein Mann das Alter von dreißig Jahren erreicht hat, wie Orlando es nun hatte, wird die Zeit, wenn er denkt, übermäßig lang; wenn er handelt, wird sie übermäßig kurz. So gab Orlando seine Anweisungen und erledigte die Geschäfte seiner riesigen Anwesen im Nu; aber sobald er allein auf dem Hügel unter der Eiche war, fingen die Sekunden an, sich zu runden und zu füllen, bis es schien, als würden sie niemals fallen. Überdies füllten sie sich mit der merkwürdigsten Vielzahl von Gegenständen. Denn nicht nur fand er sich konfrontiert mit Problemen, die den Weisesten unter den Menschen Rätsel aufgegeben haben, wie, Was ist Liebe? Was Freundschaft? Was Wahrheit?, sondern sobald er sich daran machte, über sie nachzudenken, eilte seine ganze Vergangenheit, die ihm von extremer Länge und Verschiedenartigkeit schien, in die fallende Sekunde hinein, blähte sie zum Dutzendfachen ihrer natürlichen Größe auf, färbte sie in tausend Schattierungen und füllte sie mit dem ganzen Sammelsurium des Universums.

In solchem Denken (oder wie immer man es nennen soll) brachte er Monate und Jahre seines Lebens hin. Es wäre keine Übertreibung, zu sagen, daß er nach dem Frühstück als Mann von dreißig aus dem Haus ging und zum Abendessen als Mann von mindestens fünfundfünfzig nach Hause kam. Manche Wochen fügten seinem Alter ein Jahrhundert hinzu, andere nicht mehr als höchstens drei Sekunden. Alles in allem übersteigt die Aufgabe, die Länge des menschlichen Lebens abzuschätzen (von dem der Tiere zu sprechen, maßen wir uns nicht an), unsere Fähigkeiten, denn sobald wir sagen, daß es Jahrhunderte währt, werden wir daran erinnert, daß es kürzer ist als das Fallen eines Rosenblattes auf die Erde. Von den beiden Kräften, die abwechselnd und, was noch verwirrender ist, gleichzeitig unsere unglückseligen Starrköpfe beherrschen – Kürze und Dauer –, stand Orlando manchmal unter dem Einfluß der elefantenfüßigen Gottheit, dann unter dem der mückenflügeligen Fliege. Das Leben erschien ihm von ungeheuerlicher Länge. Dennoch verging es wie ein Blitz. Aber selbst wenn es sich am längsten dehnte und die Augenblicke aufs größte anschwollen und er in Wüsten weiter Ewigkeit allein zu wandern schien, war keine Zeit für das Glätten und Entziffern jener dicht beschriebenen Pergamente, die dreißig Jahre unter Männern und Frauen in seinem Herzen und seinem Hirn eng zusammengerollt hatten. Lange bevor er damit fertig war, über die Liebe nachzudenken (die Eiche hatte im Verlauf dieses Prozesses ein dutzend Mal Blätter getrieben und sie auf den Boden geschüttelt), drängte der Ehrgeiz sie aus dem Feld, um durch die Freundschaft oder die Literatur ersetzt zu werden. Und da die erste Frage nicht gelöst worden war – Was ist Liebe? –, kam sie beim geringsten oder auch gar keinem Anlaß zurück und scheuchte Bücher oder Metaphern oder Wofür Man Lebt zur Seite, wo sie warteten, bis sie ihre Gelegenheit gekommen sahen, wieder aufs Feld zurückzustürmen. Was den Prozeß noch länger machte, war die Tatsache, daß er verschwenderisch illustriert war, nicht nur mit Bildern, wie dem der alten Königin Elizabeth, wie sie in rosenfarbenem Brokat ausgestreckt auf ihrer gobelingestickten Couch lag, eine elfenbeinerne Schnupftabakdose in der Hand und einen Degen mit goldenem Heft an der Seite, sondern mit Gerüchen – sie war stark parfümiert – und mit Geräuschen; die Hirsche röhrten an jenem Wintertag in Richmond Park. Und so war der Gedanke an die Liebe über und über bernsteinüberzogen mit Schnee und Winter; mit brennenden Holzfeuern; mit russischen Frauen, goldenen Degen und dem Röhren der Hirsche; mit dem Gesabber des alten Königs James und Feuerwerken und Säcken voller Schätze in den Laderäumen elisabethanischer Segelschiffe. Jedes einzelne Ding, sobald er versuchte, es von seinem Platz in seinem Gedächtnis zu lösen, fand er so mit anderen Stoffen beschwert wie das Stück Glas, das nach einem Jahr auf dem Grund des Meeres von Gräten und Libellen überwachsen ist, und von Münzen und den Flechten ertrunkener Frauen.

»Noch eine Metapher, beim Zeus!« rief er aus, als er dies sagte (was die ungeordnete und umständliche Art und Weise aufzeigt, in der sein Geist arbeitete, und erklärt, wieso der Eich-Baum so oft grünte und verblich, bevor er zu einer Schlußfolgerung über die Liebe kam). »Und wozu soll sie gut sein?« fragte er sich. »Warum nicht einfach klipp und klar sagen –«, und dann versuchte er, eine halbe Stunde lang darüber nachzudenken – oder waren es zweieinhalb Jahre? –, wie man einfach klipp und klar sagt, was Liebe ist. »Eine derartige Redefigur ist offenkundig unwahr«, argumentierte er, »denn keine Libelle könnte, außer unter sehr ungewöhnlichen Umständen, auf dem Grund des Meeres leben. Und wenn die Literatur nicht die Braut und Bettgenossin der Wahrheit ist, was ist sie dann? Zum Teufel damit«, rief er, »warum Bettgenossin sagen, wenn man bereits Braut gesagt hat? Warum nicht einfach sagen, was man meint, und es damit gut sein lassen?«

So versuchte er denn zu sagen, das Gras sei grün und der Himmel sei blau, und auf diese Weise den strengen Geist der Dichtung günstig zu stimmen, den zu verehren, wenn auch aus großer Entfernung, er noch immer nicht umhinkonnte. »Der Himmel ist blau«, sagte er, »das Gras ist grün.« Den Blick hebend, sah er, daß, ganz im Gegenteil, der Himmel wie die Schleier ist, die tausend Madonnen von ihrem Haar haben fallen lassen; und das Gras eilt und dunkelt wie eine Schar Mädchen auf der Flucht vor den Umarmungen haariger Satyrn aus verzauberten Wäldern. »Auf mein Wort«, sagte er (denn er hatte die üble Gewohnheit angenommen, laut mit sich selbst zu reden), »ich sehe nicht, daß das eine wahrer ist als das andere. Beide sind gänzlich falsch.« Und er verzweifelte an seiner Fähigkeit, das Problem zu lösen, was Dichtung sei und was Wahrheit, und verfiel in tiefe Niedergeschlagenheit.

Hier mögen wir uns eine Pause in seinem Selbstgespräch zunutze machen, um darüber nachzudenken, wie seltsam es war, Orlando an einem Junitag da auf dem Ellbogen hingestreckt zu sehen, und darüber, daß dieser prächtige Mensch, der all seiner Sinne mächtig war und einen gesunden Körper besaß, als Zeugen seien Wangen und Glieder genannt – ein Mann, der nicht zweimal überlegte, wenn es darum ging, einen Angriff anzuführen oder ein Duell auszufechten –, so der Lethargie des Gedankens anheimfallen und dadurch so empfindlich gemacht werden sollte, daß er, wenn es um die Frage der Dichtung ging, oder um seine eigenen Fähigkeiten auf diesem Gebiet, so schüchtern war wie ein kleines Mädchen hinter der Katentür seiner Mutter. Unserer Meinung nach schmerzte Greenes Verhöhnung seiner Tragödie ihn ebensosehr wie der Prinzessin Verhöhnung seiner Liebe. Aber zurück –

Orlando dachte weiter nach. Er blickte weiter auf das Gras und auf den Himmel und versuchte sich vorzustellen, was ein richtiger Dichter, dessen Verse in London veröffentlicht werden, über sie sagen würde. Unterdessen hielt die Erinnerung (deren Gewohnheiten bereits beschrieben wurden) ihm unablässig das Gesicht Nicholas Greenes vor Augen, als wäre dieser hämische Mann mit der losen Zunge, so verräterisch er sich auch erwiesen hatte, die Muse in Person und als wäre er es, dem Orlando huldigen müßte. Und so offerierte Orlando ihm an jenem Sommermorgen eine Vielzahl von Redewendungen, manche schlicht, andere geschmückt, und Nick Greene schüttelte den Kopf und höhnte und murmelte etwas von Glor und Cicero und dem Tod der Poesie in unserer Zeit. Zuletzt sprang Orlando auf die Füße (es war jetzt Winter und sehr kalt) und schwor einen der bemerkenswertesten Eide seines Lebens, denn er zwang ihn in eine Knechtschaft, wie es eine strengere nicht gibt. »Ich will verdammt sein«, sagte er, »wenn ich je wieder auch nur ein Wort schreibe oder versuche, auch nur ein Wort zu schreiben, um Nick Greene oder der Muse zu gefallen. Schlecht, gut oder indifferent; von diesem Tage an werde ich mir selbst zu Gefallen schreiben«; und hier tat er so, als risse er einen ganzen Packen Papiere in der Mitte durch und schleuderte sie diesem höhnischen Mann mit der losen Zunge ins Gesicht. Woraufhin, so wie ein Köter sich duckt, wenn man sich bückt, um einen Stein nach ihm zu werfen, die Erinnerung ihr Bildnis Nick Greenes außer Sicht duckte; und es ersetzte durch – rein gar nichts.

Aber Orlando dachte dennoch weiter nach. Er hatte in der Tat über vieles nachzudenken. Denn als er das Pergament zerriß, zerriß er gleichzeitig auch die verschnörkelte, mit Wappenbildern verzierte Schriftrolle, die er sich in der Einsamkeit seines Zimmers ausgestellt hatte und darin er sich, so wie der König Gesandte ernennt, zum ersten Dichter seines Hauses ernannte, zum ersten Schriftsteller seines Zeitalters, seiner Seele ewige Unsterblichkeit verlieh und seinem Leib ein Grab unter Lorbeerbäumen und den unantastbaren Bannern der Verehrung eines ganzen Volkes auf alle Zeit sicherte. So beredt dies alles war, jetzt zerriß er es und warf es in den Ascheimer. »Ruhm«, sagte er, »ist wie« (und da es keinen Nick Greene gab, ihm Einhalt zu gebieten, fuhr er fort, in Bildern zu schwelgen, von denen wir nun ein oder zwei der sanftesten auswählen wollen) »ein betreßter Rock, der die Glieder einengt; eine Jacke aus Silber, die das Herz ankettet; ein bemalter Schild, der eine Vogelscheuche verdeckt« etc. etc. Der Kern seiner Phrasen war, daß, während der Ruhm hindert und hemmt, das Unbekanntsein sich wie ein Nebel um einen Mann hüllt; das Unbekanntsein ist dunkel, weit und frei; das Unbekanntsein läßt den Geist seinen Weg ungehindert gehen. Über den unbekannten Mann ergießt sich die barmherzige Fülle der Dunkelheit. Keiner weiß, wohin er geht oder woher er kommt. Er mag die Wahrheit suchen und aussprechen; er allein ist frei; er allein ist wahrhaftig; er allein lebt in Frieden. Und so versank er in eine Stimmung der Ruhe, unter der Eiche, deren harte Wurzeln, die über der Erde frei lagen, ihm eher behaglich als umgekehrt erschienen.

Lange Zeit in tiefgründige Gedanken versunken über den Wert des Unbekanntseins und den Genuß, keinen Namen zu haben, sondern zu sein wie eine Welle, die in den tiefen Leib des Meeres zurückkehrt; darüber nachdenkend, wie das Unbekanntsein den Geist freimacht vom Kitzel des Neids und der Niedertracht; wie es in den Adern die freien Wasser der Freigebigkeit und der Großmut zum Fließen bringt und Geben und Nehmen verstattet, ohne daß Dank geboten oder Lob gespendet wird; was die Art aller großen Dichter gewesen sein mußte, so nahm er an (obwohl seine Kenntnis des Griechischen nicht groß genug war, dies zu bestätigen), denn, dachte er, Shakespeare mußte so geschrieben und die Kirchenbaumeister mußten so gebaut haben, anonym, keinen Dank und keinen Namen brauchend, sondern nur ihre Arbeit am Tag und ein wenig Bier vielleicht am Abend – »Was für ein bewundernswertes Leben dies doch ist«, dachte er, seine Glieder unter der Eiche ausstreckend. »Und warum es nicht in ebendiesem Augenblick genießen?« Der Gedanke traf ihn wie eine Kugel. Der Ehrgeiz stürzte wie ein Bleigewicht. Befreit vom Herzach verschmähter Liebe und zurückgewiesener Eitelkeit und all der anderen

Stiche und Stachel, die das Nesselbett des Lebens ihm aufgebrannt hatte, als er ehrgeizig war nach Ruhm – einem, dem der Glorienschein gleichgültig geworden war –, jedoch nicht länger zufügen konnte, öffnete er die Augen, die die ganze Zeit über weit offen gewesen waren, aber nur Gedanken gesehen hatten, und sah, in der Senke unter sich liegend, sein Haus.

Dort lag es im frühen Sonnenschein des Frühlings. Es sah eher wie eine Stadt aus denn wie ein Haus, aber eine Stadt, die nicht kreuz und quer erbaut war, wie dieser Mann es wünschte oder jener, sondern mit Umsicht, von einem einzigen Baumeister mit einer einzigen Vorstellung im Kopf. Höfe und Gebäude, grau, rot, pflaumenfarben, lagen ordentlich und symmetrisch da; die Höfe waren zum einen Teil länglich, zum anderen quadratisch; in diesem war ein Brunnen; in jenem eine Statue; die Gebäude waren zum einen Teil flach, zum anderen spitz; hier war eine Kapelle, dort ein Glockenturm; Flächen des grünsten Grases lagen dazwischen, und Gehölze von Zedernbäumen und Beete mit leuchtenden Blumen; alle waren eingefaßt – doch alles war so gut angelegt, daß jeder Teil Raum zu haben schien, sich auszubreiten, wie es ihm entsprach – vom Wulst einer mächtigen Mauer; während Rauch aus unzähligen Schornsteinen sich unaufhörlich in die Luft kräuselte. Dieses gewaltige und doch geordnete Bauwerk, das tausend Menschen und vielleicht zweitausend Pferden Unterkunft bieten konnte, war, dachte Orlando, erbaut worden von Werkleuten, deren Namen unbekannt sind. Hier haben, seit mehr Jahrhunderten, als ich zählen kann, die unbekannten Generationen meiner eigenen unbekannten Familie gelebt. Kein einziger von diesen Richards, Johns, Annes, Elizabeths hat ein Zeichen von sich hinterlassen, und doch haben sie alle, zusammenwirkend mit ihren Spaten und ihren Nadeln, ihrem Liebemachen und Kindergebären, dies hinterlassen.

Nie hatte das Haus edler und menschlicher ausgesehen.

Wieso also hatte er gewünscht, sich über sie zu erheben? Denn es schien über die Maßen eitel und arrogant, dieses namenlose Schöpfungswerk verbessern zu wollen; die Mühen jener verschwundenen Hände. Es war besser, unbekannt zu bleiben und einen Gewölbebogen zu hinterlassen, einen Gartenschuppen, eine Mauer, an der Pfirsiche reifen, als wie ein Meteor zu glühen und keinen Staub zurückzulassen. Denn schließlich, sagte er, und es wurde ihm warm ums Herz, als er das große Haus auf dem Grün unter sich betrachtete, hatten die unbekannten Lords und Ladies, die dort lebten, nie vergessen, etwas für jene zur Seite zu legen, die nach ihnen kamen; für das Dach, das undicht werden; für den Baum, der fallen würde. Immer gab es eine warme Ecke für den alten Schäfer in der Küche; immer Essen für die Hungrigen; immer waren ihre Becher poliert, auch wenn sie krank lagen; und ihre Fenster waren erleuchtet, auch wenn sie im Sterben lagen. Obwohl sie Lords waren, waren sie es zufrieden, mit dem Maulwurfsfänger und dem Steinmetz in das Unbekanntsein einzugehen. Unbekannte Edelleute, vergessene Baumeister – so sprach er sie mit einer Wärme an, die jene Kritiker Lügen strafte, die ihn kalt nannten, indifferent, träge (denn die Wahrheit ist, daß eine Eigenschaft oft genau auf der anderen Seite der Mauer liegt, vor der wir sie suchen) – so sprach er sein Haus und seine Familie in Ausdrücken der bewegendsten Beredsamkeit an; aber als es zur Peroratio kam – und was für Beredsamkeit ist das, der die Peroratio fehlt? –, geriet er ins Stocken. Er hätte gerne mit einer Schlußfloskel etwa in dem Sinne geendet, daß er in ihre Fußstapfen treten und ihrem Bauwerk einen weiteren Stein hinzufügen wolle. Da das Bauwerk jedoch schon neun Morgen bedeckte, schien es überflüssig, auch nur einen einzigen Stein hinzuzufügen. Konnte man in einer Peroratio von Mobiliar sprechen? Konnte man von Stühlen und Tischen und Läufern reden, die vor den Betten der Menschen lägen? Denn was immer die Peroratio benötigte, dies war es, woran es dem Haus mangelte. Seine Rede für den Augenblick unbeendet lassend, schritt er den Hügel wieder hinunter, entschlossen, sich hinfort der Ausstattung des Herrenhauses zu widmen. Die Neuigkeit – nämlich daß sie ihn unverzüglich aufsuchen möchte – trieb der guten, alten Mrs Grimsditch, die inzwischen recht betagt war, die Tränen in die Augen. Gemeinsam wanderten sie durch das Haus.

Dem Trockengestell im Schlafzimmer des Königs (»und das war König Jamie, Mylord«, sagte sie, womit sie andeuten wollte, daß mancher Tag vergangen war, seit ein König unter ihrem Dach geschlafen hatte; aber die verhaßten Tage des Parlaments waren vorbei, und es gab jetzt wieder eine Krone in England) fehlte ein Bein; es gab keine Ständer für die Waschkrüge in der kleinen Kammer, die in den Warteraum des Pagen der Herzogin führte; Mr Greene hatte mit seinem ekligen Pfeiferauchen einen Fleck auf den Teppich gemacht, den sie und Judy trotz allem Schrubben nie hatten auswaschen können. In der Tat, als Orlando sich daran machte, die Ausstattung jedes einzelnen der dreihundertfünfundsechzig Schlafzimmer, die das Haus enthielt, mit Rosenholzstühlen und Zedernholzschränken, mit silbernen Becken, Porzellanschalen und persischen Teppichen zu berechnen, sah er, daß das nicht leicht sein würde; und wenn einige tausend Pfund seines Vermögens überblieben, würden diese kaum für mehr reichen, als ein paar Galerien mit Tapisserien auszuhängen, den Speisesaal mit schönen geschnitzten Stühlen auszustaffieren und Spiegel von massivem Silber und Stühle von demselben Metall (für das er eine unmäßige Leidenschaft hegte) für die Möblierung der königlichen Schlafgemächer bereitzustellen.

Er machte sich nun ernstlich an die Arbeit, wie wir über jeden Zweifel hinaus beweisen können, wenn wir uns seine Rechnungsbücher ansehen. Werfen wir einen Blick auf eine Aufstellung dessen, was er zu dieser Zeit kaufte, wobei die Ausgaben am Rand in Rechnung gelegt wurden – aber diese lassen wir aus.

Für fünfzig Paar spanischer Decken, dito Vorhänge aus karminrotem und weißem Taft; die Volants aus weißem Satin bestickt mit karminroter und weißer Seide . . .

Für siebzig gelbe Satinstühle und sechzig Schemel, mit Steifleinenschonern, passend zu allen . . .

Für siebenundsechzig Tische von Walnußholz . . .

Für siebzehn Dutzend Kisten, von denen ein jedes Dutzend fünf Dutzend venezianischer Gläser enthält . . .

Für einhundertundzwei Läufer, ein jeglicher dreißig Ellen lang . . .

Für siebenundneunzig Kissen aus karminrotem Damast, eingelegt mit silberner Pergamentspitze, und Fußschemel aus Silberlamé und ebensolche Stühle . . .

Für fünfzig Leuchter à ein Dutzend Lichter . . .«

Schon – es ist eine Wirkung, die Listen auf uns haben – fangen wir an zu gähnen. Aber wenn wir aufhören, so nur, weil der Katalog langweilig, nicht weil er zu Ende ist. Es gibt neunundneunzig weitere Seiten davon, und die gesamte aufgewendete Summe belief sich auf viele Tausende –

das heißt Millionen in unserem Geld. Und wenn sein Tag auf diese Weise verbracht war, konnte Lord Orlando am Abend dabei angetroffen werden, wie er ausrechnete, was es kosten würde, eine Million Maulwurfshügel einzuebnen, wenn man den Männern zehn Pence die Stunde zahlte; und wiederum, wie viele Zentner Nägel zu fünfeinhalb Pence das Gill gebraucht würden, um den Zaun rings um den Park zu reparieren, der fünfzehn Meilen im Umfang maß. Und so weiter und so weiter.

Die Geschichte ist langweilig, sagen wir, denn ein Schrank ist so ziemlich wie der andere, und ein Maulwurfshügel nicht sehr verschieden von einer Million. Einige angenehme Reisen kostete es ihn, und einige hübsche Abenteuer. Wie zum Beispiel, als er eine ganze Stadt blinder Frauen in der Nähe von Brügge beauftragte, Behänge für ein Bett mit silbernem Baldachin zu sticken; und die Geschichte seines Abenteuers mit einem Mohren in Venedig, dem er (aber nur mit Hilfe des gezogenen Degens) sein lackiertes Kabinettschränkchen abkaufte, könnte sich, in anderen Händen, als des Erzählens wert erweisen. Noch fehlte es der Arbeit an Abwechslung; denn hier kamen zum Beispiel, gezogen von Gespannen aus Sussex, große Bäume, die in der Mitte durchgesägt und in der Galerie als Boden verlegt werden sollten; und dann eine Truhe aus Persien, vollgestopft mit Wolle und Sägespänen, der er, zu guter Letzt, einen einzigen Teller entnahm, oder einen Topasring.

Schließlich jedoch war in den Galerien nicht Raum für einen weiteren Tisch; nicht Raum auf den Tischen für ein weiteres Kabinettschränkchen; nicht Raum im Kabinettschränkchen für eine weitere Rosenschale; nicht Raum in der Schale für eine weitere Handvoll duftender Kräuter; es war nirgends mehr Raum für irgend etwas; kurzum, das Haus war möbliert. Im Garten wuchsen Schneeglöckchen, Krokusse, Hyazinthen, Magnolien, Rosen, Lilien, Astern, die Dahlie in all ihren Arten, Birnbäume und Apfelbäume und Kirschbäume und Maulbeerbäume, dazu eine ungeheure Zahl seltener und blühender Sträucher, immergrüner und winterharter Bäume, so dicht Wurzel an Wurzel, daß es kein Stück Erde ohne ihre Blüten und kein Stück Rasen ohne ihren Schatten gab. Überdies hatte er Wildgeflügel mit buntem Gefieder importiert, und zwei malaiische Bären, unter deren verdrießlichem Wesen sich, dessen war er gewiß, treue Herzen verbargen.

Alles war jetzt fertig; und wenn es Abend war und die unzähligen Silberleuchter angezündet waren und der leise Luftzug, der auf immer und ewig durch die Galerien strich, den blauen und grünen Wandteppich bewegte, so daß es aussah, als ritten die Jäger und als fliehe Daphne; wenn das Silber glänzte und der Lack schimmerte und das Holz flammte; wenn die geschnitzten Sessel ihre Arme ausstreckten und Delphine über die Wände schwammen mit Meerjungfrauen auf ihren Rücken; nachdem all dies und viel mehr als dies vollendet und nach seinem Gefallen war, wanderte Orlando, gefolgt von seinen Elchhunden, durch das Haus und fühlte sich zufrieden. Jetzt hatte er, dachte er, Stoff, die Peroratio zu füllen. Vielleicht wäre es gut, die Rede noch einmal von vorn zu beginnen. Doch als er durch die Galerien schritt, fühlte er, daß noch immer etwas fehlte. Stühle und Tische, wie reich vergoldet und geschnitzt auch immer, Sofas, die auf Löwenklauen ruhten, unter denen sich Schwanenhälse bogen, Betten selbst aus den allerfeinsten Schwanendaunen sind in sich selbst noch nicht genug. Menschen, die auf ihnen sitzen, Menschen, die in ihnen liegen, verbessern sie auf erstaunliche Weise. Folglich begann Orlando jetzt eine Serie sehr glanzvoller Feste für den hohen und niederen Adel der Umgebung. Die dreihundertundfünfundsechzig Schlafzimmer waren jeweils einen Monat lang voll belegt. Gäste drängten sich in den zweiundfünfzig Treppenhäusern. Dreihundert Bediente hantierten geschäftig in den Anrichten. Bankette fanden fast jeden Abend statt. So hatte Orlando in nur sehr wenigen Jahren den Velours seines Samts abgescheuert und die Hälfte seines Vermögens ausgegeben; aber er hatte sich die hohe Meinung seiner Nachbarn erworben, bekleidete eine Unzahl von Ämtern in der Grafschaft und wurde alljährlich mit etwa einem Dutzend Werken beschenkt, die Seiner Lordschaft in ziemlich schwülstigen Wendungen von dankbaren Poeten gewidmet waren. Denn obwohl er sorgfältig darauf bedacht war, zu jener Zeit keinen Umgang mit Schriftstellern zu pflegen, und sich von Damen ausländischen Geblüts immer fernhielt, war er dennoch sowohl Frauen als auch Poeten gegenüber übermäßig freigebig, und beide beteten ihn an.

Aber wenn die Feste ihren Höhepunkt erreichten und seine Gäste schwelgten, neigte er dazu, sich allein in sein Privatgemach zurückzuziehen. Dort, wenn die Tür geschlossen und er sicher war, ungestört zu sein, holte er ein altes Schreibheft hervor, das mit Seide, die er aus dem Nähkästchen seiner Mutter gestohlen hatte, geheftet war und auf dem in runder Schulknabenschrift der Titel geschrieben stand, »Der Eich-Baum, Ein Gedicht«. Dort hinein schrieb er, bis es Mitternacht schlug und bis lange danach. Aber da er ebenso viele Zeilen auskratzte, wie er hineinschrieb, war ihre Summe zum Ende eines Jahres oftmals eher geringer als zu Anfang, und es hatte den Anschein, als würde das Gedicht im Prozeß des Geschriebenwerdens vollständig ungeschrieben werden. Denn es steht dem Literaturhistoriker an, zu bemerken, daß er seinen Stil verblüffend geändert hatte. Seine Blumigkeit war gemäßigt; seine Überfülle gezügelt; das Zeitalter der Prosa ließ jene warmen Quellen erstarren. Auch die Landschaft draußen war weniger mit Girlanden behängt, und die Dornenhecken selbst waren weniger dornig und verschlungen. Vielleicht waren die Sinne etwas dumpfer und Honig und Rahm weniger verführerisch für den Gaumen. Auch daß die Straßen mit besseren Abflüssen und die Häuser mit besserer Beleuchtung ausgestattet waren, hatte seine Wirkung auf den Stil, wie nicht bezweifelt werden kann.

Eines Tages fügte er unter enormen Mühen ein oder zwei Zeilen dem »Eich-Baum, Ein Gedicht« hinzu, als ein Schatten seinen Augenwinkel durchquerte. Es war aber kein Schatten, wie er bald sah, sondern die Gestalt einer sehr hoch gewachsenen Dame in Reithut und Mantel, die das Hofgeviert überquerte, auf das sein Gemach hinausging. Da dies der privateste der Höfe war, und die Dame eine Fremde für ihn, wunderte sich Orlando, wie sie hierher gekommen sei. Drei Tage später erschien dieselbe Erscheinung abermals; und erschien am Mittwoch ein weiteres Mal. Dieses Mal war Orlando entschlossen, ihr zu folgen, noch hatte sie offensichtlich Angst davor, entdeckt zu werden, denn sie verlangsamte ihre Schritte, als er sich ihr näherte, und sah ihm geradewegs ins Gesicht. Jede andere Frau, die so auf dem privaten Grund und Boden eines Lords ertappt worden wäre, hätte Angst gehabt; jede andere Frau mit solchem Gesicht, solchem Kopfputz und Aussehen hätte sich die Mantille über die Schultern geworfen, um es zu verhüllen. Denn diese Dame glich nichts so sehr wie einem Hasen; einem aufgeschreckten, aber verstockten Hasen; einem Hasen, dessen Ängstlichkeit von einer immensen und törichten Kühnheit übertroffen wird; einem Hasen, der hoch aufgerichtet sitzt und seinen Verfolger mit großen, hervorquellenden Augen anglotzt; mit aufgestellten, aber zitternden Ohren, mit vorgereckter, aber zuckender Nase. Dieser Hase war überdies sechs Fuß groß und trug zu allem Überfluß einen Kopfputz von ziemlich veralteter Art, der die Dame noch größer aussehen ließ. Derart gestellt, starrte sie Orlando mit einem Starren an, in dem Ängstlichkeit und Kühnheit sich aufs merkwürdigste vereinten.

Zunächst bat sie ihn, mit einem korrekten, aber etwas unbeholfenen Knicks, ihr Eindringen zu verzeihen. Dann, sich wieder zu ihrer vollen Höhe aufrichtend, die etwas über sechs Fuß zwei Zoll betragen haben mußte, fuhr sie fort und sagte – aber mit einem solchen Gegacker nervösen Lachens, so viel Hihi und Haha, daß Orlando dachte, sie müsse aus einem Narrenhaus entkommen sein –, sie sei die Erzherzogin Harriet Griselda von Finster-Aarhorn und Scand-op-Boom in rumänischen Landen. Sie habe vor allem anderen den Wunsch, seine Bekanntschaft zu machen, sagte sie. Sie habe über einem Bäckerladen am Parktor Logis genommen. Sie habe sein Bildnis gesehen, und es sei das genaue Ebenbild einer Schwester von ihr, die – hier lachte sie schallend – seit langem tot sei. Sie besuche den englischen Hof. Die Königin sei ihre Cousine. Der König sei ein ganz prachtvoller Bursche, begebe sich jedoch nur selten nüchtern zu Bett. Hier hihite und hahate sie wieder. Kurzum, es blieb nichts anderes zu tun, als sie ins Haus zu bitten und ihr ein Glas Wein einzuschenken.

Drinnen gewann ihr Verhalten die Hauteur zurück, die einer rumänischen Erzherzogin natürlich ist; und hätte sie nicht eine Kenntnis an Weinen an den Tag gelegt, die bei einer Dame selten ist, und einige Bemerkungen über Feuerwaffen und die Bräuche von Jägern in ihrem Lande gemacht, die recht vernünftig klangen, hätte es der Unterhaltung an Freizügigkeit gemangelt. Zu guter Letzt sprang sie auf die Füße, verkündete, daß sie am nächsten Tag wieder vorsprechen werde, sank in einen weiteren tiefen Knicks und entfernte sich. Am folgenden Tag ritt Orlando aus. Am nächsten kehrte er den Rücken; am dritten zog er seinen Vorhang vor. Am vierten regnete es, und da er eine Dame nicht im Nassen stehenlassen konnte noch ein wenig Gesellschaft völlig abgeneigt war, bat er sie herein und fragte sie nach ihrer Meinung darüber, ob eine Rit-

Erzherzogin Harriet

terrüstung, die einem seiner Vorfahren gehört hatte, die Arbeit von Jacobi oder von Topp sei. Er neige eher zu Topp. Sie vertrat eine andere Meinung – welche, ist nicht weiter wichtig. Aber es ist von einiger Bedeutung für den Verlauf unserer Geschichte, daß die Erzherzogin Harriet, um ihr Argument zu illustrieren, das mit der Verarbeitung der Zwischenstücke zu tun hatte, die goldene Beinschiene nahm und sie an Orlandos Bein befestigte.

Daß er das prachtvollste Paar Beine hatte, auf denen ein Edelmann je aufrecht stand, wurde bereits gesagt.

Vielleicht die Art, wie sie die Knöchelschnalle festzog; oder ihre gebeugte Haltung; oder Orlandos lange Abgeschiedenheit; oder die natürliche Sympathie, die zwischen den Geschlechtern besteht; oder der Burgunder; oder das Feuer – jeder dieser Gründe mag schuld gewesen sein; denn gewiß gibt es Schuld auf der einen oder anderen Seite, wenn ein Edelmann von Orlandos Erziehung, der eine Dame in seinem Haus empfängt, und sie um viele Jahre älter als er, mit einem Gesicht, das eine Elle lang ist, und mit starrenden Augen und dazu noch reichlich lächerlich gekleidet, in Cape und Reitmantel, obwohl die Jahreszeit warm war – Schuld gibt es, wenn solch ein Edelmann so plötzlich und so heftig von etwelcher Leidenschaft überfallen wird, daß er das Zimmer verlassen muß.

Aber was für eine Art Leidenschaft, mag man sehr wohl fragen, könnte dies sein? Und die Antwort ist doppelgesichtig wie die Liebe selbst. Denn die Liebe – doch die Liebe für den Augenblick aus dem Spiel lassend, so war, was sich tatsächlich ereignete, dieses:

Als die Erzherzogin Harriet Griselda sich bückte, um die Schnalle festzuziehen, hörte Orlando, plötzlich und unerklärlich, weit in der Ferne, das Schlagen der Flügel der Liebe. Das ferne Rauschen jenes weichen Gefieders weckte in ihm tausend Erinnerungen an fließende Wasser, an Lieblichkeit im Schnee und Treulosigkeit in der Flut; und das Geräusch kam näher; und er errötete und erzitterte; und er war bewegt, wie er gedacht hatte nie wieder bewegt zu sein; und er war bereit, seine Hände zu heben und den Vogel der Schönheit auf seinen Schultern landen zu lassen, als – o Schreck! – ein krächzendes Geräusch wie das, welches die Krähen von sich geben, wenn sie über den Bäumen taumeln, widerzuhallen begann; die Luft schien dunkel vor groben, schwarzen Flügeln; Stimmen krächzten; Strohhalme, Zweige und Federn fielen herab; und auf seinen Schultern ließ sich der plumpeste und ekelhafteste aller Vögel nieder; welches der Geier ist. Damit hastete er aus dem Gemach und schickte den Lakaien, um die Erzherzogin Harriet zu ihrer Karosse zu geleiten.

Denn die Liebe, zu der wir jetzt zurückkehren können, hat zwei Gesichter; eines weiß, das andere schwarz; zwei Körper; einer glatt, der andere haarig. Sie hat zwei Hände, zwei Füße, zwei Schwänze, zweierlei, in der Tat, von jedem Gliedmaß, und ein jegliches ist das genaue Gegenteil des anderen. Dennoch sind sie so fest zusammengefügt, daß man sie nicht voneinander trennen kann. In diesem Fall begann Orlandos Liebe ihren Flug auf ihn mit dem weißen Gesicht ihm zugekehrt und dem glatten und schönen Körper nach außen gewendet. Näher und näher kam sie, Lüfte des reinsten Entzückens vor sich herwehend. Ganz plötzlich jedoch (wahrscheinlich beim Anblick der Erzherzogin) wandte sie sich abrupt um, drehte sich in die andere Richtung; zeigte sich schwarz, haarig, viehisch; und es war die Wollust, der Geier, nicht die Liebe, der Paradiesvogel, die stinkend und ekelhaft auf seine Schultern plumpste. Deshalb rannte er; deshalb holte er den Lakaien.

Aber die Harpyie läßt sich nicht so einfach vertreiben. Nicht nur logierte die Erzherzogin auch weiterhin beim Bäcker, sondern Orlando wurde Tag und Nacht von Phantomen der ekelhaftesten Art heimgesucht. Vergeblich, so schien es, hatte er sein Haus mit Silber ausstaffiert und die Wände mit Teppichen behängt, wenn sich jeden Augenblick ein kotbesudelter Vogel auf seinem Schreibtisch niederlassen konnte. Dort war er, flatterte zwischen den Stühlen herum; er sah ihn plump und unbeholfen durch die Galerien watscheln. Jetzt hockte er vorderlastig auf einem Kaminschirm. Wenn er ihn hinausjagte, kam er zurück und pickte gegen das Glas, bis es zerbrach.

Derart erkennend, daß sein Heim unbewohnbar war und Schritte ergriffen werden müßten, die Angelegenheit unverzüglich zu beenden, tat er, was jeder andere junge Mann an seiner Stelle getan hätte, und bat König Charles, ihn als Gesandten nach Konstantinopel zu entsenden. Der König erging sich gerade in Whitehall. Nell Gwyn[7] hing an seinem Arm.

Sie bewarf ihn mit Haselnüssen. Es sei eine tausendjährige Schande, seufzte jene amouröse Dame, daß ein solches Paar Beine außer Landes gehen wolle.

Wie dem auch sei, die Schicksalsgöttinnen waren hart; sie konnte nicht mehr tun, als eine einzige Kußhand über die Schulter zu werfen, bevor Orlando fortsegelte.

Kapitel III

Es ist in der Tat überaus schade und sehr zu bedauern, daß wir in dieser Phase von Orlandos Karriere, in der er eine höchst bedeutende Rolle im öffentlichen Leben seines Landes spielte, die wenigsten Informationen haben, an die wir uns halten können. Wir wissen, daß er seinen Verpflichtungen auf bewundernswerte Weise nachkam – zum Beweis seien sein Bath-Orden und seine Herzogswürde genannt. Wir wissen, daß er bei einigen der delikatesten Verhandlungen zwischen König Charles und den Türken die Hand im Spiel hatte – davon legen Verträge im Gewölbe des Record Office Zeugnis ab. Aber die Revolution, die während seiner Amtszeit ausbrach, und das Feuer, das darauf folgte, haben all jene Papiere, aus denen eine verläßliche Aussage hätte gezogen werden können, so beschädigt oder vernichtet, daß alles, was wir bieten können, kläglich unvollständig ist. Oft war das Papier in der Mitte des allerwichtigsten Satzes dunkelbraun versengt. Gerade als wir dachten, ein Geheimnis aufklären zu können, das den Historikern hundert Jahre lang Rätsel aufgegeben hat, war im Manuskript ein so großes Loch, daß man den Finger hätte hindurchstecken können. Wir haben unser Bestes getan, aus den angekohlten Fragmenten, die verblieben sind, eine magere Zusammenfassung zusammenzustückeln; aber oft war es notwendig, zu spekulieren, zu mutmaßen und sogar die Einbildungskraft zu benutzen.

Orlandos Tag wurde, so will es scheinen, ungefähr auf diese Weise verbracht. Gegen sieben Uhr stand er auf, hüllte sich in einen langen türkischen Umhang, zündete sich eine Manila-Zigarre an und stützte die Ellbogen auf die Brüstung. So stand er, auf die unter ihm liegende Stadt hinabblickend, allem Anschein nach wie in Trance. Um diese Stunde lag der Nebel so dicht, daß die Kuppeln der Hagia Sophia und der anderen dahinzutreiben schienen; allmählich fing der Nebel an, sie zu enthüllen; es wurde erkennbar, daß diese Luftblasen fest verankert waren; da war der Fluß; dort die Galata-Brücke; dort die grünbeturbanten Pilger ohne Augen oder Nasen, die um Almosen bettelten; dort die Paria-Hunde, die im

Abfall wühlten; dort die verschleierten Frauen; dort die zahllosen Esel; dort Männer auf Pferden, die lange Stangen trugen. Bald war die ganze Stadt auf den Beinen, begleitet vom Knallen der Peitschen, dem Schlagen der Gongs, den Rufen zum Gebet, dem Prügeln von Maultieren und dem Rattern messingbeschlagener Räder, während säuerliche Gerüche, zusammengesetzt aus gärendem Brot und Weihrauch und Gewürz, bis zu den Höhen von Pera hinaufstiegen und wie der Atem der schreiend vielfarbenen und barbarischen Bevölkerung erschienen.

Nichts, so überlegte er, die Aussicht betrachtend, die nun in der Sonne glitzerte, konnte weniger Ähnlichkeit haben mit den Grafschaften Surrey und Kent oder den Städten London und Tunbridge Wells. Zu seiner Rechten und Linken erhoben sich in kahler und steiniger Schroffheit die unwirtlichen asiatischen Berge, an denen vielleicht die karge Burg des einen oder anderen Räuberhäuptlings klebte; aber Pfarrhaus war keins da, auch nicht Herrenhaus oder Kate oder Eiche, Ulme, Veilchen, Efeu oder Heckenrose. Es gab keine Hecken, an denen Farne wachsen, und keine Wiesen, auf denen Schafe weiden konnten. Die Häuser waren ebenso weiß wie Eierschalen und ebenso kahl. Daß er, der mit Herz und Seele Engländer war, dennoch bis in die tiefsten Tiefen seines Herzens frohlocken konnte über dieses wilde Panorama und auf diese Pässe und fernen Höhen schauen und schauen und Ausflüge planen konnte, zu Fuß und allein, wo nur die Ziege und der Schäfer vor ihm gegangen waren; eine leidenschaftliche Zuneigung fühlen sollte zu den grellen, unzeitgemäßen Blumen, die struppigen Paria-Hunde sogar mehr lieben sollte als seine Elchhunde zu Hause und den beißenden, scharfen Geruch der Straßen begierig in seine Nase zog, überraschte ihn. Er fragte sich, ob sich zu Zeiten der Kreuzzüge einer seiner Vorfahren mit einer tscherkessischen Bäuerin eingelassen hatte; hielt es für denkbar; glaubte, eine gewisse dunkle Tönung seiner Haut wahrzunehmen; und zog sich, wieder ins Haus tretend, in sein Bad zurück.

Eine Stunde später, gebührend parfümiert, gelockt und gesalbt, empfing er Besuche von Sekretären und anderen hohen Beamten, die, einer nach dem anderen, rote Kästchen trugen, die sich nur seinem eigenen goldenen Schlüssel öffneten. In ihnen befanden sich Papiere von höchster Wichtigkeit, von denen nur Bruchstücke, hier ein Schnörkel, dort ein

Siegel, das fest an einem Stück verbrannter Seide haftet, geblieben sind. Von ihrem Inhalt können wir folglich nicht sprechen, sondern können nur bezeugen, daß Orlando mit seinem Wachs und seinen Siegeln, seinen verschiedenfarbigen Bändern, die jeweils anders befestigt werden mußten, dem Einsetzen von Titeln in Schönschrift und dem Malen von Schnörkeln rund um Initialen sehr beschäftigt war, bis das Mittagessen kam – ein glanzvolles Mahl von vielleicht dreißig Gängen.

Nach dem Mittagessen verkündeten Lakaien, daß seine sechsspännige Kutsche an der Tür bereitstehe, und er machte sich, während purpurne Janitscharen zu Fuß vorauseilten und große Fächer aus Straußenfedern über ihren Köpfen schwenkten, auf den Weg, den anderen Gesandten und staatlichen Würdenträgern seine Aufwartung zu machen. Die Zeremonie war immer die gleiche. Beim Erreichen des Hofes schlugen die Janitscharen mit ihren Fächern an das Hauptportal, das unverzüglich aufflog und einen großen Raum freigab, der prachtvoll eingerichtet war. Hier saßen zwei Gestalten, gewöhnlich von gegensätzlichem Geschlecht. Tiefe Verneigungen und Knickse wurden getauscht. Im ersten Raum war es nur erlaubt, das Wetter zu erwähnen. Nachdem er geäußert hatte, es sei schön oder naß, heiß oder kalt, begab sich der Gesandte in den nächsten Raum, wo sich abermals zwei Gestalten erhoben, um ihn zu begrüßen. Hier war es nur erlaubt, Konstantinopel als Aufenthaltsort mit London zu vergleichen; und der Gesandte sagte natürlich, daß er Konstantinopel vorziehe, und seine Gastgeber sagten natürlich, obwohl sie es nie gesehen hatten, daß sie London vorzögen. Im nächsten Raum mußte der Gesundheitszustand König Charles' und der des Sultans mit einiger Ausführlichkeit erörtert werden. Im nächsten wurde der Gesundheitszustand des Gesandten und der Frau seines Gastgebers erörtert, jedoch weniger ausführlich. Im nächsten machte der Gesandte seinem Gastgeber Komplimente über sein Mobiliar, und der Gastgeber machte dem Gesandten Komplimente über seine Kleidung. Im nächsten wurden Süßigkeiten gereicht, deren Minderwertigkeit der Gastgeber beklagte, während der Gesandte ihre Vorzüglichkeit pries. Die Zeremonie endete nach geraumer Zeit mit dem Rauchen einer Wasserpfeife und dem Trinken eines Glases Kaffee; aber obwohl die Gesten des Rauchens und Trinkens peinlich genau eingehalten wurden, war weder Tabak in der Pfeife noch Kaffee im Glas, da, wären Rauchwaren

Orlando als Gesandter

oder Getränk echt gewesen, der menschliche Körper dem Übermaß erliegen müßte. Denn kaum hatte der Gesandte einen solchen Besuch hinter sich gebracht, mußte schon ein weiterer unternommen werden. Dieselben Zeremonien wurden in genau derselben Reihenfolge sechs- oder siebenmal in den Häusern der anderen hohen Beamten durchlaufen, so daß es oft spätabends war, bevor der Gesandte nach Hause kam. Obwohl Orlando diesen Aufgaben auf bewundernswerte Weise nachkam und niemals leugnete, daß sie, vielleicht, der wichtigste Teil der Pflichten eines Diplomaten sind, ermüdeten sie ihn ohne Zweifel sehr und deprimierten ihn oft bis zu einer derart schwarzen Schwermut, daß er es vorzog, sein Abendessen allein mit seinen Hunden einzunehmen. Zu ihnen konnte man ihn denn in seiner eigenen Sprache sprechen hören. Und manchmal, so heißt es, ging er spät in der Nacht durch seine eigenen Tore hinaus, so verkleidet, daß die Wachtposten ihn nicht erkannten. Dann mischte er sich unter die Menge auf der Galata-Brücke; oder schlenderte durch die Basare; oder warf seine Schuhe beiseite und gesellte sich zu den Gläubigen in den Moscheen. Einmal, als ausgegeben wurde, er sei an einem Fieber erkrankt, berichteten Hirten, die ihre Ziegen zu Markte brachten, sie seien auf dem Berggipfel einem englischen Lord begegnet und hätten ihn zu seinem Gott beten hören. Hier handelte es sich, so glaubte man, um Orlando selbst, und sein Gebet war, ohne Zweifel, ein laut aufgesagtes Gedicht, denn es war bekannt, daß er immer noch, in der Brusttasche seines Umhangs, ein vielmals durchgestrichenes Manuskript mit sich trug; und Dienstboten, die an der Tür lauschten, hörten den Gesandten irgend etwas in einer seltsamen Singsangstimme intonieren, wenn er allein war.

Mit Bruchstücken wie diesen müssen wir unser Bestes versuchen, ein Bild von Orlandos Leben und Charakter zu dieser Zeit zu zeichnen. Es existieren, bis zum heutigen Tag, Gerüchte, Legenden, Anekdoten von unbestimmter und unverbürgter Art über Orlandos Leben in Konstantinopel (wir haben nur einige wenige davon zitiert) – die dahin gehen zu beweisen, daß er, nun er sich in der Blüte seiner Jahre befand, die Macht besaß, die Phantasie anzuregen und das Auge zu fesseln, was beides eine Erinnerung auch dann noch lebendig erhält, wenn alles, was dauerhaftere Wesensmerkmale tun können, um sie zu bewahren, längst vergessen ist. Diese Macht ist eine geheimnisvolle, zusammengesetzt aus Schönheit, Geburt und einer selteneren Gabe, die wir vielleicht Glanz nennen und es damit bewenden lassen wollen. »Eine Million Kerzen«, wie Sascha gesagt hatte, brannte in ihm, ohne daß er sich die Mühe machen mußte, auch nur eine einzige davon anzuzünden. Er bewegte sich wie ein Hirsch, ohne jede Not, dabei an seine Beine denken zu müssen. Er sprach mit seiner gewöhnlichen Stimme, und das Echo schlug einen silbernen Gong. Daher sammelten sich Gerüchte um ihn. Er wurde zu einem, den viele Frauen und einige Männer anbeteten. Es war nicht notwendig, daß sie mit ihm sprachen oder daß sie ihn auch nur sahen; sie beschworen vor ihrem inneren Auge, vor allem wenn die Szenerie romantisch war oder die Sonne unterging, die Gestalt eines edlen Gentleman in seidenen Strümpfen herauf. Über die Armen und Ungebildeten besaß er dieselbe Macht wie über die Reichen. Hirten, Zigeuner, Eselstreiber singen immer noch Lieder über den englischen Lord, »der seine Smaragde in den Brunnen warf«, die sich ohne Zweifel auf Orlando beziehen, der sich einmal, wie es scheint, in einem Augenblick des Zorns oder des Rausches die Juwelen vom Leib riß und in einen Brunnen schleuderte; aus dem sie von einem Pagen wieder herausgefischt wurden. Aber diese romantische Macht ist, wie wohl bekannt, oft verbunden mit einem Naturell von äußerster Zurückhaltung. Orlando scheint keine Freundschaften geschlossen zu haben. Soweit bekannt, ging er keine Bindungen ein. Eine gewisse vornehme Dame kam den ganzen Weg von England, nur um in seiner Nähe zu sein, und belästigte ihn mit ihren Aufmerksamkeiten, er aber fuhr fort, seine Pflichten so unermüdlich zu erfüllen, daß er nicht länger als zwei Jahre und ein halbes Gesandter am Horn gewesen war, als König Charles seine Absicht verlauten ließ, ihn in den höchsten Rang der Pairswürde zu erheben. Die Neider sagten, es sei dies Nell Gwyns Tribut an die Erinnerung an ein Bein. Aber da sie ihn nur ein einziges Mal gesehen hatte und zu diesem Zeitpunkt sehr damit beschäftigt war, ihren königlichen Herrn und Meister mit Nußschalen zu bewerfen, ist es wahrscheinlich, daß es seine Verdienste waren, die ihm seine Herzogswürde einbrachten, nicht seine Waden.

Hier müssen wir innehalten, denn wir haben einen Augenblick von großer Bedeutung in seiner Laufbahn erreicht. Denn die Verleihung der Herzogswürde war Anlaß eines sehr berühmten und, in der Tat, vielumstrittenen Vorfalls, den wir jetzt beschreiben müssen, wobei wir uns unseren Weg so gut wir eben können zwischen verbrannten Papieren und kleinen Dokumentenschnipseln ertasten müssen. Es war am Ende des großen Fastens des Ramadan, daß der Bath-Orden und das Adelspatent mit einer Fregatte unter dem Kommando von Sir Adrian Scrope eintrafen; und Orlando nahm dies zum Anlaß für ein Fest, prachtvoller als alles, was Konstantinopel zuvor oder seither erlebte. Die Nacht war schön; die Menge riesig und die Fenster der Gesandtschaft strahlend hell erleuchtet. Wiederum fehlen uns die Details, denn das Feuer verfuhr mit allen derartigen Unterlagen, wie es ihm beliebte, und ließ nur quälende Bruchstücke übrig, die die wichtigsten Punkte im dunkeln lassen. Dem Tagebuch von John Fenner Brigge, einem englischen Marineoffizier, der sich unter den Gästen befand, entnehmen wir jedoch, daß Menschen aller Nationalitäten im Hof »zusammengepackt waren wie Heringe in einem Faß«. Die Menge drängte sich so unangenehm dicht, daß Brigge bald auf einen Judasbaum kletterte, um die Vorgänge besser beobachten zu können. Unter den Einheimischen hatte sich das Gerücht verbreitet (und hier ist ein zusätzlicher Beweis für Orlandos geheimnisvolle Macht über die Vorstellungskraft), daß irgendeine Art von Mirakel stattfinden würde. »Deshalb gab es«, schreibt Brigge (aber sein Manuskript ist voller Brandflecke und Löcher, und einige Sätze sind so gut wie unleserlich), »als die Raketen anfingen, in die Luft zu steigen, eine beträchtliche Besorgnis unter uns, aus Angst, die einheimische Bevölkerung könnte ergriffen werden ... mit unerfreulichen Folgen für alle ... englische Damen in der Gesellschaft ... gestehe ich ein, daß meine Hand sich auf mein Entermesser legte. Zum Glück«, fährt er in seinem etwas langatmigen Stil fort, »schienen diese Befürchtungen, für den Augenblick, grundlos, und das Verhalten der Einheimischen beobachtend ... kam ich zu dem Schluß, daß diese Demonstration unserer Geschicklichkeit in der Kunst der Pyrotechnik wertvoll war, wenn auch nur, weil sie ihnen eindringlich ... die Überlegenheit der britischen ... In der Tat war der Anblick einer von unbeschreiblicher Pracht. Ich bemerkte, daß ich abwechselnd dem Herrn dafür dankte, daß er mir erlaubt hatte ... und mir wünschte, meine arme, teure Mutter ... Auf Anweisung des Gesandten waren die hohen Fenster, die ein so beeindruckendes Merkmal östlicher Architektur sind, denn wenn auch in vieler

Hinsicht unwissend ... weit geöffnet; und im Innern konnten wir ein Tableau vivant oder eine Theatervorführung sehen, worin englische Damen und Herren ... ein Maskenspiel aufführten von einem gewissen ... Die Worte waren nicht vernehmbar, aber der Anblick so vieler unserer Landsleute, männlichen und weiblichen Geschlechts, mit höchster Eleganz und Erlesenheit gekleidet ... rührte mich zu Gefühlen, deren ich mich gewißlich nicht schäme, wenn ich auch unfähig bin ... Ich war damit beschäftigt, das erstaunliche Verhalten von Lady —— zu beobachten, das von einer Art war, aller Augen auf sich zu ziehen, und angetan, Schande über ihr Geschlecht und über ihr Land zu bringen, als« – unglücklicherweise ein Ast des Judasbaumes brach und Lieutenant Brigge zu Boden stürzte, und der Rest der Eintragung verzeichnet nur seine Dankbarkeit der Vorsehung gegenüber (die eine große Rolle in seinem Tagebuch spielt) und die genaue Art seiner Verletzungen.

Zum Glück sah Miss Penelope Hartopp, die Tochter des gleichnamigen Generals, die Szene von innen und setzt die Erzählung in einem ebenfalls sehr beschädigten Brief fort, der zu guter Letzt eine Freundin in Tunbridge Wells erreichte. Miss Penelope war nicht weniger verschwenderisch in ihrer Begeisterung als der galante Offizier. »Hinreißend«, ruft sie zehnmal auf einer Seite aus, »wundervoll ... über jede Beschreibung erhaben ... goldenes Geschirr ... Kandelaber ... Neger in plüschenen Breeches ... Pyramiden aus Eis ... Fontänen von Würzwein ... Süßspeisen in der Form der Schiffe seiner Majestät ... Schwäne in der Form von Wasserlilien ... Vögel in goldenen Käfigen ... Herren in geschlitztem karmesinrotem Samt ... der Kopfputz der Damen *mindestens* sechs Fuß hoch ... Spieldosen ... Mr Peregrine sagte, ich sehe *wunderschön* aus, was ich nur Dir gegenüber wiederhole, meine Liebste, weil ich weiß ... Oh! wie ich mich nach Euch allen gesehnt habe! ... übertraf alles, was wir auf den Pantiles[8] gesehen haben ... Ozeane an Getränken ... manche Herren allzu hingegeben ... Lady Betty hinreißend ... Die arme Lady Bonham beging den unglückseligen Fehler, sich zu setzen, ohne einen Stuhl unter sich zu haben ... Herren alle sehr galant ... habe mir tausendmal gewünscht, Du und die liebste Betsy wären da ... Aber *der* Anblick von allen, der Anziehungspunkt aller Augen ... wie alle zugaben, denn keiner könnte so schnöde sein, es zu leugnen, war der Gesandte selbst.

Welch ein Bein! Welch eine Haltung! Welch ein fürstliches Gebaren!!! Zu sehen, wie er ein Zimmer betritt! Zu sehen, wie er es wieder verläßt! Und etwas *Interessantes* im Ausdruck, so daß man fühlt, man weiß kaum wieso, daß er *gelitten* hat. Es heißt, eine Dame sei der Anlaß gewesen. Das herzlose Ungeheuer!!! Wie kann eine von unserem *angeblich zarten Geschlecht* die Frechheit besitzen!!! Er ist unverheiratet, und die Hälfte der Damen am Ort sind völlig vernarrt in ihn ... Tausend und abertausend Küsse an Tom, Gerry, Peter und die liebste Mew« [vermutlich ihre Katze].

Der Gazette der damaligen Zeit entnehmen wir, daß »als die Uhr zwölf schlug, der Gesandte auf dem mittleren Balkon erschien, der mit unbezahlbaren Teppichen behangen war. Sechs Türken von der Kaiserlichen Leibgarde, jeder von ihnen über sechs Fuß groß, hielten rechts und links von ihm Fackeln. Raketen schossen bei seinem Erscheinen in die Luft, und ein lauter Schrei stieg von den Menschen auf, den der Gesandte entgegennahm, indem er sich tief verneigte und ein paar Worte des Dankes in der türkischen Sprache sagte, die fließend zu sprechen eine seiner Fertigkeiten war. Als nächstes trat Sir Adrian Scrope in der Galauniform eines britischen Admirals vor; der Gesandte beugte ein Knie; der Admiral legte das Halsband des Höchst Edlen Ordens von Bath um seinen Hals und heftete ihm dann den Stern an die Brust; woraufhin ein anderer Gentleman aus dem diplomatischen Corps, der sich mit majestätischem Schritt näherte, ihm die herzogliche Robe um die Schultern legte und ihm auf einem karmesinroten Kissen die herzogliche Krone darreichte.«

Mit einer Geste von außergewöhnlicher Majestät und Anmut, sich zuerst tief verneigend und dann stolz und hoch aufrichtend, nahm Orlando den goldenen Reif aus Erdbeerblättern und drückte ihn sich mit einer Geste, die niemand, der sie sah, je vergaß, auf die Stirn. Es war in diesem Augenblick, daß der erste Tumult begann. Entweder hatten die Leute ein Mirakel erwartet – manche sagen, ein Regen aus Gold vom Himmel sei prophezeit gewesen –, das nicht eintrat, oder dies war das ausgemachte Signal für den Beginn der Attacke; niemand scheint es zu wissen; aber als die Krone auf Orlandos Stirn gedrückt war, erhob sich ein lautes Geschrei. Glocken fingen an zu läuten; die heiseren Rufe der Propheten waren über die Schreie der Menge hinweg zu hören; viele Türken warfen sich flach auf die Erde und berührten den Boden mit der Stirn. Eine Tür sprang auf.

Die Einheimischen drängten in die Bankettsäle. Frauen schrien. Eine gewisse Dame, von der es hieß, sie verzehre sich in Liebe zu Orlando, packte einen Kandelaber und schleuderte ihn zu Boden. Was nicht alles noch geschehen wäre, hätte es Sir Adrian Scrope und einen Zug britischer Blaujakken nicht gegeben, kann niemand sagen. Aber der Admiral befahl, in die Hörner zu stoßen; hundert Blaujacken standen unverzüglich stramm; der Aufruhr wurde unterdrückt, und Ruhe legte sich, zumindest für den Augenblick, über die Szene.

So weit befinden wir uns auf dem festen, wenn auch recht schmalen Boden der erwiesenen Wahrheit. Doch niemand hat je genau erfahren, was sich später in jener Nacht ereignete. Die Aussagen der Wachtposten und anderer scheinen jedoch zu beweisen, daß die Gesandtschaft um zwei Uhr morgens von Besuchern leer und in der üblichen Weise für die Nacht verschlossen war. Der Gesandte wurde gesehen, wie er in sein Zimmer ging, immer noch in den Insignien seines Rangs, und die Tür schloß. Manche sagen, er habe sie verschlossen, was gegen seine Gewohnheit war. Andere behaupten, sie hätten später in jener Nacht im Hof unter dem Fenster des Gesandten eine einfache, ländliche Musik gehört, so wie Hirten sie spielen. Eine Wäscherin, die vor Zahnschmerzen nicht schlafen konnte, sagte, sie hätte die Gestalt eines Mannes gesehen, eingehüllt in einen Umhang oder Morgenrock, die auf den Balkon hinaustrat. Dann, sagte sie, sei eine Frau, tief vermummt, aber offensichtlich aus dem Bauernstand, mit Hilfe eines Seils, das der Mann ihr hinunterließ, auf den Balkon hinaufgezogen worden. Dort, sagte die Wäscherin, umarmten sie sich leidenschaftlich, »wie Liebende«, und gingen mitsammen ins Zimmer hinein und zogen die Vorhänge zu, so daß nichts weiter zu sehen war.

Am nächsten Morgen wurde der Herzog, wie wir ihn jetzt nennen müssen, von seinen Sekretären im tiefen Schlaf inmitten von Decken und Laken vorgefunden, die sehr zerwühlt waren. Das Zimmer befand sich in einiger Unordnung, seine Krone war auf den Boden gerollt, und sein Umhang und sein Hosenbandorden lagen zerknäult auf einem Sessel. Der Tisch war mit Papieren übersät. Zunächst wurde kein Verdacht geschöpft, da die Ermüdungen der Nacht groß gewesen waren. Aber als der Nachmittag kam und er immer noch schlief, wurde ein Arzt gerufen. Er verabreichte Mittel, die schon bei der vorherigen Gelegenheit angewendet worden waren, Pflaster, Nesseln, Brechmittel etc., aber ohne Erfolg. Orlando schlief weiter. Seine Sekretäre hielten es nun für ihre Pflicht, die Papiere auf dem Tisch zu untersuchen. Viele waren mit Versen bekritzelt, in denen einer Eiche häufig Erwähnung getan wurde. Außerdem gab es diverse Staatspapiere und andere privater Natur, die die Verwaltung seiner Ländereien in England betrafen. Aber schließlich stießen sie auf ein Dokument von weit größerer Bedeutung. Es war in der Tat nichts Geringeres als ein Heiratskontrakt, aufgesetzt, unterzeichnet und bezeugt, zwischen seiner Lordschaft, Orlando, Ritter des Hosenbandordens etc., etc., etc. und Rosina Pepita, Tänzerin, Vater unbekannt, jedoch mutmaßlich Zigeuner, Mutter ebenfalls unbekannt, jedoch mutmaßlich Verkäuferin von Alteisen auf dem Marktplatz an der Galata-Brücke. Die Sekretäre sahen einander voller Entsetzen an. Und immer noch schlief Orlando. Am Morgen und am Abend wachten sie, aber abgesehen davon, daß sein Atem regelmäßig ging und seine Wangen noch immer ihre übliche tiefrote Tönung besaßen, gab er kein Lebenszeichen von sich. Was immer Wissenschaft oder Einfallsreichtum tun konnten, ihn zu wecken, wurde getan. Aber noch immer schlief er.

Am siebenten Tag seiner Trance (Donnerstag, dem 10. Mai) wurde der erste Schuß jener schrecklichen und blutigen Erhebung abgefeuert, deren erste Anzeichen Lieutenant Brigge entdeckt hatte. Die Türken erhoben sich gegen den Sultan, setzten die Stadt in Brand und gaben jedem Ausländer, den sie finden konnten, entweder das Schwert oder die Bastonade zu schmecken. Ein paar wenigen Engländern gelang die Flucht; doch die Herren von der britischen Gesandtschaft zogen es, wie nicht anders zu erwarten war, vor, in Verteidigung ihrer roten Kästchen zu sterben oder, in extremen Fällen, Schlüsselbunde zu verschlucken, statt sie in die Hände der Ungläubigen fallen zu lassen. Die Aufständischen brachen in Orlandos Zimmer ein, da sie ihn jedoch allem Anschein nach tot ausgestreckt liegen sahen, ließen sie ihn unangetastet und beraubten ihn nur seiner Krone und der Roben des Hosenbandordens.

Und nun senkt die Dunkelheit sich abermals herab, und wie wir uns wünschten, sie wäre tiefer! Wie wir uns wünschten, ist es uns fast ein Herzensbedürfnis zu rufen, sie wäre so tief, daß wir nichts, absolut nichts durch ihre Undurchsichtigkeit hindurch zu sehen vermöchten! Wie wir uns wünschten, wir könnten an dieser Stelle die Feder nehmen und Finis unter unser Werk schreiben! Wie wir uns wünschten, wir könnten dem Leser das Kommende ersparen und kurz und bündig sagen, Orlando sei gestorben und begraben worden. Aber ach, hier jedoch rufen die Wahrheit, die Aufrichtigkeit und die Ehrlichkeit, diese herben Gottheiten, die am Tintenfaß des Biographen Wache halten, Nein! Ihre silbernen Trompeten an die Lippen hebend, verlangen sie mit einer einzigen Fanfare, Wahrheit! Und wieder rufen sie, Wahrheit! und noch ein drittes Mal wie aus einem Munde ihren Schall erklingen lassend, schmettern sie heraus, Die Wahrheit und nichts als die Wahrheit!

Woraufhin – dem Himmel sei Dank! denn es verschafft uns eine Atempause – sich die Türen sanft öffnen, als hätte der Odem des sanftesten und heiligsten Zephyrs sie auseinander gehaucht, und drei Gestalten eintreten. Als erste kommt Unsere Liebe Frau der Reinheit; deren Stirn mit Bändern aus weißester Lammwolle umwunden ist; deren Haar wie eine Lawine ist aus getriebenem Schnee; und in deren Hand die weiße Kielfeder einer jungfräulichen Gans ruht. Ihr folgend, aber mit majestätischerem Schritt, kommt Unsere Liebe Frau der Keuschheit; auf deren Stirn wie ein Turm aus brennendem, aber nie vergehendem Feuer ein Diadem aus Eiszapfen sitzt; ihre Augen sind klare Sterne, und ihre Finger, wenn sie einen berühren, lassen einen bis ins Mark gefrieren. Dicht hinter ihr, in der Tat Schutz suchend im Schatten ihrer majestätischeren Schwestern, kommt Unsere Liebe Frau der Sittsamkeit, zarteste und schönste der drei; deren Gesicht sich nur zeigt, wie der junge Mond sich zeigt, wenn er schmal und sichelförmig und halb hinter Wolken verborgen ist. Jede von ihnen tritt in die Mitte des Raumes, darin Orlando immer noch schlafend liegt; und mit Gesten, die gleichzeitig fürbittend und befehlend sind, ergreift *Unsere Liebe Frau der Reinheit* als erste das Wort:

»Ich bin die Wächterin über das schlafende Rehkitz; der Schnee ist mir teuer; und der aufgehende Mond; und die silberne See. Mit meinen Gewändern decke ich die gesprenkelten Eier der Glucke und die gefleckte Meeresmuschel; ich decke Laster und Armut. Über alle Dinge, die zerbrechlich oder dunkel oder zweifelhaft sind, senkt sich mein Schleier. Daher sprich nicht, enthülle nicht. Verschone, o verschone!«

Hier schmettern die Trompeten.

»Reinheit, von hinnen! Hebe dich hinweg, Reinheit!«

Dann spricht *Unsere Liebe Frau der Keuschheit*:

»Ich bin die, deren Berührung gefrieren macht und deren Blick in Stein verwandelt. Ich habe den Stern in seinem Tanz aufgehalten, und die Welle in ihrem Sturz. Die höchsten Alpen sind mein Wohnort; und wenn ich gehe, zucken Blitze in meinem Haar; wohin meine Blicke fallen, töten sie. Ehe ich zulasse, daß Orlando erwacht, lasse ich ihn bis ins Mark gefrieren. Verschone, o verschone!«

Hier schmettern die Trompeten.

»Keuschheit, von hinnen! Hebe dich hinweg, Keuschheit!«

Dann spricht *Unsere Liebe Frau der Sittsamkeit*, so leise, daß man sie kaum hört:

»Ich bin die, die die Menschen Sittsamkeit nennen. Jungfrau bin ich und werde es immerdar sein. Nicht für mich die fruchtbaren Felder und die ertragreichen Weinberge. Wachstum ist mir verhaßt; und wenn die Äpfel knospen oder die Herden trächtig sind, laufe ich davon, davon; ich lasse meinen Mantel fallen. Mein Haar verdeckt meine Augen. Ich sehe nicht. Verschone, o verschone!«

Wieder schmettern die Trompeten:

»Sittsamkeit, von hinnen! Hebe dich hinweg, Sittsamkeit!«

Mit Gesten des Kummers und der Klage reichen die drei Schwestern sich jetzt die Hände und tanzen langsam, wobei sie ihre Schleier schwingen und singen:

»Komm nicht heraus aus deiner gräßlichen Höhle, Wahrheit. Verbirg dich tiefer, furchtgebietende Wahrheit. Denn du stellst hochfahrend im brutalen Blick der Sonne Dinge zur Schau, die besser unbekannt und ungetan wären; du entschleierst das Beschämende; das Dunkle machst du hell, Verbirg dich! Verbirg dich! Verbirg dich!«

Hier machen sie Anstalten, als wollten sie Orlando mit ihren Gewändern zudecken. Die Trompeten schmettern währenddessen noch immer.

»Die Wahrheit, und nichts als die Wahrheit!«

Daraufhin versuchen die Schwestern, ihre Schleier über die Schallöffnungen der Trompeten zu decken, wie um sie zu dämpfen, aber vergeblich, denn jetzt schmettern alle Trompeten auf einmal,

»Gräßliche Schwestern, hinweg!«

Die Schwestern geraten außer sich und jammern wie mit einer Stimme, immer noch im Kreis herumgehend und ihre Schleier auf und nieder schwingend.

»Es ist nicht immer so gewesen! Doch die Männer wollen uns nicht länger; die Frauen verabscheuen uns. Wir gehen, wir gehen. Ich (*dies sagt die Reinheit*) in den Hühnerstall. Ich (*dies sagt die Keuschheit*) auf die noch ungeschändeten Höhen von Surrey. Ich (*dies sagt die Sittsamkeit*) in irgendeine lauschige Nische, wo es Efeu und Vorhänge im Überfluß gibt.«

»Denn dort, nicht hier (sprechen alle zusammen, sich die Hände reichend und Gesten des Abschieds und der Verzweiflung zum Bett hinüber machend, auf dem Orlando schlafend liegt), wohnen immer noch in Nest und Boudoir, in Amt und Gerichtshof, jene, die uns lieben; jene, die uns ehren, Jungfrauen und Geschäftsleute; Anwälte und Ärzte; jene, die verbieten; jene, die leugnen; jene, die verehren, ohne zu wissen warum; jene, die preisen, ohne zu verstehen; der noch immer sehr zahlreiche (der Himmel sei gepriesen) Schlag der Ehrbaren; die es vorziehen, nicht zu sehen; nicht zu wissen begehren; die Dunkelheit lieben; jene beten uns noch an, und mit gutem Grund; denn wir haben ihnen Wohlstand, Ansehen, Bequemlichkeit und Behagen gegeben. Zu ihnen gehen wir, dich verlassen wir. Kommt, Schwestern, kommt! Dies hier ist kein Ort für uns.«

Sie ziehen sich hastig zurück, lassen ihre Gewänder über ihren Köpfen wehen, wie um etwas abzuwehren, das sie nicht anzublicken wagen, und schließen die Tür hinter sich.

Wir bleiben daher ganz allein mit dem schlafenden Orlando und den Trompetern im Zimmer zurück. Die Trompeter stellen sich nebeneinander in einer Reihe auf und lassen einen gewaltigen Fanfarenstoß erschallen: –

»DIE WAHRHEIT!«
woraufhin Orlando erwachte.

Er streckte sich. Er erhob sich. Er stand aufrecht in völliger Nacktheit vor uns, und während die Trompeten Wahrheit! Wahrheit! Wahrheit! schmettern, bleibt uns keine Wahl, als zu gestehen – er war eine Frau.

*****

Der Klang der Trompeten erstarb, und Orlando stand splitternackt da. Kein menschliches Wesen, seit Anbeginn der Welt, sah je hinreißender aus. Seine Gestalt vereinigte in sich die Kraft eines Mannes und die Anmut einer Frau. Während er da stand, verlängerten die silbernen Trompeten ihren Ton, als zögerten sie, den lieblichen Anblick zu lassen, den ihre Fanfare hervorgerufen hatte; und Keuschheit, Reinheit und Sittsamkeit, zweifellos von der Neugier getrieben, spähten durch die Tür und warfen ein Kleidungsstück wie ein Handtuch nach der nackten Gestalt, welches jedoch, unglücklicherweise, mehrere Zoll davor zu Boden fiel. Orlando betrachtete sich von Kopf bis Fuß in einem hohen Spiegel, ohne auch nur die geringste Spur von Fassungslosigkeit zu zeigen, und ging, vermutlich, in sein Bad.

Wir mögen uns diese Unterbrechung der Erzählung zunutze machen, um gewisse Feststellungen zu treffen. Orlando war eine Frau geworden – das ist nicht zu leugnen. Aber in jeder anderen Hinsicht blieb Orlando genauso, wie er gewesen war. Der Wechsel des Geschlechts, wenn er auch die Zukunft der beiden änderte, tat nicht das geringste, ihre Identität zu ändern. Ihre Gesichter blieben, wie ihre Porträts beweisen, praktisch dieselben. Seine Erinnerung – aber in Zukunft müssen wir der Konvention zuliebe »ihre« statt »seine« und »sie« statt »er« sagen –, ihre Erinnerung also reichte durch alle Ereignisse ihres bisherigen Lebens zurück, ohne auf ein Hindernis zu stoßen. Eine leichte Diesigkeit mag es gegeben haben, als seien einige dunkle Tropfen in den klaren Teich der Erinnerung gefallen; gewisse Dinge waren ein wenig verschwommen geworden; aber das war alles. Der Wechsel schien sich schmerzlos und vollständig und auf eine Art vollzogen zu haben, daß Orlando selbst keine Überraschung darüber zeigte. Dies berücksichtigend und mit der Behauptung, ein solcher Wechsel des Geschlechts widerspreche der Natur, haben viele Menschen keine Mühen gescheut, zu beweisen, 1.) daß Orlando immer eine Frau gewesen sei, 2.) daß Orlando auch in diesem Augenblick ein Mann sei. Sollen Biologen und Psychologen dies entscheiden. Für uns genügt es, die schlichte Tatsache festzuhalten; Orlando war ein Mann bis zum Alter von dreißig Jahren; als er eine Frau wurde und es seitdem geblieben ist.

Doch mögen andere Federn sich mit Geschlecht und Geschlechtlichkeit befassen; wir verlassen derart odiose Themen, sobald wir können. Orlando hatte sich jetzt gewaschen und sich in jene türkischen Jacken und Hosen gekleidet, die unterschiedslos von beiden Geschlechtern getragen werden können; und war gezwungen, ihre Lage zu überdenken. Daß sie über die Maßen gefährlich und befremdlich war, muß der erste Gedanke eines jeden Lesers sein, der ihrer Geschichte mit Anteilnahme gefolgt ist. Jung, adlig, schön, war sie aufgewacht, um sich in einer Situation wiederzufinden, wie wir uns keine heiklere für eine junge Dame von Stand vorstellen können. Wir hätten ihr keinen Vorwurf gemacht, hätte sie geklingelt oder geschrien oder wäre sie in Ohnmacht gefallen. Aber Orlando zeigte keine derartigen Zeichen der Verstörung. All ihre Handlungen waren über die Maßen überlegt, und man hätte meinen können, sie zeigten Zeichen von Vorbedacht. Zunächst sah sie die Papiere auf dem Tisch sorgfältig durch; nahm jene, die in Versform geschrieben schienen, an sich, und verbarg sie an ihrer Brust; als nächstes rief sie ihren Seleukidenhund zu sich, der all diese Tage nicht von ihrem Bett gewichen war, obwohl er vor Hunger fast gestorben wäre, fütterte und kämmte ihn; steckte dann zwei Pistolen in ihren Gürtel; wand dann um ihren Leib mehrere Schnüre von Smaragden und Perlen von feinstem Glanz, die zu ihrer Ausstattung als Gesandter gehört hatten. Als dies erledigt war, beugte sie sich aus dem Fenster, stieß einen leisen Pfiff aus und stieg die zertrümmerte und blutbesudelte Treppe hinunter, die nun mit dem Abfall aus Papierkörben, mit Verträgen, Depeschen, Siegeln, Siegellack etc. übersät war, und betrat so den Hof. Dort, im Schatten eines riesigen Feigenbaums, wartete ein alter Zigeuner auf einem Esel. Er führte einen weiteren am Zügel. Orlando schwang ihr Bein darüber; und auf diese Weise, gefolgt von einem mageren Hund, auf einem Esel reitend, in Begleitung eines Zigeuners, verließ der Gesandte Großbritanniens am Hofe des Sultans Konstantinopel.

Sie ritten mehrere Tage und Nächte und begegneten einer Vielzahl von Abenteuern, manche davon von Menschenhand verursacht, manche von der Natur, in denen allen Orlando ihren Mut unter Beweis stellte. Binnen einer Woche erreichten sie die Höhen vor Brussa, welche damals der Hauptlagerplatz des Zigeunerstammes waren, dem Orlando sich angeschlossen hatte. Oft hatte sie von ihrem Balkon in der Gesandtschaft zu diesen Bergen hinübergeschaut; hatte sich oft danach gesehnt, dort zu sein; und sich dort wiederzufinden, wohin man sich immer gesehnt hat, gibt einem meditativ veranlagten Geist Stoff zum Nachdenken. Eine geraume Zeit jedoch war sie zu erfreut über den Wechsel, um ihn durch Denken zu verderben. Das Vergnügen, keine Dokumente siegeln oder unterzeichnen, keine Schnörkel malen, keine Besuche abstatten zu müssen, war genug. Die Zigeuner folgten dem Gras; wenn es abgeweidet war, zogen sie weiter. Sie wusch sich in Bächen, wenn sie sich überhaupt wusch; keine Kästchen, rot, blau oder grün, wurden ihr vorgelegt; im ganzen Lager gab es keinen einzigen Schlüssel, geschweige denn einen goldenen; und was das »Besuche Abstatten« anging, so war das Wort unbekannt. Sie melkte die Ziegen; sie sammelte Reisig; sie stahl hin und wieder ein Hühnerei, legte aber immer eine Münze oder eine Perle an seine Stelle; sie hütete das Vieh; sie streifte Weinstöcke kahl; sie stampfte die Traube; sie füllte den Schlauch aus Ziegenhaut und trank daraus; und wenn sie sich erinnerte, daß sie ungefähr um diese Tageszeit die Gesten des Trinkens und des Rauchens mit einer leeren Kaffeetasse und einer Pfeife, der der Tabak fehlte, hätte vollführen sollen, lachte sie laut auf, schnitt sich noch einen Kanten Brot und erbettelte sich einen Zug aus der Pfeife des alten Rustum, wenn sie auch mit Kuhmist gestopft war.

Die Zigeuner, mit denen sie ganz offensichtlich schon vor der Revolution in geheimer Verbindung gestanden haben muß, scheinen sie als eine der Ihren angesehen zu haben (was immer das höchste Kompliment ist, das ein Volk einem machen kann), und ihre dunklen Haare und ihre dunkle Haut bestätigten den Glauben, daß sie von Geburt eine der Ihren und von einem englischen Herzog, als sie noch ein Baby war, aus einem Nußbaum gestohlen und in jenes barbarische Land gebracht worden sei, in dem die Menschen in Häusern leben, weil sie zu schwach und zu krank sind, um die frische Luft ertragen zu können. Daher waren sie, obwohl sie ihnen in vieler Hinsicht unterlegen war, bereit, ihr zu helfen, ihnen ähnlicher zu werden, lehrten sie ihre Kunst der Käseherstellung und des Korbflechtens, ihre Wissenschaft des Stehlens und des Vogelstellens, und waren sogar bereit, eine Heirat zwischen ihr und einem der Ihren in Erwägung zu ziehen.

Aber Orlando hatte sich in England einige der Gewohnheiten oder Krankheiten (wie auch immer man es ansehen will) zugezogen, die sich, wie es scheint, nicht austreiben lassen. Eines Abends, als sie alle um das

Lagerfeuer saßen und die Sonne über den thessalischen Hügeln glühte, rief Orlando aus:

»Wie gut zu essen!«

(Die Zigeuner haben kein Wort für »schön«. Dies ist das nächste.)

Alle jungen Männer und Frauen brachen in schallendes Gelächter aus. Der Himmel gut zu essen, also wirklich! Die Älteren jedoch, die mehr Fremde gesehen hatten als sie, wurden mißtrauisch. Sie bemerkten, daß Orlando oft ganze Stunden saß, ohne auch nur das Geringste zu tun, außer hierhin und dann dorthin zu schauen; sie begegneten ihr auf irgendeinem Hügel, wo sie geradeaus vor sich hinstarrte, egal ob die Ziegen grasten oder sich verirrten. Sie fingen an zu argwöhnen, daß sie an anderes glaubte als sie selbst, und die älteren Männer und Frauen hielten es für wahrscheinlich, daß sie in die Fänge der niederträchtigsten und grausamsten aller Gottheiten geraten war, die der Natur. Auch war ihre Vermutung kaum falsch. Die englische Krankheit, eine Liebe zur Natur, war ihr angeboren, und hier, wo die Natur so viel größer und mächtiger war als in England, fiel sie ihr in die Hände wie nie zuvor. Die Krankheit ist nur allzu bekannt und wurde, leider Gottes, allzu oft geschildert, als daß sie erneut geschildert werden müßte, außer in aller Kürze. Da waren Berge; da waren Täler; da waren Bäche. Sie stieg auf die Berge; durchstreifte die Täler; saß an den Ufern der Bäche. Sie verglich die Hügel mit Wällen, mit den Brüsten von Tauben und den Flanken von Kühen. Sie verglich die Blumen mit Email und das Gras mit abgetretenen türkischen Teppichen. Bäume waren vertrocknete Hexen, und Schafe waren graue Felsbrocken. Alles war tatsächlich etwas anderes. Sie fand den Bergsee auf dem Gipfel und stürzte sich fast hinein, um die Weisheit zu suchen, die sie darin verborgen glaubte; und als sie, vom Gipfel, in der weiten Ferne, über das Marmarameer hinweg, die Ebenen Griechenlands erblickte und (ihre Augen waren bewundernswert) die Akropolis ausmachte, mit einem weißen Streifen oder zweien, die, so dachte sie, der Parthenon sein müßten, weitete sich ihre Seele mit ihren Augäpfeln, und sie betete darum, die Majestät der Berge teilen zu können, die heitere Ruhe der Ebenen kennenlernen zu dürfen etc. etc., wie alle derartigen Gläubigen es tun. Und dann, den Blick senkend, zwangen die rote Hyazinthe, die purpurne Iris sie dazu, in Ekstase über die Güte, über die Schönheit der Natur aufzuschreien; die Augen wieder hebend, sah sie den sich in die Lüfte hoch aufschwingenden Adler und stellte sich seine Verzückung vor und machte sie zu ihrer eigenen. Heimkehrend grüßte sie jeden Stern, jeden Gipfel und jedes Wachfeuer, als blinzelten sie nur ihr allein zu; und endlich, wenn sie sich auf ihre Matte im Zelt der Zigeuner warf, konnte sie nicht anders, als noch einmal auszurufen, Wie gut zu essen! Wie gut zu essen! (Denn es ist eine seltsame Tatsache, daß die Menschen, obwohl sie nur so unvollkommene Mittel der Verständigung besitzen, so daß sie nur sagen können »gut zu essen« wenn sie »schön« meinen und umgekehrt, dennoch lieber Lächerlichkeit und Mißverständnis ertragen, als irgendein Erlebnis für sich zu behalten.) All die jungen Zigeuner lachten. Aber Rustum el Sadi, der Alte, der Orlando auf seinem Esel aus Konstantinopel herausgebracht hatte, saß schweigend. Er hatte eine Nase wie ein Krummsäbel; seine Wangen waren zerfurcht wie vom jahrzehntelangen Fallen eisernen Hagels; er war braun und scharfäugig, und wie er da saß und an seiner Wasserpfeife zog, beobachtete er Orlando genau. Er hatte den tiefsten Argwohn, daß ihre Gottheit die Natur sei. Eines Tages fand er sie in Tränen. Dies so verstehend, daß ihre Gottheit sie bestraft habe, sagte er ihr, er sei nicht überrascht. Er zeigte ihr die Finger seiner linken Hand, verdorrt vom Frost; er zeigte ihr seinen rechten Fuß, zerschmettert von einem fallenden Felsen. Dies, sagte er, sei, was ihr Gott den Menschen antue. Als sie sagte, »Aber so schön«, und dabei das englische Wort gebrauchte, schüttelte er den Kopf; und als sie es wiederholte, war er zornig. Er sah, daß sie nicht das glaubte, was er glaubte, und das genügte, so weise und alt er auch war, ihn zu erzürnen.

Diese Meinungsverschiedenheit beunruhigte Orlando, die bisher vollkommen glücklich gewesen war. Sie fing an zu denken, ob die Natur schön oder grausam sei; und dann fragte sie sich, was diese Schönheit sei; ob sie in den Dingen selbst sei, oder nur in ihr; und so gelangte sie schließlich zur Natur der Wirklichkeit und von da zur Wahrheit und von da wiederum zu Liebe, Freundschaft, Dichtung (wie in den Tagen auf dem hohen Hügel daheim); welche Meditationen, da sie kein Wort von ihnen mitteilen konnte, dazu führten, daß sie sich, wie nie zuvor, nach Feder und Tinte sehnte.

»Oh! wenn ich nur schreiben könnte!« rief sie (denn sie unterlag der seltsamen Einbildung all jener, die schreiben, daß geschriebene Worte mitgeteilte Worte seien). Sie hatte keine Tinte und nur wenig Papier. Aber sie machte sich Tinte aus Beeren und Wein; und da sie im Manuskript des »Eich-Baums« noch ein paar Ränder und leere Stellen fand, gelang es ihr, indem sie eine Art Kurzschrift schrieb, die Szenerie in einem langen Blankversgedicht zu beschreiben und ein Zwiegespräch mit sich selbst über diese Schönheit und die Wahrheit zu führen, das sehr prägnant war. Dies machte sie ganze Stunden lang außergewöhnlich glücklich. Aber die Zigeuner wurden mißtrauisch. Zunächst fiel ihnen auf, daß sie sich beim Melken und Käsebereiten weniger geschickt zeigte als zuvor; als nächstes, daß sie oft zögerte, bevor sie antwortete; und einmal wachte ein Zigeunerknabe, der geschlafen hatte, vor Schreck auf, als er ihre Augen auf sich fühlte. Manchmal wurde dieser Zwang vom ganzen Stamm empfunden, der mehrere Dutzend erwachsener Männer und Frauen zählte. Er entsprang ihrem Gefühl (und ihre Gefühle sind sehr scharf und ihrem Vokabular bei weitem überlegen), daß, was immer sie täten, wie Asche in ihren Händen zerfalle. Eine alte Frau, die einen Korb flocht, ein Knabe, der ein Schaf abhäutete, sie sangen oder summten bei der Arbeit zufrieden vor sich hin, wenn Orlando ins Lager kam, sich am Feuer auf die Erde warf und in die Flammen starrte. Sie mußte die beiden nicht einmal ansehen, und doch spürten sie, hier ist jemand, der zweifelt (wir geben eine grobe Rohübersetzung aus der Zigeunersprache); hier ist jemand, der die Sache nicht um ihrer selbst willen tut; noch sieht um des Sehens willen; hier ist jemand, der weder an ein Schafsfell noch an einen Korb glaubt; sondern (hier sahen sie sich furchtsam im Zelt um) etwas anderes sieht. Dann fing ein vages, aber höchst unangenehmes Gefühl an, sich in dem Knaben und in der alten Frau breitzumachen. Sie zerbrachen ihre Weidenruten; sie schnitten sich in die Finger. Ein großer Zorn erfüllte sie. Sie wünschten, Orlando würde das Zelt verlassen und nie wieder in ihre Nähe kommen. Und doch war sie, wie sie zugeben mußten, von fröhlicher und williger Natur; und eine von ihren Perlen war genug, die prächtigste Ziegenherde von ganz Brussa zu kaufen.

Langsam fing sie an zu fühlen, daß es einen Unterschied gab zwischen ihr und den Zigeunern, der sie manchmal zögern ließ, zu heiraten und sich für immer unter ihnen niederzulassen. Zuerst versuchte sie, dies zu begründen, indem sie sich sagte, sie stamme aus einem alten und zivilisierten Volk, während die Zigeuner ein unwissender Menschenschlag seien, nicht viel besser als Wilde. Eines Abends, als sie ihr Fragen über England stellten, konnte sie nicht anders, als mit einigem Stolz das Haus zu beschreiben, in dem sie geboren wurde, daß es 365 Schlafzimmer habe und seit vier- oder fünfhundert Jahren im Besitz ihrer Familie sei. Ihre Vorfahren wären Earls, oder sogar Herzöge, fügte sie hinzu. Dabei fiel ihr wieder auf, daß die Zigeuner unruhig wirkten; aber nicht zornig wie damals, als sie die Schönheit der Natur gepriesen hatte. Jetzt waren sie höflich, aber betroffen, wie Menschen von guter Herkunft und Erziehung es sind, wenn ein Fremder dazu verleitet wurde, seine niedere Herkunft oder seine Armut einzugestehen. Rustum folgte ihr allein aus dem Zelt und sagte, sie solle sich nichts daraus machen, daß ihr Vater ein Herzog gewesen sei und all die Schlafzimmer und Möbel besessen habe, die sie beschrieben hatte. Keiner von ihnen würde deswegen schlechter von ihr denken. Da wurde sie von einer Scham ergriffen, wie sie sie nie zuvor gefühlt hatte. Es war klar, daß Rustum und die anderen Zigeuner einen Stammbaum von vier- oder fünfhundert Jahren für den niedrigstmöglichen hielten. Ihre eigenen Familien reichten wenigstens zwei- oder dreitausend Jahre zurück. Für den Zigeuner, dessen Vorfahren Jahrhunderte vor Christi Geburt die Pyramiden gebaut hatten, war die Genealogie der Howards und Plantagenets nicht besser und nicht schlechter als die der Smiths und der Jones; beide waren belanglos. Überdies war dort, wo der Hirtenjunge einen Stammbaum von solchem Alter hatte, nichts besonders Denkwürdiges oder Wünschenswertes an alter Herkunft; Vagabunden und Bettler, sie alle besaßen sie. Und zudem war klar, obwohl er zu höflich war, es offen auszusprechen, daß der Zigeuner dachte, es könne keinen gemeineren Ehrgeiz geben als den, Hunderte von Schlafzimmern zu besitzen (sie befanden sich auf einem Berggipfel, als sie sich unterhielten; es war Nacht; die Berge ragten überall um sie herum hoch auf), wenn die ganze Welt unser ist. Vom Zigeunerstandpunkt aus betrachtet, war ein Herzog, das verstand Orlando, nichts weiter als ein Beuteschinder oder Räuber, der Menschen, die diese Dinge für wenig wertvoll erachteten, Land und Geld entriß und dem nichts Besseres einfiel, als dreihundertundfünfundsechzig Schlafzimmer zu bauen, wo eines genug war, und keins sogar noch besser als eins. Sie konnte nicht leugnen, daß ihre Vorfahren Feld um Feld angesammelt hatten; Haus um Haus; Ehre um Ehre; und doch war keiner von ihnen ein Heiliger gewesen, oder ein Held oder ein großer Wohltäter der Menschheit. Noch konnte sie das Argument widerlegen (Rustum war zu sehr Gentleman, um auf diesem Punkt zu beharren, aber sie verstand trotzdem), daß jedermann, der jetzt täte, was ihre Vorfahren vor drei- oder vierhundert Jahren getan hatten, als vulgärer Emporkömmling, als Abenteurer, als *nouveau riche* beschimpft werden würde – am lautesten von ihrer eigenen Familie.

Sie versuchte, derartige Argumente durch die übliche, wenn auch etwas verquere Methode zu beantworten, das Zigeunerleben selbst roh und barbarisch zu finden; und so kam es innerhalb kurzer Zeit zu viel bösem Blut zwischen ihnen. In der Tat sind derartige Meinungsverschiedenheiten Grund genug, Blutvergießen und Revolution zu verursachen. Städte sind für Geringeres geplündert worden, und Millionen von Märtyrern haben lieber auf dem Scheiterhaufen gelitten, als auch nur einen Zoll von den hier debattierten Punkten abzurücken. Keine Leidenschaft ist stärker in der Brust des Menschen als der Wunsch, andere glauben zu machen, was man selbst glaubt. Nichts schneidet so tief an die Wurzel seines Glücks und erfüllt ihn so mit Zorn wie das Gefühl, daß ein anderer niedrig wertet, was er hoch schätzt. Whigs und Tories, Liberale und Labour Partei – wofür kämpfen sie, wenn nicht für ihr eigenes Ansehen? Es ist nicht die Liebe zur Wahrheit, sondern der Wunsch, sich durchzusetzen, der Stadtviertel gegen Stadtviertel aufbringt und eine Pfarrgemeinde den Niedergang der anderen Pfarrgemeinde wünschen läßt. Jeder strebt lieber nach Gemütsruhe und Zweckdienlichkeit als nach dem Triumph der Wahrheit und der Erhebung der Tugend – aber diese Moralpredigten geziemen dem Historiker und sollen ihm überlassen bleiben, da sie todsterbenslangweilig sind wie Spülicht.

»Vierhundertundsechsundsiebzig Schlafzimmer bedeuten ihnen nichts«, seufzte Orlando.

»Ihr ist ein Sonnenuntergang lieber als eine Herde Ziegen«, sagten die Zigeuner.

Was zu tun sei, konnte Orlando sich nicht denken. Die Zigeuner zu verlassen und wieder Gesandter zu werden erschien ihr unerträglich. Aber es war gleichermaßen unmöglich, für immer an einem Ort zu bleiben, wo es weder Tinte noch Schreibpapier gab, weder Ehrfurcht vor den Talbots noch Achtung vor einer Vielzahl von Schlafzimmern. So dachte sie eines schönen Morgens auf den Hängen des Athos, als sie ihre Ziegen hütete. Und dann spielte die Natur, der sie vertraute, ihr entweder einen Streich oder vollbrachte ein Wunder – wieder unterscheiden sich die Meinungen zu sehr, als daß wir sagen könnten, welches von beiden. Orlando starrte ziemlich trostlos auf den steilen Hang, der vor ihr lag. Es war jetzt Hochsommer, und wenn wir die Landschaft mit irgend etwas vergleichen müssen, dann mit einem trockenen Knochen; einem Schafsgerippe; einem gigantischen Schädel, von tausend Geiern weiß gepickt. Die Hitze war immens, und der kleine Feigenbaum, unter dem Orlando lag, diente nur dazu, Muster von Feigenblättern auf ihren hellen Burnus zu malen.

Plötzlich tauchte ein Schatten, obwohl es nichts gab, was einen Schatten hätte werfen können, an der kahlen Bergflanke ihr gegenüber auf. Er vertiefte sich schnell, und bald zeigte sich eine grüne Senke, wo vorher nur karger Fels gewesen war. Während sie schaute, vertiefte und erweiterte sich die Senke, und ein großer, parkähnlicher Raum tat sich an der Seite des Hügels auf. Darin konnte sie einen wogenden grünen Rasen sehen; sie konnte hier und da Eichen hingetupft sehen; sie konnte die Drosseln in den Zweigen hüpfen sehen. Sie konnte die Hirsche anmutig von Schatten zu Schatten schreiten sehen und konnte sogar das Summen der Insekten und das sanfte Seufzen und Beben eines Sommertages in England hören. Nachdem sie eine Weile wie verzaubert hingeblickt hatte, fing Schnee an zu fallen; bald war die ganze Landschaft bedeckt und von violetten Schatten anstelle des gelben Sonnenlichts gezeichnet. Jetzt sah sie schwere Karren über die Straßen kommen, beladen mit Baumstämmen, die, wie sie wußte, gebracht wurden, um zu Feuerholz zersägt zu werden; und dann erschienen die Dächer und Glockenstühle und Türme und Höfe ihres Zuhauses. Der Schnee fiel stetig, und sie konnte jetzt das Schlittern und Poltern hören, mit dem er die Dächer hinunterglitt und auf die Erde fiel. Der Rauch stieg aus tausend Schornsteinen auf. Alles war so deutlich und so klar, daß sie eine Dohle im Schnee nach Würmern picken sah. Dann vertieften die violetten Schatten sich allmählich und schlossen sich über den Karren und Wiesen und über dem großen Haus selbst. Alles wurde verschluckt. Jetzt war nichts übrig von der grasigen Senke, und statt der grünen Wiesen war da nur der gleißende Hang, den tausend Geier kahlgepickt zu haben schienen. Bei diesem Anblick brach sie in leidenschaftliche Tränen aus, und sie lief zum Lager der Zigeuner zurück und sagte ihnen, sie müsse gleich am nächsten Tag nach England zurücksegeln.

Es war ein Glück für sie, daß sie dies tat. Schon hatten die jungen Männer ihren Tod geplant. Die Ehre, sagten sie, verlange dies, denn sie denke nicht wie sie. Dennoch hätte es ihnen leid getan, ihr die Kehle durchzuschneiden; und sie begrüßten die Nachricht von ihrer Abreise. Ein englisches Handelsschiff lag, wie es sich traf, schon unter Segel im Hafen, bereit, nach England zurückzukehren; und Orlando konnte, indem sie eine weitere Perle aus ihrem Halsband brach, nicht nur ihre Überfahrt bezahlen, sondern behielt sogar ein paar Banknoten in ihrer Börse übrig. Diese hätte sie den Zigeunern gerne geschenkt. Aber sie verachteten Reichtum, wie sie wußte; und sie mußte sich mit Umarmungen zufriedengeben, die von ihrer Seite aufrichtig gemeint waren.

Mit einigen der Guineen, die vom Verkauf der zehnten Perle ihrer Schnur übrig waren, hatte Orlando sich eine komplette Ausstattung solcher Kleider gekauft, wie Frauen sie damals trugen, und jetzt saß sie im Gewand einer jungen Engländerin von Stand an Deck der *Enamoured Lady*. Es ist eine seltsame Tatsache, aber eine wahre, daß sie sich bis zu diesem Augenblick kaum einen Gedanken über ihr Geschlecht gemacht hatte. Vielleicht hatten die türkischen Hosen, die sie bislang getragen hatte, daran mitgewirkt, ihre Gedanken abzulenken; und die Zigeunerfrauen unterscheiden sich, bis auf die eine oder andere wichtige Kleinigkeit, kaum von den Zigeunermännern. Auf jeden Fall wurde sie sich erst, als sie den Schwung der Röcke um ihre Beine spürte und der Kapitän sich mit der allergrößten Höflichkeit erbot, an Deck ein Sonnensegel für sie spannen zu lassen, mit plötzlichem Erschrecken der Vor- und Nachteile ihrer Lage bewußt. Aber dieses Erschrecken war nicht von der Art, die man vielleicht erwartet hätte.

Es wurde, soll damit gesagt sein, nicht einfach und allein durch den Gedanken an ihre Keuschheit und daran, wie sie sie bewahren könnte, verursacht. Unter normalen Umständen hätte eine schöne junge Frau ganz allein an nichts anderes gedacht; das ganze Gebäude weiblicher Herrschaft beruht auf diesem Grundstein; Keuschheit ist ihr Juwel, ihre Zier, die zu schützen sie bis zur Raserei gehen, und an der sie sterben, sollten sie ihrer beraubt werden. Aber wenn man an die dreißig Jahre ein Mann gewesen ist, und ein Gesandter dazu, wenn man eine Königin in den Armen gehalten hat und ein oder zwei Damen von weniger hohem Rang, falls die Gerüchte stimmen, wenn man eine Rosina Pepita geheiratet hat, und so weiter, bekommt man wegen so etwas vielleicht keinen ganz so großen Schrecken. Orlandos Erschrecken war von sehr komplizierter Art und läßt sich nicht im Handumdrehen zusammenfassen. Tatsächlich hat niemand ihr je den Vorwurf gemacht, zu jenen Scharfsinnigen zu gehören, die eine Sache in einer Minute zu Ende gedacht haben. Sie brauchte die gesamte Länge ihrer Reise, um die

Bedeutung ihres Erschreckens moralisch zu ergründen, und so wollen wir ihr, in ihrem eigenen Tempo, folgen.

»Herrgott«, dachte sie, als sie sich von ihrem Erschrecken erholt hatte und sich unter dem Sonnensegel ausstreckte, »das hier ist, das ist einmal sicher, ein angenehmes, faules Leben. Aber«, dachte sie, wobei sie ein wenig mit den Beinen strampelte, »es ist schon eine Plage, diese Röcke um die Hacken zu haben. Dabei ist der Stoff (geblümte Paduaseide) der herrlichste der Welt. Nie habe ich erlebt, daß meine Haut (hier legte sie eine Hand auf ihr Knie) so vorteilhaft zur Geltung kommt wie jetzt. Aber könnte ich in Kleidern wie diesen über Bord springen und schwimmen? Nein! Deshalb müßte ich auf den Schutz einer Blaujacke vertrauen. Hätte ich dagegen etwas einzuwenden? Hätte ich das?« fragte sie sich, an dieser Stelle auf den ersten Knoten im glatten Gewebe ihrer Argumentation stoßend.

Das Dinner kam, bevor sie ihn entwirrt hatte, und dann war es der Kapitän selbst – Kapitän Nicholas Benedict Bartolus, ein Kapitän zur See von distinguierter Erscheinung, der dies für sie erledigte, als er ihr eine Scheibe Pökelfleisch vorlegte.

»Ein wenig vom Fett, Madam?« fragte er. »Erlauben Sie mir, Ihnen das winzigkleinste Scheibchen zu schneiden, nur so groß wie Ihr Fingernagel.« Bei diesen Worten lief ein köstlicher Schauder durch ihren Leib. Vögel sangen; Gebirgsbäche rauschten. Es rief das Gefühl unbeschreiblicher Freude wach, mit dem sie Sascha vor hundert Jahren zum ersten Mal gesehen hatte. Damals hatte sie verfolgt, jetzt floh sie. Welches ist die größere Ekstase? Die des Mannes oder die der Frau? Und sind sie nicht vielleicht gleich? Nein, dachte sie, dies ist am köstlichsten (wobei sie dem Kapitän dankte, aber ablehnte), abzulehnen und zu sehen, wie er die Stirn runzelt. Also gut, wenn er es wünsche, würde sie vielleicht das allerdünnste, allerkleinste Scheibchen von der Welt nehmen. Dies war am köstlichsten von allem, nachzugeben und zu sehen, wie er lächelte. »Denn nichts«, dachte sie, als sie sich an Deck auf ihrem Diwan ausstreckte und ihre Argumentation wieder aufnahm, »ist himmlischer, als sich zu sträuben und nachzugeben; nachzugeben und sich zu sträuben. Es stürzt den Geist gewißlich in einen Taumel, wie nichts sonst es vermag. So daß ich nicht sicher bin«, fuhr sie fort, »daß ich schließlich und endlich nicht doch über

Bord springen werde, nur um des Vergnügens willen, von einer Blaujacke gerettet zu werden.«

(Man darf nicht vergessen, daß sie wie ein Kind war, das in den Besitz eines Lustgartens oder eines Spielzeugschranks gelangt; ihre Argumentationen würden sich nicht für reife Frauen empfehlen, die ihr ganzes Leben lang das Vergnügen gehabt haben.)

»Aber was haben wir jungen Burschen im Kockpit der *Marie Rose* noch einmal über Frauen gesagt, die über Bord sprangen, nur um das Vergnügen zu haben, von einer Blaujacke gerettet zu werden?« sagte sie. »Wir hatten ein Wort für sie. Ah! Jetzt weiß ich es wieder . . .« (Aber wir müssen dieses Wort auslassen; es war über die Maßen respektlos und klang befremdlich aus dem Munde einer Dame.) »Herrgott!« rief sie erneut am Schluß ihres Gedankenganges, »muß ich denn also anfangen, die Meinung des anderen Geschlechts zu respektieren, ungeachtet dessen, für wie ungeheuerlich ich sie halte? Wenn ich Röcke trage, wenn ich nicht schwimmen kann, wenn ich von einer Blaujacke gerettet werden muß, bei Gott!« rief sie, »dann muß ich eben!« Woraufhin eine Schwermut über sie kam. Von Natur aufrichtig und jeder Art von Doppeldeutigkeit abgeneigt, langweilte es sie, zu lügen. Es schien ihr eine umwegige Art und Weise, an die Dinge heranzugehen. Und doch, überlegte sie, wenn die geblümte Paduaseide – das Vergnügen, von einer Blaujacke gerettet zu werden –, wenn dies alles nur auf umwegige Weise zu erreichen war, mußte man, so vermutete sie, eben umwegig vorgehen. Sie erinnerte sich daran, wie sie, als junger Mann, darauf bestanden hatte, daß Frauen gehorsam, keusch, parfümiert und exquisit gekleidet sein müßten. »Nun werde ich am eigenen Leib für jene Wünsche zahlen müssen«, überlegte sie; »denn Frauen sind nicht (nach meiner eigenen, kurzen Erfahrung mit diesem Geschlecht zu urteilen) von Natur aus gehorsam, keusch, parfümiert und exquisit gekleidet. Sie können diese Reize, ohne die sie keine der Freuden des Lebens genießen dürfen, nur durch die mühevollste Disziplin erlangen. Da haben wir das Frisieren«, dachte sie, »das allein nimmt eine Stunde meines Vormittags in Anspruch; das in den Spiegel Sehen, noch eine Stunde; das Schnüren; das Waschen und Pudern; das Umziehen von Seide zu Spitze und von Spitze zu Paduaseide; das Keuschsein, jahrein, jahraus . . .« Hier stieß sie ungeduldig mit dem Fuß und zeigte dabei einen oder zwei Zoll Bein. Ein Seemann auf dem Mast, der in diesem Augenblick zufällig nach unten sah, fuhr so heftig zusammen, daß er den Tritt verfehlte und sich nur mit knapper Not retten konnte. »Wenn der Anblick meiner Knöchel für einen ehrlichen Burschen, der zweifellos eine Frau und eine Familie zu ernähren hat, den Tod bedeutet, muß ich sie, im Namen der Menschlichkeit, bedeckt halten«, dachte Orlando. Und doch zählten ihre Beine zu ihren vorzüglichsten Schönheiten. Und sie fing an, darüber nachzudenken, in was für eine komische Situation wir uns gebracht haben, wenn die ganze Schönheit einer Frau bedeckt gehalten werden muß, auf daß kein Seemann vom Masttopp fällt. »Die Pest über sie!« sagte sie, zum erstenmal begreifend, was man sie unter anderen Umständen schon als Kind gelehrt hätte, nämlich die heiligen Verpflichtungen des Frauseins.

»Und das ist der letzte Fluch, den ich je werde ausstoßen dürfen«, dachte sie; »sobald ich den Fuß auf englischen Boden gesetzt habe. Und ich werde nie wieder einem Mann eins über den Schädel geben dürfen oder ihm ins Gesicht sagen, daß er lügt, oder meinen Degen ziehen und ihn ihm durch den Leib rennen oder unter meinesgleichen sitzen oder eine Herzogskrone tragen oder in einer Parade marschieren oder einen Mann zum Tode verurteilen oder eine Armee befehligen oder auf einem Schlachtroß über Whitehall tänzeln oder zweiundsiebzig verschiedene Orden auf der Brust tragen. Alles, was ich tun kann, sobald ich den Fuß auf englischen Boden gesetzt habe, ist Tee ausschenken und meine Lords fragen, wie sie ihn möchten. Nehmen Sie Zucker? Nehmen Sie Sahne?« Und als sie diese Worte hervorflötete, ging ihr mit Entsetzen auf, eine wie niedrige Meinung sie sich über das andere Geschlecht zu bilden begann, das männliche, dem anzugehören einst ihr Stolz gewesen war. »Vom Masttopp zu fallen«, dachte sie, »weil man die Knöchel einer Frau erblickt; sich herauszuputzen wie Guy Fawkes[9] und durch die Straßen zu paradieren, damit die Frauen einen bewundern; einer Frau die Bildung zu verweigern, damit sie nicht über einen lachen kann; der Sklave des zerbrechlichsten Dings in Unterröcken zu sein und dennoch herumzustolzieren, als wäre man der Herr der Schöpfung – Himmel!« dachte sie, »was für Narren sie aus uns machen – was für Narren wir sind!« Und hier könnte man, einer gewissen Zwiespältigkeit ihrer Ausdrucksweise

Orlando nach ihrer Rückkehr nach England

zufolge, meinen, sie kritisiere beide Geschlechter gleichermaßen, als gehöre sie zu keinem von beiden; und in der Tat schien sie für den Augenblick zu schwanken; sie war Mann; sie war Frau; sie kannte die Geheimnisse, teilte die Schwächen beider. Es war ein höchst verwirrender und verworrener Zustand, in dem sie sich befand. Die Tröstungen der Unwissenheit schienen ihr gänzlich versagt. Sie war wie eine Feder, die vom Sturm dahingerissen wird. So ist es kein großes Wunder, daß sie, als sie die beiden Geschlechter miteinander verglich und beide abwechselnd voll der bedauerlichsten Mängel fand und sich nicht sicher war, zu welchem sie gehörte – es war kein großes Wunder, daß sie gerade aufschreien wollte, sie werde in die Türkei zurückkehren und wieder eine Zigeunerin werden, als der Anker mit einem gewaltigen Klatschen ins Meer fiel; die Segel rauschten auf Deck herunter, und sie bemerkte (so sehr war sie in ihre Gedanken versunken gewesen, daß sie mehrere Tage lang nichts gesehen hatte), daß das Schiff vor der Küste Italiens vor Anker lag. Der Kapitän ließ sogleich nach ihr schicken, um sie zu bitten, ihm die Ehre ihrer Begleitung im Langboot zu einem Ausflug an Land zu gewähren.

Als sie am nächsten Morgen zurückkehrte, streckte sie sich auf ihrem Diwan unter dem Sonnensegel aus und ordnete mit größter Schicklichkeit ihre Gewänder um ihre Knöchel.

»So unwissend und arm wir im Vergleich zum anderen Geschlecht auch sind«, dachte sie, den Satz fortsetzend, den sie am Tag zuvor unbeendet gelassen hatte, »mit allen Waffen gerüstet, wie sie es sind, und uns sogar die Kenntnis des Alphabets verweigern« (und aus diesen Anfangsworten geht deutlich hervor, daß in der Nacht etwas geschehen war, was ihr einen Stoß in Richtung auf das weibliche Geschlecht versetzt hatte, denn sie sprach mehr, wie eine Frau spricht, als wie ein Mann, aber dennoch mit einer gewissen Zufriedenheit), »fallen sie – trotzdem – vom Masttopp.« Hier gähnte sie ausgiebig und schlief ein. Als sie erwachte, segelte das Schiff vor einer leichten Brise so dicht vor der Küste, daß die Städte am Rand der Klippen nur durch das Dazwischentreten eines großen Felsens oder der knorrigen Wurzeln eines uralten Ölbaums davor bewahrt schienen, ins Wasser zu rutschen. Der Duft von Orangen, herbeigeweht von einer Million von Bäumen, die schwer waren vor Früchten, erreichte sie an Deck. Ein Schwarm blauer, mit den Schwänzen schlagender Delphine sprang hier und da hoch durch die Luft. Sie reckte die Arme (Arme, das hatte sie bereits gelernt, besitzen keine so lebensgefährliche Wirkung wie Beine) und dankte dem Himmel, daß sie nicht auf einem Schlachtroß Whitehall hinuntertänzelte und auch keinen Mann zum Tode verurteilte. »Besser ist es«, dachte sie, »in Armut und Unwissenheit gekleidet zu sein, welches die dunklen Gewänder des weiblichen Geschlechts sind; besser, die Beherrschung und Zucht der Welt anderen zu überlassen; besser, frei zu sein von kriegerischem Ehrgeiz, von der Liebe zur Macht und von all den anderen männlichen Begierden, wenn man so die höchsten Verzückungen, die der menschliche Geist kennt, voller auskosten kann, nämlich«, sagte sie laut, wie es ihre Gewohnheit war, wenn sie tief bewegt war, »Beschaulichkeit, Einsamkeit, Liebe.«

»Dem Himmel sei Dank, daß ich eine Frau bin!« rief sie und stand im Begriff, sich in die größte Narretei zu verrennen – deren es weder bei Mann noch Frau eine unglückseligere gibt –, nämlich stolz zu sein auf ihr Geschlecht, als sie über dem einzigartigen Wort zögerte, welches sich, ungeachtet all dessen, was wir tun möchten, um es an seinen Platz zu verweisen, am Schluß des letzten Satzes eingeschlichen hat: Liebe. »Liebe«, sagte Orlando. Und unverzüglich – dergestalt ist ihr Ungestüm – nahm die Liebe menschliche Gestalt an – dergestalt ist ihr Stolz. Denn wo andere Gedanken sich damit begnügen, abstrakt zu bleiben, kann diesen einen nichts zufriedenstellen, als Fleisch und Blut anzunehmen, Mantilla und Unterröcke anzulegen, Kniehose und Wams. Und da Orlandos Geliebte allesamt Frauen gewesen waren, war es jetzt, durch die sträfliche Trägheit der Menschennatur, sich den Konventionen anzupassen, obwohl sie selbst eine Frau war, noch immer eine Frau, die sie liebte; und wenn das Bewußtsein, vom selben Geschlecht zu sein, überhaupt eine Wirkung hatte, dann die, die Gefühle, die sie als Mann gehabt hatte, zu beleben. Denn nun wurden ihr tausend Andeutungen und Geheimnisse verständlich, die damals dunkel gewesen waren. Jetzt lichtete sich das Dunkel, das die Geschlechter trennt und in seinem Dämmer zahllose Unlauterkeiten verharren läßt, und wenn etwas ist an dem, was der Dichter über Wahrheit und Schönheit sagt, so gewann diese Zuneigung an Schönheit, was sie an Verfälschung verlor. Endlich, rief sie, kenne sie Sascha so wie sie gewesen, und in der Inbrunst dieser Entdekkung und in der Verfolgung all jener Schätze, die sich jetzt enthüllten, war sie so hingerissen und verzaubert, daß es war, als explodierte eine Kanonenkugel an ihrem Ohr, als die Stimme eines Mannes sagte: »Gestatten Sie, Madam«, eine Männerhand sie hochzog; und die Finger eines Mannes, mit einem auf dem Mittelfinger tätowierten Dreimaster, auf den Horizont deuteten.

»Die Klippen von England, Madam«, sagte der Kapitän, und er hob die Hand, die gedeutet hatte, zum Salut gen Himmel. Orlando erschrak zum zweiten Mal, heftiger noch als beim ersten Mal.

»Herr Jesses!« rief sie.

Zum Glück entschuldigte der Anblick ihres Heimatlandes nach langer Abwesenheit sowohl Erschrecken als auch Ausruf, sonst hätte sie Mühe gehabt, Kapitän Bartolus die stürmischen und widerstreitenden Gefühle zu erklären, die jetzt in ihr brodelten. Wie ihm sagen, daß sie, die jetzt an seinem Arm erbebte, ein Herzog und ein Gesandter gewesen war? Wie ihm erklären, daß sie, die sich wie eine Lilie in Falten aus Paduaseide schmiegt, Köpfe abgeschlagen und mit losen Frauen zwischen Säkken mit Schätzen in den Laderäumen von Piratenschiffen gelegen hatte, in Sommernächten, wenn die Tulpen blühten und die Bienen an Wapping Old Stairs summten? Nicht einmal sich selbst gegenüber konnte sie das gewaltige Erschrecken erklären, das sie durchfuhr, als die resolute rechte Hand des Schiffskapitäns auf die Klippen der Britischen Inseln deutete.

»Ablehnen und nachgeben«, murmelte sie, »wie hinreißend; verfolgen und erobern, wie hehr; wahrnehmen und durchdenken, wie erhaben.« Kein einziges dieser so gepaarten Worte schien ihr falsch; trotzdem fühlte sie sich, als die Kreideklippen immer näher kamen, schuldig; entehrt; unkeusch, was für jemanden, der nie auch nur einen Gedanken an diese Sache gewendet hatte, seltsam war. Immer näher kamen sie, bis die Meerfenchel-Sammler, die auf halber Höhe an den Klippen hingen, für das bloße Auge sichtbar waren. Und während sie sie beobachtete, fühlte sie, in ihrem Inneren, auf und nieder hüpfend wie ein spöttischer Kobold, der im nächsten Augenblick seine Röcke heben und auf und davon schweben wird, Sascha, die Verlorene, Sascha, die Erinnerung, deren Wirklichkeit sie eben erst so überraschend erfahren hatte – Sascha fühlte sie, die Gesichter und Grimassen schnitt und alle Arten von unehrerbietigen Gesten in Richtung auf die Klippen und die Meerfenchel-Sammler machte; und als die Matrosen anfingen, ihr »Adieu, Adieu, ihr Damen von Spanien« zu singen, hallten die Worte in Orlandos traurigem Herzen wider, und sie fühlte, daß sie, und wenn die Landung dort drüben auch noch sosehr Bequemlichkeit bedeutete, Opulenz bedeutete, Wichtigkeit und Rang bedeutete (denn sie würde zweifellos einen vornehmen Fürsten finden und als seine Gemahlin über halb Yorkshire herrschen), dennoch, wenn sie Konventionen bedeutete, Sklaverei bedeutete, Verstellung bedeutete, bedeutete, daß man ihr die Liebe verwehren, ihre Glieder fesseln, sie zwingen würde, die Lippen niedlich zu spitzen und die Zunge im Zaum zu halten, daß sie dann mit dem Schiff umkehren und wieder zu den Zigeunern zurücksegeln würde.

Aus dem Wirrwarr jener Gedanken erhob sich jetzt jedoch, wie eine Kuppel aus glattem, weißem Marmor, etwas, das – gleich ob Wirklichkeit oder Phantasie – auf ihre fiebrige Vorstellungskraft einen so großen Eindruck machte, daß sie sich darauf niederließ, wie man einen Schwarm sirrender Libellen mit sichtlicher Befriedigung auf der Glasglocke hat landen sehen, die eine zarte Pflanze schützt. Seine Form rief ihr, einer Laune der Phantasie folgend, jene früheste, beharrlichste Erinnerung ins Gedächtnis – den Mann mit der hohen Stirn in Twitchetts Zimmer, den Mann, der saß und schrieb oder vielmehr schaute, aber gewiß nicht zu ihr, denn er schien sie nicht zu sehen, die wie gebannt in all ihrem Staat dort stand, so bezaubernd sie als Knabe auch gewesen sein mußte, wie sie nicht leugnen konnte –, und wann immer sie an ihn dachte, legte der Gedanke ein Laken silberner Ruhe darum wie der aufgegangene Mond über reißenden Wassern. Ihre Hand hob sich jetzt an ihre Brust (die andere Hand befand sich noch in der Verwahrung des Kapitäns), wo die Seiten ihres Poems sicher verborgen waren. Es hätte ein Talisman sein können, den sie dort verwahrte. Die Ablenkung des Geschlechts, welches das ihre war, und was dies bedeutete, verblaßte; sie dachte jetzt nur noch an die Glorie der Poesie, und die großen Zeilen von Marlowe, Shakespeare, Ben Jonson, Milton begannen zu dröhnen und widerzuhallen, als schlüge ein goldener Klöppel gegen eine goldene Glocke im Turm der Kathedrale, die ihr Geist war. Die Wahrheit war, daß das Bild der Marmorkuppel, welches ihren Augen zunächst so verschwommen erschienen war, daß es an die Stirn eines Dichters denken ließ und daher eine Flut unpassender Vorstellungen ausgelöst hatte, keine Einbildung war, sondern Wirklichkeit; und als das Schiff vor einem günstigen Wind die Themse hinauflief, machte das Bild mit all seinen Assoziationen der Wahrheit Platz und enthüllte sich als nicht mehr und nicht weniger denn die Kuppel einer gewaltigen Kathedrale, die zwischen einem Gitterwerk weißer Spitztürme aufragte.

»Die St. Paul's Kathedrale«, sagte Kapitän Bartolus, der neben ihr stand. »Der Londoner Tower«, fuhr er fort. »Das Greenwich Hospital, erbaut zum Gedenken Königin Marys von ihrem Gemahl, Seiner Majestät dem verewigten William III. Die Westminster Abbey. Das Parlament.« Während er sprach, schob sich jedes dieser berühmten Gebäude ins Blickfeld. Es war ein schöner Septembermorgen. Eine Myriade kleiner Wasserfahrzeuge huschte von Ufer zu Ufer. Selten hat sich den Blikken eines heimgekehrten Reisenden ein fröhlicheres oder interessanteres Spektakel geboten. Orlando lehnte über dem Bug, versunken in Bewunderung. Ihre Augen waren zu lange an Wilde und an die Natur gewöhnt gewesen, um nicht von diesen städtischen Herrlichkeiten bezaubert zu sein. Das also war die Kuppel der St. Paul's Kathedrale, die Mr Wren[10] während ihrer Abwesenheit erbaut hatte. In der Nähe barst ein Schopf goldener Haare aus einer Säule – Kapitän Bartolus war an ihrer Seite, um sie darüber zu informieren, daß dies das *Monument* sei; während ihrer Abwesenheit habe es die Pest und eine Feuersbrunst gegeben, sagte er. Sosehr sie sich auch mühte, sie zurückzuhalten, füllten ihre Augen sich doch mit Tränen, bis sie sich daran erinnerte, daß Tränen einer Frau gut zu Gesichte stehen, und sie fließen ließ. Hier, dachte sie, hatte der große Karneval stattgefunden. Hier, wo die Wellen munter schwappten, hatte der königliche Pavillon gestanden. Hier hatte sie Sascha zum ersten Mal gesehen. Ungefähr hier (sie blickte hinab in die glitzernden Wasser) war man daran gewöhnt gewesen, die eingefrorene Bumbootsfrau mit den Äpfeln im Schoß zu sehen. All diese Pracht und Verderblichkeit waren verschwunden. Verschwunden war auch die dunkle Nacht, der ungeheuerliche Regenschauer, die gewaltigen Wogen der Flut. Hier, wo die gelben Eisberge, sich im Kreis drehend, vorbeigerast waren, eine Gruppe entsetzengeschüttelter elender Kreaturen obenauf, trieb eine Brut junger Schwäne, stolz, sich wiegend, prachtvoll. London selbst hatte sich völlig verändert, seit sie es das letzte Mal gesehen hatte. Damals, erinnerte sie sich, war es ein Gewirr kleiner, schwarzer, mürrisch geduckter Häuser gewesen. Die Köpfe von Rebellen hatten auf den Staketen von Temple Bar gegrinst. Die kopfsteingepflasterten Gassen hatten nach Abfall und Unrat gestunken. Jetzt, als das Schiff an Wapping vorbeisegelte, entdeckte sie breite und ordentliche Durchfahrten. Stattliche Kutschen, von Gespannen gutgefütterter Pferde gezogen, standen vor den Türen von Häusern, deren Erkerfenster, deren Spiegelglas, deren polierte Türklopfer vom Wohlstand und der bescheidenen Würde der Bewohner im Inneren zeugten. Damen in geblümter Seide (sie hob das Glas des Kapitäns an ihr Auge) spazierten auf erhöhten Gehsteigen. Bürger im bestickten Rock nahmen an Straßenecken unter Laternenmasten eine Prise. Ihr Blick fiel auf eine Vielzahl gemalter Aushängeschilder, die im Wind schwangen, und nach dem, was auf ihnen dargestellt war, konnte sie sich einen schnellen Begriff machen von dem Tabak, dem Tuch, der Seide, dem Gold, den Silberwaren, den Handschuhen, den Duftwässern und den tausend anderen Artikeln, die drinnen verkauft wurden. Noch konnte sie, während das Schiff zu seinem Ankerplatz in der Nähe der London Bridge segelte, mehr als einen Blick werfen auf die Fenster der Kaffeehäuser, wo auf den Balkonen, da das Wetter schön war, eine große Zahl ehrbarer Bürger behaglich saß, Porzellangeschirr vor sich, Tonpfeifen neben sich, während einer von ihnen aus einer Gazette las und häufig vom Gelächter oder den Kommentaren der anderen unterbrochen wurde. Waren dies Tavernen, waren dies Männer von Geist, waren dies Dichter? wollte sie von Kapitän Bartolus wissen, der sie zuvorkommend darüber informierte, daß sie in ebendiesem Augenblick – wenn sie den Kopf nur ein wenig nach links drehen und genau der Richtung seines Zeigefingers folgen wollte – so – gerade am Cocoa Tree vorbeikämen, wo man – ja, da war er – Mr Addison sehen konnte, wie er seinen Kaffee nahm; die beiden anderen Herren – »dort, Madam, ein Stück rechts vom Laternenmast, der eine bucklig, der andere nicht anders als Sie oder ich« – seien

Mr Dryden und Mr Pope.*[11] »Trauerklöße«, sagte der Kapitän, womit er sagen wollte, daß sie Papisten seien, »aber nichtsdestoweniger Männer von einiger Begabung«, fügte er hinzu und eilte nach achtern, um die Vorbereitungen zur Landung zu überwachen.

»Addison, Dryden, Pope«, wiederholte Orlando, als wären die Worte eine Beschwörung. Einen Augenblick lang sah sie die hohen Berge über Brussa, im nächsten hatte sie den Fuß auf das heimische Ufer gesetzt.

Jetzt jedoch sollte Orlando lernen, wie wenig selbst das ungestümste Flattern der Erregung gegen das eherne Antlitz des Gesetzes auszurichten vermag; daß es härter ist als die Steine der London Bridge und unerbittlicher als die Mündung einer Kanone. Kaum war sie in ihr Haus in Blackfriars zurückgekehrt, als ihr auch schon von einer Prozession von Polizeidienern aus der Bow Street und anderen gewichtigen Emissären der Gerichtshöfe bewußt gemacht wurde, daß sie Gegenstand dreier größerer Gerichtsverfahren sei, die während ihrer Abwesenheit gegen sie angestrengt worden seien, wie auch unzähliger kleinerer Rechtsstreitigkeiten, von denen einige sich aus ersteren ergaben, andere wiederum von diesen abhängig seien. Die Hauptanklagepunkte gegen sie lauteten, (1) daß sie tot sei und von daher kein wie auch immer geartetes Eigentum besitzen könne; (2) daß sie eine Frau sei, was ungefähr auf dasselbe hinausläuft; (3) daß sie ein englischer Herzog sei, der eine gewisse Rosina Pepita geehelicht habe, eine Tänzerin; und von ihr drei Söhne habe, welche nun mit der Erklärung, ihr Vater sei verstorben, den Anspruch erhoben, sein gesamter Besitz sei auf sie übergegangen. Derart schwere Anschuldigungen aus der Welt zu schaffen, würde natürlich Zeit und Geld brauchen. Ihr gesamter Besitz war für die Dauer der Verfahren der Zwangsverwaltung des Gerichts unterstellt und ihre Titel für suspendiert erklärt. Daher war sie in einer überaus zweideutigen Lage, nicht wissend, ob sie lebte oder tot war, Mann oder Frau, Herzog oder unbedeutendes Nichts, so daß sie per Postkutsche auf ihren Landsitz reiste, wo

* Der Kapitän muß sich geirrt haben, wie ein Blick in jedes Handbuch der Literatur zeigen wird; aber der Irrtum war ein gut gemeinter, und so wollen wir ihn stehenlassen.

sie, solange das Urteil des Gerichts ausstand, die gesetzliche Erlaubnis hatte, sich incognito oder incognita, je nachdem, wie der Fall sich erweisen würde, aufzuhalten.

Es war ein schöner Abend im Dezember, an dem sie ankam, und der Schnee fiel, und die violetten Schatten neigten sich schräg, fast so, wie sie sie von dem Gipfel bei Brussa gesehen hatte. Das große Haus lag mehr wie eine Stadt denn wie ein Haus da, braun und blau, rosig und purpurn, im Schnee, und all seine Schornsteine rauchten geschäftig, als wären sie beseelt von einem eigenen Leben. Sie konnte einen Aufschrei nicht unterdrücken, als sie es dort sah, ruhig und behäbig, hingelagert auf den Wiesen. Als die gelbe Kutsche in den Park einfuhr und über die Auffahrt zwischen den Bäumen rollte, hoben die Rothirsche wie erwartungsvoll die Köpfe, und es wurde beobachtet, daß sie, statt die Scheu an den Tag zu legen, die ihrer Art eigen ist, der Kutsche folgten und beim Hof stehenblieben, als sie vorfuhr. Einige schüttelten ihre Geweihe, andere scharrten über den Boden, als das Trittbrett herabgelassen wurde und Orlando ausstieg. Einer, so heißt es, kniete tatsächlich im Schnee vor ihr nieder. Sie hatte nicht die Zeit, die Hand nach dem Klopfer auszustrekken, als die beiden Flügel des großen Tors auch schon aufgerissen wurden, und dort, mit Lichtern und Fackeln, die sie hoch über ihre Köpfe hielten, waren Mrs Grimsditch, Mr Dupper und ein ganzes Gefolge von Dienstboten gekommen, sie zu begrüßen. Die geordnete Prozession wurde jedoch als erstes durch das Ungestüm Canuts, des Elchhundes, gestört, der seine Herrin mit solcher Inbrunst ansprang, daß er sie fast zu Boden warf; als nächstes durch die Aufregung Mrs Grimsditchs, die, als sie gerade einen Knicks machen wollte, von ihren Gefühlen überwältigt wurde und nur noch Milord! Milady! Milady! Milord! stammeln konnte, bis Orlando sie mit einem herzhaften Kuß auf beide Wangen tröstete. Anschließend fing Mr Dupper an, von einem Pergament zu lesen, doch da die Hunde bellten, die Jäger in ihre Hörner stießen und die Hirsche, die in dem ganzen Durcheinander in den Hof gekommen waren, den Mond anröhrten, kam er nicht recht voran, und die Versammlung zerstreute sich ins Haus, nachdem sie sich um ihre Herrin geschart und in jeder Weise ihre große Freude über deren Rückkehr kundgetan hatte.

Niemand zeigte auch nur den geringsten Argwohn, daß Orlando nicht der Orlando sei, den sie gekannt hatten. Falls es im menschlichen Geist einen Zweifel gegeben hätte, hätte das Verhalten der Hirsche und der Hunde ausgereicht, ihn zu zerstreuen, denn die stumme Kreatur ist, wie jeder weiß, ein weit besserer Beurteiler von Identität und Charakter, als wir es sind. Überdies, sagte Mrs Grimsditch an jenem Abend über ihrer Schale chinesischen Tees zu Mr Dupper, wenn ihr Lord nun auch eine Lady sei, so habe sie nie eine lieblichere gesehen, noch stehe eins dem andern auch nur für einen Penny nach; die eine sei genauso schön wie der andere; sie seien sich so ähnlich wie zwei Pfirsiche von einem Ast; in welcher Hinsicht sie, sagte Mrs Grimsditch, vertraulich werdend, schon immer ihre Vermutungen gehabt habe (hier nickte sie sehr geheimnisvoll mit dem Kopf), welches also für sie keine Überraschung sei (hier nickte sie sehr wissend mit dem Kopf) und, was sie persönlich anlange, ein sehr großer Trost; denn wo die Handtücher dringend gestopft werden müßten und die Vorhänge im Wohnzimmer des Kaplans am Saum von den Motten zerfressen seien, sei es Zeit, daß sie eine Herrin im Haus hätten.

»Und ein paar kleine Herren und Herrinnen, die ihr nachfolgen«, fügte Mr Dupper hinzu, der kraft seines heiligen Amtes privilegiert war, seine Meinung über delikate Angelegenheiten wie diese offen auszusprechen.

Und während die alten Dienstboten in der Gesindestube schwatzten, nahm Orlando ein silbernes Licht in die Hand und durchstreifte aufs neue die Hallen, die Galerien, die Höfe, die Schlafzimmer; sah wieder das dunkle Gesicht dieses Lord-Kanzlers, jenes Lord-Haushofmeisters unter ihren Vorfahren finster auf sie herabblicken; saß jetzt in diesem Prunksessel, lagerte jetzt auf jenem Himmelbett; betrachtete den Wandteppich, wie er sich bewegte; sah die reitenden Jäger und die fliehende Daphne; badete ihre Hand, so wie sie es als Kind so gerne getan hatte, in dem gelben Lichttümpel, den das Mondlicht bildete, wenn es durch den heraldischen Leoparden im Fenster fiel; schlitterte über die gewachsten Dielen der Galerie, deren andere Seite rohe Bohlen waren; berührte diese Seide, jenen Satin; stellte sich vor, die geschnitzten Delphine schwämmen; bürstete sich die Haare mit König James' silberner Bürste; vergrub ihr Gesicht in dem Potpourri, das genauso gemacht war, wie Wilhelm der Eroberer es sie vor vielen Hunderten von Jahren gelehrt hatte, und aus denselben Rosen; sah auf den Garten und stellte sich die schlafenden Krokusse vor, die schlummernden Dahlien; sah die zierlichen Nymphen weiß im Schnee schimmern, und die großen Eibenhecken, dick wie ein Haus, schwarz hinter ihnen; sah die Orangerien und die riesigen Mispelbäume – all dies sah sie, und jedes Bild und jedes Geräusch, so ungeschlacht wir es auch niederschreiben, erfüllte ihr Herz mit solcher Lust und einem solchen Balsam der Freude, daß sie am Ende, völlig erschöpft, die Kapelle betrat und in den alten, roten Armsessel sank, in dem ihre Vorfahren die Messe gehört hatten. Dort zündete sie sich eine Manila-Zigarre an (es war dies eine Gewohnheit, die sie aus dem Orient mitgebracht hatte) und schlug das Gebetbuch auf.

Es war ein kleines, in Samt gebundenes und mit Gold besticktes Buch, das Mary, die Königin der Schotten, auf dem Schafott in den Händen gehalten hatte, und das gläubige Auge konnte einen bräunlichen Fleck entdecken, von dem es hieß, er stamme von einem Tropfen des königlichen Blutes. Aber welch fromme Gedanken dies in Orlando weckte, welch böse Leidenschaften es in den Schlaf wiegte, wer wagte das zu sagen eingedenk der Tatsache, daß von allem Umgang der mit der Gottheit der unerforschlichste ist? Schriftsteller, Poeten, Historiker, sie alle zaudern mit der Hand an dieser Tür; noch gibt der Gläubige selbst uns Aufklärung, denn ist er etwa mehr als andere Menschen zum Sterben bereit oder williger, seine irdischen Güter zu teilen? Hält er sich nicht ebenso viele Mägde und Zugpferde wie die anderen? Und vertritt trotz alledem einen Glauben, so sagt er, der irdische Güter eitel und den Tod wünschenswert machen sollte. Im Gebetbuch der Königin befand sich neben dem Blutfleck auch eine Haarlocke und ein Krümel Gebäck; Orlando fügte diesen Andenken nun einen Tabakkrümel hinzu und wurde so, lesend und rauchend, von dem menschlichen Durcheinander des Ganzen – des Haars, des Gebäcks, des Blutflecks, des Tabaks – in eine derart besinnliche Stimmung versetzt, daß es ihr einen ehrfurchtsvollen Anhauch verlieh, welcher den Umständen angemessen war, obwohl sie, so heißt es, keinen Verkehr mit dem üblichen Gott pflog. Nichts kann jedoch anmaßender sein, obwohl nichts verbreiteter ist, als anzunehmen, daß es an Göttern nur einen gibt, und an Religionen nur die des Sprechers. Orlando, so schien es, hatte ihren eigenen Glauben. Mit aller religiösen Inbrunst der Welt dachte sie nun über ihre Sünden und die Unvollkommenheiten nach, die sich in ihren Seelenzustand eingeschlichen hatten. Der Buchstabe S, überlegte sie, ist die Schlange im Garten Eden des Dichters. Sosehr sie sich auch mühte, es waren immer noch zu viele dieser sündhaften Reptilien in den ersten Strophen des »Eich-Baums«. Aber das S war, ihrer Meinung nach, nichts im Vergleich zur Endung »end«. Das Partizip Präsens ist der Teufel persönlich, dachte sie (nun, da wir am passenden Ort sind, an Teufel zu glauben). Solchen Versuchungen auszuweichen ist die erste Pflicht des Dichters, schlußfolgerte sie, denn da das Ohr das Vorzimmer der Seele ist, kann Dichtung mit größerer Gewißheit zum Ehebruch verführen und vernichten als Wollust oder Schießpulver. Des Dichters Amt ist denn also das höchste von allen, fuhr sie fort. Seine Worte treffen, wo andere zu kurz greifen. Ein schlichtes Liedchen Shakespeares hat mehr für die Armen und die Sünder getan als alle Prediger und Philanthropen der Welt. Keine Zeit, keine Hingabe kann daher zu groß sein, die dafür sorgt, daß das Gefäß unserer Botschaft weniger verzerrend ist. Wir müssen unsere Worte formen, bis sie die dünnste Hülle für unsere Gedanken sind. Gedanken sind göttlich etc. So ist es offensichtlich, daß sie zurückgekehrt war in die engen Grenzen ihrer eigenen Religion, die die Zeit während ihrer Abwesenheit nur gestärkt hatte, und daß sie sehr schnell die Intoleranz des Glaubens annahm.

»Ich werde erwachsen«, dachte sie, endlich ihre Kerze nehmend. »Ich verliere einige Illusionen«, sagte sie, das Buch Königin Marys schließend, »vielleicht um andere zu erwerben«, und sie stieg hinab zu den Gräbern, wo die Gebeine ihrer Ahnen lagen.

Aber selbst die Gebeine ihrer Ahnen, von Sir Miles, Sir Gervase und den anderen, hatten etwas von ihrer Heiligkeit verloren, seit Rustum el Sadi in jener Nacht in den asiatischen Bergen mit der Hand abgewunken hatte. Die Tatsache, daß erst vor drei- oder vierhundert Jahren diese Gerippe Männer gewesen waren, die ihren Weg in der Welt zu machen hatten wie jeder moderne Emporkömmling, und daß sie ihn gemacht hatten, indem sie Häuser und Ämter erwarben, Hosenbänder und andere Orden, wie jeder andere Emporkömmling auch, während Dichter, vielleicht, und Männer von großem Geist und großer Bildung die Stille des Landes vorgezogen hatten, für welche Wahl sie die Strafe bitterster Armut zahlten und jetzt auf der Strand Flugschriften feilboten oder Schafe auf den Weiden hüteten, erfüllte sie irgendwie mit Gewissensbissen. Sie dachte an die ägyptischen Pyramiden und welche Gebeine unter ihnen lägen, wie sie da in der Gruft stand; und die weiten, leeren Berge, die über dem Marmarameer liegen, schienen ihr, für den Augenblick, ein schönerer Aufenthaltsort als dieser vielräumige Herrschaftssitz, in dem kein Bett ohne seine Steppdecke und keine Silberschüssel ohne ihren Silberdeckel war.

»Ich werde erwachsen«, dachte sie, ihre Kerze nehmend. »Ich verliere meine Illusionen, vielleicht um neue zu erwerben«, und sie ging durch die lange Galerie zu ihrem Schlafzimmer. Es war ein mißlicher Prozeß und ein mühevoller. Aber er war interessant, erstaunlicherweise, dachte sie, als sie die Beine vor dem Holzfeuer ausstreckte (denn kein Seemann war anwesend), und sie überschaute, als sei es eine Avenue mit großen Gebäuden, den Weg ihres eigenen Ichs durch die eigene Vergangenheit.

Wie sie Laute geliebt hatte, als sie ein Knabe war, und die Salve sich überstürzender Silben von den Lippen für die herrlichste aller Dichtung gehalten hatte. Dann – vielleicht war es die Wirkung Saschas und ihrer Enttäuschung – war in diesen hehren Wahn ein schwarzer Tropfen gefallen, der ihre Rhapsodie in Stumpfheit verwandelte. Langsam hatte sich in ihr etwas Verwobenes und Vielkammriges geöffnet, das zu erforschen, in Prosa, nicht in Versen, man eine Fackel nehmen mußte; und sie erinnerte sich, wie leidenschaftlich sie jenen Doktor aus Norwich studiert hatte, diesen Browne, dessen Buch hier vor ihr lag. Sie hatte hier in Einsamkeit, nach der Affäre mit Greene, einen Geist geformt oder zu formen versucht, denn der Himmel weiß, daß solche Gewächse Ewigkeiten brauchen, bis sie hervorkommen, der zum Widerstand fähig wäre. »Ich will schreiben«, hatte sie gesagt, »was zu schreiben mir Freude macht«; und hatte so sechsundzwanzig Bände heruntergeschrieben. Dennoch stand sie, trotz all ihrer Reisen und Abenteuer und ihrer tiefsinnigen Überlegungen und ihrem sich hierhin und dorthin Wenden, erst noch im Prozeß des Werdens. Was die Zukunft bringen mochte, wußte allein der Himmel. Der Wechsel war etwas Unaufhörliches, und vielleicht hörte der Wechsel nie auf. Hohe Zinnen aus Gedanken, Gewohnheiten, die so dauerhaft geschienen hatten wie Stein, fielen bei der geringsten Berührung mit einem anderen Geist wie Schatten in sich zusammen und hinterließen einen nackten Himmel und neue Sterne, die in ihm funkelten. Hier trat sie ans Fenster und konnte trotz der Kälte nicht umhin, es zu entriegeln. Sie lehnte sich hinaus in die klamme Nachtluft. Sie hörte einen Fuchs in den Wäldern bellen, und das Rascheln eines Fasans, der durch die Zweige streifte. Sie hörte den Schnee rutschen und vom Dach zu Boden poltern. »Bei meinem Leben«, rief sie aus, »dies ist tausendmal besser als die Türkei. Rustum«, rief sie, als argumentiere sie mit dem Zigeuner (und in dieser neuen Fähigkeit, ein Argument im Kopf zu behalten und mit jemandem fortzusetzen, der nicht anwesend war, um zu widersprechen, zeigte sich abermals die Entwicklung ihrer Seele), »du hattest unrecht. Dies ist besser als die Türkei. Haar, Gebäck, Tabak – aus was für Kraut und Rüben sind wir zusammengesetzt«, sagte sie (an das Gebetbuch Königin Marys denkend). »Was für eine Phantasmagorie von Trugbildern der Geist ist, und was für ein Versammlungsort von Ungleichem! Im einen Augenblick beklagen wir unsere Geburt und unseren Stand und streben nach asketischer Ekstase; im nächsten sind wir überwältigt vom Geruch eines alten Gartenpfads und weinen, weil wir die Drosseln singen hören.« Und so wie üblich verwirrt über die Vielzahl der Dinge, die nach einer Erklärung verlangen und uns ihre Botschaft aufprägen, ohne einen Hinweis auf ihren Sinn zu hinterlassen, warf sie ihre Manila-Zigarre aus dem Fenster und ging zu Bett.

Am nächsten Morgen holte sie infolge dieser Gedanken Feder und Papier hervor und machte sich von neuem an die Arbeit am »Eich-Baum«, denn Tinte und Papier im Überfluß zu haben, wenn man sich mit Beeren und Seitenrändern begnügen mußte, ist ein geradezu unvorstellbares Entzücken. So strich sie bald hier in tiefster Verzweiflung eine Wendung durch, fügte jetzt in höchster Ekstase eine neue ein, als ein Schatten die Seite verdunkelte. Hastig verbarg sie ihr Manuskript.

Da ihr Fenster auf den innersten der Höfe hinausging, da sie Anweisung gegeben hatte, daß sie niemanden empfangen würde, da sie niemanden kannte und selbst rechtlich gesehen unbekannt war, war sie zuerst überrascht über den Schatten, dann entrüstet, dann (als sie den Kopf hob und sah, was ihn verursachte) von Heiterkeit überwältigt. Denn es war ein vertrauter Schatten, ein grotesker Schatten, der Schatten von keiner geringeren Persönlichkeit als der der Erzherzogin Harriet Griselda von Finster-Aarhorn und Scand-op-Boom in rumänischen Landen. Sie hoppelte wie ehedem in ihrem alten schwarzen Reitkostüm und Umhang über den Hof. Nicht ein Haar auf ihrem Kopf war verändert. Dies also war die Frau, die sie aus England vertrieben hatte! Dies war die Brut jenes unzüchtigen Geiers – dies das verderbenbringende Geflügel in eigener Person! Beim Gedanken daran, daß sie bis in die Türkei geflüchtet war, um ihren Verführungskünsten zu entgehen (die nun über die Maßen schal geworden waren), lachte Orlando laut auf. Es lag etwas unaussprechlich Komisches im Anblick der Erzherzogin. Sie glich, wie Orlando damals schon gedacht hatte, nichts so sehr wie einem monströsen Hasen. Sie hatte die glotzenden Augen, die langen Backen, den hohen Kopfputz dieses Tieres. Jetzt hielt sie an, so wie ein Hase aufrecht im Korn sitzt, wenn er sich unbeobachtet glaubt, und starrte Orlando an, die vom Fenster zurückstarrte. Nachdem sie eine geraume Zeit derart gestarrt hatten, blieb nichts anderes zu tun, als sie hereinzubitten, und bald tauschten die beiden Damen Höflichkeiten aus, während die Erzherzogin den Schnee von ihrem Umhang klopfte.

»Die Pest über die Frauen«, sagte Orlando zu sich selbst, während sie zur Kredenz ging, um ein Glas Wein zu holen, »sie lassen einen keinen Augenblick in Frieden. Ein zudringlicheres, vorwitzigeres, neugierigeres Volk als sie gibt es nicht. Um diesem Maibaum zu entkommen, habe ich England verlassen, und jetzt« – hier drehte sie sich zur Erzherzogin, um ihr den Präsentierteller zu kredenzen, und siehe da – an ihrer Stelle stand ein hochgewachsener Gentleman in Schwarz. Ein Häufchen Kleider lag im Kamin. Sie war allein mit einem Mann.

Derart jäh in ein Bewußtsein ihres Geschlechts zurückgerufen, das sie völlig vergessen hatte, und des seinen, das dem ihren nun fern genug war, um gleichermaßen verwirrend zu sein, fühlte Orlando sich einer Ohnmacht nahe.

»Herrje!« rief sie und drückte die Hand an ihre Seite, »wie Ihr mich erschreckt!«

»Holdes Wesen«, rief die Erzherzogin, wobei sie einen Kniefall tat und Orlando gleichzeitig ein Cordial an die Lippen hielt, »verzeiht mir die Täuschung, die ich an Euch verübt.«

Orlando nippte den Wein, und der Erzherzog kniete und küßte ihre Hand.

Kurzum, zehn Minuten lang spielten sie mit großem Eifer die Rollen von Mann und Frau und gingen dann zu einer normalen Unterhaltung über. Die Erzherzogin (die jedoch in Zukunft als der Erzherzog bezeichnet werden muß) erzählte seine Geschichte – daß er ein Mann sei und immer gewesen sei; daß er ein Porträt Orlandos gesehen und sich auf der Stelle hoffnungslos in ihn verliebt habe; daß er sich, um sein Ziel zu erreichen, als Frau verkleidet und im Bäckerladen Logis genommen habe; daß er untröstlich gewesen sei, als Orlando in die Türkei flüchtete; daß er von ihrer Verwandlung gehört habe und herbeigeeilt sei, ihr seine Dienste anzubieten (hier gickerte und gackerte er unerträglich). Für ihn, sagte der Erzherzog Harry, sei sie die Personifikation, die Perle, die Perfektion ihres Geschlechts und werde es immer sein. Die drei Ps wären überzeugender gewesen, wären sie nicht durchsetzt gewesen mit Gegikker und Gegacker der merkwürdigsten Art. »Wenn das Liebe ist«, sagte sich Orlando, den Erzherzog auf der anderen Seite des Kamins betrachtend, und zwar jetzt aus dem Blickwinkel einer Frau, »dann ist etwas hochgradig Lächerliches daran.«

Der Erzherzog Harry fiel auf die Knie und brachte eine höchst leidenschaftliche Erklärung seines Heiratsbegehrens zum Ausdruck. Er sagte, er habe an die zwanzig Millionen Dukaten in einer Kassette in seinem Schloß. Er habe mehr Morgen Land als jeder Edelmann in England. Die Jagd sei ausgezeichnet: Er könne ihr eine gemischte Strecke von Schnee- und Haselhühnern bieten, mit der kein englisches Moor, und auch kein schottisches, es aufnehmen könne. Die Fasane hätten während seiner Abwesenheit zwar unter der Schnabelkrankheit gelitten, und die Rehe hätten vor der Zeit geworfen, aber das ließe sich in Ordnung bringen, und das würde auch geschehen, mit ihrer Hilfe, wenn sie zusammen in Rumänien lebten.

Während er sprach, formten sich riesige Tränen in seinen ziemlich stark vorquellenden Augen und liefen die sandigen Flächen seiner langen, schmalen Wangen hinunter.

Daß Männer ebenso häufig und grundlos weinen wie Frauen, wußte Orlando aus ihrer eigenen Erfahrung als Mann; aber sie fing an, sich bewußt zu werden, daß Frauen schockiert sein müssen, wenn Männer in ihrer Gegenwart Gefühle zeigen, und so war sie denn schockiert.

Der Erzherzog entschuldigte sich. Er beherrschte sich genügend, um sagen zu können, daß er sie jetzt verlassen, jedoch am nächsten Tag wiederkommen werde, um seine Antwort einzuholen.

Das war am Dienstag. Er kam am Mittwoch; er kam am Donnerstag; er kam am Freitag; und er kam am Samstag. Es ist richtig, daß jeder Besuch mit einer Liebeserklärung begann, dahinging oder endete, aber dazwischen gab es viel Raum für Schweigen. Sie saßen zu beiden Seiten des Kamins, und manchmal stieß der Erzherzog die Schüreisen um, und Orlando hob sie wieder auf. Dann besann der Erzherzog sich darauf, wie er in Schweden einen Elch geschossen hatte, und Orlando fragte, sei es ein sehr großer Elch gewesen, und der Erzherzog sagte, nicht so groß wie das Rentier, das er in Norwegen geschossen habe; und Orlando fragte, habe er je einen Tiger geschossen, und der Erzherzog sagte, er habe einen Albatros geschossen, und Orlando sagte (ein Gähnen halb unterdrückend), sei ein Albatros so groß wie ein Elefant, und der Erzherzog sagte – etwas sehr Vernünftiges, ohne Zweifel, aber Orlando hörte es nicht, denn sie sah auf ihren Schreibtisch, aus dem Fenster, zur Tür. Woraufhin der Erzherzog sagte, »Ich bete Euch an«, genau in dem Augenblick, in dem Orlando sagte; »Seht, es fängt an zu regnen«, worüber sie beide sehr verlegen waren und dunkelrot wurden und keinem von ihnen einfallen wollte, was sie als nächstes sagen könnten. In der Tat wußte Orlando sich keinen Rat mehr, worüber sie sprechen könnten, und hätte sie sich nicht auf ein Spiel namens Fliegen-Luh besonnen, bei dem sehr große Summen Geldes bei sehr geringem geistigen Einsatz verloren werden können, hätte sie ihn vermutlich heiraten müssen; denn wie sie ihn sonst hätte loswerden sollen, wußte sie nicht. Mit diesem Hilfsmittel jedoch, und es war ein sehr einfaches, für welches man nur drei Würfel Zucker und eine hinlängliche Anzahl Fliegen brauchte, wurde die Peinlichkeit einer Unterhaltung überwunden und die Notwendigkeit einer Heirat umgangen. Denn nun wettete der Erzherzog fünfhundert Pfund gegen ihren halben Schilling, daß eine Fliege sich auf diesem Würfel Zucker niederlassen würde und nicht auf jenem. So waren sie einen ganzen Vormittag lang vollauf damit beschäftigt, Fliegen zu beobachten (die um diese Jahreszeit verständlicherweise träge waren und oftmals eine runde Stunde damit verbrachten, an der Decke zu kreisen), bis schließlich eine prachtvolle Schmeißfliege ihre Wahl traf und das Spiel gewonnen war. Viele hundert Pfund wechselten die Hand bei diesem Spiel, von dem der Erzherzog, der ein geborener Spieler war, schwor, es sei in jedweder Hinsicht so gut wie Pferderennen, und von dem er beteuerte, es immerdar spielen zu können. Orlando aber wurde seiner bald überdrüssig.

»Was habe ich davon, eine schöne junge Frau in der Blüte meiner Jahre zu sein«, fragte sie, »wenn ich all meine Vormittage damit verbringen muß, Schmeißfliegen mit einem Erzherzog zu beobachten?«

Sie begann den Anblick von Zucker zu verabscheuen; Fliegen machten sie schwindlig. Irgendeinen Ausweg aus der Schwierigkeit mußte es geben, nahm sie an, aber sie war in den Künsten ihres Geschlechts noch nicht sehr bewandert, und da sie einem Mann keins mehr über den Schädel geben oder ihm mit dem Degen den Leib durchbohren konnte, fiel ihr kein besseres Mittel ein als dieses. Sie fing eine Schmeißfliege, quetschte ihr sanft das Leben aus dem Leib (sie war bereits halb tot, sonst hätte ihr Mitgefühl für die stumme Kreatur dies nicht zugelassen) und klebte sie mit einem Tropfen Gummiarabikum auf einen Würfel Zucker. Während der Erzherzog zur Decke hinaufsah, vertauschte sie diesen Würfel behende mit demjenigen, auf den sie ihr Geld gesetzt hatte, rief »Luh Luh!« und behauptete, sie habe die Wette gewonnen. Ihre Rechnung ging dahin, daß der Erzherzog, mit all seinen Kenntnissen über Sport und Pferderennen, den Betrug entdecken würde, und da Schummeln beim Luh das abscheulichste aller Verbrechen ist und Männer deswegen auf alle Zeiten aus der Gesellschaft der Menschen in die der Affen in den Tropen verbannt worden sind, rechnete sie darauf, daß er Manns genug sein würde, sich zu weigern, hinfort auch nur das Geringste mit ihr zu schaffen zu haben. Aber sie unterschätzte die Arglosigkeit des liebenswerten Edelmannes. Er war kein Fliegenkenner. Er sah keinen großen Unterschied zwischen einer toten Fliege und einer lebendigen. Sie probierte den Trick zwanzigmal, und er zahlte an sie über 17 250 Pfund (was in unserem Geld ungefähr 40 885 Pfund, 6 Schilling und 8 Pence sind), bis Orlando so auffällig schummelte, daß selbst er nicht länger zu täuschen war. Als ihm die Wahrheit endlich aufging, folgte eine schmerzliche Szene. Der Erzherzog erhob sich zu seiner vollen Höhe. Er wurde scharlachrot. Die Tränen liefen ihm, eine nach der anderen, über die Wangen. Daß sie ihm ein Vermögen abgewonnen habe, sei nichts – es sei ihr gegönnt; daß sie ihn getäuscht habe, sei etwas – es schmerze ihn zu denken, daß sie dessen fähig sei; aber daß sie beim Luh geschummelt habe, sei alles. Eine Frau zu lieben, die beim Spiel schummelte, sei, so sagte er, unmöglich. Hier brach er gänzlich zusammen. Zum Glück, sagte er, seine Fassung einigermaßen wiedergewinnend, gebe es keine Zeugen. Sie sei schließlich und endlich nur eine Frau, sagte er. Kurzum, er bereitete sich in der Ritterlichkeit seines Herzens darauf vor, ihr zu verzeihen, und hatte sich schon verbeugt, um ihre Verzeihung für die Heftigkeit seiner Worte zu erbitten, als sie der Sache, da er das stolze Haupt neigte, ein für allemal ein Ende bereitete, indem sie eine kleine Kröte zwischen seine Haut und sein Hemd gleiten ließ.

Der Gerechtigkeit halber muß gesagt werden, daß ihr ein Degen unendlich viel lieber gewesen wäre. Kröten sind glitschige Dinger, um sie einen ganzen Vormittag lang am eigenen Leib zu verbergen. Aber wenn Degen verboten sind, muß man zu Kröten Zuflucht nehmen. Überdies bewirken Kröten und Gelächter gemeinsam manchmal, was kalter Stahl nicht bewirken kann. Sie lachte. Der Erzherzog wurde rot. Sie lachte. Der Erzherzog fluchte. Sie lachte. Der Erzherzog knallte die Tür zu.

»Dem Himmel sei Dank!« rief Orlando, immer noch lachend. Sie hörte das Geräusch von Kutschenrädern, die in wütendem Tempo über den Hof gejagt wurden. Sie hörte sie über die Straße rattern. Immer schwächer wurde das Geräusch. Jetzt verhallte es ganz.

»Ich bin allein«, sagte Orlando, laut, da niemand da war, sie zu hören.

Daß Stille nach Geräuschen tiefer ist, bedarf noch der Bestätigung durch die Wissenschaft. Aber daß Einsamkeit spürbarer ist, unmittelbar nachdem man geliebt wurde, das würden viele Frauen unter Eid bezeugen. Als das Geräusch der Kutschenräder des Erzherzogs verhallte, fühlte Orlando, daß sich von ihr immer weiter und weiter ein Erzherzog entfernte (das war ihr gleich), ein Vermögen (das war ihr gleich), ein Titel (das war ihr gleich), die Sicherheit und der Stand der Ehe (das war ihr gleich), aber das Leben hörte sie von sich fortgehen, und einen Liebhaber. »Das Leben und ein Liebhaber«, murmelte sie; und sie ging zu ihrem Schreibtisch, tauchte die Feder in die Tinte und schrieb:

»Das Leben und ein Liebhaber« – eine Zeile, die sich nicht skandieren ließ und keinen Sinn ergab mit dem, was ihr vorausging – irgend etwas über die korrekte Art und Weise, Schafe gegen die Räude zu baden. Als sie die Zeile noch einmal las, errötete sie und wiederholte;

»Das Leben und ein Liebhaber.« Dann legte sie die Feder beiseite, ging in ihr Schlafzimmer, stellte sich vor den Spiegel und legte sich ihre Perlen um den Hals. Dann, da Perlen vor einem Vormittagskleid aus geblümtem Kattun nicht vorteilhaft zur Geltung kommen, wechselte sie zu taubengrauem Taft; dann zu pfirsichblütenfarbenem; dann zu weinrotem Brokat. Vielleicht war ein Hauch Puder vonnöten, und wenn ihr Haar – so – in die Stirn frisiert wäre, würde das ihr vielleicht stehen. Dann schlüpfte sie mit den Füßen in spitz zulaufende Schuhe und steckte sich einen Smaragdring an den Finger. »Jetzt«, sagte sie, als alles fertig war, und zündete die silbernen Wandleuchter zu beiden Seiten des Spiegels an. Welche Frau wäre nicht hellauf entflammt beim Anblick dessen, was Orlando nun im Schnee brennen sah – denn rings um den Spiegel herum waren schneebedeckte Rasenflächen, und sie selbst war wie ein Feuer, ein brennender Busch, und die Kerzenflammen um ihren Kopf waren silberne Blätter; oder dann wieder war der Spiegel grünes Wasser, und sie eine Meerjungfrau, von Perlen umschlungen, eine Sirene in einer Grotte, die sang, so daß Ruderer sich aus ihren Booten lehnten und hinabfielen, hinab, sie zu umarmen; so dunkel, so hell, so hart, so weich war sie, so erstaunlich verführerisch, daß es eine tausendfache Schande war, daß niemand da war, kurz und bündig und offen heraus zu sagen, »Verdammt noch mal, Madam, Sie sind die Lieblichkeit in Person«, was die reine Wahrheit war. Selbst Orlando (die sich nichts auf ihre eigene Person einbildete) wußte es, denn sie lächelte das unwillkürliche Lächeln, das Frauen lächeln, wenn ihre Schönheit, die nicht ihre eigene zu sein scheint, sich bildet wie ein fallender Tropfen oder eine hoch aufsteigende Fontäne und ihnen urplötzlich im Spiegel gegenübersteht – dieses Lächeln lächelte sie, und dann lauschte sie einen Augenblick und hörte nur die Blätter rascheln und die Spatzen zwitschern, und dann seufzte sie, »Das Leben, ein Liebhaber«, und dann wirbelte sie mit außerordentlicher Schnelligkeit auf dem Absatz herum; riß sich die Perlen vom Hals, streifte den Satin vom Rücken, stand hoch aufgerichtet in der eleganten, schwarzseidenen Kniehose eines gewöhnlichen Edelmannes und klingelte. Als der Diener kam, sagte sie ihm, er solle unverzüglich einen Sechsspänner bereitstellen lassen. Dringende Angelegenheiten riefen sie nach London. Eine Stunde nach dem Fortgang des Erzherzogs reiste sie ab.

Und während sie fuhr, dürfen wir, da die Landschaft von der einfachen englischen Art war, die keiner Beschreibung bedarf, die Gelegenheit ergreifen, um die Aufmerksamkeit des Lesers ausdrücklicher, als wir es zum gegebenen Zeitpunkt konnten, auf die eine oder andere Bemerkung zu lenken, die sich hier und da im Verlauf der Erzählung eingeschlichen hat. Zum Beispiel mag aufgefallen sein, daß Orlando ihre Manuskripte verbarg, wenn sie unterbrochen wurde. Weiterhin, daß sie lange und aufmerksam in den Spiegel sah; und jetzt, als sie nach London fuhr, mag man vielleicht bemerken, daß sie zu einem Schrei ansetzte und ihn unterdrückte, wenn die Pferde schneller galoppierten, als ihr lieb war. Ihre Bescheidenheit in bezug auf ihr Schreiben, ihre Eitelkeit in bezug auf ihre Person, ihre Ängste um ihre Sicherheit, dies alles scheint darauf hinzudeuten, daß das, was noch vor kurzer Zeit darüber gesagt worden ist, daß es keine Veränderung in Orlando, dem Mann, und Orlando, der Frau, gebe, aufhörte, ganz wahr zu sein. Sie wurde etwas bescheidener, wie Frauen es sind, was ihren Verstand anging, und etwas eitler, wie Frauen es sind, was ihre Person anging. Gewisse Empfänglichkeiten behaupteten, andere verringerten sich. Der Wechsel der Kleidung hatte, so werden manche Philosophen sagen, viel damit zu tun. Eitle Nebensächlichkeiten, die sie zu sein scheinen, haben Kleider, so sagen sie, wichtigere Aufgaben als nur die, uns warmzuhalten. Sie verändern unser Bild der Welt und das Bild der Welt von uns. Zum Beispiel, als Kapitän Bartolus Orlandos Rock sah, ließ er unverzüglich ein Sonnensegel für sie spannen, drängte sie, noch eine Scheibe Pökelfleisch zu nehmen, und lud sie ein, mit ihm im Langboot an Land zu fahren. Diese Komplimente wären ihr sicherlich nicht erwiesen worden, wären ihre Röcke, statt weit zu fließen, in der Art von Kniehosen eng um die Beine geschnitten gewesen. Und wenn uns Komplimente gemacht werden, geziemt es uns, sie zu erwidern. Orlando knickste; sie schickte sich drein; sie schmeichelte den Launen des guten Mannes, wie sie es nicht getan hätte, wäre seine schmucke Kniehose ein Frauenrock gewesen und sein betreßter Rock das Satinmieder einer Frau. So gibt es vieles, was die Ansicht unterstützt, daß es die Kleider sind, die uns tragen, und nicht wir sie; wir mögen sie dazu bringen, die Form von Arm oder Brust anzunehmen, sie aber formen unsere Herzen, unseren Verstand, unsere Zungen nach ihrem Belieben. Und so war, nachdem sie jetzt eine geraume Zeit Röcke getragen hatte, eine gewisse Veränderung in Orlando sichtbar, die sich, wenn der Leser sich Seite 112 ansehen will, sogar in ihrem Gesicht finden läßt. Wenn wir das Bild von Orlando als Mann mit dem von Orlando als Frau vergleichen, werden wir sehen, daß es, obwohl beide ohne jeden Zweifel ein und dieselbe Person sind, gewisse Veränderungen gibt. Der Mann hat die Hand frei, das Schwert zu ergreifen, die Frau muß die ihre benutzen, um zu verhindern, daß der Satin von ihren Schultern rutscht. Der Mann blickt der Welt offen ins Gesicht, als sei sie für seinen Gebrauch gemacht und nach seinem Geschmack gestaltet. Die Frau sieht sie von der Seite her kurz an, verstohlen, sogar voller Argwohn. Hätten beide dieselben Kleider getragen, ist es möglich, daß auch ihre Auffassungen dieselben gewesen wären.

Dies ist die Ansicht einiger Philosophen und kluger Köpfe, aber im großen und ganzen neigen wir einer anderen zu. Der Unterschied zwischen den Geschlechtern ist, zum Glück, von großer Tiefgründigkeit. Kleider sind nichts weiter als ein Symbol für etwas, das tief darunter verborgen liegt. Es war eine Veränderung in Orlando selbst, die ihr die Wahl eines Frauenkleides und eines Frauengeschlechts diktierte. Und vielleicht drückte sie damit nur mit größerer Offenheit als üblich – in der Tat war Offenheit die Seele ihrer Natur – etwas aus, das den meisten Menschen widerfährt, ohne derart deutlich ausgedrückt zu werden. Denn hier stehen wir wieder vor einem Dilemma. So unterschiedlich die Geschlechter auch sind, so überkreuzen sie sich doch. In jedem menschlichen Wesen gibt es ein Schwanken von einem Geschlecht zum anderen, und oft sind es nur die Kleider, die das männliche oder weibliche Aussehen aufrechterhalten, während darunter das Geschlecht das genaue Gegenteil dessen ist, als was es oben erscheint. Mit den Verwicklungen und Verwirrungen, die sich daraus ergeben, hat jeder seine Erfahrungen gemacht; hier aber verlassen wir die allgemeine Frage und verzeichnen nur die seltsame Wirkung, die das alles im besonderen Fall Orlandos hatte.

Denn es war diese Mischung in ihr von Mann und Frau, wobei einmal das eine die Oberhand hatte und dann das andere, die ihrem Verhalten oft eine unerwartete Wendung gab. Die Neugierigen ihres eigenen Geschlechts argumentierten zum Beispiel, wieso Orlando, wenn sie denn eine Frau sei, nie mehr als zehn Minuten brauche, um sich anzukleiden? Und wurden ihre Kleider nicht eher zufällig ausgewählt, und wurden sie nicht manchmal eher nachlässig getragen? Und dann sagten sie, nichtsdestoweniger habe sie nichts von der Förmlichkeit eines Mannes oder von der Liebe eines Mannes zur Macht. Sie habe ein überaus sanftes Herz. Sie könne es nicht ertragen zu sehen, wie ein Esel geschlagen oder ein Kätzchen ertränkt werde. Und dennoch, bemerkten sie, verabscheue sie Haushaltsangelegenheiten und sei mit der Morgendämmerung auf den Beinen und im Sommer draußen auf den Feldern, bevor die Sonne aufging. Kein Bauer wüßte mehr über Ernten als sie. Sie könne trinken wie die Besten von ihnen und liebe Glücksspiele. Sie sei eine ausgezeichnete Reiterin und lenke sechs Pferde im Galopp über die London Bridge. Und dennoch, wenn sie auch kühn und aktiv war wie ein Mann, es wurde bemerkt, daß der Anblick eines in Gefahr befindlichen Menschen bei ihr das weiblichste Herzklopfen auslöste. Sie brach beim geringsten Anlaß in Tränen aus. Sie war unbewandert in Geographie, fand Mathematik unerträglich und vertrat einige absonderliche Ansichten, die unter Frauen weiter verbreitet sind als unter Männern, wie zum Beispiel, daß nach Süden reisen nach unten reisen heißt. Ob also Orlando eher Mann oder eher Frau war, ist schwer zu sagen und kann jetzt nicht entschieden werden. Denn ihre Kutsche ratterte jetzt über das Kopfsteinpflaster. Sie hatte ihr Stadthaus erreicht. Das Trittbrett wurde heruntergelassen; die Eisentore wurden geöffnet. Sie betrat ihr Vaterhaus in Blackfriars, das, obwohl die elegante Welt jenen Teil der Stadt rapide verließ, immer noch ein angenehmes, geräumiges Herrenhaus war, mit Gärten, die sich bis hinunter zum Fluß erstreckten, und einem hübschen Nußbaumhain zum Lustwandeln.

Hier bezog sie ihr Quartier und fing unverzüglich an, sich nach dem umzusehen, was zu suchen sie gekommen war – nämlich das Leben und einen Liebhaber. Über ersteres mag es gewisse Zweifel geben; das zweite fand sie ohne die geringste Schwierigkeit zwei Tage nach ihrer Ankunft.

Es war ein Dienstag, da sie in die Stadt kam. Am Donnerstag unternahm sie einen Spaziergang auf der Mall, wie es damals die Gewohnheit von Personen von Stand war. Sie war den Boulevard noch keine zweimal auf und ab gegangen, als sie von einem kleinen Grüppchen gemeinen Volks bemerkt wurde, das dorthin geht, um die bessergestellten Menschen zu beobachten. Als sie an ihnen vorbeikam, trat eine gewöhnliche Frau mit einem Kind an der Brust vor, starrte Orlando vertraulich ins Gesicht und rief, »Der Herr steh' uns bei, wenn das nicht die Lady Orlando ist!« Ihre Kumpane drängten sich um sie herum, und Orlando fand sich im Augenblick im Mittelpunkt eines Mobs glotzender Bürger und Händlersfrauen, allesamt begierig, die Heldin des berühmten Prozesses zu begaffen. Derart war das Interesse, das die Streitsache in den Gemütern der gewöhnlichen Leute erregte. Sie hätte sich in der Tat ernstlich inkommodiert fühlen können durch das Gedränge der Menge – sie hatte vergessen, daß es sich für eine Dame nicht schickt, in aller Öffentlichkeit allein spazierenzugehen –, wäre nicht unverzüglich ein hochgewachsener Herr herbeigeeilt und hätte ihr den Schutz seines Arms angeboten. Es war der Erzherzog. Sie wurde bei seinem Anblick von Trübsinn, doch auch von einer gewissen Belustigung ergriffen. Nicht nur hatte dieser großmütige Edelmann ihr vergeben, sondern auch, um ihr zu zeigen, daß er ihren Streich mit der Kröte nicht übel aufgenommen hatte, überdies ein Schmuckstück in der Form jenes Reptils anfertigen lassen, welches er ihr zusammen mit einer Wiederholung seines Antrages aufdrängte, als er ihr in die Kutsche half.

Teils wegen der Menschenmenge, teils wegen des Herzogs, teils wegen des Schmuckstücks fuhr sie in der denkbar übelsten Laune nach Hause. War es denn unmöglich, einen Spaziergang zu unternehmen, ohne halb erstickt, von einem Erzherzog mit einer von Smaragden eingefaßten Kröte beschenkt und um die Hand gebeten zu werden? Sie sah den Fall in einem freundlicheren Licht, als sie am nächsten Tag auf ihrem Frühstückstisch ein halbes Dutzend Billetts von einigen der vornehmsten Damen des Landes vorfand – von Lady Suffolk, Lady Salisbury, Lady Chesterfield, Lady Tavistock und anderen, die sie auf die denkbar höflichste Weise an alte Bande zwischen ihren Familien und ihrer eigenen erinnerten und um die Ehre ihrer Bekanntschaft ersuchten. Am nächsten Tag, welcher ein Samstag war, machten viele dieser vornehmen Damen ihr höchstselbst ihre Aufwartung. Am Dienstag, gegen Mittag, überbrachten ihre Lakaien Einladungskarten zu verschiedenen Gesellschaften, Diners und Festlichkeiten in der nahen Zukunft; so daß Orlando ohne Verzug, und dazu mit einigem Wirbel und Getöse, in die Gewässer der Londoner Gesellschaft vom Stapel gelassen wurde.

Eine wahrheitsgetreue Beschreibung der Londoner Gesellschaft zu jener oder in der Tat zu irgendeiner anderen Zeit zu geben, übersteigt die Fähigkeiten des Biographen oder Historikers. Dies ist nur jenen zuzutrauen, die wenig Bedürfnis nach Wahrheit haben und keinen Respekt vor ihr – den Dichtern und Romanschreibern –, denn dies ist einer der Fälle, in denen es Wahrheit nicht gibt. Nichts gibt es. Das Ganze ist ein Miasma – eine Fata Morgana. Um deutlich zu machen, was wir meinen – Orlando kam für gewöhnlich um drei oder vier Uhr morgens von einer dieser Gesellschaften nach Hause, mit Wangen wie ein Weihnachtsbaum und Augen wie Sternen. Sie schnürte ein Band auf, ging zwanzigmal im Zimmer auf und ab, schnürte ein weiteres Band auf, blieb stehen und ging wieder im Zimmer auf und ab. Oft strahlte die Sonne über den Schornsteinen von Southwark, bevor sie sich entschließen konnte, zu Bett zu gehen, und da lag sie denn, sich eine Stunde oder länger hin und her werfend, lachend und seufzend, bis sie endlich einschlief. Und weswegen diese ganze Aufregung? Wegen der Gesellschaft. Und was hatte die Gesellschaft gesagt oder getan, um eine verständige junge Dame in eine derartige Erregung zu versetzen? Kurz und bündig, gar nichts. Sosehr sie sich auch den Kopf zermarterte, am nächsten Tage konnte Orlando sich nie an ein einziges Wort erinnern, das sich zu einem Etwas hätte vergrößern lassen. Lord O. war galant gewesen. Lord A. artig. Der Marquis von C. charmant. Mr M. amüsant. Aber wenn sie sich zu erinnern suchte, worin ihre Galanterie, ihre Artigkeit, ihr Charme oder ihr Witz bestanden hatten, mußte sie annehmen, ihr Gedächtnis lasse sie im Stich, denn sie konnte nichts davon benennen. Es war immer dasselbe. Nichts blieb am nächsten Tag übrig, und doch war die Erregung des Augenblicks ganz heftig. So sind wir denn zu dem Schluß gezwungen, daß die Gesellschaft ein Gebräu ist, wie es von geschickten Hausfrauen zur Weihnachtszeit heiß kredenzt wird, ein Gebräu, dessen Arom vom richtigen Mischen und Rühren eines Dutzends verschiedener Zutaten abhängt. Nimmt man eine davon heraus, ist sie für sich genommen geschmacklos. Nimmt man Lord O., Lord A., Lord C. oder Mr M. weg, ist jeder für sich genommen nichts. Rührt man sie jedoch alle zusammen, so verbinden sie sich, um das berauschendste Arom, den verführerischsten Duft zu verströmen. Dennoch entzieht sich dieser Rausch, dieses Verführerische, gänzlich unserer Analyse. In ein und demselben Augenblick ist die Gesellschaft daher alles und ist sie nichts. Die Gesellschaft ist das stärkste Elixier der Welt, und die Gesellschaft hat keine wie auch immer geartete Existenz. Solchen Ungeheuern sind höchstens Dichter und Romanschreiber gewachsen; mit derartigen Etwas-Nichtsen sind ihre Werke bis zu ungeheuerlicher Größe aufgeplustert; und mit dem besten Willen von der Welt sind wir es zufrieden, sie ihnen zu überlassen.

Dem Beispiel unserer Vorgänger folgend, wollen wir daher nur sagen, daß die Gesellschaft zur Regierungszeit Königin Annes[12] von nie dagewesenem Glanz war. Zutritt zu ihr zu haben war das Ziel jeder hochwohlgeborenen Person. Die Fertigkeiten waren unübertroffen. Väter unterwiesen ihre Söhne, Mütter ihre Töchter. Keine Erziehung für keins der Geschlechter war vollständig, wenn sie nicht die Wissenschaft des Betragens einschloß, die Kunst des sich Verbeugens und des Knicksens, die Handhabung von Degen und Fächer, die Pflege der Zähne, die Haltung des Beins, die Geschmeidigkeit des Knies, die richtige Art und Weise, ein Zimmer zu betreten und zu verlassen, und dazu tausend Etceteras, wie sie jedem, der sich selbst in der Gesellschaft bewegt hat, unverzüglich in den Sinn kommen. Da Orlando sich das Lob Königin Elizabeths erworben hatte für die Art und Weise, wie sie als Knabe eine Schale Rosenwasser darreichte, ist anzunehmen, daß sie gewandt genug war, die Probe zu bestehen. Dennoch ist es wahr, daß sie etwas Gedankenverlorenes an sich hatte, das sie manchmal ungeschickt sein ließ; sie war imstande, an Poesie zu denken, wenn sie an Taft hätte denken sollen; ihr Gang war vielleicht eine Spur zu ausgreifend für eine Frau, und ihre Gesten, die abrupt waren, mochten bei Gelegenheit eine Tasse Tee in Gefahr bringen.

Ob nun dieses leise Unvermögen ausreichend war, den Glanz ihrer Erscheinung zu konterkarieren, oder ob sie einen Tropfen zuviel von jenem schwarzen Saft geerbt hatte, der in den Adern aller aus ihrem Hause floß, sicher ist, daß sie noch keine zwanzigmal in der vornehmen Welt gewesen war, als man schon hätte hören können – wäre außer ihrem Spaniel Pippin jemand dagewesen, sie zu hören –, wie sie sich selbst fragte: »Was, zum Teufel, ist mit mir los?« Dies geschah am Dienstag, dem 16. Juni 1712; sie war eben erst von einem großen Ball im Arlington House zurückgekommen; die Dämmerung stand am Himmel, und sie zog gerade die Strümpfe aus. »Es ist mir gleich, wenn ich, solange ich lebe, keiner Menschenseele mehr begegne«, rief Orlando und brach in Tränen aus. Liebhaber hatte sie im Überfluß, aber das Leben, das schließlich und endlich auf seine Art von einiger Wichtigkeit ist, entzog sich ihr. »Ist dies«, fragte sie – aber es war niemand da, ihr zu antworten –, »ist dies«, beendete sie ihren Satz nichtsdestoweniger, »was die Leute Leben nennen?« Der Spaniel hob zum Zeichen des Mitgefühls die Vorderpfote. Der Spaniel leckte Orlando mit der Zunge. Orlando streichelte den Spaniel mit der Hand. Orlando küßte den Spaniel mit den Lippen. Kurzum, es herrschte zwischen ihnen die echteste Sympathie, die es zwischen einem Hund und seiner Herrin geben kann, und dennoch läßt sich nicht leugnen, daß die Stummheit der Tiere ein großes Hindernis für die Feinheiten des Umgangs ist. Sie wedeln mit dem Schwanz; sie ducken den vorderen Teil ihres Körpers und heben den hinteren; sie wälzen sich, sie springen, sie scharren, sie winseln, sie bellen, sie schlabbern, sie haben alle Arten von eigenen Zeremonien und Kunstkniffen, aber das alles nutzt nichts, da sie des Sprechens unkundig sind. Ebendies, dachte sie, als sie den Hund sacht auf den Boden setzte, war ihr Hader mit den großen Persönlichkeiten von Arlington House. Auch sie wedeln mit dem Schwanz, ducken sich, wälzen sich, springen, scharren und schlabbern, aber sprechen können sie nicht. »All die Monate, die ich mich in der Welt bewegt habe«, sagte Orlando, einen Strumpf quer durch das Zimmer schleudernd, »habe ich nichts gehört, was Pippin nicht auch hätte sagen können. Mir ist kalt. Ich bin glücklich. Ich habe Hunger. Ich habe eine Maus gefangen. Ich habe einen Knochen vergraben. Bitte, küß mich auf die Nase.« Und das war nicht genug.

Wie sie innerhalb so kurzer Zeit vom Rausch zum Abscheu gelangte, können wir nur durch die Vermutung zu erklären versuchen, daß diese geheimnisvolle Mixtur, die wir Gesellschaft nennen, an und für sich nichts absolut Gutes oder Schlechtes ist, aber einen Geist enthält, der flüchtig, aber wirksam ist und einen entweder trunken macht, wenn man ihn, wie Orlando es tat, für wundervoll hält, oder einem Kopfschmerzen verursacht, wenn man ihn, wie Orlando es tat, für widerwärtig hält. Daß die Fähigkeit zu sprechen auf die eine oder andere Weise viel damit zu tun hat, erlauben wir uns zu bezweifeln. Oft ist eine stumme Stunde die hinreißendste von allen; brillanter Geist kann unbeschreiblich öde sein. Aber überlassen wir das den Dichtern, und damit weiter in unserer Geschichte.

Orlando warf den zweiten Strumpf hinter dem ersten her und ging recht niedergeschlagen zu Bett, fest entschlossen, der Gesellschaft für immer abzuschwören. Aber wieder einmal war sie, wie sich herausstellte, zu hastig zu ihrer Schlußfolgerung gelangt. Denn gleich am nächsten Morgen wachte sie auf, um unter den üblichen Einladungskarten auf ihrem Tisch eine von einer gewissen großen Lady zu finden, der Gräfin von R. Nachdem sie in der Nacht beschlossen hatte, nie wieder in der Gesellschaft zu erscheinen, können wir Orlandos Verhalten – sie schickte stehenden Fußes einen Boten nach R— House, um sagen zu lassen, daß sie Ihrer Ladyschaft mit dem größten Vergnügen von der Welt ihre Aufwartung machen werde – nur durch die Tatsache erklären, daß sie noch immer unter der Wirkung dreier honigsüßer Wörter stand, die Kapitän Nicholas Benedict Bartolus ihr an Deck der *Enamoured Lady* ins Ohr geträufelt hatte, als sie die Themse hinaufsegelten. Addison, Dryden, Pope, hatte er gesagt, auf den Cocoa Tree deutend, und Addison, Dryden, Pope hatten seitdem unaufhörlich in ihrem Kopf geklingelt wie eine Zauberformel. Wer kann solche Narrheit begreifen, aber so war es. All ihre Erfahrung mit Nick Greene hatte sie nichts gelehrt. Solche Namen übten noch immer die machtvollste Faszination auf sie aus. An irgend etwas müssen wir vielleicht glauben, und da Orlando, wie wir sagten, keinen Glauben an die üblichen Gottheiten besaß, richtete sie ihre Gläubigkeit auf große Männer – jedoch mit einem Unterschied. Admiräle, Soldaten, Staatsmänner bewegten sie in keiner Weise. Aber der bloße Gedanke an einen großen Schriftsteller peitschte sie zu solchen Höhen der Gläubigkeit auf, daß sie ihn fast für unsichtbar hielt. Ihr Instinkt war ein gesunder. Vielleicht kann man nur voll und ganz an das glauben, was man nicht sehen kann. Der flüchtige Blick, den sie vom Deck des Schiffs auf jene großen Männer erhascht hatte, war von der Art einer Vision gewesen. Daß die Tasse aus Porzellan gewesen oder die Gazette aus Papier, bezweifelte sie. Als Lord O. eines Tages sagte, er habe am Abend zuvor mit Dryden gespeist, glaubte sie ihm schlicht und einfach kein Wort. Nun besaß Lady R.s Salon den Ruf, das Vorzimmer zum Audienzsaal des Genies zu sein; er war der Ort, an dem Männer und Frauen sich trafen, um vor der Büste des Genies in einer Wandnische Weihrauchfässer zu schwingen und Hymnen zu singen. Manchmal gewährte der Gott höchstpersönlich einen Augenblick lang die Gnade seiner Gegenwart. Einzig der Intellekt verschaffte dem Supplikanten Zutritt, und nichts (so ging das Gerücht) werde drinnen gesagt, was nicht geistreich sei.

Daher war es mit großem Zittern und Zagen, daß Orlando den Salon betrat. Sie fand eine Gesellschaft vor, die bereits im Halbkreis um den Kamin versammelt war. Lady R., eine ältliche Dame, von dunklem Teint, mit einer schwarzen Spitzenmantilla um den Kopf, saß in einem großen Armsessel in der Mitte. Auf diese Weise konnte sie, die etwas schwerhörig war, die Unterhaltung zu ihren beiden Seiten verfolgen. Zu ihren beiden Seiten saßen Männer und Frauen von höchstem Rang und Namen. Jeder Mann, so hieß es, sei ein Premierminister gewesen, und jede Frau, so wurde geflüstert, die Mätresse eines Königs. Sicher ist, daß alle brillant waren, und alle berühmt. Orlando nahm ihren Platz in tiefster Ehrerbietung schweigend ein . . . Nach drei Stunden knickste sie tief und ging.

Aber was, mag der Leser mit einiger Erbitterung fragen, geschah in der Zwischenzeit? In drei Stunden mußte eine solche Gesellschaft doch die geistreichsten, die tiefgründigsten, die interessantesten Dinge von der Welt gesagt haben. So möchte man in der Tat meinen. Tatsache scheint jedoch zu sein, daß sie nichts sagte. Es ist ein seltsamer Charakterzug, den sie mit den brillantesten Gesellschaften teilt, die die Welt je gesehen hat. Die alte Madame du Deffand[13] und ihre Freunde redeten fünfzig Jahre lang ununterbrochen. Und was ist von alldem geblieben? Vielleicht drei geistreiche Bemerkungen. So daß es uns freisteht zu vermuten, daß entweder nichts gesagt wurde oder daß nichts Geistreiches gesagt wurde oder daß der Bruchteil dreier geistreicher Bemerkungen über achtzehntausendzweihundertundfünfzig Nächte zu strecken wäre, womit keine der Nächte eine großzügige Portion an Geist zu verbuchen gehabt hätte.

Die Wahrheit – wenn wir ein solches Wort in einem solchen Zusammenhang zu benutzen wagen – scheint zu sein, daß alle derartigen Gruppen von Menschen unter einem Zauber stehen. Die Gastgeberin ist unsere moderne Sibylle. Sie ist eine Hexe, die ihre Gäste mit einem Bann belegt. In diesem Haus halten sie sich für glücklich; in jenem für geistreich; in einem dritten für tiefgründig. Es ist alles eine Illusion (womit nichts dagegen gesagt sein soll, denn Illusionen sind die wertvollsten und notwendigsten aller Dinge, und sie, die eine zu erschaffen vermag, gehört zu den größten Wohltäterinnen der Welt), aber da allseits bekannt ist, daß Illusionen im Konflikt mit der Wirklichkeit zerbrechen, wird kein wahres Glück, kein wahrer Geist, keine wahre Tiefgründigkeit dort toleriert, wo die Illusion vorherrscht. Dies dient als Erklärung dafür, weshalb Madame du Deffand im Verlauf von fünfzig Jahren nicht mehr als drei geistreiche Dinge sagte. Hätte sie mehr gesagt, wäre ihr Zirkel vernichtet gewesen. Als die geistreiche Bemerkung ihre Lippen verließ, schmetterte sie die gegenwärtige Unterhaltung ebenso nieder, wie eine Kanonenkugel die Veilchen und die Maßliebchen plattwalzt. Als sie ihr berühmtes »mot de Saint Denis« von sich gab, verdorrte sogar das Gras! Ernüchterung und Verzweiflung folgten. Kein Wort wurde gesprochen. »Ersparen Sie uns um Himmels willen ein weiteres solches, Madame!« riefen ihre Freunde wie aus einem Munde. Und sie gehorchte. Fast siebzehn Jahre lang sagte sie nichts Denkwürdiges mehr, und alles ging gut. Die schöne Steppdecke der Illusion lag unzerrissen über ihrem Zirkel, wie sie unzerrissen über dem Zirkel von Lady R. lag. Die Gäste dachten, sie wären glücklich, dachten, sie wären witzig, dachten, sie wären tiefgründig, und da sie dies dachten, dachten andere Leute es noch stärker; und so sprach sich herum, daß es nichts Hinreißenderes gebe als eine von Lady R.s Assembleen; alle beneideten jene, die zugelassen waren; jene, die zugelassen waren, beneideten sich selbst, weil andere sie beneideten; und so schien kein Ende abzusehen – bis auf das, welches wir nun erzählen müssen.

Denn als Orlando zum ungefähr dritten Mal hinging, ereignete sich ein gewisser Vorfall. Sie stand noch immer unter der Illusion, den brillantesten Epigrammen von der Welt zu lauschen, obwohl der alte General C. in Wirklichkeit nur sagte, und zwar in einiger Ausführlichkeit, wie die Gicht von seinem linken Bein auf das rechte übergegangen sei, während Mr L., sobald irgendein Name genannt wurde, unterbrach, »R.? Oh! Ich kenne Billy R. so gut wie meine Westentasche. S.? Mein bester Freund. T.?

Habe ihn zwei Wochen in Yorkshire besucht« – was, derart ist die Macht der Illusion, wie die geistreichste aller Entgegnungen klang, der tiefsinnigste Kommentar über das menschliche Leben, und die Gesellschaft pausenlos lautstark lachen ließ; als die Tür aufging und ein kleingewachsener Herr eintrat, dessen Namen Orlando nicht verstand. Bald überkam sie ein merkwürdig unangenehmes Gefühl. Den Gesichtern der anderen nach zu urteilen, fingen auch sie an es zu verspüren. Einer der Herren sagte, es ziehe. Die Marquise von C. fürchtete, unter dem Sofa müsse eine Katze sein. Es war, als würden ihre Augen nach einem schönen Traum langsam geöffnet und als begegne ihnen nichts als ein billiger Waschtisch und eine schmutzige Steppdecke. Es war, als entziehe sich ihnen langsam das Bukett eines köstlichen Weines. Immer noch redete der General, und immer noch erinnerte sich Mr L. Aber es wurde immer offensichtlicher, wie rot der Hals des Generals war und wie kahl der Kopf von Mr L. Und was nun ihre Worte anlangte – so ließ sich nichts Öderes und Trivialeres vorstellen. Alle rutschten unruhig hin und her, und diejenigen, die Fächer besaßen, gähnten dahinter. Zu guter Letzt klopfte Lady R. mit dem ihren auf die Lehne ihres großen Sessels. Beide Herren hörten auf zu sprechen.

Dann sagte der kleine Herr,

Als nächstes sagte er,

Zum Schluß sagte er,*

Hier, das läßt sich nicht leugnen, war echter Witz, echte Weisheit, echte Tiefgründigkeit. Die Gesellschaft wurde in abgrundtiefe Verzweiflung gestürzt. *Ein* derartiger Ausspruch war schlimm genug; aber drei, einer nach dem anderen, an ein und demselben Abend! Keine Gesellschaft konnte das überleben.

»Mr Pope«, sagte die alte Lady R. mit einer Stimme, die vor sarkastischem Zorn bebte, »Sie belieben witzig zu sein.« Mr Pope wurde rot. Niemand sagte ein Wort. Sie saßen rund zwanzig Minuten in tödlichem Schweigen. Dann erhoben sie sich einer nach dem anderen und schlichen aus dem Zimmer. Daß sie nach einem solchen Erlebnis je wiederkommen würden, war zweifelhaft. In der ganzen South Audley Street konnte man die Fackeljungen nach ihren Kutschen rufen hören. Türen wurden zuge-

* Diese Aussprüche sind zu bekannt, als daß sie wiederholt werden müßten; und außerdem finden sich alle in seinen veröffentlichten Werken.

schlagen, und Wagen fuhren davon. Orlando fand sich auf der Treppe in der Nähe von Mr Pope wieder. Sein schmächtiger, mißgestalter Körper wurde von einer Vielzahl von Gefühlen geschüttelt. Pfeile von Boshaftigkeit, Wut, Triumph, Witz und Entsetzen (er zitterte wie Espenlaub) schossen aus seinen Augen. Er sah aus wie ein gedrungenes Reptil mit einem brennenden Topas in der Stirn. Zur gleichen Zeit wurde die unglückliche Orlando vom seltsamsten Sturm der Gefühle ergriffen. Eine so vollständige Ernüchterung wie die, die ihrem Geist vor nicht einmal einer Stunde beigebracht worden war, läßt diesen von einer Seite zu anderen schwanken. Alles erscheint zehnmal kahler und nackter denn zuvor. Es ist ein Augenblick voll der höchsten Gefahr für das menschliche Gemüt. Frauen werden in solchen Augenblicken zu Nonnen und Männer zu Priestern. In solchen Augenblicken verschenken Reiche all ihren Besitz; und Glückliche schneiden sich die Kehle mit dem Tranchiermesser durch. Orlando hätte all dies willig getan, aber es gab noch etwas Unbesonneneres, was sie tun konnte, und dies tat sie. Sie lud Mr Pope ein, mit ihr nach Hause zu kommen.

Denn wenn es unbesonnen ist, unbewaffnet in die Höhle des Löwen zu gehen, unbesonnen, den Atlantik in einem Ruderboot zu überqueren, unbesonnen, auf einem Bein auf der Spitze der St. Paul's Kathedrale zu stehen, dann ist es noch unbesonnener, mit einem Dichter allein nach Hause zu gehen. Ein Dichter ist Atlantik und Löwe in einem. Während der eine uns ertränkt, zerfleischt uns der andere. Wenn wir die Zähne überleben, erliegen wir den Wellen. Ein Mann, der Illusionen zerstören kann, ist beides, Bestie und Flut. Illusionen sind für die Seele, was die Atmosphäre für die Erde ist. Nimmt man diese zärtliche Luft fort, stirbt die Pflanze, verblaßt die Farbe. Die Erde, auf der wir gehen, ist ausgeglühte Asche. Wir treten über Mergel, und feurige Kohlen verbrennen uns die Füße. Durch die Wahrheit werden wir zunichte gemacht. Das Leben ist ein Traum. Das Aufwachen ist's, das uns tötet. Er, der uns unserer Träume beraubt, beraubt uns unseres Lebens – (und sechs Seiten lang so weiter und so weiter, wenn Sie unbedingt wollen, aber der Stil ist öde, und wir lassen ihn lieber fallen).

Demzufolge hätte Orlando zu dem Zeitpunkt, an dem die Kutsche vor ihrem Haus in Blackfriars anlangte, ein Häufchen Asche sein müssen.

Daß sie noch immer Fleisch und Blut war, wenn auch ohne Zweifel erschöpft, ist einzig und allein auf eine Tatsache zurückzuführen, auf die wir die Aufmerksamkeit bereits an früherer Stelle der Erzählung lenkten. Je weniger wir sehen, desto mehr glauben wir. Nun waren die Straßen, die zwischen Mayfair und Blackfriars liegen, zu jener Zeit sehr unvollkommen beleuchtet. Gewiß, die Beleuchtung stellte gegenüber der der elisabethanischen Zeit eine große Verbesserung dar. Damals mußte der nächtliche Reisende auf die Sterne oder die rote Flamme eines Nachtwächters vertrauen, ihn vor den Kiesgruben der Park Lane oder den Eichenwäldern der Tottenham Court Road zu retten, in denen die Schweine wühlten. Aber dennoch mangelte ihr viel unserer modernen Zweckmäßigkeit. Laternenpfähle mit Öllampen gab es etwa alle zweihundert Schritt, aber dazwischen lag eine beträchtliche Strecke pechschwarzer Dunkelheit. So befanden sich Orlando und Mr Pope zehn Minuten lang in Finsternis; und dann ungefähr eine halbe Minute wieder im Licht. Ein sehr seltsamer Gemütszustand wurde so in Orlando hervorgerufen. Wenn das Licht nachließ, begann sie zu fühlen, wie der betörendste Balsam sich über sie stahl. »Es ist in der Tat eine sehr große Ehre für eine junge Frau, mit Mr Pope zu fahren«, begann sie zu denken, auf die Konturen seiner Nase blickend. »Ich bin die Glücklichste meines Geschlechts. Einen halben Zoll weit von mir – in der Tat fühle ich den Knoten seiner Kniebänder an meinen Schenkel drücken – sitzt der geistvollste Kopf im ganzen Reich Ihrer Majestät. Künftige Zeitalter werden unser mit Neugier gedenken und mich rasend beneiden.« Hier kam wieder der Laternenpfahl. »Was bin ich für eine närrische Gans«, dachte sie. »So etwas wie Ruhm und Ehre gibt es nicht. Kommende Zeitalter werden nie auch nur einen Gedanken an mich oder auch an Mr Pope verschwenden. Was ist überhaupt ein ›Zeitalter‹? Was sind ›wir‹?«, und ihre Fahrt über den Berkeley Square schien wie das Tasten zweier blinder Ameisen, die ohne ein gemeinsames Anliegen oder Interesse nur für den Augenblick zusammengeworfen sind, durch eine schwarze Wüste. Sie erzitterte. Aber hier war wieder die Dunkelheit. Ihre Illusion erwachte zu neuem Leben. »Wie edel seine Stirn ist«, dachte sie (einen Buckel des Polsters in der Dunkelheit irrtümlich für Mr Popes Stirn haltend). »Welch geniale Bürde in ihr wohnt! Welcher Witz, welche Weisheit und welche Wahrheit – welch eine Fülle, wahrlich, an all jenen

Juwelen, für die Menschen bereit wären, ihr Leben einzutauschen! Eures, Mr Pope, ist das einzige Licht, das für immer brennt. Wenn Ihr nicht wäret, müßte die menschliche Pilgerfahrt in völliger Dunkelheit vonstatten gehen« (hier ruckte die Kutsche ganz gewaltig, da sie in eine Spurrinne der Park Lane sackte); »ohne Genie würden wir umstürzen und wären verloren. Erhabenster, hellster aller Lichtstrahlen« – so schwärmte sie den Buckel im Polster an, als sie unter einer der Straßenlampen des Berkeley Square vorbeikamen und sie ihren Irrtum bemerkte. Mr Pope hatte eine Stirn, die nicht größer war als die jedes anderen Mannes. »Elender«, dachte sie, »wie habt Ihr mich getäuscht! Ich habe diesen Buckel für Eure Stirn gehalten. Wenn man Euch deutlich sieht, wie unedel, wie verachtenswert Ihr dann seid! Mißgestalt und schwächlich wie Ihr seid, gibt es an Euch nichts zu verehren, viel zu bemitleiden, vor allem aber zu verabscheuen.«

Wieder befanden sie sich in Dunkelheit, und ihr Zorn mäßigte sich, sobald sie außer den Knien des Dichters nichts mehr sehen konnte.

»Aber ich bin es, die elend ist«, überlegte sie, sobald sie wieder in völliger Finsternis waren, »denn so niedrig Ihr auch sein mögt, bin ich nicht noch niedriger? Ihr seid es, der mich nährt und schützt, die wilden Tiere verscheucht, den Heiden Furcht einjagt, mir Kleider aus der Wolle der Seidenraupe macht und Teppiche aus der des Schafs. Wenn ich anbeten will, habt Ihr mir da nicht ein Bildnis Eurer selbst gegeben und es in den Himmel gesetzt? Sind die Beweise Eurer Fürsorge nicht überall? Wie demütig, wie dankbar, wie fügsam sollte ich deswegen sein. Laßt es meine ganze Freude sein, Euch zu dienen, Euch zu ehren und Euch zu gehorchen.«

Hier erreichten sie den großen Laternenpfahl an der Ecke dessen, was heute Piccadilly Circus ist. Das Licht schien ihr grell in die Augen, und sie sah, außer einigen verderbten Geschöpfen ihres eigenen Geschlechts, zwei elende Pygmäen in einem trostlosen Wüstenland. Beide waren nackt, einsam und schutzlos. Jeder war machtlos, dem anderen zu helfen. Beide hatten genug damit zu tun, sich um sich selbst zu kümmern. Sie sah Mr Pope voll ins Gesicht und dachte, »Es ist für Euch ebenso vergeblich zu glauben, daß Ihr mich beschützen könnt, wie für mich, daß ich Euch anbeten kann. Das Licht der Wahrheit brennt ohne Schatten auf uns herab, und das Licht der Wahrheit steht uns beiden verdammt schlecht zu Gesicht.«

Die ganze Zeit über fuhren sie natürlich fort, sich liebenswürdig zu unterhalten, wie Menschen von Geburt und Erziehung es tun, über die Launen der Königin und die Gicht des Premierministers, während die Kutsche vom Licht ins Dunkel fuhr, den Haymarket hinunter, die Strand entlang, die Fleet Street hinauf und zum Schluß an ihrem Haus in Blackfriars anlangte. Seit einiger Zeit waren die dunklen Strecken zwischen den Lampen heller und die Lampen selbst weniger hell geworden – will sagen, daß die Sonne aufging, und es war im ruhigen, aber diffusen Licht eines Sommermorgens, in dem alles zu sehen ist, aber nichts deutlich, daß sie ausstiegen, wobei Mr Pope Orlando aus der Kutsche half und Orlando Mr Pope in minutiöser Beobachtung der Riten von Schicklichkeit und Anstand knicksend aufforderte, ihr ins Palais voranzugehen.

Aus dem vorhergehenden Absatz darf jedoch nicht geschlossen werden, daß Genialität (aber die Krankheit ist inzwischen auf den Britischen Inseln ausgerottet, der verewigte Lord Tennyson soll der letzte gewesen sein, der an ihr litt) unablässig leuchtet, denn dann würden wir alles deutlich sehen und im Verlauf des Prozesses vielleicht zu Tode versengt werden. Sie ähnelt in der Vorgehensweise eher einem Leuchtturm, der einen Lichtstrahl aussendet und dann für eine gewisse Zeit nichts mehr; nur daß Genialität in ihren Äußerungen viel unberechenbarer ist und sechs oder sieben Strahlen in schneller Folge aussenden mag (wie Mr Pope es an jenem Abend tat), um dann für ein Jahr oder für immer in Dunkelheit zu versinken. Sich nach ihren Strahlen zu richten ist daher unmöglich, und wenn der dunkle Bann auf ihnen liegt, sind Männer von Genie, so heißt es, nicht anders als andere Leute.

Es war ein Glück für Orlando, wenn auch zunächst eine Enttäuschung, daß dies so war, denn sie begann jetzt, viel in der Gesellschaft genialer Männer zu leben. Auch waren sie vom Rest von uns so verschieden nicht, wie man hätte meinen können. Addison, Pope, Swift[14] besaßen, wie sie herausfand, eine Vorliebe für Tee. Sie liebten Lauben. Sie sammelten Stückchen bunten Glases. Sie schwärmten für Grotten. Ein hoher Rang war ihnen nicht zuwider. Lob entzückte sie. Sie trugen den einen Tag pflaumenfarbene Anzüge und den anderen graue. Mr Swift besaß einen prächtigen Malakka-Stock. Mr Addison parfümierte seine Taschentücher. Mr Pope litt unter Kopfschmerzen. Ein bißchen Tratsch war ihnen nicht unlieb. Noch waren sie frei von Eifersüchteleien. (Wir schreiben ein paar Überlegungen nieder, die Orlando kreuz und quer durch den Kopf gingen.) Zuerst war sie ärgerlich über sich, weil ihr derartige Nichtigkeiten auffielen, und sie führte ein Buch, um ihre denkwürdigen Aussprüche aufzuschreiben, aber die Seite blieb leer. Nichtsdestoweniger regten ihre Lebensgeister sich wieder, und sie begann, die Einladungskarten zu großen Gesellschaften zu zerreißen; hielt sich die Abende frei; fing an, sich auf Mr Popes Besuch zu freuen, auf Mr Addisons, auf Mr Swifts – und so weiter und so weiter. Wenn der Leser an dieser Stelle im *Rape of the Lock*[15] nachschlagen möchte, im *Spectator*, in *Gulliver's Travels*, wird er genau verstehen, was diese geheimnisvollen Worte bedeuten könnten. In der Tat könnten Biographen und Kritiker sich all ihre Mühen sparen, wenn die Leser diesem Rat folgen wollten. Denn wenn wir lesen:

> Whether the Nymph shall break Diana's Law,
> Or some frail China Jar receive a Flaw,
> Or stain her Honour, or her new Brocade,
> Forget her Pray'rs or miss a Masquerade,
> Or lose her Heart, or Necklace, at a Ball[16]

– wissen wir, als hätten wir ihn gehört, wie Mr Popes Zunge zuckte wie die einer Eidechse, wie seine Augen blitzten, wie seine Hand zitterte, wie er liebte, wie er log, wie er litt. Kurzum, jedes Geheimnis der Seele eines Schriftstellers, jede Erfahrung seines Lebens, jede Eigenheit seines Geistes steht groß und deutlich in seinen Werken geschrieben, und dennoch bedürfen wir der Kritiker, uns das eine zu erklären, und der Biographen, uns das andere zu erläutern. Daß den Menschen die Zeit zu lang wird, ist die einzige Erklärung für diese monströsen Wucherungen.

Nachdem wir nun ein oder zwei Seiten aus dem *Rape of the Lock* gelesen haben, wissen wir genau, wieso Orlando an jenem Nachmittag so amüsiert war, und so geängstigt, und so glühende Wangen und so leuchtende Augen hatte.

Mrs Nelly klopfte dann an die Tür, um zu sagen, daß Mr Addison Ihrer Ladyschaft seine Aufwartung zu machen wünsche. Daraufhin erhob sich Mr Pope mit einem schiefen Lächeln, entschuldigte sich und hinkte davon. Herein kam Mr Addison. Lassen Sie uns, während er Platz nimmt, die folgende Passage aus dem *Spectator* lesen:

»Ich betrachte die Frau als ein wunderschönes romantisches Lebewesen, das mit Pelzen und Federn, Perlen und Diamanten, Erzen und Seiden geschmückt werden kann. Der Luchs soll ihr seine Haut zu Füßen legen für ihre Pelerine; Pfau, Papagei und Schwan sollen für ihren Muff Tribut leisten; die Meere sollen nach Muscheln, die Felsen nach edlen Steinen durchforscht werden; und jeder Teil der Natur soll das Seine erbringen, um ein Geschöpf zu schmücken, das ihr vollkommenstes Werk ist. All dies will ich ihnen gönnen; doch was den Unterrock angeht, von dem ich gesprochen habe, weder kann ich ihn noch will ich ihn erlauben.«[17]

Wir halten diesen Herrn, samt Dreispitz und allem, in der hohlen Hand. Blicken wir noch einmal in die Kristallkugel. Ist er nicht klar zu sehen, bis hin zur Falte in seinem Strumpf? Liegt nicht jedes Kräuseln und Wellen seines Geistes offen vor uns, und seine Güte und seine Schüchternheit und seine Urbanität und die Tatsache, daß er am Ende eine Gräfin heiraten und als hochgeachteter Mann sterben wird? Alles ist klar. Und wenn Mr Addison gesagt hat, was er zu sagen hat, ist ein gewaltiges Pochen an der Tür zu hören, und Mr Swift, der diese eigenwillige Art an sich hatte, spaziert unangekündigt herein. Einen Augenblick, wo haben wir *Gulliver's Travels*? Ach ja, hier! Lesen wir einen Abschnitt aus der Reise zu den Houyhnhnms[18]:

»Ich erfreute mich vollkommener Gesundheit des Leibes und Ruhe des Gemütes; ich fand weder den Verrat noch die Unbeständigkeit eines Freundes, noch die Ungerechtigkeiten eines geheimen oder offenen Feindes. Ich hatte keine Gelegenheit zu Bestechung, Schmeichelei oder Kuppelei, um mir die Gunst eines großen Mannes oder seines Günstlings zu verschaffen. Ich brauchte keinen Schutz gegen Betrug oder Unterdrükkung; Hier war weder Arzt, meinen Körper zu zerstören, noch Anwalt, mein Vermögen zu ruinieren; Kein Spion, meine Worte zu beobachten, und Taten, oder gegen Geld Anschuldigungen gegen mich zu schmieden. Hier waren keine Spötter, Zensoren, Verleumder, Taschendiebe, Straßenräuber, Einbrecher, Anwälte, Kuppler, Possenreißer, Spieler, Politiker, kluge Köpfe, schwermütige, öde Schwätzer . . .«

Doch haltet ein, haltet ein mit Eurem eisernen Wörterhagel, auf daß Ihr uns, und Euch selbst, nicht bei lebendigem Leibe schindet! Nichts kann deutlicher sein als dieser heftige Mann. Er ist so roh und doch so rein; so brutal, doch so gütig; verachtet die ganze Welt, redet jedoch Babysprache mit einem jungen Mädchen und wird – können wir daran zweifeln? – in einem Irrenhaus sterben.

So schenkte Orlando ihnen allen Tee ein; und manchmal, wenn das Wetter schön war, nahm sie sie mit hinaus aufs Land und bewirtete sie königlich im Runden Saal, den sie mit ihren Porträts im Kreis behängt hatte, so daß Mr Pope nicht sagen konnte, Mr Addison komme vor ihm, oder umgekehrt. Sie waren sehr geistreich (aber ihr Geist steckt ganz und gar in ihren Büchern), und lehrten sie das wichtigste Merkmal des Stils, welches der natürliche Lauf der Stimme beim Reden ist – eine Qualität, die niemand, der sie nicht gehört hat, nachahmen kann, nicht einmal Greene mit all seinen Fertigkeiten; denn sie ist aus der Luft geboren und bricht sich wie eine Welle an den Möbeln und wogt und vergeht und läßt sich nie wieder einfangen, am wenigsten von jenen, die ein halbes Jahrhundert später die Ohren spitzen und es versuchen. Sie lehrten sie dies, allein durch den Tonfall ihrer Stimmen beim Reden; so daß ihr Stil sich um einiges änderte und sie einige sehr vergnügliche, witzige Verse und Charakterbilder in Prosa schrieb. Und so versorgte sie sie verschwenderisch mit ihrem Wein und legte Geldscheine, die sie gütigst annahmen, beim Essen unter ihre Teller und nahm dafür ihre Widmungen entgegen und fühlte sich hoch geehrt durch den Austausch.

So verging die Zeit, und oft konnte man Orlando zu sich selbst sagen hören, mit einem Nachdruck, der den Hörer vielleicht ein wenig mißtrauisch hätte machen können, »Bei meiner Seele, was für ein Leben dies ist!« (Denn sie befand sich noch immer auf der Suche nach jenem Artikel.) Aber die Umstände zwangen sie bald, die Angelegenheit etwas genauer zu betrachten.

Eines Tages schenkte sie Tee für Mr Pope ein, während dieser, wie jeder aus den oben zitierten Versen ersehen kann, mit sehr leuchtenden Augen, sehr aufmerksam beobachtend und ganz zusammengesunken in einem Sessel neben ihr saß.

»Herrgott«, dachte sie, als sie die Zuckerzange hob, »wie die Frauen künftiger Zeiten mich beneiden werden! Dennoch –«, sie hielt inne; denn

Mr Pope erforderte ihre Aufmerksamkeit. Dennoch – wollen wir den Gedanken für sie zu Ende führen – kann man, wenn jemand sagt »Wie künftige Zeiten mich beneiden werden«, mit Sicherheit sagen, daß die betreffende Person sich im gegenwärtigen Augenblick überaus unwohl fühlt. War dieses Leben ganz so aufregend, ganz so schmeichelhaft, ganz so glorreich, wie es sich anhört, wenn der Memoirenschreiber seine Arbeit darüber beendet hat? Zum einen verspürte Orlando einen ausgesprochenen Haß gegen Tee; zum anderen besitzt der Intellekt, göttlich und durchaus anbetungswürdig wie er ist, die Angewohnheit, in den schäbigsten Kadavern zu hausen, und spielt, leider Gottes, oftmals den Kannibalen unter den anderen Fähigkeiten, so daß oftmals dort, wo der Geist am größten ist, das Herz, die Sinne, Großmut, Barmherzigkeit, Toleranz, Güte und alles übrige kaum Platz zum Atmen haben. Dann die hohe Meinung, die Dichter von sich selbst haben; dann die niedrige, die sie von anderen haben; dann die Feindseligkeiten, Schmähungen, Neidereien und Schlagabtausche, in die sie ständig verwickelt sind; dann die Geläufigkeit, mit der sie sie austeilen; dann die Raubgier, mit der sie Verständnis für sich erheischen; all dies, mögen wir flüstern, damit die geistreichen Köpfe uns nicht hören, macht das Einschenken von Tee zu einer prekäreren und in der Tat mühseligeren Beschäftigung, als man gemeinhin annimmt. Wozu (flüstern wir abermals, damit die Frauen uns nicht hören) ein kleines Geheimnis kommt, in das die Männer sich teilen; Lord Chesterfield[19] flüsterte es seinem Sohn mit strikten Anweisungen der Geheimhaltung zu, »Frauen sind nichts als Kinder von größerem Wuchs . . . Ein Mann von Verstand tändelt nur mit ihnen, spielt mit ihnen, hält sie bei Laune und schmeichelt ihnen«, was, da Kinder immer hören, was sie nicht hören sollen, und manchmal sogar erwachsen werden, irgendwie durchgesickert sein muß, so daß die ganze Zeremonie des Tee-Einschenkens eine seltsame ist. Eine Frau weiß sehr wohl, daß ein großer Geist ihr zwar seine Gedichte schikken, ihr Urteilsvermögen loben, ihre Kritik erbitten und ihren Tee trinken mag, daß dies jedoch keineswegs bedeutet, daß er ihre Meinungen respektiert, ihr Verständnis bewundert oder sich weigern würde, da der Degen ihm versagt ist, sie mit seiner Feder zu durchbohren. All dies, sagen wir, flüstern wir so leise wir können, mag inzwischen durchgesikkert sein; so daß die Damen, selbst wenn sie das Sahnekännchen in der

Schwebe und die Zuckerzange ausgestreckt halten, vielleicht ein wenig unruhig herumrutschen, ein wenig aus dem Fenster sehen, ein wenig gähnen und den Zucker mit einem lauten Platsch – wie Orlando es jetzt tat – in Mr Popes Tee fallen lassen. Nie war ein Sterblicher so bereit, eine Beleidigung zu vermuten, oder so schnell bei der Hand, eine solche zu rächen, wie Mr Pope. Er drehte sich zu Orlando um und bedachte sie unverzüglich mit der Rohfassung einer gewissen berühmten Zeile aus den »Characters of Women«[20]. Viel Polieren wurde ihr im nachhinein zuteil, aber selbst im Original war sie treffend genug. Orlando nahm sie mit einem Knicks entgegen. Mr Pope verließ sie mit einer Verbeugung. Um ihre Wangen zu kühlen, denn sie hatte wirklich das Gefühl, der kleine Mann habe sie geschlagen, spazierte Orlando durch den Nußbaumhain am Ende des Gartens. Bald tat die kühle Brise ihr Werk. Zu ihrer Verblüffung stellte sie fest, daß sie ungeheuer erleichtert war, allein zu sein. Sie sah die fröhlichen Bootsladungen, die den Fluß hinaufruderten. Zweifellos rief der Anblick Erinnerungen wach an das eine oder andere Erlebnis aus ihrem vergangenen Leben. Sie setzte sich in tiefem Nachdenken unter einen schönen Weidenbaum. Dort saß sie, bis die Sterne am Himmel standen. Dann erhob sie sich, drehte sich um und ging ins Haus, wo sie ihr Schlafzimmer aufsuchte und die Tür verschloß. Jetzt öffnete sie einen Schrank, in dem noch immer viele der Kleidungsstücke hingen, die sie als junger Mann von Welt getragen hatte, und unter ihnen wählte sie einen schwarzen Samtanzug, der reich mit venezianischer Spitze besetzt war. Er war in der Tat ein wenig aus der Mode, paßte ihr jedoch wie angegossen, und sie sah darin aus wie die Verkörperung eines edlen Lords. Sie schritt ein- oder zweimal vor dem Spiegel auf und ab, um sicher zu gehen, daß die Unterröcke sie nicht um die Bewegungsfreiheit ihrer Beine gebracht hatten, und schlüpfte dann heimlich zur Tür hinaus.

Es war ein schöner Abend zu Anfang April. Myriaden von Sternen, die sich mit dem Licht eines Sichelmonds mischten, welches wiederum durch die Straßenlaternen verstärkt wurde, ergaben ein Licht, das dem menschlichen Antlitz, und der Architektur Mr Wrens, unendlich gut zu Gesicht stand. Alles erschien in seiner zartesten Form, doch gerade als es im Begriff schien, sich aufzulösen, schärfte ein Tropfen Silber es zu neuem Leben. So sollten Gespräche sein, dachte Orlando (in närrischen Träumereien schwelgend); so sollte die Gesellschaft sein, so sollte Freundschaft sein, so sollte die Liebe sein. Denn, der Himmel allein weiß, warum, gerade wenn wir den Glauben an den Umgang mit Menschen verloren haben, schenkt uns eine zufällige Anordnung von Scheunen und Bäumen oder ein Heuhaufen und ein Heuwagen ein so vollkommenes Symbol dessen, was unerreichbar ist, daß wir die Suche von neuem aufnehmen.

Sie betrat Leicester Square, als sie diese Beobachtungen anstellte. Die Gebäude hatten eine luftige und doch formale Symmetrie, die sie bei Tage nicht besaßen. Der Baldachin des Himmels schien mit größtem Geschick so hineingetuscht, daß er die Umrisse von Dach und Schornstein ausfüllte. Eine junge Frau, die betrübt, einen Arm schlaff herabhängen lassend, den anderen im Schoß, auf einer Bank unter einer Platane in der Mitte des Platzes saß, erschien wie das Inbild von Anmut, Schlichtheit und Verlassenheit. Orlando zog den Hut vor ihr in der Art eines Galans, der einer Dame von Welt an einem öffentlichen Ort seine Aufwartung macht. Die junge Frau hob den Kopf. Er war von erlesenster Form. Die junge Frau hob die Augen. Orlando sah in ihnen einen Glanz, wie man ihn manchmal auf Teekannen sieht, aber selten in einem menschlichen Gesicht. Durch diese silberne Patina sah die junge Frau zu ihm auf (denn für sie war er ein Mann), flehend, hoffend, zitternd, bangend. Sie erhob sich; sie nahm seinen Arm. Denn – müssen wir es betonen? – sie gehörte zum Stamm derer, die allnächtlich ihre Waren aufpolieren und wohlgeordnet auf dem Ladentisch aufreihen, wo sie auf den Meistbietenden warten. Sie führte Orlando zu dem Zimmer in der Gerrard Street, darin sie logierte. Zu spüren, wie sie leicht und doch wie eine Bittstellerin an ihrem Arm hing, weckte in Orlando all die Gefühle, die einem Mann anstehen. Sie sah aus, sie fühlte, sie sprach wie einer. Dennoch, da sie erst kürzlich selbst eine Frau gewesen war, vermutete sie, daß die Schüchternheit des Mädchens und ihre zögernden Antworten und selbst das Ungeschick mit dem Schlüssel im Schloß und der Wurf ihres Umhangs und das Hängen ihres Handgelenks alle nur aufgesetzt waren, um ihrer Männlichkeit zu Gefallen zu sein. Sie gingen hinauf, und die Mühe, die das arme Ding darauf verwandt hatte, sein Zimmer zu verschönern und die Tatsache zu verbergen, daß es kein anderes hatte, täuschte Orlando keinen Augenblick. Die Täuschung weckte ihre Verachtung; die Wahrheit ihr Mitleid. Daß das eine sich durch das andere hindurch zeigte, rief die seltsamste Mischung von Gefühlen wach, so daß sie nicht wußte, ob sie lachen oder weinen sollte. Inzwischen knöpfte Nell, wie das Mädchen sich nannte, ihre Handschuhe auf; verbarg sorgfältig den linken Daumen, der geflickt werden mußte; trat dann hinter einen Wandschirm, wo sie, vielleicht, Rouge auf ihre Wangen auftrug, ihre Kleider richtete, ein neues Tuch um den Hals schlang – die ganze Zeit über schwatzend, wie Frauen es tun, um ihren Liebhaber zu ergötzen, obwohl Orlando dem Ton ihrer Stimme nach hätte schwören können, daß ihre Gedanken ganz woanders waren. Als alles fertig war, kam sie hervor, bereit – aber hier ertrug Orlando es nicht länger. Im seltsamsten Gepeinigtsein von Zorn, Belustigung und Mitleid warf sie alle Verkleidung ab und gab sich als Frau zu erkennen.

Daraufhin brach Nell in ein derart schallendes Gelächter aus, daß man es auf der anderen Straßenseite hätte hören können.

»Nun, meine Liebe«, sagte sie, als sie sich ein wenig erholt hatte, »es tut mir ganz und gar nicht leid, das zu hören. Denn der springende Punkt von der Sache ist« (und es war bemerkenswert, wie schnell sich, nachdem sie entdeckt hatte, daß sie vom gleichen Geschlecht waren, ihr Verhalten änderte und sie ihr klagendes, flehendes Gebaren fallenließ), »der springende Punkt von der Sache ist, daß ich heute nacht nicht in der Stimmung bin für die Gesellschaft des anderen Geschlechts. In Wahrheit sitze ich ganz verteufelt in der Klemme.« Woraufhin sie, das Feuer schürend und eine Terrine Punsch rührend, Orlando die ganze Geschichte ihres Lebens erzählte. Da es Orlandos Leben ist, das uns zum gegenwärtigen Zeitpunkt beschäftigt, erübrigt es sich, die Abenteuer der anderen Dame wiederzugeben, es ist jedoch sicher, daß Orlando die Stunden nie schneller oder fröhlicher hatte vergehen sehen, obwohl Mistress Nell über keinen Funken Geist verfügte und sie, als der Name Mr Popes im Gespräch fiel, unschuldig fragte, ob er etwas mit dem Perückenmacher desselben Namens in der Jermyn Street zu tun hätte. Aber für Orlando, derart ist der Zauber der Ungezwungenheit und die verführerische Kraft der Schönheit, schmeckte das Geplapper dieses armen Mädchens, so gespickt es auch mit den gewöhnlichsten Ausdrücken der Straßenecken war, nach all den schönen Phrasen, an die sie gewöhnt gewesen war, wie Wein, und sie war zu der Schlußfolgerung gezwungen, daß im Hohnlächeln Mr. Popes, in der

Herablassung Mr Addisons und in der Geheimniskrämerei Lord Chesterfields etwas lag, das ihr den Geschmack an der Gesellschaft witziger Köpfe nahm, sosehr sie ihre Werke auch weiterhin zu respektieren hätte.

Diese armen Dinger, fand sie heraus, denn Nell brachte Prue, und Prue brachte Kitty, und Kitty brachte Rose, hatten ihre eigene Gesellschaft, zu deren Mitglied sie sie nun ernannten. Jede von ihnen erzählte die Geschichte der Abenteuer, durch die sie auf ihre derzeitige Lebensbahn geraten war. Einige waren die natürlichen Töchter von Earls, und eine stand der Person des Königs ein gutes Stück näher, als sie es eigentlich sollte. Keine war zu heruntergekommen oder zu arm, um nicht einen Ring oder ein Tuch in der Tasche zu haben, das die Stelle eines Stammbaums vertrat. So saßen sie im Kreis um die Punschterrine, die großzügig zu bestücken Orlando sich angelegen sein ließ, und zahlreich waren die feinen Geschichten, die sie erzählten, und zahlreich die amüsanten Betrachtungen, die sie anstellten, denn es läßt sich nicht leugnen, daß, wenn Frauen zusammenkommen – doch still – sie achten immer sorgfältig darauf, daß die Türen geschlossen sind und kein Wort davon zum Druck gelangt. Alles, was sie sich ersehnen, ist – doch wieder still – ist das nicht ein Männerschritt auf der Treppe? Alles, was sie sich ersehnen, wollten wir gerade sagen, als der Herr uns die Worte aus dem Mund nahm. Frauen haben keine Sehnsüchte, sagt dieser Herr, der in Nells Zimmer kommt; nur Affektiertheiten. Ohne Sehnsüchte (sie hat ihn bedient, und er ist fort) kann ihr Gespräch für niemanden auch nur von dem geringsten Interesse sein. »Es ist allgemein bekannt«, sagt Mr S. W., »daß Frauen, wenn ihnen die Anregung des anderen Geschlechts fehlt, nichts finden, worüber sie miteinander reden könnten. Wenn sie allein sind, reden sie nicht, sie kratzen sich.« Und da sie nicht miteinander reden können und man sich nicht ununterbrochen kratzen kann und allgemein bekannt ist (Mr T. R. hat es bewiesen), »daß Frauen jeglichen Gefühls der Zuneigung zu ihrem eigenen Geschlecht unfähig sind und den größten Abscheu voreinander empfinden«, was können Frauen dann wohl tun, wenn sie die Gesellschaft anderer Frauen suchen?

Da dies keine Frage ist, die die Aufmerksamkeit eines vernünftigen Mannes fesseln könnte, wollen wir, die wir die Immunität aller Biographen und Historiker gleich welchen Geschlechts genießen, über sie hinweggehen und nur vermerken, daß Orlando großes Vergnügen an der Gesellschaft ihres eigenen Geschlechts an den Tag legte, und es den Herren überlassen, zu beweisen, wie sie es so gerne tun, daß dies unmöglich sei.

Doch eine genaue und ausführliche Darstellung von Orlandos Leben zu dieser Zeit zu geben kommt immer weniger in Frage. Während wir in den schlecht beleuchteten, schlecht gepflasterten, schlecht belüfteten Höfen herumspähen und herumtappen, die zur damaligen Zeit rund um Gerrard Street und Drury Lane lagen, scheinen wir sie im einen Augenblick zu Gesicht zu bekommen und im nächsten aus den Augen zu verlieren. Die Aufgabe wird dadurch noch schwieriger, daß es ihr zu dieser Zeit zu gefallen schien, häufig von einer Art der Bekleidung zur anderen zu wechseln. So taucht sie in zeitgenössischen Memoiren oft als »Lord« Soundso auf, der in Wahrheit ihr Cousin war; ihre Freigiebigkeit wird ihm zugeschrieben, und er ist es, von dem es heißt, er habe die Gedichte geschrieben, die in Wahrheit die ihren waren. Sie hatte, wie es scheint, keine Probleme, die verschiedenen Rollen anzunehmen, denn ihr Geschlecht wechselte weit häufiger, als jene, die nur eine Art von Bekleidung getragen haben, es sich vorstellen können; noch kann es einen Zweifel daran geben, daß sie durch dieses Vorgehen eine zweifache Ernte einbrachte; die Freuden des Lebens mehrten und seine Erfahrungen vervielfachten sich. Für die Rechtschaffenheit von Kniehosen tauschte sie das Verführerische von Unterröcken ein und erfreute sich gleichermaßen der Liebe beider Geschlechter.

So mag man sie denn skizzieren, wie sie ihren Vormittag in einem chinesischen Gewand unbestimmten Geschlechts zwischen ihren Büchern verbrachte; dann den einen oder anderen Klienten (denn sie hatte viele Dutzende von Bittstellern) im selben Gewand empfing; dann machte sie eine Runde durch den Garten und schnitt die Nußbäume – wofür Kniehosen bequem waren; dann wechselte sie über zu geblümtem Taft, der für eine Fahrt nach Richmond und einen Heiratsantrag von einem großen Edelmann am angemessensten war; und so wieder zurück in die Stadt, wo sie eine schnupftabakbraune Robe wie die eines Anwalts anlegte und die Gerichtshöfe aufsuchte, um zu hören, wie es um ihre Prozesse stehe – denn ihr Vermögen verringerte sich stündlich, und die Verfahren schienen ihrem Abschluß nicht näher, als sie es vor hundert Jahren gewesen waren; und so wurde sie schließlich, wenn die Nacht kam, des öfteren zu einem

Edelmann, komplett von Kopf bis Fuß, und durchstreifte die Straßen auf der Suche nach Abenteuern.

Von einigen dieser Streifzüge zurückkehrend – über die damals viele Geschichten erzählt wurden, wie die, daß sie ein Duell ausfocht, auf einem Schiff des Königs als Kapitän diente, dabei gesehen wurde, wie sie nackt auf einem Balkon tanzte, und mit einer gewissen Dame in die Niederlande floh, wohin der Ehemann der Dame ihnen folgte – aber über den Wahrheits- oder sonstigen Gehalt dieser Geschichten äußern wir keine Meinung –, zurückkehrend also von was immer ihre Beschäftigung gewesen sein mochte, ließ sie es sich manchmal angelegen sein, unter den Fenstern eines Kaffeehauses vorbeizugehen, wo sie die witzigen Köpfe sehen konnte, ohne selbst gesehen zu werden, und sich so nach ihren Gesten vorstellen konnte, was für geistreiche, witzige oder gehässige Dinge sie gerade sagten, ohne ein Wort davon zu hören; was vielleicht ein Vorteil war; und einmal stand sie eine halbe Stunde lang und beobachtete drei Schatten auf der Jalousie, wie sie in einem Haus im Bolt Court Tee tranken.

Kein Theaterstück war je so fesselnd. Sie hätte am liebsten Bravo! Bravo! gerufen. Denn wirklich, was war das für ein herrliches Drama – was für eine aus dem dicksten Band des menschlichen Lebens herausgerissene Seite! Da war der kleine Schatten mit den gespitzten Lippen, der auf seinem Stuhl hin und her rutschte, unbehaglich, gereizt, dienstbeflissen; da war der gebeugte weibliche Schatten, einen Finger in die Tasse steckend, um zu fühlen, wie tief der Tee wäre, denn sie war blind; und da war der römisch aussehende, im großen Armsessel wogende Schatten – er, der seine Finger so merkwürdig verdrehte und den Kopf von einer Seite zur anderen warf und den Tee in solch gewaltigen Schlucken hinunterschüttete. Dr. Johnson, Mr Boswell und Mrs Williams[21] – das waren die Namen der Schatten. So vertieft war sie in den Anblick, daß sie ganz vergaß zu denken, wie andere Zeitalter sie beneidet hätten, obwohl es wahrscheinlich ist, daß sie es bei dieser Gelegenheit tatsächlich getan hätten. Sie war es zufrieden, zu schauen und zu schauen. Schließlich erhob sich Mr Boswell. Er grüßte die alte Frau mit schroffer Bissigkeit. Doch mit welcher Demut erniedrigte er sich vor dem großen römischen Schatten, der sich jetzt zu seiner vollen Höhe erhob und, im Stehen leise wippend, die wundervollsten Sätze von sich gab, die je von Menschenlippen kamen; dafür jedenfalls hielt Orlando sie, obwohl sie nie auch nur ein Wort hörte, das einer der drei Schatten sagte, während sie da saßen und ihren Tee tranken.

Schließlich kam sie eines Nachts nach einem dieser Streifzüge nach Hause und stieg hinauf in ihr Schlafzimmer. Sie zog ihre spitzenbesetzte Jacke aus und stand da in Hemd und Kniehosen und sah aus dem Fenster. In der Luft regte sich etwas, das es ihr verbot, zu Bett zu gehen. Ein weißer Dunstschleier lag über der Stadt, denn es war eine frostige Nacht mitten im Winter, und ein großartiger Blick bot sich ihr ringsum. Sie konnte St. Paul's sehen, den Tower, Westminster Abbey, dazu all die Spitztürme und Kuppeln der Stadtkirchen, die glatte Massigkeit ihrer Banken, die reichen und ausladenden Wölbungen ihrer Hallen und Versammlungssäle. Im Norden erhoben sich die glatten, geschorenen Höhen von Hampstead, und im Westen strahlten die Straßen und Plätze von Mayfair in einem einzigen klaren Glanz. Auf dieses friedliche und geordnete Bild blickten die Sterne herab, funkelnd, absolut, hart, aus einem wolkenlosen Himmel. In der äußersten Klarheit der Atmosphäre war die Linie jedes Dachs, die Kappe jedes Schornsteins erkennbar; selbst die Pflastersteine auf der Straße unterschieden sich einer vom anderen, und Orlando konnte nicht umhin, diese ordentliche Szene mit den wirren, dichtgedrängten Vierteln zu vergleichen, aus denen die Stadt London unter der Herrschaft Königin Elizabeths bestanden hatte. Damals, erinnerte sie sich, lag die Stadt, wenn man sie eine solche nennen konnte, dicht gedrängt, nichts als ein Gewirr und Geknäuel von Häusern, unter ihren Fenstern in Blackfriars. Die Sterne spiegelten sich in tiefen Pfützen stehenden Wassers, die mitten auf den Straßen lagen. Ein schwarzer Schatten an der Ecke, an der früher die Weinschänke stand, hätte genausogut die Leiche eines Ermordeten sein können. Sie konnte sich an die Schreie von so manchen erinnern, die bei derartigen nächtlichen Raufereien verletzt wurden, als sie noch ein kleiner Knabe war und in den Armen der Kinderfrau hochgehalten wurde an das Fenster mit den Rautenscheiben. Horden ungehobelten Volks, Männer und Frauen, auf unaussprechliche Weise ineinander verhakt, torkelten durch die Straßen und grölten wilde Lieder, während die Juwelen in ihren Ohren gleißten und die Messer in ihren Fäusten blitzten. In einer Nacht wie dieser hätte sich das undurchdringliche Dickicht der Wälder von Highgate oder Hampstead abgezeichnet, wie es sich in verzerrter

Verwobenheit vor dem Himmel wand. Hier und dort, auf einem der Hügel, die sich über London erhoben, war ein nüchterner Galgenbaum mit einer an sein Kreuz genagelten Leiche, dort zu verrotten oder zu verdorren; denn Gefahr und Unsicherheit, Lust und Gewalt, Poesie und Dreck schwärmten über die gewundenen elisabethanischen Chausseen und summten und stanken – Orlando konnte sich selbst jetzt noch an die Gerüche in einer heißen Nacht erinnern – in den kleinen Kammern und engen Gassen der Stadt. Jetzt – sie beugte sich aus dem Fenster – war alles Licht, Ordnung und heitere Ruhe. Da war das leise Rattern einer Kutsche auf dem Pflaster. Sie hörte den fernen Ruf eines Nachtwächters – »Glock zwölf an einem frostigen Morgen«. Kaum waren die Worte über seine Lippen gedrungen, erklang der erste Schlag der Mitternacht. In diesem Augenblick bemerkte Orlando zum erstenmal eine kleine Wolke, die sich hinter der Kuppel von St. Paul's zusammengezogen hatte. Während die Schläge erklangen, wurde die Wolke größer, und sie sah sie dunkler werden und sich mit ungewöhnlicher Geschwindigkeit ausbreiten. Gleichzeitig erhob sich ein leiser Wind, und als der sechste Schlag der Mitternacht erklang, war der ganze östliche Himmel von einer unförmigen, bewegten Dunkelheit bedeckt, obwohl der Himmel im Westen und Norden so klar blieb wie zuvor. Dann breitete die Wolke sich nach Norden aus. Höhe um Höhe über der Stadt wurde von ihr eingenommen. Nur Mayfair mit all seinen schimmernden Lichtern brannte im Vergleich strahlender denn je. Mit dem achten Schlag breiteten sich einige hastende Wolkenfetzen über Piccadilly. Sie schienen sich zu ballen und mit außergewöhnlicher Geschwindigkeit auf das West End zuzujagen. Als der neunte, zehnte und elfte Schlag erklang, lagerte eine gewaltige Schwärze über ganz London. Mit dem zwölften Schlag der Mitternacht war die Dunkelheit vollkommen. Ein stürmisches Wolkengewaber bedeckte die Stadt. Alles war Dunkelheit; alles war Zweifel, alles war Verwirrung. Das achtzehnte Jahrhundert war vorbei; das neunzehnte Jahrhundert hatte begonnen.

Kapitel V

Die große Wolke, die am ersten Tag des neunzehnten Jahrhunderts nicht nur über London, sondern über der Gesamtheit der Britischen Inseln hing, verharrte, oder besser, verharrte nicht, denn sie wurde unaufhörlich von stürmischen Winden durcheinandergerüttelt, lange genug, um außerordentliche Auswirkungen auf jene zu haben, die unter ihrem Schatten lebten. Eine Veränderung schien das Klima Englands erfaßt zu haben. Regen fiel häufig, doch nur in launischen Schauern, die, kaum vorüber, von neuem begannen. Die Sonne schien, natürlich, aber sie war so von Wolken umgürtet, und die Luft war so von Wasser gesättigt, daß ihre Strahlen verfärbt waren und stumpfe Purpur-, Orange- und Rottöne an die Stelle der bestimmteren Landschaften des achtzehnten Jahrhunderts traten. Unter diesem geschundenen und finsteren Baldachin war das Grün der Kohlköpfe weniger intensiv, und das Weiß des Schnees war schmutzig. Schlimmer war jedoch, daß die Feuchtigkeit jetzt ihren Weg in jedes Haus nahm – die Feuchtigkeit, die der heimtückischste aller Feinde ist, denn während die Sonne mit Vorhängen ausgesperrt und der Frost mit einem heißen Feuer geröstet werden kann, stiehlt sich die Feuchtigkeit herein, während wir schlafen; Feuchtigkeit ist lautlos, unmerklich, allgegenwärtig. Feuchtigkeit quillt das Holz, schimmelt den Kessel, rostet das Eisen, modert den Stein. So allmählich ist der Prozeß, daß uns erst wenn wir eine Kommode heben oder einen Kohlenkasten, und das Ganze in unseren Händen in Stücke zerfällt, der Verdacht kommt, daß die Krankheit am Werke ist.

So wurde, heimlich und unmerklich, ohne daß jemand den genauen Tag oder die genaue Stunde der Veränderung verzeichnet hätte, das Wesen Englands verändert, und niemand wußte es. Die Wirkungen waren überall spürbar. Der abgehärtete Landedelmann, der glücklich und zufrieden zu einer Mahlzeit aus Bier und Fleisch in einem Zimmer Platz genommen hatte, das, vielleicht von den Gebrüdern Adam[22], in klassischer Würde entworfen worden war, fröstelte jetzt. Teppiche tauchten auf; Bärte wuchsen; Hosen wurden unter dem Rist festgeschnürt. Das Frösteln, das der Landedelmann in den Beinen spürte, übertrug er bald auf sein Haus; Möbel wurden verhüllt; Wände und Tische bedeckt; nichts blieb kahl. Dann wurde eine Änderung der Ernährung dringlich. Das Muffin wurde erfunden und der Teekuchen. Kaffee ersetzte den Portwein nach dem Essen, und da Kaffee zu einem Salon führte, in dem man ihn trinken konnte, und ein Salon zu Vitrinen, und Vitrinen zu künstlichen Blumen, und künstliche Blumen zu Kaminsimsen, und Kaminsimse zu Pianofortes, und Pianofortes zu Salon-Arien, und Salon-Arien (das eine oder andere Stadium überspringend) zu unzähligen kleinen Hunden, Deckchen und Nippes aus Porzellan, wurde das Heim – das ungeheuer wichtig geworden war – völlig verändert.

Draußen vor dem Haus – dies war eine weitere Auswirkung der Feuchtigkeit – wuchs Efeu in nie dagewesener Fülle. Häuser, die aus nacktem Stein gewesen waren, erstickten in Grünzeug. Kein Garten, so formstreng seine ursprüngliche Anlage auch gewesen sein mochte, blieb ohne ein Gesträuch, eine Wildnis, einen Irrgarten. Was an Licht in die Schlafzimmer drang, in denen Kinder geboren wurden, war von Natur aus von einem finsteren Grün, und was an Licht in die Salons drang, in denen erwachsene Männer und Frauen lebten, drang durch Vorhänge aus braunem und purpurnem Plüsch. Aber die Veränderung machte nicht bei Äußerlichkeiten halt. Die Feuchtigkeit drang nach innen. Die Menschen fühlten das Frösteln in ihren Herzen; die Feuchtigkeit in ihren Gemütern. In dem verzweifelten Versuch, ihre Gefühle in irgendeine Art von Wärme einzuschmiegen, wurde ein Vorwand nach dem anderen erprobt. Liebe, Geburt und Tod wurden in eine Vielzahl schöner Phrasen gewindelt. Die Geschlechter entfernten sich immer weiter voneinander. Keine offene Unterhaltung wurde toleriert. Ausflüchte und Heimlichkeiten wurden von beiden Seiten mit Fleiß praktiziert. Und so wie das Efeu und das Immergrün in der feuchten Erde draußen wucherten, zeigte dieselbe Fruchtbarkeit sich auch drinnen. Das Leben einer durchschnittlichen Frau bestand aus einer Folge von Geburten. Sie heiratete mit neunzehn und hatte, bevor sie dreißig war, fünfzehn oder achtzehn Kinder; denn es wimmelte von Zwillingen. So wurde das britische Empire ins Leben gerufen; und so – denn die Feuchtigkeit ist nicht aufzuhalten; sie kriecht ins Tintenfaß, wie sie ins

Holzwerk kriecht – schwollen die Sätze, vermehrten sich die Adjektive, verwandelte Lyrik sich in Epik, und kleine Nichtigkeiten, die ursprünglich Essays von vielleicht einer Spalte Länge gewesen waren, wurden jetzt zu Enzyklopädien in zehn oder zwanzig Bänden. Doch Eusebius Chubb soll unser Zeuge sein, welche Wirkung all dies auf den Geist eines empfindsamen Mannes hatte, der nichts tun konnte, es aufzuhalten. Gegen Ende seiner Memoiren gibt es einen Abschnitt, in dem er beschreibt, wie er, nachdem er eines Vormittags fünfunddreißig Folioseiten »alles über nichts« geschrieben hatte, den Deckel auf das Tintenfaß schraubte und einen Spaziergang durch den Garten machte. Bald fand er sich im »Gesträuch« verfangen. Unzählige Blätter rauschten und glitzerten über seinem Kopf. Er hatte das Gefühl, »den Moder von Millionen weiteren unter seinen Füßen zu zertreten«. Dichter Rauch stieg von einem feuchten Feuer am Ende des Gartens auf. Er sann darüber nach, daß kein Feuer der Welt je hoffen könne, jene gewaltige pflanzliche Masse zu verzehren. Wohin er auch blickte, wucherte die Vegetation. Gurken »kamen über das Gras bis vor meine Füße gekrochen«. Riesige Blumenkohlköpfe türmten sich Schicht auf Schicht, bis sie, wie es seiner aufgewühlten Phantasie schien, mit den Ulmen selbst wetteiferten. Hühner legten unaufhörlich Eier von keiner besonderen Färbung. Dann, sich mit einem Seufzer seiner eigenen Fruchtbarkeit und seiner armen Frau Jane erinnernd, die drinnen in den Wehen ihrer fünfzehnten Niederkunft lag, fragte er sich, wie er dem Federvieh Vorwürfe machen könne. Er sah hinauf in den Himmel. War nicht der Himmel selbst, oder dieses gewaltige Frontispiz des Himmels, das Firmament, Hinweis auf die Billigung, ja die Anstiftung seitens der himmlischen Hierarchie? Denn dort oben, winters wie sommers, jahrein, jahraus, drehten und wälzten sich die Wolken, wie Wale, sann er, oder eher wie Elefanten; doch nein, es gab kein Entrinnen vor dem Vergleich, den ihm tausend luftige Hektare aufdrängten; der ganze Himmel, wie er sich behäbig über die Britischen Inseln breitete, war nichts anderes als ein gewaltiges Federbett; und die wahllose Fruchtbarkeit des Gartens, des Schlafzimmers und des Hühnerstalls wurde dort nachgeahmt. Er ging ins Haus, schrieb die oben zitierte Stelle, steckte den Kopf in den Gasofen, und als sie ihn fanden, war alles Wiederbeleben zwecklos.

Während dies in allen Teilen Englands vor sich ging, war es für Orlando schön und gut, sich in ihrem Haus in Blackfriars zu verkriechen und so zu tun, als sei das Klima dasselbe geblieben; als könne man immer noch sagen, was man wolle und je nach Lust und Laune Kniehosen oder Röcke tragen. Aber selbst sie war schließlich gezwungen, einzusehen, daß die Zeiten sich geändert hatten. Eines Nachmittags in den frühen Jahren des Jahrhunderts fuhr sie in ihrer alten, holzverkleideten Kutsche durch den St. James's Park, als einer jener Sonnenstrahlen, denen es gelegentlich, wenn auch nicht oft, gelang, auf die Erde zu kommen, sich durch die Wolken hindurchkämpfte und sie im Vorbeiziehen mit merkwürdigen, prismatischen Farben marmorierte. Ein solcher Anblick war nach den klaren, einförmigen Himmeln des achtzehnten Jahrhunderts merkwürdig genug, sie dazu zu veranlassen, das Fenster herunterzuziehen und ihn zu betrachten. Die floh- und flamingofarbenen Wolken ließen sie mit einem lustvollen Erschauern, was beweist, daß sie unmerklich bereits von der Feuchtigkeit angesteckt war, an Delphine denken, die in ionischen Meeren sterben. Doch wie groß war ihre Überraschung, als der Sonnenstrahl beim Auftreffen auf die Erde eine Pyramide, Hekatombe oder Trophäe (denn es hatte etwas von einem Tafelaufsatz) hervorzurufen oder aufleuchten zu lassen schien – jedenfalls eine Anhäufung der unterschiedlichsten und unpassendsten Objekte, die wie Kraut und Rüben, dort wo die Statue Königin Victorias heute steht, zu einem gewaltigen Berg aufgetürmt waren! Über ein gewaltiges Kreuz aus durchbrochenem, blumengemustertem Gold waren Witwenkleider und Brautschleier drapiert; gehakt an andere Vorsprünge waren Kristallpaläste, Korbwiegen, Soldatenhelme, Gedenkkränze, Hosen, Backenbärte, Hochzeitskuchen, Kanonen, Weihnachtsbäume, Teleskope, ausgestorbene Ungeheuer, Erdkugeln, Landkarten, Elefanten und mathematische Instrumente – das Ganze wie ein gigantischer Wappenschild auf der rechten Seite von einer weiblichen Gestalt gestützt, die in fließendes Weiß gekleidet war; auf der linken von einem behäbigen Herrn, der einen Gehrock und sackige Hosen trug. Die Unvereinbarkeit der Objekte, die Zusammenstellung eines vollständig Bekleideten mit einer nur teilweise Verhüllten, das Schreiende der verschiedenen Farben und ihre plaidartige Nebeneinanderstellung erfüllten Orlando mit tiefstem Entsetzen. Nie, in ihrem ganzen Leben nicht, hatte sie etwas gesehen, das gleichzeitig so unanständig, so abscheulich und so monumental war. Vielleicht war es, nein, es mußte unweigerlich die Wirkung der Sonne auf die wassergesättigte Luft sein; es würde mit dem ersten Luftzug, der aufkam, verschwinden; aber trotzdem sah es, als sie vorbeifuhr, ganz so aus, als sei es dazu bestimmt, ewig zu währen. Nichts, so fühlte sie, als sie in die Ecke ihrer Kutsche zurücksank, nicht Wind, Regen, Sonne oder Donner, würde dieses schreiende Gebilde je zerstören können. Nur die Nasen würden fleckig werden, und die Trompeten würden rosten; aber sie würden bleiben, bis in alle Ewigkeit nach Osten, Westen, Süden und Norden zeigen. Sie blickte zurück, als ihre Kutsche Constitution Hill hinauffegte. Ja, dort war es, leuchtete immer noch gelassen in einem Licht, das – sie zog ihre Uhr aus ihrem Uhrtäschchen –, natürlich, das Licht von zwölf Uhr mittag war. Kein anderes konnte so prosaisch sein, so nüchtern, so unerreichbar für jede Andeutung von Morgendämmerung oder Sonnenuntergang, so allem Anschein nach darauf berechnet, ewig zu währen. Sie war entschlossen, nicht noch einmal hinzusehen. Schon jetzt fühlte sie die Gezeiten ihres Blutes träge fließen. Aber noch merkwürdiger war, daß eine Röte, heftig und ungewohnt, ihre Wangen überzog, als sie am Buckingham Palace vorbeifuhr, und es schien, als würden ihre Augen von einer höheren Macht auf ihre Knie hinunter gezwungen. Plötzlich sah sie in jähem Erschrecken, daß sie schwarze Kniehosen trug. Ihr Erröten hörte nicht auf, bis sie ihren Landsitz erreicht hatte, was, in Anbetracht der Zeit, die vier Pferde brauchen, um dreißig Meilen zu traben, wie wir hoffen, als strahlender Beweis für ihre Keuschheit verstanden werden wird.

Kaum angekommen, folgte sie dem, was nun zum zwingendsten Bedürfnis ihrer Natur geworden war, und wickelte sich so gut es ging in eine Steppdecke aus Damast, die sie von ihrem Bett riß. Der Witwe Bartholomew (die der guten alten Grimsditch als Haushälterin nachgefolgt war) erklärte sie, sie fröstele.

»So geht's uns allen, Mylady«, sagte die Witwe, einen tiefen Seufzer ausstoßend. »Die Wände tun schwitzen«, sagte sie, mit einer merkwürdigen, kummervollen Selbstgefälligkeit, und tatsächlich brauchte sie nur die Hand auf die Eichentäfelung zu legen, damit ihre Fingerabdrücke sich dort abzeichneten. Der Efeu war so üppig gewachsen, daß viele Fenster nun versiegelt waren. Die Küche war so dunkel, daß man Kessel kaum von

Seiher unterscheiden konnte. Eine arme schwarze Katze war aus Versehen für Kohle gehalten und ins Feuer geschaufelt worden. Die meisten Mägde trugen bereits drei oder vier rote Flanellunterröcke, obwohl es erst der Monat August war.

»Ist's denn wahr, Mylady«, fragte die gute Frau, die Arme um ihren Oberkörper geschlungen, während das goldene Kruzifix sich auf ihrem Busen hob und senkte, »daß die Königin, der Herr segne sie, eine, wie sagt man noch mal? – trägt, eine –?« die gute Frau zögerte und wurde rot.

»Eine Krinoline«, half Orlando ihr aus (denn das Wort hatte Blackfriars erreicht). Mrs Bartholomew nickte. Schon liefen ihr die Tränen über die Wangen, aber während des Weinens lächelte sie. Denn es war angenehm zu weinen. Waren sie nicht alle schwache Frauen? trugen sie nicht alle Krinolinen, um die Tatsache zu verbergen; die große Tatsache; die einzige Tatsache; aber, nichtsdestoweniger, die bedauerliche Tatsache; die zu leugnen jede anständige Frau ihr Bestes tat, bis Leugnen unmöglich war; die Tatsache, daß sie einem Kind das Leben schenken würde? in der Tat fünfzehn oder zwanzig Kindern das Leben schenken würde, so daß fast das ganze Leben einer anständigen Frau schließlich und endlich damit verging, zu leugnen, was wenigstens an einem Tag eines jeden Jahres offenkundig wurde.

»Die Muffins wär'n warmgestellt«, sagte Mrs Bartholomew, sich die Tränen wischend, »in der Bibloteck.«

Und eingehüllt in eine damastene Bettdecke setzte Orlando sich jetzt zu einem Teller Muffins.

»Die Muffins wär'n warmgestellt in der Bibloteck« – ahmte Orlando den gräßlichen Cockney-Satz in Mrs Bartholomews geziertem Cockney-Akzent nach, während sie – aber nein, sie verabscheute die milde Flüssigkeit – ihren Tee trank. In ebendiesem Zimmer, erinnerte sie sich, hatte Königin Elizabeth breitbeinig vor dem Kamin gestanden, einen Krug Bier in der Hand, den sie plötzlich auf den Tisch knallte, als Lord Burghley taktloserweise den Imperativ statt des Subjunktivs benutzte. »Kleiner Mann, kleiner Mann« – konnte Orlando sie sagen hören –, »ist ›müssen‹ ein Wort, das man Fürsten gegenüber gebraucht?« Und schon sauste der Krug auf den Tisch herunter: da war noch die Schramme zurückgeblieben.

Aber als Orlando auf die Füße sprang, wie der bloße Gedanke an jene große Königin es verlangte, verhedderte sie sich in der Bettdecke, und sie fiel mit einem Fluch in ihren Sessel zurück. Morgen würde sie zwanzig Ellen schwarzen Bombasin oder mehr, vermutete sie, kaufen müssen, um einen Rock daraus zu machen. Und dann (hier wurde sie rot) würde sie eine Krinoline kaufen müssen, und dann (hier wurde sie rot) eine Korbwiege, und dann noch eine Krinoline, und so weiter . . . Die Röten kamen und gingen mit der lebhaftesten Aufeinanderfolge von Sittsamkeit und Schamhaftigkeit, die man sich vorstellen kann. Man hätte sehen können, wie der Geist der Zeit, einmal heiß, einmal kalt, über ihre Wangen wehte. Und wenn der Geist der Zeit ein wenig außer der Ordnung blies, wenn noch vor dem Ehemann wegen der Krinoline errötet wurde, muß ihre ambivalente Lage sie entschuldigen (sogar ihr Geschlecht war noch immer umstritten), und das ungeregelte Leben, das sie bisher geführt hatte.

Schließlich gewann die Farbe ihrer Wangen ihre Beständigkeit zurück, und es schien, als sei der Geist der Zeit – wenn es tatsächlich dieser war – für den Augenblick eingeschlummert. Da tastete Orlando im Busen ihrer Bluse wie nach einem Medaillon oder Relikt verlorener Zuneigung und zog nichts dergleichen hervor, sondern eine Papierrolle, seebefleckt, blutbefleckt, reisebefleckt – das Manuskript ihres Poems »Der Eich-Baum«. Sie hatte es nun so viele Jahre mit sich herumgetragen, und unter so gefährlichen Umständen, daß viele der Seiten fleckig waren, manche zerrissen, während der Mangel an Schreibpapier, unter dem sie litt, als sie bei den Zigeunern war, sie gezwungen hatte, die Ränder zu füllen und gar über die Zeilen zu schreiben, bis das Manuskript aussah wie eine mit größter Sorgfalt verfertigte Stopfarbeit. Sie blätterte zurück zur ersten Seite und las das Datum, 1586, in ihrer eigenen knabenhaften Hand geschrieben. Sie hatte nun seit fast dreihundert Jahren daran gearbeitet. Es war Zeit, zum Ende zu kommen. Unterdessen begann sie zu blättern und zu überfliegen und zu lesen und zu überspringen und zu denken, während sie las, wie wenig sie sich in all den Jahren verändert hatte. Sie war ein schwermütiger Knabe gewesen, verliebt in den Tod, wie Knaben es sind; und dann war sie auf Amouren und große Gesten aus gewesen; und dann quick und satirisch; und manchmal hatte sie es mit der Prosa versucht, und manchmal mit dem Drama. Dennoch war sie durch all diese Veränderungen hindurch, so überlegte sie, im Grunde dieselbe geblieben. Sie hatte noch immer dasselbe brütende, nachdenkliche Gemüt, dieselbe Liebe zu Tieren und der Natur, dieselbe Leidenschaft für das Land und die Jahreszeiten.

»Schließlich und endlich«, dachte sie, wobei sie sich erhob und zum Fenster ging, »hat nichts sich verändert. Das Haus, der Garten sind genau wie sie waren. Kein Stuhl ist verstellt, kein Stück Zierat verkauft. Dort sind dieselben Wege, dieselben Rasenflächen, dieselben Bäume und derselbe Teich, mit, wie ich behaupten möchte, immer noch denselben Karpfen darin. Gewiß, Königin Victoria sitzt auf dem Thron und nicht Königin Elizabeth, aber was für einen Unterschied . . .«

Kaum hatte der Gedanke Gestalt angenommen, als, wie um ihn zurückzuweisen, die Tür weit aufgestoßen wurde, und herein marschierte Basket, der Butler, gefolgt von Bartholomew, der Haushälterin, um das Teegeschirr abzuräumen. Orlando, die ihre Feder eben erst in die Tinte getaucht hatte und im Begriff stand, eine Reflexion über die Ewigkeit aller Dinge niederzuschreiben, war sehr verärgert, von einem Klecks behindert zu werden, der sich rund um ihre Feder breitete und schlängelte. Ein Manko der Feder, nahm sie an; sie war eingerissen oder verschmutzt. Sie tauchte sie erneut ein. Der Klecks wurde größer. Sie versuchte, mit dem, was sie sagen wollte, fortzufahren; keine Wörter kamen. Als nächstes begann sie, den Klecks mit Flügeln und Backenbärten zu verzieren, bis er zu einem rundköpfigen Ungeheuer wurde, einem Ding zwischen einer Fledermaus und einem Beuteltier. Aber was das Schreiben von Gedichten anbelangte, während Basket und Bartholomew im Raum waren, so war es unmöglich. Kaum hatte sie »Unmöglich« gesagt, als zu ihrer Überraschung und Bestürzung die Feder anfing, mit der glattestmöglichen Behendigkeit zu schweifen und zu kurven. Ihre Seite wurde in säuberlichster italienischer Kursivschrift mit den geschmacklosesten Versen vollgeschrieben, die sie je im Leben gelesen hatte:

I am myself but a vile link
Amid life's weary chain,
But I have spoken hallow'd words,
Oh, do not say in vain!

Will the young maiden, when her tears,
Alone in moonlight shine,

Tears for the absent and the loved,
Murmur –[23]

schrieb sie, ohne innezuhalten, während Bartholomew und Basket sich ächzend und stöhnend im Zimmer zu schaffen machten, das Feuer schürten, die Muffins einsammelten.

Wieder tauchte sie die Feder ein, und schon fuhr sie los –

She was so changed, the soft carnation cloud
Once mantling o'er her cheek like that which eve
Hangs o'er the sky, glowing with roseate hue,
Had faded into paleness, broken by
Bright burning blushes, torches of the tomb,[24]

aber hier verschüttete sie mit einer heftigen Bewegung die Tinte über die Seite und entzog sie damit den menschlichen Blicken, wie sie hoffte, auf immer. Sie war ganz Zittern, ganz zornige Erregung. Nichts Abstoßenderes gab es, als die Tinte derart in Kaskaden unwillkürlicher Inspiration fließen zu fühlen. Was war mit ihr geschehen? War es die Feuchtigkeit, war es Bartholomew, war es Basket, was war es? verlangte sie zu wissen. Aber das Zimmer war leer. Niemand antwortete ihr, außer man wollte das Tröpfeln des Regens im Efeu als Antwort nehmen.

Unterdessen wurde sie sich, während sie am Fenster stand, eines ungewöhnlichen Kribbelns und Vibrierens in ihrem ganzen Leib bewußt, als bestünde sie aus tausend Drähten, auf denen ein Lufthauch oder wandernde Finger Tonleitern spielten. Jetzt kribbelten ihre Zehen; jetzt ihr Mark. Sie hatte die seltsamsten Empfindungen um die Schenkelknochen. Ihre Haare schienen sich zu sträuben. Ihre Arme sangen und schwirrten, wie die Telegraphendrähte in ungefähr zwanzig Jahren singen und schwirren würden. Aber diese ganze Erregung schien sich schließlich in ihren Händen zu konzentrieren; und dann in einer Hand, und dann in einem Finger dieser Hand, und sich dann zusammenzuziehen, so daß sie einen Ring prickelnder Empfindsamkeit um den vierten Finger der linken Hand legte. Und als sie sie hob, um zu sehen, was diese Erregung verursachte, sah sie nichts – nichts als den großen Smaragdsolitär, den Königin Elizabeth ihr geschenkt hatte. Und war der nicht genug? fragte sie? Er war von reinstem Wasser. Er war mindestens zehntausend Pfund wert. Das

Vibrieren schien, auf die merkwürdigste Weise (aber man vergesse nicht, daß wir es mit einer der dunkelsten Manifestationen der menschlichen Seele zu tun haben), Nein zu sagen, das ist nicht genug; und zudem einen fragenden Ton anzunehmen, als verlange es zu wissen, was das bedeute, dieser Hiatus, dieses seltsame Versehen? bis Orlando sich des vierten Fingers ihrer linken Hand richtiggehend schämte, ohne auch nur im geringsten zu wissen, weshalb. In diesem Augenblick kam Bartholomew herein, um zu fragen, welches Kleid sie zum Dinner bereitlegen solle, und Orlando, deren Sinne sehr geschärft waren, blickte sogleich auf Bartholomews linke Hand und bemerkte sogleich, was ihr nie zuvor aufgefallen war – einen breiten Ring aus ziemlich gelbsüchtigem Gelb, der den dritten Finger kreisförmig umschloß, wo ihr eigener leer war.

»Lassen Sie mich Ihren Ring sehen, Bartholomew«, sagte sie und streckte die Hand aus, um ihn entgegenzunehmen.

Daraufhin benahm sich Bartholomew, als hätte ein Spitzbube sie vor die Brust gestoßen. Sie fuhr ein oder zwei Schritt zurück, ballte die Hand zur Faust und schleuderte sie mit einer Geste von sich, die über die Maßen edel war. »Nein«, sagte sie mit entschlossener Würde, Ihre Ladyschaft dürfe ihn gerne ansehen, wenn es ihr gefalle, aber was das Abziehen ihres Eheringes anbelange, so könnten weder der Erzbischof noch der Papst, noch Königin Victoria auf ihrem Thron sie dazu zwingen. Ihr Thomas habe ihn ihr vor fünfundzwanzig Jahren, sechs Monaten und drei Wochen an den Finger gesteckt; sie habe mit ihm geschlafen; mit ihm gearbeitet; mit ihm gewaschen; mit ihm gebetet; und sei entschlossen, mit ihm begraben zu werden. In der Tat, glaubte Orlando sie sagen zu hören, aber ihre Stimme war vor lauter Gefühl zu sehr gebrochen, es sei nach dem Glanz ihres Eheringes, wonach man ihr ihren Platz unter den Engeln zuweisen werde, und sein Schimmer werde auf ewig einen Makel zurückbehalten, wenn sie ihn auch nur eine Sekunde lang aus ihrer Obhut entlasse.

»Der Himmel stehe uns bei«, sagte Orlando, am Fenster stehend und die Tauben bei ihren Possen beobachtend, »in was für einer Welt leben wir! In was für einer Welt, in der Tat!« Ihre Verwicklungen verblüfften sie. Es schien ihr jetzt, als sei die ganze Welt mit Gold beringt. Sie ging zum Dinner. Es wimmelte von Eheringen. Sie ging zur Kirche. Überall waren Eheringe. Sie fuhr aus. Gold oder Tombak, dünn, dick, schlicht, glatt, es glänzte matt an jeder Hand. Ringe füllten die Juweliergeschäfte, und zwar nicht die blitzenden Similisteine und Diamanten aus Orlandos Erinnerung, sondern schlichte Reifen ohne jeden Stein. Gleichzeitig begann sie eine neue Gewohnheit der Städter zu bemerken. In den alten Zeiten war man oft genug auf einen Burschen gestoßen, der unter einer Schlehenhecke mit einem Mädchen tändelte. Orlando hatte so manches Pärchen mit ihrer Peitsche angetippt und war lachend weitergeritten. Nun war das alles anders. Paare stapften und trotteten unauflöslich verbunden mitten auf der Straße. Die Rechte der Frau war unweigerlich durch die Linke des Mannes geschoben, und ihre Finger waren fest von den seinen umschlossen. Oft bewegten sie sich erst, wenn die Pferde sie schon mit der Nase berührten, und wenn sie sich dann bewegten, dann geschah das in einem Stück, schwerfällig, an den Straßenrand. Orlando konnte nur vermuten, daß eine neue Entdeckung über die menschliche Rasse gemacht worden war; daß sie irgendwie zusammengeklebt waren, Paar um Paar, aber wer die Entdeckung gemacht hatte, und wann, konnte sie nicht einmal erraten. Es schien nicht die Natur gewesen zu sein. Sie blickte auf die Tauben und die Kaninchen und die Elchhunde und konnte nicht sehen, daß die Natur sich geändert oder ihre Arten und Weisen verbessert hätte, wenigstens nicht seit der Zeit Elizabeths. Soweit sie sehen konnte, gab es keine unauflösliche Allianz unter den Tieren. Konnte es also Königin Victoria gewesen sein, oder Lord Melbourne? Waren sie es, von denen die große Entdeckung der Ehe ausging? Aber, überlegte sie, von der Königin hieß es doch, sie liebe Hunde, und von Lord Melbourne[25] hieß es – so hatte sie gehört –, er liebe Frauen. Es war seltsam – es war widerwärtig; in der Tat hatte diese Untrennbarkeit der Leiber etwas an sich, das ihrem Gefühl für Anstand und Hygiene widerstrebte. Ihre Überlegungen wurden jedoch von einem derartigen Kribbeln und Prickeln des befallenen Fingers begleitet, daß sie ihre Gedanken kaum in Ordnung halten konnte. Sie schmachteten und verdrehten die Augen wie die Phantasien eines Dienstmädchens. Sie ließen sie erröten. Es blieb ihr nichts anderes übrig, als einen dieser häßlichen Reifen zu kaufen und wie alle anderen zu tragen. Dies tat sie, steckte ihn sich, von Scham überwältigt, im Schatten eines Vorhangs an den Finger; aber es half nichts. Das Kribbeln hielt an, heftiger und entrüsteter denn je. In jener Nacht tat sie kein Auge zu. Am nächsten Morgen, als sie die Feder zur Hand nahm, um zu schreiben, fiel ihr entweder nichts ein, und die Feder machte einen großen, tränenreichen Klecks nach dem anderen, oder aber, was noch alarmierender war, sie schwelgte in honigsüßen Geläufigkeiten über frühen Tod und Verwesung, die schlimmer waren, als nichts zu denken. Denn es hatte den Anschein – ihr Fall bewies es –, daß wir nicht mit den Fingern schreiben, sondern mit der ganzen Person. Der Nerv, der die Feder führt, windet sich um jede Faser unseres Seins, fädelt das Herz auf, durchbohrt die Leber. Obwohl der Sitz ihrer Pein die linke Hand zu sein schien, fühlte sie sich durch und durch vergiftet und war schließlich gezwungen, das verzweifelteste aller Mittel in Erwägung zu ziehen, nämlich sich vollständig und ergeben dem Geist der Zeit zu unterwerfen und sich einen Gemahl zu nehmen.

Daß dies sehr gegen ihre natürliche Veranlagung ging, wurde zur Genüge deutlich gemacht. Als das Geräusch der Kutschenräder des Erzherzogs verhallte, lautete der Ruf auf ihren Lippen »Das Leben! Ein Liebhaber!« und nicht »Das Leben! Ein Gemahl!«, und es war in Verfolgung dieses Zieles, daß sie in die Stadt gegangen war und sich in der Welt herumgetrieben hatte, wie im vorhergehenden Kapitel gezeigt. Derart ist jedoch die unbezähmbare Natur des Geistes der Zeit, daß er jeden, der versucht, sich ihm entgegenzustellen, weit wirksamer niedermacht als jene, die sich ihm beugen. Orlando hatte sich ganz natürlich dem elisabethanischen Geist zugeneigt, dem Geist der Restauration, dem Geist des achtzehnten Jahrhunderts, und war sich der Veränderungen von einem Zeitalter zum anderen infolgedessen kaum bewußt gewesen. Aber der Geist des neunzehnten Jahrhunderts war mit ihrem Wesen gänzlich unvereinbar, und so packte er sie und zerbrach sie, und sie war sich der Niederlage, die ihr von seiner Hand zugefügt wurde, so bewußt, wie sie es nie zuvor gewesen war. Denn es ist wahrscheinlich, daß der Menschengeist seinen Platz in der Zeit zugewiesen bekommt; manche sind von diesem Zeitalter geboren, manche von jenem; und jetzt, da Orlando zur Frau herangereift war, in der Tat ein oder zwei Jahre über die Dreißig zählte, waren die Züge ihres Charakters festgelegt, und sie in die falsche Richtung zu biegen war unerträglich.

So stand sie kummervoll am Fenster des Salons (wie Bartholomew die Bibliothek getauft hatte), niedergezogen vom Gewicht der Krinoline, die sie ergeben angelegt hatte. Sie war schwerer und trübseliger als jedes andere Kleid, das sie bis jetzt getragen hatte. Keines hatte ihre Bewegungen je so behindert. Sie konnte nicht mehr mit den Hunden durch den Garten streifen oder leichtfüßig die Anhöhe hinauflaufen und sich unter der Eiche auf die Erde werfen. Ihre Röcke sammelten feuchte Blätter und Stroh ein. Der Hut mit dem Federbusch wurde vom Wind geschüttelt. Die dünnen Schuhe waren schnell durchweicht und schlammverkrustet. Ihre Muskeln hatten ihre Geschmeidigkeit verloren. Sie ängstigte sich vor Räubern hinter der Wandtäfelung und fürchtete sich, zum ersten Mal in ihrem Leben, vor Gespenstern in den Korridoren. All diese Dinge machten sie Schritt für Schritt immer geneigter, sich der neuen Entdeckung, gleich ob von Königin Victoria oder einem anderen herrührend, zu fügen, daß jeder Mann und jede Frau jemanden hat, der ihm fürs Leben bestimmt ist, den er stützt, von dem er gestützt wird, bis daß der Tod sie scheidet. Es wäre ein Trost, fühlte sie, sich anzulehnen; sich zu setzen; ja, sich hinzulegen; um nie, nie, nie wieder aufzustehen. So wirkte der Geist auf sie ein, ungeachtet all ihres vergangenen Stolzes, und als sie die Skala der Gefühle heruntergeglitten kam zu diesem niederen und ungewohnten Aufenthaltsort, ging jenes Prickeln und Kribbeln, das so streitsüchtig und neugierig gewesen war, in die süßeste Melodie über, bis es schien, als zupften Engel mit weißen Fingern Harfensaiten, und bis ihr ganzes Wesen von einer seraphischen Harmonie durchdrungen war.

Aber an wen konnte sie sich anlehnen? Sie richtete diese Frage an die wilden Herbstwinde. Denn es war jetzt Oktober und naß wie gewöhnlich. Nicht an den Erzherzog; der hatte eine sehr große Lady geheiratet und ging nun schon seit vielen Jahren in Rumänien auf die Hasenjagd; auch nicht an Mr M.; der war Katholik geworden; auch nicht an den Marquis von C.; der stellte in der Botany Bay Säcke her; auch nicht an Lord O.; der war seit langem Futter für die Fische. Auf die eine oder andere Weise waren all ihre alten Bekannten nicht mehr da, und die Nells und die Kits aus der Drury Lane, so lieb sie ihr auch waren, eigneten sich kaum zum Anlehnen.

»An wen«, fragte sie, die Augen auf die wirbelnden Wolken richtend, die Hände ringend, während sie auf dem Fenstersims kniete und dabei aussah wie das Inbild flehender Weiblichkeit, »kann ich mich anlehnen?«

Ihre Worte formten sich selbst, ihre Hände rangen von selbst, unwillkürlich, so wie ihre Feder aus eigenen Stücken geschrieben hatte. Es war nicht Orlando, die sprach, sondern der Geist der Zeit. Aber gleich wer es war, niemand antwortete. Die Krähen taumelten kunterbunt zwischen den violetten Herbstwolken. Der Regen hatte endlich aufgehört, und am Himmel war ein Schillern, das sie verlockte, ihren Hut mit dem Federbusch und die kleinen Schnürschühchen anzuziehen und vor dem Abendessen einen Spaziergang zu machen.

»Jeder ist gepaart, nur ich nicht«, sann sie, während sie untröstlich über den Hof zog. Da waren die Krähen; sogar Canut und Pippin – so flüchtig ihre Verbindungen auch waren – schienen an diesem Abend dennoch jeder einen Partner zu haben. »Wohingegen ich, die ich die Herrin von allem bin«, dachte Orlando, im Vorbeigehen auf die zahllosen wappengezierten Fenster der Halle blickend, »allein bin, partnerlos bin, einsam bin.«

Solche Gedanken waren ihr früher nie in den Sinn gekommen. Jetzt drückten sie sie unentrinnbar nieder. Statt das Tor aufzustoßen, klopfte sie mit einer behandschuhten Hand, damit der Pförtner es für sie öffne. Man muß sich an jemanden anlehnen, dachte sie, und wenn es nur an einen Pförtner ist; und wünschte sich halb, dazubleiben und ihm zu helfen, sein Kotelett über einem Eimer glühender Kohlen zu braten, war jedoch zu schüchtern, darum zu bitten. So streifte sie allein in den Park hinaus, zaghaft zunächst und furchtsam, Wilderer oder Waldhüter oder sogar Botenjungen könnten sich darüber verwundern, daß eine große Lady allein spazierengehe.

Bei jedem Schritt sah sie sich nervös um, aus Furcht, eine männliche Gestalt könne sich hinter einem Ginsterbusch verborgen halten oder eine bösartige Kuh die Hörner senken, um sie aufzuspießen. Aber da waren nur die Krähen, die am Himmel dahinzogen. Eine stahlblaue Feder von einer von ihnen fiel in das Heidekraut. Sie liebte Federn von wilden Vögeln. Als Knabe hatte sie sie immer gesammelt. Sie hob sie auf und steckte sie an ihren Hut. Der Wind blies ein wenig auf ihr Gemüt und belebte es. Während die Krähen sich über ihrem Kopf drehten und wiegten und Feder um Feder schimmernd durch die purpurgetönte Luft fiel, folgte sie ihnen, während ihr langer Umhang hinter ihr herwehte, über das Moor, den Berg hinauf. Sie war seit Jahren nicht mehr so weit gegangen. Sechs Federn hatte sie aus dem Gras aufgehoben und zwischen ihren Fingerspitzen hindurchgezogen und an ihre Lippen gepreßt, um ihr glattes, schimmerndes Gefieder zu fühlen, als sie, an der Flanke des Berges schimmernd, einen silbernen Teich sah, geheimnisvoll wie der See, in den Sir Bedivere das Schwert König Arthurs[26] geschleudert hatte. Eine einzelne Feder bebte in der Luft und fiel mitten hinein. Da wurde sie von einer merkwürdigen Ekstase erfaßt. Sie hatte die wilde Vorstellung, den Vögeln an den Rand der Welt zu folgen und sich auf den weichen Rasen zu werfen und dort Vergessen zu trinken, während das heisere Gelächter der Krähen über ihr erklang. Sie beschleunigte ihren Schritt; sie rannte; sie stolperte; die zähen Wurzeln des Heidekrauts warfen sie zu Boden. Ihr Knöchel war gebrochen. Sie konnte nicht aufstehen. Aber dort lag sie zufrieden. Der Duft von Sumpfmyrte und Mädesüß war in ihrer Nase. Das heisere Gelächter der Krähen war in ihren Ohren. »Ich habe meinen Gemahl gefunden«, flüsterte sie. »Es ist das Moor. Ich bin die Braut der Natur«, flüsterte sie, sich voller Verzückung den kalten Umarmungen des Grases hingebend, während sie, in ihren Umhang gehüllt, in der Senke neben dem Teich lag. »Hier will ich liegen. (Eine Feder fiel auf ihre Stirn.) Ich habe einen grüneren Zweig als den des Lorbeers gefunden. Meine Stirn wird immer kühl sein. Dies sind die Federn wilder Vögel – von Eule und Ziegenmelker. Ich werde wilde Träume träumen. Meine Hände sollen keinen Ehering tragen«, fuhr sie fort und zog ihn sich vom Finger. »Die Wurzeln sollen sich um sie winden. Ah!« seufzte sie, den Kopf genüßlich in das weiche Kissen schmiegend, »ich habe durch viele Zeitalter das Glück gesucht und es nicht gefunden; den Ruhm und ihn verfehlt; die Liebe und sie nicht gekannt; das Leben – und siehe da, der Tod ist besser. Ich habe viele Männer und viele Frauen gekannt«, fuhr sie fort; »niemanden habe ich verstanden. Es ist besser, daß ich hier in Frieden liege, nur den Himmel über mir – wie der Zigeuner mir vor Jahren sagte. Das war in der Türkei.« Und sie sah gerade hinauf in den wundervollen goldenen Schaum, zu dem die Wolken sich geschlagen hatten, und sah im nächsten Augenblick eine Spur darin, und Kamele, die in Einerreihen durch die felsige Wüste unter Wolken aus rotem Staub schritten; und dann, als die Kamele vorbeigezogen waren, waren da nur Berge, sehr hoch und voll von Klüften und mit Zacken aus Felsen, und sie glaubte, die Ziegenglöckchen in ihren Pässen

Orlando etwa im Jahr 1840

läuten zu hören, und in ihren Falten wären Felder von Iris und Enzian. So veränderte sich der Himmel, und ihre Augen senkten sich langsam tiefer und tiefer, bis sie auf die regendunkle Erde trafen und den großen Buckel der South Downs sahen, die sich in einer einzigen Welle die Küste entlang hinzogen; und wo das Land sich teilte, war das Meer, das Meer mit vorbeiziehenden Schiffen; und sie glaubte weit draußen auf hoher See eine Kanone zu hören und dachte zuerst, »Das ist die Armada«, und dachte dann, »Nein, es ist Nelson«, und erinnerte sich dann, daß diese Kriege vorbei waren und daß die Schiffe emsige Handelsschiffe wären; und die Segel auf dem sich windenden Fluß waren die von Vergnügungsbooten. Sie sah auch Vieh die dunklen Felder sprenkeln, Schafe und Kühe, und sie sah die Lichter, die hier und da in den Fenstern der Bauernhäuser aufleuchteten, und Laternen, die zwischen dem Vieh hin und her gingen, wie der Schäfer seine Runde machte und der Rinderknecht; und dann gingen die Lichter aus, und die Sterne gingen auf und verzweigten sich über den Himmel. Sie war in der Tat dabei einzuschlafen, die nassen Federn auf ihrem Gesicht und das Ohr an die Erde gedrückt, als sie, tief im Inneren, einen Hammer auf einem Amboß hörte, oder war es ein pochendes Herz? Tick-tack, tick-tack, so hämmerte es, so pochte es, der Amboß oder das Herz, in der Mitte der Erde; bis sie lauschend glaubte, es verwandele sich in den Tritt eines Pferdehufs; eins, zwei, drei, vier, zählte sie; dann hörte sie ein Stolpern; dann, als es näher und näher kam, konnte sie das Knacken eines Zweiges und das Schmatzen des nassen Moors an den Hufen hören. Das Pferd war fast über ihr. Sie setzte sich auf. Dunkel vor dem gelb durchschlitzten Himmel der Dämmerung aufragend, während die Kiebitze um ihn her auf- und niederflogen, sah sie einen Mann zu Pferde. Er stutzte. Das Pferd blieb stehen.

»Madam«, rief der Mann, auf den Boden springend, »Sie sind verletzt!«

»Ich bin tot, Sir«, antwortete sie.

Ein paar Minuten später waren sie verlobt.

Am Morgen danach, als sie beim Frühstück saßen, nannte er ihr seinen Namen. Er lautete Marmaduke Bonthrop Shelmerdine, Esquire.

»Ich habe es gewußt!« sagte sie, denn es war etwas Romantisches und

Ritterliches, Leidenschaftliches, Melancholisches und doch Entschlossenes an ihm, das zu dem wilden, dunkelgefiederten Namen paßte – einem Namen, der, in ihrer Vorstellung, das stahlblaue Schimmern von Krähenfedern hatte, das heisere Gelächter ihres Krächzens, das schlangengleiche, kreiselnde Sinken ihrer Federn in einen silbernen Teich und tausenderlei anderes, das augenblicklich beschrieben werden wird.

»Ich heiße Orlando«, sagte sie. Er hatte es geahnt. Denn wenn man ein Schiff unter vollen Segeln von der Sonne beschienen, aus der Südsee kommend, stolz über das Mittelmeer ziehen sieht, sagt man sofort »Orlando«, erklärte er.

Tatsächlich hatten sie, obwohl sie einander erst so kurz kannten, ganz so, wie das bei Liebenden immer der Fall ist, innerhalb von höchstens zwei Sekunden alles erraten, was es an Wichtigem über den anderen zu wissen gab, und nun blieb nur, so unwichtige Kleinigkeiten nachzutragen wie die, wie sie hießen; wo sie lebten und ob sie Bettler oder begütert waren. Er habe ein Schloß auf den Hebriden, aber es sei eine Ruine, sagte er ihr. Seeraben feierten Feste in seiner Banketthalle. Er sei Soldat und Seemann gewesen und habe den Orient erforscht. Er sei jetzt auf dem Weg, sich auf seiner Brigg in Falmouth wieder einzuschiffen, aber der Wind habe sich gelegt, und erst wenn er steif aus Südwesten wehe, könne er in See gehen. Orlando sah hastig aus dem Fenster des Frühstückszimmers auf den goldenen Leoparden der Wetterfahne. Gnädigerweise zeigte sein Schwanz geradewegs nach Osten und war unbewegt wie ein Fels. »Oh! Shel, verlaß mich nicht!« rief sie. »Ich liebe dich leidenschaftlich«, sagte sie. Kaum waren die Worte über ihre Lippen, als ihnen beiden gleichzeitig ein schrecklicher Verdacht durch den Sinn schoß.

»Du bist eine Frau, Shel!« rief sie.

»Du bist ein Mann, Orlando!« rief er.

Seit Anbeginn der Welt hatte es keine derartige Szene der Beteuerungen und Beweise gegeben, wie sie nun stattfand. Als sie vorüber war und sie sich wieder gesetzt hatten, fragte sie ihn, was er mit der steifen Brise aus Südwest gemeint habe? Wohin sollte seine Reise gehen?

»Zum Hoorn«, sagte er kurz und errötete. (Denn ein Mann mußte erröten, wie eine Frau es mußte, nur über ziemlich verschiedene Dinge.) Nur indem sie ihn sehr unter Druck setzte und viel Intuition aufwandte, erriet sie, daß er sein Leben im verzweifeltsten und großartigsten aller Abenteuer hinbrachte – welches ist, im Angesicht eines Sturms Kap Hoorn zu umsegeln. Maste waren abgeknickt; Segel zu Fetzen zerrissen (sie mußte das Eingeständnis aus ihm herauslocken). Manchmal war das Schiff gesunken, und er war als einziger Überlebender auf einem Floß mit einem Zwieback übriggeblieben.

»Es ist so ziemlich alles, was einer heutzutage tun kann«, sagte er etwas dämlich und tat sich mehrere große Löffel Erdbeermarmelade auf. Die Vision, die sie daraufhin von diesem Knaben hatte (denn er war kaum mehr als das), wie er Pfefferminzbonbons lutschte, für die er eine Leidenschaft hatte, während die Masten knickten und die Sterne taumelten und er knappe Befehle brüllte, dies zu kappen, jenes über Bord zu hieven, brachte Tränen in ihre Augen, Tränen, wie sie bemerkte, von einem feineren Arom als alle, die sie bisher geweint hatte. »Ich bin eine Frau«, dachte sie, »endlich eine richtige Frau.« Sie dankte Bonthrop aus ganzem Herzen, daß er ihr dieses seltene und unerwartete Entzücken geschenkt hatte. Wäre ihr linker Fuß nicht lahm gewesen, hätte sie sich auf seinen Schoß gesetzt.

»Shel, mein Liebling«, fing sie wieder an, »erzähl mir . . .« und so unterhielten sie sich zwei Stunden oder mehr, vielleicht über Kap Hoorn, vielleicht nicht, und es hätte wirklich wenig Sinn, niederzuschreiben, was sie sagten, denn sie kannten einander so gut, daß sie alles sagen konnten, was gleichbedeutend ist mit nichts zu sagen oder so dumme, prosaische Dinge zu sagen wie etwa, wie man ein Omelett brät oder wo man die besten Stiefel in London kauft, Dinge, die keinen Glanz haben, wenn man sie aus ihrer Fassung löst, in ihr jedoch von wahrhaft erstaunlicher Schönheit sind. Denn es ist durch die kluge Sparsamkeit der Natur so weit gekommen, daß unser moderner Geist fast ganz auf die Sprache verzichten kann; die gewöhnlichsten Ausdrücke genügen, da kein Ausdruck genügt; daher ist die gewöhnlichste Unterhaltung oft die poetischste, und die poetischste ist genau das, was sich nicht niederschreiben läßt. Aus welchem Grund wir an dieser Stelle eine große freie Stelle lassen, die als Hinweis darauf verstanden werden muß, daß die Lücke bis zum Rand gefüllt ist.

Nach ein paar weiteren Tagen derartiger Gespräche fing Shel gerade mit »Orlando, meine Liebste« an, als draußen ein Scharren zu hören war und Basket, der Butler, mit der Meldung eintrat, unten seien zwei Schutzmänner mit einem königlichen Gerichtsurteil.

»Schick sie rauf«, sagte Shelmerdine kurz, als befände er sich auf seinem eigenen Quarterdeck, und baute sich instinktiv mit auf dem Rücken verschränkten Händen vor dem Kamin auf. Zwei Beamte in flaschengrünen Uniformen und mit Knüppeln an der Hüfte betraten das Zimmer und nahmen Haltung an. Nachdem die Formalitäten erledigt waren, überreichten sie Orlando zu eigenen Händen, wie es ihr Auftrag war, ein offizielles Dokument von sehr eindrucksvoller Art, wenn man nach den Siegelwachsklumpen, den Bändern, den Eiden und den Unterschriften urteilen wollte, die alle von höchster Wichtigkeit waren.

Orlando überflog es kurz und las dann, den Zeigefinger ihrer rechten Hand als Weiser benutzend, die folgenden Fakten als die der Sache wesentlichsten laut vor.

»Die Verfahren sind entschieden«, las sie vor ... »einige zu meinen Gunsten, wie zum Beispiel ... andere nicht. Türkische Heirat annulliert.« (Ich war Gesandter in Konstantinopel, Shel, erklärte sie.) »Kinder für unehelich erklärt (es heißt, ich hätte drei Söhne von Pepita, einer spanischen Tänzerin). Also erben sie nicht, was nur gut so ist ... Geschlecht? Ah! was ist mit dem Geschlecht? Mein Geschlecht«, las sie mit einiger Feierlichkeit vor, »wird unbestreitbar und über jeden Schatten eines Zweifels erhaben (was habe ich dir eben erst gesagt, Shel?) für weiblich erklärt. Meine Güter, die hiermit aus der gerichtlichen Sequestration freigegeben werden, gehen für alle Zeiten als unveräußerliches Erbe auf meine männlichen Nachkommen und deren Nachkommen über, oder, im Falle der Nichtverehelichung« – aber hier verlor sie die Geduld mit diesen juristischen Wortschwällen und sagte, »aber es wird keine Nichtverehelichung geben, noch ein Nichtvorhandensein von Erben, also können wir den Rest für gelesen nehmen.« Woraufhin sie ihre eigene Unterschrift unter die von Lord Palmerston[27] setzte und von diesem Augenblick an den uneingeschränkten Besitz ihrer Titel antrat, ihres Hauses und ihrer Güter – die nun so sehr zusammengeschrumpft waren, denn die Kosten der Prozesse waren exorbitant gewesen, daß sie zwar wieder unendlich adlig, aber zugleich ebenso ungemein arm war.

Als der Ausgang des Prozesses bekannt gemacht war (und die Gerüchte flogen bedeutend schneller als der Telegraph, der sie ersetzt hat), war die ganze Stadt von Jubel erfüllt.

[Pferde wurden vor Kutschen gespannt, zu dem einzigen Zweck, ausgeführt zu werden. Leere Kaleschen und Landauer wurden unaufhörlich die High Street hinauf und hinunter gerollt. Ansprachen wurden im »Bull« verlesen. Gegenansprachen wurden im »Stag« gemacht. Die Stadt war illuminiert. Goldene Kästchen wurden sicher in Vitrinen versiegelt. Münzen wurden treu und gebührend unter Grundsteine gelegt. Hospitäler wurden gegründet. Ratten- und Spatzenclubs wurden ins Leben gerufen. Türkische Frauen wurden zu Dutzenden *in effigie* auf dem Marktplatz verbrannt, zusammen mit einer Unzahl von Bauernjungen, denen Zettel mit »Ich bin ein gemeiner Prätendent« aus dem Mund hingen. Bald sah man die beigefarbenen Ponies der Königin die Allee hinauftraben mit dem Befehl an Orlando, noch diesen Abend im Schloß zu speisen und zu nächtigen. Ihr Tisch war, wie bei einer früheren Gelegenheit, zugeschneit von Einladungen der Gräfin von R., Lady Q., Lady Palmerston, der Marquise von P.; Mrs W. E. Gladstone[28] und anderen, die sie um das Vergnügen ihrer Gesellschaft baten, sie an uralte Verbindungen zwischen ihren Familien und ihrer eigenen erinnerten etc.] – was alles ordentlich in eckige Klammern eingefaßt ist, wie oben ersichtlich, aus dem guten Grund, daß es eine Parenthese ohne jede Bedeutung in Orlandos Leben war. Sie übersprang sie, um im Text weiterzukommen. Denn als die Freudenfeuer auf dem Marktplatz loderten, war sie mit Shelmerdine allein in den dunklen Wäldern. So schön war das Wetter, daß die Bäume ihre Zweige reglos über sie ausbreiteten, und wenn ein Blatt fiel, fiel es, rot und golden gefleckt, so langsam, daß man eine halbe Stunde lang beobachten konnte, wie es flatterte und fiel, bis es schließlich auf Orlandos Fuß zur Ruhe kam.

»Erzähl mir, Mar«, sagte sie (und hier muß erklärt werden, daß sie, wenn sie ihn bei der ersten Silbe seines ersten Namens nannte, in einer verträumten, verliebten, willfährigen Stimmung war, häuslich, ein wenig träge, als brennten würzige Holzscheite und als wäre es Abend, aber noch nicht Zeit zum Umkleiden, und vielleicht eine Spur feucht draußen, genung, die Blätter glänzen zu machen, aber vielleicht sang nichtsdestoweniger eine Nachtigall in den Azaleen, vielleicht bellten zwei oder drei Hunde auf fernen Bauernhöfen, vielleicht krähte ein Hahn – was der Leser sich alles in ihrer Stimme vorstellen sollte) – »Erzähl mir, Mar«, sagte sie, »von Kap Hoorn.« Dann machte Shelmerdine auf dem Boden ein kleines Modell des Kaps aus Zweigen und toten Blättern und einem oder zwei leeren Schneckenhäusern.

»Hier ist der Norden«, sagte er. »Da ist der Süden. Der Wind kommt ungefähr von hier. Jetzt segelt die Brigg genau nach Westen; wir haben gerade das Gaffeltoppsegel gefiert; und siehst du – hier, wo dieses Stückchen Gras ist, kommt sie in die Strömung, die du markiert findest – wo sind meine Karte und mein Zirkel, Bootsmaat? – Ah! danke, das reicht schon, wo das Schneckenhaus ist. Die Strömung erwischt sie steuerbords, deshalb müssen wir den Klüverbaum aufriggen, sonst würden wir nach backbord abdriften, was da ist, wo das Buchenblatt liegt – denn du mußt verstehen, meine Liebe –« und so sprach er weiter, und sie lauschte auf jedes Wort; interpretierte sie richtig, damit sie – das soll heißen, ohne daß er es ihr sagen müßte – das phosphoreszierende Leuchten der Wellen sah; die Eiszapfen, die in den Wanten klirrten; wie er mitten im Sturm in den Mastkorb kletterte; dort über das Schicksal des Menschen nachdachte; wieder herunterkam; einen Whisky mit Soda trank; an Land ging; sich von einer schwarzen Frau bezirzen ließ; bereute; darüber nachdachte; Pascal las; beschloß, etwas Philosophisches zu schreiben; einen Affen kaufte; über das wahre Ziel des Lebens räsonnierte; sich für Kap Hoorn entschied, und so weiter. All dies und tausenderlei anderes hörte sie aus seinen Worten heraus, und als sie antwortete, Ja, Negerinnen sind verführerisch, nicht wahr? Nachdem er ihr erzählt hatte, daß der Vorrat an Schiffszwieback nun knapp wurde, war er überrascht und entzückt, festzustellen, wie gut sie verstanden hatte, was er meinte.

»Bist du sicher, daß du kein Mann bist?« fragte er beunruhigt, und sie echote,

»Kann es möglich sein, daß du keine Frau bist?« und dann mußten sie ohne weitere Umschweife die Probe darauf machen. Denn jeder von ihnen war so überrascht darüber, wie schnell der andere verstand, und es war für jeden von ihnen eine solche Offenbarung, daß eine Frau so tolerant und freimütig sein konnte wie ein Mann, und ein Mann so seltsam und empfindsam wie eine Frau, daß sie sofort die Probe darauf machen mußten.

Und so fuhren sie fort zu reden oder besser, zu verstehen, welches die höchste Kunst der Rede in einer Zeit geworden ist, in der Worte im Vergleich mit Ideen täglich karger werden, so daß »der Schiffszwieback wurde knapp« dafür stehen muß, eine Negerin im Dunkeln zu küssen, wenn man gerade zum zehnten Male Bischof Berkeleys[29] Philosophie gelesen hat. (Und daraus folgt, daß nur die größten Meister des Stils die Wahrheit sagen können, und wenn man auf einen schlichten einsilbigen Schriftsteller trifft, darf man ohne den geringsten Zweifel schließen, daß der arme Mann lügt.)

So redeten sie; und dann, wenn ihre Füße ziemlich bedeckt waren von getupften Herbstblättern, stand Orlando wohl auf und wanderte in Einsamkeit hinein ins Herz der Wälder und ließ Bonthrop dort zwischen den Schneckenhäusern sitzen und Modelle von Kap Hoorn machen. »Bonthrop«, sagte sie, »ich gehe«, und wenn sie ihn bei seinem zweiten Namen nannte, »Bonthrop«, sollte dies dem Leser bedeuten, daß sie in einsamer Stimmung war, sie beide als Punkte in einer Wüste empfand, sich nur danach sehnte, dem Tod allein zu begegnen, denn die Menschen sterben täglich, sterben am Essenstisch oder auf diese Art im Freien, in den Herbstwäldern; und wo die Freudenfeuer loderten und Lady Palmerston oder Lady Derby sie jeden Abend zum Essen luden, kam die Sehnsucht nach dem Tod über sie, und wenn sie sagte »Bonthrop«, sagte sie in Wirklichkeit, »ich bin tot«, und zwängte sich, wie ein Geist es tun mochte, durch die gespenstisch-blassen Buchen und ruderte sich so tief hinein in die Einsamkeit, als wäre das kleine Flackern von Lärm und Gewimmel vorüber und sie nun frei, ihren Weg zu gehen – was der Leser alles in ihrer Stimme hören sollte, wenn sie »Bonthrop« sagte; und dem noch, um das Wort besser auszuleuchten, hinzufügen sollte, daß dasselbe Wort auch für ihn geheimnisvollerweise Trennung und Isolation bedeutete, und das körperlose Auf- und Abschreiten an Deck seiner Brigg auf unauslotbaren Meeren.

Nach ein paar Stunden des Todes krächzte ein Eichelhäher plötzlich »Shelmerdine«, und sie bückte sich und pflückte eine jener Herbstzeitlosen, die für einige Leute ebendieses Wort bedeuten, und tat sie mit der

Eichelhäherfeder, die blau durch die Buchenwälder getaumelt kam, an ihre Brust. Dann rief sie »Shelmerdine«, und das Wort schoß hierhin und dahin durch die Wälder und traf ihn dort, wo er saß und im Gras Modelle aus Schneckenhäusern machte. Er sah sie und hörte sie zu sich kommen mit der Herbstzeitlosen und der Eichelhäherfeder an ihrer Brust und rief »Orlando«, was (und man darf nicht vergessen, daß, wenn leuchtende Farben wie Blau und Gelb sich in unseren Augen mischen, etwas davon auf unsere Gedanken abfärbt) zunächst das sich Biegen und Schwanken des Farns bedeutete, so als bräche etwas durch ihn hindurch; was sich als ein Schiff unter vollen Segeln herausstellte, das sich ein wenig verträumt hob und senkte und tänzelte, fast so als hätte es ein ganzes Jahr voller Sommertage vor sich, seine Reise zu machen; und so kommt das Schiff näher, neigt sich hierhin und neigt sich dorthin, edel, gelassen, und reitet über den Kamm dieser Welle und sinkt in das Tal jener, und da steht es plötzlich hoch über dir (der du in einer winzigen Muschel von einem Boot sitzt und zu ihm aufsiehst), mit bebenden Segeln, und dann, siehe da, sacken sie alle in einem Haufen auf Deck – wie Orlando nun neben ihm ins Gras sackte.

Acht oder neun Tage waren so vergangen, aber am zehnten, welches der 26. Oktober war, lag Orlando im Farn, während Shelmerdine Shelley rezitierte (dessen Werke er sämtlich auswendig kannte), als ein Blatt, das ganz gemächlich aus einem Baumwipfel zu fallen angefangen hatte, heftig über Orlandos Fuß schnellte. Ein zweites Blatt folgte, und dann ein drittes. Orlando erbebte und wurde blaß. Es war der Wind. Shelmerdine – aber es wäre jetzt angemessener, ihn Bonthrop zu nennen – sprang auf die Füße.

»Der Wind!« rief er.

Zusammen liefen sie durch den Wald, wobei der Wind sie mit Blättern überschüttete, wie sie da liefen, zum großen Hof und durch ihn hindurch und durch die kleinen Höfe, während erschrockene Dienstboten ihre Besen und ihre Töpfe stehenließen, um ihnen zu folgen, bis sie die Kapelle erreichten, und dort wurde ein Kreuz-und-Quer von Lichtern angezündet so schnell es ging, wobei der eine diese Bank umstieß und der andere jene Kerze wieder ausblies. Glocken wurden geläutet. Leute wurden herbeigerufen. Schließlich war Mr Dupper da, hielt die Enden seiner weißen Stola fest und fragte, wo das Gebetbuch sei. Und sie drückten ihm Königin

Marys Gebetbuch in die Hände, und er suchte, die Seiten hastig umblätternd, und sagte, »Marmaduke Bonthrop Shelmerdine und Lady Orlando, kniet nieder«; und sie knieten nieder, und jetzt waren sie hell, und jetzt waren sie dunkel, je nachdem Licht und Schatten abwechselnd durch die bemalten Fenster geflogen kamen; und zum Knallen unzähliger Türen und einem Geräusch, als würden Töpfe aus Messing aneinandergeschlagen, erklang die Orgel, und ihr Grollen kam abwechselnd laut und leise, und Mr Dupper, der ein sehr alter Mann geworden war, versuchte jetzt, seine Stimme über das Getöse zu erheben, und konnte nicht gehört werden, und dann war alles einen Augenblick lang still, und ein einziges Wort – es mochte »der Rachen des Todes« gewesen sein – klang klar hervor, während alle Diener des Anwesens sich durch die Tür zwängten, die Harken und Peitschen noch in der Hand, um zuzuhören, und einige sangen laut, und andere beteten, und jetzt knallte ein Vogel gegen die Scheibe, und jetzt kam ein Donnerschlag, so daß niemand hörte, wie das Wort »gehorchen« gesprochen wurde, oder sah, außer als ein goldenes Blitzen, wie der Ring von einer Hand auf die andere Hand glitt. Alles war Bewegung und Verwirrung. Und sie erhoben sich, während die Orgel donnerte und der Blitz spielte und der Regen schüttete, und Lady Orlando, den Ring an ihrem Finger, ging hinaus auf den Hof in ihrem dünnen Kleid und hielt den schwingenden Steigbügel, denn das Pferd war gezäumt und gezügelt, und der Schaum war noch auf seiner Flanke, damit ihr Gemahl aufsitzen könne, was er mit einem einzigen Satz tat, und das Pferd sprengte davon, und Orlando, die dort stand, rief Marmaduke Bonthrop Shelmerdine! und er antwortete ihr Orlando! und die Worte stiegen und kreisten wie wilde Habichte miteinander zwischen den Zinnen und höher und höher, weiter und weiter, schneller und schneller kreisten sie, bis sie zusammenstießen und in einem Schauer aus Splittern zu Boden stürzten; und sie ging hinein.

Kapitel VI

Orlando ging ins Haus. Es war vollkommen still. Es war sehr ruhig. Da war das Tintenfaß; da war die Feder; da war das Manuskript ihres Gedichts, mitten in einer Huldigung an die Ewigkeit abgebrochen. Sie hatte, als Basket und Bartholomew sie mit dem Teegeschirr unterbrachen, gerade sagen wollen, daß nichts sich ändere. Und dann hatte sich, im Zeitraum von drei Sekunden und einer halben, alles geändert – sie hatte sich den Knöchel gebrochen, sich verliebt, Shelmerdine geheiratet.

Da war der Ehering an ihrem Finger, es zu beweisen. Sicher, sie selbst hatte ihn dorthin gesteckt, bevor sie Shelmerdine traf, aber das hatte sich als schlimmer denn nutzlos erwiesen. Nun drehte sie den Ring um und um, mit abergläubischer Ehrerbietung, sorgfältig darauf achtend, daß er nicht über das Gelenk ihres Fingers rutschte.

»Der Ehering muß an den vierten Finger der linken Hand gesteckt werden«, sagte sie, wie ein Kind, das vorsichtig seine Lektion wiederholt, »wenn er irgendeinen Nutzen haben soll.«

Sie sagte das, laut und etwas pompöser als es ihre Gewohnheit war, als wünschte sie, jemand, an dessen guter Meinung ihr lag, möge sie hören. Tatsächlich hatte sie jetzt, da sie endlich in der Lage war, ihre Gedanken zu sammeln, die Wirkung im Sinn, die ihr Verhalten auf den Geist der Zeit gehabt haben mochte. Sie war über die Maßen bestrebt zu erfahren, ob die Schritte, die sie in der Angelegenheit der Verlobung mit Shelmerdine und der Heirat mit ihm unternommen hatte, seine Zustimmung fanden. Auf jeden Fall fühlte sie sich mehr sie selbst. Ihr Finger hatte, seit jener Nacht im Moor, kein einziges Mal oder wenigstens nicht nennenswert gekribbelt. Dennoch konnte sie nicht leugnen, daß sie ihre Zweifel hatte. Sie war verheiratet, gewiß; aber wenn der Gemahl ständig ums Kap Hoorn segelte, war das eine Ehe? Wenn man ihn gern hatte, war das eine Ehe? Wenn man andere Leute gern hatte, war das eine Ehe? Und schließlich, wenn man immer noch wünschte, mehr als alles auf der Welt, Gedichte zu schreiben, war das eine Ehe? Sie hatte ihre Zweifel.

Aber sie würde die Probe machen. Sie sah auf den Ring. Sie sah auf das Tintenfaß. Wagte sie es? Nein, sie wagte es nicht. Aber sie mußte. Nein, sie konnte nicht. Was also sollte sie tun? Ohnmächtig werden, wenn möglich. Aber sie hatte sich nie im Leben besser gefühlt.

»Zum Teufel damit!« rief sie, mit einem Anflug ihres alten Temperaments. »Also los!«

Und sie tauchte ihre Feder bis zum Hals in die Tinte. Zu ihrer gewaltigen Überraschung gab es keine Explosion. Sie zog die Spitze heraus. Sie war naß, tropfte jedoch nicht. Sie schrieb. Es dauerte ein Weilchen, bis die Worte kamen, aber sie kamen tatsächlich. Ah! aber ergaben sie einen Sinn? fragte sie sich, und Panik überfiel sie, die Feder könnte wieder ihre unfreiwilligen Kapriolen gemacht haben. Sie las,

And then I came to a field where the springing grass
Was dulled by the hanging cups of fritillaries,
Sullen and foreign-looking, the snaky flower,
Scarfed in dull purple, like Egyptian girls –[30]

Während sie schrieb, fühlte sie, daß eine Macht (man denke daran, daß wir es mit den dunkelsten Manifestationen des menschlichen Geistes zu tun haben) ihr über die Schulter blickte, und als sie »ägyptische Mädchen« geschrieben hatte, hieß die Macht sie innehalten. Gras, schien die Macht zu sagen und ging mit einem Lineal, wie Gouvernanten es benutzen, an den Anfang des Textes zurück, ist in Ordnung; die hängenden Blüten der Schachbrettblume – bewundernswert; das schlangengleiche Gewächs – aus der Feder einer Dame ein etwas starker Gedanke, vielleicht, doch Wordsworth hätte ihn ohne Zweifel sanktioniert; aber – Mädchen? Sind Mädchen notwendig? Du hast einen Gemahl am Kap, sagst du? Ach so, dann ist es gut.

Und damit ging der Geist weiter.

Orlando machte nun im Geiste (denn all dies fand im Geiste statt) eine tiefe Verbeugung vor dem Geist ihrer Zeit, so wie – um große Dinge mit kleinen zu vergleichen – ein Reisender, im Bewußtsein, daß er ein Bündel Zigarren in der Ecke seines Koffers hat, sie vor dem Zollbeamten macht, der zuvorkommenderweise seinen Kringel aus weißer Kreide auf den Deckel gemalt hat. Denn sie zweifelte sehr daran, ob der Geist, hätte er den

Inhalt ihres Kopfes sorgfältig untersucht, nicht etwas hochgradig Verbotenes gefunden hätte, wofür sie die volle Strafe hätte zahlen müssen. Sie war nur mit knapper Not davongekommen. Es war ihr gerade noch gelungen, durch eine geschickte Unterwerfung unter den Geist der Zeit, indem sie sich einen Ring angesteckt und einen Mann auf dem Moor gefunden hatte, indem sie die Natur liebte und weder Satirikerin, Zynikerin noch Psychologin war – welche Schmuggelwaren allesamt unverzüglich entdeckt worden wären –, seine Prüfung erfolgreich zu bestehen. Und sie stieß einen tiefen Seufzer der Erleichterung aus, wozu sie wahrhaftig allen Grund hatte, denn die Transaktion zwischen einem Schriftsteller und dem Geist der Zeit ist eine unendlich heikle, und von einer günstigen Übereinkunft zwischen den beiden hängt aller Erfolg seiner Werke ab. Orlando hatte alles so eingerichtet, daß sie sich in einer ungemein glücklichen Lage befand; sie brauchte weder gegen ihre Zeit anzukämpfen noch sich ihr zu fügen; sie war Teil von ihr und blieb doch sie selbst. Daher konnte sie jetzt schreiben, und sie schrieb tatsächlich. Sie schrieb. Sie schrieb. Sie schrieb.

Es war jetzt November. Nach dem November kommt der Dezember. Dann Januar, Februar, März und April. Nach dem April kommt der Mai. Juni, Juli, August folgen. Als nächstes kommt der September. Dann der Oktober, und so, siehe da, sind wir wieder beim November und haben ein ganzes Jahr vollendet.

Diese Methode, Biographien zu schreiben, ist, auch wenn sie ihre Vorzüge hat, vielleicht ein wenig dürftig, und der Leser könnte sich, wenn wir damit fortfahren würden, darüber beklagen, daß er sich den Kalender auch alleine aufsagen und seiner Tasche auf diese Weise die wie auch immer geartete Summe ersparen könnte, die für dieses Buch zu verlangen die Hogarth Press für angemessen hält. Aber was kann der Biograph tun, wenn sein Gegenstand ihn in die mißliche Lage bringt, in die Orlando uns jetzt gebracht hat? Das Leben, darin sind sich alle einig, deren Meinung es wert ist, eingeholt zu werden, ist der einzig taugliche Gegenstand für den Romanschreiber oder den Biographen; das Leben, so haben dieselben Autoritäten entschieden, hat nicht das geringste damit zu tun, still auf einem Stuhl zu sitzen und zu denken. Denken und Leben sind wie die Pole soweit

Marmaduke Bonthrop Shelmerdine, Esquire

voneinander entfernt. Daher – da auf einem Stuhl zu sitzen und zu denken genau das ist, was Orlando jetzt tut – bleibt uns nichts anderes übrig, als den Kalender aufzusagen, den Rosenkranz zu beten, die Nase zu putzen, das Feuer zu schüren, aus dem Fenster zu sehen, bis sie damit fertig ist. Orlando saß so still, daß man eine Stecknadel hätte fallen hören können. Wenn wenigstens eine Stecknadel gefallen wäre! Das wäre eine Art von Leben gewesen. Oder wenn ein Schmetterling durchs Fenster geflattert wäre und sich auf ihrem Stuhl niedergelassen hätte, könnte man darüber schreiben. Oder angenommen, sie wäre aufgestanden und hätte eine Wespe totgeschlagen. Dann könnten wir auf der Stelle unsere Federn zükken und schreiben. Denn es wäre Blut geflossen, wenn auch nur das Blut einer Wespe. Wo Blut ist, ist auch Leben. Und wenn das Totschlagen einer Wespe auch nur eine Lappalie ist im Vergleich zum Totschlagen eines Menschen, so ist es doch ein tauglicherer Gegenstand für den Romanschreiber oder den Biographen als dieses bloße vor sich hin Grübeln; dieses Denken; dieses auf einem Stuhl Sitzen, tagein, tagaus mit einer Zigarette und einem Blatt Papier und einer Feder und einem Tintenfaß. Wenn die Gegenstände, so könnten wir uns beklagen (denn unsere Geduld hat langsam ein Ende), doch nur mehr Rücksicht auf ihre Biographen nehmen würden! Was ist irritierender, als zu sehen, wie der eigene Gegenstand, auf den man so viel Zeit und Mühe verwandt hat, einem ganz und gar aus den Fingern gleitet und sich gehenläßt – als Zeuge seien ihr Seufzen und Ächzen genannt, ihr Erröten und Erblassen, ihre Augen, die jetzt hell sind wie Lampen, jetzt gespenstisch-irr wie Morgendämmerungen –, was ist erniedrigender, als zu sehen, wie diese Pantomime der Gefühle und Erregungen vor unseren eigenen Augen aufgeführt wird, wo wir wissen, daß das, was sie verursacht – Gedanken und Phantasien –, von keinerlei Bedeutung ist?

Aber Orlando war eine Frau – Lord Palmerston hatte es soeben bestätigt. Und wenn wir die Lebensgeschichte einer Frau schreiben, dürfen wir, darüber herrscht Einigkeit, auf unsere Forderung nach Taten verzichten und sie durch die Liebe ersetzen. Die Liebe, hat der Dichter gesagt, ist das, woraus eine Frau einzig lebt. Und wenn wir Orlando, die an ihrem Tisch schreibt, einen Augenblick lang ansehen, müssen wir zugeben, daß es niemals eine Frau gegeben hat, die für diese Berufung besser geeignet gewesen wäre. Gewiß wird sie, da sie eine Frau ist, und eine schöne Frau, und eine Frau in der Blüte der Jahre, diesen Anspruch des Schreibens und Denkens bald aufgeben und wenigstens an einen Wildhüter zu denken beginnen (und solange eine Frau an einen Mann denkt, hat keiner etwas dagegen, daß sie denkt). Und dann wird sie ihm ein kleines Billett schreiben (und solange eine Frau kleine Billetts schreibt, hat keiner etwas dagegen, daß sie schreibt) und eine Verabredung für die Sonntagabenddämmerung treffen, und die Sonntagabenddämmerung wird kommen; und der Wildhüter wird unter dem Fenster pfeifen – was natürlich genau der Stoff ist, aus dem das Leben gemacht ist, und der einzig mögliche Gegenstand eines Romans. Gewiß muß Orlando etwas dergleichen getan haben? Aber ach – eintausendmal, ach, Orlando tat nichts dergleichen. Muß also eingestanden werden, daß Orlando eines jener Ungeheuer an Schändlichkeit war, die nicht lieben? Sie war gut zu Hunden, treu zu Freunden, die Großzügigkeit in Person für ein Dutzend halbverhungerter Dichter, hatte eine Leidenschaft für die Poesie. Aber die Liebe – wie die männlichen Romanschreiber sie definieren – und wer spricht, schließlich und endlich, mit größerer Autorität? – hat nicht das geringste mit Güte, Treue, Großzügigkeit oder Poesie zu tun. Liebe ist aus den Unterröcken schlüpfen und – Aber wir alle wissen, was Liebe ist. Hat Orlando das getan? Die Wahrheit zwingt uns zu sagen, nein, sie hat nicht. Wenn also der Gegenstand einer Biographie weder lieben noch töten, sondern nur denken und Phantasien nachgehen will, dürfen wir daraus schließen, daß er oder sie nicht besser ist als ein Leichnam, und sie somit verlassen.

Die einzige Zuflucht, die uns jetzt bleibt, ist, aus dem Fenster zu sehen. Da gab es Spatzen; da gab es Stare; da gab es ein paar Tauben und ein oder zwei Krähen, alle auf ihre Weise beschäftigt. Der eine Vogel findet einen Wurm, ein anderer eine Schnecke. Einer flattert auf einen Zweig, ein anderer läuft ein Stückchen über den Rasen. Dann überquert ein Diener in einer grünen Flanellschürze den Hof. Vermutlich ist er in einen Liebeshandel mit einem der Küchenmädchen verstrickt, aber da uns im Hof kein sichtbarer Beweis geboten wird, können wir nur das Beste hoffen und es damit gut sein lassen. Wolken ziehen vorüber, dünne oder dicke, verbunden mit einer gewissen Störung der Farbe des Grases hier unten. Die Sonnenuhr verzeichnet die Stunde auf ihre übliche geheimnisvolle Weise. Der eigene Geist fängt an, die eine oder andere Frage aufzuwerfen, müßig, vergeblich, über ebendieses Leben. Leben, singt er oder summt er vielmehr, wie ein Kessel auf dem Feuer, Leben, Leben, was bist du? Licht oder Dunkelheit, die Flanellschürze des untergeordneten Lakeien oder der Schatten des Stars auf dem Gras?

Gehen wir also und erforschen diesen Sommermorgen, wenn alle die Pflaumenblüte und die Biene bewundern. Und stockend und stammelnd wollen wir den Star fragen (der ein geselligerer Vogel ist als die Lerche), was er auf dem Rand der Abfalltonne denken mag, wo er zwischen den Stöcken ausgekämmte Haare einer Scheuermagd herauspickt. Was ist das Leben, fragen wir, über das Gatter des Wirtschaftshofes gelehnt; Leben, Leben, Leben! ruft der Vogel, als hätte er uns gehört und wüßte genau, was wir meinten mit dieser unserer lästigen, neugierigen Angewohnheit, drinnen und draußen Fragen zu stellen und zu spähen und an Gänseblümchen zu zupfen, wie es die Art von Schriftstellern ist, wenn sie nicht wissen, was sie als nächstes sagen sollen. Dann kommen sie her, sagt der Vogel, und fragen mich, was das Leben ist; Leben, Leben, Leben!

Wir stapfen also weiter über den Moorpfad, zum hohen Rücken des weinblauen, purpurdunklen Hügels, und werfen uns dort nieder und träumen dort und sehen dort einen Grashüpfer, der einen Strohhalm zu seinem Heim in der Senke karrt. Und er sagt (wenn man einem Gesäge wie dem seinen einen so heiligen und zarten Namen geben kann), Leben ist Mühsal, oder so jedenfalls interpretieren wir das Schwirren seiner stauberstickten Gurgel. Und die Ameise stimmt zu, und die Bienen, aber wenn wir lange genug hier liegenbleiben, um die Falter zu fragen, wenn sie am Abend kommen und sich zwischen die blasseren Heideglocken stehlen, werden sie in unsere Ohren solch wilden Unsinn hauchen, wie man ihn von Telegraphendrähten in Schneestürmen hört; Hihi, Haha. Gelächter, Gelächter! sagen die Falter.

Nachdem wir unsere Frage also an Mensch und Vogel und Insekten gerichtet haben, denn Fische, so sagen uns Menschen, die in grünen Grotten gelebt haben, einsam, für Jahre, um sie sprechen zu hören, sagen es nie, nie, und wissen daher vielleicht, was das Leben ist – nachdem wir sie alle befragt haben und nicht klüger geworden sind, sondern nur älter und kälter (denn haben wir nicht einst in gewisser Weise darum gebetet, in einem Buch etwas so Festes, so Seltenes einfangen zu können, daß man schwören könnte, es sei der Sinn des Lebens?), müssen wir zurückgehen und dem Leser, der auf Zehenspitzen darauf wartet, zu hören, was das Leben ist, geradeheraus sagen – ach, wir wissen es nicht.

In diesem Augenblick, aber nur gerade noch rechtzeitig, um das Buch vor dem Erlöschen zu retten, schob Orlando ihren Stuhl zurück, reckte die Arme, ließ die Feder fallen, kam ans Fenster und rief aus, »Fertig!«

Sie wurde fast zu Boden geschmettert von dem außergewöhnlichen Anblick, der sich ihren Augen jetzt bot. Da waren der Garten und ein paar Vögel. Die Welt ging wie gewöhnlich weiter. Die ganze Zeit, die sie geschrieben hatte, war die Welt weitergegangen.

»Und wenn ich tot wäre, wäre es genau dasselbe!« rief sie aus.

Derart war die Intensität ihrer Gefühle, daß sie sich sogar vorstellen konnte, sie hätte sich aufgelöst, und vielleicht wurde sie tatsächlich von einer Schwäche ergriffen. Einen Augenblick lang stand sie und betrachtete das schöne, teilnahmslose Schauspiel mit starren Augen. Schließlich kam sie auf einzigartige Weise wieder zu Bewußtsein. Das Manuskript, das an ihrem Herzen ruhte, fing an zu scharren und zu klopfen, als wäre es etwas Lebendiges, und, was noch merkwürdiger war und zeigte, was für ein wunderbares Einverständnis zwischen ihnen herrschte, Orlando konnte, indem sie den Kopf neigte, verstehen, was es sagte. Es wollte gelesen werden. Es mußte gelesen werden. Es würde an ihrem Herzen sterben, wenn es nicht gelesen wurde. Zum ersten Mal in ihrem Leben wandte sie sich voller Ungestüm gegen die Natur. Elchhunde und Rosensträucher waren im Überfluß um sie herum. Aber Elchhunde und Rosensträucher können nicht lesen. Es ist dies ein beklagenswertes Versäumnis seitens der Vorsehung, das ihr nie zuvor aufgefallen war. Nur Menschen sind derart begabt. Menschen waren notwendig geworden. Sie läutete die Glocke. Sie befahl die Kutsche, damit sie sie unverzüglich nach London bringe.

»Es ist gerade noch Zeit, den elf Uhr fünfundvierzig zu erwischen, Mylady«, sagte Basket. Orlando hatte die Erfindung der Dampfmaschine noch nicht wahrgenommen, aber sie war derart von den Leiden eines Wesens in Anspruch genommen, das, wenn auch nicht sie selbst, so doch völlig von ihr abhängig war, daß sie zum ersten Mal einen Eisenbahnzug sah, ihren Platz in einem Eisenbahnabteil einnahm und sich die Decke über die Knie legen ließ, ohne auch nur einen einzigen Gedanken zu verwenden an »jene erstaunliche Erfindung, die (so sagen die Historiker) das Gesicht Europas in den letzten zwanzig Jahren vollständig verändert hatte« (was in der Tat bedeutend häufiger geschieht, als die Historiker vermuten). Sie bemerkte nur, daß er äußerst schmutzig war; entsetzlich ratterte und die Fenster klemmten. In Gedanken verloren wurde sie in etwas weniger als einer Stunde nach London gewirbelt und stand auf dem Bahnsteig von Charing Cross, ohne zu wissen, wohin sie gehen sollte.

Das alte Haus in Blackfriars, in dem sie im achtzehnten Jahrhundert so viele angenehme Tage verbracht hatte, war jetzt verkauft, teils an die Heilsarmee, teils an eine Regenschirmfabrik. Sie hatte ein anderes in Mayfair gekauft, das hygienisch, bequem und im Herzen der eleganten Welt gelegen war, aber würde ihr Gedicht in Mayfair von seiner Sehnsucht erlöst werden? Beten wir zu Gott, dachte sie, sich an den Glanz der Augen Ihrer Ladyschaften und die Ebenmäßigkeit der Beine Ihrer Lordschaften erinnernd, daß sie sich dort das Lesen nicht angewöhnt haben. Denn das wäre eine tausendfache Schande. Dann gab es Lady R. Dort fanden zweifellos noch immer dieselben Unterhaltungen statt. Die Gicht mochte sich, vielleicht, vom linken Bein des Generals in das rechte verlagert haben. Mr L. mochte zehn Tage bei R. statt bei T. verbracht haben. Dann würde Mr Pope hereinkommen. Oh! aber Mr Pope war tot. Wer waren jetzt die witzigen Köpfe, fragte sie sich – aber das war keine Frage, die man einem Gepäckträger stellen konnte, und so ging sie weiter. Ihre Ohren wurden jetzt vom Klingeln unzähliger Glöckchen auf den Köpfen unzähliger Pferde abgelenkt. Geschwader der seltsamsten kleinen Schachteln auf Rädern standen am Rand des Trottoirs. Sie ging in die Strand. Dort war das Getöse sogar noch schlimmer. Fahrzeuge aller Größen, von Vollblütern und Lastgäulen gezogen, eine einzelne Witwe von Stande befördernd oder bis obenhin vollgestopft mit backenbärtigen Männern in Seidenhüten, waren unentwirrbar miteinander verschmolzen. Kutschen, Fuhrwerke und Omnibusse schienen in ihren Augen, die solange nur an den Anblick eines einfachen Folioblattes gewöhnt gewesen waren, gefährlich in Widerstreit zu sein; und in ihren Ohren, die auf das Kratzen einer Feder eingestimmt waren, klang das Getöse der Straße wild und gräßlich mißtönend. Jeder Zoll des Trottoirs war voll. Ströme von Menschen, die sich mit unglaublicher Behendigkeit zwischen den Leibern von ihresgleichen und dem holpernden und polternden Verkehr hindurchfädelten, wälzten sich unaufhörlich nach Osten und Westen. Am Rand des Trottoirs standen Männer, Bretter mit Spielzeug vor sich haltend, und brüllten. An den Ecken saßen Frauen neben großen Körben mit Frühlingsblumen und brüllten. Jungen, die vor den Nasen der Pferde hin und her rannten und bedruckte Bögen an ihre Leiber preßten, brüllten ebenfalls: Katastrophe! Katastrophe! Zunächst vermutete Orlando, sie sei im Augenblick einer nationalen Krise eingetroffen; aber ob die nun glücklich oder tragisch war, konnte sie nicht sagen. Sie blickte forschend in die Gesichter der Menschen. Aber das verwirrte sie nur noch mehr. Hier kam zum Beispiel ein Mann vorbei, der in Verzweiflung versunken war und vor sich hin murmelte, als wüßte er um einen schrecklichen Kummer. An ihm vorbei drängelte sich ein dicker Kerl mit fröhlichem Gesicht, schulterte sich seinen Weg frei, als feierte die ganze Welt ein Fest. In der Tat kam sie zu dem Schluß, daß nichts von alledem Sinn oder Verstand hatte. Jeder Mann und jede Frau war mit den eigenen Angelegenheiten beschäftigt. Und wohin sollte sie gehen?

Sie ging ohne nachzudenken weiter, eine Straße hinauf, eine andere hinunter, vorbei an riesigen Fenstern voller Handtaschen und Spiegeln und Morgenröcken und Blumen und Angelruten, und Picknickkörben; während Stoffe aller Schattierungen und Muster, aller Dicke oder Dünne, über und über gebauscht und gewunden und geschlungen waren. Manchmal kam sie durch Straßen mit gesetzten Bürgerhäusern, die nüchtern und sachlich mit »eins«, »zwei«, »drei« numeriert waren, und so weiter, bis hinauf in die zwei- oder dreihunderter, jedes eine Kopie des anderen, mit zwei Säulen und sechs Stufen und einem Paar ordentlich zurückgezogener Vorhänge und dem Mittagessen für die Familie auf dem Tisch und einem Papagei, der aus einem Fenster, und einem Bedienten, der aus einem anderen sah, bis ihr der Kopf schwindelte vor lauter Monotonie. Dann kam sie an große, offene Plätze mit schwarzen, schimmernden, bis obenhin zugeknöpften Statuen von dicken Männern in der Mitte und sich bäumenden Schlachtrossen und aufsteigenden Säulen und fallenden Fontänen und flatternden Tauben. So ging und ging sie über Trottoirs zwischen Häusern, bis sie sehr hungrig war und etwas, das über ihrem Herzen flatterte, ihr den Vorwurf machte, es völlig vergessen zu haben. Es war ihr Manuskript, »Der Eich-Baum«.

Sie war bestürzt über ihre Nachlässigkeit. Sie blieb, wo sie ging und stand, wie angewurzelt stehen. Keine Kutsche war in Sicht. Die Straße, die breit und schön war, war ungewöhnlich leer. Nur ein einzelner älterer Herr näherte sich. Sein Gang kam ihr vage bekannt vor. Als er näher kam, war sie sicher, ihm zu dieser oder jener Zeit schon einmal begegnet zu sein. Aber wo? Konnte es sein, daß dieser Herr, so elegant, so stattlich, so wohlhabend, mit einem Stock in der Hand und einer Blume im Knopfloch, mit einem rosigen, rundlichen Gesicht und einem gestriegelten weißen Schnurrbart, konnte es sein, Ja, beim Zeus, er war es! – ihr alter, ihr sehr alter Freund, Nick Greene!

Im gleichen Augenblick sah er sie an; erinnerte sich an sie; erkannte sie. »Die Lady Orlando!« rief er, seinen Zylinder fast bis in den Staub schwenkend.

»Sir Nicholas!« rief sie aus. Denn sie wurde durch etwas in seiner Haltung intuitiv gewahr, daß der ungehobelte Zeilenschinder, der sie und viele andere zu Zeiten Königin Elizabeths geschmäht hatte, seinen Weg in der Welt gemacht hatte und bestimmt in den Ritterstand erhoben und obendrein zweifellos noch ein Dutzend anderer feiner Dinge geworden war.

Mit einer weiteren Verneigung bestätigte er ihr, daß ihre Folgerung korrekt war; er war in den Ritterstand erhoben; er war Doktor der Literatur; er war Professor. Er war der Verfasser einer Unzahl von Büchern. Er war, kurz gesagt, der einflußreichste Kritiker der viktorianischen Ära.

Ein heftiger Sturm der Gefühle bedrängte sie bei der Begegnung mit dem Mann, der ihr, vor Jahren, soviel Schmerzen zugefügt hatte. Konnte dies der widerwärtige, ruhelose Kerl sein, der Löcher in ihre Teppiche gebrannt und Käse im italienischen Kamin geröstet und so lustige Geschichten über Marlowe und die anderen erzählt hatte, daß sie in neun von zehn Nächten die Sonne hatte aufgehen sehen? Er war nun schmuck in einen grauen Cutaway gekleidet, trug eine rosa Blume im Knopfloch, und passend dazu graue Wildlederhandschuhe. Aber während sie noch staunte, machte er eine weitere tiefe Verbeugung und fragte sie, ob sie ihm die Ehre erweisen wolle, mit ihm zu Mittag zu essen? Die Verbeugung war vielleicht eine Spur übertrieben, aber die Nachahmung guter Erziehung war anerkennenswert. Sie folgte ihm, sich immer noch wundernd, in ein vornehmes Restaurant, alles roter Plüsch, weiße Tischdecken und silberne Menagen, den alten Tavernen oder Kaffeehäusern mit ihren sandbestreuten Dielen, hölzernen Bänken, Terrinen mit Punsch und Schokolade und ihren Pamphleten und Spucknäpfen so unähnlich wie nur möglich. Er legte seine Handschuhe ordentlich neben sich auf den Tisch. Sie konnte immer noch kaum glauben, daß er derselbe Mann war. Seine Fingernägel waren sauber; wo sie vorher einen Zoll lang gewesen waren. Sein Kinn war rasiert; wo früher ein schwarzer Bart gesprossen war. Er trug goldene Manschettenknöpfe; wo sein ausgefranstes Leinen in die Brühe zu hängen pflegte. Erst als er den Wein bestellt hatte, was er mit einer Sorgfalt tat, die sie an seinen Geschmack am Malvasier vor langer Zeit erinnerte, war sie davon überzeugt, daß er derselbe war. »Ah!« sagte er, einen kleinen Seufzer ausstoßend, der jedoch ganz behaglich klang, »ah! meine liebe Lady, die großen Tage der Literatur sind vorbei. Marlowe, Shakespeare, Ben Jonson – das waren die Giganten. Dryden, Pope, Addison – das waren die Heroen. Alle, alle sind jetzt tot. Und wen haben sie uns hinterlassen? Tennyson, Browning, Carlyle!«[31] – er legte ein immenses Maß an Verachtung in seine Stimme. »Die Wahrheit ist«, sagte er, sich ein Glas Wein einschenkend, »daß unsere jungen Schriftsteller allesamt im Sold der Buchhändler stehen. Sie produzieren jeden Schund, der dazu dient, ihre Schneiderrechnungen zu bezahlen. Es ist eine Zeit«, sagte er, sich Horsd'œuvres aufladend, »die von preziösen Concetti und wilden Experimenten gekennzeichnet ist – wovon die Elisabethaner nichts auch nur einen Augenblick lang geduldet hätten.«

»Nein, meine liebe Lady«, fuhr er fort, den Steinbutt au gratin, den der Kellner ihm zur Billigung präsentierte, mit Zustimmung akzeptierend, »die großen Tage sind vorbei. Wir leben in entarteten Zeiten. Wir müssen die Vergangenheit hochhalten; jene Schriftsteller ehren – es sind ja noch ein paar von ihnen da –, die sich die Antike zum Vorbild nehmen und nicht um Sold schreiben, sondern für –« Hier hätte Orlando fast »Glor!« geschrien. In der Tat hätte sie schwören können, daß sie ihn genau dieselben Dinge vor dreihundert Jahren hatte sagen hören. Die Namen waren natürlich andere, aber der Geist war der gleiche. Nick Greene hatte sich nicht verändert, trotz all seiner Ritterwürde. Und doch war da eine Veränderung. Denn während er weiter davon redete, man müsse sich Addison zum Vorbild nehmen (früher einmal war es Cicero gewesen, dachte sie) und morgens im Bett liegen (was zu tun, wie sie voller Stolz dachte, ihre vierteljährlich gezahlte Rente ihm ermöglichte) und die besten Arbeiten der besten Schriftsteller wenigstens eine Stunde lang auf der Zunge hin und her rollen, bevor man die Feder zu Papier brachte, damit das Gewöhnliche der Gegenwart und der beklagenswerte Zustand unserer Muttersprache (er hatte lange in Amerika gelebt, glaubte sie) gereinigt würden – während er ziemlich genauso redete, wie Greene vor dreihundert Jahren geredet hatte, hatte sie Zeit, sich zu fragen, wie er sich denn nun verändert habe? Er war füllig geworden; aber er war ein Mann, der auf die Siebzig zuging. Er war glatt geworden; die Literatur war, offensichtlich, ein einträgliches Geschäft gewesen; aber irgendwie war die alte rastlose, ungemütliche Lebendigkeit verschwunden. Seine Geschichten, so brillant sie waren, waren nicht mehr ganz so frei und ungezwungen. Sicher, alle paar Sekunden erwähnte er »meinen lieben Freund Pope« oder »meinen illustren Freund Addison«, aber ihn umgab eine Aura der Respektabilität, die deprimierend war, und er zog es vor, so schien es, sie über die Taten und Aussprüche ihrer eigenen Blutsverwandten aufzuklären, statt ihr, wie er es früher getan hatte, Skandalgeschichten über die Dichter zu erzählen.

Orlando war unerklärlich enttäuscht. Sie hatte all die Jahre an die Literatur (ihre Abgeschiedenheit, ihr Stand, ihr Geschlecht müssen ihre Entschuldigung sein) als an etwas gedacht, was wild ist wie der Wind, heiß wie Feuer, schnell wie der Blitz; etwas Herumirrendes, Unberechenbares, Jähes, und siehe da, die Literatur war ein älterer Herr im grauen Anzug, der über Herzoginnen redete. Die Heftigkeit ihrer Desillusionierung war so groß, daß ein Haken oder Knopf aufplatzte, der das Oberteil ihres Kleides geschlossen hielt, und heraus und auf den Tisch fiel – »Der Eich-Baum«, ein Poem.

»Ein Manuskript!« sagte Sir Nicholas, sein goldenes Pincenez aufsetzend. »Wie interessant, wie außerordentlich interessant! Erlauben Sie mir, einen Blick hinein zu werfen.« Und wieder, nach einer Pause von etwa dreihundert Jahren, nahm Nicholas Greene Orlandos Poem, legte es zwischen die Kaffeetassen und die Likörgläser und fing an, es zu lesen. Aber nun war sein Urteil sehr verschieden von dem, wie es damals gewesen war. Es erinnere ihn, sagte er, während er die Seiten umblätterte, an Addisons *Cato*. Es lasse sich auf eine Stufe stellen mit Thomsons *Seasons*[32]. Es finde sich keine Spur, wie er dankbar war sagen zu dürfen, vom modernen Geist darin. Es sei verfaßt mit einer Achtung vor der Wahrheit, vor der Natur, vor den Diktaten des menschlichen Herzens, die in der Tat selten sei in diesen Tagen der skrupellosen Exzentrizität. Es müsse selbstverständlich unverzüglich veröffentlicht werden.

Orlando wußte wahrhaftig nicht, was er meinte. Sie habe das Manuskript immer im Busen ihres Kleides mit sich herumgetragen. Der Gedanke belustigte Sir Nicholas beträchtlich.

»Aber was ist mit den Honoraren?« fragte er.

Orlandos Gedanken flogen zum Buckingham Palace und irgendwelchen nebulösen Honoratioren, die dort zu Besuch weilten.

Sir Nicholas war höchlich amüsiert. Er erklärte, er habe damit auf die Tatsache angespielt, daß das Haus —— (hier nannte er ein allseits bekanntes Verlagshaus), wenn er ihm eine Zeile zukommen ließe, entzückt wäre, das Buch in sein Programm aufzunehmen. Wahrscheinlich könnte er ein Honorar von zehn Prozent auf alle Exemplare bis zweitausend durchsetzen; darüber hinaus würden es fünfzehn sein. Und was die Rezensenten angehe, so würde er persönlich eine Zeile an Mr —— schreiben, der der einflußreichste sei; dann könne ein Kompliment – sagen wir, ein wenig Reklame für ihre eigenen Gedichte – an die Frau des Herausgebers der —— auch nicht schaden. Er würde —— anrufen. So redete er weiter. Orlando verstand kein Wort von alldem und traute seinem Wohlwollen aus alter Erfahrung nicht so ganz, aber es blieb ihr nichts anderes übrig, als sich dem zu beugen, was offensichtlich sein Wunsch und die brennende Sehnsucht des Poems selbst war. So faltete Sir Nicholas den blutbesudelten Packen zu einem ordentlichen Päckchen; steckte es flach in seine Brusttasche, damit es den Sitz seines Cutaways nicht störe; und unter vielen beiderseitigen Komplimenten trennten sie sich.

Orlando ging die Straße entlang. Nun das Poem weg war – und sie spürte eine nackte Stelle an ihrer Brust, wo sie gewohnt gewesen war es zu tragen –, hatte sie nichts zu tun, als über was immer sie wollte nachzudenken – es mochten die ungewöhnlichen Wechselfälle des menschlichen Schicksals sein. Hier war sie in der St. James's Street; eine verheiratete Frau; mit einem Ring am Finger; wo einst ein Kaffeehaus gewesen war, war jetzt ein Restaurant; es war gegen halb vier Uhr nachmittags; die Sonne schien; dort waren drei Tauben; eine Promenadenmischung von Terrier; zwei Hansoms und ein Landauer. Was also war das Leben? Der Gedanke kam ihr mit Ungestüm, völlig zusammenhanglos (wenn nicht der alte Greene irgendwie der Grund dafür war) in den Sinn. Und es mag als Kommentar, sei er nun negativer oder positiver Art, wie immer der Leser ihn anzusehen wünscht, über die Beziehungen zu ihrem Gemahl (der am Hoorn weilte) verstanden werden, daß sie, wann immer irgend etwas ihr mit Ungestüm in den Sinn kam, geradewegs zum nächsten Telegraphenamt ging und ihm drahtete. Wie der Zufall es wollte, war eines ganz in der Nähe. »Mein Gott, Shel«, drahtete sie; »Leben Literatur Greene schmeichlerisch –«, hier verfiel sie in eine Geheimsprache, die sie gemeinsam erfunden hatten, so daß ein ganzer Seelenzustand von höchster Komplexität in ein oder zwei Wörtern übermittelt werden konnte, ohne daß der Telegraphenbeamte daraus klug wurde, und fügte die Worte »Rattigan Glumphoboo« hinzu, die das Ganze exakt zusammenfaßten. Denn nicht nur hatten die Ereignisse des Vormittags einen tiefen Eindruck auf sie gemacht, sondern es kann der Aufmerksamkeit des Lesers auch nicht entgangen sein, daß Orlando erwachsen wurde – was nicht notwendigerweise bedeutet, daß man auch besser wird –, und »Rattigan Glumphoboo« beschrieb einen sehr komplizierten Seelenzustand – den der Leser, wenn er seine ganze Intelligenz in unseren Dienst stellt, vielleicht selbst aufzuspüren vermag.

Mehrere Stunden lang konnte es keine Antwort auf ihr Telegramm geben; in der Tat war es wahrscheinlich, dachte sie, einen Blick zum Himmel hinauf werfend, wo die oberen Wolken sehr schnell vorbeijagten, daß es am Kap Hoorn Sturm gab, so daß ihr Gemahl aller Wahrscheinlichkeit nach im Mastkorb wäre, oder dabei, ein gesplittertes Rundholz loszuhakken, oder sogar allein mit seinem Schiffszwieback in einem Boot. Und so verließ sie das Postamt und begab sich, um sich die Zeit zu vertreiben, in das nächste Geschäft, das ein für unsere Zeit so gewöhnliches Geschäft war, daß es keiner Beschreibung bedarf, in ihren Augen jedoch über die Maßen wundersam erschien; ein Geschäft, in dem Bücher verkauft wurden. Ihr ganzes Leben war Orlando mit Manuskripten vertraut gewesen; sie hatte die groben, braunen Bögen in der Hand gehalten, auf die Spenser in seiner kleinen, gedrängten Schrift geschrieben hatte; sie hatte Shakespeares und Miltons Schrift gesehen. Sie besaß in der Tat eine ganze Anzahl von Quartos und Folios, oftmals mit einem Sonett ihr zu Ehren darin, und manchmal einer Haarlocke. Doch diese unzähligen kleinen Bändchen, bunt, identisch, vergänglich, denn sie schienen in Pappe gebunden und auf Seidenpapier gedruckt, überraschten sie unendlich. Shakespeares gesammelte Werke kosteten eine halbe Krone und ließen sich in die Tasche stecken. Allerdings konnte man sie kaum lesen, so klein war die Schrift, aber nichtsdestoweniger war es ein Wunder. »Gesammelte Werke« – die Werke jedes Schriftstellers, den sie gekannt oder von dem sie gehört hatte, und viele andere mehr, erstreckten sich vom einen zum anderen Ende der langen Regale. Auf Tischen und Stühlen waren weitere »Werke« gestapelt oder lagen kreuz und quer durcheinander, und bei diesen, sah sie, die eine oder andere Seite umblätternd, handelte es sich oft um Werke über andere Werke, von Sir Nicholas und vielen anderen, in denen sie, in ihrer Unwissenheit und da sie gebunden und gedruckt waren, ebenfalls sehr große Schriftsteller vermutete. So gab sie dem Buchhändler eine erstaunliche Bestellung auf, ihr alles von Bedeutung im ganzen Laden zu schicken, und ging.

Sie betrat den Hyde Park, den sie von alters her kannte (unter diesem gespaltenen Baum, erinnerte sie sich, war der Herzog von Hamilton gefallen, durchbohrt von Lord Mohun), und ihre Lippen, denen man bei derlei oft die Schuld geben kann, begannen, die Worte ihres Telegramms in einen sinnlosen Singsang zu fassen; Leben Literatur Greene schmeichlerisch Rattigan Glumphoboo; so daß mehrere Parkwächter sie mißtrauisch ansahen und nur durch das Perlenhalsband, das sie trug, zu einer günstigen Meinung über ihren Geisteszustand gelangten. Sie hatte einen Stapel Zeitungen und literaturkritischer Journale aus dem Buchladen mitgebracht, und schließlich warf sie sich unter einem Baum auf die Erde, stützte sich auf die Ellbogen, breitete diese Seiten um sich herum und tat ihr Bestes, die edle Kunst der Prosaschriftstellerei zu ergründen, wie diese Meister sie praktizierten. Denn immer noch war die alte Leichtgläubigkeit in ihr lebendig; selbst die verschwommene Schrift einer Wochenzeitung besaß in ihren Augen etwas Heiliges. Und so las sie, auf die Ellbogen gestützt, einen Artikel von Sir Nicholas über die gesammelten Werke eines Mannes, den sie einst gekannt hatte – John Donne. Aber sie hatte sich, ohne es zu wissen, nicht weit vom Serpentinenteich niedergelassen. Das Bellen von tausend Hunden klang in ihren Ohren. Kutschenräder rollten unaufhörlich im Kreis. Blätter seufzten über ihrem Kopf. Hin und wieder überquerten ein bortenbesetzter Rock und ein Paar enger scharlachroter Hosen nur wenige Schritte von ihr entfernt das Gras. Einmal hüpfte ein riesiger Gummiball auf die Zeitung. Violett-, Orange-, Rot- und Blautöne brachen durch die Zwischenräume der Blätter und funkelten im Smaragd an ihrem Finger. Sie las einen Satz und sah zum Himmel hinauf; sie sah zum Himmel hinauf und sah hinunter auf die Zeitung. Das Leben? Die Literatur? Das eine ins andere verwandeln? Aber wie ungeheuer schwierig! Denn – hier kam ein Paar enger, scharlachroter Hosen vorbei – wie hätte Addison dies ausgedrückt? Hier kamen zwei auf den Hinterbeinen tänzelnde Hunde. Wie hätte Lamb[33] das beschrieben? Denn wenn sie Sir Nicholas und seine Freunde las (wie sie es in den Pausen ihres Umherblikkens tat), erhielt sie irgendwie den Eindruck – hier stand sie auf und ging ein paar Schritte –, sie gäben einem das Gefühl – es war ein extrem unbehagliches Gefühl –, daß man nie, nie sagen dürfte, was man denkt. (Sie stand am Ufer des Serpentinenteichs. Er war bronzefarben; spinnendünne Boote glitten von einer Seite zur anderen.) Sie gaben einem das Gefühl, fuhr sie fort, daß man immer, immer wie jemand anderes schreiben müsse. (Die Tränen stiegen ihr in die Augen.) Denn wirklich, dachte sie, ein kleines Boot mit dem Zeh fortstoßend, ich glaube nicht, daß ich (hier tauchte der ganze Artikel von Sir Nicholas vor ihren Augen auf, wie Artikel es tun, zehn Minuten nachdem sie gelesen sind, und als Beigabe auch der Anblick seines Zimmers, seines Kopfes, seiner Katze, seines Schreibtischs, und die Tageszeit kam noch dazu), ich glaube nicht, daß ich, fuhr sie fort, den Artikel von diesem Gesichtspunkt aus betrachtend, den ganzen Tag in einem Arbeitszimmer sitzen könnte, nein, es ist kein Arbeitszimmer, es ist eine muffige Art von Salon, und mit hübschen jungen Männern reden, und ihnen kleine Anekdoten erzählen, die sie aber bloß nicht weitererzählen dürfen, über das, was Tupper über Smiles gesagt hat; und dann, fuhr sie fort, bitterlich weinend, sind sie alle so männlich; und dann verabscheue ich Herzoginnen; und ich mag keinen Kuchen; und obwohl ich einigermaßen gehässig bin, könnte ich nie lernen, dermaßen gehässig zu sein, wie also könnte ich Kritiker sein und die beste englische Prosa meiner Zeit schreiben? Verdammt noch mal! rief sie aus, einen Pennydampfer so heftig vom Stapel lassend, daß das arme kleine Boot in den bronzefarbenen Wellen fast versank.

Nun ist die Wahrheit jedoch die, daß, wenn man in einem bestimmten Zustand gewesen ist (wie Krankenschwestern es nennen) – und die Tränen standen immer noch in Orlandos Augen –, der Gegenstand, den man ansieht, nicht er selbst bleibt, sondern zu etwas anderem wird, das größer und viel wichtiger ist und dennoch derselbe Gegenstand ist. Wenn man in diesem Zustand den Serpentinenteich ansieht, werden die Wellen bald so groß wie die Wellen des Atlantik; die Spielzeugboote lassen sich nicht mehr von Ozeandampfern unterscheiden. So verwechselte Orlando das Spielzeugboot mit der Brigg ihres Gemahls; und die Welle, die sie mit ihrem Zeh gemacht hatte, mit einen Berg aus Wasser vor Kap Hoorn; und als sie das Spielzeugboot dabei beobachtete, wie es den kleinen Kräusel erklomm, dachte sie, sie sähe Bonthrops Schiff eine glasige Wand hinauf und hinauf klimmen; hinauf und hinauf stieg es, und eine weiße Krone mit tausend Toden darin wölbte sich darüber; und durch die tausend Tode hindurch fuhr es und verschwand – »Es ist gesunken!« rief sie in Todesangst –, und dann, siehe da, da war es wieder, segelte heil und unversehrt zwischen den Enten dahin, auf der anderen Seite des Atlantik.

»Ekstase!« rief sie. »Ekstase! Wo ist das Postamt?« fragte sie sich. »Denn ich muß Shel sofort drahten und ihm sagen . . .« Und abwechselnd »Ein Spielzeugboot auf dem Serpentinenteich« und »Ekstase« wiederholend, denn die Gedanken waren austauschbar und bedeuteten exakt dasselbe, eilte sie zur Park Lane.

»Ein Spielzeugboot, ein Spielzeugboot, ein Spielzeugboot«, wiederholte sie und schärfte sich so die Tatsache ein, daß es nicht Artikel von Nick Greene über John Donne sind, noch Gesetzesvorlagen zum Achtstundentag, noch Verträge, noch Arbeiterschutzgesetze, worauf es ankommt; sondern etwas Unnützes, Jähes, Heftiges; etwas, das ein Leben kostet; rot, blau, purpurn; ein Spritzer; ein Plätschern; wie diese Hyazinthen (sie passierte gerade ein wunderschönes Beet davon); frei von Makel, Abhängigkeit, Beschmutzung durch die Menschheit oder Sorge um seinesgleichen; etwas Unbesonnenes, Lächerliches, wie meine Hyazinthe, meinen Mann, wollte ich natürlich sagen, Bonthrop: das ist es – ein Spielzeugboot auf dem Serpentinenteich, Ekstase –, es ist die Ekstase, worauf es ankommt. So sprach sie laut, während sie darauf wartete, daß die Kutschen Stanhope Gate passierten, denn die Folge davon, nicht mit seinem Gemahl zusammenzuleben, außer wenn der Wind sich gelegt hat, ist, daß man auf der Park Lane Unsinn vor sich hinredet. Es wäre zweifellos anders gewesen, hätte sie das ganze Jahr über mit ihm zusammengelebt, wie Königin Victoria es empfahl. So jedoch traf sie der Gedanke an ihn wie ein Blitz. Es war für sie dann absolut notwendig, unverzüglich mit ihm zu sprechen. Es war ihr völlig gleich, was für einen Unsinn das ergeben oder was für eine Abschweifung es für die Erzählung bedeuten mochte. Nick Greenes Artikel hatte sie in die Tiefen der Verzweiflung gestürzt; das Spielzeugboot hatte sie auf die Höhen des Entzückens gehoben. So wiederholte sie: »Ekstase, Ekstase«, während sie darauf wartete, die Straße überqueren zu können.

Aber der Verkehr war an jenem Frühlingsnachmittag dicht und zwang sie, stehenzubleiben und Ekstase, Ekstase zu wiederholen, oder ein Spielzeugboot auf dem Serpentinenteich, während der Reichtum und die Macht Englands wie gemeißelt in Hut und Mantel in Vierspänner, Viktoria und Landauer saß. Es war, als wäre ein goldener Strom geronnen und habe sich in goldenen Klumpen in der Park Lane gestaut. Die Damen hielten Kartenetuis in den Händen; die Herren balancierten Spazierstöcke mit goldenem Knauf zwischen den Knien. Sie stand dort schauend, bewundernd, voller Ehrfurcht. Nur ein Gedanke beunruhigte sie, ein Gedanke, der allen vertraut ist, die riesige Elefanten sehen, oder Wale von unglaublicher Größe, und der ist, wie pflanzen diese Leviathane, denen Anstrengung, Veränderung und Betätigung offensichtlich zuwider sind, ihre Art fort? Vielleicht, dachte Orlando, in die würdevollen, starren Gesichter blikkend, ist ihre Zeit der Fortpflanzung vorbei; dies ist die Frucht; dies ist die Vollendung. Was sie jetzt erblickte, war der Triumph eines Zeitalters. Stattlich und prachtvoll saßen sie da. Aber jetzt ließ der Polizist seine Hand sinken; der Strom verflüssigte sich; die massive Zusammenballung prachtvoller Objekte bewegte sich, zerstreute sich und verschwand in die Piccadilly hinein.

So überquerte sie die Park Lane und ging zu ihrem Haus in der Curzon Street, wo sie sich, als das Mädesüß dort blühte, an den Ruf des Brachvogels erinnern konnte, und an einen sehr alten Mann mit einem Gewehr.

Sie konnte sich erinnern, dachte sie, als sie über die Schwelle ihres Hauses trat, wie Lord Chesterfield gesagt hatte – aber ihrer Erinnerung wurde Einhalt geboten. Ihre stille Eingangshalle aus dem achtzehnten Jahrhundert, in der sie sehen konnte, wie Lord Chesterfield mit einer Eleganz der Haltung, die zu beobachten ein Vergnügen war, seinen Hut hierhin und seinen Mantel dorthin legte, war jetzt vollständig von Paketen übersät. Während sie im Hyde Park gesessen hatte, hatte der Buchhändler ihre Bestellung geliefert, und das Haus war vollgestopft – Pakete rutschten sogar die Treppe herunter – mit der gesamten viktorianischen Literatur, eingeschlagen in graues Papier und säuberlich mit Schnur zugebunden. Sie trug so viele dieser Pakete wie sie konnte in ihr Zimmer, hieß die Diener, die anderen zu bringen, schnitt hastig zahllose Schnüre durch und war alsbald von zahllosen Bänden umgeben.

An die schmalen Literaturen des sechzehnten, siebzehnten und achtzehnten Jahrhunderts gewöhnt, war Orlando entsetzt über die Folgen ihrer Bestellung. Denn für die Viktorianer selbst bedeutete die viktorianische Literatur selbstverständlich nicht nur vier große, losgelöste und deutlich hervorgehobene Namen, sondern vier große Namen eingelassen und eingebettet in eine Masse von Alexander Smiths, Dixons, Blacks, Milmans, Buckles, Taines, Paynes, Tuppers, Jamesons[34] – alle lautstark, lärmend, exponiert und ebensoviel Aufmerksamkeit heischend wie alle anderen. Orlandos Ehrerbietung vor allem Gedruckten sah sich vor eine schwere Aufgabe gestellt, aber sie zog ihren Stuhl ans Fenster, um das wenige Licht zu nutzen, das zwischen den hohen Häusern von Mayfair hindurchsickern mochte, und versuchte, zu einem Urteil zu gelangen.

Nun ist klar, daß es nur zwei Möglichkeiten gibt, zu einem Urteil über die viktorianische Literatur zu gelangen – die eine ist, es in sechzig Oktavbänden niederzuschreiben, die andere, es in sechs Zeilen von der Länge dieser hier zu zwängen. Von den beiden Möglichkeiten veranlaßt uns die

Ökonomie, da die Zeit knapp wird, die zweite zu wählen; und so fahren wir fort. Orlando kam zu dem Urteil (ein halbes Dutzend Bücher aufschlagend), es sei sehr merkwürdig, daß sich keine einzige Widmung an einen Edelmann darunter finde; als nächstes (einen hohen Stapel Memoiren umblätternd), daß mehrere dieser Schriftsteller Familienstammbäume hatten, die halb so hoch waren wie ihr eigener; als nächstes, daß es über die Maßen unklug wäre, eine Zehnpfundnote um die Zuckerzange zu wikkeln, wenn Miss Christina Rossetti[35] zum Tee käme; als nächstes (hier waren ein halbes Dutzend Einladungen, Hundertjahrfeiern durch Galadiners zu begehen), daß die Literatur, da sie all diese Galadiners esse, sehr korpulent sein müsse; als nächstes (sie wurde zu einer Unzahl von Vorträgen über den Einfluß von diesem auf jenes eingeladen; die Wiederkehr der Klassik; das Fortleben der Romantik und andere Titel derselben fesselnden Art), daß die Literatur, da sie sich all diese Vorträge anhöre, sehr trocken sein müsse; als nächstes (hier nahm sie an einem Empfang teil, der von einer Dame von Adel gegeben wurde), daß die Literatur, da sie all diese Pelzstolen trug, sehr respektabel sein müsse; als nächstes (hier besichtigte sie Carlyles schalldichtes Zimmer in Chelsea), daß Genialität, da sie all dieses Verhätscheln brauche, sehr schwächlich sein müsse; und kam so endlich zu ihrem abschließenden Urteil, das von höchster Bedeutung war, das wir jedoch, da wir die Obergrenze von sechs Zeilen bereits weit überschritten haben, auslassen müssen.

Nachdem Orlando zu diesem Urteil gelangt war, stand sie geraume Zeit am Fenster und sah hinaus. Denn wenn jemand zu einem Urteil gelangt, ist es, als hätte er den Ball über das Netz geschlagen und müßte nun darauf warten, daß der ungesehene Gegenspieler ihn zurückgibt. Was würde der farblose Himmel über Chesterfield House ihr als nächstes schicken, fragte sie sich? Und mit gefalteten, verschränkten Händen stand sie geraume Zeit und fragte sich. Plötzlich zuckte sie zusammen – und hier könnten wir nur wünschen, daß, wie bei einer früheren Gelegenheit, die Reinheit, die Keuschheit und die Sittsamkeit die Tür aufstoßen und uns wenigstens eine Atempause verschaffen würden, in der wir darüber nachdenken könnten, wie wir das in Worte fassen sollen, was nun taktvoll, wie ein Biograph es tun sollte, erzählt werden muß. Aber nein! Nachdem sie der nackten Orlando ihr weißes Gewand zugeworfen und gesehen hatten, wie es mehrere

Zoll vor ihr zu Boden fiel, hatten diese Damen all die vielen Jahre hindurch jeden Verkehr mit ihr aufgegeben und waren jetzt anderweitig beschäftigt. Will denn an diesem bleichen Märzmorgen gar nichts geschehen, um dieses unleugbare Ereignis, was immer es sein mag, zu mildern, zu verschleiern, zu bedecken, zu verbergen, zu verhüllen? Denn nachdem Orlando so plötzlich und heftig zusammengezuckt war – aber dem Himmel sei Dank, genau in diesem Augenblick begann draußen eine jener zerbrechlichen, kratzigen, piepsigen, stockenden, altmodischen Drehorgeln zu spielen, die immer noch manchmal von italienischen Leierkastenmännern in Seitenstraßen gespielt werden. Wollen wir die Unterbrechung, so bescheiden sie auch ist, hinnehmen, als wäre sie die Musik der Sphären, und ihr mit all ihrem Ächzen und Stöhnen erlauben, diese Seite mit Geräusch zu füllen, bis der Augenblick kommt, dessen Kommen zu leugnen unmöglich ist; den der Diener hat kommen sehen, und das Hausmädchen; und den der Leser auch wird sehen müssen; denn Orlando selbst ist sichtlich unfähig, ihn länger zu ignorieren – lassen wir die Drehorgel tönen und uns hinwegtragen auf Gedanken, die nicht mehr sind als ein kleines Boot, wenn die Musik erklingt, das auf den Wellen hüpft; auf Gedanken, die, von allen Trägern, die unbeholfensten sind, die sprunghaftesten, über die Hausdächer und die Hintergärten, in denen Wäsche hängt, bis nach – was ist das für ein Ort? Erkennen Sie das Grün und in der Mitte den Kirchturm und das Tor mit einem schlafenden Löwen auf jeder Seite? O ja, es ist Kew! Nun ja, Kew soll uns recht sein. Hier sind wir also in Kew, und ich will Ihnen heute (am zweiten März) unter dem Pflaumenbaum eine Traubenhyazinthe zeigen, und einen Krokus, und auch eine Knospe am Mandelbaum; so daß dort spazierengehen heißt, an Knollen zu denken, haarig und rot, im Oktober in die Erde gesteckt; die jetzt blühen; und von mehr zu träumen, als man von Rechts wegen sagen kann, und aus dem Etui eine Zigarette oder sogar eine Zigarre zu nehmen und einen Mantelsaum unter (wie der Reim es fordert) den Eichenbaum zu breiten und da zu sitzen und auf den Eisvogel zu warten, der, wie es heißt, einmal gesichtet wurde, wie er am Abend von Ufer zu Ufer flog.

Warte! Warte! Der Eisvogel kommt; der Eisvogel kommt nicht.

Sehen Sie unterdessen die Fabrikschornsteine und ihren Rauch; sehen Sie die Kontoristen aus der City, die in ihrem Auslegerboot vorbeihuschen.

Sehen Sie die alte Dame, die ihren Hund spazierenführt, und das Dienstmädchen, das seinen neuen Hut zum ersten Mal, aber nicht im richtigen schrägen Winkel, trägt. Sehen Sie sie alle. Obwohl der Himmel gnädigerweise bestimmt hat, daß die Geheimnisse aller Herzen verborgen sind, so daß wir für immer und ewig verlockt werden, etwas zu vermuten, was, vielleicht, gar nicht existiert; sehen wir doch, durch den Rauch unserer Zigarette hindurch, die wundervolle Erfüllung natürlicher Sehnsüchte nach einem Hut, einem Boot, einer Ratte im Graben aufflammen und grüßen sie; wie man einst – so dumme Hüpfer und Sprünge unternimmt der Geist, wenn er wie jetzt über die ganze Untertasse schwappt und die Drehorgel spielt – ein Feuer auf einem Feld von Minaretten in der Nähe von Konstantinopel aufflammen sah.

Sei gegrüßt! natürliche Sehnsucht! Sei gegrüßt! Glück! göttliches Glück! und Freuden aller Arten, Blumen und Wein, wenn auch die einen verblühen und der andere berauscht; und Fahrkarten zu einer halben Krone hinaus aus London am Sonntag, und in einer dunklen Kapelle Hymnen singen vom Tod, und alles, alles, was das Klappern der Schreibmaschinen und das Abheften von Briefen und das Schmieden von Gliedern und Ketten, die das Empire zusammenhalten, durchbricht und zur Hölle schickt. Gegrüßt seien sogar die schreienden, roten Bögen auf den Lippen der Ladenmädchen (als hätte Cupido, sehr ungeschickt, seinen Daumen in rote Tinte getaucht und im Vorbeigehen ein Zeichen hingeschmiert). Sei gegrüßt, Glück! Eisvogel, der von Ufer zu Ufer zuckt, und alle Erfüllung natürlicher Sehnsüchte, ob sie nun das sind, was der männliche Romanschreiber sagt, das sie seien; oder Gebet oder Entsagung; gegrüßt sei es! in welcher Form auch immer es kommt, und möge es mehr Formen davon geben, und seltsamere. Dann fließt der Strom – wenn es doch nur wahr wäre, wie der Reim andeutet, »wie ein Traum davon« –, aber dumpfer und schlimmer als dies ist unser gewöhnliches Los; ohne Träume, aber lebendig, selbstgefällig, fließend, gewohnheitsmäßig, unter Bäumen, deren Schatten von Olivgrün das Blau der Schwingen des schwindenden Vogels ertränkt, wenn er urplötzlich von Ufer zu Ufer stürzt.

Sei also gegrüßt, Glück, und nach dem Glück seien nicht gegrüßt jene Träume, die das scharfe Bild aufgedunsen machen wie fleckige Spiegel das Gesicht im Salon eines Landgasthofes; Träume, die das Ganze zersplittern und uns zerreißen und uns verwunden und uns zerspalten in der Nacht, wenn wir schlafen wollen; doch schlaf, schlaf, so tief, daß alle Formen zu Staub von unendlicher Sanftheit zermahlen werden, zu Wasser von unerforschlicher Dunkelheit, und da, zusammengekrümmt, umhüllt wie eine Mumie, wie ein Falter, laß uns reglos liegen auf dem Sand am Grund des Schlafes.

Aber warte! aber warte! wir gehen nicht, nicht dieses Mal, das blinde Land zu besuchen. Blau, wie ein Streichholz, das mitten im Apfel des innersten Auges angerissen wird, fliegt er, brennt er, sprengt er das Siegel des Schlafes; der Eisvogel; so daß jetzt, zurücklaufend wie die Flut, der rote, dicke Strom des Lebens wieder zurückfließt; blubbernd, triefend; und wir uns erheben; beben (denn wie gelegen kommt doch ein Reim, um uns sicher über den beschwerlichen Übergang vom Tod zum Leben zu helfen), denn unser Blick fällt auf – (hier hört die Drehorgel abrupt auf zu spielen).

»Es ist ein prachtvoller Junge, Mylady«, sagte Mrs Banting, die Hebamme, Orlando ihr erstgeborenes Kind in die Arme legend. Mit anderen Worten, Orlando wurde am Donnerstag, dem 20. März, um drei Uhr morgens, glücklich eines Sohnes entbunden.

Und wieder stand Orlando am Fenster, aber der Leser möge Mut fassen; nichts dergleichen wird am heutigen Tag geschehen, welcher nicht, in gar keiner Weise, derselbe Tag ist. Nein – denn wenn wir aus dem Fenster blicken, wie Orlando es in jenem Augenblick tat, werden wir sehen, daß die Park Lane selbst sich beträchtlich verändert hat. Tatsächlich könnte man zehn Minuten oder länger dort stehen, wie Orlando jetzt stand, ohne einen einzigen Landauer zu sehen. »Seht euch das an!« rief sie, einige Tage später, als eine absurd verstümmelte Kutsche ohne auch nur ein einziges Pferd anfing von ganz allein zu rollen. Eine Kutsche ohne Pferde, weiß Gott! Sie wurde fortgerufen, gerade als sie das sagte, kam jedoch nach einer Weile zurück und sah noch einmal aus dem Fenster. Es war komisches Wetter heutzutage. Der Himmel selbst, so konnte sie nicht umhin zu denken, hatte sich verändert. Er war nicht mehr so dicht, so wäßrig, so prismatisch, jetzt, da König Edward – seht, da war er, stieg aus seinem schmucken Coupé, um eine gewisse Dame gegenüber zu besuchen – die Nachfolge Königin Victorias angetreten hatte. Die Wolken waren zu dünner Gaze geschrumpft; der Himmel schien aus Metall gemacht, das sich bei heißem Wetter grünspanig fleckte, kupferfarben oder orange, wie Metall es bei Nebel tut. Es war ein bißchen alarmierend – dieses Schrumpfen. Alles schien geschrumpft zu sein. Als sie letzte Nacht am Buckingham Palace vorbeigefahren war, war keine Spur mehr dagewesen von jenem gewaltigen Gebilde, das sie für immerwährend gehalten hatte; Zylinder, Witwenschleier, Trompeten, Teleskope, Kränze, alle waren verschwunden und hatten keinen Fleck, nicht einmal eine Pfütze, auf dem Pflaster hinterlassen. Aber es war jetzt eben – nach einer weiteren Unterbrechung war sie wieder an ihren Lieblingsplatz am Fenster zurückgekehrt –, jetzt, am Abend, daß die Veränderung am bemerkenswertesten war. Seht nur die Lichter in den Häusern! Auf eine Berührung hin war ein ganzes Zimmer erleuchtet; waren Hunderte von Zimmern erleuchtet; und eines war genau wie das andere. Man konnte alles in den kleinen, viereckigen Schachteln sehen; es gab keine Abgeschiedenheit; keine jener verharrenden Schatten und sonderbaren Winkel, die es früher gegeben hatte; keine jener Frauen in Schürzen, die wackelige Lampen trugen, die sie vorsichtig auf diesen Tisch stellten und auf jenen. Auf eine Berührung hin war das ganze Zimmer hell. Und der Himmel war die ganze Nacht über hell; und die Trottoirs waren hell; alles war hell. Sie kam gegen Mittag wieder her. Wie schmal die Frauen in letzter Zeit geworden waren! Sie sahen aus wie Getreidehalme, gerade, glänzend, identisch. Und die Gesichter der Männer waren so nackt wie eine Handfläche. Die Trockenheit der Atmosphäre ließ alle Farben stärker hervortreten und schien die Muskeln der Wangen steif zu machen. Es war jetzt schwieriger zu weinen. Wasser war in zwei Sekunden heiß. Efeu war eingegangen oder von den Häusern gekratzt worden. Pflanzliches war weniger fruchtbar; Familien waren viel kleiner. Vorhänge und Bezüge waren entkräuselt, und die Wände waren kahl, so daß neue Bilder in leuchtenden Farben von wirklichen Dingen wie Straßen, Schirmen, Äpfeln, in Rahmen aufgehängt oder auf das Holz gemalt wurden. Es war etwas Bestimmtes und Entschiedenes an diesem Zeitalter, das sie an das achtzehnte Jahrhundert erinnerte, außer daß es da jetzt eine Zerstreutheit gab, eine Verzweiflung – während sie dies dachte, weitete sich der unendlich lange Tunnel, in dem sie seit Hunderten von Jahren gereist zu sein schien; das Licht fiel herein; ihre Gedanken wurden auf geheimnisvolle Weise gestrafft und gespannt, als hätte ein Klavierstimmer seinen Schlüssel in ihren Rücken gesteckt und ihre Nerven sehr straff angezogen; gleichzeitig wurde ihr Gehör schärfer; sie konnte jedes Flüstern und Knakken im Raum hören, so daß die tickende Uhr auf dem Kaminsims wie ein Hammer schlug. Und so fuhr das Licht einige Sekunden lang fort, heller und heller zu werden, und sie sah alles klarer und klarer, und die Uhr tickte lauter und lauter, bis mitten in ihrem Ohr eine gewaltige Explosion erfolgte. Orlando machte einen Satz, als hätte sie einen heftigen Schlag auf den Kopf erhalten. Zehnmal erhielt sie einen solchen Schlag. Es war in der Tat zehn Uhr morgens. Es war der elfte Oktober. Es war 1928. Es war der Augenblick der Gegenwart.

Niemand braucht sich zu wundern, daß Orlando zusammenfuhr, die Hand auf das Herz legte und blaß wurde. Denn welch schrecklichere Offenbarung kann es geben als die, daß es der Augenblick der Gegenwart ist? Daß wir den Schock überhaupt überleben, ist nur möglich, weil die Vergangenheit uns auf der einen Seite abschirmt und die Zukunft auf der anderen. Aber wir haben jetzt keine Zeit für Überlegungen; Orlando war ohnehin schrecklich spät. Sie lief nach unten, sie sprang in ihr Automobil, sie drückte den Anlasser und fuhr los. Gewaltige blaue Blöcke von Gebäuden erhoben sich in die Luft; die roten Kappen der Schornsteine waren unregelmäßig über den Himmel getüpfelt; die Straße glänzte wie silberköpfige Nägel; Omnibusse mit gemeißelten, weißgesichtigen Fahrern rasten auf sie zu; sie bemerkte Schwämme, Vogelkäfige, Schachteln aus grünem Wachstuch. Aber sie erlaubte diesen Bildern nicht, auch nur um den Bruchteil eines Zolls in ihren Geist einzusinken, als sie die schmale Planke der Gegenwart überquerte, aus Angst, sie könne in die tosenden Fluten darunter stürzen. »Warum paßt du nicht auf, wo du hingehst? . . . Kannst du nicht wenigstens mit der Hand ein Zeichen geben?« – das war alles, was sie in scharfem Ton sagte, als würden die Worte aus ihr herausgeschleudert. Denn die Straßen waren unglaublich voll; Leute überquerten sie, ohne zu schauen, wo sie hingingen. Leute summten und sirrten um die Schaufensterscheiben herum, hinter denen man ein rotes Glühen sehen konnte, ein gelbes Flammen, als wären sie Bienen, dachte Orlando – aber ihr Gedanke, daß sie Bienen seien, wurde brutal abgeknipst, und mit einem Lidschlag die Perspektive zurückgewinnend, sah sie, daß es Menschenkörper waren. »Warum paßt du nicht auf, wo du hingehst«, schnauzte sie.

Endlich hielt sie jedoch vor Marshall & Snelgrove an und ging in das Geschäft hinein. Schatten und Duft hüllten sie ein. Die Gegenwart fiel von ihr ab wie Tropfen kochendheißen Wassers. Licht schwankte auf und nieder wie dünne Stoffe, gebläht von einer Sommerbrise. Sie zog eine Liste aus ihrer Tasche und fing an zu lesen, zunächst mit einer seltsam tonlosen Stimme, als halte sie die Wörter – Jungenstiefel, Badesalz, Sardinen – unter einen Hahn vielfarbigen Wassers. Sie beobachtete, wie sie sich veränderten, als das Licht auf sie fiel. Bad und Stiefel wurden stumpf, matt; Sardinen zackte sich wie eine Säge. So stand sie im Erdgeschoß von Marshall & Snelgrove; sah hierhin und dorthin; sog diesen Duft ein und jenen und vergeudete auf diese Weise einige Sekunden. Dann stieg sie in den Aufzug, aus dem guten Grund, daß die Tür offenstand; und wurde glatt und zügig nach oben katapultiert. Der Stoff des Lebens schon an sich, dachte sie, während sie sich hob, ist heute magisch. Im achtzehnten Jahrhundert wußten wir, wie alles gemacht wird; aber hier hebe ich mich in die Luft; ich höre Stimmen aus Amerika; ich sehe Menschen fliegen – aber wie das gemacht wird, darüber kann ich nicht einmal anfangen, mich zu wundern. So kehrt mein Glaube an die Magie wieder. Jetzt machte der Aufzug einen kleinen Ruck, als er im ersten Stock anhielt; und sie hatte eine Vision von unzähligen bunten Stoffen, die in einem Lufthauch tänzelten, der ausgeprägte, fremdländische Düfte von sich gab; und jedesmal, wenn der Aufzug anhielt und seine Türen aufstieß, wurde ein anderes Stück der Welt zur Schau gestellt, an dem alle Düfte dieser Welt hafteten. Sie wurde an den Fluß bei Wapping zur Zeit Elizabeths erinnert, wo die Schatzschiffe und die Kauffahrteischiffe ankerten. Wie reich und merkwürdig sie gerochen hatten! Wie gut sie sich an das Gefühl der rohen Rubine erinnerte, die durch ihre Finger rieselten, wenn sie in einem Sack voller Schätze in ihnen wühlte! Und wie sie dann bei Sukey lag – oder wie immer sie hieß –, und sie von Cumberlands Laterne angeleuchtet wurden! Die Cumberlands hatten jetzt ein Haus an Portland Place, und sie war erst neulich zum Essen bei ihnen gewesen und hatte mit dem alten Herrn einen kleinen Scherz über die Armenhäuser in der Sheen Road gewagt. Er hatte gezwinkert. Aber hier, da der Aufzug nicht höher fahren konnte, mußte sie aussteigen – der Himmel allein wußte, in welche »Abteilung«, wie sie das nannten. Sie stand still, um ihre Einkaufsliste zu befragen, aber der Teufel sollte sie holen, wenn sie irgendwo, wie die Liste es ihr auftrug, Badesalz sehen konnte, oder Knabenstiefel. Und tatsächlich wollte sie schon wieder hinunterfahren, ohne etwas zu kaufen, wurde jedoch vor dieser Ungeheuerlichkeit dadurch bewahrt, daß sie automatisch den letzten Gegenstand auf ihrer Liste laut vor sich hinsagte; der zufälligerweise »Laken für ein Doppelbett« lautete.

»Laken für ein Doppelbett«, sagte sie zu einem Mann an einem Ladentisch, und durch eine Fügung der Vorsehung waren es Laken, die der Mann gerade an diesem Ladentisch verkaufte. Denn Grimsditch, nein, Grimsditch war tot; Bartholomew, nein, Bartholomew war tot; Louise also – Louise war neulich in heller Aufregung zu ihr gekommen, denn sie hatte ein Loch am Fußende des Lakens im königlichen Bett entdeckt. Viele Könige und Königinnen hatten darin geschlafen – Elizabeth; James; Charles; George; Victoria; Edward; kein Wunder, daß das Laken ein Loch hatte. Aber Louise war sicher, daß sie wußte, wer es gemacht hatte. Der Prinzgemahl.

»Sale boche!« hatte sie gesagt (denn es hatte wieder einen Krieg gegeben; dieses Mal gegen die Deutschen).

»Laken für ein Doppelbett«, wiederholte Orlando träumerisch, für ein Doppelbett mit einer silbernen Tagesdecke in einem Zimmer, das in einem Geschmack eingerichtet war, den sie jetzt für vielleicht eine Spur vulgär hielt – ganz in Silber; aber sie hatte es eingerichtet, als sie eine Leidenschaft für dieses Metall hatte. Während der Mann ging, um Laken für ein Doppelbett zu holen, zog sie einen kleinen Spiegel und eine Puderquaste hervor. Frauen waren nicht halb so umwegig in ihrem Verhalten, dachte sie, während sie sich mit größter Unbefangenheit puderte, wie sie es gewesen waren, als sie selbst sich in eine Frau verwandelt hatte und an Deck der *Enamoured Lady* lag. Sie gab ihrer Nase mit Bedacht die richtige Tönung. Ihre Wangen jedoch rührte sie nicht an. Wahrhaftig, obwohl sie jetzt sechsunddreißig war, sah sie kaum einen Tag älter aus. Sie sah genauso schmollend, genauso trotzig, genauso schön, genauso rosig aus (wie ein millionenkerziger Weihnachtsbaum, hatte Sascha gesagt) wie an jenem Tag auf dem Eis, als die Themse zugefroren war und sie Schlittschuhe gelaufen waren –

»Das beste irische Leinen, Madam«, sagte der Verkäufer, die Laken über den Ladentisch breitend – und sie eine alte Frau getroffen hatten, die Holz sammelte. Hier, während sie gedankenverloren das Leinen befühlte, öffnete sich eine der Schwingtüren zwischen den Abteilungen und ließ, vielleicht aus der Abteilung für Galanteriewaren, den Hauch eines Duftes herein, wächsern, getönt wie von rosa Kerzen, und der Duft schmiegte sich wie eine Muschel um eine Gestalt – war es die eines Knaben oder die eines Mädchens? – jung, schlank, verführerisch – ein Mädchen, bei Gott! bepelzt, beperlt, in russischen Hosen; aber treulos, treulos!

»Treulose!« rief Orlando (der Mann war gegangen), und das ganze Geschäft schien auf gelben Wassern zu schlingern und zu stampfen, und in der Ferne sah sie die Masten des russischen Schiffs, das in See ging, und dann, wie durch ein Wunder (vielleicht öffnete die Tür sich noch einmal), wurde die Muschel, die der Duft geformt hatte, zu einer Plattform, einem Podium, von dem eine dicke, bepelzte Frau herabstieg, wunderbar erhalten, verführerisch, mit einem Diadem, die Geliebte eines Großherzogs; sie, die über die Ufer der Wolga gelehnt, ein Sandwich essend, zugesehen hatte, wie Männer ertranken; und begann, durch den Laden auf sie zuzukommen.

»O Sascha!« rief Orlando. Sie war wirklich entsetzt, daß es dazu gekommen war; sie war so dick geworden; so lethargisch; und sie neigte den Kopf über das Leinen, damit diese Erscheinung einer grauen Frau in Pelzen, und eines Mädchens in russischen Hosen, mit all diesen Düften nach Wachskerzen, weißen Blumen und alten Schiffen, die sie mit sich brachte, ungesehen hinter ihrem Rücken vorbeiginge.

»Vielleicht noch Servietten, Handtücher, Staubtücher, Madam?« fragte der Verkäufer hartnäckig. Und es spricht enorm für die Einkaufsliste, die Orlando nun zu Rate zog, daß sie in der Lage war, mit allem äußeren Anschein der Gelassenheit zu antworten, daß es auf der ganzen Welt nur eines gab, das sie brauche, und zwar Badesalz; was es in einer anderen Abteilung gab.

Aber als sie im Aufzug wieder hinunterfuhr – so tückisch ist die Wiederholung einer jeden Szene –, wurde sie wieder tief unter den Augenblick der Gegenwart gesenkt; und glaubte, als der Aufzug mit einem Ruck auf dem Boden aufsetzte, einen Topf an einem Flußufer zerbrechen zu hören. Was das Finden der richtigen Abteilung anbelangte, welche es auch immer sein mochte, so stand sie gedankenverloren zwischen den Handtaschen, taub für die Vorschläge all der höflichen, schwarzen, gekämmten, munteren Verkäuferinnen, die gleichermaßen, und manche von ihnen vielleicht gleichermaßen stolz, aus ebensolchen Tiefen der Vergangenheit stammten wie sie selbst und sich doch entschieden hatten, den undurchdringlichen Schutzschirm der Gegenwart herabzulassen, so daß sie heute nichts anderes zu sein schienen als Verkäuferinnen bei Marshall & Snelgrove. Orlando stand zögernd. Durch die großen Glastüren konnte sie den Verkehr auf der Oxford Street sehen. Omnibus schien sich auf Omnibus zu stapeln und sich dann wieder loszureißen. So hatten die Eisschollen an jenem Tag auf der Themse gestampft und geschlingert. Ein alter Edelmann in pelzbesetzten Pantoffeln hatte rittlings auf einem davon gesessen. Dort trieb er – sie konnte ihn vor sich sehen –, Flüche auf die irischen Rebellen herabrufend. Er war dort drüben untergegangen, wo ihr Auto stand.

»Die Zeit ist über mich hinweggegangen«, dachte sie, während sie sich zu fassen versuchte; »es nähern sich die mittleren Jahre. Wie seltsam das ist! Nichts ist mehr eine Sache. Ich nehme eine Handtasche in die Hand und denke an eine alte Bumbootsfrau, die im Eis eingefroren ist. Jemand zündet eine rosa Kerze an, und ich sehe ein Mädchen in russischen Hosen. Wenn ich durch die Tür trete – wie ich es jetzt tue«, hier trat sie auf das Trottoir der Oxford Street hinaus, »was schmecke ich da? Kleine Kräuter. Ich höre Ziegenglöckchen. Ich sehe Berge. Die Türkei? Indien? Persien?« Ihre Augen füllten sich mit Tränen.

Daß Orlando sich ein wenig zu weit vom Augenblick der Gegenwart entfernt hatte, wird vielleicht dem Leser auffallen, der nun sieht, wie sie Anstalten macht, in ihr Automobil einzusteigen, die Augen voller Tränen und Visionen von persischen Bergen. Und in der Tat läßt sich nicht leugnen, daß die erfolgreichsten Betreiber der Kunst des Lebens, übrigens oftmals gänzlich unbekannte Menschen, es irgendwie fertigbringen, die sechzig oder siebzig verschiedenen Zeiten zu synchronisieren, die gleichzeitig in jedem menschlichen Organismus ticken, so daß, wenn es elf schlägt, der ganze Rest einstimmig einfällt und die Gegenwart weder eine gewaltsame

Unterbrechung ist noch vollständig in der Vergangenheit vergessen. Von ihnen können wir mit Fug und Recht sagen, daß sie genau die achtundsechzig oder zweiundsiebzig Jahre leben, die ihnen auf dem Grabstein zugeschrieben werden. Bei den übrigen wissen wir von einigen, daß sie tot sind, obwohl sie unter uns wandeln; einige sind noch nicht geboren, obwohl sie die Formen des Lebens durchlaufen; andere sind Hunderte von Jahren alt, obwohl sie sich als sechsunddreißig bezeichnen. Die wahre Länge eines Menschenlebens ist, ungeachtet dessen, was das *Dictionary of National Biography*[36] sagen mag, immer eine strittige Angelegenheit. Denn es ist ein schwieriges Geschäft – dieses Zeitmessen; nichts bringt es schneller aus der Ordnung als der Kontakt mit einer der Künste; und ihre Liebe zur Poesie mag schuld daran gewesen sein, daß Orlando ihre Einkaufsliste verlor und sich ohne die Sardinen, das Badesalz oder die Stiefel auf den Heimweg machte. Jetzt, als sie mit einer Hand an der Tür ihres Automobils stand, schlug die Gegenwart sie erneut auf den Kopf. Elfmal wurde sie heftig attackiert.

»Verdammt!« rief sie, denn es ist ein großer Schock für das Nervensystem, eine Uhr schlagen zu hören – ein so großer, daß es nun geraume Zeit nichts über sie zu sagen gibt, außer, daß sie die Stirn runzelte, die Gänge bewundernswert schaltete und wie zuvor rief, »Paß doch auf, wo du hingehst!« »Weißt du nicht, was du willst?« »Warum hast du es nicht gleich gesagt?«, während das Automobil flitzte, kurvte, drängelte und sich hindurchschlängelte, denn sie war eine geschickte Fahrerin, die Regent Street hinunter, Haymarket hinunter, die Northumberland Avenue hinunter, über die Westminster Bridge, nach links, geradeaus, nach rechts, wieder geradeaus . . .

Die alte Kent Road war am Donnerstag, dem elften Oktober 1928, sehr belebt. Die Leute quollen von den Trottoirs hinunter. Da waren Frauen mit Einkaufstaschen. Kinder rannten auf die Straße. Es gab Ausverkäufe in Stoffgeschäften. Straßen wurden breiter und enger. Lange Sichtfluchten schrumpften stetig zusammen. Hier war ein Markt. Hier eine Beerdigung. Hier eine Prozession mit Fahnen, auf denen »Ra-Un« geschrieben stand, aber was sonst? Fleisch war sehr rot. Metzger standen in der Tür. Frauen wurden fast die Hacken abgefahren. Amor Vin – das stand über einer Veranda. Eine Frau sah aus einem Schlafzimmerfenster, tiefsinnig nachdenklich und sehr still. Applejohn und Applebed, Beerd-. Nichts konnte ganz gesehen oder von Anfang bis Ende gelesen werden. Was man anfangs sah – wie zwei Freunde, die sich anschickten, sich auf der anderen Straßenseite zu treffen –, sah man nie zu Ende gehen. Nach zwanzig Minuten waren Körper und Geist wie Fetzen zerrissenen Papiers, die aus einem Sack quollen, und tatsächlich ähnelt der Prozeß, London im Automobil zu verlassen, so sehr dem kleingehackt Werden der Identität, das der Bewußtlosigkeit vorausgeht, und vielleicht dem Tod selbst, daß es eine offene Frage ist, in welchem Sinn sich von Orlando sagen läßt, sie habe im Augenblick der Gegenwart existiert. In der Tat hätten wir sie fast als eine vollkommen zerstückelte Person aufgegeben, wenn nicht an dieser Stelle, endlich, ein grüner Schirm zur rechten Seite hochgehalten worden wäre, gegen den die kleinen Papierfetzen langsamer fielen; und dann wurde ein anderer links hochgehalten, so daß man sehen konnte, wie die kleinen Fetzen sich nun einzeln in der Luft drehten; und dann wurden die grünen Schirme ohne Unterbrechung auf beiden Seiten hochgehalten, so daß ihr Geist die Illusion zurückgewann, in sich die Dinge zu fassen, und sie sah ein Cottage, einen Bauernhof und vier Kühe, alle genau lebensgroß.

Als dies geschah, stieß Orlando einen Seufzer der Erleichterung aus, zündete sich eine Zigarette an und rauchte ein oder zwei Minuten lang schweigend. Dann rief sie zögernd, als wäre die Person, die sie wünschte, vielleicht nicht da, »Orlando?« Denn wenn es (bei grober Schätzung) sechsundsiebzig verschiedene Zeiten gibt, die alle gleichzeitig im Gemüt tikken, wie viele verschiedene Personen gibt es dann erst – Himmel hilf –, die alle zur einen oder anderen Zeit im Menschengeist hausen? Manche sagen, zweitausendundzweiundfünfzig. So daß es das Normalste von der Welt ist, wenn ein Mensch, sobald er allein ist, Orlando? ruft (wenn das sein Name ist), womit gemeint ist, Komm, komm! Ich habe dieses besondere Ich so sterbenssatt. Ich will ein anderes. Daher die erstaunlichen Veränderungen, die wir an unseren Freunden sehen. Aber ganz so einfach ist es nun auch wieder nicht, denn obwohl man rufen mag, wie Orlando es tat (die nun draußen auf dem Land war und vermutlich ein anderes Ich brauchte), Orlando?, ist es gut möglich, daß die Orlando, die sie braucht, nicht kommt; diese Ichs, aus denen wir aufgebaut sind, eins über dem anderen, die wie Teller auf der Hand eines Kellners aufgestapelt sind, haben anderswo Bindungen, Sympathien, kleine eigene Verfassungen und Rechte, oder wie man sie nennen will (und für viele dieser Dinge gibt es keinen Namen), so daß das eine nur kommt, wenn es regnet, ein anderes nur in einem Zimmer mit grünen Vorhängen, ein anderes, wenn Mrs Jones nicht da ist, ein anderes, wenn man ihm ein Glas Wein verspricht – und so weiter; denn jeder kann aus seiner eigenen Erfahrung die verschiedenen Bedingungen multiplizieren, die seine verschiedenen Ichs mit ihm ausgehandelt haben – und manche sind zu phantastisch lächerlich, um im Druck überhaupt erwähnt zu werden.

So rief Orlando in der Kurve bei der Scheune »Orlando?«, mit einem fragenden Unterton in der Stimme, und wartete. Orlando kam nicht.

»Also gut«, sagte Orlando mit der wohlgemuten Gelassenheit, die die Menschen bei derartigen Gelegenheiten an den Tag legen; und versuchte es mit einem anderen. Denn sie hatte eine große Vielzahl von Ichs, die sie rufen konnte, weit mehr, als wir haben unterbringen können, da eine Biographie schon als vollständig gilt, wenn sie nur sechs oder sieben Ichs berücksichtigt, wohingegen ein Mensch gut und gerne ebenso viele Tausend haben mag. Also nur unter jenen Ichs wählend, für die wir Platz gefunden haben, hätte Orlando nun den Knaben rufen können, der den Kopf des Niggers abschlug; den Knaben, der ihn wieder aufhing; den Knaben, der auf dem Hügel saß, den Knaben, der den Dichter sah, den Knaben, der der Königin die Schale Rosenwasser reichte; oder sie hätte den jungen Mann rufen können, der sich in Sascha verliebte; oder den Höfling; oder den Gesandten; oder den Soldaten; oder den Reisenden; oder vielleicht wollte sie, daß die Frau zu ihr käme; die Zigeunerin; die feine Dame, die Einsiedlerin; das Mädchen, das in das Leben verliebt war; die Patronin der Literatur; die Frau, die Mar rief (womit sie heiße Bäder und Abendfeuer meinte) oder Shelmerdine (womit sie Krokusse in Herbstwäldern meinte) oder Bonthrop (womit sie den Tod meinte, den wir täglich sterben) oder alle drei zusammen – womit mehr Dinge gemeint waren, als wir aufzuschreiben Platz haben –, alle waren verschieden, und sie hätte jeden einzelnen von ihnen rufen können.

Vielleicht; aber es schien sicher (denn wir befinden uns nun in der Sphäre der »vielleichts« und der »scheints«), daß das Ich, das sie am dringendsten brauchte, sich fernhielt, denn sie wechselte, wenn man sie so reden hörte, ihre Ichs so schnell, wie sie fuhr – an jeder Ecke war ein neues –, wie es geschieht, wenn aus irgendeinem unerfindlichen Grund das bewußte Ich, welches das oberste ist und die Macht hat, sich zu sehnen, nichts zu sein wünscht als es selbst. Dieses ist, was manche Menschen das wahre Ich nennen, und es ist, sagen sie, die Zusammenfassung aller Ichs, die zu sein wir in uns haben; befehligt und eingeschlossen vom Ober-Ich, vom Schlüssel-Ich, das sie alle verschmilzt und kontrolliert. Orlando suchte gewiß dieses Ich, wie der Leser selbst urteilen mag nach dem, was er sie beim Fahren reden hört (und wenn es weitschweifiges Gerede ist, zusammenhanglos, trivial, langweilig und manchmal unverständlich, so ist es die Schuld des Lesers, denn was belauscht er eine Dame, die Selbstgespräche führt; wir kopieren nur ihre Worte, wie sie sie sprach, und fügen in Klammern hinzu, welches Ich unserer Meinung nach spricht, aber diesbezüglich können wir uns durchaus irren).

»Was denn? Wer denn?« sagte sie. »Sechsunddreißig; in einem Automobil; eine Frau. Ja, aber eine Million anderer Dinge zugleich. Ein Snob bin ich? Der Hosenbandorden in der Halle? Die Leoparden? Meine Vorfahren? Stolz auf sie? Ja! Habgierig, an Luxus gewöhnt, boshaft? Bin ich das? (hier kam ein neues Ich hinzu). Ist mir doch egal, ob ich es bin. Ehrlich? Ich denke schon. Großzügig? Oh, aber das zählt nicht (hier kam ein neues Ich hinzu). Morgens im Bett zu liegen, zwischen feinstem Leinen, und den Tauben zuzuhören; Silbergeschirr; Wein; Zofen; Lakaien. Verwöhnt? Vielleicht. Zu viele Dinge umsonst. Daher meine Bücher (hier erwähnte sie fünfzig klassische Titel; die, so glauben wir, die frühen, romantischen Werke verkörperten, die sie zerriß). Umgänglich, gewandt, romantisch. Aber (hier kam ein anderes Ich hinzu) eine Stümperin, eine Närrin. Ungeschickter könnte ich nicht sein. Und – und – (hier zögerte sie auf der Suche nach einem Wort, und wenn wir »Liebe« vorschlagen, könnten wir uns irren, auf jeden Fall aber lachte sie und errötete und rief dann aus –) Eine in Smaragde gefaßte Kröte! Harry der Erzherzog! Schmeißfliegen an der Decke! (Hier kam ein anderes Ich hinzu.) Aber Nell, Kit, Sascha? (sie versank in Schwermut: tatsächlich bildeten sich Tränen, dabei hatte sie das Weinen längst aufgegeben). Bäume, sagte sie. (Hier kam ein anderes Ich hinzu.) Ich liebe Bäume (sie kam an einer Gruppe vorbei), die dort seit tausend Jahren wachsen. Und Scheunen (sie kam an einer baufälligen Scheune am Rand der Straße vorbei). Und Schäferhunde (hier kam einer über die Straße getrottet. Sie wich ihm sorgsam aus). Und die Nacht. Aber Menschen (hier kam ein anderes Ich hinzu). Menschen? (Sie wiederholte es als Frage.) Ich weiß nicht. Schwatzhaft, gehässig, verlogen. (Hier bog sie in die High Street ihres Heimatstädtchens ein, auf der es wimmelte, denn es war Markttag, von Bauern und Schäfern und alten Frauen mit Hühnern in Körben.) Ich liebe Bauern. Ich verstehe etwas von Landwirtschaft. Aber (hier kam ein anderes Ich über den Gipfel ihres Geistes gehüpft wie der Lichtstrahl eines Leuchtturms). Ruhm! (Sie lachte.) Ruhm! Sieben Auflagen. Ein Preis. Photographien in den Abendzeitungen (hier spielte sie auf den »Eich-Baum« an und auf den »Burdett Coutts' Gedächtnis-Preis«, der ihr verliehen worden war; und wir müssen uns den Platz stehlen, um zu bemerken, wie zersetzend es für ihren Biographen ist, daß dieser Höhepunkt, auf den das ganze Buch sich zubewegte, diese Peroratio, mit der das Buch enden sollte, uns derart beiläufig mit einem Lachen entrissen wird; aber die Wahrheit ist, daß, wenn wir über eine Frau schreiben, alles fehl am Platz ist – Höhepunkte und Perorationen; der Nachdruck fällt nie dahin, wohin er bei einem Mann fällt). Ruhm! wiederholte sie. Ein Dichter – ein Scharlatan; beides jeden Morgen, so regelmäßig, wie die Post kommt. Essen, sich verabreden; sich verabreden, essen; Ruhm – Ruhm! (Hier mußte sie mit dem Tempo heruntergehen, um durch die Menge der Marktbesucher zu kommen. Aber niemand nahm Notiz von ihr. Ein Tümmler in einem Fischstand erregte weit mehr Aufmerksamkeit als eine Dame, die einen Preis gewonnen hatte und die, wenn sie es gewollt hätte, drei Kronen, eine über der anderen, auf dem Kopf hätte tragen können.) Sehr langsam fahrend, summte sie jetzt, als wäre es Teil eines alten Lieds, »Mit meinen Guineen kauf ich blühende Bäume, blühende Bäume, blühende Bäume, und geh unter meinen blühenden Bäumen und sag meinen Söhnen, was Ruhm ist.« So summte sie, und jetzt fingen all ihre Worte an, hier und dort nach unten zu sacken wie ein primitives Halsband aus schweren Perlen. »Und geh unter meinen blühenden Bäumen«, sang sie, die Worte stark betonend, »und seh den Mond langsam aufgehn, die Erntewagen fahrn ...« Hier hielt sie inne und sah mit gespannter Aufmerksamkeit und in tiefem Nachdenken vor sich auf die Kühlerhaube ihres Automobils.

»Er saß an Twitchetts Tisch«, sann sie, »mit einer schmutzigen Halskrause . . . War es der alte Mr Baker, der gekommen war, das Bauholz zu messen? Oder war es Sh–p–re? (denn wenn wir Namen vor uns hinsprechen, die wir tief verehren, dann sprechen wir sie nie ganz aus). Sie sah zehn Minuten lang vor sich hin und ließ das Automobil fast zum Stillstand kommen.

»Von Geistern verfolgt!« rief sie, plötzlich auf das Gaspedal tretend. »Von Geistern verfolgt! Seit ich ein Kind war. Dort fliegt die Wildgans. Sie fliegt am Fenster vorbei aufs Meer hinaus. Auf sprang ich (sie packte das Steuerrad fester) und reckte mich nach ihr. Aber die Gans fliegt zu schnell. Ich habe sie gesehen, hier – da – da – England, Persien, Italien. Immer fliegt sie schnell aufs Meer hinaus, und immer schleudere ich ihr Worte hinterher wie Netze (hier schleuderte sie ihre Hand von sich), die schrumpfen, wie ich Netze habe schrumpfen sehen, die mit nichts als Seetang darin an Deck gezogen wurden; und manchmal ist ein Zoll Silber – sechs Worte – am Grund des Netzes. Aber nie der große Fisch, der in den Korallengrotten wohnt.« Hier senkte sie den Kopf und dachte angestrengt nach.

Und es war in diesem Augenblick, als sie aufgehört hatte, »Orlando« zu rufen, und tief in Gedanken an etwas anderes versunken war, daß der oder die Orlando, die sie gerufen hatte, von ganz alleine kam; wie durch die Veränderung bewiesen wurde, die nun über sie kam (sie hatte das Pförtnerhaus am Tor passiert und fuhr in den Park ein).

Ihr ganzes Wesen verdunkelte und beruhigte sich, wie wenn eine Folie, deren Hinzukommen die Rundung und Festigkeit einer Oberfläche ausmacht, hinzugefügt wird und das Seichte tief wird und das Nahe fern; und alles eingefaßt ist, wie Wasser von den Seiten eines Brunnens eingefaßt ist. So war sie nun verdunkelt, gestillt, und war, durch die Hinzufügung dieser Orlando, zu dem geworden, was, ob richtig oder falsch, ein einziges Ich, ein wahres Ich, genannt wird. Und sie verstummte. Denn es ist wahrscheinlich, daß, wenn Menschen laut vor sich hinreden, die Ichs (von denen es mehr als zweitausend geben mag) sich einer Spaltung bewußt sind und versuchen, Verbindung aufzunehmen, aber wenn die Verbindung hergestellt ist, verstummen sie.

Meisterlich, schnell, fuhr sie über die geschwungene Auffahrt zwischen den Ulmen und Eichen durch die leise abfallenden Rasenflächen des Parks, deren Fall so sanft war, daß sie, wären sie Wasser gewesen, den Strand mit einer glatten, grünen Flut überzogen hätten. Hier gepflanzt und in feierlichen Gruppen waren Buchen und Eichen. Die Hirsche schritten zwischen ihnen, einer weiß wie Schnee, der andere den Kopf zur Seite geneigt; denn ein Stück Drahtzaun hatte sich in seinem Geweih verfangen. All dies, Bäume, Hirsche und Rasen, sah sie mit größter Befriedigung, als wäre ihr Geist etwas Flüssiges geworden, das um die Dinge herumfloß und sie völlig umschloß. Im nächsten Augenblick hielt sie auf dem Hof, wo sie, so viele hundert Jahre lang, angekommen war, zu Pferde oder in einer sechsspännigen Kutsche, mit vor ihr herreitenden oder ihr nachfolgenden Männern; wo Federbüsche genickt hatten, Fackeln geflackert, und dieselben blühenden Bäume, die nun ihre Blätter fallen ließen, ihre Blüten abgeschüttelt hatten. Jetzt war sie allein. Die Herbstblätter fielen. Der Pförtner öffnete die großen Tore. »Morgen, James«, sagte sie, »im Wagen sind ein paar Sachen. Würden Sie sie hereinbringen?« Worte, die an sich weder Schönheit, Interesse noch Bedeutsamkeit besaßen, wie man zugeben wird, jetzt jedoch so prall gefüllt waren mit Bedeutung, daß sie wie reife Nüsse von einem Baum fielen und bewiesen, daß, wenn die geschrumpfte Hülle des Alltäglichen mit Bedeutung gefüllt wird, diese Hülle die Sinne auf erstaunliche Weise befriedigt. Dies traf jetzt in der Tat auf jede Bewegung und jede Handlung zu, so gewöhnlich sie auch waren; so daß Orlando dabei zu sehen, wie sie ihre Röcke gegen eine Whipcordhose und eine Lederjacke tauschte, was sie in weniger als drei Minuten tat, bedeutete, hingerissen zu sein von der Schönheit der Bewegung, als führte Madame Lopokowa[37] ihre höchste Kunst vor. Dann ging sie mit langen Schritten in den Speisesaal, wo ihre alten Freunde Dryden, Pope, Swift, Addison sie zunächst bedenklich betrachteten, als wollten sie sagen, Hier kommt die Preisträgerin! aber als sie daran dachten, daß zweihundert Guineen zur Debatte standen, nickten sie zustimmend mit den Köpfen. Zweihundert Guineen, schienen sie zu sagen; zweihundert Guineen sind nicht zu verachten. Sie schnitt sich eine Scheibe Brot und Schinken ab, klappte beides zusammen und fing an zu essen, im Zimmer auf und ab gehend und auf diese Weise ihre gesellschaftlichen Gewohnheiten, ohne nachzudenken, in einer Sekunde über Bord werfend. Nachdem sie fünf- oder sechsmal die Runde gemacht hatte, stürzte sie ein Glas spanischen Rotwein herunter, füllte ein neues, das sie in der Hand behielt, und ging durch die lange Galerie und durch ein Dutzend Salons und begann so eine Wanderung durch das Haus, begleitet von denjenigen Elchhunden und Spaniels, die ihr zu folgen geruhten.

Auch dies gehörte zur täglichen Routine. Genausowenig wäre sie nach Hause gekommen und hätte ihre eigene Großmutter ohne einen Kuß gelassen, wie beim nach Hause Kommen das Haus unbesucht zu lassen. Sie glaubte, daß die Zimmer heller wurden, wenn sie hereinkam; sich regten, ihre Augen öffneten, als hätten sie in ihrer Abwesenheit vor sich hingedöst. Sie glaubte auch, daß sie, obwohl sie sie Hunderte und Tausende von Malen gesehen hatte, nie zweimal gleich aussahen, als hätte ein Leben so lang wie das ihre in ihnen eine Myriade von Stimmungen aufbewahrt, die sich mit dem Winter und dem Sommer änderten, mit schönem Wetter und dunklem und ihrem eigenen Geschick und den Charakteren der Menschen, die sie besuchten. Höflich waren sie immer zu Fremden, aber ein wenig müde; bei ihr waren sie absolut offen und unbefangen. Und wieso auch nicht? Sie kannten einander jetzt fast vier Jahrhunderte. Sie hatten nichts voreinander zu verbergen. Sie kannte ihre Sorgen und Freuden. Sie wußte, wie alt jeder einzelne Teil von ihnen war und was für kleine Geheimnisse sie hatten – eine verborgene Schublade, einen versteckten Schrank, oder vielleicht einen Makel, wie zum Beispiel ein ergänztes oder erst später hinzugefügtes Stück. Auch sie kannten sie in all ihren Stimmungen und Veränderungen. Sie hatte nichts vor ihnen verheimlicht; war zu ihnen gekommen als Knabe und als Frau, weinend und tanzend, nachdenklich und ausgelassen. Auf diesem Fenstersitz hatte sie ihre ersten Verse geschrieben; in jener Kapelle hatte sie geheiratet. Und sie würde hier begraben werden, überlegte sie, in der langen Galerie auf der Fensterbank kniend und von ihrem spanischen Wein nippend. Obwohl sie es sich kaum vorstellen konnte, würde der heraldische Leopard gelbe Lachen auf den Boden malen an dem Tag, an dem man sie hinabsenken würde, um bei ihren Ahnen zu liegen. Sie, die an keine Unsterblichkeit glaubte, konnte nicht umhin, zu fühlen, daß ihre Seele auf immer und ewig mit dem Rot der Holzverkleidung und dem Grün des Sofas kommen und gehen würde. Denn das Zimmer – sie war in das

Schlafzimmer des Gesandten geschlendert – schimmerte wie eine Muschel, die Jahrhunderte auf dem Grund des Meeres gelegen hat und vom Wasser überkrustet und mit einer Million von Schattierungen bemalt worden ist; es war rosa und gelb, grün und sandfarben. Es war zerbrechlich wie eine Muschel, ebenso schillernd und ebenso leer. Kein Gesandter würde je wieder in ihm schlafen. Ah, aber sie wußte, wo das Herz des Hauses noch immer schlug. Sacht eine Tür öffnend, blieb sie auf der Schwelle stehen, so daß (wie sie sich vorstellte) das Zimmer sie nicht sehen konnte, und beobachtete, wie der Wandteppich sich in dem ewigen, schwachen Lufthauch, der nie aufhörte, ihn zu bewegen, hob und senkte. Noch immer ritt der Jäger; noch immer floh Daphne. Das Herz schlug noch, dachte sie, wie schwach auch immer, wie weit in sich zurückgezogen auch immer; das zerbrechliche, unbezähmbare Herz des gewaltigen Bauwerks.

Ihre Hundetruppe zu sich rufend, ging sie durch die Galerie, deren Boden mit ganzen, in der Mitte durchgesägten Eichenstämmen ausgelegt war. Reihen von Sesseln mit all ihrem verblaßten Samt standen an der Wand aufgereiht und streckten ihre Arme aus nach Elizabeth, nach James, nach Shakespeare vielleicht, nach Cecil, die niemals mehr kämen. Der Anblick machte sie schwermütig. Sie hakte das Seil los, das sie abteilte. Sie saß im Sessel der Königin; sie öffnete ein Manuskript, das auf Lady Bettys Tisch lag; sie bewegte ihre Finger in den uralten Rosenblättern; sie bürstete ihr kurzes Haar mit König James' silbernen Bürsten; sie hüpfte auf seinem Bett auf und ab (aber kein König würde je wieder dort schlafen, trotz Louises neuer Laken) und drückte ihre Wange an den fadenscheinigen silbernen Überwurf, der darauf lag. Aber überall waren kleine Lavendelsäckchen, um die Motten fernzuhalten, und gedruckte Täfelchen, »Bitte nicht berühren«, die sie, obwohl sie selbst sie dort angebracht hatte, zurückzuweisen schienen. Das Haus gehörte nicht mehr ganz ihr, seufzte sie. Es gehörte jetzt der Zeit; der Geschichte; war jenseits der Berührung und Kontrolle durch die Lebenden. Nie würde hier mehr Bier verschüttet werden, dachte sie (sie war in dem Schlafzimmer, das dem alten Nick Greene gehört hatte), oder Löcher in den Teppich gebrannt. Nie mehr würden zweihundert Diener lärmend durch die Korridore gelaufen kommen, mit Wärmpfannen und großen Ästen für die großen Kamine. Nie wieder würde in den Werkstätten beim Haus Bier gebraut werden und Kerzen gezogen und Sättel gepolstert und Steine behauen. Hämmer und Schlegel waren jetzt still. Stühle und Betten waren leer; Krüge aus Silber und Gold waren in Vitrinen verschlossen. Die großen Schwingen der Stille schlugen in dem leeren Haus auf und nieder.

So saß sie, umlagert von ihren Hunden, am Ende der Galerie, in Königin Elizabeths hartem Armsessel. Die Galerie erstreckte sich weit weg zu einem Punkt, an dem das Licht fast schwand. Sie war wie ein Tunnel, tief in die Vergangenheit hineingebohrt. Wie ihre Augen ihn entlang spähten, konnte sie Menschen lachen und reden sehen; die großen Männer, die sie gekannt hatte; Dryden, Swift und Pope; und Staatsmänner in ernsthafter Unterhaltung; und Liebende, die in den Fenstersitzen tändelten; und Menschen, die an den langen Tischen aßen und tranken; und den Holzrauch, der sich um ihre Köpfe kräuselte und sie niesen und husten machte. Noch weiter unten sah sie Gruppen glanzvoller Tänzer, die sich zur Quadrille formierten. Eine flötige, zarte, aber nichtsdestoweniger majestätische Musik begann zu spielen. Eine Orgel dröhnte. Ein Sarg wurde in die Kapelle getragen. Ein Hochzeitszug kam heraus. Bewaffnete Männer mit Helmen zogen in Kriege. Sie brachten Banner zurück aus Flodden und Poitiers und hängten sie an die Wände. Die lange Galerie füllte sich auf diese Weise, und noch weiter spähend, glaubte sie, sie könne ganz am Ende, hinter den Elisabethanern und den Tudors, eine noch ältere, fernere, dunklere Gestalt in einer Kapuze ausmachen, klösterlich, streng, einen Mönch, der mit gefalteten Händen, und einem Buch in ihnen, da ging und murmelte –

Wie Donner schlug die Stalluhr vier. Nie hatte irgendein Erdbeben eine ganze Stadt je so zerstört. Die Galerie und all ihre Bewohner zerfielen zu Staub. Ihr eigenes Gesicht, das dunkel und ernst gewesen war, als sie schaute, wurde wie von einer Explosion von Schießpulver erhellt. In diesem selben Licht zeigte alles in ihrer Nähe sich in äußerster Deutlichkeit. Sie sah zwei Fliegen kreisen und bemerkte den blauen Schimmer auf ihren Leibern; sie sah einen Knoten im Holz, wo ihr Fuß war, und das Ohr ihres Hundes zucken. Gleichzeitig hörte sie einen Zweig im Garten knacken, ein Schaf im Park husten, eine Mauerschwalbe am Fenster vorbeikreischen. Ihr eigener Körper bebte und prickelte, als stünde

Orlando in der Gegenwart

sie plötzlich nackt in einem bitteren Frost. Und doch bewahrte sie, wie sie es nicht getan hatte, als die Uhr in London zehn schlug, völlige Gelassenheit (denn sie war jetzt eins und ganz und bot, so mag es sein, dem Schock der Zeit eine größere Oberfläche dar). Sie erhob sich, aber ohne Hast, rief ihre Hunde und ging entschlossen, aber mit großer Lebhaftigkeit der Bewegung, die Treppe hinunter und hinaus in den Garten. Hier traten die Schatten der Pflanzen auf wunderbare Weise hervor. Sie sah die einzelnen Krumen der Erde in den Blumenbeeten, als hätte sie ein Mikroskop vor den Augen. Sie sah die Verwobenheit der Zweige jedes einzelnen Baumes. Jeder Grashalm war ausgeprägt, und die Markierungen von Adern und Blütenblättern. Sie sah Stubbs, den Gärtner, über den Pfad kommen, und jeder Knopf an seinen Gamaschen war sichtbar; sie sah Betty und Prince, die Zugpferde, und nie hatte sie den weißen Stern auf Bettys Stirn so deutlich wahrgenommen; und die drei langen Haare, die aus Princes Schweif tiefer hinabhingen als der Rest. Draußen im Hofgeviert wirkten die alten grauen Mauern des Hauses wie eine zerkratzte neue Photographie; sie hörte den Lautsprecher auf der Terrasse eine Tanzmelodie kondensieren, der Menschen im rotsamtenen Wiener Opernhaus zuhörten. Straff gespannt und aufgezogen vom Augenblick der Gegenwart, empfand sie auch eine merkwürdige Angst, als ob, wann immer der Abgrund der Zeit aufklaffte und eine Sekunde hindurchließ, eine unbekannte Gefahr mit ihr kommen könnte. Die Spannung war zu gnadenlos und zu unerbittlich, um lange ohne Unbehagen ertragen zu werden. Sie ging schneller, als ihr lieb war, als würden ihre Beine für sie bewegt, durch den Garten und hinaus in den Park. Hier zwang sie sich, mit großer Anstrengung, vor der Schreinerwerkstatt haltzumachen und stockstill zu stehen und zuzusehen, wie Joe Stubbs ein Wagenrad zimmerte. Sie stand mit starr auf seine Hände gerichteten Augen, als die Viertelstunde schlug. Das raste durch sie hindurch wie ein Meteor, so heiß, daß kein Finger ihn halten kann. Sie sah mit ekelerregender Deutlichkeit, daß der Daumen an Joes rechter Hand ohne Fingernagel war und daß eine wulstige Untertasse von rosigem Fleisch an der Stelle war, an der der Nagel hätte sein sollen. Der Anblick war so abstoßend, daß sie sich einen Augenblick lang schwindlig fühlte, aber in der Dunkelheit jenes Augenblicks, als ihre Augenlider flackerten, wurde sie vom Druck der Gegenwart erlöst. Es war etwas Merkwürdiges in dem Schatten, den das Flackern ihrer Augen warf, etwas, das (wie jeder selbst ausprobieren kann, indem er jetzt in den Himmel blickt) der Gegenwart immer fehlt – daher ihr Schrecken, ihr schwer zu beschreibender Charakter –, etwas, dessen Leib mit einem Namen zu durchbohren und Schönheit zu nennen man sich scheut, denn es hat keinen Leib, ist wie ein Schatten ohne Substanz oder eigene Qualität und hat doch die Macht, alles, dem es sich hinzugesellt, zu verändern. Dieser Schatten stahl sich jetzt, während sie in ihrer Schwäche in der Schreinerwerkstatt mit den Augenlidern flackerten, hinaus, heftete sich an die unzähligen Bilder, die sie empfangen hatte, und dichtete aus ihnen etwas Annehmbares, Verständliches. Ihr Geist fing an wie das Meer zu rollen. Ja, dachte sie, einen tiefen Seufzer der Erleichterung ausstoßend, als sie sich von der Schreinerwerkstatt abwandte, um den Hügel zu ersteigen, ich kann wieder anfangen zu leben. Ich bin am Serpentinenteich, dachte sie, das kleine Boot klettert durch den weißen Bogen von tausend Toden. Ich werde gleich verstehen ...

Dies waren ihre Worte, ganz deutlich gesprochen, aber wir können die Tatsache nicht verbergen, daß sie jetzt eine sehr indifferente Zeugin der Wahrheit dessen war, was vor ihr lag, und leicht ein Schaf für eine Kuh hätte halten können oder einen alten Mann namens Smith für einen, der Jones hieß und in keiner Weise mit diesem verwandt war. Denn der Schatten der Schwäche, den der Daumen ohne Nagel geworfen hatte, vertiefte sich jetzt, im Hintergrund ihres Gehirns (welches der Teil ist, der am weitesten vom Gesichtssinn entfernt ist), zu einem Teich, in dem die Dinge in einer so tiefen Dunkelheit wohnen, daß wir kaum wissen, was sie sind. Sie sah jetzt hinab in diesen Teich oder diesen See, darin alles widergespiegelt ist – und tatsächlich sagen manche, daß all unsere heftigsten Leidenschaften, und Kunst und Religion, die Spiegelungen sind, die wir in der dunklen Höhlung im Hintergrund unseres Kopfes sehen, wenn die sichtbare Welt für den Augenblick verdunkelt ist. Sie sah jetzt dorthin, lange, tief, gründlich, und sofort war der farnige Pfad den Hügel hinauf, auf dem sie ging, nicht ausschließlich ein Pfad, sondern Teil des Serpentinenteichs; die Schlehensträucher waren zum Teil Damen und Herren, die mit Kartenetuis und goldknaufigen Spazierstöcken dasaßen; die Schafe waren zum Teil hohe Häuser in Mayfair; alles war zum Teil etwas anderes, als wäre ihr Geist ein Wald geworden, von dem hier und dort Lichtungen abzweigten; Dinge kamen näher, wurden ferner und mischten und trennten sich und formten die merkwürdigsten Allianzen und Verbindungen in einem unaufhörlichen Karo von Licht und Schatten. Außer als Canut, der Elchhund, ein Kaninchen jagte und sie so daran erinnerte, daß es ungefähr halb fünf sein mußte – in Wahrheit war es dreiundzwanzig Minuten vor sechs –, vergaß sie die Zeit.

Der farnige Pfad führte, mit vielen Biegungen und Windungen, höher und höher zur Eiche, die auf der Kuppe stand. Der Baum war größer geworden, stämmiger und knorriger, seit sie ihn kennengelernt hatte, irgendwann um das Jahr 1588 herum, aber er stand immer noch in der Blüte seiner Jahre. Die kleinen, scharfgezackten Blätter flatterten immer noch dicht an seinen Zweigen. Sich auf die Erde werfend, fühlte sie die Knochen des Baumes unter sich wie Rippen von einem Rückgrat hierhin und dorthin verlaufen. Sie stellte sich gerne vor, sie ritte auf dem Rücken der Welt. Sie heftete sich gerne an etwas Hartes. Als sie sich auf die Erde warf, fiel ein kleines quadratisches, in rotes Leinen gebundenes Buch aus der Brusttasche ihrer Lederjacke – ihr Poem Der Eich-Baum. »Ich hätte ein Schäufelchen mitbringen sollen«, überlegte sie. Die Erde über den Wurzeln war so flach, daß es zweifelhaft war, ob sie tun konnte, was sie wollte, nämlich das Buch hier zu begraben. Außerdem würden die Hunde es wieder ausgraben. Kein Glück begleitet je diese symbolischen Zeremonien, dachte sie. Vielleicht war es also ebenso gut, ohne sie auszukommen. Sie hatte eine kleine Rede auf der Zunge, die sie über dem Buch hatte halten wollen, während sie es begrub. (Es war ein Exemplar der Erstausgabe, von Autorin und Künstler signiert.) »Ich begrabe dies als einen Tribut«, hatte sie sagen wollen, »als Gegengabe an das Land für das, was das Land mir gegeben hat«, aber, gütiger Gott, sobald man anfing, Worte laut auszusprechen, wie töricht sie dann klangen! Sie wurde an den alten Greene erinnert, wie er neulich auf ein Podium gestiegen war und sie mit Milton verglichen hatte (mit Ausnahme seiner Blindheit) und ihr einen Scheck über zweihundert Guineen überreicht hatte. Sie hatte dabei an die Eiche hier auf ihrem Hügel gedacht, und was hat das eine mit dem anderen zu tun, hatte sie sich gefragt. Was haben Ruhm und Ehre mit Poesie zu tun? Was haben sieben Auflagen (das Buch hatte bereits nicht weniger erreicht) mit seinem Wert zu tun? War das Schreiben von Poesie nicht eine geheime Transaktion, eine Stimme, die einer Stimme antwortete? So daß all dieses Gerede und Lob und Tadel und Leute Treffen, die einen bewunderten, und Leute Treffen, die einen nicht bewunderten, der Sache selbst so unangemessen wie nur möglich war – nämlich dieser Stimme, die einer Stimme antwortete. Was hätte heimlicher sein können, dachte sie, langsamer und wie der Austausch Liebender, als die stammelnde Antwort, die sie all die Jahre auf das alte, säuselnde Lied der Wälder gegeben hatte, und der Gehöfte und der braunen Pferde, die am Tor standen, Hals an Hals, und der Schmiede und der Küche und der Felder, die so mühsam Weizen, Rüben, Gras trugen, und des Gartens, in dem Iris und Schachbrettblumen blühten?

So ließ sie ihr Buch unbegraben und zerfleddert auf der Erde liegen und betrachtete die gewaltige Aussicht, verschiedenartig wie ein Meeresboden an diesem Abend, an dem die Sonne sie erhellte und die Schatten sie verdunkelten. Da war ein Dorf mit einem Kirchturm zwischen Ulmen; ein graukuppeliges Herrenhaus in einem Park; ein Funke von Licht, der auf einem Treibhaus brannte; ein Gehöft mit gelben Getreidemieten. Die Felder waren gezeichnet von schwarzen Baumgruppen, und hinter den Feldern erstreckten sich lange Wälder, und da war das Schimmern eines Flusses, und dann wieder Hügel. In der weiten Ferne brachen die Felsspitzen des Snowdon weiß durch die Wolken; sie sah die fernen schottischen Berge und die wilden Gezeiten, die um die Hebriden strudeln. Sie lauschte auf das Geräusch von Geschützfeuer draußen auf See. Nein – nur der Wind wehte. Heute war kein Krieg. Drake war nicht mehr; Nelson war nicht mehr. »Und das da«, dachte sie und ließ ihre Augen, die auf diese weiten Fernen gerichtet gewesen waren, sich wieder auf das Land senken, das unter ihr lag, »war einst mein Land; jenes Schloß in den Downs war mein; und das ganze Moor, das sich fast bis zum Meer erstreckte, war mein.« Hier schüttelte sich die Landschaft (es muß ein Trick des schwindenden Lichts gewesen sein), bäumte sich auf, ließ die ganze Last von Häusern, Schlössern und Wäldern von ihren zeltartigen Flanken gleiten. Die kahlen Berge der Türkei lagen vor ihr. Es war gleißender Mittag. Sie sah geradewegs auf die sonnenverbrannte Hügelflanke. Ziegen fraßen die sandigen Grasbüschel zu ihren Füßen.

Ein Adler schwebte hoch über ihr. Die rauhe Stimme des alten Rustum, des Zigeuners, krächzte in ihren Ohren, »Was sind deine Herkunft und deine Familie und deine Besitztümer im Vergleich mit dem hier? Was willst du mit vierhundert Schlafzimmern und silbernen Deckeln auf all deinen Schüsseln und staubwischenden Hausmädchen?«

In diesem Augenblick läutete im Tal eine Kirchturmuhr. Die zeltähnliche Landschaft zerbrach und fiel in sich zusammen. Die Gegenwart ergoß sich noch einmal über Orlandos Kopf, aber jetzt, da das Licht schwand, sanfter als zuvor, rief es nichts Vereinzeltes in Sicht, nichts Kleines, sondern nur diesige Felder, Katen mit Lampen darin, die schlummernde Masse eines Waldes und ein fächerförmiges Licht, das auf irgendeinem Sträßchen die Dunkelheit vor sich herschob. Ob es neun, zehn oder elf geschlagen hatte, konnte sie nicht sagen. Die Nacht war gekommen – die Nacht, die sie von allen Zeiten am meisten liebte, die Nacht, in der die Widerspiegelungen im dunklen Teich des Geistes klarer leuchten als bei Tag. Es war jetzt nicht notwendig, schwindlig zu werden, um tief in das Dunkel zu blicken, in dem die Dinge sich formen, und im Teich des Geistes jetzt Shakespeare zu sehen, jetzt ein Mädchen in russischen Hosen, jetzt ein Spielzeugboot auf dem Serpentinenteich, und dann den Atlantik selbst, wo er in großen Wellen um Kap Hoorn stürmt. Sie sah ins Dunkel. Da war die Brigg ihres Mannes, hob sich auf den Berg einer Welle! Hinauf lief sie, und hinauf und hinauf. Der weiße Bogen von tausend Toden erhob sich vor ihr. O unbesonnener, o lächerlicher Mann, der du immer, so sinnlos, im Angesicht eines Sturms rund um Kap Hoorn segelst! Aber die Brigg war durch den Bogen hindurch und kam auf der anderen Seite hinaus; sie war endlich in Sicherheit!

»Ekstase!« rief sie, »Ekstase!« Und dann legte sich der Wind, die Wasser wurden ruhig; und sie sah die Wellen sich friedlich im Mondlicht kräuseln.

»Marmaduke Bonthrop Shelmerdine!« rief sie, neben der Eiche stehend.

Der schöne, glitzernde Name fiel aus dem Himmel wie eine stahlblaue Feder. Sie sah ihn fallen, sich drehend und kreiselnd wie ein langsam fallender Pfeil, der die tiefe Luft wunderschön durchteilt. Er kam, wie er immer kam, in Augenblicken absoluter Stille; wenn die Welle sich kräuselte und die gefleckten Blätter in den Herbstwäldern langsam über ihre Füße fielen; wenn der Leopard still war; der Mond auf den Wassern war und sich nichts zwischen Himmel und See bewegte. Dann kam er.

Alles war jetzt still. Es war fast Mitternacht. Der Mond ging langsam über der Niederung auf. Sein Licht errichtete ein Phantomschloß auf der Erde. Dort stand das große Haus mit all seinen Fenstern in Silber gehüllt. An Mauern oder Festem gab es nichts. Alles war Phantom. Alles war still. Alles war erleuchtet wie für die Ankunft einer toten Königin. Den Blick senkend, sah Orlando dunkle Federbüsche im Hof nicken und Fackeln flackern und Schatten knien. Eine Königin entstieg noch einmal ihrer Kutsche.

»Das Haus steht zu Euren Diensten, Madam«, rief sie mit einem tiefen Knicks. »Nichts wurde verändert. Der tote Lord, mein Vater, wird Euch hineingeleiten.«

Als sie sprach, erklang der erste Schlag der Mitternacht. Der kalte Atem der Gegenwart streifte ihr Gesicht mit seinem kleinen Hauch aus Angst. Sie sah besorgt zum Himmel auf. Er war jetzt dunkel vor Wolken. Der Wind dröhnte in ihren Ohren. Aber im Dröhnen des Windes hörte sie das Dröhnen eines Flugzeugs, das näher und näher kam.

»Hier! Shel, hier!« rief sie, entblößte ihre Brust dem Mond (der sich nun hell zeigte), so daß ihre Perlen wie die Eier einer riesigen Mondspinne schimmerten. Das Flugzeug brauste aus den Wolken und stand über ihrem Kopf. Es hing über ihr. Ihre Perlen brannten wie ein phosphoreszierendes Flackern im Dunkel.

Und als Shelmerdine, aus dem jetzt ein prachtvoller Kapitän zur See geworden war, heil, mit gesunder Gesichtsfarbe, munter, auf die Erde sprang, stob über seinem Kopf ein einzelner wilder Vogel auf.

»Es ist die Gans!« rief Orlando. »Die Wildgans ...«

Und der zwölfte Schlag der Mitternacht erklang; der zwölfte Schlag der Mitternacht, Donnerstag, elfter Oktober, Neunzehnhundertundachtundzwanzig.

Register

Anhang

Anmerkungen

1 Hafengebiet am Tower, verrufene Gegend. Hier wurden bis ins 17. Jahrhundert an der Niederwassermarke die Piraten gehenkt, die dort so lange zu hängen hatten, bis die Flut sie dreimal unter Wasser gesetzt hatte.

2 Shakespeare, *Othello*, V.ii.100 ff.: »Nun, dächt ich, müßt ein groß Verfinstern sein / An Sonn und Mond und die erschreckte Erde / Sich auftun vor Entsetzen.« (Wolf Graf Baudissin)

3 Sir Francis Drake (?1540–96), Weltumsegler, Pirat im Auftrag der Königin, Vize-Admiral im Kampf gegen die spanische Armada (1588), Admiral, Held vieler Legenden. Nahm teil an einigen Expeditionen von Sir John Hawkins (1532–95), der Westafrika und die lateinamerikanischen Küsten zum Zweck des Sklavenhandels aufsuchte. Sir Richard Grenville (1541–91) kommandierte als Admiral Sir Walter Raleighs Expedition nach Virginia (1585–6) und starb auf einem feindlichen Flaggschiff im Kampf gegen die Spanier bei den Azoren.

4 Sir Thomas Browne (1605–82), großer »barocker« Stilist (siehe vor allem *Religio Medici*, 1642, und *Urn Burial*, 1658), auf den VW viele Male hinweist. Siehe den Essay ›Die elisabethanische Rumpelkammer‹, in *Der gewöhnliche Leser. Band 1*, bes. S. 58 ff.

5 Flodden oder Flodden Field in Northumberland, wo am 9. September 1513 der Earl of Surrey im Namen von Henry VIII den Schottenkönig James IV vernichtend schlug; Balladenthema. – Azincourt oder engl. Agincourt, Ort in Nordfrankreich, wo Henry V am 25. Oktober 1415 die überlegenen Heere der Franzosen vernichtend schlug.

6 Christopher Marlowe (1564–93), bedeutendster Vorläufer Shakespeares auf dem Londoner Theater (*Dr Faustus*, 1593), wurde bei einem Wirtshausstreit erstochen. – Ben Jonson (1572/3–1637), Freund und Konkurrent Shakespeares und neben diesem der wichtigste Dramatiker des elisabethanisch-jakobäischen Theaters (*Volpone*, 1605), kollaborierte auch mit dem Architekten und Bühnenbildner Inigo Jones (1573–1652) im neuen Genre der »Masque«. – John Donne (1573–1631), sog. »metaphysischer« Dichter, d. h. Autor höchst komplizierter, erfindungs- und geistreicher Gedichte, auch bedeutender Prosaist in seinen Predigten. Siehe den Essay von VW, ›Donne nach drei Jahrhunderten‹, in *Der gewöhnliche Leser. Band 2*.

7 Nell Gwyn (1650–87), Orangenverkäuferin, Mätresse von Charles II, berühmteste Schauspielerin ihrer Zeit.

8 Pantiles: Name der Promenade in Tunbridge Wells, wegen der flachen holländischen Hohlziegel (*pantiles*), mit denen sie gepflastert war.

9 Die katholische Verschwörung, am 5. November 1605 die Londoner Parlamentsgebäude in die Luft zu sprengen, sollte von Guy Fawkes ausgeführt werden. Zur Erinnerung an die gescheiterte Verschwörung wird alljährlich am 5. November, dem sog. Guy Fawkes Day, von den Kindern ein Popanz gebaut und mit ihm um Geld für ein Feuerwerk gebettelt.

10 Sir Christopher Wren (1631–1723), der Architekt, der nach dem großen Brand von London 1666 die Stadt, besonders deren Kirchen (52 an der Zahl), in einem klassizistischen, an Palladio geschulten Stil wieder aufbaute. An der St. Paul's Kathedrale arbeitete er seit 1668; der Chor wurde 1697 geweiht. Auch die ein paar Zeilen tiefer erwähnte Erinnerungssäule an den Brand, »The Monument«, wurde 1671–7 von Wren errichtet.

11 Coco Tree, seit Beginn des 18. Jahrhunderts »Schokoladen«-Haus und Treffpunkt der Literaten und der Mitglieder der Tory-Partei in der St. James's Street; seit Mitte des Jahrhunderts ein modischer (Spiel-)Klub. – Joseph Addison (1672–1719) war vor allem als Kritiker, Essayist und Zeitschriftenherausgeber (*The Tatler*, 1709–11, *The Spectator*, 1711–2) bekannt. Siehe den Essay von VW, ›Addison‹, in *Der gewöhnliche Leser. Band 1*, S. 119 ff. – John Dryden (1631–1700), Lyriker, Satiriker, Dramatiker klassizistischer Prägung, auch Übersetzer (Lucian) und Kritiker (›Essay of Dramatic Poesy‹). – Alexander Pope (1688–1744), klassizistischer Dichter, Übersetzer (Homer), Herausgeber (Shakespeare), vor allem Satiriker. Siehe die Monographie von Edith Sitwell, 1928.

12 1702–14.

13 Marie, Marquise du Deffand (1697–1780) unterhielt einen der berühmtesten Salons in Paris, in dem sowohl die Spitzen der Gesellschaft wie die Intellektuellen (etwa der Philosoph d'Alembert) verkehrten. Enge Vertraute von Horace Walpole (1717–97; *The Castle of Otranto*, 1764), mit dem sie wegen ihrer stilistischen Geschliffenheit bedeutsame Briefe wechselte und dem sie ihre Papiere und ihren Hund hinterließ.

14 Jonathan Swift (1667–1745), der irische Satiriker, Pamphletist und Poet, Freund Popes, dessen *Gullivers Travels* 1726 erschienen.

15 Popes *The Rape of the Lock*, ein komisches Heldenepos (»mock-heroic poem«), erschien 1712 in zwei Gesängen, 1714 auf fünf Gesänge erweitert, und begründete Popes Ruhm. Es hat einen tatsächlichen Lockenraub – ein gewisser Lord Petre schnitt Miss Arabella Fermor eine Haarlocke ab – zum Anlaß, der zur Feindschaft zwischen zwei Familien der Gesellschaft führte. Von Pope wird die Locke unter die Sterne versetzt.

16 *The Rape of the Lock*, Canto II, Vers 105 ff., aus der Rede Amors. In der Übersetzung Rudolf Alexander Schröders: »Sei's, daß die Maid *Dianens* Sat-

zung bricht,/ Sei's eine *China-Vas*, – ich weiß es nicht./ Ob sie die Ehre, ob ihr Kleid befleckt,/ Nicht betet oder tanzt, ward nicht entdeckt;/ Ob sie ihr Herz, ob ihr Kollier verliert, . . .«

17 *The Tatler* (also nicht *Spectator*), No. 116 (Thursday, 5 January 1709). Hier zitiert nach der Übersetzung in *Der gewöhnliche Leser. Band 1*, S. 125.

18 Im vierten Buch von *Gullivers Reisen* entwirft Swift den Idealstaat der Pferde, die er Houyhnhnms nennt. Das Zitat stammt aus Kapitel 10.

19 Philip Dormer Stanhope, fourth Earl of Chesterfield (1694–1773), Staatsmann und Diplomat, berühmt wegen seiner seit 1737 fast täglich an seinen Sohn geschriebenen Briefe, die seit ihrer Publikation (1774) zu einem beliebten Handbuch »über den Umgang mit Menschen« wurden, wegen ihres Zynismus aber zunehmend kritisch betrachtet. Siehe VWs Essay ›Lord Chesterfields Briefe an seinen Sohn‹, in *Der gewöhnliche Leser, Band 2*.

20 *Moral Essays*, Epistle II, ›To a Lady [nämlich an Martha Blount]: Of the Characters of Women‹. Es handelt sich um eine Serie pointierter Satiren auf Damen der Gesellschaft, die nur dünn unter mythologischen Namen versteckt werden. An vielen Stellen ließe sich ein Hinweis auf Orlando finden.

21 Dr. Samuel Johnson (1709–84), Lexikograph, Zeitschriftenherausgeber, Dichter, Dramatiker, Biograph, wichtigster Kritiker seiner Zeit. Die blinde Mrs Anna Williams lebte, gewissermaßen als Hinterlassenschaft seiner verstorbenen Frau, seit 1752 in seinem Haushalt. James Boswell (1740–95) war ihm seit 1762 verbunden, hat seine brillante Konversation aufgezeichnet, ist mit ihm gereist (*Journal of a Tour to the Hebrides*, 1785) und hat seine Biographie geschrieben: *The Life of Samuel Johnson*, 1791.

22 Robert Adam (1728–92) und seine Brüder John, James und William, an der Antike (besonders an Pompeji und dem Diocletianpalast in Spalato) orientierte Architekten, die die Häusergruppe am Adelphi, das Marineministerium sowie verschiedene Landsitze (Kenwood, Kedleston) bauten. Robert Adam beeinflußte ferner den Möbelstil und war berühmt für seine schlicht-dekorativen Decken und Kamine.

23 Ich selbst bin nur ein niedrig' Glied / In des Lebens müdem Band / Doch sprach ich manch ein heilig' Wort / Oh, sag nicht, es war Tand! // Die Tränen einer jungen Maid,/ In des Mondlichts feuchtem Glanz,/ Tränen für den, der fern und weit,/ Sie murmeln –

24 So anders war sie nun! Die Nelkenwolke zart,/ Die einst gestreichelt hatte ihre Wange,/ Wie die des Abends,/ Die den Himmel tönt mit rosenrotem Schein,/ War blaß geworden, und durchbrochen nur / Von hellem, grellem Rot, des Grabes Fackeln –

25 William Lamb, second Viscount Melbourne (1779–1848), 1834 unter König William IV Premierminister. Seit der Thronbesteigung Victorias 1837

war es seine Aufgabe, die junge Königin in ihre Pflichten einzuführen. Er wurde als Premier 1841 von Sir Robert Peele abgelöst.

26 Laut Malory haben mit König Artus nur Sir Bedivere oder Bedevere und sein Bruder Lucan den letzten Kampf gegen Modred überlebt. Auf Artus' Geheiß schleuderte Bedivere Excalibur in den See und trug den verwundeten König zu dem Boot, das ihn nach Avalon führte.

27 Henry John Temple, third Viscount Palmerston (1784–1865), als Außenminister und später viele Male Premier einer der wichtigsten Baumeister des britischen Imperiums; großer Redner.

28 Die Frau von William Ewart Gladstone (1809–98), dem großen liberalen Premier Victorias.

29 George Berkeley (1685–1753), Begründer einer bewußtseinsorientierten Philosophie: »esse est percipi«, Sein ist gleichbedeutend mit Wahrnehmen; der »Geist« ist die einzige »wahre« Ursache und Kraft. *An Essay towards a New Theory of Vision*, 1709, *A Treatise Concerning the Principles of Human Knowledge*, 1710; großer Stilist.

30 Und ich kam an ein Feld, dessen federndes Gras / Dämmrig war von den hängenden Blüten der Schachbrettblume,/ Trotzig und fremdländisch, das schlangengleiche Gewächs, / Umschleiert von dumpfem Purpur wie ägyptische Mädchen –

31 Alfred Lord Tennyson (1809–92), mächtigster viktorianischer Lyriker; Robert Browning (1812–89), Dichter an der Schwelle zur Moderne, besonders durch seine lyrischen Monologe; Thomas Carlyle (1795–1881), Historiker, Gesellschaftskritiker, Sozialphilosoph, Goethe-Übersetzer.

32 Addisons Tragödie *Cato* erschien 1713 und hielt sich lange auf der Bühne. James Thomson (1700–48), Freund Popes, veröffentlichte sein Blankverspoem in vier Büchern, *The Seasons*, 1726–30. Es wurde eine der populärsten Dichtungen des 18. Jahrhunderts und war die Vorlage für Haydns Oratorium *Die Jahreszeiten* (1801).

33 Charles Lamb (1775–1834), einer der großen Essayisten der englischen Literatur (*Essays of Elia*, 1823 und 1833).

34 Alexander Smith (1830–67), oft parodierter, viel gelesener Poet; Richard Watson Dixon (1833–1900), den Präraffaeliten verbundener Lyriker und Kirchenhistoriker; William Black (1841–98), fruchtbarer schottischer Romanautor; Henry Hart Milman (1791–1868), Verfasser von Versdramen und einer Geschichte der Juden; Henry Thomas Buckle (1821–62), Verfasser einer bedeutenden *History of Civilization in England* (1857 und 1861), in der erstmals Geschichte von Institutionen, ökonomischen Bedingungen, Populationen etc. aus, also nicht von Ereignissen her, geschrieben ist; Hippolyte Taine (1828–93), französischer Philosoph, Historiker und Kritiker auf der Grundlage naturwissenschaftlicher Methoden, unter dessen zahlreichen Reise-

büchern sich *Notes sur l'Angleterre* (1872) finden; entweder John Howard Payne (1791–1852), amerikanischer Stückeschreiber und Liederdichter (›Home, Sweet Home‹), oder James Payn (1830–98), Herausgeber populärer Zeitschriften (etwa *The Cornhill Magazine*), Autor von über hundert Romanen und von Essays, unter denen ein Band (*The Backwater of Life*, 1899) mit einer Einleitung von Sir Leslie Stephen erschien; Martin Farquhar Tupper (1810–89), fruchtbarer, millionenfach verkaufter Poet von Lebensmaximen; Anna Brownell Jameson (1794–1860), fruchtbare, an Fragen der Erziehung und der Stellung der Frau interessierte Essayistin, Kritikerin und Historikerin, deren wichtigstes Werk die immer noch gelesenen *Shakespeare's Heroines* (1832) sind.

35 Christina Rossetti (1830–94), von VW hochgeschätzte präraffaelitische Lyrikerin (*Goblin Market and Other Poems*, 1862). Siehe VWs Essay ›»Ich bin Christina Rossetti«‹, in *Frauen und Literatur*, S. 170 ff., sowie in *Der gewöhnliche Leser. Band 2.*

36 *The Dictionary of National Biography* wurde 1882 von VWs Vater Sir Leslie Stephen begründet, der sich ab 1890 mit Sir Sidney Lee in die Herausgeberschaft teilte.

37 Die russische Tänzerin Lydia Wassiljewna Lopokowa (1892–1981) gehörte zur Ballettkompagnie Diaghilews, mit der sie seit 1918 auch in England auftrat. John Maynard Keynes (1883–1946), der Ökonom und Freund VWs, führte sie 1922 in den Bloomsbury-Kreis ein und heiratete sie 1925.

Eine unveröffentlichte Passage aus Kapitel VI

Hier brachte der Bedienstete ein Billett von Miss Christina Rossetti, darin sie schrieb, es tue ihr leid, aber sie sei bereits anderweitig verabredet. Das Briefpapier war von vortrefflicher Qualität; der Stil unverbrämt; Anfang und Ende so schlicht wie irgend möglich. »Sehr geehrte Lady Orlando ... Hochachtungsvoll Christina Rossetti.« Konnte sie nun keine Banknoten mehr unter die Teller legen? Und sie saßen nicht mehr in Vorzimmern herum? Sie hatten, wie es schien, eigene Häuser. Miss Rossetti erwähnte mit keinem Wort (wie sie es zu tun pflegten) die große Gönnerhaftigkeit und Güte ihrer Ladyschaft, noch ließ sie durchklingen, es gebe da einen kleinen Posten, im Bureau des königlichen Ober-Zeremomienmeisters, der zweihundert im Jahr einbringen würde, und den ihr Bruder, etc., (wie sie es zu tun pflegten). Nein: Miss Rossetti schien keinerlei Erwartungen zu hegen, und wenn es sich so traf, daß sie nächsten Mittwoch aus war, war sie eben aus. Orlando mochte einen anderen Tag vorbeikommen. Zusätzlich zu dieser Unabhängigkeit hatten sie oft einen eigenen kleinen Familienstammbaum. Viele hatten seit den Zeiten Elizabeths auf bescheidene Weise zum niederen Adel gehört. Aber welche Auswirkungen hatte dies auf jenen großen Gegenstand der Verehrung Orlandos – auf den sie viele Tausende in Form von Gratifikationen und Pensionen verwandt, dem sie Schutz und Beistand gewährt hatte, den selbst zu praktizieren die Passion ihres Lebens war –, die Literatur? Diesbezüglich fiel es ihr sehr lange Zeit schwer, eine Meinung zu äußern; denn sobald sie ein Buch fertig hatte, lagen ein Dutzend weitere auf ihrem Tisch. Außerdem waren die Hälfte von ihnen nicht schlicht und einfach Bücher, sondern Bücher über Bücher. So daß sie, lange bevor sie zu einer eigenen Meinung gelangt war, schon wußte, daß zwanzig verschiedene Leute es für das großartigste und das schlechteste Buch der Welt hielten; daß es möglich war, zwanzig verschiedene Meinungen über andere Leute zu haben: und da diese gedruckt und signiert und mutmaßlich bezahlt worden waren, sah sie sich genötigt, sie höher zu schätzen als ihre eigene. Und so änderte sie allmählich ihre Sicht der Literatur als einer wilden und lebendigen Flamme, jetzt die schroffen Felsen Schottlands, jetzt ein stilles englisches Pfarrhaus; flakkernd, unterschiedslos; ein Geist, der unberechenbar und schön und verehrungswürdig war; und sah sie statt dessen als behäbigen und ehrbaren Herrn, der niemals dumm war, den Leuten ständig sagte, was sie zu denken hatten; und schrieb und redete und Vorträge hielt und feierlich gedachte, so daß kein Tag verging ohne ein Diner oder eine Feier oder ein Jubiläum. So ehrbar, so geschäftig, so opulent wie ein wohlhabender und schwatzhafter Gentleman in mittleren Jahren mit einer Blume im Knopfloch. Er schrieb, er redete, er hielt Vorträge. Er feierte Gedenktage. Er gedachte großer Ereignisse. Er präsidierte bei Diners. Er verlieh Preise. Er war stets und ständig damit beschäftigt – manchmal nahm sie eine Eintrittskarte und ging um drei Uhr nachmittags in einen Saal –, eine Vortragsreihe zu halten, über die Stellung Byrons in der englischen Lyrik, und über Shelley, Wordsworth oder das Fortleben der Romantik und ähnliche Themen, vor Reihen von alten Leute, die mit den Köpfen nickten, und Reihen von ganz jungen, die den Mund nicht mehr zubekamen; und mochte der Himmel wissen wieso – denn war es nicht durchweg sehr hübsch und flüssig und interessant, was er über Shelley und Wordworth und Byron und das Fortleben der Romantik sagte –, und sie trat hinaus auf die Straße wie eine, die in den Falten aus schmutzigem Plüsch fast erstickt wäre, und sogar der Wind schien mehr über die Literatur zu wissen als er, oder die alte Bettlerin, oder die Anschlagzettel der Zeitungen an den Laternenpfählen. »Mein Gott«, drahtete sie an Marmaduke, »Mein Gott!« Und ging nach Hause und schenkte sich einen großen Becher roten spanischen Weins ein – denn dinierte sie nicht in diesem oder jenem literarischen Club; wo der achtbare Leib sich erfrischte, nachdem er den Toten auf diese Weise die Ehre erwiesen hatte, und, nein, keine Banknote erwartete, die unter seinen Teller geschoben wurde, sondern ein Kompliment, frisch und saftig, das man ihm in den Mund steckte? Das also war die Literatur, schlußfolgerte sie, ein Leib, eine Körperschaft. Dann, denn es war jetzt der Tag nach dem Diner, verkündete der Bedienstete, Lady A. sei gekommen, ihre Ladyschaft abzuholen.

Die beiden Damen fuhren in einem großen gelben Landauer, der an Federn aufgehängt war, durch ganz Kensington und den Marktgarten nach Chelsea, wo Lady A., die eine verwegene fidele Frau war, behäbig und drall und vom besten Blut Englands, einen Eid schwor, sie würde Orlando – da Orlando diese Burschen nun einmal schätzte – ihren lieben Carlyle zeigen. Der Bedienstete stieg ab und pochte an die alte kleine schäbige Tür. Ein einziges gewaltiges Pochen reichte aus. Herausgeschossen kam eine erstaunliche Erscheinung: – eine Frau, die nur aus Augen und Wangenknochen bestand und »... Scher dich fort, Idiot!« schrie. »Ich werde dich lehren, daß mein Thomas schläft!«

Selbst Lady A. war vor den Kopf gestoßen. Vor sich hinmurmelnd sank sie in ihre Kutsche zurück und wies den Kutscher an, Tennysons Adresse ausfindig zu machen. Sie lautete Faringford, Freshwater, Isle of Wight. Sie trafen an einem Frühlingsabend ein, an dem der Flieder in Blüte stand. Auf halbem Weg die Auffahrt hinauf stießen sie auf ein Hindernis – eine Dame in einem Rollstuhl. Der Mann war dafür, an ihr vorbeizufahren. Aber die Kranke richtete sich auf. Sie hielt eine gebrechliche weiße Hand vor die Nüstern der Pferde.

»Nicht weiter«, sagte sie, und selbst die Pferde erbebten.

»Mein Mann schreibt ein Gedicht!« Derart gebieterisch war ihr Auftreten, daß nichts zu tun blieb, als nach London zurückzukehren; und als Lady A. den Vorschlag machte, Browning in Florenz zu besuchen, Swinburne in Putney oder Meredith in Box Hill, lehnte Orlando ab; da es keinen Zweifel daran geben konnte, daß ein Genie, je größer es war, desto mehr abgeschirmt wurde. Es konnte nur schreiben, wenn es von einem schalldichten Zimmer umschlossen und von einer Ehefrau geschützt wurde. Auch das war eine Veränderung, dachte Orlando, die Dryden mit Tennyson verglich; aber da Genialität unerreichbar war, war sie gezwungen, mit den Schriftstellern zu verkehren, denen es gelang, ohne eine Spur davon zu schreiben; den Smiles, den Tuppers, den Smiths, den Hemans, den Prossers, ihre Namen sind Legion und alle inzwischen vergessen, obwohl sie einst Unsterblichkeit beanspruchten. Smith sagte, daß Tupper unsterblich sei, und einmal sagte Smiles, Smith sei es, und einmal gerieten sie darüber in einen verbitterten Streit; alle sind inzwischen vergessen, und nur wenn das Regal ein wenig knarrt, erinnern wir uns an ihre Namen.

Nachbemerkung

Über die Entstehung des *Orlando* hat VW recht ausführlich in ihren Tagebüchern und Briefen berichtet. Der Gedanke zu dem Buch kam ihr im März 1927, nachdem *To the Lighthouse* abgeschlossen, aber noch nicht erschienen war. Das neue Buch sollte eine Art Befreiung sein: »Denn ich spüre wirklich das Bedürfnis nach einer Eskapade nach diesen ernsthaften, poetischen, experimentellen Büchern, deren Form immer so genau durchdacht ist. [...] Ich glaube, es wird großen Spaß machen, es zu schreiben; und es wird meinem Kopf eine Ruhepause verschaffen, bevor ich das sehr ernsthafte, mystische, poetische Werk in Angriff nehme, das als nächstes für mich ansteht [nämlich *The Waves*].« (Tagebuch, 14. März 1927) Spätestens im September stand fest, daß das Buch *Orlando* heißen und eine fiktive Biographie der Schriftstellerin Vita Sackville-West sein sollte. Im Oktober heißt es im Tagebuch: »eine Biographie, die im Jahr 1500 beginnt & bis zum heutigen Tage führt, Orlando genannt: Vita; nur mit einer Umwandlung aus einem Geschlecht in ein anderes«.

In jenen Jahren hatte VW eine leidenschaftliche Liebesbeziehung zu Vita, die sie mit diesem Buch auf immer festzuhalten gedachte. VW war nicht zuletzt fasziniert von der hochadeligen Herkunft Vitas – sie stammte aus dem alten Geschlecht der Sackvilles und hatte über deren Familiensitz in Kent, Knole House, 1922 ein detailreiches, gründlich recherchiertes, an atmosphärischen Beschreibungen üppiges, zudem illustriertes Buch veröffentlicht – *Knole and the Sackvilles* –, das für VW in mancher Hinsicht zur Inspirationsquelle wurde, von den Beschreibungen des Herrensitzes und der Landschaft, über Namen – »Mrs Grimsditch«, »Mr Dupper« – bis hin zu einigen in die Erstausgabe übernommenen Illustrationen. VW benutzte zugleich die Biographie der Freundin als Material: so steckt etwa hinter der russischen Prinzessin eine Jugendgeliebte Vitas, Violet Trefusis, oder hinter der Erzherzogin Harriet Vitas Freund Henry, Viscount Lascelles, der ihr Avancen gemacht hatte, bevor sie sich 1913 mit Harold Nicolson verlobte. Die Doppeldeutigkeit der Geschlechterrollen war also auch vom »Material« her vorgegeben.

In einem Brief an ihren amerikanischen Verleger Donald Brace schreibt VW am 30. Oktober 1927: »Orlando, der Held, wird von den Tagen Elizabeths bis zur Gegenwart leben und auf halbem Wege eine Frau werden. Es wird völlig phantastisch und sehr einfach geschrieben sein, eher in der Art verschiedener Autoren wie Defoe und Lord Macaulay. Ich hoffe, acht Illustrationen zu haben, die nach den Porträts von Zeitgenossen hergestellt sind. Es wird ein Vorwort, Anmerkungen und einen Anhang geben, und das Buch wird in der Ausstattung und Anordnung die übliche Biographie imitieren.« Und am 20. Dezember heißt es im Tagebuch: »Wie extrem ungeplant meinerseits, aber potent & völlig eigenständig übrigens *Orlando* war! als hätte er alles beiseite geschoben, um ins Leben zu treten. Dennoch sehe ich, wenn ich jetzt zum März zurückblättere, daß es fast genau das Buch ist – jedenfalls den Geist, wenn auch nicht die Fakten betreffend –, das ich damals als Eskapade plante; der Geist sollte satirisch sein, die Struktur wild. Genau so. Ja, ich wiederhole es, ein sehr glücklicher, ein einmalig glücklicher Herbst.« Am 17. März 1928, »um 5 Minuten vor eins«, ist das Buch fertig: »Jedenfalls, die Leinwand ist bedeckt. Drei Monate intensiver Arbeit werden nötig sein, unweigerlich, bevor es gedruckt werden kann; denn ich habe herumgerührt & -gespritzt, & an tausend Stellen scheint die Leinwand durch. Aber es ist ein friedliches, erfülltes Gefühl, wenn man, auch nur provisorisch, Ende hinschreibt... Ich habe dieses Buch schneller als irgendein anderes geschrieben: & es ist ein einziger Witz; & doch heiter & schnell lesbar, glaube ich; Ferien eines Schriftstellers. Ich fühle mit zunehmender Sicherheit, daß ich nie wieder einen Roman schreiben werde.« (Tagebuch, 18. März 1928) Zwei Tage später heißt es in einem Brief an Vita: »Ich habe alle diese Monate in Dir gelebt – wenn ich herauskomme, wie bist Du wirklich? Existierst Du? Habe ich Dich erfunden?«

Orlando. A Biography erscheint offiziell am 11. Oktober 1928 bei der Hogarth Press in einer Auflage von 5080 Exemplaren; im selben Monat noch werden 3000 Exemplare nachgedruckt; die gleichzeitige amerikanische Ausgabe erscheint in einer Auflage von 6350 Exemplaren. Das Buch wird VWs erster finanzieller Erfolg.

Den Erstausgaben waren 8 Illustrationen beigegeben, an deren Wichtigkeit für VW, wie aus den Briefen hervorgeht, nicht zu zweifeln ist, die aber weder in den englischen Ausgaben nachgedruckt noch in die Übersetzungen aufgenommen wurden, obwohl sogar eine Textstelle sich ausdrücklich auf eine Illustration bezieht (siehe S. 133). Auch die deutschen Übersetzer scheinen über die Stelle nicht gestolpert zu sein (Karl Lerbs, Insel-Verlag Leipzig, 1929; Herberth E. und Marlys Herlitschka, S. Fischer, 1961).

Über die Herkunft der Illustrationen hat sich nach *Knole and the Sackvilles*, den freundlichen Auskünften von Hugh Sackville-West und Nigel Nicolson sowie den Anmerkungen in Band 3 der *Letters* (1923–1928) Folgendes eruieren lassen:

1. Orlando als Knabe: rechte Hälfte eines Doppelporträts des Künstlers Cornelius Nuie aus dem frühen 17. Jahrhundert, die Söhne von Edwards Sackville, 4th Earl of Dorset, darstellend; der hier Abgebildete ist The Honourable Edward Sackville. Das Bild befindet sich in Knole.

2. Die russische Prinzessin als Kind: VWs Nichte Angelica Bell, photographiert von ihrer Mutter Vanessa Bell.

3. Erzherzogin Harriet: Porträt von Mary Curzon, spätere Countess of Dorset, aus der Malerschule von Marcus Gheerhaerdts, Knole.

4. Orlando als Gesandter: Porträt des 3rd Duke of Dorset (ein Geliebter Marie Antoinettes) in Knole (vgl. Brief an Vita vom 6. November 1927, Anm. 1).

5. Orlando nach ihrer Rückkehr nach England: Vita, photographiert von Vanessa Bell.

6. Orlando um das Jahr 1840: Photographie Vitas, von Vanessa Bell und Duncan Grant aufgenommen.

7. Marmaduke Bonthrop Shelmerdine, Esquire: um 1820 gemaltes Porträt eines jungen Mannes von einem unbekannten Künstler, wahrscheinlich aus der Schule des Sir Thomas Laurence. VW und Vita hatten es 1928 für 10 £ bei einem Londoner Antiquitätenhändler erstanden. Jetzt in Sissinghurst. VW rief, als sie das Gemälde erblickte, aus: »Das ist Shelmerdine!« Eine Bemerkung, die Vita verwunderte, da sie nichts Genaueres über das Manuskript wußte.

8. Orlando in der Gegenwart: Photographie Vitas auf Harold Nicolsons, ihres Ehemannes, Anwesen in Long Barn, Kent, aufgenommen von Leonard Woolf.

Wie es sich für eine »richtige« Biographie gehört, hatte VW ihrem Buch ein Vorwort (mit den üblichen Danksagungen) und ein Register beigegeben – oder vielleicht genauer: die Parodie eines Registers, denn es ist alles andere als vollständig und sagt nur, daß Biographien Register haben. Auch diese wurden in den deutschen Ausgaben weggelassen, weil Übersetzer und Verlage offenbar mit der Idee einer fiktiven Biographie nichts anfangen konnten. *Orlando* erscheint hier somit erstmals in der von der Autorin beabsichtigten Gestalt.

VW schenkte das Manuskript des *Orlando* Vita Sackville-West, die darüber in einem Rundfunkvortrag, abgedruckt in *The Listener*, 27. Januar 1955, berichtete. Bei Durchsicht des Manuskripts entdeckte sie eine Passage, die in den Kontext des VI. Kapitels gehört und sich dort (in unserer Ausgabe Seite 243) nur in stark geraffter Form findet. Diese von Vita Sackville-West mitgeteilte, unveröffentlichte Passage ist in den Anhang dieses Bandes aufgenommen.

K.R.

Inhalt

Flush

Orlando

Virginia Woolf

Gesammelte Werke

Herausgegeben von Klaus Reichert
Umschlaggestaltung von Sarah Schumann

»Um eine neue Bahn einzuschlagen, muß ein Romanautor nicht nur große Gaben besitzen, sondern auch eine große Unabhängigkeit des Geistes. Virginia Woolfs Stil ist von erstaunlicher Schönheit. Ihre Art zu beobachten setzt eine unermeßliche und angespannte Arbeit voraus. Sie erleuchtet nicht nur durch plötzliche Blitze, sondern verbreitet ein ruhiges und sanftes Licht.«
T. S. Eliot

Zur Edition

Virginia Woolf ist vielleicht die bedeutendste, gewiß ist sie die fruchtbarste Schriftstellerin dieses Jahrhunderts gewesen. Sie hat die Form des Romans von Grund auf erneuert, und ohne sie und James Joyce hätte die Entwicklung des Romans einen anderen Verlauf genommen. Sie hat die in England hochentwickelte Form des Essays auf neue, ungeahnte Höhen geführt, und sie hat mit ihrem großen Tagebuch ein Dokument der *condition humaine* geschaffen, das nur mit den großen Beispielen der Gattung – Pepys, John Evelyn, Saint-Simon – zu vergleichen ist. Nicht zuletzt ist Virginia Woolf eine der ersten Autorinnen, die sich konsequent um Geschichte und Zukunft weiblichen Schreibens in unserer Gesellschaft gekümmert haben. Durch diesen Aspekt ihres Werkes wurde sie zur zentralen, nicht unumstrittenen Figur der internationalen Frauenbewegung. Anders als in Italien oder Frankreich ist Virginia Woolf in ihrer Vielfalt, ihrer Breite, ihrem Rang in Deutschland erst noch zu entdecken; bisher war nur ein kleiner Teil ihres Werkes zugänglich.

fi 889 / 3 a

Editionsplan

Virginia Woolf
Gesammelte Werke

bereits erschienen

Die Fahrt hinaus. Roman
Flush. Eine Biographie
Zum Leuchtturm. Roman
Das Mal an der Wand. Gesammelte Kurzprosa
Mrs Dalloway. Roman
Orlando. Eine Biographie
Die Wellen. Roman
Zwischen den Akten. Roman

Tagebücher. Band 1 (1915-1919)
Tagebücher. Band 2 (1920-1924)

Der Augenblick. Essays
Frauen und Literatur. Essays
Der gewöhnliche Leser. Band 1. Essays
Der gewöhnliche Leser. Band 2. Essays
Der Tod des Falters. Essays
Jacobs Zimmer. Roman

in Vorbereitung

Night and Day. Roman
The Years. Roman
The Captain's Death Bed. Essays
Granite and Rainbow. Essays

Tagebücher. Band 3 – 5
Ausgewählte Briefe. 2 Bände

S. Fischer

fi 889 / 10 b

Virginia Woolf

Herausgegeben von Klaus Reichert
Umschlaggestaltung von Sarah Schumann

Gesammelte Werke

Blau & Grün
Erzählungen
Band 10553

Die Fahrt hinaus
Roman
Band 10694

Flush
Eine Biographie
Band 12416

Frauen und Literatur
Essays
Band 10920

Der gewöhnliche Leser
Essays. Band 1
Band 13648
Essays. Band 2
Band 13649

Der Augenblick
Essays. Band 14059

Gesammelte Werke

Mrs Dalloway
Roman
Band 14002

Orlando
Eine Biographie
Band 11331

Phyllis und Rosamond
Frühe Erzählungen
und zwei Essays
Band 10170

Ein verwunschenes Haus
Erzählungen
Band 9464

Zum Leuchtturm
Roman
Band 12019

Die Wellen
Roman
Band 12184

Weitere noch lieferbare Ausgaben

Augenblicke
Skizzierte
Erinnerungen
Band 5789

Jacobs Raum
Roman
Band 5870

Die Jahre
Roman
Band 2120

Ein Zimmer für sich allein
Band 2116

Fischer Taschenbuch Verlag

fi 195 / 18